中國學術思想 研究輯刊

初 編

林 慶 彰 主編

第 9 冊

朱熹《詩經》學與《詩經》漢學傳統異同之研究(上)

陳 明 義 著

花木蘭文化出版社

國家圖書館出版品預行編目資料

朱熹《詩經》學與《詩經》漢學傳統異同之研究（上）／陳明
義　著 — 初版 — 台北縣永和市：花木蘭文化出版社，2008〔
民 97〕

目 2+294 面：19×26 公分（中國學術思想研究輯刊　初編；第 9 冊）

ISBN：978-986-6657-81-8（精裝）

1. 詩經　2. 研究考訂

831.18　　　　　　　　　　　　　　　　　　97016014

ISBN - 978-986-6657-81-8

9 789866 657818

中國學術思想研究輯刊
初　編　第 九 冊　　　　　　ISBN：978-986-6657-81-8

朱熹《詩經》學與《詩經》漢學傳統異同之研究（上）

作　　　者　陳明義
主　　　編　林慶彰
總 編 輯　杜潔祥
出　　　版　花木蘭文化出版社
發 行 所　花木蘭文化出版社
發 行 人　高小娟
聯 絡 地 址　台北縣永和市中正路五九五號七樓之三
　　　　　　電話：02-2923-1455／傳真：02-2923-1452
網　　　址　http://www.huamulan.tw 信箱 sut81518@ms59.hinet.net
印　　　刷　普羅文化出版廣告事業
封 面 設 計　劉開工作室
初　　　版　2008 年 9 月
定　　　價　初編 28 冊（精裝）新台幣 46,000 元

朱熹《詩經》學與《詩經》漢學傳統異同之研究(上)

陳明義　著

作者簡介

陳明義（1966～）台灣台中市人。東吳大學中國文學系學士（1986、09～1990、06）、東吳大學中國文學研究所碩士（1990、09～1994、01）、東吳大學中國文學研究所博士（1996、09～2004、02），現為台中縣大里市修平技術學院應用中文系助理教授。在學術的研治上，師承自中央研究院中國文哲研究所林慶彰教授，並以詩經文本、詩經學史的相關問題為研究專業。碩士論文為：蘇轍《詩集傳》研究，博士論文為：朱熹《詩經》學與《詩經》漢學傳統異同研究，另有戴溪《續呂氏家塾讀詩記》初探、輔廣《詩童子問》初探、劉沅《詩經恆解》初探等單篇論文。

提　　要

　　本論文著重討論朱熹去《序》詮《詩》、回歸《詩》文、以己意說《詩》的《詩》學內涵、面貌，並透過《詩經》各篇篇旨的詮解、《詩經》賦、比、興的界義、說明、辨析、《詩》文的訓詁、〈周南〉、〈召南〉的詮解、淫詩和刺淫諸端，來探究、呈顯朱熹《詩經》學和《詩序》、漢學傳統間的異同、關係。透過上述諸端的研探，吾人大抵可獲致以下的認知，其一，所謂朱熹去《序》詮《詩》，回歸《詩》文，以己意說《詩》，乃是朱熹以為《詩序》出自漢儒（衛宏），本附於《詩經》經文之後，詮《詩》多所錯謬，由於後人誤信《詩序》為經文，致詮解《詩經》時，盲目尊信，即使到了悖離詩文的地步，也在所不惜，為了指陳《詩序》出於漢儒，詮《詩》多所附會、穿鑿，謬妄而不可信，朱熹因將《詩序》重新置於《詩經》經文之後，以回復古本《詩經》的樣態，要讓人讀《詩》、詮《詩》時，能重新回歸《詩》文，以《詩》言《詩》，尊重詩文前後脈絡所呈顯出來的意涵，而將《詩序》單純地視作一種解《詩》觀點，其二，朱熹《詩經》學的內涵、形構，就其和漢學傳統間的異同關係而言，乃是其中有異有同，既有承續、立基、相同於漢學傳統的一面，如就《詩》文字義、詞義、名物等訓詁，對於《毛傳》、《鄭箋》的取資、承用；就〈二南〉諸篇的詮解上，以文王時詩視之，並將〈二南〉諸詩統攝在文王之化，以顯示其深刻的詩教意義；在《詩》旨的詮定上，有一百餘篇採用、承用《序》說，或和《詩序》相同，又有戛然獨鑄、標誌新變、歧異於漢學傳統的地方，如對《詩序》作者的辨析、對《詩序》詮《詩》的多所批判；在《詩》旨的詮定上，有近三分之二的《詩》篇和《詩序》的詮說不同；倡提〈淫詩〉，重新詮解孔子「思無邪」的意涵；對賦、比、興的界義，說解、辨析與標示；在部分字義、詞義、名物等訓詁上，不採用《毛傳》、《鄭箋》；在句意串解的訓詁上，和毛、鄭多所異同。綜合言之，我們可以說朱熹《詩經》學的形塑與斬向，乃是立足於傳統，而又超越傳統；其《詩》學既從漢學傳統而來，而又有度越漢學傳統、融鑄新義之處。

目
次

第一章　緒　論

第一節　研究動機

　　《詩經》的詮釋，自漢以迄唐中葉，大抵由《毛詩序》（簡稱《詩序》）、《毛詩故訓傳》（簡稱《毛傳》）、《毛詩鄭箋》（簡稱《鄭箋》）以及《毛詩正義》所層層構結的詮《詩》傳統所主導。由於此一傳統在內在的精神、血脈上相通；在詮《詩》的蘄向與意趣上相融，一般稱之爲《詩經》學史上的漢學傳統。此一傳統，視《詩》爲經，《詩》具有極高的道德人倫、政教風化上的意義，在《詩》篇的詮說上，奉守《詩序》，認爲《詩序》之作，出於子夏，得聖人（孔子）說《詩》的旨意；採取以史證《詩》、以史說《詩》，及例以風雅正變、美刺時君國政的詮釋進路，由此架構其勸誡教化、正邪防失的《詩》學體系。唯此一傳統，泊自中唐，便漸受學者的質疑與反省，如韓愈（768～842）以爲《詩序》非子夏作，而是「漢之學者，欲自顯立其傳，因藉之子夏」（《毛詩李黃集解》卷一，頁 2 引），成伯璵（？～？）也指出《詩序》之作，非全出於子夏，子夏僅作《詩大序》及《詩序》的首句，首句以下，乃是大毛公「自以詩中之意而繫其辭也。」（《毛詩指說・解說第二》，頁 7～8）入宋後，在宋儒議論傳注、疑經議經的風潮下，更受到莫大的批評挑戰。北宋諸儒如柳開（974～1000）、石介（1005～1045）、胡旦（？～？）、孫復（992～1057）、周堯卿（995～1045）、歐陽脩（1007～1072）、劉敞（1019～1068）、張載（1020～1077）、王安石（1021～1086）、二程（或指程頤，1033～1107）、蘇轍（1039～1112）、葉夢得（1077～1148）、曹粹中（？～？）等，均曾對此

一傳統提出辨析、質疑、批駁與反省，如柳開以爲鄭玄的箋詩，不能通先師之旨，而「可削去之耳」（《全宋文・張景文集・柳公行狀》，卷二七一，頁313）。石介批評《毛傳》、《鄭箋》的詮《詩》，有如《詩經》的蟊蟲，不能得聖人的本意。胡旦作《詩論》七十八篇，辨正先儒傳注的得失，孫復批評《毛傳》、《鄭箋》、《毛詩正義》的詮《詩》，不能盡通《詩經》的大旨；主張重新注解《詩經》。周堯卿撰《詩說》三十卷，對於《毛傳》、《鄭箋》詮《詩》的得失，有所去取。歐陽脩撰《詩本義》十四卷，議論《毛傳》、《鄭箋》釋《詩》的得失；以爲子夏不序《詩》。劉敞作《七經小傳》，其中《詩經小傳》，對於《詩序》、《毛傳》、《鄭箋》的詮《詩》，有所論議。張載指出《詩序》有後人的添入。王安石作《三經新義》，其中《詩經新義》釋《詩》多舍傳注舊說，而自出己意；謂《詩序》非子夏作，乃出於國史，又謂《詩序》是詩人所自製。二程謂《詩序》非出於子夏，《詩大序》是孔子作，《詩小序》則出於國史，但其間有後人的附益。蘇轍撰《詩集傳》二十卷，辨析《詩序》非出於子夏，謂子夏作《詩序》，乃出於後人的附會；今存的《毛詩序》「其言時有反復煩重，類非一人之詞者」，是「毛氏之學而衛宏之所集錄」（《詩集傳》卷一，頁10），因刪去《詩序》首句以下的餘文，僅以《詩序》首句，作爲釋《詩》的依據；對於《毛傳》、《鄭箋》的詮《詩》，多有辨議。葉夢得謂《詩序》乃是衛宏透過「專取諸書之文」、「雜取諸書所說而重複互見」、「委曲宛轉附經」等方法撰作而成。曹粹中則從《詩序》和《毛傳》的訓釋先後顛倒，認定《詩序》是「毛公既託之子夏，其後門人互相傳授，各記其師說，至宏而遂著之。後人又復增加，殆非成於一人之手」（《點校補正經義考》第三冊，頁700引）。《詩經》學史上的漢學傳統，經過北宋諸儒前仆後繼，多方的論議、辨析、批評與責難，已經初步呈顯動搖、瓦解的局面。南渡之後，鄭樵（1102～1160）恃其才辨，作《詩辨妄》六卷，力斥《詩序》，並論《毛傳》、《鄭箋》釋《詩》的得失，又作《詩傳》二十卷，去《序》詮《詩》，使《詩經》的漢學傳統受到更大的衝擊和斷傷。至朱熹（1130～1200）繼起，以一代大儒，上承北宋自歐、劉、張、王、二程、蘇轍等諸儒，對於《詩經》漢學傳統多方辨難論議，反省思考的傳統和精神，加上鄭樵力詆《詩序》的直接刺激、觸發，以及自我的沈潛、思索；查證與考辨，因從最初的遵《序》以詮《詩》，曲爲之說，至間爲辨破，最後發現、確認《詩序》並非出於子夏、孔子，亦非經文，乃出於漢儒（衛宏），前後增益附會而成。因作《詩集傳》二十卷，去《序》詮

《詩》，又作《詩序辨說》一卷，詳論、糾舉、揭示《詩序》詮《詩》的種種錯謬，終於導致《詩經》漢學傳統的瓦解。從南宋末年，以迄明中葉，學者詮《詩》，即大抵遵奉、循跡由朱熹所形構、奠立的去《序》詮《詩》，回歸詩文的詮《詩》路向和體系；朱熹的《詩》學體系，取代了《詩經》的漢學傳統，《詩經》學史上的宋學傳統亦於焉形成。朱熹《詩》學也成為《詩經》宋學傳統的代表，和《詩經》的漢學傳統前後角立，互為抗衡，同為《詩經》學史上兩個重要且影響深遠的釋《詩》傳統。唯作為去《序》詮《詩》、攻駁《詩序》、回歸《詩》文，並為《詩經》宋學傳統代表的朱熹《詩》學，在具體《詩》篇的說解上，在諸多釋《詩》的觀點上，抑或在整體《詩》學的內涵、奠立、形構上，究竟與以《詩序》為主導的《詩經》漢學傳統有何異同、關係的問題上，則有待吾人作進一步的釐清與探究。以朱熹的去《序》詮《詩》，回歸詩文，直探《詩》之本意，因建立《詩經》詮釋的新猷為例，前人的論說，即多有異同，如元人吳澂（？～？）謂：

> 由漢以來說三百篇之義者，一本《詩序》，《詩序》不知始於何人，後儒從而增益之，鄭氏謂《序》自為一編，毛公分以置諸篇之首。……宋儒頗有覺其非者，而莫能去也。至朱子始深斥其失而去之，然後足以一洗千載之謬。（《點校補正經義考》第三冊，頁 727 引）

吳師道（1283～1344）謂：

> 由漢以來，毛、鄭之學專行，歷唐至宋，一二大儒始略出己意。然程純公、呂成公猶主《序》說，子朱子灼見其謬，汎掃廓清，本義顯白，……（《點校補正經義考》第四冊，頁 136 引）

明人王鏊（1450～1524）謂：

> 《詩小序》序所以作者之意，而或與《詩》詞不應。自宋以來，人多疑之，未敢盡屏。至朱子一切刮去，自諷其詩而為之說。……（同上，頁 167 引）

袁仁謂（？～？）：

> 朱元晦於《詩》盡去孔門《序》說，而以意自為之解，盲人摸象，豈不揣其一端，然而去象遠矣。……（同上，頁 199 引）

清人朱鶴齡（1606～1683）謂：

> 漢唐以來，詩家悉宗〈小序〉，鄭夾漈始著《辨妄》，朱紫陽從之，掊擊不遺餘力，《集傳》行而《詩序》幾與趙賓之《易》、張霸之《書》

同廢。……《序》之文最古,《毛傳》復稱簡略無所發明,鄭康成以
《三禮》之學箋《詩》,或牽經以配《序》,或泥《序》以傳經,或
贅辭曲說以增乎經與《序》所未有,支離膠固,舉詩人言前之指、
言外之意而盡汨亂之。孔仲達《疏義》又依違兩家,無以辨其得失,
則夫紫陽《集傳》之出,大埽蒙翳而與以廓清,此亦勢有必至也。(同
上,頁 273～274 引)

孫緒(?～?)謂:

朱子作《詩傳》,盡去《序》說,惟諷誦辭氣抑揚,以求時世,今人
翕然宗之。夫《序》說,雖不可盡信,然去作者尚未遠,猶有可據。
乃盡刪其說,顧自信於千載之下,……(同上,頁 311 引)

近人傅斯年(1896～1950)謂:

朱子這本《集傳》,在訓詁上雖然不免粗疏,卻少有「根本誤謬」的
毛病。他既把《小序》推翻了,因而故訓一方面也就著實點兒,不
穿鑿了。……至於詩義一層,朱子這兩部書(按:指《詩集傳》、《詩
序辨說》)真可自豪了。朱子是推翻《詩序》的,他推翻《詩序》的
法子,只以《詩經》的本文證他的不通。(《傅斯年全集》第四冊,〈宋
朱熹的詩經集傳和詩序辨〉,頁 426)

黃焯(1903～1984)謂:

朱子作《詩集傳》,廢棄《詩序》及《毛傳》、《鄭箋》、《孔疏》之說,
而壹以己意出之,於是說《詩》之風大變。(《詩說》卷二,頁 44)

又當代研治《詩經》的學者周滿江謂:

朱熹著《詩集傳》,把《毛詩序》完全拋開,以自己的體會作新的《詩
序》。(《詩經》,頁 151)

趙沛霖謂:

代表宋代《詩經》研究最高成就的朱熹,也是一個徹底的廢《序》
論者,認為《詩序》實不足信。(《詩經研究反思》,頁 271)

據上述所引古今諸儒、學者的說法,則朱熹釋《詩》顯然掃棄、廢去《詩序》
以及奉《詩序》為圭臬的《詩經》漢學傳統的成說,而純任己意說《詩》,然
而清儒姚際恒(1647～?)卻謂朱熹釋《詩》:

作為《辨說》,力詆《序》之妄,由是自為《集傳》,得以肆然行其
說;而時復陽違《序》而陰從之……(《姚際恒著作集第一冊‧詩經

通論・自序》，頁 14～15）

又謂朱熹釋《詩》，多所從《序》：

> 其從《序》者十之五，又有外示不從而陰合之者，又有意實不然之
> 而終不能出其範圍者，十之二三。（同上，卷前〈詩經論旨〉，頁 5）

甚至更謂「遵《序》者莫若《集傳》」（同上）。方玉潤（1811～1883）也指出
「朱雖駁《序》，朱亦未能出《序》範圍也。」（《詩經原始・自序》，頁 5）姚、
方以外，今人李家樹先生作《國風毛序朱傳異同考析》一書（香港：學津出
版社，1979 年 1 月），謂：「《朱傳》從《序》的篇數，幾乎達到百分之七十」
（頁 325）；又謂：「《詩集傳》暨《詩序辨說》跟從《詩序》的說法幾達百分
之七十。」（見《詩經的歷史公案・漢宋詩說異同比較》，頁 61）並謂朱熹釋
《詩》：

> 大體仍是跟從《詩序》的。即使在反對《詩序》最激烈的地方，由
> 於本身的局限性，亦脫不出了說教的範圍。大膽來說，朱熹還是一
> 個「從《序》派」。（同上，頁 76）

同樣指涉、論說朱熹之去《序》詮《詩》，以己意說《詩》的問題，前後對照，
學者的持論、立說，卻殊有扞閡、枘鑿之處，這當然顯示了《詩經》學史上
有關宋學傳統代表的朱熹《詩》學，在去《序》詮《詩》，以己意說《詩》的
論題；在具體《詩》篇的詮解上，和《詩經》漢學傳統異同問題的可待研究
性。唯有進一步的爬梳與探究，我們對於朱熹去《序》詮《詩》《詩》學的意
涵、在具體《詩》篇的詮解上和漢學傳統的異同，甚或在諸多釋《詩》觀點，
在整體《詩》學的奠立、形構、內涵上，究竟和漢學傳統有何異同、關係的
問題上，我們才可能有一更好、更恰當的理解。而這樣的理解，自然有助於
深化我們對於朱熹《詩經》學的認識，同時對於《詩經》學史上宋學傳統代
表的朱熹《詩》學，和漢學傳統間的觭角對立、相承相因，甚或突破創發的
種種問題上，我們也才能有一更清楚、正確而整全的認識。

　　林師慶彰在〈詩經學史研究的回顧與前瞻〉一文中（見《中國文哲研究
的回顧與展望論文集》，頁 349～382，臺北：中央研究院中國文哲研究所，1992
年 5 月），曾指出今後研究《詩經》學史者所應注意的幾個問題，其一是解決
歷史分期的困擾，其二是開拓研究的新方向，其三是凝煉新方法以補不足，
其四是《詩經》學著作的點校和充實。就開拓研究的新方向而言，林師指出，
可就宋學家或漢學家的《詩經》著作，作一比較研究，如將宋學家朱子的《詩

集傳》和漢學家的《毛傳》、《鄭箋》作比較，如此，宋學那些承繼了漢學，那些是宋學本身的新發展，也將有較清晰的概念。（以上參見《中國文哲研究的回顧與展望論文集》，頁 679～382）本論題的撰作，一方面有感於前人論說、描述朱熹去《序》詮《詩》，以己意說《詩》問題的枘鑿、出入，而亟待澄清外，另一方面，實亦有本於林師此文的提示而發。

第二節　前人研究成果略論

　　關於朱熹《詩經》學的探論，前人之作不少〔註1〕，唯就有關朱熹去《序》詮《詩》，以己意說《詩》的論題；在具體《詩》篇的詮解上，和漢學傳統的異同，或在諸多釋《詩》的觀點，在整體《詩》學的型塑、構造、奠立上，究竟和漢學傳統有何異同、關係的問題上，則迄今尚未有一較完整、詳實的討論。其間僅李家樹先生嘗作《國風毛序朱傳異同考析》一書（香港：學津出版社，1979 年 1 月），就國風一百六十篇，朱熹《詩集傳》之釋《詩》和《詩序》詮《詩》的異同，作過較論。唯李先生對於朱熹去《序》詮《詩》的歷程、轉變及意涵；對於朱熹釋《詩》在總體傾向、精神的把握上，殊有不足，加上他在實際詩旨的比對中，辨析不清，造成許多不妥的論說和不少判定的錯誤，以致作出國風一百六十篇中，「《朱傳》從《序》的篇數，幾乎達到百分之七十。」、「朱熹稱作攻《序》派的巨擘，實在是有些以訛傳訛的。」（以上並見《國風毛序朱傳異同考析》，頁 325）不當結論。即使如此，其後李先生續作〈漢宋詩說異同比較〉一文，撮述《國風毛序朱傳異同考析》一書中所作的討論，而持論仍同（原發表刊載於《東方文化》第一七卷第一、第二期，1979 年，後收入《詩經的歷史公案‧三》，頁 39～82，臺北：大安出版社，1990 年 11 月），謂：「《詩集傳》暨《詩序辨說》跟從《詩序》的說法幾達百分之七十。如果說朱熹是攻《序》派的巨擘，實在未敢苟同」（頁 61）、「他

〔註1〕有關前人對於朱熹《詩經》學的討論，相關的篇目、論文，可參林師慶彰主編的《經學研究論著目錄（1912～1987）上冊‧十一‧詩經研究史‧宋代》，頁 460～465，臺北：漢學研究中心，1989 年 12 月、《經學研究論著目錄 1988～1992‧下冊‧十一‧詩經研究史‧宋代》，頁 742～746，臺北：漢學研究中心，1995 年 6 月、《經學研究論著目錄 1993～1997‧中冊‧詩經‧十一‧詩經研究史‧宋代》，頁 1042～1044，臺北：漢學研究中心，2002 年 4 月及《朱子學研究書目（1900～1991）‧詩經》，頁 28～33，臺北：文津出版社，1992 年 5 月等。

大體仍是跟從《詩序》的。即使在反對《詩序》最激烈的地方，由於本身的局限性，亦脫不出了說教的範圍。大膽來說，朱熹還是一個『從《序》派』。」（頁 76）李先生之外，又有王清信學弟循李先生討論的方式、模式、觀點與軌轍，續作〈詩經三頌毛序朱傳異同之比較研究〉一文（發表於《經學研究論叢》第六輯，頁 83～98，1999 年 3 月）及《詩經二雅毛序與朱傳所定篇旨異同之比較研究》一書（臺北：東吳大學中國文學研究所碩士論文，1999 年 6 月），前者就〈三頌〉四十篇，朱熹《詩集傳》所定的詩旨和《詩序》詮說的異同作討論，後者就二雅一百零五篇，朱熹《詩集傳》所定的詩旨和《詩序》詮說的異同作討論，前者的結論是：朱熹釋《詩》「遵從《序》說的（含全同、大同小異），有二十五篇，占〈三頌〉的百分之六十二；不從《序》說的（含全異、大異小同），有十三篇，占〈三頌〉的百分之三十二」、「遵從《序》說的，幾為不從《序》說的兩倍。」（以上並見《經學研究論叢》第六輯，頁 97）；後者的結論是：「朱《傳》與《毛序》說法相同的共五十三篇，佔百分之五〇・四七；相異的五十篇，佔百分之四七・六一」、「朱《傳》跟從《毛序》的說法達百分之五〇。如果說朱子是『攻《序》派』的代表，就〈二雅〉部分看來，實在令人難以認同，在《詩集傳》中，朱子大致上是遵從《毛序》的。」（以上並見《詩經二雅毛序與朱傳所定篇旨異同之比較研究》，頁 195）王清信所作的討論，其缺失大抵也同於李先生，一方面，對於朱熹去《序》詮《詩》的歷程、轉變、意涵認識不足，另一方面，對於朱熹《詩》學在總體傾向、精神的把握上，也有所欠缺，加上在實際詩旨的比對中，有不少詩篇仍有辨析不清之處，造成判定上的錯誤，馴至有如上所述，不甚妥切的論點〔註2〕。

〔註 2〕據筆者所知，除李家樹、王清信嘗就朱熹釋《詩》和《詩序》詮《詩》的異同，作過較為深入的討論外，其他如莫礪鋒先生有〈朱熹詩集傳與毛詩的初步比較〉（《中國古典文學論叢第二輯》頁 140～155，北京：人民文學出版社，1985 年 8 月，其後莫先生對於〈朱熹詩集傳與毛詩的初步比較〉一文，曾稍加增飾，成〈朱熹的詩經學〉一文，收入所撰《朱熹文學研究》的第五章，頁 209～261，南京：南京大學出版社，2000 年 5 月），原新梅先生有〈朱熹詩集傳對毛詩序的批判和繼承〉，徐州師範學院學報，1990 年第四期，楊天宇先生有〈朱熹的詩經說與毛詩序〉，河南大學學報（社會科學版）第三十三卷第二期，1992 年 3 月，何澤恒先生有〈朱子說詩先後異同條辨〉，國立編譯館刊，1989 年 6 月，也皆曾就朱熹之釋《詩》和《詩序》的異同作過討論，唯其中除莫文，尚間及朱熹之淫詩、朱熹對於賦、比、興的分析、《詩集傳》在章句訓詁方面的成就以外，其餘諸文大都僅著重在初步比對朱熹釋《詩》和《詩序》所定詩旨的異同。

　　為便說明，茲略就李家樹、王清信二位先生研究的得失，述之如下：

壹、李家樹先生研究的得失

一、朱熹之去《序》詮《詩》，非肇因於和呂祖謙的意氣相爭

　　有關朱熹去《序》詮《詩》的《詩》學，乃是經歷了早年依《序》詮《詩》，後間為辨破《詩序》之非，最後發現、確認《詩序》非出於孔子、子夏；亦非經文，乃出於漢儒衛宏，前後增益附會而成；詮《詩》多所錯謬，因去《序》詩詮，回歸詩文，斷以己意的三個階段。而朱熹由早年的依《序》詮《詩》，至最後的去《序》詮《詩》，其詮《詩》的歷程與轉變，主要來自三個線索，其一，是自己經過一番長期的沈潛、充實、思索與辨析，其二，是鄭樵《詩辨妄》力詆《詩序》、《詩傳》去《序》詮《詩》的直接刺激與觸發，其三則是承繼、接受自北宋歐陽脩、劉敞、王安石、張載、二程、蘇轍等諸儒以來，辨析、議論，批駁《詩經》漢學傳統的風氣、影響。（以上關於朱熹去《序》詮《詩》的歷程與轉變，參本論文第二章第二節〈朱熹詮《詩》的歷程與轉變〉，頁 95～108）關於此點，李先生似頗乏正確的認知，而認為朱熹的去《序》詮《詩》，實有來自和呂祖謙論《詩》的意氣，舉朱熹所謂：「人言何休為《公羊》忠臣，熹嘗戲伯恭為毛、鄭之佞臣。」（《詩傳遺說》卷二，頁 10091）、「呂伯恭專信《序》文，不免牽合。又云：『伯恭凡百長厚，不肯非毀前輩，須要出脫回護，到了不知道，只為得箇解經人，卻不曾為得聖人本意。是便道是，不是便道不是，方得。』」（同上，頁 10086）之文，便謂：「朱熹從一個守舊派轉變成為激烈的前進人物，難免存有些意氣的了。」（《國風毛序朱傳異同考析・第一章緒論》，頁 7）在實際的詮《詩》比對之後，李先生以為朱熹之釋《詩》和《詩序》的詮說，有六十一篇大同小異，而朱熹詮釋此六十一篇詩，所以和《詩序》大同小異，其原因乃是其中帶有和呂祖謙相爭的意氣在，謂：「在大同小異的六十一篇之中，可以知道朱熹是根本從《序》的，其中稍異的地方，似乎是為攻《序》而攻《序》罷了。他在晚年改易初稿，和呂祖謙爭論，有時不免帶些意氣，而這六十一篇便有不少意氣。」、「仔細分析一下，六十一篇之中，《朱傳》暨《詩序辨》略改《序》說，但和《詩》旨無關的，共有二十篇：〈周南〉的〈關雎〉、〈芣苢〉二篇。〈邶風〉的〈凱風〉、〈谷

風〉、〈簡兮〉、〈北門〉四篇。……所謂略改《序》說，但和《序》旨無關的，顯然是朱熹和呂祖謙互相爭論，即使見到《序》說不可移動，也要稍爲增刪修改的證據。」（同上，頁 326～327）其後李先生續作〈漢宋詩說異同比較〉一文（收入《詩經的歷史公案》，頁 39～82，臺北：大安出版社，1990 年 11月），撮述《國風毛序朱傳異同考析》一書所作的討論，而持論仍同，謂：「從大同小異的六十一篇來看，知道朱熹釋《詩》，根本跟從《詩序》的說法，其中有些小異的地方，似乎是爲了攻《序》而勉強加進去的。他晚年和呂祖謙討論《詩經》而改易初稿宗《序》之說，分明是一時意氣驅使，在這六十一篇之中，更可以見到他意氣的所在。」（《詩經的歷史公案》，頁 63）、「仔細分析一下，六十一篇之中，《詩集傳》暨《詩序辨說》略攻《詩序》，但又無關宏旨的共有二十篇：「〈周南〉的〈關雎〉、〈芣苢〉二篇。〈邶風〉的〈凱風〉、〈谷風〉、〈簡兮〉、〈北門〉四篇。……所謂略攻《詩序》，但又無關宏旨的，顯然是朱熹和呂祖謙互相爭論，即見《序》說不可動移，亦要稍爲增刪修改的證據。」（同上，頁 63～65）李先生執持朱熹的去《序》詮《詩》，實帶有和呂祖謙相爭的意氣在，此種觀點，或受四庫館臣援引楊愼《丹鉛總錄》之說的影響，《四庫全書總目・詩集傳八卷・提要》云：「《詩集傳》八卷，宋、朱子撰。今本八卷，蓋坊刻所併。朱子注《詩》，凡兩易稿，凡呂祖謙《讀詩記》所稱『朱氏曰』者，皆其初稿，其說全宗《小序》，後乃改從鄭樵之說，是爲今本。卷首〈自序〉作於淳熙四年，中無一語斥《小序》，蓋猶初稿，〈序〉末稱時方輯《詩傳》，是其證也。其註《孟子》，以〈柏舟〉爲『仁人不遇』，作〈白鹿洞賦〉以〈子衿〉爲『刺學校之廢』；〈周頌・豐年〉篇，《小序・辨說》極言其誤，而《集傳》仍用〈小序〉說，前後不符，亦舊稿之刪改未盡者也。楊愼《丹鉛錄》謂文公因呂成公太尊《小序》，遂盡變其說，雖臆度之詞，或亦不無所因歟？……」（卷十五，頁 338～339）又《四庫全書總目・欽定詩經傳說彙纂二十卷、序二卷・提要》：「《詩序》自古無異說，王肅、王基、孫毓、陳統爭毛、鄭之得失而已，其舍《序》言《詩》者，萌於歐陽修，成於鄭樵，而定於朱子之《集傳》。輔廣《童子問》以下，遞相羽翼，猶未列學官也。元延祐中，行科舉法，始定《詩》義用朱子，猶參用古注疏也。明永樂中修《詩經大全》，以劉瑾《詩傳通釋》爲藍本，始獨以《集傳》試士，然數百年來，諸儒多引據古義，竊相辨詰，亦如當日之攻毛鄭。蓋《集傳》廢《序》，成於呂祖謙之相激，非朱子之初心，故其閒負氣求勝之處，在所不免，

原不能如《四書集註》，句銖字兩，竭終身之力，研辨至精。……」（卷十六，頁 355～356）唯朱熹之去《序》詮《詩》，乃是經長時期的沈潛、充實、思索、辨析；並受鄭樵《詩辨妄》力詆《詩序》、《詩傳》去《序》詮《詩》的刺激與觸發，又承繼北宋歐、劉、王、張、二程、蘇轍等諸儒辨析、議論、批駁《詩經》漢學的傳統而來，其中多歷曲折與轉變，原非出於一時的意氣相爭，近人余嘉錫曾引成蓉鏡〈駉思堂答問〉之語，對於朱熹去《序》詮《詩》，乃出於和呂祖謙相爭的意氣之說，有所駁正，謂：「嘉錫案：成蓉鏡〈駉思堂答問〉云：『《提要》謂《集傳》廢《序》，成於東萊之相激。徧考《語類》、《文集》，並無此說。蓋本之《丹鉛錄》。此升庵臆度之詞，元以前無此言者。夫考亭《詩序辨說》，後儒以負氣求勝譏之，固所不免。然謂成於東萊之相激，亦考之未審耳。庚子凡三〈答呂伯恭書〉，玩其辭氣，皆無彼此相激之語。其中甲辰〈答潘文叔書〉云：「舊說多所未安，見加刪改，別作一小書，庶幾簡約易讀，若詳考，則有伯恭之書矣。」此豈與呂相難者乎？《語類》葉賀孫錄云：「鄭漁仲《詩辨妄》，力詆《詩序》，始亦疑之；後來仔細看一兩篇，因質之《史記》、《國語》，然後知《詩序》之果不足信。」然則《集傳》之廢《序》，亦文公自廢之耳。其不因成公之尊《序》而盡變其說，亦明矣。又案：壬寅序〈呂氏家塾讀詩記〉云：「此書所謂朱氏者，實熹少時淺陋之說，其後自知其說有所未安，或不免有所更定，則伯恭父反不能不置疑於其間。熹竊惑之。」黃氏《日抄》亦云：「晦菴先生因鄭公之說，盡去美刺，其說頗驚俗，雖東萊先生不能無疑。」據此，則朱、呂論《詩》，誠有不合焉者。然因廢《序》而有異同，非因有所不合而乃廢《序》也。』成氏之說善矣。然所引諸書，作《提要》者皆嘗見之。如《語類》葉賀孫錄，《提要》此條引之；〈呂氏家塾讀詩記・序〉，〈讀詩記〉條下提要引之；《黃氏日抄》之語，《詩總聞》條下〈提要〉引之，是朱子所以廢《詩序》之故，《提要》非不知也。知之而仍信《丹鉛錄》之臆說者，因文達諸人不喜宋儒，讀楊慎之書，見其與己之意見相合，深喜其道不孤，故遂助之張目，而不暇平情以核其是非也。」（《四庫提要辨證》卷一，頁 36～37，收錄於《四庫全書總目》第七冊）據成蓉鏡、余嘉錫之言，可知朱熹的去《序》詮《詩》，並非因和呂祖謙論《詩》的相爭、意氣，而有以致之，楊慎之言，蓋為臆度之詞，而《四庫》館臣亦非不知朱熹《序》詮《詩》的源由，但仍援引楊慎臆度之說，主要即是因不喜宋儒，遂站在漢學的立場，導致不能平情以斷其是非。事實上，朱熹去《序》詮《詩》

詩學的形成與奠立，乃是經過數十年的沈潛、充實、辨析與思索，其中多歷轉折，本非出於一時的意氣、相爭。而有關朱熹要去《序》詮《詩》的理由，朱熹在撰作於定本《詩集傳》後、「標誌著《毛序》及其解《詩》體系眞正被他揚棄了。」（束景南《朱子大傳》，頁 753，福州：教育出版社，1992 年 10月）的《詩序辨說・序》（據束景南先生的研究，《詩序辨說》撰於孝宗淳熙十 3 年 10 月前後，西元 1186，見《朱熹年譜長編》卷下，頁 854，上海：華東師範大學出版社，2001 年 9 月），及在光宗紹熙元年（1190）於臨漳（福建漳州）刊刻四經後（案：指《書》、《詩》、《易》、《春秋》），所撰寫的〈書臨漳所刊四經後・詩〉一文中，都有完整、明確的說明，朱熹說：

> 《詩序》之作，說者不同，或以爲孔子，或以爲子夏，或以爲國史，皆無明文可考。唯《後漢書・儒林傳》以爲衛宏作《毛詩序》，今傳於世，則《序》乃宏作明矣。然鄭氏又以爲諸《序》本自合爲一編，毛公始分以寘諸篇之首，則是毛公之前，其傳已久，宏特增廣而潤色之耳。故近世諸儒多以《序》之首句爲毛公所分，而其下推說云云者爲後人所益，理或有之。但今考其首句，則已有不得詩人之本意而肆爲妄說者矣，況沿襲云云之誤哉。然計其初，猶必自謂出於臆度之私，非經本文，故且自爲一編，別附經後。又以尚有齊、魯、韓氏之說並傳於世，故讀者亦有以知其出於後人之手，不盡信也。及至毛公引以入經，乃不綴篇後而超冠篇端，不爲注文而直作經字，不爲疑辭而遂爲決辭，其後三家之傳又絕，而毛說孤行，則其牴牾之跡無復可見。故此《序》者遂若詩人先所命題，而詩文反爲因《序》以作。於是讀者轉相尊信，無敢擬議。至於有所不通，則必爲之委曲遷就，穿鑿而附合之，寧使經之本文繚戾破碎，不成文理，而終不忍明以《小序》爲出於漢儒也。愚之病此久矣，然猶以其所從來也遠，其間容或眞有傳授證驗而不可廢者，故既頗采以附《傳》中，而復并爲一編，以還其舊，因以論其得失云。（《詩序辨說・序》卷上，頁 3）

> 鄭康成說〈南陔〉等篇遭秦而亡，其義則與眾篇之義合編，故存。至毛公爲《詁訓傳》，乃分眾篇之義各置於其篇端。愚按：鄭氏謂三百篇之義本與眾篇之義合編者，是也。然遂以爲詩與義皆出於先秦，詩亡而義獨存，至毛公分眾義各置篇端，則失之矣。《後漢・衛宏

傳》明言「宏作《毛詩序》」，則《序》豈得與經並出而分於毛公之手哉？然《序》之本不冠於篇端，則因鄭氏此說而可見。熹嘗病今之讀《詩》者知有《序》而不知有《詩》也，故因其說而更定此本，以復於其初。猶懼覽者之惑也，又備論於其後云。（《朱熹集·書臨漳所刊四經後·詩》，卷八十二，第七冊，頁4247）

據上述二文，可知朱熹所以要去《序》詮《詩》的理由有三，其一，《詩序》乃出於漢儒衛宏所為，其二，《詩序》的詮說多不得詩人的本意而肆為妄說，其三，據鄭玄釋〈小雅·南陔〉、〈白華〉、〈華黍〉三亡詩的所言，《詩序》本自為一編，至毛公作《故訓傳》時，才將《詩序》逐條拆解，分置於各《詩》之上〔註3〕，由於毛公將《詩序》分置於各《詩》之上，超冠篇端，齊、魯、韓三家《詩》又先後亡佚，遂使後人無從參較四家《詩》說的矛盾、異同之處，馴至視《毛詩序》宛若經文，讀《詩》、釋《詩》時，轉相尊信，不敢擬議，「至於有所不通」也「必為之委曲遷就、穿鑿而附合之」，甚至到了悖離《詩》文，「繚戾破碎，不成文理」的地步，也在所不惜。為了破除世人對《毛詩序》的盲目尊信，「知有《序》而不知有《詩》」，也為了指陳《詩序》乃出於漢儒，原附《詩經》經文之後，僅為一種釋《詩》觀點，詮《詩》多所錯謬，朱熹因去《序》詮《詩》，重新置《詩序》於《詩經》經文之後，以恢復古始的面貌，但因懼覽者的迷惑，遂又作《詩序辨說》一卷，附於其後，詳論、糾舉、揭示《詩序》詮《詩》的種種錯謬、得失。由此可見，朱熹去《序》詮《詩》，乃有其明確、充分的理據與立場，並非出於一時的意氣、相爭。除〈詩序辨說·序〉及〈書臨漳所刊四經後·詩〉二文，朱熹曾明確、完整地說明他何以要去《序》詮《詩》的原由外，朱熹在《朱子語類》及《朱子文集》中的諸多言論，也可以和《詩序辨說·序〉及〈書臨漳所刊四經後·詩〉二文中所揭櫫的論點相發明、相補充，朱熹說：

〔註3〕 鄭玄釋〈南陔〉、〈白華〉、〈華黍〉三詩「有其義而亡其辭。」云：「此三篇者，〈鄉飲酒〉、〈燕禮〉用焉。曰：『笙入，立于縣中，奏〈南陔〉、〈白華〉、〈華黍〉是也。』孔子論《詩》，雅、頌各得其所，時俱在耳。篇第當在於此，遭戰國及秦之世而亡之，其義則與眾篇之義合編，故存。至毛公為《詁訓傳》，乃分眾篇之義，各置於其篇端云，又闕其亡者，以見在為數，故推改什首，遂通耳，而下非孔子之舊。」（《詩疏》卷九之四，頁342～343）又釋〈由庚〉、〈崇丘〉、〈由儀〉「有其義而亡其辭」云：「此三篇者，〈鄉飲酒〉、〈燕禮〉亦用焉，曰『乃閒歌〈魚麗〉，笙〈由庚〉；歌〈南有嘉魚〉，笙〈崇丘〉；歌〈南山有臺〉，笙〈由儀〉』。亦遭世亂而亡之。」（同上，卷十之一，頁348）

《詩》、《書》《序》，當開在後面。（《朱子語類》卷80，頁2074）

敬之問《詩》、《書》《序》。曰：「古本自是別作一處。如《易大傳》、班固《序傳》並在後。京師舊本《揚子》注，其《序》亦總在後。」（同上）

王德修曰：「六經惟《詩》最分明。」曰：「《詩》本易明，只被前面《序》作梗。《序》出於漢儒，反亂《詩》本意。且只將四字成句底詩讀，卻自分曉。見作《詩集傳》，待取《詩》令編排放在前面，驅逐過後面，自作一處。（同上）

《詩序》作，而觀《詩》者不知《詩》意。（同上）

《詩序》，《東漢・儒林傳》分明說道是衛宏作。後來經意不明，都是被他壞了。某又看得亦不是衛宏一手作，多是兩三手合成一《序》，愈說愈疏。（卷80，頁2074）

今人不以《詩》說《詩》，卻以《序》解《詩》，是以委曲牽合，必欲如《序》者之意，寧失詩人本意不恤也。此是《序》者大害處。（同上，頁2077）

《序》之出於漢儒所作，其爲謬戾，有不可勝言。（同上，頁2078～2079）

讀《詩》，且只將做今人做底詩看。或每日令人誦讀，卻從旁聽之。其話有未通者，略檢注解看，卻時時誦其本文，便見其語脈所在。（同上，頁2083）

今欲觀《詩》，不若且置《小序》及舊說，只將元詩虛心熟讀，徐徐玩味，候彷彿見箇詩人本意，卻從此推尋將去，方有感發。如人拾得一箇無題目詩，再三熟看，亦須辨得出來，若被舊說一局局定，便看不出。今雖說不用舊說，終被他先入在內，不期依舊從他去。（同上，頁2086）

某向作詩解，文字初用《小序》，至解不行處，亦曲爲之說。後來覺得方知，只盡去《小序》，便自可通。於是盡滌舊說，詩意方活。（同上，頁2085）

須先去了《小序》。只將本文熟讀玩味，仍不可先看諸家注解，看得

久之，自然認得此詩是說箇甚事。謂如拾得箇無題目詩，說此花既白又香，是盛寒開，必是梅花詩也。（同上）

舊曾有一老儒鄭漁仲更不信《小序》，只依古本與疊在後面，某今亦如此。令人虛心看正文，久之其義自見。蓋所謂《序》者，不解詩人本意處甚多。（同上，頁 2086）

如《詩》、《易》之類，則爲先儒穿鑿所壞，使人不見當來立言本意。此又是一種功夫，直是要人虛心平氣，本文之下打疊交空蕩蕩地，不要留一字先儒舊說，莫問他是何人所說、所尊、所親、所憎、所惡，一切莫問，而惟本文本意是求，則聖賢之指得矣。（《朱熹集》第四冊，卷四十八，〈答呂子約八，頁 2317～2318）

綜合來看，可見朱熹所以要去《序》詮《詩》，即在於他認爲《詩序》非出於孔子、子夏，乃出於漢儒衛宏所爲，前後增益附會而成；詮《詩》多所錯謬，不得詩人本意；《詩序》既是出於漢儒，且原附經文之後，表明它僅是後人詮《詩》的一種觀點，然而由於毛公將原附經文之後的《詩序》，分置於各《詩》詩文之上，遂使後人盲目尊信，到了委曲遷就、穿鑿附合，甚至「使經之本文，繚戾破碎，不成文理」的地步，爲了破除世人對《詩序》的盲目尊信，也爲了指陳《詩序》出於漢儒，詮《詩》多所錯謬，朱熹遂高舉去《序》詮《詩》的大纛，置《詩序》於經文之後，「以復于其初」，要讓讀者回歸詩文，即《詩》求義，擺脫《詩序》的束縛，在詩文反覆的誦讀含咀之中，去求得詩義。光宗紹熙元年 10 月，朱熹在臨漳刊刻四經後，又態度謹重地撰〈刊四經成告先聖文〉稟告先聖先師，謂：

敢昭告于先聖至聖文宣王、先師袞國公、先師郕國公：熹恭惟六經大訓，炳若日星，垂世作程，靡有終極。不幸前遭秦火煨爐之厄，後罹漢儒穿鑿之謬，不惟微詞奧旨莫得其傳，至於篇帙之次，亦復殽亂。遙遙千載，莫覺莫悟。惟《易》一經，或嘗正定，而熹不敏，又嘗考之《書》、《詩》，而得其〈小序〉之失。參稽本末，皆有明驗。私竊以爲不當引之以冠本經聖言之上，是以不量鄙淺，輒加緒正，刊刻布流，以曉當也。工以具告，熹適病臥，不能拜起，謹遣從事敬奉其書，以告于先聖先師之廷。神靈如在，尚鑒此心。式相其行，萬世幸甚！謹告。（《朱熹集》第八冊，頁 4440）

可見朱熹對於自己的去《序》詮《詩》，置《詩序》於經文之後，以恢復古始

書史」、「其所從來也遠，其間容或眞有傳授證驗而不可廢者」等等原因，而因態度客觀、謹重地在《詩經》三百篇的詮解上，有近三分之一的篇章，採用、承用《詩序》之說，或和《詩序》的詮說相同，但仍無礙於朱熹反《序》、議《序》、論《序》、不信《序》說的傾向、精神和實踐〔註6〕。關於此點，李先生似頗乏正確的認知，以致認爲朱熹之去《序》詮《詩》，除導因於和呂祖謙的意氣、相爭之外，實際上，乃僅止於口頭的攻擊而已，在實際的詮《詩》當中，並未付諸實踐。因此，在《國風毛序朱傳異同考析》一書中，遂處處可見李先生營造、舖染朱熹釋《詩》並未反《序》、和《詩序》的詮說多所相同；爲《詩序》的尊奉者、攻《序》乃出於意氣的氣氛，如謂：

> 這樣攻擊《詩序》，恐怕是吹毛求疵，而且和《詩》旨的探討無關。……
> 即使將舊稿改動，攻擊《詩序》只著眼於無關的事，可見朱熹所謂攻《序》，實在有些意氣在內。（《國風毛序朱傳異同考析·螽斯》，頁21）

> 朱熹這樣跟《毛序》爭論，實在無謂。讚美后妃也好，歸功於文王也好，都是一樣的。后妃不妒忌，由於文王能夠修身齊家，而文王能夠修身齊家，由家及國，不是靠后妃不妒忌才可以達到這個地步嗎？（同上，〈桃夭〉，頁2）

> 朱熹所謂攻《序》，根本上是跟從《序》說，只是在無關宏旨的地方上著眼罷了。（同上）

> 〈兔罝〉一詩，《毛序》和朱熹爭論的問題，完全跟〈桃夭〉相同，現在不再加以評論。（同上，〈兔罝〉，頁24）

> 清代的姚際恒批評得好：《集傳》于〈召南〉諸篇，皆謂「南國諸侯被文王之化」，凜遵《序》說，其何能闢《序》，而尚欲去之哉？姚氏所謂「凜遵《序》說」，正好顯示朱熹對待《毛序》的一般態度，雖未至於「寸尺不移」的地步，恐怕也不是激烈攻《序》的了。（同上，〈鵲巢〉，頁36～37）

> 《毛序》說「羔羊，鵲巢之功致也」，《朱傳》已經申述說是「南國化文王之政」了，《詩序辯》又何必在這裏另生枝節呢？朱子有時眞的似乎是爲攻《序》而攻《序》的。（同上，〈羔羊〉，頁45）

〔註6〕參本論文第三章〈詩旨詮釋的異同〉第二節〈朱熹對於詩序的承用〉。

由〈燕燕〉這首詩開始，一直至〈終風〉爲止，《朱傳》都想對《毛序》有所致疑，但一時找不到證據，所以歸根究柢還是從《序》。雖然說是「姑從之」，也可見朱熹攻《序》，有時眞的是詞窮極了。（同上，〈邶風·綠衣〉，頁68）

從這首詩看來，亦可以見到《詩集傳》易稿以後才寫成的《詩序辨》，攻《序》著實已經到了詞窮的地步。（同上，〈邶風·擊鼓〉，頁76）

其實朱熹所反對的，對解釋整首詩的旨意沒有多大影響。凡《毛序》說《詩》美刺某公或某時的，朱熹必定表示懷疑，但好像這首詩一樣，都沒有提出證據來證明自己的說法，恐怕是爲攻《序》而攻《序》罷了。（同上，〈邶風·雄雉〉，頁79～80）

好像前面的〈雄雉〉一樣，朱熹對《毛序》說的美刺某公、某時，必定有所懷疑，但又不臚列證據來證明一下，明是想當然而已。（同上，〈邶風·匏有苦葉〉，頁81）

朱熹晚年主張廢除《詩序》，主要是因爲和呂祖謙論學時受了刺激所致，所以在攻《序》方面，不免有些意氣的存在。很多時心中是從《序》的，但爲了跟前說對立，只好在一些不著邊際的地方兜圈子，譬如他在這首詩挑剔《毛序》的話，便是一個好例子了。（同上，〈邶風·谷風〉，頁83）

《朱傳》完全從《序》，但稍作疑詞。《詩序辨》又因爲詩人沒有提及黎侯，所以加重懷疑的語氣，恐怕亦是不著邊際的懷疑罷了。（同上，〈邶風·式微〉，頁84）

說衛國因爲淫亂亡國，未聞說它有威虐之政，恐怕是無關宏旨的攻擊《毛序》了，試想衛君淫亂，紀綱一定廢馳，又怎麼可能說威虐之政不會出現的呢？朱熹攻《序》的方式，不敢苟同。（同上，〈邶風·北風〉，頁93）

《朱傳》基本上從《序》，但一方面引述《毛序》的說法，一方面又說在詩中找不到證據，前後自相矛盾。（同上，〈邶風·新臺〉，頁97）

《朱傳》完全跟從《序》說，又從常理推測，認爲當時許穆夫人根本未曾到過漕邑，因爲許國大夫跑來，請她顧存禮教，不可歸寧。《詩

序辨》沒有提出任何反對，所謂詩文顯淺明白，又有《春秋傳》可證等等，對《毛序》簡直是擁護極了。（同上，〈鄘風・載馳〉，頁124）

這首詩的意義雖然很明顯，不容易產生相異的說法，但從《朱傳》補充《毛序》的地方看來，它簡直是《毛序》的信徒了。（同上，〈衛風・碩人〉，頁133）

這首詩《毛序》明顯是錯誤的了，但《朱傳》仍然不敢強解。對於《朱傳》這種攻《序》的態度，清方玉潤就有一段很好的批評。《詩經原始》卷四說：「《集傳》何至遽云不知所謂，不敢強解，蓋亦震於《序》言而無辭以爲之說耳。」所謂「震於《序》言而無辭以爲之說」，正表示《朱傳》根本上是從《序》的，至少脫離不開《毛序》的影響了。（同上，〈衛風・芄蘭〉，頁137～138）

但是，它所引述長樂劉氏的話，很明顯是一番闡述《毛序》的言論。方玉潤說《朱傳》「震於《序》言」，繼〈伯兮〉之後，從這首詩又得到了一個證明。（同上，〈衛風・有狐〉，頁142～143）

《朱傳》完全跟從《序》說，還引述了兩家意見來闡釋《毛序》的說法，可見朱熹根本是前者的信徒。《詩序辨》即使啓疑，最後仍是無辭以對，替《毛序》謄改手文之誤作罷。（同上，〈鄭風・清人〉，頁176）

從這首詩看來，又一次證明《朱傳》不但從《序》，而且是《毛序》的代言者。（同上，〈齊風・東方未明〉，頁213）

表面上，《毛序》、《朱傳》有很大的分歧，其實《朱傳》也沒有提出太相反的意見。（同上，〈唐風・蟋蟀〉，頁238）

從這首詩看來，又一次證明《朱傳》不單從《序》，而且對《序》說多加闡述，即使《詩序辨》故意留（按：疑作刁）難，也是和《詩》旨無關痛癢的。（同上，〈秦風・渭陽〉，頁273）

〈檜風〉四篇，《朱傳》從《序》的有〈羔裘〉、〈素冠〉兩篇，至於其餘的〈隰有萇楚〉和〈匪風〉，跟《毛序》有分歧的地方，都是無關痛癢的。（同上，頁300）

從《毛序》、《朱傳》說法相同的四十七篇看來，可以知道朱熹闡釋
《詩》旨，不僅亦步亦趨的跟從《序》說，並且對於《毛序》的看
法，必定加多一番申述。（同上，頁325）

至於朱熹不敢強解，而未知異同的二篇，或許由於他深受《毛序》
的影響，即使發覺有不妥當的地方，也是無辭以對的。（同上，頁
330）

〈芄蘭〉一詩，可以見到朱熹深受《詩序》的影響，即使覺得《詩
序》有誤，也是無辭以對。（《詩經的歷史公案》，頁53～54）

在朱熹之去《序》詮《詩》，乃因和呂祖謙的意氣、相爭；朱熹之攻《序》，
僅止於口頭的攻擊，在實際的詮《詩》當中，卻處處遵奉《序》說的偏頗認
知下，李先生在朱熹釋《詩》和《詩序》詮《詩》異同的實際比對中，遂有
不少辨析不清之處，以致造成許多論說上的不妥和判定上的錯誤。就論說上
的不妥而言，李先生好以「大同小異」，而「大同小異的可以歸入相同的一類
計算」（《國風毛序朱傳異同考析》，頁325；或謂「大同小異」，「可以當作相
同計算」（同上，頁32）、「可以歸入相同的一類」（同上，頁60）、「可以當作
相同的來看」（同上，頁125）、「略異的可以歸入相同的一類」（同上，頁146），
其意皆同）的模式，來論定、斷說朱熹釋《詩》之從《序》，或和《詩序》的
詮說相同，然而這種「大同小異」即謂之、歸之「相同」的論說模式，一方
面，既可能無以呈顯朱熹釋《詩》，在詮《詩》理念、方法上，和《詩序》的
不同，同時也無法彰顯朱熹在實際詩旨的詮定上，對於《詩序》詮《詩》謬
妄、鑿說、衍說、或悖離詩文之處的批評；更嚴重的則是由於辨析、辨識不
清，判定錯誤，即率爾以「大同小異」來指稱、斷說朱熹釋《詩》從《序》，
或和《序》說相同。使人誤以為朱熹之釋《詩》，果真止於口頭的攻擊，而在
實際的詮《詩》當中，卻處處、大量遵循《序》說，其間並無修正、差異或
不同。茲先就李先生以「大同小異」，而「大同小異的可以歸入相同的一類」
的模式，來論斷、指稱朱熹釋《詩》從《序》的不妥，舉例說明，述之如下：

（一）論說的不妥

1. 〈周南・桃夭〉

桃之夭夭，灼灼其華。之子于歸，宜其室家。（一章）
桃之夭夭，有蕡其實。之子于歸，宜其家室。（二章）

　　　桃之夭夭，其葉蓁蓁。之子于歸，宜其家人。（三章）

〈桃夭〉一詩，《詩序》的詮釋是：

　　后妃之所致也。不妒忌，則男女以正，婚姻以時，國無鰥民也。（《詩
　　疏》卷一之二，頁36）

《毛詩正義》疏釋《詩序》之意云：

　　作〈桃夭〉詩者，后妃之所致也。后妃內修其化，贊助君子，致使
　　天下有禮，昏娶不失其時，故曰致也。由后妃不妒忌，則令天下男
　　女以正，年不過限，昏姻以時，行不逾月，故周南之國皆無鰥獨之
　　民焉，皆后妃之所致也。（同上）

據此，〈桃夭〉一詩，《詩序》以為是在談后妃之所致。所謂后妃之所致，即
是指后妃之德風化天下的結果。由於后妃能不妒忌，又能內修其化，輔助國
君，使得天下的男女，都能在盛年之時，完成婚姻嫁娶之事，並使得周南之
國中都沒有鰥獨的人民。朱熹詮釋〈桃夭〉，與《詩序》之說有所差異，謂：

　　文王之化，自家而國，男女以正，婚姻以時。故詩人因所見以起興，
　　而歎其女子之賢，知其必有以宜其室家也。（《詩集傳》卷一，頁5）
　　《序》首句非是，其所謂「男女以正，婚姻以時，國無鰥民」者得
　　之。蓋此以下諸詩皆言文王風化之盛，由家及國之事，而《序》者
　　失之，皆以為后妃之所致，既非所以正男女之位，而於此詩又專以
　　為不妒忌之功，則其意愈狹而說愈疏矣。（《詩集辨說·桃夭》，卷上，
　　頁7）

視〈桃夭〉一詩為體現文王風化、德化之詩。詩中所抒露的「男女以正，婚姻
以時」的景象，正是文王風化、德化隆盛，由家及國的體現。對於〈詩序〉將
男女以正，婚姻以時、國無鰥民的景象歸諸於后妃之所致；又自〈桃夭〉以下
諸詩（包含〈兔罝〉、〈芣苢〉等），將本皆是體現、呈顯文王風化、德化的隆盛，
由家以及國之詩，率皆歸諸為后妃德化影響所及的結果，朱熹認為這樣的詮說
是不對的，一方面違反、顛倒了《易·家人》卦之〈象傳〉中所揭櫫的「女正
位乎內，男正位乎外，男女正，天地之大義」；所謂男主外，女主內，各司其職，
由此達到齊家、治國、平天下的原理、原則；而無以正男女之位（註7），另一

────────────

〔註7〕　朱熹在《詩序辨說·桃夭》中批評《詩序》「后妃之所致」之說，「非所以正
　　　　男女之位」，此意乃本諸《易經·家人》卦之《象傳》：「象曰：家人，女正位
　　　　乎內，男正位乎外。男女正，天地之大義也。家人有嚴君焉，父母之謂也。

方面,《詩序》對於〈桃夭〉一詩的詮解,又專從后妃有不妒忌之德這點,來詮說詩中何以能「男女以正,婚姻以時」的原由,朱熹認為這樣的詮說,則使得詩意更加淺狹,同時也愈見《詩序》詮說的疏陋。事實上,朱熹詮解〈二南〉,以〈二南〉諸詩是周公所「采文王之世風化所及民俗之詩」,而其意義,即在呈顯文王德化、風化的隆盛與流佈的廣遠,同時「使天下後世之修身、齊身、治國、平天下者,皆得以取法焉。」(以上並見《詩集傳》卷一,頁 1),換言之,朱熹視〈二南〉為感文王之化的組詩,其中蘊含了文王由身修而後家齊,由家齊而後國治,由國治而後天下平的進程和意義,同時也體現了文王德化的儀型及力量,並足供後人、後世的取法〔註 8〕。在二南諸詩皆本於文王之德、皆感於文王之化的認知、觀點之下,朱熹對於《詩序》詮說〈二南〉,凡主后妃之德、后妃之所致、后妃之化、后妃之美或夫人之德云云者,遂皆有所批評或修正,由此亦呈顯朱熹釋《詩》和《詩序》的差異,〈桃夭〉之詩,亦是其中的一例。除〈桃夭〉一詩以外,如〈周南‧關雎〉一詩,《詩序》的詮釋是:

> 后妃之德也。(《詩疏》卷一之一,頁 12)

《毛詩正義》疏釋《詩序》之意云:

> 此篇言后妃性行和諧,貞專化下,寤寐求賢,供奉職事,是后妃之
> 德也。(《詩疏》卷一之一,頁 12)

又《毛傳》釋〈關雎〉首章:「關關雎鳩,在河之洲。」云:

> 后妃說樂君子之德,無不和諧,又不淫其色,慎固幽深,若關雎之
> 有別焉,然後可以風化天下。夫婦有別則父子親,父子親則君臣敬,
> 君臣敬則朝廷正,朝廷正則王化成。(同上,頁 20)

據此,〈關雎〉一詩,《詩序》以為在談后妃的美德。這些美德包含性行和諧、貞專化下、寤寐求賢、共奉職事,及不淫其色等。由於后妃具有這些美德,能夠風化天下,使得夫婦有別,在夫婦有別的基礎上,更使得父子親、君臣敬、朝廷正,馴致達到王化之成的境地。朱熹詮釋〈關雎〉也不取《詩序》

父父子子,兄兄弟弟,夫夫婦婦,而家道正。正家而天下定矣。」(《易疏》卷四,頁 89)輔廣疏釋朱熹之說,也嘗指出:「『『既非所以正男女之位』者,《易‧家人》卦之〈象〉曰:『男正位乎外,女正位乎內,男女正,天地之大義也。』夫男主外,女主內,化理之不可易者,今乃以文王之化形於外者,為后妃之所致,則非所以正男女之位矣。」(《詩童子問》卷首,頁 279)

〔註 8〕關於朱熹詮解〈二南〉諸詩的意涵,可參本論文第六章「〈周南〉、〈召南〉的詮釋」。

專主后妃之德之說，而謂：

> 周之文王生有聖德，又得聖女姒氏以爲之配。宮中之人，於其始至，
> 見其有幽閒貞靜之德，故作是詩。言彼關關然之雎鳩，則相與和鳴
> 於河洲之上矣。此窈窕之淑女，則豈非君子之善匹乎。言其相與和
> 樂而恭敬，亦若雎鳩之情摯而有別也。（《詩集傳》卷一，頁1～2）

拈出「周之文王生有聖德」一句，以見后妃有幽閒貞靜之德之所自出（即后
妃幽閒貞靜之德，乃本於文王的聖德而來），並有別於《詩序》專主后妃之德
的詮說。在《詩序辨說・關雎》中，朱熹即對〈關雎・序〉及二南諸〈序〉
詮《詩》側重在后妃之德或夫人之德之說，提出批評，朱熹說：

> 其（按：指〈關雎〉）詩雖若專美太姒，而實以深見文王之德，《序》
> 者徒見其詞而不察其意，遂壹以后妃爲主，而不復知有文王，是固
> 已失之矣。至於化行中國，三分天下，亦皆以爲后妃之所致，則是
> 禮樂征伐皆出於婦人之手，而文王者徒擁虛器，以爲寄生之君，其
> 失甚矣。唯南豐曾氏之言曰：「先王之政，必自內始。故其閨門之治，
> 所以施之家人者，必爲之師傅保姆之助，詩書圖史之戒，珩璜琚瑀
> 之節，威儀動作之度，其教之者有此具。然古之君子未嘗不以身化
> 也，故〈家人〉之義歸於反身，〈二南〉之業本於文王，豈自外至哉！
> 世皆知文王之所以興，能得內助，而不知其所以然者，蓋本於文王
> 之躬化，故內則后妃有〈關雎〉之行，外則群臣有〈二南〉之美，
> 與之相成。其推而及遠，則商辛之昏俗，江漢之小國，兔罝之野人，
> 莫不好善而不自知，此所謂身修，故國家天下治者也。」竊謂此說
> 庶幾得之。（《詩序辨說・關雎》，卷上，頁5）

據此文，可知朱熹認爲〈關雎〉一詩，就詩文的表面看來，雖然好像在專美
后妃（太姒）之德，但實際上乃在眞實呈顯、反映出文王的聖德，唯作《序》
的人不及見此，徒見詩文表面的文辭，遂據以爲說，專就后妃之德來詮說，
朱熹認爲這樣的詮說，乃是有所偏失的。除此之外，作《序》之人，無視於
文王化行中國，三分天下的德化與事功，在詮釋〈周南〉諸《詩》上，亦將
文王此種的德化和事功，歸諸於后妃之所致，朱熹以爲這樣的觀點，不但使
得禮樂征伐都出自於婦人之手，而文王也成爲徒擁虛器的寄生之君，朱熹認
爲《詩序》這樣的詮《詩》，其缺失更大。除此之外，朱熹更援引曾鞏之說，
以爲自己執持二南諸詩皆本於文王的德化、皆爲文王德化的體現；其中寓有

文王著力於自身修養，而後齊家、治國、平天下的進程、意義的理據與佐證，《詩序》、朱熹詮說〈關雎〉，一主后妃之德，一推本文王之德，二者的詮說，既有所差異，而朱熹對於《序》說也有所批評和修正，由此可見。又如〈周南·兔罝〉一詩，《詩序》的詮釋是：「后妃之化也。〈關雎〉之化行，則莫不好德，賢人眾多也。」（《詩疏》卷一之三，頁 40）《毛詩正義》疏釋《詩序》之意云：

> 作〈兔罝〉詩者，言后妃之化也。言由后妃〈關雎〉之化行，則天下之人莫不好德，是故賢人眾多。由賢人多，故兔罝之人猶能恭敬，是后妃之化行也。（同上）

據此，〈兔罝〉一詩，《詩序》以為是在談后妃之化。所謂后妃之化，即是指由於后妃美德的風化、推行於天下，導致天下之人莫不好德，並造成賢人眾多的局面。朱熹詮釋〈兔罝〉，也不取《詩序》「后妃之化」之說，並批評《兔罝·序》「后妃之化」之說為非，朱熹說：

> 化行俗美，賢才眾多，雖兔罝之野人，而其才之可用如此。故詩人因其所事以起興而美之，而文王德化之盛，因可見矣。（《詩集傳》卷一，頁 5）

> 此《序》首句非是，而所謂「莫不好德，賢人眾多」者得之。（《詩序辨說·兔罝》，卷上，頁 7）

據此，朱熹認為〈兔罝〉一詩中所呈顯的化行俗美，賢才眾多；雖兔罝之野人，其才能也秀異非常而足堪擔任公侯之干城一事，正足以說明文王德化的隆盛，而《詩序》詮說〈兔罝〉，將文王德化的隆盛，歸美后妃，朱熹認為這樣的詮說是不對的。又如〈芣苢〉一詩，《詩序》的詮釋是：「后妃之美也。和平則婦人樂有子矣。」（《詩疏》卷一之三，頁 41）鄭玄箋釋《詩序》之意云：「天下和，政教平也。」（同上）《毛詩正義》疏釋《詩序》之意云：

> 若天下亂離，兵役不息，則我躬不閱，於此之時，豈思子也？今天下和平，於是婦人始樂有子矣。經三章，皆樂有子之事也。（同上）

又《毛詩正義》疏釋〈兔罝·序〉云：

> 〈桃夭〉言后妃之所致，此言后妃之化，〈芣苢〉言后妃之美。此三章所美如一，而設文不同者，以〈桃夭〉承〈螽斯〉之後，〈螽斯〉以前皆后妃身事，〈桃夭〉則論天下昏姻得時，為自近及遠之辭，故云所致也。……〈芣苢〉以后妃事終，故總言之美。其實三者義通，

皆是化美所以致也。（同上，頁 40）

據此，〈芣苢〉一詩，《詩序》以爲是在談后妃之美。所謂后妃之美，也是指由於后妃美德的感化、推行，馴致天下和，政教平，及婦人樂有子之局。朱熹詮釋〈芣苢〉，也不採「后妃之美」的說法，而謂：

> 化行俗美，家室和平，婦人無事，相與采此芣苢，而賦其事以相樂
> 也。（《詩集傳》卷一，頁 6）

視〈芣苢〉詩中所呈顯的家室和平、婦人無事，相與採摘芣苢之樂的景象，乃是因文王之世德化、風化的廣佈流行，世俗淳美，而有以致之〔註9〕，與〈芣苢‧序〉之專主后妃之美的說法，也有所不同和修正。此外，朱熹詮釋〈召南〉諸篇，慣以「南國諸侯被文王之化」、「南國被文王之化」、「南國諸侯承文王之化」云云，做爲詮解《詩》意的起頭，也可說明朱熹詮解〈二南〉，推本、專主於文王之德、之化，這和《詩序》詮解二南，專主、側重於后妃、夫人之德的詮說，當然也有了修正和差異。如〈召南‧鵲巢〉，《詩序》謂：「夫人之德也。國君積行累功，以致爵位，夫人起家而居有之，德如鳲鳩，乃可以配焉。」（《詩疏》卷一之三，頁 45）朱熹則謂：

> 南國諸侯被文王之化，能正心、修身以齊其家，其女子亦被后妃之
> 化，而有專靜純一之德。故嫁於諸侯，而其家人美之曰：維鵲有巢，
> 則鳩來居之，是以之子于歸，而百兩迎之也。此詩之意，猶〈周南〉
> 之有〈關雎〉也。（《詩集傳》卷一，頁 8）
>
> 文王之時，〈關雎〉之化行於閨門之內，而諸侯蒙化以成德者，其道
> 亦始於家人。故其夫人之德如是，而詩人美之也。不言所美之人者，
> 世遠而不可知也，後皆放此。（《詩序辨說‧鵲巢》，卷上，頁 8）

〈采蘩〉一詩，《詩序》謂：「夫人不失職也。夫人可以奉祭祀，則不失職矣。」（《詩疏》卷一之三，頁 46～17）朱熹則謂：

> 南國被文王之化，諸侯夫人能盡誠敬以奉祭祀，而其家人敘其事以
> 美之也。……此詩亦猶〈周南〉之有〈葛覃〉也。（《詩集傳》卷一，

〔註9〕 輔廣闡釋朱熹釋〈芣苢〉之意云：「據首章說：『化行俗美，室家和平』則是文王之化行，而天下之俗美，故致夫婦和平之效如此，則此《序》首句專以爲后妃之美者，亦恐非是。而先生無說者，豈以上兩篇（按：指〈桃天〉、〈兔罝〉）例自可見，而後篇（按：指〈漢廣〉）《序》下，又有可以正前篇之誤之說，故於此有不必言之者歟?又於〈周南〉後總說中，亦自明言之矣。」（《詩童子問》卷首，頁 279）

頁 8〉

〈草蟲〉一詩,《詩序》謂:「大夫妻能以禮自防也。」(《詩疏》卷一之四,頁 51〉朱熹則謂:

> 南國被文王之化,諸侯大夫行役在外,其妻獨居,感時物之變,而思其君子如此。此亦若〈周南〉之〈卷耳〉也。(《詩集傳》卷一,頁 8〉

> 此恐亦是夫人之詩,而未見以禮自防之意。(《詩序辨說·草蟲》,卷上,頁 8〉

〈采蘋〉一詩,《詩序》謂:「大夫妻能循法度也。能循法度,則可以承先祖,共祭祀矣。」(《詩疏》卷一之四,頁 52〉朱熹則謂:

> 南國被文王之化,大夫妻能奉祭祀,而其家人敘其事以美之也。(《詩集傳》卷一,頁 10〉

〈甘棠〉一詩,《詩序》謂:「美召伯也。召伯之教,明於南國。」(《詩疏》卷一之四,頁 54〉朱熹則謂:

> 召伯循行南國,以布文王之政,或舍甘棠之下。其後人思其德,故愛其樹而不忍傷也。(《詩集傳》卷一,頁 10〉

〈行露〉一詩,《詩序》謂:「召伯聽訟也。衰亂之俗微,貞信之教興,強暴之男,不能侵陵貞女也。」(《詩疏》卷一之四,頁 55〉朱熹則謂:

> 南國之人遵召伯之教,服文王之化,有以革其前日淫亂之俗。故女子有能以禮自守,而不爲強暴所污者,自述己志,作此詩以絕其人。
> (《詩集傳》卷一,頁 10〉

〈殷其靁〉一詩,《詩序》謂:「勸以義也。召南之大夫,遠行從政,不遑寧處,其室家能閔其勤勞,勸以義也。」(《詩疏》卷一之四,頁 58〉朱熹則謂:

> 南國被文王之化,婦人以見君子從役在外而思念之,故作此詩。言殷殷然雷聲則在南山之陽矣,何此君子獨去此而不敢少暇乎?於是又美其德,且冀其早畢事而還歸也。(《詩集傳》卷一,頁 11〉

> 按:此詩無「勸以義」之意。(《詩序辨說·殷其靁》,卷上,頁 8〉

〔註10〕

綜上,可知朱熹詮解〈二南〉諸詩,推本、專主於文王之德、之化,視〈二

〔註10〕關於《詩序》、朱熹詮釋詮說〈召南〉諸詩的詳細差異,參本論文第六章,同註 8。

南〉爲體現文王德化、風化的組詩，這和《詩序》詮解〈二南〉，側重、專主
於后妃、夫人之德，顯然有了修正和差異。然而李先生所見似乎不及於此，
就〈桃夭〉一詩《詩序》、朱熹對於詩旨詮定的異同上，李先生謂：「這首詩
《毛序》、《朱傳》又大同小異。」（《國風毛序朱傳異同考析》，頁22）、「朱熹
這樣跟《毛序》爭論，實在無謂，讚美后妃也好，歸功於文王也好，都是一
樣的。」（同上，頁23）因謂〈桃夭〉一詩「可以當作（和《詩序》之說）相
同計算。」（同上，頁32）；〈關雎〉一詩，李先生謂：「這首詩，《毛序》、《朱
傳》所說很明顯見到是大同小異了。」（同上，頁14），〈關雎〉一詩「可以當
作相同計算」（同上，頁 32）；〈兔罝〉一詩，李先生謂：「〈兔罝〉一詩，《毛
序》和朱熹爭論的問題，完全跟〈桃夭〉相同，現在不再加以評論。」（同上，
頁24），〈兔罝〉一詩，「可以當作相同計算」（同上，頁32）；〈芣苢〉一詩，
李先生謂：「這首詩毛、朱又是大同小異」（同上，頁25），〈芣苢〉「可以當作
相同計算」（同上，頁32）〈召南·鵲巢〉一詩，李先生謂：「《毛序》、《朱傳》
說法相同」（同上，頁 60）；〈采蘩〉一詩，李先生謂《毛序》、《朱傳》「又同
又異」（同上）；〈采蘋〉一詩，李先生謂：「《毛序》、《朱傳》說法相同」（同
上）；〈甘棠〉一詩，李先生謂：「《毛序》、《朱傳》說法相同」（同上）；〈行露〉
一詩，李先生謂：「《毛序》、《朱傳》說法相同」（同上）；〈殷其靁〉一詩，李
先生謂：《毛序》、《朱傳》說法「大同小異」（同上）；在李先生辨析不清及以
「大同小異」而「大同小異的可以歸入相同的一類計算」的模式下，〈周南〉
十一篇，除〈卷耳〉外，其餘諸詩，朱熹釋《詩》，遂成率皆從《序》，換言
之，〈周南〉十一篇中，朱熹釋《詩》從《序》的即有：〈樛木〉、〈螽斯〉、〈汝
墳〉、〈關雎〉、〈葛覃〉、〈桃夭〉、〈兔罝〉、〈芣苢〉、〈漢廣〉、〈麟之趾〉十篇；
〈召南〉十四篇，除〈草蟲〉異於《詩序》之說、〈采蘩〉與《詩序》「又同
又異」（可以算作半篇相同、半篇相異）之外，其餘十二篇，朱熹釋《詩》也
率皆從《序》，綜合來看，依李先生之說，〈二南〉二十五篇中，朱熹《詩》
遵從《序》說的，竟高達二十二·五篇，這樣的討論模式及論說、指稱朱熹
釋《詩》大量從《序》，僅止於口頭的攻擊，顯然是不太妥當而值得商榷的。

2. 〈邶風·匏有苦葉〉

匏有苦葉，濟有深涉。深則厲，淺則揭。（一章）
有瀰濟盈，有鷕雉鳴；濟盈不濡軌，雉鳴求其牡。（二章）
雝雝鳴鴈，旭日始旦。士如歸妻，迨冰未泮。（三章）

招招舟子，人涉卬否。人涉卬否，卬須我友。（四章）

〈匏有苦葉〉一詩，《詩序》的詮釋是：

刺衛宣公也。公與夫人並爲淫亂。（《詩疏》卷二之二，頁87）

鄭玄箋釋《詩序》之意云：

夫人，謂夷姜。（同上）

據此，《詩序》以爲〈匏有苦葉〉一詩，是譏刺衛宣公與庶母夷姜淫亂之詩。朱熹詮釋〈匏有苦葉〉，不取《詩序》坐實譏刺衛宣公與庶母夷姜淫亂之說，謂：

此刺淫亂之詩。言匏未可用，而渡處方深，行者當量其深淺而後可渡。以比男女之際，亦當量度禮義而行也。（《詩集傳》卷二，頁20）

未有以見其爲刺宣公、夫人之詩。（《詩序辨說》卷上，頁18）

僅寬泛的以爲是譏刺淫亂之詩，認爲《詩序》以〈匏有苦葉〉爲譏刺衛宣公與夫人淫亂之詩，從詩文中無法看出。《詩序》的詮釋乃採美刺時君國政、以史證詩的詮釋進路，將於史有之的衛宣公烝於庶母夷姜之事，歸之於〈匏有苦葉〉，以達到教化勸誡的目的〔註11〕。唯朱熹對於《詩序》此種例採美刺時君國政、非美即刺、坐實人事、言之鑿鑿，以致流於傅會書史、依託名謚、鑿空妄語的詮《詩》進路，有極其激烈的抨擊，朱熹認爲《詩序》的詮《詩》，既忽略詩作本於情性而發，初不專爲美刺而作，而《詩序》詮《詩》，又拘於時世的先後，詩篇的時世在前者即爲美，在後者即爲刺，即使詩文之中傳達出一種頌美之情，作《序》的人也因爲詩篇的時世及載籍中並無相關賢君美謚的記載，遂扭曲、悖離詩文而例以爲陳古而刺今之作，此外，《詩序》詮《詩》又好以不知爲知，強作解人、坐實人事，「不知其時者，必強以爲某王某公之時；不知其人者，必強以爲某甲某乙之事」，朱熹認爲這些都是詮《詩》的謬誤。《詩序》詮《詩》既有坐實人事，強作解人，致流於附會書史、依託名謚、鑿空妄語之弊，朱熹認爲正確的詮《詩》方法，除因「詩文明白，直指其事」或「證驗的切，見於書史」，可明白據以爲說外，其餘諸詩，皆應抱持寬泛的

〔註11〕 《左傳》桓公十六年謂：「初，衛宣公烝於夷姜，生急子，屬諸右公子，爲之娶於齊，而美，公取之。」（《春秋疏》卷七，頁128）《史記・衛康叔世家》亦載此事：「十八年，初，宣公愛夫人夷姜，夷姜生子伋，以爲太子，而令右公子傅之。右公子爲太子取齊女，未入室，而宣公見所欲爲太子婦者好，說而自取之，更爲太子取他女。」（《史記會注考證》卷三十七，頁602）

說解方式，以避免無謂的穿鑿的附會，相關的言論甚多，除〈詩序辨說・邶風・柏舟〉中有完整的論述、指陳之外〔註 12〕，朱熹在《朱子語類》中亦多次提及，如謂：

> 《詩》，纔說得密，便說他不著。「國史明乎得乎之跡」這一句也有病。《周禮》、《禮記》中，史並不掌詩，《左傳》說自分曉。以此見得《大序》亦未必是聖人作，《小序》更不須說。他做《小序》，不會寬說，每篇便求一箇實事填塞了。他有尋得著底，猶自可通；不然，便與《詩》相礙。（《朱子語類》卷八十，頁 2072）

> 《詩》《小序》不可信。而今看《詩》，有《詩》中分明說是某人某事者，則可知。其他不曾說者，而今但可知其說此等事而已。韓退之詩曰：「《春秋》書王法，不誅其人身。」（同上）

> 《詩小序》全不可信，如何定知是美刺那人？詩人亦有意思偶然而作者。又，其《序》與《詩》全不相合。《詩》詞理甚順，平易易看，不如《序》所云。（同上，頁 2074）

> 因論《詩》，歷言《小序》大無義理，皆是後人杜撰，先後增益湊合而成。……其他變風諸詩，未必是刺者，皆以爲刺；未必是言此人，必傅會以爲此人。（同上，頁 2075）

> 大率古人作詩，與今人作詩一般，其間亦自有感物道情，吟詠情性，幾時盡是譏刺他人？只緣《序》者立例，篇篇要作美刺說，將詩人意思盡穿鑿壞了，且如今人纔做事，便作一詩歌美之，或譏刺之，是甚麼道理？（同上）

> 《詩序》多是後人妄意推想詩人之美刺，非古人之所作也。古人之詩雖存，而意不可得。《序》詩者妄誕其說，但疑見其人如此，便以爲是詩之美刺者，必若人也。如莊姜之詩，卻以爲刺衛頃公。今觀

〔註 12〕詳參《詩序辨說・邶風・柏舟》，卷上，頁 10。又有關朱熹主張釋《詩》應寬泛的說解，勿坐實人事，流於鑿說，所謂「《詩》之文意事類，可以思而得；其時世名氏，則不可以強而推」（《詩序辨說・邶風・柏舟》，卷上，頁 10），輔廣亦有闡述，謂：「此段辯說，可謂詳明，首兩句便斷盡說《詩》之義，先生之說《詩》，不過如此而已。於其可以思而得者，則從而爲之說，於其不可強而推者，則闕之而已，此不惟說《詩》之法如此，凡說經皆當然也。」（《詩童子問・卷首》，頁 281）。

《史記》所述，頃公竟無一事可紀，但言某公卒，子某公立而已，都無其事。頃公固亦是衛一不美之君。《序》詩者但見其詩有不美之跡，便指為刺頃公之詩。此類甚多，皆是妄生美刺，初無其實。（同上，頁 2077）

問：「《詩傳》盡撤去《小序》，何也？」曰：「《小序》如〈碩人〉、〈定之方中〉等，見於《左傳》者，自可無疑。若其他刺詩無所據，多是世儒將他諡號不美者，挨就立名爾。今只考一篇見是如此，故皆不敢信。且如蘇公刺暴公，固是姓暴者多；萬一不見得是暴公，則「惟暴之云」者，只作一箇狂暴底人說，亦可。又如〈將仲子〉，如何便見得是祭仲？某由此見得《小序》大故是後世陋儒所作。但既是千百年已往之詩，今只見得大意便了，又何必要指實得其人姓名，於看詩有何益也。」（同上，頁 2078）

問：「今人自做一詩，其所寓之意，亦只自曉得，前輩詩如何可盡解？」曰：「何況三百篇，後人不肯道不會，須要字字解得麼！」（同上，頁 2091）

可見朱熹主張釋《詩》當以寬泛的說解為主，勿強不知以為知，強作解人，以避免流於鑿說妄語，《詩序》詮《詩》好坐實人事，以致流於附會書史、依託名諡、鑿空妄語，這正是朱熹所深以為病而極力抨擊的。就〈匏有苦葉〉一詩的詮釋來看，《詩序》的詮釋，坐實譏刺衛宣公烝於庶母夷姜淫亂之事，朱熹不信《詩序》之說，乃採寬泛的說解，但謂：譏刺淫亂之詩，這正顯了《詩序》、朱熹在詮《詩》進路、方法上的重大差異，然而李先生所見似不及此，遂謂：

〈匏有苦葉〉之詩，《毛序》、《朱傳》所說大同小異。根據《毛序》，詩人諷刺衛宣公和夫人並為淫亂，而《朱傳》也同意這首詩是刺淫的，不過未必是為刺宣公而作罷了。好像前面的〈雄雉〉一樣，朱熹對《毛序》說的美刺某公、某時，必定有所懷疑，但又不臚列證據來證明一下，明是想當然而已。明代的朱朝瑛說得好，即使詩文無刺宣公之意，但上行下效，衛國風俗淫亂，宣公實在應該負起很大的責任，所以詩文是刺衛俗的，直接說是刺宣公好了。從這個角度看來，《毛序》、《朱傳》的說法，根本是相同的。（《國風毛序朱傳異同考析》，頁 81）

這樣的論說，顯然是不妥當的。

（二）《詩》旨異同的判定錯誤

至於李先生因爲辨析不清，致造成判定的錯誤，馴至誤以爲朱熹釋《詩》從《序》的詩篇，據筆者的初步統計，有三十三篇，即〈召南・殷其靁〉、〈摽有梅〉、〈邶風・終風〉、〈凱風〉、〈雄雉〉、〈谷風〉、〈北風〉、〈鄘風・桑中〉、〈衛風・考槃〉、〈氓〉、〈芄蘭〉、〈伯兮〉、〈有狐〉、〈王風・君子于役〉、〈君子陽陽〉、〈大車〉、〈鄭風・羔裘〉、〈女曰雞鳴〉、〈東門之墠〉、〈野有蔓草〉、〈溱洧〉、〈齊風・東方之日〉、〈甫田〉、〈敝笱〉、〈載驅〉、〈魏風・十畝之間〉、〈伐檀〉、〈碩鼠〉、〈唐風・蟋蟀〉、〈羔裘〉、〈葛生〉、〈檜風・隰有萇楚〉、〈曹風・蜉蝣〉，茲撮要舉例，述之如下：

1. 〈邶風・雄雉〉

> 雄雉于飛，泄泄其羽。我之懷矣，自詒伊阻。（一章）
> 雄雉于飛，下上其音。展矣君子，實勞我心。（二章）
> 瞻彼日月，悠悠我思。道之云遠，曷云能來？（三章）
> 百爾君子，不知德行。不忮不求，何用不臧！（四章）

〈雄雉〉一詩，《詩序》的詮釋是：

> 刺衛宣公也，淫亂不恤國事，軍旅數起，大夫久役，男女怨曠，國人患之而作是詩。（《詩疏》卷二之二，頁86）

鄭玄箋釋《詩序》之意云：

> 淫亂者，荒放於妻妾，烝於夷姜之等。國人久處軍役之事，故男多曠，女多怨也。男曠而苦其事，女怨而望其君子。（同上）

《毛詩正義》疏釋《詩序》、鄭玄之意云：

> 淫，謂色欲過度；亂，謂犯悖人倫，故言「荒放於妻妾」，以解淫也，「烝於夷姜」，以解亂也。〈大司馬職〉曰：「外內亂，鳥獸行，則滅之。」注引《王霸記》曰：「悖人倫，外內無以異於禽獸。」然則宣公由上烝父妾，悖亂人倫，故謂之亂也。〈君子偕老〉、〈桑中〉皆云「淫亂」者，謂宣公上烝夷姜，下納宣姜，公子頑通於君母，故皆爲亂也。（同上）

據此，《詩序》以爲〈雄雉〉一詩是「刺衛宣公」之詩。由於宣公上烝庶母夷姜，下奪太子伋之婦宣姜，淫亂悖倫，又屢屢有興動軍旅之事，導致大夫久

役，男曠女怨，所以國人作〈雄雉〉一詩來譏刺他。朱熹詮釋〈雄雉〉，與《詩序》「刺衛宣公」云云不同，謂：

> 婦人以其君子從役在外，故言雄雉之飛舒緩自得如此，而我之所思者，乃從役於外，而自遺阻隔也。（《詩集傳》卷二，頁 19～20）
>
> 《序》所謂「大夫久役，男女怨曠」者得之，但未有以見其爲宣公之時與淫亂不恤國事之意耳，兼此詩亦婦人作，非國人之所爲也。
>
> （《詩序辨說‧雄雉》，卷上，頁 12）

據此，朱熹以爲〈雄雉〉一詩純是婦人思念久役在外的丈夫之詩，其中並無譏刺宣公之意；從詩文中也看不出是在宣公之時或有宣公淫亂、不恤國事、屢動軍旅，導致大夫久役、男女怨曠之意。就詩文來看，則純僅是婦人思念久役在外的丈夫之詩，兩者的詮說，顯然不同。《詩序》的詮說，蓋採美刺時君國政、以史證詩的詮釋進路，因此，不免往往有附會書史、依託名諡、鑿空妄語之弊，就〈雄雉〉一詩來看，宣公固有淫亂及屢動軍旅之事〔註 13〕，但從詩文中，實看不出與此詩有任何的關涉，朱熹嘗對《詩序》機械地採取美刺，忽略詩本於吟詠情性而作，一切宛若親見、言之鑿鑿的詮《詩》進路，有很大的抨擊與批評，斥其爲「附會書史、依託名諡、鑿空妄語」；強不知以爲知，「不知其時者，必強以爲某王、某公之時；不知其人者，必強以爲某甲、某乙之事」，又以爲《詩序》的詮《詩》，「不切於情性之自然」，並「有害於溫柔敦厚之教」（以上並見《詩序辨說‧邶風‧柏舟》，卷上，頁 10）因主張回歸詩文、以詩言詩，尊重詩文前後脈絡所呈顯的意涵；又主張寬泛說《詩》，勿強不知以爲知，相關的言論甚多如謂：

〔註13〕宣公上烝庶母夷姜，又強奪子媳宣姜以爲婦，所謂淫亂之事，於史有之，《左傳》桓公十六年謂：「初，衛宣公烝於夷姜，生急子，屬諸右公子。爲之娶於齊，而美，公取之。」（《春秋疏》卷七，頁 128）《史記‧衛康叔世家》亦載此事：「十八年，初，宣公愛夫人夷姜，夷姜生子伋，以爲太子，而令右公子傅之。右公子爲太子取齊女，未入室，而宣公見所欲爲太子婦者好，說而自取之，更爲太子取他女。」（《史記會注考證》卷三十七，頁 602）又宣公屢動軍旅之事，於史亦有之，陳奐謂：「《春秋》衛宣公於魯隱四年即位，明年，衛入郕，又與宋入鄭伐戴，又與陳、蔡從王伐鄭，又與齊、鄭伐魯，戰于郎，皆其軍旅事也。」（《詩毛氏傳疏》卷三，頁 93）胡承珙引姜氏《廣義》曰：「考《春秋》隱四年，宣即位。明年，衛入郕，又與宋入鄭伐戴。瓦屋之盟，及鄭平矣，又與陳蔡從王伐鄭。既爲鄭敗，又與齊鄭伐魯。魯桓求好，待於桃丘，弗遇，卒來戰於郎。前後以兵爲戲，故詩人託爲大夫久役，室家思念之辭，因以刺宣公也。」（《毛詩後箋》卷三，頁 168）

《詩》本易明，只被前面《序》作梗。《序》出於漢儒，反亂《詩》本意。且只將四字成句底詩讀，卻自分曉。（《朱子語類》卷八十，頁 2074）

今欲觀《詩》，不若且置《小序》及舊說，只將元詩虛心熟讀，徐徐玩味，候彷彿見箇詩人本意，卻從此推尋將去，方有感發。如人拾得一箇無題目詩，再三熟看，亦須辨得出來，若被舊說一局局定，便看不出。（同上，頁 2086）

須先去了《小序》，只將本文熟讀玩味，仍不可先看諸家注解，看得久之，自然認得此詩是說箇甚事。謂如拾得箇無題目詩，說此花既白又香，是盛寒開，必是梅花詩也。（同上，頁 2085）

如《詩》、《易》之類，則為先儒穿鑿所壞，使人不見當來立言本意。此又是一種功夫，直是要人虛心平氣，本文之下打疊交空蕩蕩地，不要留一字先儒舊說，莫問他是何人所說、所尊、所親、所憎、所惡，一切莫問，而惟本文本意是求，則聖賢之指得矣。（《朱熹集》冊四，卷四十八，〈答呂子約〉，頁 2317～2318）

詩之文意事類，可以思而得，其時世名氏，則不可以強而推。故凡〈小序〉，唯詩文明白，直指其事，如〈甘棠〉、〈定中〉、〈南山〉、〈株林〉之屬。若驗證的切，見於書史，如〈載馳〉、〈碩人〉、〈清人〉、〈黃鳥〉之類，決為可無疑者。其次，則詞旨大概可知必為某事，而不可知其的為某時某人者，尚多有之。若為〈小序〉者，姑以其意，推尋探索，依約而言，則雖有所不知，亦不害其為不自欺，雖有未當，人亦當恕其所不及，今乃不然。不知其時者，必強以為某王、某公之時；不知其人者，必強以為某甲、某乙之事。於是傅會書史、依託名諡，鑿空妄語，以誑後人。其所以然者，特以恥其有所不知，而唯恐人之不見信而已。且如〈柏舟〉，不知其出於婦人而以為男子；不知其不得於夫而以為不遇於君，此則失矣！然有所不及而不自欺，則亦未至於大害理也。今乃斷然以為衛頃公之時，則其故為欺罔以誤後人之罪，不可揜矣！蓋其偶見此詩冠於三衛變風之首，是以求之《春秋》之前，而《史記》所書莊、桓以上，衛之諸君，事皆無可考者，諡亦無甚惡者。獨頃公有賂王請命之事，其

謐又為甄心動懼之名，如漢諸侯王，必其嘗以罪謫，然後加以此謐，以是意其必有棄賢用佞之失，而遂以此詩予之。若將以衒其多知而必於取信，不知將有明者從旁觀之，則適所以暴其真不知而啓其深不信也。凡〈小序〉之失，以此推之，什得八九矣！又其為説，必使詩無一篇不為美刺時君國政而作，固已不切於情性之自然。而又拘於時世之先後，其或詩傳所載，當此之時，偶無賢君美謐，則雖有詞之美者，亦例以為陳古而刺今，是使讀者疑於當時之人絕無善則稱君，過則稱己之意。而一不得志，則扼腕切齒，嘻笑冷語，以懟其上者，所在而成群，是其輕躁險薄，尤有害於温柔敦厚之教，故予不可以不辨。（《詩序辨説》卷上，頁 10）

《詩》，纔説得密，便説他不著。「國史明乎得乎之迹」這一句也有病。《周禮》、《禮記》中，史並不掌詩，《左傳》説自分曉。以此見得《大序》亦未必是聖人作，《小序》更不須説。他做《小序》，不會寬説，每篇便求一箇實事填塞了。他有尋得著底，猶自可通；不然，便與《詩》相礙。（《朱子語類》卷八十，頁 2072）

《詩》《小序》不可信。而今看《詩》，有《詩》中分明説是某人某事者，則可知。其他不曾説者，而今但可知其説此等事而已。韓退之詩曰：「《春秋》書王法，不誅其人身。」（同上）

《詩小序》全不可信，如何定知是美刺那人？詩人亦有意思偶然而作者。又，其《序》與《詩》全不相合。《詩》詞理甚順，平易易看，不如《序》所云。（同上，頁 2074）

因論《詩》，歷言《小序》大無義理，皆是後人杜撰，先後增益湊合而成。……其他變風諸詩，未必是刺者，皆以為刺；未必是言此人，必傅會以為此人。（同上，頁 2075）

大率古人作詩，與今人作詩一般，其間亦自有感物道情，吟詠情性，幾時盡是譏刺他人？只緣《序》者立例，篇篇要作美刺説，將詩人意思盡穿鑿壞了，且如今人纔做事，使作一詩歌美之，或譏刺之，是甚麼道理？（同上）

《詩序》多是後人妄意推想詩人之美刺，非古人之所作也。古人之詩雖存，而意不可得。《序》詩者妄誕其説，但疑見其人如此，便以

爲是詩之美刺者，必若人也。如莊姜之詩，卻以爲刺衛頃公。今觀《史記》所述，頃公竟無一事可紀，但言某公卒，子某公立而已，都無其事。頃公固亦是衛一不美之君。《序》詩者但見其詩有不美之跡，便指爲刺頃公之詩。此類甚多，皆是妄生美刺，初無其實。（同上，頁 2077）

問：「《詩傳》盡撤去《小序》，何也？」曰：「《小序》如〈碩人〉、〈定之方中〉等，見於《左傳》者，自可無疑。若其他刺詩無所據，多是世儒將他諡號不美者，挨就立名爾。今只考一篇見是如此，故其他皆不敢信。且如蘇公刺暴公，固是姓暴者多；萬一不見得是暴公，則「惟暴之云」者，只作一箇狂暴底人說，亦可。又如〈將仲子〉，如何便見得是祭仲？某由此見得《小序》大故是後世陋儒所作。但既是千百年已往之詩，今只見得大意便了，又何必要指實得其人姓名，於看詩有何益也！」（同上，頁 2078）

問：「今人自做一詩，其所寓之意，亦只自曉得，前輩詩如何可盡解？」曰：「何況三百篇，後人不肯道不會，須要字字解得麼！」（同上，頁 2091）

朱熹釋《詩》，既與《詩序》在詮《詩》的認知、方法上有根本的差別，遂使得朱熹在詩旨的詮定上，與《詩序》的詮說有相當大的差別，〈邶風·雄雉〉一詩的詮釋，亦是一例，然而李先生卻謂：「〈雄雉〉之詩，《毛序》及《朱傳》所謂大同小異。」、「朱熹大致從《序》」（以上並見《國風毛序朱傳異同考析》，頁 79），並謂：「凡《毛序》說詩美刺某公或某時的，朱熹必定表示懷疑，但好像這首詩一樣，都沒有提出證據來證明自己的說法，恐怕是爲攻《序》而攻《序》罷了。」（同上，頁 79～80）在文末的小結中，遂將〈雄雉〉歸爲「《朱傳》從《序》而《詩序辨》無關宏旨地略作疑詞」（同上，頁 99）中的一篇，而判定爲「《朱傳》從《序》說」（同上），在詩旨的判定上既乖，同時，對於朱熹駁斥《詩序》的坐實詩說，致流於附會書史、依託名諡、鑿空妄語之弊，也似乎並未理解。

2. 〈邶風·谷風〉

習習谷風，以陰以雨，黽勉同心，不宜有怒，采葑采菲，無以下體？德音莫違，及爾同死。（一章）

行道遲遲，中心有違。不遠伊邇，薄送我畿。誰謂荼苦？其甘如薺。
宴爾新昏，如兄如弟。（二章）

涇以渭濁，湜湜其沚。宴爾新昏，不我屑以。毋逝我梁，毋發我笱；
我躬不閱，遑恤我後！（三章）

就其深矣，方之舟之；就其淺矣，泳之游之。何有何亡？黽勉求之，
凡民有喪，匍匐救之。（四章）

不我能慉，反以我為讎。既阻我德，賈用不售。昔育恐育鞠，及爾顛
覆。既生既育，比予于毒。（五章）

我有旨蓄。亦以御冬，宴爾新昏，以我御窮。有洸有潰，既詒我肄。
不念昔者，伊余來塈。（六章）

〈谷風〉一詩，《詩序》的詮釋是：

> 刺夫婦失道也。衛人化其上，淫於新昏，而棄其舊室，夫婦離絕，
> 國俗傷敗焉。（《詩疏》卷二之二，頁 89）

鄭玄箋釋《詩序》「淫於新昏」云：「新昏者，新所與為昏禮。」（同上）《毛
詩正義》疏釋《詩序》之意云：

> 作〈谷風〉詩者，刺夫婦失其相與之道，以至於離絕。言衛人由化
> 效其上，故淫於新昏，而棄其舊室，是夫婦離絕，致令國俗傷敗焉。
> （同上）

據此，《詩序》以為由於衛人受到在上位的風化的影響，而有淫於新昏、棄其
舊室之舉，致使夫婦離絕、國俗傷敗，因此詩人作〈谷風〉一詩，來譏刺這
種夫妻失道的現象。《詩序》所謂「衛人化其上」，恐即指衛宣公，由於宣公
納伋之妻宣姜，而夷姜縊，有淫於新婚、棄其舊室的行為，風化所及，導致
衛民浸以成風，因有夫婦離絕的事〔註14〕。朱熹詮釋〈谷風〉，與《詩序》不
同，謂：

> 婦人為夫所棄，故作此詩，以敘其悲怨之情。（《詩集傳》卷二，頁
> 21）

> 亦未有以見化其上之意。（《詩序辨說·谷風》，卷上，頁 18）

視〈谷風〉為婦人遭夫所棄的自述之詩（即棄婦詩），詩中敘述、呈顯了己身

〔註14〕陳奐疏釋〈谷風·序〉之意云：「《左傳》稱衛宣公納子伋之妻，是為宣姜，
而夷姜縊，此淫新昏，棄舊室也。國人化之，遂成為風俗。」（《詩毛氏傳疏》
卷三，頁 99）

遭夫所棄的悲怨之情，在《詩序辨說》中，朱熹指出〈谷風〉一詩，並無《詩序》所謂「衛人化效其上」之意。《詩序》的詮釋，仍採美刺時君國政的詮釋進路，認爲夫婦失道，乃是由於衛人化其上的結果，衛人夫婦失道既然是由於受到在上位的影響所致，則刺夫婦失道，實際上即有刺在上位者（國君，衛宣公）之意，朱熹則從人情、詩歌本於吟詠情性、感物道情的角度，以詩言詩，認爲〈谷風〉是棄婦所作之詩，詩中自述了其爲夫所棄的悲怨之情，兩者的詮說，顯然不同（關於《詩序》例採美刺時君國政的詮《詩》進路，朱熹嘗從人情、情性的角度加以批駁，參《詩序辨說・邶風・柏舟》、《朱子語類》卷八十，頁 2076）然而李先生卻謂：「《朱傳》大致從《序》，但《詩序辨》又無關宏旨的挑剔詩文無化其上之意。」（《國風毛序朱傳異同考析》，頁 83）、「像在緒論裡面說過，朱熹晚年主張廢除《詩序》，主要是因爲和呂祖謙論學時受了刺激所致，所以在攻《序》方面，不免有些意氣的存在。很多時心中是從《序》的，但爲了跟前說對立，只好在一些不著邊際的地方兜圈子，譬如他在這首詩挑剔《毛序》的話。便是一個好例子了。」（同上，頁 83）將朱熹之釋〈谷風〉定爲〈邶風〉「《朱傳》從《序》而《詩序辨》無關宏旨地略作疑詞」十一篇中的一篇（同上，頁 99），在結論中，即將朱熹之釋〈谷風〉歸入和《詩序》「大同小異」之一類，而「大同小異的可以歸入相同的一類計算」（同上，頁 325）。

3. 〈鄘風・桑中〉

> 爰采唐矣，沬之鄉矣。云誰之思？美孟姜矣。期我乎桑中，要我乎上宮，送我乎淇之上矣。（一章）
> 爰采麥矣，沬之北矣。云誰之思？美孟弋矣。期我乎桑中，要我乎上宮，送我乎淇之上矣。（二章）
> 爰采葑矣，沬之東矣。云誰之思，美孟庸矣。期我乎桑中，要我乎上宮，送我乎淇之上矣。（三章）

〈桑中〉一詩，《詩序》的詮釋是：

> 〈桑中〉，刺奔也。衛之公室淫亂，男女相奔，至于世族在位，相竊
> 妻妾，期於幽遠，政散民流而不可止。（《詩疏》卷三之一，頁 113）

鄭玄《箋》釋《詩序》之意云：

> 衛之公室淫亂，謂宣惠之世，男女相奔，不待媒氏以禮會之也。世

族在位,取姜氏、弋氏、庸氏者也。竊,盜也。幽遠,謂桑中之野。
（同上）

《毛詩正義》疏釋《詩序》之意云:

作〈桑中〉詩者,刺男女淫亂而相奔也。由衛之公室淫亂之所化,是故又使國中男女相奔,不待禮會而行之,雖至於世族在位爲官者,相竊其妻妾,而期於幽遠之處,而與之行淫。時既如此,即政教荒散,世俗流移,淫亂成風而不可止,故刺之也。（同上）

據此,《詩序》以爲〈桑中〉是譏刺衛俗淫亂,致男女相奔之詩。由於衛國公室淫亂,風化所及,連世族在位爲官者,也有淫奔的行爲,淫風如此,表示政教敗壞,所以詩人作〈桑中〉一詩來加以譏刺。朱熹詮釋〈桑中〉,與《詩序》「刺奔」之說不同,謂:

衛俗淫亂,世族在位,相竊妻妾。故此人自言將采唐於沬,而與其所思之人相期會迎送如此也。……《樂記》曰:「鄭、衛之音,亂世之音也,比於慢矣。桑間濮上之音,亡國之音也。其政散,其民流,誣上行私而不可止也。」按:〈桑間〉即此篇,故〈小序〉亦用〈樂記〉之語。（《詩集傳》卷三,頁30）

此詩乃淫奔者所自作,《序》之首句以爲刺奔,誤矣!（《詩序辨說·鄘風·桑中》,卷上,頁14）

視〈桑中〉爲「淫奔者所自作」的淫詩。而朱熹所以視「桑中」爲淫奔者所自作的淫詩,除本諸《禮記·樂記》:「鄭衛之音,亂世之音也。比於慢矣。桑間濮上之音,亡國之音也。其政散,其民流,誣上行私而不可止也。」,以「鄭衛之音,亂世之音。」爲《詩經》中的〈鄭〉、〈衛〉二風;「桑間」爲《詩經·鄘風·桑中》一詩外,孔子對「鄭聲」的指斥(《論語·衛靈公》:「顏淵問爲邦。子曰:『行夏之時,乘殷之輅,服周之冕,樂則韶舞。放鄭聲,遠佞人。鄭聲淫。佞人殆。』」、〈陽貨〉:「子曰:『惡紫之奪朱也,惡鄭聲之亂雅樂也,惡利口之覆邦家者。』」)也提供朱熹一個重要的佐證及憑據〔註15〕。

〔註15〕有關朱熹以《樂記》「鄭衛之音,亂世之音」及孔子對鄭聲的指斥,視〈桑中〉（或鄭、衛之風）爲淫詩,朱熹在《朱子語類》、《詩傳遺說》中亦有提及,如:「鄭、衛詩多是淫奔之詩。鄭詩如〈將仲子〉以下,皆鄙俚之言,只是一時男女淫奔相誘之語。如〈桑中〉之詩云:『眾散民流,而不可止。』故〈樂記〉云:『桑間濮上之音,亡國之音也。其眾散,其民流,誣上行私而不可止也。』〈鄭〉詩自〈緇衣〉以外,亦皆鄙俚,如「采蕭」、「采艾」,「青衿」之

除此之外，朱熹從詩文的含咀、寫作手法的分析中，讀出〈桑中〉一詩的內容呈顯出「放蕩留連之情」，只是淫奔者的相戲之辭，其中並非有譏刺教戒的寓意在，其作者也不是什麼雅人莊士，而僅是淫奔者的自道之辭，朱熹說：

> 〈桑中〉之詩放蕩流連，止是淫者相戲之辭，豈有刺人之惡，而反自陷於流蕩之中！（《朱子語類》卷八十，頁 2075）

> ……且如「止乎禮義」，果能止禮義否？〈桑中〉之詩，禮義在何處？王（德修）曰：「他要存戒。」曰：「此正文中無戒意，只是直述他淫亂事爾。」（同上，頁 2068）

> 詩體不同，固有鋪陳其事，不加一詞而意自見者，然必其事之猶可言者，若〈清人〉之詩是也。至於〈桑中〉、〈溱洧〉之篇，則雅人莊士有難言之者矣。（《朱熹集‧讀呂氏詩記桑中篇》，第六冊，卷七十，頁 365）

可見，朱熹以〈桑中〉為淫奔者的自作之詩，詩中自暴其淫亂的行迹，其中並無刺譏教戒的寓意，如《詩序》所說的「刺奔」之意在，也並非止於禮義

類是也。故夫子『放鄭聲』。」（《語類》卷八十，頁 2078）、「許多鄭風，只是孔子一言斷了曰：『鄭聲淫』。如〈將仲子〉，自是男女相與之辭，卻干祭仲、共叔段甚事？如〈褰裳〉自是男女相答之辭，卻干忽與突爭國甚事？」（同上，頁 2107）、「聖人言『鄭聲淫』者，蓋鄭之詩，多是言當時風俗男女淫奔，故有此等語。狡童，想說當時之人，非刺其君也。」（同上，頁 2109）「聖人云：『鄭聲淫』。蓋周衰，惟鄭國最為淫俗，故諸詩多是此事。（同上）某今看得鄭詩自〈叔于田〉等詩之外，如〈狡童〉、〈子衿〉等篇，皆淫亂之詩，而說《詩》者誤以為刺昭公、刺學校廢耳。〈衛〉詩尚可，猶是男子戲婦人，鄭詩則不然，多是婦人戲男子，所以聖人尤惡鄭聲也。」（同上，頁 2068）、「鄭衛之樂，皆為淫聲。然以詩考之，衛詩三十有九，而淫奔之詩才四之一；鄭詩二十有一，而淫奔之詩已不翅七之五。衛猶為男悅女之詞，而鄭皆為女惑男之語。衛人猶多刺譏懲創之意，而鄭人幾於蕩然無復羞愧悔悟之萌，是則鄭聲之淫，有甚於衛矣。故夫子論為邦，獨以鄭聲為戒而不及衛，蓋舉重而言，固自有次第也。」（《詩集傳》卷四，頁 56～57）「問：『《讀詩記‧序》中『雅、鄭、邪、正』之說未明。』曰：『向來看《詩》中〈鄭詩〉、〈邶〉、〈鄘〉、〈衛〉之詩，便是鄭衛之音，其詩大段邪淫。伯恭直以謂詩皆賢人所作，皆可歌之宗廟，用之賓客，此甚不然！如國風中亦多有邪淫者。」（《朱子語類》卷八十，頁 2090）、「問《讀詩記》中所言『雅、鄭、邪、正』之言，何也？」曰：「鄭衛之音，便是今〈邶〉、〈鄘〉、〈衛〉之詩，多道淫亂之事，故曰：『鄭聲淫』。聖人存之，欲以知其風俗，且以示戒，所謂『詩可以觀』者也，豈以其詩為善哉？伯恭謂詩皆賢者所作，直陳其事，所以示譏刺，熹嘗問伯恭，如伯恭是賢者，肯作此等詩否？」（《詩傳遺說》卷二，頁 3）。

之詩。實際上，有關〈桑中〉是「淫詩」，《詩經》中的〈鄭風〉、〈衛風〉是否爲淫詩，及雅、鄭、邪、正等問題，曾是朱熹和呂祖謙斷斷爭論的焦點，也是朱熹《詩》學中，和漢學詮《詩》傳統歧異的大端。朱熹在《詩序辨說‧桑中》、《讀呂氏詩記桑中篇》二篇長文中及《朱子語類》中諸多言論，都曾一再的觸及、抒露到此一問題〔註16〕，就〈桑中〉是「淫詩」而非「刺淫」之詩，朱熹也嘗從寫作的手法來論斷，朱熹說：

> 或者以爲「刺詩之體，固有鋪陳其事，不加一辭，而閔惜懲創之意，自見於言外者，此類是也，豈必譙讓質責然後爲刺也哉？」此說不然。夫詩之爲刺，固有不加一辭而意自見者，〈清人〉、〈猗嗟〉之屬是已。然嘗試玩之，則其賦之之人，猶在所賦之外，而詞意之間，猶有賓主之分也，豈有將欲刺人之惡，乃反自爲彼人之言，以陷其身於所刺之中而不自知也哉？其不然也明矣。又況此等之人安於爲惡，其於此等之詩，計其平日固已自其口出而無慚矣，又何待吾之鋪陳而後始知其所爲之如此，亦豈畏我之閔惜而遂幡然遽有懲創之心耶？以是爲刺，不惟無益，殆恐不免於鼓之舞之，而反以勸其惡也。（《詩序辨說‧桑中》卷上，頁14）

據此，朱熹以爲《詩經》之中確實有鋪陳其事，不加一辭，而自見其有譏刺之意，像〈鄭風‧清人〉、〈齊風‧猗嗟〉之類，但若就寫作的手法來看，可以發現刺淫之詩，在敘述上有主客之分，作者乃站在第三者的角度上來陳述淫亂之事，而寄寓其譏刺之意。而非如淫詩，作者乃以第一人稱、以我爲主體，來自述己身淫亂之事。若就〈桑中〉一詩來看，詩文謂：「期我乎桑中，要我乎上宮，送我淇之上矣。」其中的我，乃是第一人稱，即是作者自述淫亂之詞，如果〈桑中〉一詩是刺淫之作，朱熹認爲作者不應透過自述的方式，而使自己成爲譏刺的對象。〈桑中〉的作者本爲淫邪之人，「安於爲惡」，詩中所陳述的詩詞，即是這些人平常的慣用語，脫口而出，而不會有絲毫愧恥之意，如果視〈桑中〉爲刺淫之詩，朱熹認爲反而更會助長淫奔之人爲惡，因此，〈桑中〉自當爲淫詩。綜上，朱熹釋〈桑中〉，以爲是淫奔之人所自作、自暴淫迹的淫詩，和《詩序》所定以爲「刺奔（淫）」之作，其中有譏刺教誡

〔註16〕詳參《詩序辨說‧桑中》，卷上，頁13～14、《朱熹集》第六冊〈讀呂氏詩記桑中篇〉，頁3650～3652及《朱子語類》第六冊，卷八十、八十一，頁2065～2140。

的寓意，顯然有很大的不同，但李先生卻謂：「其實對於這首詩的詩旨，《朱傳》看法跟《毛序》差不多。」（《國風毛序朱傳異同考析》，頁 112）、「他也同意這是一首刺詩」（同上）並斷朱熹所定〈鄘風・桑中〉的詩旨，和《詩序》的詮說大同小異，而「大同小異的可以當作相同的來看」（同上，頁 125）。

4.〈衛風・考槃〉

> 考槃在澗，碩人之寬。獨寐寤言，永矢弗諼。（一章）
> 考槃在阿，碩人之薖。獨寐寤歌，永矢弗過。（二章）
> 考槃在陸，碩人之軸。獨寐寤宿，永矢弗告。（三章）

〈考槃〉一詩，《詩序》的詮釋是：

> 刺莊公也。不能繼先公之業，使賢者退而窮處。（《詩疏》卷三之二，頁 128）

《詩序》之意，《毛詩正義》有所闡釋：

> 作〈考槃〉詩者，刺莊公也。刺其不能繼其先君武公之業，修德任賢，乃使賢者退而終處於澗阿，故刺之。（同上）

據此，《詩序》以爲〈考槃〉一詩的主旨在「刺莊公」。由於莊公不能承繼先君武公修德任賢之業，使得賢者退而終處於澗阿之間，因此詩人作〈考槃〉一詩來譏刺他。朱熹詮釋〈考槃〉，不取《序》說，而謂：

> 詩人美賢者隱處澗谷之間，而碩大寬廣，無戚戚之意，雖獨寐而寤言，猶自誓不忘此樂也。（卷三，頁 35）

視〈考槃〉爲一首讚美賢者隱處澗谷之間而自得其樂的詩。在《詩序辨說》中，朱熹更進一步說明自己的觀點，並批評《詩序》、鄭玄釋《詩》的錯誤，他說：

> 此爲美賢者窮處而能安其樂之詩。文意甚明，然詩文未有見棄於君之意，則亦不得爲刺莊公矣！《序》蓋失之而未有害於義也。至於鄭氏遂有「誓不忘君之惡，誓不過君之朝，誓不告君以善」之說，則其害義又有甚焉。於是程子易其訓詁，以爲「陳其不能忘君之意，陳其不得過君之朝，陳其不得告君以善」，則其意忠厚而和平矣！然未知鄭氏之失生於《序》文之誤，若但直據詩詞，則與其君初不相涉也。（卷上，頁 15）

朱熹認爲就〈考槃〉一詩的文意看來，其意旨非常清楚，即在讚美賢者窮處而能自得其樂的詩。詩中並沒有爲君所棄之意，因此《詩序》所謂「刺莊公」

之說自然是錯誤的。由於過度尊信《詩序》的詮釋之故，因此，鄭玄釋《詩》才會有「誓不忘君之惡」、「誓不過君之朝」、「誓不告君以善」這種大害君臣之義的言說〔註17〕，而程子雖然改易訓詁，因詮釋爲「陳其不能忘君之意」、「陳其不得過君之朝」、「陳其不得告君以善」〔註18〕，在說解上有了忠厚和平之意，但程子並不知鄭玄釋《詩》之誤，乃源於依《序》解《詩》之故，朱熹認爲說《詩》者只要直據詩詞，一以詩文爲斷，那麼，在詮《詩》時，就不會無謂地牽扯到與詩文無關的國君身上了。

　　〈考槃〉一詩，據上所述，朱熹與《詩序》的詮說不同，一以爲刺莊公之詩，一以爲美賢者隱處自樂之詩，顯而易見，然而李先生卻謂：「表面看來，《毛序》和《朱傳》說法不同，但細心體察一下，也是大同小異而已。」（《國風毛序朱傳異同考析》，頁130）並認爲朱熹之釋〈考槃〉與《詩序》的詮說，僅「略異」，而「略異的可以歸入相同的一類」（同上，頁146）。

5.　〈衛風・氓〉

　　　　氓之蚩蚩，抱布貿絲。匪來貿絲，來即我謀。送子涉淇，至于頓丘。
　　　　匪我愆期，子無良媒。將子無怒，秋以爲期。（一章）
　　　　乘彼垝垣，以望復關。不見復關，泣涕漣漣，既見復關，載笑載言。
　　　　爾卜爾筮，體無咎言。以爾車來，以我賄遷。（二章）
　　　　桑之未落，其葉沃若。于嗟鳩兮，無食桑葚。于嗟女兮，無與士耽。
　　　　士之耽兮，猶可說也；女之耽兮，不可說也。（三章）
　　　　桑之落矣，其黃而隕。自我徂爾，三歲食貧。淇水湯湯，漸車帷裳。
　　　　女也不爽，士貳其行。士也罔極，二三其德。（四章）

〔註17〕鄭玄釋〈考槃〉首章：「獨寐寤言，永矢弗諼。」云：「寤，覺。永，長。矢，誓。諼，忘也。在澗獨寐，覺而獨言，長自誓以不忘君之惡，志在窮處，故云然。」（《詩疏》卷三之二，頁128）；釋二章「獨寐寤歌，永矢弗過。」云：「弗過者，不復入君之朝也。」（同上）；釋三章「獨寐寤宿，永矢弗告。」云：「不復告君以善道。」（同上，頁129）

〔註18〕程氏說見《呂氏家塾讀詩記》引：「程氏曰：〈考槃〉，觀其名已可見君子之心處之以安，知天下決然不可復爲，雖然如此，退處至于其心寤寐間不忘君。」（卷六，頁399）、「程氏曰：賢者之退，窮處澗谷間，雖德體寬裕而心在朝廷，寤寐不能忘懷，深念其不得以善道告君，故陳其由也。」（同上）又見《二程集・河南程氏經說》之釋〈考槃〉：「賢者之退，窮處澗谷間，雖德體寬裕，而心在朝廷，寤寐不能忘懷，深念其不得以善道告君，故陳其由也。」（卷三，頁1055）

三歲爲婦，靡室勞矣。夙興夜寐，靡有朝矣。言既遂矣，至于暴矣。
兄弟不知，咥其笑矣。靜言思之，躬自悼矣。（五章）

及爾偕老，老使我怨。淇則有岸，隰則有泮。總角之宴，言笑晏晏，
信誓旦旦。不思其反。反是不思，亦已焉哉！（六章）

〈氓〉一詩，《詩序》的詮釋是：

〈氓〉，刺時也。宣公之時，禮義消亡，淫風大行，男女無別，遂相
奔誘。華落色衰，復相棄背。或乃因而自悔，喪其妃耦，故序其事
以風焉。美反正，刺淫泆也。（《詩疏》卷三之三，頁134）

視〈氓〉爲一首「刺淫泆」之詩。朱熹詮釋〈氓〉，與《詩序》不同，謂：「此
淫婦爲人所棄，而自敘其事，以道其悔恨之意也。」（《詩集傳》卷三，頁37）
視〈氓〉爲一首淫婦自作，以述其悔恨的淫詩。在《詩序辨說》中並對《詩
序》「刺時」、「刺淫泆」之說提出批評：

此非刺時，宣公未有考。「故序其事」以下亦非是。其曰：「美反正」
者，尤無理。（《詩序辨說》卷上，頁15）

朱熹認爲《詩序》「刺時」、「刺淫佚」之說，皆非詩意，《詩序》又逕指〈氓〉
詩的寫作背景，乃在宣公之時，朱熹也認爲此說沒有根據。《詩序》的詮釋，
仍是採美刺時君國政的進路，朱熹則本乎人情，以詩言詩，順文立義；一以
爲「刺時」、「刺淫泆」（宣公之時）之詩，一以爲淫婦爲人所棄，而自敘其事，
以道其悔恨之詩，二者的詮說，並不相同，然而李先生卻謂：「跟前面〈桑中〉
篇一樣，這首詩《毛序》和《朱傳》爭論的依舊是老問題。《毛序》認爲〈氓〉
是刺詩，但在《朱傳》眼中，〈氓〉便是淫詩了，兩者的說法其實是頗爲相近
的。」（《國風毛序朱傳異同考析》，頁134）並謂朱熹之釋〈氓〉，與《詩序》
的詮說，僅「略異」，而「略異的可以歸入相同的一類」（以上並見《國風毛
序朱傳異同考析》，頁146）。

6. 〈衛風；芄蘭〉

芄蘭之支，童子佩觿。雖則佩觿，能不我知。容兮遂兮，垂帶悸兮。
（一章）

芄蘭之葉，童子佩韘。雖則佩韘，能不我甲。容兮遂兮，垂帶悸兮。
（二章）

〈芄蘭〉一詩，《詩序》的詮釋是：

刺惠公也。驕而無禮，大夫刺之。（《詩疏》卷三之三，頁137）

鄭玄箋釋《詩序》之意云：

> 惠公以幼童即位，自謂有才能而驕慢。於大臣但習威儀，不知爲政
> 以禮。（同上）

據此，《詩序》以爲〈芃蘭〉是譏刺惠公之詩。由於惠公以幼童即位，自認有才能而驕慢，因此大夫作〈芃蘭〉之詩來譏刺他。朱熹釋〈芃蘭〉，與《詩序》不同，謂：

> 此詩不知所謂，不敢強解。（《詩集傳》卷三，頁39）

> 此詩不可考，當闕。（《詩序辨說》卷上，頁16）

認爲〈芃蘭〉一詩的意旨不明，當以闕疑的態度視之。而朱熹所以以闕疑的態度詮解〈芃蘭〉，這其實顯示了朱熹並不苟從《序》說，因爲從詩文的含咀中，並無《詩序》所謂的「刺惠公也。驕而無禮，大夫刺之。」之意；且《詩序》之說也無別無他說、他書可以佐證，在避免流於穿鑿妄說，且自己對於〈芃蘭〉一詩的詮定上，又無確切的把握時，遂以闕疑的態度視之〔註19〕。但雖以闕疑的態度視之，實際上，乃顯示了對於《詩序》的不信任、不信從；同時認爲《詩序》的詮解，有穿鑿妄說的可能，朱熹、《詩序》詮說〈芃蘭〉，實不相同。然而李先生卻謂：「這首詩《毛序》顯然是錯誤的了，但《朱傳》仍然不敢強解。對於《朱傳》這種攻《序》的態度，清方玉潤就有一段很好的批評。《詩經原始》卷四說：『《集傳》何至遽云不知所謂，不敢強解，蓋亦震於《序》言而無辭以爲說耳。』所謂『震於《序》言而無辭以爲說』，正表示《朱傳》根本上是從《序》的，至少脫離不開《毛序》的影響了。」（《國風毛序朱傳異同考析》，頁138）這樣的論斷，當然顯示了李先生對於朱熹釋《詩》態度的謹重、釋《詩》、釋經當避免穿鑿妄說、當存闕疑的治學態度的不了解。朱熹不論釋《詩》、釋經，皆頗忌穿鑿妄說，就釋《詩》來說，《詩序》釋《詩》所以受到朱熹強烈而嚴厲的批評，穿鑿妄說，以不知爲知，蓋爲主因，此意從《詩序辨說・邶風・柏舟》一文，及《朱子語類》中諸多言論中都可以得知。就釋經而言，朱熹說：「經書有不可解處，只得闕。若一向

〔註19〕關於朱熹以爲〈芃蘭〉一詩的詩旨當闕，輔廣有所說明：「〈牆有茨・傳〉謂
　　　　宣公卒，惠公幼，而杜預又謂惠公即位時方十五六，則《小序》以此詩屬之
　　　　惠公亦可，但他無所見，而詩文又不明言其所以，故先生直斷以爲『不知所
　　　　謂』，『不敢強斷』，此闕疑之義，若必爲刺衛惠公，則便至有依託鑿空之失也。」
　　　　（《詩童子問》卷二，頁328）

去解，便有不通而謬處。」（《朱子語類》卷十一，頁 193）、「今之談經者，往往有四者之病：本卑也，而抗之使高；本淺也，而鑿之使深；本近也，而推之使遠；本明也；而必使至於晦，此今日談經之大患也。」（同上）、「熹常以為大凡讀書處事，當煩亂疑惑之際，正當虛心博採以求至當。或未有得，亦當以闕疑闕殆之意處之。若遽以己所粗通之一說而盡廢己所未究之眾論，則非惟所處之得失或未可知，而此心之量亦不宏矣。」（《朱熹集》第三冊，卷三十六，〈答陸子壽〉，頁 1566）、「看文字須是虛心，莫先立己意，少刻多錯了。」（《朱子語類》卷十一，頁 179）、「聖賢言語，當虛心看，不可先自立說去撐拄，便喎斜了。」（同上）、「今學者不會看文章，多是先立私意，自主張己說。只借聖人言語做起頭，便自把己意接說將去。病痛專在這上，不可不戒。」（《朱子語類》卷一一七，頁 2811）「讀《尚書》有一箇法，半截曉得，半截曉不得。曉得底看，曉不得底且闕之。不可強通，強通則穿鑿。」（同上，頁 2041）、「東萊《詩記》卻編得仔細，只是大本已失了，更說甚麼？向嘗與之論此，如〈清人〉、「載馳」一二詩可信。渠卻云：『安得許多文字證據？』某云：『無證而可疑者，只當闕之，不可據《序》作證。』渠又云：『只此《序》便是證。』某因云：『今人不以《詩》說《詩》，卻以《序》解《詩》，是以委曲牽合，必欲如《序》者之意，寧失詩人之本意不恤也。此是《序》者大害處。」（同上，卷八○，頁 2077）、「讀書且要虛心平氣，隨他文義體當，不可先立己意，作勢硬說，只成杜撰，不見聖賢本意也。」（《朱熹集》第五冊，卷五十三，〈答利季章〉，頁 2640）、「讀書之法無他，唯是篤志虛心，反復詳玩，為有功耳。近見學者多是率然穿鑿，便為定論。或即信所傳聞，不復稽考。所以日誦聖賢之書，而不識聖賢之意。其所誦說，只是據自家見識撰成耳，如此豈復能有長進。」（同上，卷五十五，〈答李守約〉，頁 2766）、「問：『《書》當如何看？』曰：『且看易曉處，其他不可曉者，不要強說，縱說得出，恐未必是當時本意。近世解《書》者甚眾，往往皆是穿鑿。如呂伯恭，亦未免此也。」（《朱子語類》卷七十八，頁 1988），可見朱熹不論釋《詩》、釋經，皆頗忌穿鑿硬說、強通強說；而以為有所不知，即當存闕疑的態度，《詩序》釋〈芄蘭〉，坐實刺惠公之事，朱熹以為此說有穿鑿妄說的可能，遂持闕疑的態度，但執持闕疑的態度，即顯示了不遵從《詩序》之說。

7.〈衛風・伯兮〉

　　伯兮朅兮，邦之桀兮。伯也執殳，為王前驅。（一章）

自伯之東，首如飛蓬。豈無膏沐？誰適爲容！（二章）

其雨其雨？杲杲出日。願言思伯，甘心首疾。（三章）

焉得諼草？言樹之背。願言思伯，使我心痗。（四章）

〈伯兮〉一詩，《詩序》的詮釋是：

刺時也。言君子行役，爲王前驅，過時而不反焉。（《詩疏》卷三之三，頁139）

鄭玄箋釋《詩序》之意云：

衛宣公之時，蔡人、衛人、陳人從王伐鄭伯也。爲王前驅久，故家人思之。（同上）

《毛詩正義》疏釋《鄭箋》之意云：

蔡人、衛人、陳人從王伐鄭，《春秋》桓五年經也。時當宣公，故云「衛宣公之時」。服虔云：「言人者，時陳亂無君，則三國皆大夫也，故稱人。」《公羊傳》曰：「其言從王伐鄭何？從王，正也。」鄭答臨碩引《公羊》之文，言諸侯不得專征伐，有從天子及伯者之禮。然則宣公從王爲得其正，以兵屬王節度，不由於衛君。而以過時刺宣公者，諸侯從王雖正，其時天子微弱，不能使衛侯從己，而宣公自使從之。據其君子過時而不反，實宣公之由，故主責之宣公，而云「刺時」者也。（《詩疏》卷三之三，頁139）

據此，《詩序》以爲〈伯兮〉是詩人譏刺衛宣公之時，以從王伐鄭，馴至大夫過時而不反之作。《詩序》雖云譏刺行役過時，實際上乃在對宣公有所責難。

朱熹詮釋〈伯兮〉，與《詩序》不同，謂：

婦人以夫久從征役而作是詩，言其君子之才之美如是，今方執殳而爲王前驅也。（《詩集傳》卷三，頁40，釋首章）

言我髮亂如此，非無膏沐可以爲容，所以不爲者，君子行役，無所主而爲之故也。《傳》曰：「女爲悅己容。」（同上，釋二章）

冀其將雨，而杲然日出，以比望其君子之歸而不歸也。是以不堪憂思之苦，而寧甘心於首疾也。（同上，釋三章）

言焉得忘憂之草樹於北堂，以忘吾憂乎，然終不忍忘也。是以寧不求此草，而但願言思伯，雖至於心痗而不辭爾。心痗則其病益深，非特首疾而已也。（同上，釋四章）

舊說以詩有「爲王前驅」之文，遂以此爲《春秋》所書從王伐鄭之
事。然詩又言「自伯之東」，則鄭在衛西，不得爲此行矣！《序》言
「爲王前驅」，蓋用詩文，然似未識其文意也。（《詩序辨說》卷上，
頁 16）

視〈伯兮〉爲婦人思念丈夫久從征役之詩，其中並無《詩序》所謂：「刺時也。
言君子行役，爲王前驅，過時而不反焉。」云云之意。在《詩序辨說》中，朱
熹則對《詩序》、鄭玄之說提出批評，朱熹認爲鄭玄據詩文「爲王前驅」之句，
因即以爲是《春秋》桓公五年所載：「秋，蔡人、衛人、陳人從王伐鄭。」（《春
秋疏》卷六，頁 105）之事，朱熹指出，就地理位置而言，鄭國在衛國的西方，
〈伯兮〉一詩，倘如鄭玄所說是桓公五年從王伐鄭之事，則詩文中所謂「自伯
之東」，將與事實不符，由此可見鄭玄之說不確〔註20〕。《詩序》的詮釋，仍採
美刺時君國政的進路，朱熹的詮說，則本乎人情，順文立義，一以爲刺時之作，
一以爲是婦人思念久從征役的丈夫之詩，二者的詮說，並不相同，然而李先生
卻謂：「表面看來，這首詩《朱傳》跟《毛序》相異之處頗多，其實前者反對後
者的地方，恐怕是一場誤會。」（《國風毛序朱傳異同考析》，頁 140），並判定
〈伯兮〉一詩「《毛序》和《朱傳》所說相同」（同上，頁 146）。

8.〈王風·君子于役〉

君子于役，不知其期；曷至哉！雞棲於塒；日之夕矣，羊牛下來。君
子于役，如之何勿思！（一章）

〔註20〕「鄭在衛西」，而詩文又謂「自伯之東」，遂使得鄭玄以《春秋》桓公五年所
載；「秋、蔡人、衛人、陳人從王伐鄭。」一事來坐實〈伯兮〉一詩的本事，
顯得枘鑿，《毛詩正義》有見於此，遂曲解爲：「此時從王伐鄭，鄭在衛之西
南，而言東者，時蔡、衛、陳三國從王伐鄭，則兵至京師乃東行伐鄭也。」（《詩
疏》卷三之三，頁 140）關於鄭玄以《春秋》桓公五年衛、蔡、陳從王伐鄭之
事，來坐實〈伯兮〉一詩的本事的不當，崔述有精闢的說明：「〈伯兮〉一篇，
鄭氏以爲即《春秋》桓五年蔡人、衛人、陳人從王伐鄭之事。朱子云：『詩言
『自伯之東』，鄭在衛西，不得爲此行矣。』（衛未渡河以前，鄭在衛南，『西』
字疑誤。）其說是也。乃孔氏《正義》復曲爲之解，言『兵至京師，乃東行
伐鄭。』京師在衛之西數百餘里，豈得置西不言而反言東，天下有如是不通
之文理乎？況諸侯之師從王伐鄭，必有約會之地，斷無至周而後東行之理。
觀《春秋傳》諸侯會晉伐鄭，從未有至晉而後南行者，其說之誣，亦已明矣。
蓋自平王之東四十有九年而後入春秋，其時王室尚未甚微，安知其無征伐之
事。而外征伐之不書於魯史之策者亦多，豈得見有桓王伐鄭一事，遂紆曲牽
合以附會之哉！」（《讀風偶識》卷二，頁 33～34）

君子于役，不日不月；曷其有佸？雞棲于桀；日之夕矣，羊牛下括。
君子于役，苟無飢渴？（二章）

〈君子于役〉一詩，《詩序》的詮釋是：

〈君子于役〉，刺平王也。君子行役無期度，大夫思其危難以風焉。
（《詩疏》卷四之一，頁148～149）

《毛詩正義》疏釋《詩序》之意云：

大夫思其危難，謂在家之大夫，思君子僚友在外之危難。君子行役
無期度，二章上六句是也。思其危難，下二句是也。（《詩疏》卷四
之一，頁149）

據此，《詩序》以〈君子于役〉為譏刺平王之詩。由於君子行役沒有期度，在
家的大夫思念其危難，遂作〈君子于役〉一詩，來諷刺平王。朱熹的詮釋與
《詩序》不同，謂：

大夫久役于外，其室家思而賦之曰：「君子行役，不知其還反之期，
且今亦何所至哉。雞則棲于塒矣，日則夕矣，羊牛則下來矣。是則
畜產出入，尚有旦暮之節，而行役之君子乃無休息之時，使我如何
而不思也哉？（《詩集傳》卷四，頁43）

君子行役之久，不可計以日月，而又不知其何時可以來會也。亦庶
幾其免於飢渴而已矣。此憂之深而思之切也。（同上，卷四，頁43）

此國人行役而室家念之之辭，《序》說誤矣！其曰：「刺平王」，亦未
有考。（《詩序辨說》卷上，頁16）

視〈君子于役〉為婦人思念久役在外的丈夫之詩，在《詩序辨說》中，並批
評《詩序》「刺平王也。……」云云為誤，二者的詮說，顯然不同。《詩序》
的詮說，仍採美刺時君國政的進路，朱熹則從詩作本於情性及詩文的含咀中，
斷定〈君子于役〉為思婦之詩。關於《詩序》機械地採用美刺時君國政的詮
《詩》進路來釋《詩》，朱熹嘗從詩作本於情性的角度來批駁，如謂：

又其為說必使詩無一篇不為美刺時君國政而作，固已不切於情性之
自然，而又拘於時世之先後，其或詩傳所載，當此之時，偶無賢君
美諡，則雖有詞之美者，亦例以為陳古而刺今，是使讀者疑於當時
之人絕無善則稱君，過則稱己之意，而一不得志，則扼腕切齒，嘻
笑冷語，以懟其上者，所在而成群，是其輕躁險薄，尤有害於溫柔

敦厚之教。(《詩序辨說・柏舟》，卷上，頁 10)

> 大率古人作詩，與今人作詩一般，其間亦自有感物道情，吟詠情性，
> 幾時盡是譏刺他人，只緣《序》者立例，篇篇要作美刺說，將詩人
> 意思盡穿鑿壞了！且如今人見人纔做事，便作一詩歌美之，或譏刺
> 之，是甚麼道理？如此，亦似里巷無知之人，胡亂稱頌諛說，把持
> 放鵰，何以見先王之澤？何以爲情性之正？(《朱子語類》卷八十，
> 頁 2076)

另一方面，從朱熹釋〈衛風・伯兮〉所引范氏(范祖禹，西元 1071～1098)
之言，也可看出朱熹以爲《詩》作實本於人情，《詩集傳》卷三，頁 40 引范
氏曰：「居而相離則思，期而不至則憂，此人之情也。文王之遣戍役，周公之
勞歸士，皆敘其室家之情、男女之思以閔之，故其民悅而忘死。聖人能通天
下之志，是以能成天下之務。兵者，毒民於死者也。孤人之子，寡人之妻，
傷天地之和，召水旱之災，故聖王重之。如不得已而行，則告以歸期，念其
勤勞，哀傷慘怛，不啻在己。是以治世之詩，則言其君上閔恤之情，亂世之
詩，則錄其室家怨思之苦，以爲人情不出乎此也。」然而李先生卻以爲「這
首詩《毛序》和《朱傳》所說頗爲相近」(《國風毛序朱傳異同考析》，頁 152)，
因判朱熹之釋〈君子于役〉和《詩序》的詮說「大同小異」，「而大同小異的
可以歸入相同的一類計算。」(同上，頁 325)。

9.〈王風・大車〉

> 大車檻檻，毳衣如菼。豈不爾思？畏子不敢。(一章)
> 大車啍啍，毳衣如璊。豈不爾思？畏子不奔。(二章)
> 穀則異室，死則同穴。謂予不信。有如皦日。(三章)

〈大車〉一詩，《詩序》的詮釋是：

> 〈大車〉，刺周大夫也。禮義陵遲，男女淫奔，故陳古以刺今大夫不
> 能聽男女之訟焉。(《詩疏》卷四之一，頁 153)

《詩序》之意，《毛詩正義》爲之疏釋云：

> 經三章皆陳古者大夫善於聽訟之事也。陵遲，猶陂阤，言禮義廢壞
> 之意也。男女淫奔，謂男淫而女奔之也。〈檀弓〉曰：「合葬非古也，
> 自周公以來未之有改。」然則周法始合葬也。經稱『死則同穴』，則
> 所陳古者，陳周公以來賢大夫。(同上)

又鄭玄釋〈大車〉「豈不爾思，畏子不敢。」二句云：

> 此二句者，古之欲淫奔者之辭。我豈不思與女以爲無禮與？畏子大
> 夫來聽訟，將罪我，故不敢也。子者，稱所尊敬之辭。（同上）

《毛詩正義》疏釋〈大車〉首章：「大車檻檻，毳衣如菼。豈不爾思，畏子不
敢。」及鄭玄之意云：

> 言古者大夫乘大車而行，其聲檻檻然。身服毳冕之衣，其有青色者，
> 如菼草之色。然乘大車、服毳冕巡行邦國，決男女之訟，於時男女
> 莫不畏之。有女欲奔者，謂男子云：我豈不於汝思爲無禮之交與？
> 畏子大夫之政，必將罪我，故不敢也。古之大夫，使民畏之若此。
> 今之大夫不能然，故陳古以刺之也。（同上，頁 153～154）

據此，《詩序》以爲〈大車〉是一首陳古以刺今之作。詩人藉著陳述古代的賢
大夫巡行邦國，能使欲爲淫奔的女子有所畏懼而不敢，來反刺當今周大夫的
不能。朱熹詮釋〈大車〉，與《詩序》「刺周大夫」、「陳古以刺今」云云之說
不同，謂：

> 淫奔者相命之辭也。……周衰，大夫猶有能以刑政治其私邑者，故
> 淫奔者畏而歌之如此。然去二南之化則遠矣，此可以觀世變也。（《詩
> 集傳》卷四，頁 46）

> 民之欲相奔者，畏其大夫，自以終身不得如其志也。故曰：生不得
> 相奔以同室，庶幾死得合葬以同穴而已。（同上，頁 47）

> 非刺大夫之詩，乃畏大夫之詩。（《詩序辨說·大車》，卷上，頁 17）

視〈大車〉爲淫奔的男女之歌，詩中透顯了淫奔的男女，心中仍有所畏懼周
大夫刑政的心理。在《詩序辨說》中並批評《詩序》刺周大夫說爲誤，以爲
是淫奔男女畏大夫之詩。《詩序》的詮釋，蓋即朱熹在《詩序辨說·邶風·柏
舟》中所批評的：「又其爲說，必使詩無一篇不爲美刺時君國政而作，固已不
切於情性之自然。而又拘於時世之先後，其或詩傳所載，當此之時，偶無賢
君美諡，則雖有詞之美者，亦例以爲陳古而刺今」（卷上，頁 10）將詞之美者，
依據時世，而斷以爲陳古而刺今之作，朱熹對此並不以爲然，以爲當直據詩
文，（朱熹對《詩序》陳古以刺今之說，多有批評，如謂：「因論《詩》，歷言
《小序》大無義理，皆是後人杜撰，先後增益湊合而成。……其他變風諸《詩》，
未必是刺者，皆以爲刺；未必是言此人，必傅會以爲此人。……〈甫田〉諸
篇，凡詩中無詆譏之意者，皆以爲傷今思古而作。」（《朱子語類》卷八十，

頁 2075）、「〈楚茨〉等十來篇，皆是好詩，如何見得是傷今思古？只被亂在變雅中，便被後人如此想像。如東坡說某處豬肉，眾客稱美之意。」（同上，卷八十一，頁 2128）、「自此篇（按：指〈小雅・楚茨〉）至〈車舝〉，凡十篇，似出一手，詞氣和平，稱述詳雅，無風刺之意，《序》以其在變雅中，故皆以爲傷今思古之作，《詩》固有如此者，然不應十篇相屬而絕無一言以見其爲衰世之意也。」（《詩序辨說・小雅・楚茨》，卷下，頁 32））《詩序》詮釋〈大車〉，以爲是詩人藉著陳述古代賢大夫的巡行邦國，能使欲爲淫奔的女子有所畏懼而不敢，來譏刺當今周大夫的不能。朱熹詮釋〈大車〉，則直據詩文，以爲是淫奔的男女之歌，二者的詮說，顯然不同。然而李先生卻謂：「關於這首詩的旨意，表面看來，毛、朱有很大的差異，其實不然。」（《國風毛序朱傳異同考析》，頁 162）並將〈大車〉歸入朱熹《詩》說和《序》說「大同小異」之詩，而「大同小異的可以歸入相同的一類計算」（同上，頁 325）。

10.　〈鄭風・女曰雞鳴〉

女曰：「雞鳴」。士曰：「昧旦」。「子興視夜」，「明星有爛。將翱將翔，弋鳧與鴈」。（一章）

「弋言加之，與子宜之。宜言飲酒，與子偕老。琴瑟在御，莫不靜好。」（二章）

「知子之來之，雜佩以贈之。知子之順之，雜佩以問之。知子之好之，雜佩以報之。」（三章）

〈女曰雞鳴〉一詩，《詩序》的詮釋是：

刺不說德也。陳古義以刺今不說德而好色也。（《詩疏》卷四之三，頁 169）

鄭玄箋釋《詩序》之意云：

德，謂士大夫賓客有德者。（同上）

《毛詩正義》疏釋《詩序》之意云：

作〈女曰雞鳴〉詩者，刺不說德也。以莊公之時，朝廷之士不悅有德之君子，故作此詩。陳古之賢士好德不好色之義，以刺今之朝廷之人，有不悅賓客有德，而愛好美色者也。經之所陳，皆是古士之義，好德不好色之事。以時人好色不好德，故首章先言古人不好美色，下章乃言愛好有德，但主爲不悅有德而作，故《序》指言「刺

不悅德也。」（同上）

據此，《詩序》以爲〈女曰雞鳴〉是一首刺不悅德之詩。詩人藉著陳述古代賢士好德不好色的道理，來譏刺當今朝廷中人（指莊公時）只好美色而不愛美德的現象。朱熹詮釋〈女曰雞鳴〉，與《詩序》不同，謂：

> 此詩人述賢夫婦相警戒之詞。言女曰雞鳴，以警其夫，而士曰昧旦，則不止於雞鳴矣。婦人又語其夫曰：若是則子可以起而視夜之如何，意者明星已出而爛然，則當翱翔而往，弋取鳧雁而歸矣。其相與警戒之言如此，則不留於宴昵之私可知矣。（《詩集傳》卷四，頁 51）

> 此亦未有以見其陳古刺今之意。（《詩序辨說》卷上，頁 18）

視〈女曰雞鳴〉是一首「述賢夫婦相警戒之詞」，以爲其中並無《詩序》所謂的陳古以刺今之意。《詩序》的詮釋，仍採陳古以刺今的詮釋進路，朱熹則直據詩文，以爲是述賢夫婦相警戒之詞，並非是陳古以刺今之詩，兩者的詮說，實不相同〔註21〕，然而李先生卻謂：「《朱傳》大致跟從《序》說」（《國風毛序朱傳異同考析》，頁 181），並將〈女曰雞鳴〉歸入「屬於大同小異一類」（同上，頁 200）而「大同小異的可以歸入相同的一類計算」（同上，頁 325）。

11.〈鄭風・野有蔓草〉

> 野有蔓草，零露漙兮。有美一人，清揚婉兮。邂逅相遇，適我願兮。（一章）

> 野有蔓草，零露瀼瀼。有美一人，婉如清揚。邂逅相遇，與子偕臧。（二章）

〈野有蔓草〉一詩，《詩序》的詮釋是：

> 思遇時也。君之澤不下流，民窮於兵革，男女失時，思不期而會焉。

> （《詩疏》卷四之四，頁 182）

鄭玄箋釋《詩序》之意云：

> 不期而會，謂不相與期而自俱會。（同上）

《毛詩正義》疏釋《詩序》之意云：

〔註21〕朱熹以爲〈女曰雞鳴〉「未有以見其陳古刺今之意」，輔廣之說，亦可供參證，謂：「《詩》辭正是說其說德而不昵於色，《序》者意鄭國之風，不宜有此，故強以爲陳古義以刺今，其思窄狹固滯甚矣。〈鄭風〉雖曰淫亂，而天理民彞豈容遽殄滅哉，唯其〈鄭風〉而有此詩，此聖人之所以錄之也。」（《詩童子問・卷首》，頁 285）

作〈野有蔓草〉詩者，言思得逢遇男女會合之時，由君之恩德潤澤
不流及於下，又征伐不休，國內之民皆窮困於兵革之事，男女失其
時節，不得早相配耦，思得不與期約而相會遇焉。是下民窮困之至，
故述其事以刺時也。「男女失時」，謂失年盛之時，非謂婚之時日也。
（同上）

據此，《詩序》以爲〈野有蔓草〉是「思遇時」之詩。所謂「思遇時」，即是
「思得逢遇男女會合之時」。由於鄭國國君恩德潤澤不及於下民，另一方面，
國內又兵燹不已，使得人民都困阨於戰爭、兵亂之中，致失去了結婚的時機。
人民處在如此窮阨的環境之中，只能聊想不期而會的邂逅，來早日完成婚姻
大事。詩人藉著〈野有蔓草〉一詩，來披露當時人民心中的願望，並藉此反
映對於當時征戰不斷時勢的不滿，其中寓有譏刺時局之意。朱熹詮釋〈野有
蔓草〉，與《詩序》之說不同，謂：

男女相遇於野田草露之間，故賦其所在以起興。言野有蔓草，則零
露漙矣，有美一人，則清揚婉矣，邂逅相遇，則得以適我願矣。……
與子偕臧，言各得其所欲也。（《詩集傳》卷四，頁 56）

東萊呂氏曰：「君之澤不下流」，迺講師見零露之語，從而附益之。（《詩
序辨説》卷上，頁 20）

視〈野有蔓草〉是敘寫「男女相遇於野田草露之間」，兩相悅樂的淫詩〔註22〕。
對於《詩序》所謂：「君之澤不下流」之說，朱熹援引呂祖謙之說，以爲此語是
漢代說《詩》的講師的附會增益之詞。朱熹釋〈野有蔓草〉，與《詩序》的詮說
不同，然而李先生卻謂：「《毛序》和《朱傳》對這首詩的看法頗爲相近。」（《國
風毛序和朱傳異同考析》，頁 197）並將〈野有蔓草〉歸爲朱熹釋《詩》和《詩
序》大同小異的一類，而「大同小異的可以歸入相同的一類計算」（同上，頁 325）。

12. 〈鄭風·溱洧〉

溱與洧，方渙渙兮。士與女，方秉蕑兮。女曰：「觀乎」？士曰：「既
且」。「且往觀乎？洧之外，洵訏且樂」。維士與女，伊其相謔。贈之以

〔註22〕　〈野有蔓草〉一詩，朱熹蓋視之爲淫詩。劉玉汝謂：「此（按：指〈溱洧〉）
　　　　　與前篇（按：指〈野有蔓草〉），作者或士或女，皆未詳。但此篇首尾述士、
　　　　　女，中述女要男之詞，末復述相贈之情，曲折詳備，方以爲樂，而不知其非。
　　　　　鄭國之淫風於是乎極矣，故以二篇終焉。」（《詩纘緒》卷五，頁 628）亦以〈野
　　　　　有蔓草〉、〈溱洧〉爲淫詩。

勺藥。（一章）

溱與洧，瀏其清矣。士與女，殷其盈矣。女曰：「觀乎」？士曰：「既

且」。「且往觀乎？洧之外，洵訏且樂」。維士與女，伊其將謔。贈之以

勺藥。（二章）

〈溱洧〉一詩，《詩序》的詮釋是：

刺亂也。兵革不息，男女相棄，淫風大行，莫之能救焉。（《詩疏》

卷四之四，頁 182）

鄭玄箋釋《詩序》之意云：

救猶止也。亂者，士與女合會溱洧之上。（同上）

據此，《詩序》以爲〈溱洧〉是「刺亂」之詩。所謂「刺亂」，即是「刺淫」。

由於鄭國征戰不斷，導致男女相棄，淫風盛行，到了無法遏止的地位。男女

的結合本應遵循正當的禮節，但今鄭國國內淫風盛行，到處都有男女淫佚之

事，因此詩人作〈溱洧〉一詩，以述當時淫風，並寄寓譏刺之意。朱熹詮釋

〈溱洧〉，與《詩序》不同謂：

鄭國之俗，三月上巳之辰，采蘭水上以祓除不祥。故其女問於士曰：

盍往觀乎。士曰：吾既往矣。女復要之曰：且往觀乎？蓋洧水之外，

其地信寬大而可樂也。於是士女相與戲謔，且以勺藥相贈而結恩情

之厚也。此詩淫奔者自敘之詞。（《詩集傳》卷四，頁 56）

鄭俗淫亂，乃其風聲氣息流傳已久，不爲兵革不息，男女相棄而後

然也。（《詩序辨說·溱洧》，卷上，頁 20）

視〈溱洧〉爲淫奔者自敘的淫詩。在《詩序辨說》中，朱熹指出鄭國淫風盛

行，乃是由於風聲氣息，其來已久，並非由於「兵革不息，男相棄」有以致

之。《詩序》的詮釋，以〈溱洧〉爲刺淫，朱熹的詮釋，則以爲淫奔者自敘的

淫詩，二者的差異非常清楚。然而李先生卻謂：「對於這首詩詩旨的看法，《毛

序》、《朱傳》可算異同各半。」（《國風毛序朱傳異同考析》，頁 199），並將〈溱

洧〉歸入朱熹釋《詩》和《詩序》的詮說「異同各半」的一類。

13. 〈齊風·東方之日〉

東方之日兮，彼姝者子，在我室兮。在我室兮，履我即兮。（一章）

東方之月兮，彼姝者子，在我闥兮。在我闥兮，履我發兮。（二章）

〈東方之日〉一詩，《詩序》的詮釋是：

刺衰也。君臣失道,男女淫奔,不能以禮化也。(《詩疏》卷五之一,
頁 191)

《毛詩正義》詮釋《詩序》之意云:

> 作〈東方之日〉詩者,刺衰也。哀公君臣失道,至使男女淫奔,謂
> 男女不待以禮配合,君臣皆失其道,不能以禮化之,是其時政之衰,
> 故刺之也。(同上)

據此,《詩序》以爲〈東方之日〉是譏刺時政之衰之詩。由於哀公之時,君臣
失道,導致男女淫奔。哀公君臣都無法以禮來導正、感化人民,所以詩人作
〈東方之日〉一詩來譏刺。朱熹詮釋〈東方之日〉,不取《序》說,而謂:

> 興也。履,躡。即,就也。言此女躡我之跡而相就也。(《詩集傳》
> 卷五,頁 59)

> 此男女淫奔者所自作,非有刺也。其曰:「君臣失道」者,尤無所謂。
> (《詩序辨說》卷上,頁 21)

視〈東方之日〉爲淫奔者所自作的淫詩,認爲詩中並無譏刺之意。對於《詩序》
所說「君臣失道」,朱熹也認爲毫無道理。朱熹釋〈東方之日〉,與《詩序》的
詮說不同,一以爲刺時政之衰之詩,一爲淫奔者所自作的淫詩,然而李先生卻
謂:「根據《毛序》、《朱傳》的說法,這首詩和男女淫奔的事有關。不過《毛序》
將男女淫奔歸咎於君臣失道,不能用禮教來感化下民,所以說詩人刺衰罷了。《朱
傳》大致上還是從《序》的。」(《國風毛序朱傳異同考析》,頁 211)並將朱熹
所釋之〈東方之日〉,歸爲和《序》說「大同小異」(同上,頁 221)。

14. 〈齊風‧甫田〉

> 無田甫田,維莠驕驕。無思遠人,勞心忉忉。(一章)
> 無田甫田,維莠桀桀。無思遠人,勞心怛怛。(二章)
> 婉兮孌兮,總角丱兮。未幾見兮,突而弁兮。(三章)

〈甫田〉一詩,《詩序》的詮釋是:

> 大夫刺襄公也。無禮義而求大功,不脩德而求諸侯,志大心勞,所
> 以求者,非其道也。(《詩疏》卷五之二,頁 197)

《毛詩正義》疏釋《詩序》之意云:

> 《甫田》詩者,齊之大夫所作以刺襄公也。所以刺之者,以襄公身
> 無禮義,而求己有大功,不能自脩其德,而求諸侯從己。有義而後

> 功立，惟德可以來人。今襄公無禮義、無德，諸侯必不從之。其志
> 望大，徒使心勞，而公之所求者非其道也。大夫以公求非其道，故
> 作詩以刺之。(《詩疏》卷五之二，頁 197)

據此，《詩序》以爲〈甫田〉乃齊國的大夫所作，以譏刺襄公之詩。由於襄公
身無禮義，不能自修其德，卻妄想諸侯順從他，齊國的大夫以爲襄公志大心
勞，所求非道，因此作〈甫田〉一詩來譏刺他。朱熹詮釋〈甫田〉，與《詩序》
不同，謂：

> 言無田甫田也。田甫田而力不給，則草盛矣。無思遠人也。思遠人
> 而人不至，則心勞矣。以戒時人厭小而務大，忽近而圖遠，將徒勞
> 而無功也。(《詩集傳》卷五，頁 61)
>
> 未見其爲襄公之詩。(《詩序辨說》卷上，頁 21)

認爲〈甫田〉一詩的主旨，乃是告誡時人勿厭小務大，忽近圖遠，以免徒勞
無功。對於《詩序》所謂「刺襄公」之說，朱熹認爲從詩文中，看不出是針
對襄公而發。《詩序》、朱熹詮說〈甫田〉一詩的意旨，並不相同，一採美刺
時君國政的詮釋進路，一則順文立義，以詩言詩，然而李先生卻謂：「《朱傳》
順文敷義，所謂『戒時人厭小而務大，忽近而圖遠』，大抵亦受了《毛序》的
影響，只不過把爲政改做爲學罷了。」(《國風毛序朱傳異同考析》，頁 215)
並判定朱熹之釋〈甫田〉，和《詩序》的詮說「大同小異」(同上，頁 221)。

15. 〈魏風。伐檀〉

> 坎坎伐檀兮，寘之河之干兮；河水清且漣猗。不稼不穡，胡取禾三百
> 廛兮！不狩不獵，胡瞻爾庭有縣貆兮！彼君子兮，不素餐兮！(一章)
> 坎坎伐輻兮，寘之河之側兮；河水清且直猗。不稼不穡，胡取禾三百
> 億兮，不狩不獵，胡瞻爾庭有縣特兮！彼君子兮，不素食兮！(二章)
> 坎坎伐輪兮，寘之河之漘兮；河水清且淪猗。不稼不穡。胡取禾三百
> 囷兮！不狩不獵，胡瞻爾庭有縣鶉兮！彼君子兮，不素飧兮！(三章)

〈伐檀〉一詩，《詩序》的詮釋是：

> 刺貪也。在位貪鄙，無功而受祿，君子不得進仕爾。(《詩疏》卷五
> 之三，頁 210)

以〈伐檀〉爲「刺貪」之作。由於魏國有貪鄙、無功而受祿的官員在位，導
致君子無法進入仕途，因此，詩人遂作〈伐檀〉一詩來加以譏刺。朱熹詮釋

〈伐檀〉，與《詩序》不同，謂：

> 詩人言有人於此，用力伐檀，將以爲車而行陸也。今乃寘之河干，
> 則河水清漣而無所用，雖欲自食其力而不可得矣。然其志則自以爲
> 不耕則不可得禾，不獵則不可以得獸，是以甘心窮餓而不悔也。詩
> 人述其事而歎之，以爲是眞能不空食者。後世若徐稚之流，非其力
> 不食，其屬志蓋如此。（《詩集傳》卷五，頁 66）
> 此詩專美君子之不素餐，《序》言刺貪，失其指矣。（《詩序辨說》卷
> 上，頁 22）

視〈伐檀〉爲一首「專美君子之不素餐」的詩。詩人藉著描述一位君子想要
自食其力，卻力有未逮。雖力有未逮，但此一君子卻有「不耕則不可得禾，
不獵則不可以得獸」的堅定信念。詩人以爲這樣的君子，是一位眞正能夠不
尸位素餐的人，因此，藉著〈伐檀〉一詩來稱美他。對於《詩序》以〈伐檀〉
爲「刺貪」之詩，朱熹認爲此說不得詩之本義。《詩序》、朱熹詮說〈伐檀〉
不同，一以爲刺，一以爲美〔註23〕，然而李先生卻謂：「《朱傳》根本是從《序》
的」（《國風毛序朱傳異同考析》，頁 232），並將朱熹之釋〈伐檀〉，歸入與《詩
序》詮說「大同小異」的一類，而「大同小異的可以歸入相同的一類計算」（同
上，頁 325）。

16. 〈唐風・蟋蟀〉

> 蟋蟀在堂，歲聿其莫。今我不樂，日月其除。無已大康，職思其居。
> 好樂無荒，良士瞿瞿。（一章）
> 蟋蟀在堂，歲聿其逝。今我不樂，日月其邁。無已大康，職思其外。
> 好樂無荒，良士蹶蹶。（二章）
> 蟋蟀在堂，役車其休。今我不樂，日月其慆。無已大康，職思其憂。
> 好樂無荒，良士休休。（三章）

〈蟋蟀〉一詩，《詩序》的詮釋是：

〔註23〕有關〈伐檀〉一詩，朱熹以爲美詩，《詩序》以爲刺詩之誤，輔廣之說，亦可
供參照，謂：「《詩》專美君子之不素餐，而《序》乃以爲刺貪者，正以《序》
者必欲使變風變雅無一篇不爲刺時而作故也。耕於野而食其力者，農夫也；
任其事而食其祿者，士大夫也。農夫不力耕，士大夫不任事而空食其食，此
後世貪民之所以多，而國家之事所以不舉也。《魏風》大抵客嗇急迫，計利而
不顧禮，而伐檀之人，其屬志乃如此，可謂能自拔於流俗而有聖賢之遺風矣。」
（《詩童子問・卷首》，頁 287～288）

刺晉僖公也。儉不中禮，故作是詩以閔之，欲其及時以禮自娛樂也。
此晉也而謂之唐，本其風俗，憂深思遠，儉而用禮，乃有堯之遺風
焉。（《詩疏》卷六之一，頁 216）

《毛詩正義》疏釋《詩序》之意云：

作〈蟋蟀〉詩者，刺晉僖公也。由僖公太儉逼下，不中禮度，故作
是〈蟋蟀〉之詩以閔傷之，欲其及歲暮閒暇之時，以禮自娛樂也。
以其太儉，故欲其自樂。樂失於盈，又恐過禮，欲令節之以禮，故
云以禮自娛樂也。（同上）

據此，《詩序》以爲〈蟋蟀〉是一首諷刺晉僖公之詩。由於僖公太過節儉，不
合禮度，因此詩人作了〈蟋蟀〉一詩來憐憫他。希望他在歲暮閒暇之時，能
夠依禮來自我娛樂。朱熹詮釋〈蟋蟀〉，與《詩序》不同，謂：

唐俗勤儉，故其民間終歲勞苦，不敢少休。及其歲晚務閒之時，乃敢
相與燕飲爲樂。而言今蟋蟀在堂，而歲忽已晚矣，當此之時而不爲樂，
則日月將舍我而去矣。然其憂深而思遠也。故方燕樂而又遽相戒曰：
今雖不可以不爲樂，然不已過於樂乎？盍亦顧念此職之所居者，使其
雖好樂而無荒，若彼良士之長慮卻顧焉，則可以不至於危亡也。蓋其
民俗之厚，而前聖遺風之遠如此。（《詩集傳》卷六，頁 68）

視〈蟋蟀〉爲表現唐俗勤儉，終歲勞苦而不敢少休之詩。在《詩序辨說》中，
朱熹更針對《詩序》之說加以駁正，朱熹說：

河東地瘠民貧，風俗勤儉，乃其風土氣習，有以使之，至今猶然，
則在三代之時可知矣。《序》所謂儉不中禮，固當有之，但所謂刺僖
公者，蓋特以謚得之，而所謂欲其及時以禮自娛樂者，又與詩意正
相反耳。況古今風俗之變，常必由儉以入奢，而其變之漸，又必由
上以及下。今謂君之儉反過於初，而民之俗猶知用禮，則尤恐其無
是理也。獨其憂深思遠，有堯之遺風者爲得之。然其所以不謂之晉
而謂之唐者，又初不爲此也。（《詩序辨說》卷上，頁 22～23）

朱熹指出《詩序》「刺晉僖公」之說，純粹是依據謚號所作的附會，另外，《詩
序》所謂詩人希望晉僖公能夠及時以禮來自我娛樂，此說恰好和詩意相反。《詩
序》的詮釋，仍採美刺時君國政的進路，朱熹則從唐地風俗的角度來詮解，《詩
序》、朱熹詮說〈蟋蟀〉，並不相同，然而李先生卻認爲朱熹之釋〈蟋蟀〉僅
和《詩序》「小異罷了」（《國風毛序朱傳異同考析》，頁 255），並將朱熹之釋

〈蟋蟀〉歸入和《詩序》「大同小異」的一類，而「大同小異的可以歸入相同的一類計算」（同上，頁 325）。

17. 〈唐風・羔裘〉

> 羔裘豹袪，自我人居居。豈無他人？維子之故。（一章）
> 羔裘豹褎，自我人究究。豈無他人？維子之好。（二章）

〈羔裘〉一詩，《詩序》的詮釋是：

> 刺時也。晉人刺其在位，不恤其民也。（《詩疏》卷六之二，頁 224）

《毛詩正義》疏釋《詩序》之意云：

> 刺其在位不恤其民者，謂刺朝廷卿大夫也。以在位之臣，輔君為政，當助君憂民，而懷惡於民，不憂其民，不與相親比，故刺之。經二章，皆刺在位懷惡，不恤下民之辭。（同上）

據此，《詩序》以為〈羔裘〉是譏刺朝廷中的卿大夫不撫恤、親愛人民的詩。朱熹詮釋〈羔裘〉，不以《序》說為然，謂：

> 此詩不知所謂，不敢強解。（《詩集傳》卷六，頁 71）
> 詩中未見此意。（《詩序辨說・羔裘》，卷上，頁 23）

以為〈羔裘〉一詩的意旨究竟為何，自己並不確知，因而並不做任何執實的說解，以避免穿鑿附會。但對於《詩序》的詮釋，他指出從〈羔裘〉詩中，看不出有《詩序》所說的「刺時也。晉人刺其在位，不恤其民也。」之意。朱熹釋〈羔裘〉，在詮《詩》的態度與進路上，與釋〈衛風・芄蘭〉一樣，即不以《序》說為然，也不願苟從《序》說，以避免流於穿鑿妄說，但在無確切的把握、佐證之下，自己也不願以不知為知，恣意解說，而寧存闕疑的態度，以避免自身也陷入穿鑿妄說之地。但朱熹雖謂「此詩不知所謂，不敢強解。」，又在《詩序辨說》中指出詩中並無《詩序》所說的「刺時也。晉人刺其在位，不恤其民也。」之意，據此，即已顯示朱熹詮釋〈羔裘〉和《詩序》的詮解不同之處，然而李先生卻謂：「〈羔裘〉一篇，《朱傳》又或者受《毛序》影響過深而不敢強解。」（《國風毛序朱傳異同考析》，頁 255）並將〈羔裘〉一詩，歸入「《朱傳》不敢強解，所以不知（和《詩序》）異同」一類（同上，頁 325）。

18. 〈唐風・葛生〉

> 葛生蒙楚，薟蔓于野。予美亡此，誰與？獨處！（一章）
> 葛生蒙棘。薟蔓于域。予美亡此，誰與？獨息！（二章）

　　　　角枕粲兮。錦衾爛兮。予美亡此，誰與？獨旦！（三章）

　　　　夏之日，冬之夜。百歲之後，歸于其居。（四章）

　　　　冬之夜，夏之日。百歲之後，歸于其室。（五章）

　　〈葛生〉一詩，《詩序》的詮釋是：

　　　　刺晉獻公也。好攻戰，則國人多喪矣。（《詩疏》卷六之二，頁 227）

鄭玄箋釋《詩序》之意云：

　　　　喪，棄亡也。夫從征役，棄亡不反，則其妻居家而怨思。（同上）

《毛詩正義》疏釋《詩序》之意云：

　　　　數攻他國，數與攻戰，其國人或死行陣，或見囚虜，是以國人多喪，

　　　　其妻獨處於室，故陳妻怨之辭以刺君也。（同上）

據此，《詩序》以為〈葛生〉一詩，是「刺晉獻公」之詩。由於獻公好攻戰，
導致國人「或死行陣，或見囚虜」，因此詩人作〈葛生〉一詩，透過妻怨之辭
的描寫，來譏刺晉獻公。朱熹詮釋〈葛生〉，與《詩序》不同，謂：

　　　　婦人以其夫久從征役而不歸，故言葛生而蒙於楚，蘞生而蔓于野，

　　　　各有所依託，而予之所美者獨不在是，則誰與而獨處於此乎？（《詩

　　　　集傳》卷六，頁 73）

　　　　獻公固喜攻戰而好讒佞，然未見此二詩（按：指〈葛生〉、〈采苓〉）

　　　　之果作於其時也。（《詩序辨說》卷上，頁 24）

視〈葛生〉為描寫「婦人以其夫從征役而不歸」的低沈心緒之詩，對於《詩
序》「刺晉獻公」之說，他指出晉獻公固然喜攻戰而好讒佞，但〈葛生〉一詩，
不必然即是作於晉獻公之時，言下之意，即〈葛生〉一詩的詩旨，也不必然
是為了譏刺晉獻公而作。朱熹對於《詩序》詮《詩》所指涉坐實的人事時世，
往往不信，此亦是一例。《詩序》的詮釋，仍採美刺時君國政的詮釋進路，因
歸之刺晉獻公好攻戰云云，朱熹則順文立義，本乎人情，但謂是敘寫婦人以
其夫久從征役而不歸的低沈心緒之詩，兩者的詮說並不相同，然而李先生卻
以為朱熹釋〈葛生〉和《詩序》之說「只是小異罷了」（《國風毛序朱傳異同
考析》，頁 255），並將朱熹之釋〈葛生〉，歸為和《詩序》「大同小異」的一類，
而「大同小異的可以歸入相同的一類計算。」（同上，頁 325）

19.　〈檜風‧隰有萇楚〉

　　　隰有萇楚，猗儺其枝。夭之沃沃，樂子之無知。（一章）

隰有萇楚，猗儺其華。夭之沃沃，樂子之無家。（二章）

隰有萇楚，猗儺其實。夭之沃沃，樂子之無室。（三章）

〈隰有萇楚〉一詩，《詩序》的詮釋是：

疾恣也。國人疾其君之淫恣而思無情欲者也。（《詩疏》卷七之二，
頁 264）

鄭玄箋釋《詩序》之意云：

恣，謂狡　淫戲，不以禮也。（同上）

《毛詩正義》疏釋《詩序》之意云：

作〈隰有萇楚〉詩者，主疾恣也。檜國之人，疾其君之淫邪，恣極
其情意，而不爲君人之度，故思樂見無情慾者。（同上）

據此，《詩序》以爲〈隰有萇楚〉是痛恨淫恣情慾之作。由於檜國之人痛恨檜
君縱恣情慾，既非禮，又無人君的風範，遂作〈隰有萇楚〉一詩來加以譏刺。
朱熹詮釋〈隰有萇楚〉，與《詩序》不同，謂：

政煩賦重，人不堪其苦，嘆其不如草木之無知而無憂也。（《詩集傳》
卷七，頁 86）

此《序》之誤，説見本篇。（《詩序辨説·隰有萇楚》，卷上，頁 26）

視〈隰有萇楚〉爲政煩賦重，人不堪其苦，乃轉爲歆羨草木的無知無憂之詩，
在《詩序辨説》中，並批評《詩序》的詮説錯誤。《詩序》的詮釋，仍採美刺
時君國政的詮釋進路，朱熹則回歸詩文，順文解義，導致二者詮《詩》的不
同，然而李先生卻謂：「毛、朱的說法並沒有很大衝突。國君放縱情慾，自然
造成政煩賦重的局面，而人民不堪其苦，國君當然不能推卸責任了。」（《國
風毛序朱傳異同考析》，頁 298），並以爲朱熹之釋〈隰有萇楚〉，「跟《詩序》
有分歧的地方，都是無關痛癢的。」（同上，頁 300），因定朱熹之釋〈隰有萇
楚〉與《詩序》的詮説「大同小異」，而「大同小異的可以歸入相同的一類計
算」（同上，頁 325）。

20. 〈曹風·蜉蝣〉

蜉蝣之羽，衣裳楚楚。心之憂矣，於我歸處。（一章）

蜉蝣之翼，采采衣服。心之憂矣，於我歸息。（二章）

蜉蝣掘閱，麻衣如雪。心之憂矣，於我歸説。（三章）

〈蜉蝣〉一詩，《詩序》的詮釋是：

　　　刺奢也。昭公國小而迫,無法以自守。好奢而任小人,將無所依焉。
　　　(《詩疏》卷七之二,頁 268)

《毛詩正義》疏釋《詩序》之意云:

　　　作〈蜉蝣〉詩者,刺奢也。昭公之國既小,而迫脅於大國之間,又
　　　無治國之法以自保守,好爲奢侈而任用小人,國家危亡無日,君將
　　　無所依焉,故君子憂而刺之也。好奢而任小人者,三章上二句是也。
　　　將無所依,下二句是也。三章皆刺好奢,又互相見。(同上)

據此,《詩序》以爲〈蜉蝣〉是譏刺昭公穿用奢侈,又任用小人,馴至無所依
薄之詩。由於昭公以小國之君,迫脅於齊、晉等大國之間,並沒有拿出一套
特別的治國之法,以求自立自保,反而穿用奢侈,任用小人,使曹國危亡無
日,並將使自身陷於無所歸依之境(成爲亡國之君),詩人(君子)看到這種
情形,深以爲憂,遂作〈蜉蝣〉一詩來譏刺他。朱熹釋〈蜉蝣〉,與《詩序》
不同,謂:

　　　此詩蓋以時人有玩細娛而忘遠慮者,故以蜉蝣爲比而刺之。言蜉蝣
　　　之羽翼,猶衣裳之楚楚可愛也。然其朝生暮死,不能久存,故我心
　　　憂之,而欲其於我歸處耳。《序》以爲刺其君,或然而未有考也。(《詩
　　　集傳》卷七,頁 87)

　　　言昭公未有考。(《詩序辨說》卷上,頁 26)

視〈蜉蝣〉爲詩人以當時的民眾有沈玩細娛(如衣服之光鮮、華麗者),而
忘了人生應有更高遠的境界可以追求(如修身之大道、處事之遠謀、古往今
來之通貫等〔註24〕),遂以朝生暮死,不能久存的蜉蝣,來擬喻、諷刺只耽
溺於細娛而忘遠慮的人,在《詩序辨說》中,朱熹並指出《詩序》刺昭公云
云之事,無從考證。《詩序》詮說〈蜉蝣〉,以爲是譏刺昭公國小而迫,無法
以自守,好奢而任小人,將無所依焉;朱熹詮說〈蜉蝣〉,則以爲諷刺時人

〔註24〕關於朱熹謂〈蜉蝣〉一詩是「蓋以時人有玩細娛而忘遠慮者,故以蜉蝣爲比
　　　而刺之。」,其意輔廣、劉玉汝有所發明,輔廣謂:「人心之體,上下四方無
　　　不包括,古往今來,無不通貫,可謂大矣。今也玩細娛、忘遠慮,至如蜉蝣
　　　之朝生暮死,而不自知,則亦不靈甚矣,此詩人所以憂之而欲其於我歸處也,
　　　所以欲其於我歸處者,蓋思有以警誨之耳。」(《詩童子問》卷三,頁 345)劉
　　　玉汝謂:「愚謂蜉蝣之羽一句比,比不能久存也。衣裳、衣服,平居所服而有
　　　鮮華之飾,信可喜也。麻衣弔服而有明潔之色,亦可觀,然此乃其細耳。至
　　　於脩身之大道,處事之遠謀,則無有也,是此人之衣此衣者,特蜉蝣之久耳,
　　　豈不甚可憂乎!」(《詩纘緒》卷八,頁 650)

有玩細娛而忘遠慮者，二者的詮說並不相同，然而李先生卻謂：「《朱傳》大致上跟從《序》說」（《國風毛序朱傳異同考析》，頁 302），和《詩序》的詮說「不外是大同小異罷了」（同上，頁 307），而「大同小異的可以歸入相同的一類計算」（同上，頁 325）。

貳、王清信研究的得失

　　王清信作〈詩經三頌毛序與朱傳異同之比較研究〉一文、《詩經二雅毛序與朱傳所定篇旨異同之比較研究》一書，承續李家樹先生的《國風毛序朱傳異同考析》一書而作，一方面除完全接受李先生在《國風毛序朱傳異同考析》一書、《詩經的歷史公案・漢宋詩說異同比較》一文所作的結論：「在國風一百六十篇之中，《朱傳》從《序》的共一百零九篇半」、「《朱傳》從《序》的篇數，幾乎達到百分之七十了。」，另一方面，在有關辨析、判定朱熹、《詩序》詮《詩》的異同上，亦循用李先生討論的模式，如「與《詩序》相同」、「與《詩序》大同小異」、「與《詩序》相異」、「與《詩序》大異小同」，「其中相同、大同小異歸為一類，為朱子尊《序》的部分；相異、大異小同歸為一類，為朱子反《序》的部分」（以上並見《詩經二雅毛序與朱傳所定篇旨異同之比較研究》，頁 12～13），除此之外，王清信也執持和李先生一樣的觀點，認為朱熹之攻《序》，僅只於口頭的攻擊，在實際的詮《詩》中，乃處處、大量遵從《序》說；且以為朱熹之攻《序》，其中實帶有意氣在，如謂：

> 宋代的學者對《毛序》展開激烈的批評，《朱傳》可說是反《序》派的代表，然而朱子攻擊《毛序》，只是口頭的攻擊（見《朱子語類》、《詩傳遺說》），在他的《詩經》著作——《詩集傳》中，卻是另外一回事。（《詩經二雅毛序與朱傳所定篇旨異同之比較研究》，頁 193）

> 在〈二雅〉一百〇五篇中，《朱傳》與《毛序》說法相同的共五十三篇，佔百分之五〇・四七；相異的有五十篇，佔百分之四七・六一；餘二篇闕疑。這些統計數字說明一個很重要的事實：朱《傳》跟從《毛序》的說法達百分之五〇。如果說朱子是「攻《序》派」的代表，就〈二雅〉部分看來，實在令人難以認同，在《詩集傳》中，朱子大致上是遵從《毛序》的。（同上，頁 195）

> 從大同小異的三十六篇來看，可以發現朱子詮《詩》，基本上跟從《毛

序》的說法，其中有些小異的地方，似乎是為了攻《序》而加進去的。（同上）

根據上面的統計數字，朱子反對《毛序》的程度如何，大致可以得到一個結論。約言之，實在是十分平和的。其實朱子反對《毛序》之處，主要是關於「美刺」的問題，「美刺」的理論，大抵代表了漢代以來學者詮《詩》的方法，在漢學走到僵化的狀態以後，朱子在《詩經》學上，似乎開創了一個新局面。但正如上面數字顯示，朱子大體上還是一個尊《序》派，……（同上，頁197）

據此，王清信對於朱熹去《序》詮《詩》的歷程、轉變及意涵；對於朱熹《詩》學在總體傾向、精神的把握上，也有所不足和偏失，加上辨析不清，誤判朱熹釋《詩》從《序》或和《序》說相同的篇章，亦復不少，馴至使其研究的論點，也有不甚妥切之處。據筆者的統計，王清信由於辨析不清，誤判朱熹釋《詩》從《序》或和《序》說相同的篇章，就二雅的部分有〈小雅·魚麗〉、〈南山有臺〉、〈蓼蕭〉、〈庭燎〉、〈沔水〉、〈斯干〉、〈無羊〉、〈節南山〉、〈小旻〉、〈巷伯〉、〈小明〉、〈青蠅〉、〈都人士〉、〈苕之華〉、〈大雅·文王〉；就三頌的部分有〈周頌·維天之命〉、〈周頌·執競〉、〈雝〉、〈良耜〉、〈桓〉、〈賚〉、〈閟宮〉、〈玄鳥〉、〈長發〉，茲撮要舉例，說明如下：

1. 〈小雅·魚麗〉

> 魚麗于罶，鱨鯊。君子有酒，旨且多。（一章）
> 魚麗于罶，魴鱧。君子有酒，多且旨。（二章）
> 魚麗于罶，鰋鯉。君子有酒，旨且有。（三章）
> 物其多矣，維其嘉矣。（四章）
> 物其旨矣，維其偕矣。（五章）
> 物其有矣，維其時矣。（六章）

〈魚麗〉一詩，《詩序》的詮釋是：

> 美萬物盛多，能備禮也。文武以〈天保〉以上治內，〈采薇〉以下治外，始於憂勤，終於逸樂，故美萬物盛多，可以告於神明矣。（《詩疏》卷九之四，頁341）

《毛詩正義》疏釋《詩序》之意云：

> 作〈魚麗〉詩者，美當時萬物盛多，能備禮也。謂武王之時，天下

萬物草木盛多，鳥獸五穀魚鱉皆得所，盛大而眾多，故能備禮也。禮
以財爲用，須則有之，是能備禮也。又説所以得萬物盛多者，文王、
武王以〈天保〉以上六篇燕樂之事，以治內之諸夏；以〈采薇〉以下
三篇征伐之事，治外之夷狄。文王以此九篇治其內外，是始於憂勤也。
今武王承於文王治平之後，內外無事，是終於逸樂。由其逸樂，萬物
滋生，故此篇承上九篇，美萬物盛多，可以告於神明也。（同上）

據此，《詩序》以爲〈魚麗〉是讚美武王之時萬物盛多，使得各項禮節所須之
物得以完備之詩。由於武王承續文王治平之後，內外無事，使得萬物滋生，
鳥獸五穀魚鱉皆得其所，足以完備於各項禮節，並告於神明。〈魚麗〉一詩，即
在反應武王之時萬物盛多，足以備禮的景象。朱熹詮釋〈魚麗〉，與《詩序》
不同，謂：

此燕饗通用之樂歌。即燕饗所薦之羞，而極道其美且多，見主人禮
意之勤，以優賓也。（《詩集傳》卷九，頁 109）

按：《禮儀・鄉飲酒》及《燕禮》，前樂既畢，皆閒歌〈魚麗〉，笙〈由
庚〉，歌〈南有嘉魚〉，笙〈崇丘〉，歌〈南山有臺〉，笙〈由儀〉。閒，
代也。言一歌一吹也。然則此六者，蓋一時之詩，而皆爲燕饗賓客
上下通用之樂。毛公分〈魚麗〉以足前什，而説者不察，遂分〈魚
麗〉以上爲文武詩，〈嘉魚〉以下爲成王詩，其失甚矣。（《詩集傳》
卷九，頁 110）

視〈魚麗〉爲燕饗賓客，上下通用的樂歌。而朱熹所以視〈魚麗〉爲燕饗賓
客上下通用的樂歌，乃根據《儀禮・鄉飲酒禮》：「笙入堂下，磬南，北面立。
樂〈南陔〉、〈白華〉、〈華黍〉。……乃閒歌〈魚麗〉，笙〈由庚〉，歌〈南有嘉
魚〉，笙〈崇丘〉，歌〈南山有臺〉，笙〈由儀〉。」（《儀禮疏》卷九，頁 93）、
《儀禮・燕禮》：「笙入，立于縣中，奏〈南陵〉、〈白華〉、〈華黍〉。……乃閒
歌〈魚麗〉，笙〈由庚〉，歌〈南有嘉魚〉，笙〈崇丘〉，歌〈南山有臺〉，笙〈由
儀〉。」（同上，卷十五，頁 172～173）的記載，認爲〈魚麗〉、〈由庚〉、〈南
有嘉魚〉、〈崇丘〉、〈南山有臺〉、〈由儀〉都是一時之詩，就內容來講，都是
燕饗賓客上下通用的樂歌〔註25〕。《詩序》、朱熹詮説〈魚麗〉，二者不同，顯

〔註25〕有關朱熹視〈魚麗〉爲燕饗賓客上下通用的樂歌，朱熹在《朱子語類》中謂：
「〈小雅〉諸篇皆君臣燕飲之詩，道主人之意以譽賓，如今人宴飲有『致語』
之類，亦間有敘賓客答辭者。《漢書》載客歌〈驪駒〉，主人歌〈客毋庸歸〉，

然可見，然而王清信卻謂：「朱傳所定篇旨與《毛序》大同小異」（《詩經‧二雅毛序與朱傳所定篇旨同之比較研究》，頁 59）。

2.〈小雅‧南陔〉、〈白華〉、〈華黍〉、〈由庚〉、〈崇丘〉、〈由儀〉

　　〈小雅‧南陔〉等六亡詩，朱熹與《詩序》的詮說不同，唯王清信並未列入統計。〈南陔〉等六詩，《詩序》的詮釋是：

> 〈南陔〉，孝子相戒以養也。〈白華〉，孝子之絜白也。〈華黍〉，時和歲豐，宜黍稷也。有其義而亡其辭。（《詩疏》卷九之四，頁 342）

> 〈由庚〉，萬物得由其道也。〈崇丘〉，萬物得極其高大也。〈由儀〉，萬物之生各得其宜也。有其義而亡其辭。（同上，卷十之一，頁 347〜348）

鄭玄箋釋《詩序》所謂：「有其義而已其辭」云：

> 此三篇者（按：指〈南陔〉、〈白華〉、〈華黍〉），〈鄉飲酒〉、〈燕禮〉用焉，曰「笙入立于縣中，奏〈南陔〉、〈白華〉、〈華黍〉」是也。孔子論《詩》，〈雅〉、〈頌〉各得其所，時俱在耳。篇第當在於此，遭戰國及秦之世而亡之，其義則與眾篇之義合編，故存。至毛公為《詁訓傳》，乃分眾篇之義，各置於其篇端云，又闕其亡者，以見在為數，故推改什首，遂通耳，而下非孔子之舊。（同上，卷九之四，頁 342〜343）

> 此三篇者（按：指〈由庚〉、〈崇丘〉、〈由儀〉），〈鄉飲酒〉、〈燕禮〉亦用焉，曰「乃間歌〈魚麗〉，笙〈由庚〉，歌〈南有嘉魚〉，笙〈由儀〉」。亦遭世亂而亡之。（同上，卷十之一，頁 348）

據鄭玄說，則〈南陔〉等六詩在孔子編次《詩經》、〈雅〉、〈頌〉各得其所時，詩文俱在，其後歷經戰國及秦之世，遂亡佚。但子夏作《序》時，諸《序》本合為一編，因此，〈南陔〉等六詩詩文雖亡佚，但其《序》（其義）則仍存在。至毛公作《詩詁訓傳》時，才將《詩序》拆解，分條置於各詩之上〔註26〕。朱

亦是此意。古人以魚為重，故〈魚麗〉、〈南有嘉魚〉，皆特舉以歌之。《儀禮》載『乃間歌〈魚麗〉，笙〈由庚〉，歌〈南有嘉魚〉，笙〈崇丘〉，歌〈南山有臺〉，笙〈由儀〉』本一套事。後人移〈魚麗〉附於〈鹿鳴之什〉，截以〈嘉魚〉以下為成王詩，遂失當時用詩之意，故胡亂解。今觀〈魚麗〉、〈嘉魚〉、〈南山有臺〉等篇，辭意皆同。」（卷八十，頁 2084〜2085）此說可與視〈魚麗〉為賓客上下通用的樂歌相發明。

〔註26〕鄭玄釋〈南陔〉等六詩「有其義而亡其辭」之說，陸德明《經典釋文》有更

熹釋〈南陔〉等六亡詩，與《詩序》「有其義而亡其辭」不同，朱熹說：

> 此（按：指〈南陔〉）笙詩也，有聲無詞也，舊在〈魚麗〉之後。以
> 《儀禮》考之，其篇次當在此，今正之。說見〈華黍〉。（《詩集傳》
> 卷九，頁 109）

> 〈白華〉，笙詩也。說見上（按：指〈南陔〉）下（按：指〈華黍〉）
> 篇。（《詩集傳》卷九，頁 109）

> 同上。此《序》尤無理。（《詩序辨說・白華》，卷下，頁 29）

> 〈華黍〉，亦笙詩也。〈鄉飲酒禮〉：鼓瑟而歌〈鹿鳴〉、〈四牡〉、〈皇
> 皇者華〉，然後笙入堂下，磬南北面立，樂〈南陔〉、〈白華〉、〈華黍〉。
> 〈燕禮〉亦鼓瑟，歌〈鹿鳴〉、〈四牡〉、〈皇華〉，然後笙入于縣中，
> 奏〈南陔〉、〈白華〉、〈華黍〉。〈南陔〉以下，今無以考其名篇之義，
> 然曰笙，曰樂，曰奏，而不言歌，則有聲而無詞明矣。所以知其篇
> 第在此者，意古經篇題之下必有譜焉，如投壺魯薛鼓之節而亡之耳。
> （《詩集傳》卷九，頁 109）

> 同上。然所謂「有其義」者，非眞有；所謂「亡其辭」者，乃本無
> 也。（《詩序辨說・華黍》卷下，頁 29）

> 〈由庚〉，此亦笙詩，說見〈魚麗〉。（《詩集傳》卷九，頁 110）

> 〈崇丘〉，說見〈魚麗〉。（同上）

> 〈由儀〉，說見〈魚麗〉。（同上，頁 111）

> 按：《儀禮・鄉飲酒》及〈燕禮〉，皆閒歌〈魚麗〉，笙〈由庚〉，歌
> 〈南有嘉魚〉，笙〈崇丘〉，歌〈南山有臺〉，笙〈由儀〉。閒，代也。
> 言一歌一吹也。然則此六者，蓋一時之詩，而皆爲燕饗賓客上下通
> 用之樂。（同上，頁 110）

據此，朱熹以《儀禮・鄉飲酒禮》及〈燕禮〉的記載，認爲〈小雅・南陔〉

明晰的說明：「此三篇（按：指〈南陔〉、〈白華〉、〈華黍〉）蓋武王之時，周
公制禮，用爲樂章，吹笙以播其曲。孔子刪定在三百一十一篇內，遭戰國及
秦而亡。子夏序《詩》，篇義合編，故詩雖亡而義猶在也。毛氏《訓傳》，各
引《序》冠其篇首，故《序》存而詩亡。」（《詩疏》卷九之四，頁 343）、「此
三篇（按：〈由庚〉、〈崇丘〉、〈由儀〉）義與〈南陔〉等同。依〈六月・序〉，
〈由庚〉在〈南有嘉魚〉前，〈崇丘〉在〈南山有臺〉前。今同在此者，以其
俱亡，使相從耳。」（同上，卷十之一，頁 348）

等六詩，都是屬於有聲無詞的笙詩，其作用僅在演奏，以爲燕饗賓客上下通用之樂；《毛詩序》所謂「有其義而亡其辭」，實際上是「非眞有」其義、「乃本無」其辭，對於《詩序》詮說〈南陔〉六詩的詩義，就〈白華〉一詩，朱熹更指出《序》說「尤無理」，可見朱熹與《詩序》詮說〈南陔〉、〈白華〉、〈華黍〉、〈由庚〉、〈崇丘〉、〈由儀〉六詩的不同，唯王清信僅略作討論，並未將此六詩納入朱熹與《詩序》詮說異同的統計。

3. 〈小雅・南山有臺〉

> 南山有臺，北山有萊。樂只君子，邦家之基；樂只君子，萬壽無期。
> （一章）
>
> 南山有桑，北山有楊。樂只君子，邦家之光；樂只君子，萬壽無疆。
> （二章）
>
> 南山有杞，北山有李。樂只君子，民之父母；樂只君子，德音不已。
> （三章）
>
> 南山有栲，北山有杻。樂只君子，遐不眉壽？樂只君子，德音是茂。
> （四章）
>
> 南山有枸，北山有楰。樂只君子，遐不黃耇？樂只君子。保艾爾後。
> （五章）

〈南山有臺〉一詩，《詩序》的詮釋是：

> 樂得賢也。得賢則能爲邦家立太平之基矣。（《詩疏》卷十之一，頁
> 347）

鄭玄箋釋《詩序》之意云：

> 人君得賢，則其德廣大堅固，如南山之有基趾。（同上）

據此，《詩序》以爲〈南山有臺〉是呈顯、抒露人君樂得賢之詩。詩人以爲人君若能得賢才，則能爲國家奠下太平的基石，〈南山有臺〉一詩，都在歌詠人君樂得賢之意。朱熹詮釋〈南山有臺〉，與《詩序》不同，謂：

> 此亦燕饗通用之樂。故其辭曰：南山則有臺矣，北山則有萊矣。樂
> 只君子，則邦家之基矣。樂只君子，則萬壽無期矣。所以道達主人
> 尊賓之意，美其德而祝其壽也。……說見〈魚麗〉。（《詩集傳》卷九，
> 頁 111）

> 《序》首句誤，詳見本篇。（《詩序辨說》卷下，頁 29）

視〈南山有臺〉爲燕饗賓客上下通用之樂。而朱熹所以以〈南山有臺〉爲燕饗賓客上下通用之樂，根據其釋〈魚麗〉的說明，即據《儀禮‧鄉飲酒禮》及《燕禮》的記載，認爲〈魚麗〉、〈由庚〉、〈南有嘉魚〉、〈崇丘〉、〈南山有臺〉、〈由儀〉都是一時之詩，其作用都在作爲燕饗賓客上下通用之樂〔註27〕；就內容上來講，則是敘述「賓主相好之意」（《朱子語類》卷八十，頁2072）。朱熹、《詩序》詮說〈南山有臺〉，二者並不相同，但王清信卻謂：「朱傳所定篇旨與《毛序》大同小異」（《詩經二雅毛序與朱傳所定篇旨異同之比較研究》，頁64）。

4.〈小雅‧蓼蕭〉

　　蓼彼蕭斯，零露湑兮。既見君子，我心寫兮。燕笑語兮，是以有譽處兮。（一章）

　　蓼彼蕭斯，零露瀼瀼。既見君子，爲龍爲光。其德不爽，壽考不忘。（二章）

　　蓼彼蕭斯，零露泥泥。既見君子，孔燕豈弟。宜兄宜弟，令德壽豈。（三章）

　　蓼彼蕭斯，零露濃濃。既見君子，鞗革忡忡，和鸞雝雝，萬福攸同。（四章）

　　〈蓼蕭〉一詩，《詩序》的詮釋是：

　　澤及四海也。（《詩疏》卷十之一，頁348）

鄭玄箋釋《詩序》之意云：

　　九夷、八狄、七戎、六蠻，謂之四海，國在九州之外，雖有大者，爵不過子。（同上）

《毛詩正義》疏釋《詩序》之意云：

〔註27〕有關朱熹之釋〈南山有臺〉，朱熹在《朱子語類》中謂：「〈南山有臺〉等數篇，是燕享時常用底，敘賓主相好之意，一似今人致語」（卷八十，頁2072）又謂：「〈小雅〉諸篇皆君臣燕飲之詩，道主人之意以譽賓，如今人宴飲有『致語』之類，亦間有敘賓客答辭者。《漢書》載客歌〈驪駒〉，主人歌〈客毋庸歸〉，亦是此意。古人以魚爲重，故〈魚麗〉、〈南有嘉魚〉，皆特舉以歌之。《儀禮》載『乃閒歌〈魚麗〉，笙〈由庚〉，歌〈南有嘉魚〉，笙〈崇丘〉，歌〈南山有臺〉，笙〈由儀〉』，本一套事。後人移〈魚麗〉附於〈鹿鳴之什〉，截以〈嘉魚〉以下爲成王詩，遂失當時用詩之意，故胡亂解。今觀〈魚麗〉、〈嘉魚〉、〈南山有臺〉等篇，辭意皆同。」（卷八十，頁2084～2085）皆可與朱熹在《詩集傳》中謂〈南山有臺〉是「燕饗通用之樂」説相發明。

作〈蓼蕭〉詩者,謂時王者恩澤被及四海之國也,使四海無侵伐之
憂,得風雨之節。(同上)

據此,《詩序》以為〈蓼蕭〉一詩,是抒寫時王澤被四海之國,使四海之國不
再有侵伐之憂之詩。朱熹詮釋〈蓼蕭〉,與《詩序》不同,謂:

諸侯朝于天子,天子與之燕以示慈惠,故歌此詩。言蓼彼蕭斯,則
零露湑然矣。既見君子,則我心輸寫而無留恨矣。是以燕笑語而有
譽處也。其曰既見,蓋於其初燕而歌之也。(《詩集傳》卷九,頁 111)

《序》不知此為燕諸侯之詩,但見「零露」之云,即以為澤及四海,
其失與〈野有蔓草〉同,臆說淺妄,類如此云。(《詩序辨說·蓼蕭》,
卷下,頁 39)

視〈蓼蕭〉為諸侯朝見天子,天子燕飲諸侯的歌詩。在《詩序辨說》中,並
批評《詩序》「澤及四海」之說,乃是摘拈詩文中的「零露湑兮」、「零露瀼瀼」、
「零露泥泥」、「零露濃濃」等句,所作的穿鑿臆說。朱熹釋〈蓼蕭〉,以為是
天子燕飲諸侯的歌詩[註28],《詩序》釋〈蓼蕭〉,則以為是時王澤及四海之
詩,二者的詮說,並不相同,但王清信卻謂:「朱傳所定篇旨與《毛序》大同
小異」(《詩經二雅毛序與朱傳所定篇旨異同之比較研究》,頁 65)。

5. 〈小雅·庭燎〉

夜如何其?夜未央。庭燎之光。君子至止,鸞聲將將。(一章)
夜如何其?夜未艾。庭燎晰晰。君子至止,鸞聲噦噦。(二章)
夜如何其?夜鄉晨。庭燎有輝。君子至止,言觀其旂。(三章)

〈庭燎〉一詩,《詩序》的詮釋是:

美宣王也。因以箴之。(《詩疏》卷十一之一,頁 374)

鄭玄箋釋《詩序》之意云:

諸侯將朝,宣王以夜未央之時,問夜早晚。美者,美其能自勤以政
事。因以箴者,王有雞人之官,凡國事為期,則告之以時,王不正
其官而問夜早晚。(同上)

[註28] 朱熹在《朱子語類》中謂:「〈菁莪〉、〈湛露〉、〈蓼蕭〉皆燕飲之詩。詩中所
謂『君子』,皆稱賓客,後人卻以言人君,正顛倒了。如以湛露為恩澤,皆非
詩義。故『野有蔓草,零露湑兮』,亦以為君之澤不下流,皆局於一箇死例,
所以如此。」(卷八十,頁 2085)可與朱熹以〈蓼蕭〉為天子燕飲諸侯的歌詩
相發明。

《毛詩正義》疏釋《詩序》之意云：

> 因以箴之者，言王雖可美，猶有所失。此失須治，若病之須箴。三
> 章皆美其勤於政事，譏其不正其官，是美而因箴之事也。（同上）
> 王有雞人之官，凡國事爲期，則雞人告有司以其朝之時節，有司當
> 以告王，不須問。今王問之，由王不正其官而問夜早晚，非度之宜，
> 所以箴之也。（同上）

據此，《詩序》以爲〈庭燎〉是讚美宣王之詩，但在讚美之中也帶有規正之意。
由於宣王因諸侯將來朝，乃問夜的早晚，這是勤於政事而值得讚美的事，但
諸侯上朝的時間，本應由報時的雞人之官來轉告主管官員，再由主管官員上
呈天子知悉，現在由宣王來親自問時，是權責不明，督責不周，因此詩人在
讚美中也帶有一點規正之意。朱熹詮釋〈庭燎〉，與《詩序》不同，謂：

> 王將起視朝，不安於寢，而問夜之早晚曰：夜如何哉？夜雖未央，
> 而庭燎光矣。朝者至而聞其鸞聲矣。（《詩集傳》卷十，頁120）

視〈庭燎〉爲描寫人君將起而視朝之詩，並不以〈庭燎〉有「美宣王也。因
以箴之。」之意。朱熹詮釋〈庭燎〉所以異於《詩序》，即在於他認爲《詩序》
之說無從考證，不論從詩人的描寫中或其他的經傳中，都無法看出或有確證
可以證明《序》說爲諦〔註29〕，朱熹因僅隨文釋義，定〈庭燎〉爲人君將起
視朝，不安於寢之詩，與《詩序》「美宣王也。因以箴之。」之說不同。然而
王清信卻謂：「朱傳所定篇旨與《毛序》大同小異」（《詩經二雅毛序與朱傳所
定篇旨異同之比較研究》，頁78）

6.〈小雅・沔水〉

> 沔彼流水，朝宗于海。鴥彼飛隼，載飛載止。嗟我兄弟，邦人諸友。
> 莫肯念亂，誰無父母！（一章）

〔註29〕朱熹釋〈小雅・鴻鴈〉時，指出〈小雅〉諸篇從〈鴻鴈〉以下的時世多不可
　　　考，對於《詩序》所定宣王、幽王之詩，均持懷疑否定的態度，朱熹說：「舊
　　　說：周室中衰，萬民離散，而宣王能勞來還安定集之，故流民喜之而作此
　　　詩。……然今亦未有以見其爲宣王之詩。後三篇（按：指〈庭燎〉、〈沔水〉、
　　　〈鶴鳴〉）放此。」（《詩集傳》卷十，頁119）、「此（按：指〈鴻鴈〉）以下時
　　　世，多不可考。」（《詩序辨說・鴻鴈》，卷下，頁31）關於朱熹對於《詩序》
　　　從〈鴻鴈〉以下諸詩所定的時世，抱持懷疑、否定的態度，輔廣亦有所說明：
　　　「先生以〈鴻鴈〉而下，諸詩時世多不可考者，蓋於詩文及其他經傳皆無所
　　　據，爲可疑耳。《序》者但以其次於宣王詩後，故例皆以屬之宣王，而不疑是
　　　固本必然也。」（《詩童子問》，卷首，頁293）

沔彼流水，其流湯湯。鴥彼飛隼，載飛載揚。念彼不蹟，載起載行。
心之憂矣，不可弭忘。（二章）

鴥彼飛隼，率彼中陵。民之訛言，寧莫之懲。我友敬矣，讒言其興。
（三章）

〈沔水〉一詩，《詩序》的詮釋是：

規宣王也。（《詩疏》卷十一之一，頁 375）

《毛詩正義》疏釋《詩序》之意云：

作〈沔水〉詩者，規宣王也。圓者周匝之物，以比人行周備。物有
不圓匝者，規之使成圓。人行有不周者，規之使周備，是匡諫之名。
刺者，責其為惡。言宣王政教多善，小有不備，今欲規之使備，故
言規之，不言刺也。經云諸侯不朝天子，妄相侵伐，又讒言將起，
王不禁之。欲王治諸侯，察譖妄，皆規王使為善也。（同上）

據此，《詩序》以為〈沔水〉是匡諫宣王之詩。由於宣王在政教上的表現頗善，
但稍有不備，所謂不備，即是：「諸侯不朝天子，妄相侵伐，又讒言將起，王
不禁之。」，因此詩人透過〈沔水〉一詩，希望「王治諸侯，察譖妄」；在政
教的施行上能更為周備，其中寄寓著匡諫規勸之意。朱熹詮釋〈沔水〉，與《詩
序》不同，謂：

此憂亂之詩。言流水猶朝宗於海，飛隼猶或有所止，而我之兄弟諸
友乃無肯念亂者，誰獨無父母乎？亂則憂或及之，是豈可以不念哉！
（《詩集傳》卷十，頁 120）

視〈沔水〉為憂亂之詩。而朱熹所以異於《詩序》的詮說，主要即是朱熹認
為從詩文之中看不出有規宣王之意，而且其他的經傳中也沒有證據可以證明
《詩序》之說為諦〔註 30〕。朱熹因僅隨文釋義，視〈沔水〉為憂亂之詩，與
《詩序》的詮說不同，但王清信卻謂：「朱傳所定篇旨與《毛序》大同小異」
（《詩經二雅毛序與朱傳所定篇旨異同之比較研究》，頁 80）。

7. 〈小雅・斯干〉

秩秩斯干，幽幽南山；如竹苞矣，如松茂矣。兄及弟矣，式相好矣，
無相猶矣。（一章）

似續妣祖，築室百堵，西南其戶。爰居爰處，爰笑爰語。（二章）

〔註 30〕同注 29。

約之閣閣，椓之橐橐，風雨攸除。鳥鼠攸去，君子攸芋。（三章）

如跂斯翼。如矢斯棘；如鳥斯革，如翬斯飛。君子攸躋。（四章）

殖殖其庭，有覺其楹。噲噲其正，噦噦其冥。君子攸寧。（五章）

下莞上簟，乃安斯寢。乃寢乃興，乃占我夢。吉夢維何？維熊維羆，維虺維蛇。（六章）

大人占之：維熊維羆，男子之祥；維虺維蛇，女子之祥。（七章）

乃生男子，載寢之床，載衣之裳，載弄之璋。其泣喤喤。朱芾斯皇，室家君王。（八章）

乃生女子，載寢之地，載衣之裼，載弄之瓦。無非無儀，唯酒食是議。無父母詒罹。（九章）

〈斯干〉一詩，《詩序》的詮釋是：

宣王考室也。（《詩疏》卷十一之二，頁383）

鄭玄箋釋《詩序》之意云：

考，成也，德行國富，人民殷眾而皆佼好，骨肉和親，宣王於是築宮廟群寢，既成而釁之，歌〈斯干〉之詩以落之，此之謂成室。宗廟成則又祭祀先祖。（同上）

《毛詩正義》疏釋〈斯干·序〉云：

作〈斯干〉詩者，宣王考室也。考，成也。宣王既德行民富，天下和親，乃築廟寢成，而與群臣安燕而樂之，此之謂成室也。……言歌〈斯干〉之詩以樂之者，歌謂作此詩也。宣王成室之時，與群臣燕樂，詩人述其事以作歌，謂作此詩。〈斯干〉所歌，皆是當時樂事，故云「歌〈斯干〉之詩以樂之」，非謂當樂之時已有〈斯干〉可歌也。（同上，頁383～384）

據此，〈斯干〉一詩，《詩序》以為周宣王在宮室落成之後，與群臣燕樂，詩人乃作〈斯干〉來敘述此事。朱熹詮釋〈斯干〉，與《詩序》不同，謂：

此築室既成，而燕飲以落之，因歌其事。而言此室臨水而面山，其下之固如竹之苞，其上之密如松之茂。又言居是屋者，兄弟相好而無相謀，則頌禱之辭，猶所謂聚國族於斯者也。（《詩集傳》卷十一，頁124）

以為〈斯干〉是宮室落成之後，主人宴飲賓客而後作之詩。《詩序》、朱熹的詮釋乍看略同，但其實相異。即朱熹不取《詩序》「宣王考室」之說，他認為

此詩沒有證據可以證明是「宣王考室」之詩，他說：

> 舊說：厲王流於彘，宮室圮壞，故宣王即位，更作宮室，既成而落
> 之。今亦未有以見其必為是時之詩也。或曰：《儀禮》下管〈新宮〉，
> 《春秋傳》宋元公賦〈新宮〉，恐即此詩。然亦未有明證。（《詩集傳》
> 卷十一，頁 126）

據《國語·周語》及《史記·周本紀》的記載，厲王曾以暴虐酷政對待人民，後為國人所逐，出奔於彘，其後由周、召二公共同輔政，稱為周召共和。共和十四年，厲王死於彘，二公乃共立太子靜為王，是為宣王〔註31〕。鄭玄復謂宣王承厲王之亂，宮室毀壞，因別更修造〔註32〕，朱熹所謂的「舊說」，蓋指《國語》、《史記》及鄭玄說而言。但宣王雖繼厲王而立，也無法證明〈斯干〉一詩即是描述宣王重建宮室之作，這是朱熹所以不取《序》說的原因。有人據《儀禮·燕禮》「升歌〈鹿鳴〉，下管〈新宮〉」（《儀禮疏》卷十五，頁 180）、〈大射〉「乃管新宮三終」（《儀禮疏》卷十七，頁 200）之文，及《左傳》昭公二十五年所載「宋公享昭子，賦〈新宮〉」（《春秋疏》卷五十一，頁 887）之文，懷疑〈新宮〉即〈斯干〉一詩，朱熹也認為沒有確實的證據可以證明此說〔註33〕。《詩序》、朱熹詮釋〈斯干〉，一以為宣王考室，坐實人事，朱熹則順文立義，但以為是宮室落成之後，主人宴飲賓客之詩，二者的詮說實不相同，但王清信卻謂：「朱傳所定篇旨與《毛序》大同小異」（《詩經二雅毛序與朱傳所定篇旨異同之比較研究》，頁 86）。

〔註31〕 參《國語·周語上》「邵公諫厲王弭謗」，卷一，頁 9～10、《史記·周本記》卷四，《史記會注考證》卷四，頁 77～78。

〔註32〕 《毛詩正義》引《鄭志》答趙商云：「成王崩之時，在西部，文王遷豐，作靈台、辟雍而已，其餘猶諸侯制度。故喪禮設衣物之處，寢有夾室與東西房也。周公攝政，致太平，制禮作樂，乃立明堂於王城。」及《鄭志》答張逸云：「周公制禮土中，〈洛誥〉：『王入太室祼』是也。〈顧命〉成王崩於鎬京，承先王宮室耳。宣王承亂，未必如周公之制。」並疏釋鄭玄之意云：「鄭意以文王未作明堂，其寢廟如諸侯制度。乃周公制禮，建國土中，以洛邑為正都。其明堂廟寢，天子制度，皆在王城為之。其鎬京則別都耳。先王之宮室尚新，周公不復改作，故成王之崩，有二房之位，由承先王之室故耳。及厲王之亂，宮室毀壞，先王作者，無復可因。宣王別更修造，自然依天子之法，不復作諸侯之制，故知宣王雖在西都，其宗廟路寢皆制如明堂，不復如諸侯也。」（《詩疏》卷十一之二，頁 385）

〔註33〕 朱熹所謂的「或曰」，據劉瑾《詩傳通釋》，蓋指李寶之，劉瑾謂：「李寶之云：昭公二十五年宋公享叔孫昭子，賦〈新宮〉，與此所笙奏，或謂即〈斯干〉詩。」（《詩傳通釋》卷十一，頁 542）

8. 〈小雅・無羊〉

> 誰謂爾無羊？三百維群。誰謂爾無牛？九十其犉。爾羊來思，其角濈
> 濈；爾牛來思，其耳濕濕。（一章）
>
> 或降于阿，或飲于池，或寢或訛。爾牧來思。何蓑何笠，或負其餱。
> 三十維物，爾牲則具。（二章）
>
> 爾牧來思，以薪以蒸，以雌以雄。爾羊來思，矜矜兢兢，不騫不崩。
> 麾之以肱，畢來既升。（三章）
>
> 牧人乃夢，眾維魚矣，旐維旟矣。大人占之：眾維魚矣，實維豐年；
> 旐維旟矣，室家溱溱。（四章）

〈無羊〉一詩，《詩序》的詮釋是：

> 宣王考牧也。（《詩疏》卷十一之二，頁388）

鄭玄箋釋《詩序》之意云：

> 厲王之時，牧人之職廢，宣王始興而復之，至此而成，謂復先王牛
> 羊之數。（同上）

《毛詩正義》疏釋《詩序》、鄭《箋》之意云：

> 作〈無羊〉詩者，言宣王考牧也。謂宣王之時，牧人稱職，牛羊復
> 先王之數，牧事有成，故言考牧也。經四章，言牛羊得所，牧人善
> 牧，又以吉夢獻王，國家將有休慶，皆考牧之事也。（同上）

> 此美其新成，則往前嘗廢，故本厲王之時。今宣王始興而復之，選牧
> 官得人，牛羊蕃息，至此而牧羊成功，故謂之考牧。又解成者，正謂
> 復先王牛羊之數也。……《周禮》有牧人下士六人，府一人，史二人，
> 徒六十人。又有牛人、羊人、犬人、雞人，唯無豕人。（同上）

據此，《詩序》以爲由於宣王恢復了自厲王以來中斷的牧人之職，使得牛羊蕃
息，牧事成功，恢復了先王所定的牛羊之數，因此，詩人乃作〈無羊〉一詩，
來加以歌詠。朱熹詮釋〈無羊〉，與《詩序》「宣王考牧」之說不同，僅隨文
釋義，視〈無羊〉是一首描寫牧事有成，牛羊眾多的詩。朱熹說：

> 此詩言牧事有成，而牛羊眾多也。（《詩集傳》卷十一，頁126）

《詩序》自《小雅・六月》以下至〈無羊〉，計十四首，均定爲宣王時詩，或美
或規，或誨或刺，均和宣王發生了直接的關係。但朱熹對於《詩序》說詩，往
往確指人事時世，早已認爲非常不妥，因此自〈鴻鴈〉以下諸詩，凡《詩序》

所定爲宣王時詩，朱熹均不予採信，僅隨文釋義，說明每一首詩的大旨，而朱熹所以對於《詩序》指涉宣王說不以採信，原因仍是二點，其一，就詩文中看不出與宣王有任何關涉，其二，經傳上也沒有明確的證據可來佐證〔註34〕。朱熹釋〈無羊〉，隨文釋義，但謂是敘寫牧事有成，牛羊眾多之詩，和《詩序》坐實人事，採取以史證詩的詮釋進路，以爲是「宣王考牧」之詩，實不相同，但王清信卻謂：「朱傳所定篇旨與《毛序》大同小異」（《詩經二毛序與朱傳所定篇旨異同之比較研究》，頁88）。

9. 〈小雅・都人士〉

> 彼都人士，狐裘黃黃。其容不改，出言有章。行歸于周，萬民所望。
> （一章）
> 彼都人士，臺笠緇撮。彼君子女，綢直如髮。我不見兮，我心不說。
> （二章）
> 彼都人士，充耳琇實。彼君子女，謂之尹吉。我不見兮，我心苑結。
> （三章）
> 彼都人士，垂帶而厲。彼君子女，卷髮如蠆。我不見兮，言從之邁。
> （四章）
> 匪伊垂之，帶則有餘。匪伊卷之，髮則有旟。我不見兮，云何盱矣！
> （五章）

〈都人士〉一詩，《詩序》的詮釋是：

> 周人刺衣服無常也。古者長民，衣服不貳，從容有常，以齊其民，
> 則民德歸壹，傷今不復見古人也。（《詩疏》卷十五之二，頁510）

鄭玄箋釋《詩序》之意云：

〔註34〕朱熹在《詩序辨說・鴻鴈》中說：「此以下時世多不可考。」（卷下，頁30）在《詩集傳》中屢言「今亦未有以見其爲宣王之詩。」（卷十，頁119）、「今考之詩文，未有以見其必爲宣王耳。下篇放此」（卷十一，頁122）、「今按詩文，未見其爲宣王之世，下篇亦然。」（卷十一，頁124）都可說明他並不採信《詩序》將〈鴻鴈〉以下諸詩，定爲宣王時世的理由。關於〈小雅〉自〈鴻鴈〉以下諸詩，朱熹不採信《詩序》所定時世的理由，輔廣亦有所說明：「先生自〈鴻鴈〉以下，皆以經傳及詩文無可據者，故不敢從《序》以爲宣王之詩，然於詩之義，則皆說得明白的當，無可疑者，使後之學詩者，隨所讀而得其義，以爲法戒，足矣。正不必辨其爲何王之詩也。〈節南山〉以下皆然。」（《詩童子問》卷四，頁361）

服，謂冠弁衣裳也。古者，明王時也。長民，謂凡在民上倡率者也。
變易無常謂之貳，從容，謂休燕也。休燕猶有常，則朝夕明矣。壹
者，專也，同也。（《詩疏》卷十五之二，頁 510）

《毛詩正義》疏釋《詩序》之意云：

〈都人士〉詩者，周人所作，刺其時人所著之服無常也。以古者在
上長率其民，所衣之服不變貳，雖從容休燕之處，其容貌亦有常，
不但公朝朝夕而已。身自行此，以齊正其人，則下民皆爲一德。謂
其德如一，與上齊同，亦衣服不貳，從容有常也。傷今不復見古之
人，故作詩反以刺之。周人者，謂京師畿內之人。此及〈白華〉獨
言周人者，蓋敘者知畿內之人所作，其人或微不足錄，故言周人以
便文，無義例也。不言刺幽王者，此凡在人上服皆無常，故下民亦
不齊一，此刺當時之服無常，非指刺王身，故《序》不言刺王。然
風俗不齊，亦王者之過，即亦刺王也。（《詩疏》卷十五之二，頁 510）

據此，《詩序》以爲〈都人士〉一詩，是王畿之內的周人所作，用以譏刺時人
（含周幽王及在上位的官員）所穿之衣服無常，不足以爲人民的表率，亦不
足以齊正人民，詩人敘寫古代有德之人衣服有常，來反刺當代人的衣服無常。
朱熹詮釋〈都人士〉，與《詩序》不同，謂：

亂離之後，人不復見昔日都邑之盛，人物儀容之美，而作此詩以歎
惜之也。（《詩集傳》卷十五，頁 169）

此《序》蓋用〈緇衣〉之誤。（《詩序辨說》卷下，頁 34）

視爲亂離之後，人不復見昔日都邑之盛，人物儀容之美，有所歎惜而作之詩，
在《詩序辨說》中，並指出《詩序》之說乃緣於採用《禮記・緇衣》之文，
遂致錯解詩意〔註 35〕。《詩序》、朱熹詮說〈都人士〉並不相同，但王清信卻
謂：「朱傳所定篇旨與《毛序》大同小異」（《詩經二雅毛序與朱傳所定篇旨異
同之比較研究》，頁 139）。

10.〈周頌・執競〉

執競武王，無競維烈，不顯成康，上帝是皇。自彼成康，奄有四方，

〔註 35〕 《禮記・緇衣》：「子曰：『長民者，衣服不貳，從容有常，以齊其民，則民德
壹。《詩》云：『彼都人士，狐裘黃黃，其容不改。出言有章，行歸于周，萬
民所望。』」（《禮記疏》卷五十五，頁 929），〈緇衣〉之說，蓋爲《詩序》所
據用。

斤斤其明。鐘鼓喤喤，磬筦將將，降福穰穰。降福簡簡，威儀反反。
既醉既飽，福祿來反。

〈執競〉一詩，《詩序》的詮釋是：

祀武王也。（《詩疏》卷十九之三，頁 720）

《毛詩正義》疏釋《詩序》之意云：

〈執競〉詩者，祀武王之樂歌也。謂周公、成王之時，既致太平，
祀於武王之廟。時人以今得太平，由武王所致，故因其祀，述其功，
而爲此歌焉。經之所陳，皆述武王生時之功也。（同上）

據此，《詩序》以爲〈執競〉是祭祀武王的樂歌，詩作的年代在周公、成王既
致太平之時；詩中所言都在陳述武王生時的功勳。朱熹詮釋〈執競〉，與《詩
序》有別，謂：

此祭武王、成王、康王之詩。競，強也。言武王持其自強不息之心，
故其功烈之盛，天下莫得而競，豈不顯哉！成王、康王之德，亦上
帝之所君也。（《詩集傳》卷十九，頁 227）

此昭王以後之詩。（同上）

此詩并及成康，則《序》說誤矣，其說已具於〈昊天有成命〉之篇。
（《詩序辨說・執競》，卷下，頁 40）

視〈執競〉爲祭祀武王、成王、康王之王之詩，並定〈執競〉爲昭王以後之
詩。朱熹認爲〈執競〉一詩的詩文提及成王、康王（按：指「不顯成康，上
帝是皇」、「自彼成康，奄有四方。」），則此詩顯然是昭王以後祭祀武王、成
王、康王之詩，但《詩序》、毛、鄭舊說，以〈周頌〉爲「周室成功致太平德
洽之詩」（〈周頌譜〉，《詩疏》卷十九之一，頁 703），定其撰作的年代在「周
公攝政、成王即位之初」（同上）遂將周頌諸詩詩文中的「成康」曲爲之說，
以附己意，朱熹認爲這樣的詮解是錯誤的。《詩序》、毛、鄭定〈周頌〉諸詩
是周公攝政、成王即位之初，所作以祭祀、歌詠先祖功業之詩，朱熹則上據
《國語》，旁採歐陽脩之說，又以詩文爲斷，定〈執競〉爲祭祀武王、成王、
康王之詩〔註36〕，其年代乃在昭王以後，和《詩序》的詮解，頗有出入，然

〔註36〕有關朱熹對於《詩序》、毛、鄭詮解〈周頌〉諸詩的批評，《詩序辨說・昊天
有成命》中有詳細的說明，朱熹說：「此詩詳考經文，而以《國語》證之，其
爲康王以後祀成王之詩無疑。而毛鄭舊說，定以頌爲成王之時、周公所作，
故凡頌中有『成王』及『成康』字者，例皆曲爲之說，以附己意，其汗滯僻

而王清信卻謂：「朱傳與《序》說大同小異」（〈詩經三頌毛序與朱傳異同之比較研究〉，《經學研究論叢》第六輯，頁 90）。

11. 〈閟宮〉

閟宮有侐，實實枚枚。赫赫姜嫄，其德不回。上帝是依，無災無害；彌月不遲，是生后稷。降之百福，黍稷重穋，稙稚菽麥。奄有下國，俾民稼穡。有稷有黍，有稻有秬。奄有下土，纘禹之緒。（一章）

后稷之孫，實維大王，居岐之陽，實始翦商。至于文武，纘大王之緒。致天之屆。于牧之野。「無貳無虞，上帝臨女」。敦商之旅，克咸厥功。（二章）

王曰：「叔父，建爾元子，俾侯于魯。大啓爾宇，爲周室輔」。乃命魯公，俾侯于東；錫之山川，土田附庸。周公之孫，莊公之子，龍旂承祀，六轡耳耳。春秋匪解，享祀不忒。皇皇后帝，皇祖后稷，享以騂犧。是饗是宜，降福既多。周公皇祖，亦其福女。秋而載嘗，夏而楅衡。白牡騂剛，犧尊將將。毛炰胾羹，籩豆大房。萬舞洋洋，孝孫有慶。俾爾熾而昌，俾爾壽而臧。保彼東方，魯邦是常。不虧不崩，不震不騰。三壽作朋，如岡如陵。（三章）

公車千乘，朱英綠縢，二矛重弓。公徒三萬，貝胄朱綅，烝徒增增。戎狄是膺，荊舒是懲，則莫我敢承。俾爾昌而熾，俾爾壽而富。黃髮台背，壽胥與試。俾爾昌而大，俾爾耆而艾。萬有千歲，眉壽無有害。（四章）

泰山巖巖，魯邦所詹。奄有龜蒙，遂荒大東，至于海邦。淮夷來同，莫不率從，魯侯之功。（五章）

保有鳧繹，遂荒徐宅，至于海邦。淮夷蠻貊，及彼南夷，莫不率從。莫敢不諾，魯侯是若。（六章）

澀，不成文理，甚不難見。而古今諸儒無有覺其謬者，獨歐陽公著〈時世論〉以斥之，其辨明矣，然讀者狃於舊聞，亦未遽肯深信也。〈小序〉又以此詩篇首有『昊天』二字，遂定以爲郊祀天地之詩。諸儒往往亦襲其誤，殊不知其首言天命者，止於一句，次言文武受之者，亦止一句，至於成王以下，然後詳說不敢康寧緝熙安靜之意，乃至五句而後已，則其不爲祀天地，而爲祀成王，無可疑者。……《序》說之云，反覆推之，皆有不通，其謬無可疑者。故今特上據《國語》，旁採歐陽，以定其說，庶幾有以不失此詩之本指耳。」（《詩序辨說・昊天有成命》，卷下，頁 39）

天錫公純嘏，眉壽保魯。居常與許，復周公之宇。魯侯燕喜，令妻壽
母，宜大夫庶士，邦國是有。既多受祉，黃髮兒齒。（七章）

徂來之松，新甫之柏，是斷是度，是尋是尺。松桷有舄，路寢孔碩。
新廟奕奕，奚斯所作。孔曼且碩，萬民是若。（八章）

〈閟宮〉一詩，《詩序》的詮釋是：

頌僖公能復周公之宇也。（《詩疏》卷二十之二，頁776）

鄭玄箋釋《詩序》之意云：

宇，居也。（同上）

《毛詩正義》疏釋《詩序》之意云：

作〈閟宮〉詩者，頌美僖公能復周公之宇，謂復周公之時土地居處
也。〈明堂位〉曰：「成王以周公爲有勳勞於天下，是以封周公於曲
阜，地方七百里，革車千乘。」是周公之時，土境特大，異於其餘
諸侯也。伯禽之後，君德漸衰，鄰國侵削，境界狹小。至今僖公有
德，更能復之，故作詩以頌之也。（同上）

據此，《詩序》以爲〈閟宮〉是頌美魯僖公能收復周公時的土地居處之詩。由
於僖公的先祖周公大有勳功於天下，因此成王賜封曲阜七百里之地予之，後
遭鄰國侵削，土地漸小，至僖公時又重新收復之，因此詩人作〈閟宮〉一詩，
來頌美僖公。朱熹詮釋〈閟宮〉，與《詩序》不同，謂：

閟，深閉也。宮，廟也。……時蓋修之，故詩人歌咏其事，以爲頌
禱之詞。而推本后稷之生，而下及于僖公耳。（《詩集傳》卷二十，
頁240）

此詩言「莊公之子」，又言「新廟奕奕」，則爲僖公修廟之詩明矣。
但《詩》所謂「復周公之宇」者，祝其能復周公之土宇耳，非謂其
能修周公之屋宇也。《序》文首句之謬如此，而蘇氏信之，何哉！（《詩
序辨說》卷下，頁42）

視閟宮爲當時僖公修新廟，因此詩人作〈閟宮〉來歌咏此事，一方面上溯推
本至始祖后稷之生，一方面再下及於僖公之身。對於《詩序》詮解〈閟宮〉，
謂「頌僖公能復周公之宇也」，朱熹指出《詩》文：「天錫公純嘏，眉壽保魯。
居常與許，復周公之宇。」云云，其意是詩人祝願僖公能收復遭受諸侯侵削
的周公故地，並不是說僖公眞能收復周公的故地居處，然而《詩序》欲以詩

人的頌美之辭，據以爲眞，朱熹認爲這樣的詮說是錯誤的〔註37〕。《詩序》詮說〈閟宮〉，以爲是頌美僖公能收復周公時的土地居處，朱熹則以爲是僖公修新廟，詩人所作以歌詠此事，上推本溯及后稷之生，而下及於僖公，並非是頌美僖公能復周公之宇之詩，二者的詮說，實不相同，但王清信卻謂：「朱傳與《序》說大同小異」（〈詩經三頌毛序與朱傳異同之比較研究〉，《經學研究論叢》第六輯，頁95）。

12. 〈商頌・玄鳥〉

> 天命玄鳥，降而生商。宅殷土芒芒。古帝命武湯，正域彼四方。方命厥后，奄有九有。商之先后。受命不殆，在武丁孫子。武丁孫子，武王靡不勝。龍旂十乘，大糦是承。邦畿千里，維民所止，肇域彼四海。四海來假，來假祁祁。景員維河，殷受命咸宜，百祿是何。

〈玄鳥〉一詩，《詩序》的詮釋是：

> 祀高宗也。（《詩疏》卷二十之三，頁792）

鄭玄箋釋《詩序》之意云：

> 祀當爲「祫」。祫，合也。高宗，殷王武丁，中宗玄孫之孫也。有雉雊之異，又懼而脩德，殷道復興，故亦表顯之，號爲高宗云。崩而始合祭於契之廟，歌是詩焉。（同上）

《毛詩正義》疏釋《詩序》之意云：

> 〈玄鳥〉詩者，祀高宗之樂歌也。鄭以「祀」爲「祫」，謂高宗崩，云年喪畢，始爲祫祭於契之廟，詩人述其事而作此歌焉。以高宗上能興湯之功，下能垂法後世，故經遠本玄鳥生契。「帝命武湯」，言高宗能興其功業。又述武丁孫子無不勝服，四海來歸，百祿所歸，

〔註37〕朱熹釋〈閟宮〉：「天錫公純嘏，眉壽保魯。居常與許，復周公之宇。」云：「常，或作嘗，在薛之旁。許，許田也，魯朝宿之邑也，皆魯之故地，見侵於諸侯而未復者，故魯人以是願僖公也。」（《詩集傳》卷二十，頁242）可與《詩序辨說・閟宮》中所謂「但《詩》所謂『復周公之宇』者，祝其能復周公之土宇耳，非謂其能修周公之屋宇也。」相參照。又朱熹批駁〈閟宮・序〉「頌僖公能復周公之宇也」的觀點，蓋據蘇轍之說而來，蘇轍在《詩集傳・閟宮》中謂：「《毛詩》之《序》曰：『〈駉〉，頌僖公也。』、〈有駜〉，頌僖公君臣之有道也。』、『〈泮水〉，頌僖公能修泮宮也。』、『〈閟宮〉，頌僖公能復周公之宇也。』夫此詩所謂：『居常與許，復周公之宇』者，人之所以願之而其實則未能也，而遂以爲頌其能復周公之宇，是以知三詩之《序》皆後世之所增，而〈駉〉之《序》，則孔氏之舊也。」（卷二十）

> 言高宗之功，澤流後世。因祫祭而美其事，故《序》言祫以抱之。（同
> 上，頁 793）

據此，《詩序》以爲〈玄鳥〉是祭祀高宗－殷王武丁（成湯十世孫）的樂歌。由於高宗上能振興成湯的功業，下能澤流後世。因此詩人在高宗崩後三年，合祀於始祖契之廟時，並作〈玄鳥〉一詩來歌詠高宗振興成湯的功業，澤流後世的事蹟。朱熹詮釋〈玄鳥〉，與《詩序》不同，謂：

> 此亦祭祀宗廟之樂，而追敘商人之所由生，以及其有天下之初也。
> （《詩集傳》卷二十，頁 244）

> 《詩》有「武丁孫子」之句，故《序》得以爲據，雖未必然，然必
> 是高宗以後之詩矣。（《詩序辨說》卷下，頁 42）

視〈玄鳥〉爲祭祀宗廟的樂歌，詩中追敘商人初生，以及商人初有天下的歷史。在《詩序辨說》中，朱熹指出《詩序》「祀高宗」之說，蓋即因詩文有「武丁孫子」之句，遂據以爲說，但〈玄鳥〉一詩的詩旨，實未必如此。《詩序》詮說〈玄鳥〉，以爲是專門祭祀高宗武丁的樂歌，朱熹詮釋〈玄鳥〉，並不以《序》說爲然，而僅順文立義，以爲是祭祀宗廟的樂歌，兩者的詮說，並不相同，但王清信卻謂：「朱傳與《序》說大同小異」（《經學研究論叢第六輯‧詩經三頌毛序與朱傳異同之比較研究》，頁 96）。

第三節　本論文的研究價值及論述方式

作爲《詩經》學史上宋學傳統代表的朱熹《詩》學，在去《序》詮《詩》，以己意說《詩》的論題上，前人的持論、立說，既不無齟齬、柄鑿之處，而就朱熹之去《序》詮《詩》、在具體《詩》旨的說解上，和《詩序》、漢學傳統的異同問題作過探論者，又不乏缺失，馴至未能如實地呈顯、反映朱熹去《序》詮《詩》、以己意說《詩》的意涵，及其在《詩》旨的詮說上，和漢學傳統異同的面貌。因此，針對朱熹之去《序》詮《詩》，以己意說《詩》；在三百篇的詩旨詮解上，和《詩序》、漢學傳統的異同；甚或在諸多《詩》學的觀點，在整體《詩》學的奠立、形構、內涵上，和漢學傳統的異同、關係等等問題上，作一較深入、周全、詳實的討論與爬梳，藉以更如實地呈顯朱熹去《序》詮《詩》、以己意說《詩》的意涵；朱熹《詩》學在具體《詩》篇的詮解上，和《詩序》、漢學傳統的異同；朱熹《詩》學在諸多觀點；在整體《詩》

學的奠立、形構、內涵，和漢學傳統的異同、關係的種種面向，自屬《詩經》
學史研究上，一需要、迫切且饒富意義的論題。因此，本論文擬從下列諸端，
來探究、呈顯朱熹去《序》詮《詩》，以己意說《詩》的意涵，及朱熹《詩經》
學和漢學傳統間種種異同、關係的面向，其一，就《詩經》學史上漢學傳統
的形成、宋代《詩經》詮釋的新變，略加敘述，而尤重於掌握朱熹詮《詩》
的歷程與轉變，俾便更如實地呈顯朱熹去《序》詮《詩》的理據及意涵，其
二，就三百篇朱熹所定《詩》旨和《詩序》、漢學傳統的異同，廣泛援引，詳
加甄別、論析，藉以呈顯朱熹釋《詩》和《詩序》、漢學傳統的異同，及其差
異、承用之處，其三，就《詩》文的訓詁上，分依朱熹對於《毛傳》、《鄭箋》
的承用；朱熹更易《毛傳》、《鄭箋》之訓，和其相異之處，朱熹在句意的串
解上，和《毛傳》、《鄭箋》的異同三方面，援例並列，參較稽論，以見朱熹
釋《詩》在整體《詩》學的奠立、形構及內涵上，和漢學傳統的異同、關係，
其四，就《詩序》、《毛傳》、《鄭箋》、朱熹對於「賦、比、興」的界義、說明、
標示與辨析，略加探論，以見朱熹之《詩》學和漢學傳統的異同，及朱熹《詩》
學對於漢學傳統的突破與創發之處，其五，就漢學傳統、朱熹的〈二南〉觀，
及二者對於〈二南〉諸詩的詮解作較論，以見朱熹在詮解〈二南〉所標舉的
文王教化觀、視〈二南〉為感文王之化的組詩，其中蘊含文王德化的儀型、
力量；〈二南〉為《詩》之正經，此一觀點，實亦由承續、修正自漢學傳統的
〈二南〉觀而來，由此，亦可見朱熹《詩》學在反《序》、議《序》，立異於
漢學傳統之外，亦有和漢學傳統相互承續、相互補足的一面，其六，就朱熹
倡提「淫詩」，指出《詩經》的變風中有出自閭巷小人、婦人小夫；情思淫邪
不正、非止乎禮義而作的三十首淫詩，和《詩序》、漢學傳統所執持的《詩經》
之中並無淫詩，而是賢人憫世救俗、忠規切諫的「刺淫」之詩；其中既有正
邪防失、箴規匡諫之意；其作也都是出賢人，本於先王的德化，所謂「發乎
情，止乎禮義。」之詩，作一較論，以見朱熹釋《詩》，在某些觀點上和漢學
傳統的歧出、觭角之處。透過上述諸端的研探，希冀能較如實地呈顯朱熹去
《序》詮《詩》，以己意說《詩》的意涵，同時，對於朱熹在去《序》詮《詩》、
回歸《詩》文；在具體《詩》旨的詮說上，和《詩序》、漢學傳統的異同；在
諸多釋《詩》的觀點，在整體《詩》學的奠立、形構、內涵上，和漢學傳統
的異同、關係的種種面向、論題上，也能獲致一較明晰、整全的認識與理解。
而這樣的認識與理解，除了可深化吾人對於朱熹《詩經》學內涵及其和漢學

傳統間的種種異同、關係面相的認知外，自然也可提供給研治《詩經》學史者作一參考之用。

又關於本論文各章章節的安排與探論，筆者大抵將涉及《詩經》全部者，置於前列，如有關《詩經》各篇篇旨的詮解（三章）、《詩》文的訓詁（四章）、賦、比、興的釋義與說解等（五章），而將屬於《詩經》部分的論題者，置於後端，如〈周南〉、〈召南〉的詮釋（六章）、淫詩和刺淫（七章），然後透過援例對舉，參較稽論的方式，來探究、呈顯、抉發朱熹去《序》詮《詩》、回歸《詩》文的《詩》學內涵，及其和漢學傳統間種種異同、關係的面貌。

第二章　朱熹詮《詩》的背景與歷程述略

第一節　《詩經》學史上的漢學傳統與宋代《詩經》詮釋的新變

就《詩經》學史而言，由《毛詩序》（簡稱《詩序》）〔註1〕、《毛詩故訓傳》

〔註 1〕 西漢所傳今文三家：《魯詩》、《齊詩》、《韓詩》亦皆有〈序〉，王先謙謂：「考
《新唐書・藝文志》：『《韓詩》二卷，卜商〈序〉、韓嬰注。』而《水經注》
引〈韓詩・周南敘〉曰：『其地在南郡南陽之間。』至諸家所引〈韓詩〉，如：
『〈關雎〉，刺時也。』『〈漢廣〉，說人也。』、『〈汝墳〉，辭家也。』、『〈芣苢〉，
傷夫有惡疾也。』、『〈黍離〉，伯封作也。』、『〈蝃蝀〉，刺奔女也。』、『〈溱與
洧〉，說人也。』、『〈雞鳴〉，讒人也。』……『〈那〉，美襄公也。』皆與《毛
詩》首語一例，則《韓詩》有〈序〉明矣。《齊詩》最殘缺，而張揖魏人，習
《齊詩》，其〈上林賦〉注曰：『〈伐檀〉，刺賢者不遇明王也。』其為《齊詩》
之《序》明矣。劉向，楚元王孫，世傳《魯詩》，其《列女傳》，以〈芣苢〉
為蔡人妻作，〈汝墳〉為周南大夫妻作，〈行露〉為召南申女作，〈邶・柏舟〉
為衛大夫作，〈碩人〉為莊姜傅母作，〈燕燕〉為定姜送婦作，……且其〈息
夫人傳〉曰：『君子故序之於詩。』〈黎莊夫人傳〉曰：『君子故序之以編《詩》。』
而向所著書亦曰《新序》，是《魯詩》有〈序〉明矣。」（《詩三家義集疏・序
例》，頁 12～13，臺北：明文書局，1988 年 10 月）又有關《魯詩》有〈序〉，
《四庫提要》謂「蔡邕本治《魯詩》，而所作《獨斷》，載〈周頌〉三十一篇
之〈序〉，皆祇有首二句，與《毛序》文有詳略，而大旨略同。」（《四庫全書
總目・詩序・提要》，卷十五，頁 331，臺北：藝文印書館，1989 年 1 月），
朱彝尊《經義考》亦謂：「蔡邕書石經，悉本《魯詩》，今《獨斷》所載〈周
頌〉三十一章，其《序》與《毛詩》雖繁簡微有不同，而其義則一」（《點校
補正經義考》第三冊，頁 373，臺北：中央研究院中國文哲研究所，1999 年 8
月）。唯自鄭玄為《毛詩》作《箋》，三家詩先後亡佚，《齊詩》亡於魏，《魯

（簡稱《毛傳》）、《毛詩箋》（簡稱《鄭箋》）以及《毛詩正義》所層層組構的釋《詩》傳統，以其內在的精神、血脈；釋《詩》的蘄向、意趣相通，一般稱之為《詩經》的漢學傳統〔註2〕。由漢以迄唐中葉，《詩經》的詮釋，即大抵由此

詩》亡於西晉，《韓詩》亡於南北宋之際，故今日所稱之《詩序》，即專指《毛詩》之《序》而言。

〔註2〕 所謂內在的精神、血脈；釋《詩》的蘄向、意趣相通，具體地說，由《詩序》（含《詩大序》）、《詩小序》）所揭櫫的詮《詩》意識、進路與價值系統，亦即將整部《詩經》的價值取向，定位在政教風化、美刺勸諭的詩教觀上；所謂「先王以是經夫婦，成孝敬，厚人倫，美教化，移風俗。」（《詩大序》，《詩疏》卷一之一，頁15）、「上以風化下，下次風刺上，主文而譎諫，言之者無罪，聞之者足以戒」（同上，頁16）、「至于王道衰，禮義廢，政教失，國異政，家殊俗，而變風、變雅作矣。」（同上）、「國史明乎得失之迹，傷人倫之廢，哀刑政之苛，吟詠情性，以風其上。」等（同上，頁17）；在詮《詩》的進路上，採取以史證《詩》、美刺正變，凡此，皆為《毛傳》、《鄭箋》、《毛詩正義》所宗奉、接納和推闡。據鄭玄釋〈小雅·南陔〉、〈白華〉、〈華黍〉三亡詩所言，《毛詩序》本為一卷合編，至毛公為《詩》作《詁訓傳》時，才將《詩序》逐條拆解，分置於三百篇各詩之首，（見《詩疏》卷九之四，頁342～343），毛公雖不為《詩序》作注，但在《詩》文的訓詁上，實和《詩序》之說相桴應。據《漢書·藝文志》所載，「《詩經》二十八卷，齊、魯、韓三家。」（卷三十，頁1707）、「《毛詩》二十九卷。」、「《毛詩故訓傳》三十卷。」（同上，頁1708），依清儒陳奐、王引之的說解，以為《毛詩》的經文當和齊、魯、韓三家相同，即二十八卷：十五國風為十五卷，〈小雅〉七十四篇為七卷，大雅三十一篇為三卷，三頌為三卷，合為二十八卷。其多出的一卷即《詩序》，當毛公為《詩》作《詁訓傳》時，乃將本為一卷的《詩序》拆解，分置各詩之上，又將〈周頌〉拆解成三卷，故為三十卷。陳奐之說，見《詩毛氏傳疏·敘》，頁4～4，臺北：臺灣學生書局，1986年10月，王引之之說，見《經義述聞》卷七，收入《皇清經解》第十八冊，臺北：漢京文化事業公司，1979年）毛公既將《詩序》拆解，分置於各詩之上，說明在《詩》旨的詮解上，毛公即以為當以《詩序》為依歸。毛公為《詩經》作《詁訓傳》，雖側重在《詩》文字義、詞義、名物、制度等的訓詁上，而較少涉及詩義的詮解，這是因為其詮《詩》在任務上，和《詩序》的詮說詩篇大旨有別，但從《詁訓傳》的釋《詩》文字來看，其立說顯然是和《詩序》之說相輔成的。清儒陳奐謂：「卜子子夏親受業於孔子之門，遂櫽括詩人本志，為三百十一篇作《序》，數傳至六國，時魯人毛公依《序》作傳，其《序》意有不盡者，《傳》乃補綴之，而於詁訓特詳。」（《詩毛氏傳疏·序》，頁3，臺北：臺灣學生書局，1986年10月），即指出了《毛傳》和《詩序》在詮《詩》上的關係。此外，今人文幸福先生透過實際的比勘，也指出《毛傳》與《古序》（按：指《詩序》的發端一語，如「〈關雎〉，后妃之德也。」）在詮《詩》上相應合，並謂：「《毛傳》釋經，乃據《古序》以言《詩》者」（《詩經毛傳鄭箋辨異》，頁280），詳參《詩經毛傳鄭箋辨異》（臺北：文史哲出版社，1989年10月）第三編第二章〈毛傳與古序相應考〉，頁227～292。就《鄭箋》的釋《詩》而言，其主要的詮《詩》

傾向，即在宗奉《詩序》、《毛傳》、《毛詩》，並在《毛傳》、《詩序》的基礎上，來推衍、抉發詩意。《經典釋文》釋《鄭箋》之意云：「《字林》云：『箋，長也，識也。』案：鄭《六藝論》文，注《詩》宗毛爲主，其義若隱略，則更表明，如有不同，即下己意，使可識別也。」（《毛詩正義》卷一之一，頁12引）《毛詩正義》亦謂：「鄭於諸經皆謂之『注』，此言『箋』者，呂忱《字林》云：『箋者，表也，識也。』鄭以毛學審備，遵暢厥旨，所以表明毛意，記識其事，故將稱爲『箋』。餘經無所遵奉，故謂之『注』。『注』者，著也，言爲之解說，使其義著明也。」（同上）此外，《四庫提要》也說：「《博物志》曰：『毛公嘗爲北海郡守，康成是此郡人，故以爲敬。』推張華所言，蓋以爲公府用記，郡將用箋之意。然康成生於漢末，乃修敬於四百年前之太守，殊無所取。案：《說文》曰：『箋，表識書也。』鄭氏《六藝論》云：『注詩宗毛爲主，毛義若隱略，則更表明，如有不同，即下己意，使可識別。』然則康成特因《毛傳》而表識其傍，如今人之簽記，積而成帙，故謂之『箋』，無庸別曲說也。」（《四庫全書總目》卷十五，頁332）據鄭玄在《六藝論》中的自述之語及上述三家的說解，可見鄭玄的箋詩，乃宗法《毛傳》、《毛詩》，在《毛傳》詁訓的基礎之上，將其隱略不明的地方，加以彰明、說解，其間雖偶有和《毛傳》所見不同，而酌採三家，即下己意之處，但就鄭玄箋詩的整體傾向而言，仍屬於《毛詩》詮《詩》的系統。就釋《詩》宗法《毛詩序》而言，鄭玄以爲《毛詩序》是子夏所撰，傳自孔子，謂：「此《序》子夏所爲，親受聖人。」（《詩疏》卷九之二，頁320引《鄭志》答張逸問），在詮解詩義時，即以《詩序》爲依歸，並爲《詩序》作注，程大昌謂：「鄭氏之於《毛傳》，率別立《箋》語以與之別，而釋《序》則否，知純爲鄭語，不俟表別也。」（《考古編·詩論》，臺北：新文豐出版公司，1985年），此外，鄭玄撰《詩譜》，論列諸侯之世及三百篇的世次，透過提供三百篇的創作背景：有關歷史、地理的說明，來增進對於詩義的了解，凡此，援採知人論世的進路，也本於《詩大序》所揭櫫、標舉的風雅正變和美刺之說所作的進一步推闡。《詩大序》謂：「治世之音，安以樂，其政和。亂世之音，怨以怒，其政乖，亡國之音，哀以思，其民困。……上以風化下，下以風刺上，主文而譎諫，言之者無罪，聞之者足以戒，故曰風。至于王道衰，禮義廢，政教失，國異政，家殊俗，而變風，變雅作矣。」（《詩疏》卷一之一，頁14～16）鄭玄則謂：「周自后稷，播種百穀，黎民阻飢，茲時乃粒，自傳於此名也。陶唐之末，中葉公劉，亦世脩其業，以明民共財，至於大王、王季，克堪顧天。文武之德，光熙前緒，以集大命於厥身，遂爲天下父母，使民有政有居。其時詩：《風》有《周南》、《召南》，《雅》有《鹿鳴》、《文王》之屬。及成王、周公致太平，制禮作樂，而有頌聲興焉，盛之至也。本之由風雅而來，故皆錄之，謂之詩之正經。後王稍更陵遲，懿王始受譖，亨齊哀公，夷身失禮之後，邶不尊賢。自是而下，厲也，幽也，政教尤衰，周室大壞。《10月之交》、《民勞》、《板》、《蕩》、勃爾俱作，眾國紛然，刺怨相尋。五霸之末，上無天子，下無方伯，善者誰賞，惡者誰罰，紀綱絕矣。故孔子錄懿王、夷王時詩，訖於陳靈公淫亂之事，謂之變風、變雅。」（《詩譜·序》，《毛詩正義》，卷首，頁5～6）據此，《詩大序》論列《詩經》，以爲亂世時、禮崩樂壞時所作的詩是「變風」、「變雅」，將詩之撰作和時代的盛衰、政治的隆污緊密地配合起來，鄭玄推闡《詩大序》

一注疏傳統所主導。西漢治《詩》，爲齊、魯、韓今文三家獨盛的局面，東漢以後，今文三家日微，毛詩古文代興，自鄭玄一代大儒，會通今古文，爲《毛詩》作《箋》以後，《毛詩》由是大顯，取得《詩經》詮釋的主導地位。齊詩亡於魏，魯詩亡於西晉，韓詩雖存，無傳之者，至南北宋之際，韓詩亦亡，僅存《韓詩外傳》十卷。入唐，唐太宗以「經籍去聖久遠，文字多訛謬」（《舊唐書》卷一八九，〈儒學列傳上〉，頁 4941），先令顏師古考訂文字的異同，又以「儒學多門，章句繁雜」（同上），詔令孔穎達等儒者，撰修《五經正義》，《五經正義》中的《毛詩正義》以隋朝大儒劉焯的《毛詩義疏》、劉炫的《毛詩述義》爲稿本，恪守「疏不破注」的原則，對於《毛詩序》、《毛傳》、《鄭箋》的詮《詩》加以詮釋、疏通，書成（高宗永徽四年，西元 653），頒行天下，成爲唐代至宋初數百年士子應試所必須據依的典範之作。由《詩序》、《毛傳》、《鄭箋》以迄《毛詩正義》，構成了《詩經》學史上的漢學傳統，支配了近千年的《詩經》詮釋。此一釋《詩》傳統，視《詩》爲經，《詩》具有極高的道德人倫、政教風化上的意義。在《詩》篇的說解上，奉守《詩序》，認爲《詩序》之作，出於子夏，得聖人（孔子）說《詩》的旨意；採取以史證《詩》，以史說《詩》，及例以風雅正變、美刺時君國政的詮釋進路，由此架構其勸誡教化、正邪防失的《詩》

之意，遂明確的指陳《詩經》有正變之詩。凡文王、武王、成王等盛世、政治清明時的詩，是「詩之正經」，而懿王以後，時隨世變，政教陵夷，凡懿王、夷王、厲王、宣王、幽王、平王，以迄陳靈公諸衰世之詩，是詩之「變風、變雅」，合而觀之，鄭玄在詮《詩》的蘄向、意識上，乃本於《詩序》、《毛傳》而來，殆無疑義。有關鄭玄《詩譜》的意涵，可參江乾益之〈鄭康成毛詩譜按析〉，收錄於《詩經研究論集（二）》（臺北：臺灣學生書局，1987 年 9 月，頁 843～511）。至於《毛詩正義》的詮《詩》，乃據依《詩序》（《毛詩正義》亦以《詩序》爲子夏所作，謂：「《史記·孔子世家》云：『古者詩本三千餘篇，去其重，取其可施於禮義者三百五篇。』是《詩》三百者，孔子定之。如《史記》之言，則孔子之言，詩篇多矣。……據今者及亡詩六篇，凡有三百一十一篇，皆子夏爲之作《序》，明是孔子舊定，而《史記》、《漢書》云『三百五篇』，闕其亡者，以見在爲數也。」，《詩疏·詩譜序》卷首，頁 6）、《毛傳》、《鄭箋》之說，而加以推闡、疏通、詳釋者，在詮《詩》的意識、進路、與價值取向上，更是承續《詩序》、《毛傳》、《鄭箋》的詮說而來而隸屬於漢學的詮《詩》傳統。觀其在《詩》旨的詮說上，以《詩序》、《毛傳》、《鄭箋》之說爲依歸；在政教風化、美刺正變、勸誡諷諭的詩教觀上，承自《詩序》、《毛傳》、《鄭箋》之說而來，則可以思過半矣。有關《毛詩正義》的詮《詩》大要，可參邱惠芬撰之《毛詩正義詮詩之研究》（中壢：國立中央大學中國文學研究所碩士論文，1993 年 6 月）、康秀姿撰之《孔穎達毛詩正義解經探論》（臺中：國立中興大學中國文學研究所碩士論文，1998 年 6 月）。

學體系。唯此一傳統，自唐代中葉政治情勢、社會結構、經濟型態丕變以來，漸受學者的質疑與反省〔註3〕，如韓愈（768～842）作〈詩之序議〉，謂《詩序》非子夏作，而是「漢之學者，欲自顯立其傳，因藉之子夏」（《毛詩李黃集解》卷一，頁2引），成伯璵（？～？）作《毛詩指說》，也指出《詩序》之作，非全出於子夏，子夏僅作《詩大序》及《詩序》的首句，首句以下乃是大毛公「自以詩中之意而繫其辭也。」（《毛詩指說‧解說第二，頁7～8）。入宋後，在宋儒議論傳注、疑經議經的風潮下，更受到莫大的批評與挑戰。宋初的學術界，就官方來說，雖仍延續漢唐注疏之學的餘緒〔註4〕，但有不少學者，治學、解經已多出新意，並不受到漢唐注疏之學的牢籠。如柳開（947～1000）治學多舍傳注義疏，「凡誦經籍，不從講學，不由義疏，悉曉其大旨，注疏之流，多爲其指摘。」（《全宋文‧張景文集‧柳公行狀》，冊七，卷二七一，頁313），曾批評鄭玄的《箋》詩，以爲「可削去之」，謂：

> 先生……大以鄭氏箋《詩》不可，曰：「吾見玄之爲心，務以異其毛公也，徒欲強己一時之名，非能通先師之旨。且《詩》之立言，不執其體，幾與《易》象同奧，若玄之是《箋》，皆可削去之耳。（同上）

石介（1005～1045）對於漢唐注疏之學也有所批評，以爲《毛傳》、《鄭箋》的詮《詩》，都不能得聖人刪《詩》的旨意，徒然「是非相擾，黑白相渝」，使「學者茫然慌忽，如盲者求諸幽室之中，惡睹夫道之所適從也？」（《全宋文。石介文集五‧上孫少傅書》，冊十五，卷六二二，頁222～224），並批評《毛傳》、《鄭箋》的詮《詩》有如《詩經》的蠹蟲，不能得聖人的本意〔註5〕。柳、石之外，

〔註3〕有關唐代中葉以來，學者對於漢唐注疏之學的論議、挑戰和質疑，參林師慶彰之〈唐代後期經學的新發展〉，東吳文史學報第八期，1990年3月、傅樂成之〈唐型文化與宋型文化〉，收入《漢唐史論集》，頁339～382，臺北：聯經出版公司，1987年7月。

〔註4〕據宋人李燾《續資治通鑑長編》所載，雍熙二年（985）正月，太宗下令：「私以經義相教者，斥出科場。」（《續資治通鑑長編》卷二十六，頁1，臺北：世界書局，1961年11月）眞宗景德二年（1005）3月科試，試題有論「當仁不讓於師」，舉子李迪落韻，賈邊據《爾雅》釋師爲眾，與咸平二年邢昺詔修的《論語正義》立異，參知政事王旦認爲：「落韻者，失於不詳審耳，捨注疏而立異論，輒不可許，恐士子從今放荡，無所準的，遂取迪而黜邊，當時朝論，大率如此。」（同上，卷五十九，頁13～14）可見宋初的學術界，就官方來說，仍屬漢唐注疏之學的遺緒。

〔註5〕石介在〈錄蠹書魚辭〉一文中說：「文中子曰：『九師興而《易》道微，《三傳》作而《春秋》散，齊、韓、毛、鄭，《詩》之末也，大戴、小戴，《禮》之衰

又有胡旦（？～？）、孫復（992～1057）、周堯卿（995～1045）等。《崇文總目》
載胡旦治學，「以《易》、《詩》、《書》、《論語》，先儒傳注得失參糅，故作《論》
而辨正之。《易》百篇，《書》五十六篇，《詩》七十八篇……」（《崇文總目·易
類》，卷一，頁3）孫復在〈寄范天章書〉中，表露對漢魏晉唐諸儒舊注的不愜，
主張重新注解六經，對於《毛傳》、《鄭箋》、《毛詩正義》的詮《詩》也有所批
評，謂：

> 專主王弼、韓康伯之說而於大《易》，吾未見其能盡於大《易》者也；
> 專守左氏、公羊、穀梁、杜預、何休、范寧之說而求於《春秋》，吾
> 未見其能盡於《春秋》者也；專守毛萇、鄭康成之說而求於《詩》，
> 吾未見其能盡於《詩》者也；專守孔安國之說而求於《書》，吾未見
> 其能盡於《書》者也。彼數子之說，既不能盡於聖人之經，而可藏
> 於太學、行於天下哉？又後之作疏者，無所發明，但委曲踵於舊之
> 注說而已。……執事亟宜上言天子，廣詔天下鴻儒碩老置於太學，
> 俾之講求微義，殫精極神，參之古今，復其歸趣，取諸卓識絕見大
> 出王、韓、左、穀、公、杜、何、范、毛、鄭、孔之右者，重爲注
> 解，俾我六經廓然瑩然如揭日月於上，而學者庶乎得其門而入也。
> 如是，則虞、夏、商、周之治可不日而復矣。（《孫明復小集·寄范
> 天章書》之二，頁27～28）

周堯卿治學也不專主於傳注舊說，「問辨思索，以通爲期。」（《宋史·儒林列
傳》，卷四三二，頁12847），曾撰《詩說》三十卷，對於《毛傳》、《鄭箋》說
《詩》的得失有所去取，《宋史》本傳謂其：

> 長於毛、鄭詩及《左氏春秋》。其學《詩》，以孔子所謂「詩三百，
> 一言以蔽之，曰：『思無邪』」，孟子所謂「說《詩》者以意逆之，是
> 爲得之」，考經指歸，而見毛、鄭之得失。曰：「毛之《傳》欲簡，
> 或寡於義理，非一言以蔽之也。鄭之《箋》欲詳，或遠於性情，非
> 以意逆志也。是可以無去取乎？」（卷四三二，頁12847）

仁宗慶曆（1071～1048）以後，議論漢唐傳注、疑經議經，蔚成風潮，《詩經》
的漢學傳統受到更大的考驗與衝擊。關於慶曆以後所形成的議論漢唐傳注、疑

也。』……《易》，其九師之蠹乎？《春秋》，其《三傳》之蠹乎？《詩》，其
齊、韓、毛、鄭之蠹乎？《禮》，其大戴、小戴之蠹乎？」（《全宋文，石介文
集十》，冊十五，卷六二七，頁294），成都：巴蜀書社，1988年6月。

經議經的風潮，宋代的學者多有論及，如王應麟（1223～1296）在《困學紀聞》中謂：

> 自漢儒至於慶曆間，談經者守訓故而不鑿，《七經小傳》出而稍尚新奇矣。至《三經義》行，視漢儒之學若土梗。（《翁注困學紀聞》卷八，〈經說〉，頁 774）

又載陸務觀（陸游，西元 1125～1210）之言說：

> 唐及國初，學者不敢議孔安國、鄭康成，況聖人乎！自慶曆後，諸儒發明經旨，非前人所及。然排《繫辭》，毀《周禮》，疑《孟子》，譏《書》之〈胤征〉、〈顧命〉，黜《詩》之《序》，不難於議經，況傳注乎！（同上）

司馬光（1019～1086）在〈論風俗箚子〉一文中，也說：

> 新進後生，未知臧否，口傳耳剽，翕然成風。至有讀《易》未識卦爻，已謂〈十翼〉非孔子之言，讀《禮》未知篇數，已謂《周官》為戰國之書，讀《詩》未盡〈周南〉、〈召南〉，已謂毛鄭為章句之學，讀《春秋》未知十二公，已謂《三傳》可束之高閣。循守注疏者，謂之腐儒，穿鑿臆說者，謂之精義。（《司馬文正公傳家集》卷四十二，〈論風俗箚子〉，頁 539）

在此慶曆議論漢唐傳注，疑經議經的風潮下，歐陽脩、劉敞、張載、王安石、二程、蘇轍等諸儒，對於《詩經》的漢學傳統皆有不少的論議、辨析和批評。歐陽脩（1007～1072）以探求詩人本意為職志，撰《詩本義》十四卷，議論《毛傳》、《鄭箋》、《詩序》釋《詩》的得失；指出《詩序》非子夏作，謂：「子夏親受學於孔子，宜其得《詩》之大旨，其言風雅有變正，而論〈關雎〉、〈鵲巢〉繫之周公、召公，使子夏而序《詩》，不為此言也。」（《詩本義》卷十四，〈序問〉，頁 294），《四庫提要》謂：「自唐以來，說《詩》者莫敢議毛、鄭，雖老師宿儒，亦謹守《小守》，至宋而新義日增，舊說幾廢，推原所始，實發於修。」（《四庫全書總目・詩本義・提要》，卷十五，頁 335）劉敞（1019～1068）作《七經小傳》（按：「七經」，指《尚書》、《毛詩》、《周禮》、《儀禮》、《禮記》、《公羊傳》、《論語》），解經多出新意，有出漢唐注疏之藩籬者，《四庫提要》謂其「好以己意改經，變先儒淳實之風者，實自敞始。」（《四庫全書總目・七經小傳・提要》，卷三十三，頁 675）張載（1020～1077）則辨析《詩序》有後人的添入，謂：

《詩序》必是周時所作，然亦有後人添入者，則極淺近，自可辨也。如言『不肯飲食教載之』，只見《詩》中云『飲之食之，教之誨之，命彼後車，謂之載之』，便云『教載』，絕不成言語也。又如「高子曰靈星之尸」，分明是高子言，更何疑也。(《張載集・經學理窟・詩書》，頁258)

又主張以平易之心探求詩旨，云：

古之能知《詩》者，惟孟子為以意逆志也。夫《詩》之志至平易，不必為艱險求之。今以艱險求《詩》，則已喪其本心，何由見詩人之志。(同上)

王安石(1021～1086)則作《三經新義》(按：指《新經周禮義》、《新經書義》、《新經毛詩義》)，解經多舍傳注舊說，而自出己意，謂《毛詩序》非子夏所作，乃出於國史，云：

世傳以為言其義者，子夏也。觀其文辭，自秦漢以來諸儒莫能與於此，然傳以為子夏，臣竊疑之。詩上及文王、高宗、成湯，如〈江有汜〉之為美媵，〈那〉之為祀成湯，〈殷武〉之為祀高宗，方其作時，無義以示後世，則雖孔子亦不可得而知，況於子夏乎？(《毛詩李黃集解》卷一，頁3引)

又謂《毛詩序》是詩人所自作〔註6〕，《三經新義》頒佈於學官，作為科舉取士的標準，三經新義行，「先儒傳註，一切廢不用。」(《宋史・王安石列傳》，卷三二七，頁10550) 二程(或指程頤，西元1033～1107)謂《詩序》非出於子夏，《詩大序》是孔子作，《詩小序》則出於國史，其間並有後人的附益，云：

問：「《詩》如何學？」曰：「只在〈大序〉中求。《詩》之〈大序〉，分明是聖人作此以教學者，後人往往不知是聖人作。……問：《詩》〈小序〉何人作？

曰：「但看〈大序〉即可見矣。」曰：「莫是國史作否？」曰：「《序》中分明言『國史明乎得失之迹』，蓋國史得詩於採詩之官，故知其得失之迹。如非國史，則何以知其所美所刺之人？使當時無〈小序〉，

〔註6〕晁公武《郡齋讀書志》卷二載王安石謂《詩序》是詩人自作：「王介甫獨謂詩人所自製。按：《韓詩序・芣苢》曰：『傷夫也。』、〈漢廣〉曰：『悅人也。』《序》若詩人所自製，《毛詩》猶《韓詩》也，不應不同若是。」(頁346) 臺北：廣文書局，1967年12月。

雖聖人亦辨不得。」曰：「聖人刪《詩》時，曾刪改〈小序〉否？」

曰：「有害義處，也須刪改。今之《詩序》，卻煞錯亂，有後人附之

者。（《二程集・河南程氏遺書》，卷十八，頁229）

《詩大序》，孔子所爲，其文似〈繫辭〉，其義非子夏所能言也。〈小

序〉，國史所爲，非後世所能知也。（同上，卷二十四，頁312）

蘇轍（1039～1112）則在「平生好讀《詩》、《春秋》，病先儒多失其指」（《欒城後集》卷十二，〈潁濱遺老傳上〉，頁1283）的動機下，撰作《詩集傳》二十卷，對於漢學詮《詩》傳統諸成說，進行了廣泛的反省、思考與批駁〔註7〕。就《毛詩序》的辨析上來說，蘇轍指出謂子夏作《詩序》，乃是出自後代說《詩》者的附會，「子夏嘗言《詩》於仲尼，仲尼稱之，故後世之爲《詩》者附之，要之，豈必子夏爲之？」（《詩集傳》卷一，頁10）他又根據〈南陔〉、〈白華〉、〈華黍〉、〈由庚〉、〈崇丘〉、〈由儀〉六亡詩的《詩序》形式簡要、僅爲一句，判定今存的《毛詩序》委曲詳實，「其言時有反覆煩重，類非一人之詞者」，這正是出自後代經師的附益，所謂「毛氏之學而衛宏之所集錄」（同上）且根據《後漢書・儒林傳》、《隋書・經籍志》的記載，也能證成《毛詩序》確是「毛氏之學而衛宏之所集錄」。《毛詩序》既爲「反覆煩重，類非一人之詞」，既是「皆毛氏之學而衛宏之所集錄」，蘇轍因僅存《毛詩序》的首句，作爲釋《詩》的依據，首句以下的餘文，悉從刪汰。蘇轍此種刪去《續序》之舉，既是一種具有革命性之舉，實際上也初步動搖了以《詩序》爲主導的漢學詮《詩》傳統的典範性質，影響頗爲深遠。《四庫提要》謂「厥後王得臣、程大昌、李樗皆以轍說爲祖。」（《四庫全書總目・詩集傳提要》，卷十五，頁336）蘇轍以外，葉夢得（1077～1148）、曹粹中（？～？）對於《毛詩序》亦續有辨析。葉夢得指出《毛詩序》即是衛宏所作，但衛宏不是「鑿空爲之」，乃是透過「專取諸書之文」、「雜取諸書所說而重複互見」、「委曲宛轉附經」等方法撰成，他說：

世人疑《詩序》非衛宏所爲，此殊不然。使宏鑿空爲之乎，雖孔子

亦不能；使宏誦師說爲之，則雖宏有餘矣。且宏《詩序》有專取諸

書之文而爲之者；有雜取諸書所說而重複互見者，有委曲宛轉附經

而成其書者，不可不論也。「《詩》有六義：一曰風，二曰賦，三曰

比，四曰興，五曰雅，六曰頌」，其文全出於《周官》；「情動於中而

〔註7〕 有關蘇轍之釋《詩》，參拙著《蘇轍詩集傳研究》，臺北：東吳大學中國文學
研究所碩士論文，1994年1月。

形於言，言之不足故嗟嘆之」，其文全出於《禮記》；「成王未知周公之志，公乃爲詩以遺王」，其文全出於〈金滕〉；「高克好利而不顧其君，文公惡而欲遠之不能，使高克將兵而禦狄於境，陳其師旅，翱翔於上，久而不召，眾散而歸，高克奔陳」，其文全出於《左傳》；「微子至於戴公，其間禮樂廢壞」，其文全出於《國語》；「古者長民，衣服不貳，從容有常，以齊其民」，其文全出於《公孫尼子》，則《詩序》之作，實在數書既傳之後明矣，此吾所謂專取諸書所言也。〈載馳〉之詩，許穆夫人作也，閔其宗國顛覆矣，又曰「衛懿公爲狄人所滅」；〈絲衣〉之詩既曰「繹賓尸矣」，又曰「靈星之尸」，此蓋眾說並傳，衛氏得善辭美意，倂錄而不忍棄之，此吾所謂雜取諸書之說而重複互見也。〈騶虞〉之詩先言人倫既正，朝廷既治，天下純被文王之化，而復繼之以蒐田以時，仁如騶虞，則王道成；〈行葦〉之詩先言周家忠厚，仁及艸木，然後繼之以內睦九族，外尊事黃耇養老乞言，此又吾所謂委曲婉轉附經而成其義也。即三者而觀之，序果非宏之所作乎？（《點校補正經義考》第三冊，頁 698～699 引）

曹粹中也從《詩序》和《毛傳》的訓釋有先後顛倒的現象〔註8〕，判定《詩序》是「毛公既託之子夏，其後門人互相傳授，各記其師說，至宏而遂著之。後人又復增加，殆非成於一人之手」（《點校補正經義考》第三冊，頁 700 引）以《詩序》爲主導的漢學詮《詩》傳統，經過北宋諸儒多方的論議、辨析和批評，實已呈顯漸趨動搖、瓦解的局面。南渡之後，鄭樵（1102～1160）恃其才辨，作《詩辨妄》六卷，力斥《詩序》詮《詩》之妄，並論《毛傳》、《鄭箋》釋《詩》的得失，謂：

> 《毛詩》自鄭氏既箋之後，而學者篤信康成。故此詩專行，三家遂廢。齊詩亡於魏，魯詩亡于西晉。隋唐之世，猶有《韓詩》可據。迨五代之後，《韓詩》亦亡。致令學者只憑毛氏，且以《序》爲子夏所作，

〔註8〕 曹粹中謂：「『羔羊之皮，素絲五紽。』《毛傳》謂：『古者素絲以英裘，不失其制，大夫羔裘以居。』其說如此而已，而《序》云：『在位皆節儉正直，德如羔羊。』且以『退食』爲節儉，其說起於康成，毛無此意也。『維鵲有巢，維鳩居之。』《毛傳》謂：『鳩不自爲巢，居鵲之成巢。』其說如此而已，而《序》云：『德如鳲鳩，乃可以配焉。』『君子偕老，副笄六珈』《毛傳》云『能與君子偕老，乃宜居尊位，服盛服。』而《序》云：『故陳人君之德，服飾之盛，宜與君子偕老。』則與《傳》意先後顛倒矣。」（《點校補正經義考》第三冊，頁 700）臺北：中央研究院中國文哲研究所，1999 年 8 月。

更不敢擬議。蓋事無兩造之辭，則獄有偏聽之惑。今作《詩辨妄》六卷，可以見其得失。（《文獻通考·經籍考》，卷六，頁 162 引）

又作《詩傳》二十卷，去《序》詮《詩》，以爲「《大序》不出於子夏，〈小序〉不出於毛公，蓋衛宏所爲而康成之爲說如此。」（《點校補正經義考》第四冊，卷一○六，虞集序〈詩辨妄〉，頁 25 引）鄭樵的詆謫、駁辨，去《序》詮《詩》，使《詩經》漢學傳統受到更大的衝擊和斲傷。至朱熹（1130～1200）繼起，以一代大儒，上承北宋自歐、劉、張、王、二程、蘇轍等諸儒以來，論議、辨析、批評《詩經》漢學傳統的精神，加上鄭樵力詆《詩序》、去《序》詮《詩》的直接刺激與觸發，以及自我的沈潛、思索、查證與考辨，因從最初的遵《序》以詮《詩》，曲爲之說，至間爲辨破，最後發現、確認《詩序》並非經文，亦非作於子夏，乃出於漢儒（衛宏），前後增益附會而成。因作《詩集傳》二十卷，去《序》詮《詩》，又作《詩序辨說》一卷，詳論、糾舉、揭示《詩序》詮《詩》的錯謬，終於導致《詩經》漢學傳統的崩解。從南宋末年，以迄明中葉，學者詮《詩》即大抵遵奉、循跡由朱熹所形構、奠立的去《序》詮《詩》、回歸詩文的詮《詩》路向和體系〔註9〕，朱熹的《詩》學體系，取代了《詩經》的漢學傳統，《詩經》學史上的宋學傳統亦於焉形成。朱熹《詩》學也成爲宋學詮《詩》傳統的代表，和《詩經》學史上的漢學傳統前後角立，互爲抗衡，同爲《詩經》學史上兩個重要，且影響深遠的釋《詩》傳統。

第二節　朱熹詮《詩》的歷程與轉變

作爲《詩經》宋學傳統的代表與奠立者的朱熹《詩》學，正如前節所述，其《詩》學的型塑與構造，乃是前有所因承，有所觸發，且又多歷曲折與轉

〔註 9〕　《四庫全書總目·毛詩正義·提要》謂：「至宋鄭樵恃其才辨，無故而發難端，南渡諸儒，始以掊擊毛鄭爲能事，元延祐科舉條制，《詩》雖兼用古注疏，其時門戶已成，講學者迄不遵用。沿及明代，胡廣等竊劉瑾之書，作《詩經大全》，著爲令典，於是專宗《朱傳》，漢學遂亡。」（卷十五，頁 333）又《四庫全書總目·詩經大全·提要》謂：「自北宋以前，說《詩》者無異學，歐陽脩、蘇轍以後，別解漸生，鄭樵、周孚以後爭端大起。紹興、紹熙之間，左右佩劍，相笑不休。迄宋末年，乃古義黜而新學立，故有元一代之說《詩》者，無非《朱傳》之箋疏，至延祐行科舉法，遂定爲功令，而明制因之，廣等是書，亦主於羽翼《朱傳》，遵憲典也。」（同上，卷十六，頁 351）可見朱熹《詩》學從宋末以後，漸爲學者所遵奉，懸爲令典以後，更成爲有元以迄明代學者詮《詩》之所據依者。

變的。本節略就朱熹《詩》學的型塑、構造，與其詮《詩》的歷程、轉變，稍加敘述，以進一步窺知朱熹去《序》詮《詩》詩學的軌跡與內涵。

就朱熹去《序》詮《詩》《詩》學的形成、發展與奠立來看，朱熹釋《詩》，大抵經歷了早年依《序》詮《詩》，後間為辨破《詩序》，最後去《序》詮《詩》的三個階段。朱熹說：

> 某向作《詩》解，文字初用《小序》，至解不行處，亦曲為之說。後來覺得不安，第二次解者，雖存《小序》，間為辨破，然終不是見詩人本意。後來方知，只盡去《小序》，便自可通。於是盡滌舊說，詩意方活。（《朱子語類》卷八十，頁 2085）

據此，可知朱熹釋《詩》，並非一開始即去《序》詮《詩》，相反的，乃依《序》詮《詩》，曲為之說，在實際的詮《詩》活動中，受到《詩經》漢學傳統的牢籠。其後，雖稍有間破《詩序》之非，但釋《詩》大抵仍在《詩經》漢學傳統的拘囿之中。有關朱熹早年依《序》詮《詩》，至間為辨破的《詩》說，今已亡佚，唯其中部份說解文字，尚約略可在呂祖謙《呂氏家塾讀詩記》中所引的「朱氏曰」中，見到端倪。今人潘重規、何澤恒、楊鍾基、束景南四位先生俱有輯錄，從四位先生所輯錄的文字看來，可以約略窺知朱熹早年依《序》詮《詩》，至間為說破的情形〔註10〕。後來朱熹經過一番長期的沈潛、充實，思索與辨析，加上鄭樵《詩辨妄》力詆《詩序》、《詩傳》去《序》詮《詩》的直接刺激、觸發，以及自北宋歐、劉、王、張、二程、蘇轍等諸儒以來，論議、辨析、批評《詩經》漢學傳統風氣的影響，終使朱熹確認、領悟《詩序》並非出於子夏，亦非出於孔子，乃是漢儒（衛宏）所為，前後增益附會而成，且據鄭玄釋〈南陔〉時所言，《詩序》本自為一編，後來毛公作《詩故訓傳》時，才將《詩序》分置各詩之上，由此可知，《詩序》也非經文，乃是後人所撰的一種解《詩》觀點〔註11〕，朱熹因作《詩集傳》二十

〔註10〕 參潘重規〈朱子詩序舊說敘錄〉，《新亞書院學術年刊》第九期，1967 年 9 月、何澤恒〈朱子說詩先後異同條辨〉，《《國立編譯館館刊》》第十八卷第一期，1989 年 6 月、楊鍾基《詩集傳舊說輯校》，香港：中文大學聯合書院中國語文學系，1974 年、束景南〈詩集解輯存〉，收入《朱熹佚文輯考》，頁 341～506，鹽城：江蘇古籍出版社，1991 年 12 月。

〔註11〕 朱熹在撰作於定本《詩集傳》後的《詩序辨說・序》中，曾完整地抒露他對於《詩序》的看法，朱熹說：「《詩序》之作，說者不同，或以為孔子，或以為子夏，或以為國史，皆無明文可考。唯《後漢書・儒林傳》以為衛宏作《毛詩序》，今傳於世，則《序》乃宏作明矣。然鄭氏又以為諸《序》本自合為一

卷，去《序》詮《詩》，斷以己意；又作《詩序辨說》一卷，附於其後，詳論、糾舉、詆譏《詩序》詮《詩》的錯謬，朱熹去《序》詮《詩》的《詩》學體系，才告確立。

關於朱熹經過長期的沈潛、充實；思索與辨析，因得以發現《詩序》多所錯謬，乃去《序》詮《詩》，建立自己以《詩》言《詩》的詩學體系，朱熹說：

> 某自二十歲時讀《詩》，便覺《小序》無意義。及去了《小序》，只玩味《詩》詞，卻又覺得道理貫徹。當初亦嘗質問諸鄉先生，皆云《序》不可廢。而某之疑終不能釋。後到三十歲，斷然知《小序》之出於漢儒所作，其為謬戾，有不可勝言。（《朱子語類》卷八十五，頁 2078）

又說：

> 某向作《詩》解，文字初用《小序》，至解不行處，亦曲為之說。後來覺得不安，第二次解者，雖存《小序》，間為辨破，然終不是見詩人本意。後來方知，只盡去《小序》，便自可通。於是盡滌舊說，《詩》意方活。（同上，頁 2085）

從二十歲開始便覺得《詩序》無意義，到三十歲斷然知道《詩序》出於漢儒，其間謬誤，有不可勝言；從初作《詩集傳》，依《序》詮《詩》，致曲為之說，到其後解《詩》，間為辨破《詩序》之誤，到最後確知只有盡去《詩序》的束縛，才能探得詩意，這樣的進程與轉變，當然蘊含了朱熹長期自我的沈潛、充實；思索與辨析之功。朱熹治學，向有長期沈潛、充實；思索、辨析之功，

編，毛公始分以寘諸篇之首，則是毛公之前，其傳已久，宏特增廣而潤色之耳。故近世諸儒多以《序》之首句為毛公所分，而其下推說云云者為後人所益，理或有之。但今考其首句，則已有不得詩人之本意而肆為妄說者矣，況沿襲云云之誤哉。然計其初，猶必自謂出於臆度之私，非經本文，故且自為一編，別附經後。又以尚有齊、魯、韓氏之說並傳於世，故讀者亦有以知其出於後人之手，不盡信也。及至毛公引以入經，乃不綴篇後而超冠篇端，不為注文而直作經字，不為疑辭而遂為決辭，其後三家之傳又絕，而毛說孤行，則其牴牾之迹無復可見。故此《序》者遂若詩人先所命題，而詩文反象因《序》以作。於是讀者轉相尊信，無敢擬議。至於有所不通，則必為之委曲遷就，穿鑿而附合之，寧使《經》之本文繚戾破碎，不成文理，而終不忍明以《小序》為出於漢儒也。愚之病此久矣，然猶以其所從來也遠，其間容或真有傳授證驗而不可廢者，故既頗采以附《傳》中，而復并為一編，以還其舊，因以論其得失云。」（《詩序辨說》卷上，頁3～4）臺北：臺灣商務印書館影印文淵閣四庫全書本，1983 年。

這只要翻閱朱熹在《朱子語類》中自述爲學的工夫一過，即可知〔註12〕。就《詩經》的研治來說，朱熹曾對弟子器之問〈野有死麕〉，說：

> 讀書之法，須識得大義，得他滋味。沒要緊處，縱理會得也無益。
> 大凡讀書，多在諷誦中見義理。況《詩》又全在諷誦之功，所謂「清廟之瑟，一唱而三嘆」，一人唱之，三人和之，方有意思。……因說：
> 「讀書須是有自得處。到自得處，說與人也不得。某舊讀「仲氏任

〔註12〕 如云：「某於《論》、《孟》，四十餘年理會，中間逐字稱等，不教偏些子。學者將注處，宜子細看。……《中庸解》每番看過，不甚有疑。《大學》則一面看，一面疑，未甚愜意，所以改削不已。」（《朱子語類》卷十九，頁347）、「某舊時看文字甚費力。如《論》、《孟》，諸家解有一箱，每看一段，必檢許多，各就諸說上推尋意脈，各見得落著，然後斷其是非。是底都抄出，一兩字好亦抄出。雖未如今《集注》簡盡，然大綱已定。」（同上，卷一二〇，頁2886）、「吳伯英初見，問：『書如何讀？』曰：『讀書無甚巧妙，只是熟讀。字字句句，對注解子細辯認語意。解得一偏是一偏工夫，解得兩偏是兩偏工夫。工夫熟時，義理自然通貫，不用問人。」（同上，頁2895）、「（董銖）又問：『匪寇，婚媾。』，《程傳》『設匪逼於寇難，則往求於婚媾』，此說如何？』曰：『某舊二十許歲時，讀至此，便疑此語有病，只是別無它說可據，只得且隨它說，然每不滿。後來才見得不然。蓋此四字文義，不應必如此費力解也。』（同上，卷七十，頁1744）「一日拜別。先生曰：『歸去各做工夫，他時相見，卻好商量也。某所解《語》、《孟》和訓詁注在下面，要人精粗本末，字字爲咀嚼過。此書，某自三十歲便下工夫，到而今改猶未了，不是草草看著，且歸子細。』（同上，卷一一六，頁2799）、「後生家好著些工夫，子細看文字。某向來看《大學》，猶病於未子細，如今愈看，方見得精切。因說：『前輩諸先生長者說話，於大體處固無可議，若看其他細碎處，大有工夫未到。」（同上，卷一〇四，頁2611）、「讀書須純一。如看一般未了，又要搬涉，都不濟事。某向時讀書，方其讀上句，則不知有下句；讀上章，則不知有下章。讀《中庸》，則祇讀《中庸》；讀《論語》，則祇讀《論語》。一日祇看一二章，將諸家說看合與不合。凡讀書到冷淡無味處，尤當著力推考。」（同上）、「某是自十六七時下工夫讀書，彼時四旁皆無津涯，只自恁地硬著力去做。至今日雖不足道，但當時也是喫了多少辛苦，讀了書。今人卒乍便到讀到某田地，也是難。要須積累著力，方可。某今老而將死，所望者，但願朋友勉力學問而已。」（同上，頁2612）、「某舊年思量未透，直是不能睡。初看子夏『先傳後倦』二章，凡三四夜，窮究到明，徹夜聞杜鵑聲。」（同上，頁2615）、「凡看文字，諸家說異同處最可觀。某舊日看文字，專看異同處。如謝上蔡之說如彼，楊龜山之說如此，何者爲得？何者爲失？所以爲得者是如何？所以爲失者是如何？」（同上）、「某尋常看文字都曾疑來。如上蔡〈觀復堂記〉，文定〈答曾吉甫書〉，皆曾把做孔孟言語一般看。久之，方見其未是。每一次看透一件，便覺意思長進。不似他人只依稀一見，謂其不似，便不復看，不特不見其長處，亦不見其短處。」（同上）上引諸條，可見朱熹治學具有長期沈潛、充實、思索、辨析之功。

只，其心塞淵，終溫且惠，淑慎其身，先君之思，以勖寡人。」、「既破我斧，又闕我斨，周公東征，四國是皇。哀我人斯，亦孔之將」……如此等處，直爲之廢卷慨想而不能已！覺得朋友間看文字，難得這般意思。某二十歲前後，已看得書大意如此，如今但較精密。日月易得，匆匆過了五十來年！（《朱子語類》卷一○四，頁 2612～2613）

也曾批評器之看《詩》病於草率，云：

都讀得了，方可循環再看。如今讀一件書，須是眞箇理會得這一件了，方可讀第二件，讀這一段，須是理會得這一段了，方可讀第二段。少間漸漸節次看去，自解通透。只五年間，可以讀得經子諸書，迤邐去看史傳，無不貫通。韓退之所謂「沈潛乎訓義，反覆乎句讀」，須有沈潛反覆之功，方得。……如今讀書，須是加沈潛之功，將義理去澆灌胸腹，漸漸盪滌去那許多淺近鄙陋之見，方會見識高明。（同上，頁 2613）

前條文字，可看出朱熹讀《詩》經過長期的沈潛、含咀、充實，使他對於《詩》中的文字有更精密、深確的體會與認識，後條文字，則更可看出朱熹標舉韓愈所說的「沈潛乎訓義，反覆乎句讀」，所謂沈潛反覆的工夫來教導第了讀《詩》，而朱熹讀《詩》所以有所精進，實際上也即是透過沈潛反覆、諷誦熟讀的工夫來達成，朱熹說：

某舊時讀《詩》，也只先去看許多注解，少間卻被惑亂。後來讀至半了，都只將《詩》來諷誦至四五十過，已漸漸得《詩》之意，卻去看許多注解，便覺減了五分以上工夫，更從而諷誦四五十過，則胸中判然矣。（同上，頁 2613）

讀《詩》之法，只是熟讀涵味，自然和氣從胸中流出，其妙處不可得而言。不待安排措置，務自立說，只恁平讀者，意思自足（同上，卷八十，頁 2086）

問學者：「誦《詩》，每篇誦得幾遍？」曰：「也不曾記，只覺得熟便止。」曰：「便是不得，須是讀熟了，文義都曉得了，涵泳讀取百來遍，方見得那好處，那好處方出，方見得精怪。（同上，頁 2087）

除此之外，朱熹在晚年對弟子沈僩自述讀《詩》的歷程與經驗之語，尤能看出朱熹經過長期的沈潛反覆、思索辨析之功，朱熹說：

某舊時看《詩》，數十家之說一一都從頭記得，初間那裡敢便判斷那

說是，那說不是？看熟久之，方見得這說似是，那說似不是，或頭
邊是，尾說不相應；或中間數句是，兩頭不是；或尾頭是，頭邊不
是。然也未敢便判斷，疑恐是如此。又看久之，方審得這說是，那
說不是。又熟看久之，方敢決定斷說這說是，那說不是。這一部《詩》，
並諸家解都包在肚裏。……凡先儒解經，雖未知道，然其盡一生之
力，縱未說得七八分，也有三四分。且須熟讀詳究，以審其是非而
爲吾之益。（《朱子語類》卷八十，頁 2092）

正是因爲有長期的沈潛反覆、思索辨析之功，朱熹才能由最初的未敢判斷諸
家《詩》說是非於一詞，至最終能夠決斷諸家《詩》說之是非。

　　至於謂鄭樵作《詩辨妄》，力詆《詩序》；《詩傳》去《序》詮《詩》，對
朱熹釋《詩》的刺激與觸發，朱熹在《朱子語類》中嘗提及：

《詩序》實不足信。向見鄭漁仲有《詩辨妄》，力詆《詩序》，其間
言語太甚，以爲皆是村野妄人所作。始亦疑之，後來仔細看一兩篇，
因質之《史記》、《國語》，然後知《詩序》之果不足信。因是看〈行
葦〉、〈賓之初筵〉、〈抑〉數篇，《序》與《詩》全不相似。以此看其
他《詩序》，其不足信者煞多。以此知人不可亂說話，便都被人看破
了。（《朱子語類》卷八十，頁 2076）

舊曾有一老儒鄭漁仲更不信《小序》，只依古本與疊在後面。某今亦
只如此，令人虛心看正文，久之其義自見。蓋所謂《序》者，類多
世儒之誤，不解詩人本意處甚多。（同上，頁 2086）

據前條，可見朱熹認爲《詩序》實不足信，實有來自鄭樵撰作《詩辨妄》力
詆《詩序》的直接刺激與觸發。在朱熹看到《詩辨妄》力詆《詩序》、至斥爲
村野妄人的激烈言語後，朱熹進一步去對證《史記》、《國語》的相關記載，
然後才確知《詩序》果不足相信。之後，並進一步去覆看〈小雅·賓之初筵〉、
〈大雅·行葦〉、〈抑〉諸詩，發現《詩序》的詮說，與詩文所呈顯的意旨完
全不能切合，朱熹因此更確認《詩序》的不足相信〔註 13〕。據後條，則朱熹

〔註13〕以〈賓之初筵〉一詩爲例，《詩序》釋〈小雅·賓之初筵〉，以爲是：「衛武公
刺時也。幽王荒廢，媟近小人，飲酒無度，天下化之。君臣上下，沈湎淫液，
武公既入而作是詩也。」（《詩疏》卷十四之三，頁 489）認爲由於幽王荒廢政
事，親近小人，日與其飲酒，毫無節度，上行下效，馴令天下寖以成風。衛
武公在朝廷擔任卿士時，見到這種舉國沈湎於酒液的情形，遂作〈賓之初筵〉
一詩，寄寓其刺時之意。唯據《史記·衛康叔世家》所載：「武公即位，修康

日後撰作《詩集傳》，去《序》詮《詩》，將《詩序》合爲一卷，置於書後，要讓讀者即詩求義，擺脫《詩序》詮《詩》的束縛；在虛心、反覆閱讀詩文的過程中，去求得詩義，這樣的作法，實際上也本於鄭樵「依古本與疊在後面」的作法而來。綜上，可見朱熹去《序》詮《詩》，實有來自鄭樵《詩辨妄》力詆《詩序》、《詩傳》去《序》詮《詩》的刺激與觸發。而有關自北宋歐、劉、王、張、二程、蘇轍等諸儒以來，辨析、論議、批駁《詩經》漢學傳統的精神，對朱熹說《詩》的影響，朱熹說：

> 《詩》自齊、魯、韓氏之說不得傳，而天下之學者盡宗毛氏。毛氏
> 之學，傳者亦眾，而王述之類，今皆不存，則推衍毛說者又獨鄭氏
> 之箋而已。唐初，諸儒爲作疏義，因訛踵陋，百千萬言而不能有以
> 出乎二氏之區域。至於本朝，劉侍讀、歐陽公、王丞相、蘇黃門、
> 河南程氏、橫渠張氏始用己意有所發明，雖其淺深得失有不能同，
> 然自是之後，三百五篇之微詞奧義乃可得而尋繹，蓋不待講於齊、
> 魯、韓氏之傳，而學者已知《詩》之不專於毛、鄭矣。（《朱熹集·
> 呂氏家塾讀詩記後序》，卷七十六，頁 3970）

據此，朱熹評騭歷代的《詩經》詮釋，以爲自齊、魯、韓今文三家的詩說不傳，導致毛詩的獨盛，傳毛詩之學的人本也不少，如王述之類，但皆亡佚，使得鄭箋獨佔推衍毛詩之說的鰲頭。至唐代，孔穎達等諸儒奉詔作《毛詩正義》，以《毛傳》、《鄭箋》之說爲主，而加以疏通、闡揚，雖百千萬言，但皆不出毛、鄭詮說的範圍。這種現象，要等到劉敞、歐陽脩、王安石、蘇轍、二程、張載等諸儒，始用己意，有所發明以後，才得以打破。朱熹在此，對於劉、歐、王、蘇、二程、張載等諸儒能擺落毛，鄭舊說，出以己意，表露

叔之政，百姓和集。四十二年，犬戎殺周幽王，武公將兵往，佐周平戎，甚
有功，周平王命武公爲公。」（《史記會注考證》卷三十七，頁 601）則武公入
朝擔任王朝的卿士乃在平王之世，《詩序》之說，恐有問題。朱熹可能在查閱
《史記》之後，又看到《國語·楚語》有衛武公「作〈懿〉（韋昭注：「〈懿〉，
《詩·大雅·抑》之篇也。〈懿〉，讀之曰「抑」，《毛詩序》曰：〈抑〉，衛武
公刺厲王，亦以自儆也。）戒以自儆」（卷十七，頁 553）的記載，而〈賓之
初筵〉一詩，就詩文所呈顯出來的意旨來看，正與〈大雅·抑〉相類似，且
〈韓詩·序〉也有「衛武公飲酒悔過」之說，朱熹因斷定《毛詩序》所謂「衛
武公刺時也。幽王荒廢，媟近小人……」云云爲誤，而以爲〈賓之初筵〉當
是「衛武公飲酒悔過而作此詩」（《詩集傳》卷十四，頁 163）朱熹說：「《毛氏
序》曰：『衛武公刺幽王也。』《韓氏序》曰：『衛武公飲酒悔過也。』今按此詩
意，與〈大雅·抑〉戒相類，必武公自悔之作。當從韓義。」（同上，頁 165）

了極高的讚賞與推崇之意，事實上，朱熹日後辨析《詩序》，去《序》詮《詩》；駁詰、論議《詩序》、《毛傳》、《鄭箋》詮《詩》的種種缺失，由此架構其以《詩》言《詩》，回歸詩文的詮《詩》體系，即是承繼、發皇歐、劉、王、張、二程、蘇轍等諸儒此一議論、辨析《詩經》漢學傳統的精神而來〔註14〕。《詩集傳》中，除訓詁多取資《毛傳》、《鄭箋》外〔註15〕，其餘諸多釋《詩》的觀點和立說，主要即是採自宋儒，或由宋儒所啟發。《詩集傳》中徵引宋人的詩說達二十家，其中最主要的，即是歐陽脩、蘇轍和鄭樵三人。此外，《詩序辨說》中有不少的立論、觀點，也承自宋儒而來〔註16〕，凡此，都可說明自

〔註14〕 朱熹的弟子輔廣（？～？）闡述朱熹作《詩序辨說》之意云：「……或曰：『子之責夫毛公者當矣！而晦翁先生又生於數千年後，乃盡廢諸儒之說而遂斷〈小序〉為不足據者，何哉？』予應之曰：『不然。先生之學，始於致知格物，而至於意誠心正。其於解釋經義，工夫至矣！必盡取諸儒之說，一一細研，窮一言之善，無有或遺，一字之差，無有能遁，其誦聖人之言，都一似自己言語一般。蓋其學已到至處，能破千古疑，使聖人之經，復明於世。然細考其說，則其端緒，又皆本於先儒之所嘗疑而未究者，則亦未嘗自為臆說也。學者顧第弗深考耳。」（《詩童子問‧卷首》，頁298，臺北：臺灣商務印書館影印文淵閣四庫全書本，1983年）即指出朱熹釋《詩》、辨析《詩序》的錯謬，乃本於「先儒之所嘗疑而未究者」，所謂宋儒質疑、議論、辨析《詩序》的傳統而來。

〔註15〕 明、王禕云：「朱子《集傳》，其訓詁多用毛、鄭。」（《欽定詩經傳說彙纂》卷首下，〈綱領〉，頁47引，臺北：維新書局，1978年6月）《四庫全書總目‧毛詩正義提要》也說：「朱子從鄭樵之說，不過攻〈小序〉耳，至於詩中訓詁，用毛、鄭者居多。」（卷十五，頁333，臺北：藝文印書館，1989年1月）

〔註16〕 有關《詩集傳》中徵引宋人詩說的概略情形，參許英龍撰《朱熹詩集傳研究》第四章第二節，臺中：東海大學中國文學研究所碩士論文，1984年。又《詩序辨說》中的諸多立論、觀點，乃承自宋儒而來，如〈周南‧關雎‧辨說〉採曾鞏之說，以駁斥〈詩序〉詮說〈關雎〉，專主后妃之德，而忽略實文王之化有以致之（卷上，頁5），〈邶風‧柏舟‧辨說〉朱熹力駁《詩序》之非，以為有「傅會書史、依託名諡、鑿空妄語」之大謬，又謂〈柏舟‧序〉以〈柏舟〉是「衛頃公之時，仁人不遇，小人在側。」之詩，乃是依託名諡的結果（卷上，頁10），〈鄭風‧將仲子‧辨說〉謂：「事見《春秋傳》。然莆田鄭氏謂：『此實淫奔之詩，無與於莊公、段叔之事，《序》蓋失之。而說者又從而巧為之說，以實其事，誤亦甚矣。』今從其說。」（同上，頁17～18），〈齊風‧雞鳴‧辨說〉：「哀公未有所考，豈亦諡惡而得之歟？」（同上，頁21），〈唐風‧蟋蟀‧辨說〉：「所謂刺僖公者，蓋特以諡得之。而所謂欲其及時，以禮自娛樂者，又與《詩》意正相反耳。」（同上，頁22），〈陳風‧宛丘‧辨說〉：「陳國小無事實，幽公但以諡惡，故得游蕩無度之詩，未敢信也。」（同上，頁25）等，以上諸詩，朱熹皆從附會書史、依託名諡的論點，來駁斥《詩序》的詮說，而「傅會書史、依託名諡」，正是採自鄭樵的觀點，《朱子語類》謂：「鄭漁仲謂《詩小序》只是後人將史傳去揀，并看諡，卻附會作《小序》美刺。」

北宋歐、劉、張、王、二程、蘇轍等諸儒以來，論議、辨析、批駁《詩經》漢學傳統，對於朱熹說《詩》的影響。

關於朱熹釋《詩》的歷程和轉變，前人探究朱熹《詩經》學者，多有涉及，如潘重規先生之〈朱子說詩前後期之轉變〉（《孔孟月刊》第二十卷第十二期，1982 年 8 月）、何澤恒先生之〈朱子說詩先後異同考〉（《國立編譯館館刊》第十八卷第一期，198 九年 6 月）、楊鍾基先生之《詩集傳舊說輯校》（香港中文大學聯合書院文史叢利乙種之四，197 四年）、束景南先生之〈朱熹作《詩集解》與《詩集傳》考〉，（收錄於《朱熹佚文輯考》頁 660～674，鹽城：江蘇古籍出版社，1991 年 12 月）等，其中以束景南先生所作之文最爲詳實有據，對於朱熹釋《詩》由遵《序》以詮《詩》，至去《序》詮的歷程、軌迹與轉變，考辨頗詳，爲便參照，茲以束文爲根據，並參酌相關論文，撮述朱熹治《詩》的歷程與轉變如下：

朱熹釋《詩》，可以概分爲早年依《序》詮《詩》，後間爲辨破，及晚年去《序》詮《詩》三個階段。而朱熹由依《序》以詮《詩》，至轉爲去《序》以詮《詩》，則可以淳熙四年（1177）作一畫分。

朱熹爲《詩》作注的年代甚早，大約和撰作《孟子集解》同時，高宗紹興三十年（1160），依《序》詮《詩》的《詩集傳》初稿已成大半〔註17〕，至

（卷八十，頁 2079）又如《周南・漢廣・辨說》以爲〈漢廣・序〉首句「德廣所及也」爲非，首句以下「文王之道，被於南國，美化行乎江漢之城，無思犯禮，求而不可得也。」云云，「復得詩意」，朱熹因謂：「先儒嘗謂《序》非出於一人之手者，此其一驗」（卷上，頁 7）所謂「先儒」，蓋指張載、二程、蘇轍等。〈周頌・昊天有成命・辨說〉，朱熹謂：「此詩詳考經文，而以《國語》證之，其爲康王以後祀成王之詩無疑，而毛鄭舊說，定以頌爲成王之時，周公所作，故凡頌中有成王及成康字者，例皆曲爲之說，以附己意，其迂滯僻澀，不成文理，甚不難見。而古今諸儒，無有覺其謬者，獨歐陽公著時世論以斥之，其辨明矣。」（卷下，頁 39）即援引歐陽脩在《詩本義》〈時世論〉中的觀點，來駁斥毛、鄭對於〈周頌・昊天有成命〉詩中「成王不敢康」、〈執競〉：「丕顯成康」、「自彼成康」、〈噫嘻〉：「噫嘻成王」諸句對於成、康的曲說。可見朱熹在《詩序辨說》中，不少觀點，皆承自宋儒而來。

〔註17〕束景南先生以爲朱熹早年依《序》詮《詩》之作，名爲《詩集解》，其所據依者，蓋以朱熹嘗云：「某向作《詩》解，文字初用《小序》，至解不行處，亦曲爲之說。後來覺得不安，第二次解者，雖存《小序》，間爲辨破，然終是不見詩人本意。後來方知，只盡去《小序》，便自可通。於是盡滌舊說，詩意方活。（《朱子語類》卷八十，頁 2085）唯據《朱熹別集》卷三所載〈答程欽國〉（即程允夫）書云：「往年誤欲作文，近年頗覺非力所及，遂已罷去，不復留情其間，頗覺省事。講學近見延平李先生，始略窺門戶。……近集諸公《孟

孝宗隆興元年（1163），《詩集傳》的初稿遂成。就依《序》詮《詩》的《詩集傳》初稿文字看來，朱熹此時的詮《詩》，主要在輯錄諸家之說，就詩旨的詮釋上，則是依《序》詮《詩》。依《序》詮《詩》的《詩集傳》初稿，今已亡佚，其時的詮《詩》文字，尚約略可見於呂祖謙《呂氏家塾讀詩記》中所引的「朱氏曰」，今人潘重規、何澤恒、楊鍾基、束景南四位先生俱有輯錄，可略見其梗概。此時依《序》詮《詩》的文字，也即是朱熹在日後《詩序》觀演變之後，為《呂氏家塾讀詩記》作《序》（孝宗淳熙九年，西元 182，年五十三）時所說的：「少時淺陋之說」，〈呂氏家塾讀詩記後序〉云：

> ……此書所謂「朱氏」者，實熹少時淺陋之說，而伯恭父誤有取焉。其後歷時既久，自知其說有所未安，如雅鄭邪正之云者，或不免有所更定，則伯恭父反不能不置疑其間，熹竊惑之。（《朱熹集‧呂氏家塾讀詩記後序》，第七冊，卷七十六，頁 3971）

視彼時依《序》詮《詩》的文字，為「少時淺陋之說」，其後「自知其說有所未安」。依《序》詮《詩》的《詩集傳》初稿完成之後，朱熹仍不斷修改，其間的修改凡三次，即首次修改於孝宗乾道二、三年（1166、1167），修改之法，主要透過和師友弟子的論辨商訂，二次修改於乾道九年（1173），主要在刪汰諸家之說，力求解《詩》的簡約明晰，三次修改於淳熙四年（1177），已間破《詩序》詮《詩》之非，是為依《序》詮《詩》《詩集傳》的定本。三次修改的重點，主要即在由繁趨簡，由博返約，雖間破《詩序》詮《詩》之非，但依《序》詮《詩》的原則尚未改變。今本《詩集傳》前所附的〈序〉，實際上即是作於淳熙四年

子》說為一書，已就稿。又為《詩集傳》，方了〈國風〉、〈小雅〉。二書皆頗可觀，或有益於初學，恨不令吾弟見之。」（《朱熹集》第九冊，頁 5390，成都：四川教育出版社，1996 年 10 月。）其中「講學近見延平李先生，始略窺門戶。」云云，乃謂朱熹始受學李侗於延平，據王懋竑《朱子年譜》，朱熹在三十一歲冬季，始受學李侗於延平（《朱熹年譜》卷之一，頁 17，北京：中華書局，1998 年 10 月），則朱熹早年依《序》詮《詩》的著作，應即名為《詩集傳》。且朱熹在〈答潘恭叔書〉中，曾以「伯恭集解」稱謂呂祖謙所撰作之《呂氏家塾讀詩記》，謂：「讀《詩》之說甚善，頃見祁居之《論語》說，此一段亦好，大概如來喻之云也。其他各據偏見，便為成說，殊不能有所發明，此固無足怪者。而伯恭《集解》首章便引謝氏之說，已落一邊。至〈桑中〉篇後為說甚長，回護費力，尤不能使人無競。……」（《朱熹集》卷五十，頁 2430）則朱熹「某向作詩解」云云，不宜解作：我以前（早年）撰作《詩解》這一本書；以《詩解》為書名，而應解作：我以前（早年）為《詩經》作詮解。

10月，尚受《序》說牢籠的舊〈序〉。關於此點，朱熹之孫朱鑑（1190～1258）在理宗端平二年（1235）所編的《詩傳遺說》中有所說明：

> 《文集・詩集傳舊序》。案：此乃先生丁酉（按：即淳熙四年）歲用〈小序〉解《詩》時所作，後乃盡去《小序》，故附見於辨呂氏說之前。（卷二，頁 10083）

此外，清人王懋竑在《朱子年譜考異》中也指出：

> 按朱子明《詩傳遺說》，《集傳序》乃舊《序》，此時仍用《小序》，後來改定，遂除此《序》不用。今考《序》言「自邶而下，國之治亂，人之賢否有是非邪正之不齊。」又云「善者師之，而惡者改焉。」則亦不純用《小序》，但不斥言《小序》之非，而「雅」、「鄭」之辨，亦略而未及。以〈讀詩記後序〉及〈讀桑中篇〉考之，其為舊《序》無疑。編文集者既不注明，而《大全》遂冠此《序》於《綱領》之前，坊刻並除《綱領》，而止載〈舊序〉，其失朱子之意益遠矣。（卷之二，頁 334）

據此，可知今本《詩集傳》前所附的〈序〉，乃是淳熙四年依《序》詮《詩》的舊序，後人不知，誤置於已去《序》詮《詩》的《詩集傳》前，頗失朱子的原意。就依《序》詮《詩》《詩集傳》的舊序來看，其中有「自邶而下，則其國之治亂不同，人之賢否亦異。其所感而發者，有邪正是非之不齊，而所謂先王之風者，於此焉變矣。」（《朱熹集・詩集傳序》，卷七十六，頁 3966）及「善者師之，而惡者改焉。」（同上）之語，可見朱熹於淳熙四年所修訂的依《序》詮《詩》的《詩集傳》，雖大體仍在《詩序》的牢籠之中，但已間破《詩序》，並不純然採用《詩序》之說。淳熙四年，朱熹對《詩序》的間為辨破，實已開啓日後去《序》詮《詩》的序幕，朱熹日後去《序》詮《詩》《詩》學體系的奠立，即以此年為轉關。

從淳熙五年（1178）開始，朱熹已確實領悟到「大抵《小序》盡出後人臆度，若不脫此窠臼，終無緣得正當也。」（《朱熹集・答呂伯恭書》，第三冊，卷三十四，頁 1470）在淳熙五年夏日前後，朱熹重新修撰《詩集傳》，此時修撰的重點，即在破除《詩序》詮《詩》的臆度，擺脫《詩序》詮《詩》的窠臼。至淳熙六年（1179），去《序》詮《詩》的《詩集傳》初稿修撰完成。淳熙七年（1180），朱熹進一步領悟雅、鄭之辨，並再次修訂《詩集傳》，此次的修訂，標示朱熹去《序》詮《詩》體系的確立。朱熹在淳熙七年三月所作的

〈答呂伯恭〉一書中云：

> 向來所喻《詩序》之說，不知後來尊意看得如何？「雅鄭」二字，「雅」
> 恐便是大小雅，「鄭」恐便是〈鄭風〉，不應概以風爲雅，又於〈鄭
> 風〉之外別求鄭聲也。聖人刪錄，取其善者以爲法，存其惡者以爲
> 戒，無非教者，豈必滅其籍哉？看此意思甚覺通達，無所滯礙，氣
> 象亦自公平正大，無許多回互費力處。(《朱熹集》第三冊，卷三十
> 四，頁 1501～1502)

據此書，朱熹以爲「雅」即是大、小雅，並非指《詩經》皆是雅樂；「鄭」即
是〈鄭風〉，〈鄭風〉即是「鄭聲」，聖人（孔子）雖然有「放鄭聲」之言，但
存錄〈鄭風〉，正是「取其善者以爲法，存其惡者以爲戒」，其中仍寓有教化
的意義在。束景南先生以爲：「此一認識，可謂朱熹《詩經》學思想一大飛躍，
蓋此前其雖覺《小序》之非，僅有『破』之勇而尚未得『立』之法，猶未找
到盡破《小序》之說而自立新說體系之具體路徑；今有此一認識飛躍，斷然
以《詩》中〈鄭風〉即「鄭聲」，《毛序》美刺說不攻自垮，一破千古之惑，
遂使其解《詩》入於『通達無所滯礙』之境」(《朱熹佚文輯考・朱熹作詩集
解與詩集傳考》，頁 668)此後，朱熹仍不斷修改《詩集傳》，至淳熙十一年(1184)
修成《詩集傳》，並作〈讀呂氏詩記桑中篇〉，詳論其雅鄭邪正貞淫之辨，具
體呈顯了他和呂祖謙在雅鄭邪正貞淫問題上的不同看法。一方面，也重新詮
釋孔子所謂「思無邪」的意涵，另一方面又駁斥《詩序》以〈桑中〉、〈溱洧〉
爲「刺淫」之非〔註 18〕。至此，朱熹去《序》詮《詩》的詩觀，更加確立與
深化。唯淳熙十一年所修成的《詩集傳》，朱熹仍嫌其書大繁，尚未足以爲定
本，淳熙十三年（1186），朱熹再將《詩集傳》刪繁就簡，並作《詩序辨說》
一卷，附於書後，詳論、糾舉、詆譎《詩序》詮《詩》的種種錯謬，至此，《詩
集傳》乃成爲定本，朱熹去《序》詮《詩》的體系，亦告確立。

謂《詩序辨說》撰作於定本《詩集傳》之後，這可從朱熹在《朱子語類》
中所說的：「某因作《詩傳》，遂成《詩序辨說》一冊，其他繆戾，辨之頗詳。」
（卷八十，頁 2079）及《詩序辨說》中諸多「說已見本篇」、「說見本篇」，的
說法得知〔註 19〕。《詩序辨說》撰作於定本《詩集傳》之後，一方面乃爲了更加

〔註 18〕〈讀呂氏詩記桑中篇〉，見《朱熹集》卷七十，頁 3650～3652，同註 8。
〔註 19〕《詩序辨說・召南・何彼穠矣》：「此詩時世不可知，其說已見本篇。」（卷上，
頁 9）、〈衛風・木瓜〉：「說見本篇」（同上，頁 16）、〈王風・葛藟〉：「《序》

完整表達朱熹對《詩序》詮《詩》的看法，含括《詩序》的作者、形成及其釋
《詩》的錯謬（朱熹以爲《詩序》乃出於漢儒衛宏，前後增廣潤色而成；詩序
非經文，原自爲一編，附於《詩》後，表明它僅是一種解《詩》觀點；詮《詩》
多所錯謬），另一方面也爲了破除世人對出自漢儒，爲衛宏所增廣潤色之《詩序》
的尊信，導致在實際的詮《詩》當中，視《詩序》爲經，「至於有所不通，則必
爲之委曲遷就，穿鑿而附和之，寧使經之本文，繚戾破碎，不成文理」（《詩序
辨說・序》，卷上，頁 4）的情形，亟思能有所導正〔註20〕，朱熹因在定本《詩
集傳》之後，又作《詩序辨說》一卷附於其後，詳論、糾舉、詆諆、批判《詩
序》詮《詩》的種種錯謬，可以這麼說，朱熹去《序》詮《詩》的《詩》學體
系，要等到《詩序辨說》的完成，才算得以確立、完成。光宗紹熙元年（1190），
朱熹在臨漳（福建漳州）刊刻《書》、《易》、《詩》、《春秋》四經，並撰〈書臨
漳所刊四經後〉一文，就《詩經》的部份，朱熹仍重申《詩序》出自漢儒（衛
宏），並不等同經文；《詩序》本自爲一卷，至毛公作《詁訓傳》時，才將《詩
序》分置於眾篇之上，由於時人視《詩序》爲經，過度尊信，「知有《序》而不
知有詩」，因此，他要將《詩序》重新復爲一編，置於《詩集傳》後，「以復于
其初」，但因「懼覽者之惑」，所以他又「備論於其後」（以上並見《朱熹集》卷
八十二，頁 4247），詳論《詩序》詮《詩》的得失。可見斥《詩序》爲漢儒所
作，視《詩序》爲傳，僅是一種解《詩》觀點；詮《詩》多所錯謬，乃朱熹在
《詩序辨說》撰作時及其後的堅定觀點，此一觀點，迄朱熹逝世，也不曾過有

　　　說未有據，詩意亦不類，説已見本篇。」（同上，頁 17）、〈齊風・南山〉：「此
　　　《序》據《春秋》經傳爲文，說見本篇。」（同上，頁 21）、〈檜風・隰有萇楚〉：
　　　「此《序》之誤，說見本篇。」（同上，頁 26）、〈小雅・鹿鳴〉：「《序》得詩
　　　意，但未盡其用耳，其說已見本篇。」（卷下，頁 28）、〈南山有臺〉、「《序》
　　　首句誤，詳見本篇。」（同上，頁 29）、〈雨無正〉：「此《序》尤無義理，歐陽
　　　公、劉氏說已見本篇。」（同上，頁 31）、〈車舝〉：「以上十篇，並已見〈楚茨〉
　　　篇。」（同上，頁 33）、〈賓之初筵〉：「《韓詩》說見本篇，此《序》誤矣。」
　　　（同上）〈大雅・文王〉：「……此《序》本亦得詩之大旨，而於其曲折之意有
　　　所未盡，已論於本篇矣。」（同上，頁 35）、〈文王有聲〉：「鄭《譜》之誤，說
　　　見本篇。」（同上，頁 36）、〈周頌・般〉：「此三篇，說見本篇。」（同上，頁
　　　42）又《詩序辨說・周南・關雎》：「……說見〈二南〉總論。……說見〈二
　　　南〉卷首。……」（卷上，頁 5）綜上，可知《詩序辨說》撰作於定本《詩集
　　　傳》之後。
〔註20〕有關朱熹撰作《詩序辨說》的源由，詳參《詩序辨說・序》，頁 3～4，臺北：
　　　臺灣商務印書館影印文淵閣四庫全書本第六十九冊，同注 2，此文又收入《朱
　　　熹集・朱熹遺集》卷三，第九冊，頁 5687～5688。

任何的改變，因此，朱熹《詩》學的真正確立，並和漢學詮《詩》傳統真正有所區隔、對立，是要在《詩序辨說》的撰作完成之後，《詩序辨說》的重要性亦由此可見〔註21〕。自茲以後，《詩集傳》雖仍間有修改，但朱熹整體詮《詩》的體系、詩觀並無再改變或發展。

從淳熙十三年以後，朱熹主要在致力《詩集傳》的刊刻，迄朱熹逝世（1200）前，附《詩序辨說》的《詩集傳》，其刊刻凡三次，即淳熙十四年（1187）首刻於福建建安（建安本），淳熙十六年（1189）二刻於江西豫章（豫章本），光宗紹熙五年（1194）三刻於湖南長沙（長沙本）。朱熹逝世後，其孫朱鑑在理宗端平二年（1235）於富川（南宋時屬江南西路）時，曾針對《詩集傳》中「音訓間有未備」的問題，加以核校補正，並刊刻於學宮，此即世所謂的「江西本」，亦是元明清官修版本之所據〔註22〕。

〔註21〕 楊晉龍先生曾撰〈朱熹詩序辨說述義〉一文（中國文哲研究集刊第十二期，1998 年 3 月，頁 295～353），對於《詩序辨說》的內容、觀點、意涵有所闡述，可參看。

〔註22〕 束景南先生以為朱熹在寧宗慶元四年（1198）於江西嘗刊刻《詩集傳》，是為「江西本」，見《朱熹佚文輯考・朱熹作詩集解與詩集傳考》，頁 672～673，唯據朱傑人先生的研究，以為「江西本」當是朱鑑在理宗端平二年（1235）於富川（南宋時屬江南西路）針對「音訓間有未備」的問題，加以核校補正，並刊刻於學宮的本子，朱先生的論據頗精，今從之，參所撰〈論八卷詩集傳非原朱子原帙，兼論詩集傳之版本─與左松超先生商榷〉，《經學研究論叢》第五輯，頁 87～110，1998 年 8 月。又束景南先生以為寧宗慶元五年（1199），朱熹嘗在后山讎校《詩集傳》，並刊刻，此即「后山本」，為朱鑑之藏本，並為今本《詩集傳》之所出，見《朱熹佚文輯考・朱熹作詩集解與詩集傳考》，頁 673，唯據朱傑人先生的研究，以為「后山本」，實際上即是淳熙十四年蔡元定（即蔡季通）在建陽所主持刊刻的「建安本」，他引武夷山朱熹研究中心方壽彥先生之文，來證成此事，云：「后山，在建陽崇泰里，今莒口鎮后山村。宋元時期，有后山堂，始建於嘉熙 3 年（1239）……所謂后山刻本，顯係刻印於建陽后山無疑。陳振孫《直齋書錄解題》著錄《詩傳》二十卷《詩序辨說》一卷云：『今江西所刻晚年本，得於南康胡伯量，校之建安本，更定者幾十一云。』據《解題》，則《詩集傳》又有一建安本，與此建陽后山本似別為一刻。案，《解題》所云建安本，與朱鑑所云后山本，實乃同一刊本。陳振孫所說的建安，實即建陽，乃沿用古建安郡名。《解題》只錄建安本而不及后山本，朱鑑只言后山本而不及建安，這是由於兩人著錄的立足點不同所致。朱鑑乃建人，於『建安本』刻印的具體地點十分清楚，故直稱『后山本』……由於建安或后山本乃朱熹及其門人蔡元定所校定，故『校讎最精』，而江西胡伯量本乃晚年本，朱熹於傳文增補甚多，故『更定者幾什一』」（〈論八卷本詩集傳非朱子原帙，兼論詩集傳之版本〉，《經學研究論叢》第五輯，頁 101）方先生之論頗諦，今從之。

第三章 《詩》旨詮釋的異同

第一節 朱熹所定《詩》旨和《詩序》詮說的差異

  《詩經》的詮釋，自漢以迄唐中葉，大抵由《詩序》、毛《傳》、鄭《箋》及《毛詩正義》所型塑的漢學傳統所主導，但洎自唐代中葉，一股質疑、批判漢學傳統的聲浪漸次而起。成伯璵、韓愈導之於前，歐陽脩、蘇轍、張載、王安石、鄭樵、王質、朱熹等騁之於後，遂使得漢學傳統爲之瓦解。而《詩經》的漢學傳統所以瓦解，其大端自在《詩序》的作者及《詩序》對於詩旨詮說的受到質疑與否定。今存的《詩經》，其篇首皆有詮解、說明詩旨的文字，此即《詩序》。《詩序》的作者，唐中葉以前，均以爲子夏所作〔註1〕。《詩序》既爲子夏所作，而子夏「親受聖人（孔子）」，如此，《詩序》對於每一首詩的解釋，爲有存疑不信的道理。唯自中唐起，成伯璵以爲《詩序》並非全是子夏所作，子夏僅作《詩大序》及《詩序》的首句，首句以下乃是大毛公「自以詩中之意而繫其辭也。」（《毛詩指說・解說第二》，頁 7～8）。韓愈以爲《詩序》並非子夏作，而是「漢之學者，欲自顯立其傳，因藉之子夏，故其序大國詳，小國略，斯可見矣。」（《毛詩李黃集解》卷一，頁 3 引）。入宋後，有關《詩序》作者的問題

〔註 1〕 《小雅・常棣疏》引《鄭志》曰：「此《序》子夏所爲，親受聖人。」（《詩疏》，卷九之二，頁 320），《詩譜序・疏》：「三百一十一篇皆子夏爲之作《序》，明是孔子舊定。」（卷首，頁 6），是鄭玄、孔穎達均以爲子夏序《詩》，傳自孔子。此外，王肅、陸璣亦皆主張子夏序《詩》。王肅《孔子家語・注》：「子夏所序《詩》義，今之《毛詩序》是。」（卷九，頁 2），陸璣《毛詩草木鳥獸蟲魚疏》云：「孔子刪《詩》授卜商，商爲之序。」（卷下，頁 21）。

引來更多的懷疑。歐陽脩認爲《詩序》的作者雖不可知，但絕非子夏作〔註2〕。張載認爲「《詩序》必是周時所作，然亦有後人添入者。」（《張子全書》，卷之四，頁92）。王安石認爲《詩序》並非子夏作，是國史撰作，又謂《詩序》是詩人自作〔註3〕。二程認爲《詩大序》是孔子作，《小序》是國史作，其間並有後人添入者〔註4〕。蘇轍認爲《詩序》並非全是子夏作，而是「子夏所創，毛公及衛敬仲又加潤益」〔註5〕。鄭樵更以爲《詩序》是村野妄人所作，作《詩

〔註2〕《詩本義》，卷十四，《序問》：「或問詩之《序》，卜商作乎？衛宏作乎？非二人之作，則作者其誰乎？應之曰：『《書》、《春秋》皆有《序》而著其名氏，故可知其作者；《詩》之《序》不著其名氏，安得而知之乎？雖然，非子夏之作，則可以知也。』曰：『何以知之？』應之曰：『子夏親受學於孔子，宜其得《詩》之大旨，其言風雅有變正，而論《關雎》、《鵲巢》繫之周公、召公，使子夏而序詩，不爲此言也。」（頁9299～9300）

〔註3〕李樗、黃櫄《毛詩李黃集解》，卷一，頁3引王氏曰：「世傳以爲言其義者子夏也。觀其文辭，自秦漢以來諸儒，蓋莫能與於此。然傳以爲子夏，臣竊疑之。詩上及文王、高宗、成湯，如《江有汜》之爲『美媵』，《那》之爲『祀成湯』，《殷武》之爲『祀高宗』，方其作時，無義以示後世，則雖孔子亦不可得而知，況於子夏乎？」又輔廣《詩童子問》，卷首，頁298、劉瑾《詩傳通釋》，卷首，頁265、胡廣《詩傳大全·詩序》，頁327，均載有王安石「《詩序》是國史撰作」之說。晁公武《郡齋讀書志》卷二，載王安石謂《詩序》是詩人自作：「王介甫獨謂詩人所自製。按：《韓詩序·荣苣》曰：『傷夫也。』、《漢廣》曰：『悦人也。』，《序》若詩人所自製，《毛詩》猶《韓詩》也，不應不同若是。」（頁346）。

〔註4〕《河南程氏遺書》，卷十八：「問：『《詩》如何學？』曰：『只在《大序》中求。《詩》之《大序》，分明是聖人作此以教學者，後人往往不知是聖人作。』」（《二程集》，頁229）、「問：『《詩小序》何人作？』曰：『但看《大序》即可見矣。』曰：『莫是國史作否？』曰：『《序》中分明言『國史明乎得失之跡』蓋國史得詩於採詩之官，故知其得失之跡。如非國史，則何以知其所美所刺之人？使當時無《小序》，雖聖人亦辨不得。』曰：『聖人刪詩時，曾刪改《小序》否？』曰：『有害義理處，也須刪改。今之《詩序》，卻煞錯亂，有後人附之者。』」（同前）又卷二十四亦云：「《詩大序》，孔子所爲，其文似〈繫辭〉，其義非子夏所能言也。《小序》，國史所爲，非後世所能知也。」（《二程集》，頁312）。

〔註5〕蘇轍嘗撰《詩集傳》二十卷，僅留存《詩序》的首句作爲詮《詩》的依據，《詩序》首句以下的餘文則全數刪汰，關於《詩序》的作者，蘇轍有較深入的辨析，他說：「孔子之敘《書》也，舉其所爲作《書》之故，其贊《易》也，發其可以推《易》之端，未嘗詳言之也。非不能詳，以爲詳之則隘，是以常舉其略，以待學者自推之。故其言曰：『仁者見之謂之仁，智者見之謂之智。』夫唯不詳，故學者有以推而自得之。今《毛詩》之《敘》，何其詳之甚也！世傳以爲出於子夏，予竊疑之。子夏嘗言《詩》於仲尼，仲尼稱之，故後世之

辨妄》一書力詆《詩序》之謬〔註6〕。諸家或質疑或詆刺，均使得子夏作《詩序》及《詩序》的詮《詩》皆愜合詩的本義的說法，受到嚴重的斲傷。朱熹上承整個疑《序》、辨《序》的傳統，在有關《詩序》的作者及《詩序》詮《詩》究竟是否順合詩人之意上，朱熹也提出了他的看法：

《詩序》之作，說者不同，或以爲孔子，或以爲子夏，或以爲國史，皆無明文可考。唯《後漢書・儒林傳》以爲衛宏作《毛詩序》，今傳於世，則《序》乃宏作明矣。然鄭氏又以爲諸《序》本自合爲一編，毛公始分以寘諸篇之首，則是毛公之前，其傳已久，宏特增廣而潤色之耳。故近世諸儒多以《序》之首句爲毛公所分，而其下推說云云者爲後人所益，理或有之。但今考其首句，則已有不得詩人之本意而肆爲妄說者矣，況沿襲云云之誤哉。然計其初，猶必自謂出於臆度之私，非經本文，故且自爲一編，別附經後。又以尚有齊、魯、韓氏之說並傳於世，故讀者亦有以知其出於後人之手，不盡信也。及至毛公引以入經，乃不綴篇後，而超冠篇端，不爲注文而直作經字，不爲疑辭而遂爲決辭，其後三家之傳又絕，而毛說孤行，則其牴牾之跡無復可見。故此《序》者遂若詩人先所命題，而詩文反爲因《序》以作。於是讀者轉相尊信，無敢擬議。至於有所不通，則必爲之委曲遷就，穿鑿而附合之，寧使《經》之本文繚戾破碎，不成文理，而終不忍明以《小序》爲出於漢儒也。愚之病此久矣，然猶以其所從來也遠，其間容或眞有傳授證驗而不可廢者，故既頗采

爲《詩》者附之。要之，豈必子夏爲之，其亦出於孔子或弟子之知《詩》者歟？然其誠出於孔氏也，則不若是詳矣。孔子刪《詩》，而取三百五篇，今其亡者六焉，亡《詩》之《敘》未嘗詳也，《詩》之亡者，經師不得見矣，雖欲詳之而無由，其存者將以解之，故從而附益之，以自信其說，是以其言時有反覆煩重，類非一人之詞者，凡此皆毛氏之學而衛宏之集錄也。東漢《儒林傳》曰：『衛宏從謝曼卿受學，作《毛詩敘》，善得風雅之旨，于今傳於世。』《隋經籍志》曰：『先儒相承，謂《毛詩敘》子夏所創，毛公及衛敬仲又加潤益。』古說本如此，故予存其一言而已，曰：「是詩言是事也」，而盡去其餘，獨采其可者見於今傳，其尤不可者，皆明者其失，以爲此孔氏之舊也。」（《詩集傳》，卷一）又關於蘇轍詮《詩》的成果，及其在《詩經》詮釋史上的地位，可參拙著《蘇轍詩集傳研究》，臺北：東吳大學中國文學研究所碩士論文，1994年1月。

〔註6〕《朱子語類》云：「《詩序》實不足信。向見鄭樵仲有《詩辨妄》，力詆《詩序》，其間言語太甚，以爲皆是村野妄人所作。」（卷八十，頁2076）

以附《傳》中，而復并爲一編，以還其舊，因以論其得失云。（《詩
序辨說》卷上，頁34）

朱熹在此段長文中，明確地揭示他對於《詩序》作者及《詩序》詮《詩》的
看法。朱熹認爲《詩序》的作者爲誰，眾說紛紜，有以爲孔子作，有以爲子
夏作，有以爲國史作等，但這些說法，都缺乏明確的證據。只有《後漢書·
儒林傳》有衛宏作《毛詩序》的記載﹝註7﹞。另一方面，鄭玄指出《詩序》本
自合爲一編，至毛公作《詁訓傳》時，才將合編的《詩序》拆散，逐條分置
於各詩之上﹝註8﹞，由此可見，《詩序》的流傳已久，衛宏所作的是增廣潤色
的工夫。但不論《詩序》的作者究竟爲何，《詩序》在詩旨的詮釋上都頗偏離
詩意，不足爲信。朱熹指出：據鄭玄《詩序》本自合爲一編的說法，可見作
《序》的人也認爲《詩序》僅是一種解《詩》觀點，並沒有想要讓人誤認《詩
序》是一種絕對的詮釋觀點，但後來毛公將《詩序》分置經（詩）文之上，
齊、魯、韓三家的說《詩》又先後亡佚，遂使後人誤認《詩序》是解《詩》
的唯一觀點，在實際的詮《詩》中，完全尊信《詩序》，對於《詩序》的詮釋，
即使明與詩文相枘鑿，也不敢有所非議、質疑，致使「經之本文繚戾破碎，
不成文理」，完全是受到《詩序》的固窒所致。爲了辨明《詩序》非出自聖人，
而僅是一種解《詩》觀點；爲了指陳《詩序》的詮《詩》多所謬戾；更爲了
破除人們過度尊信《詩序》的迷思，朱熹遂作《詩序辨說》一書，針對《詩
序》詮《詩》的錯謬之處，加以說明。讀者倘結合《詩集傳》、《詩序辨說》
及其他相關言論，則可以更清楚地看出朱熹在詩旨的詮釋上，與《詩序》、毛
《傳》、鄭《箋》、《毛詩正義》所型塑的漢學傳統的異同。漢學傳統以《詩序》
爲子夏作，朱熹則以爲出自漢儒，二者對於《詩序》作者的看法既然相異，
遂使得二者在詩旨的詮釋上，呈現出極大的差異。查核朱熹相關言論，可見
朱熹對於《詩序》是子夏作的不採信及對《詩序》以美刺說《詩》的方式的
詆謫。關於《詩序》的作者，朱熹說：

《大序》亦未必是聖人作，《小序》更不須說。（《朱子語類》卷八十，
頁2072）

───────────────

﹝註7﹞ 《後漢書·儒林列傳》云：「初，九江謝曼卿善《毛詩》，乃爲其訓。宏從曼
卿受學，因作《毛詩序》，善得風雅之旨，于今傳於世。」（卷七十九下，頁
2575）

﹝註8﹞ 參《詩疏》頁342。

大抵《小序》盡出後人臆度，若不脫此窠臼，終無緣得正當也。（《朱熹集・答呂伯恭》，第三冊，卷三十四，頁1470）

《詩序》多是後人妄意推想詩人之美刺，非古人之所作也。（《朱子語類》卷八十，頁2077）

看來《詩序》當時只是箇山東學究等人做，不是箇老師宿儒之言，故所言都無一事是當。（《朱子語類》卷八十，頁2077～2078）

《小序》後人揣料，有不是處。多如今之杜詩之類，本是雪，卻題作月詩，後人不知，亦強要把做月詩解了，故大害事。（《詩傳遺說》卷二，頁10087）

《小序》漢儒所作，有可信處絕少。（《朱子語類》卷八十，頁2067）

某自二十歲時讀《詩》，便覺《小序》無意義。……後到三十歲，斷然知《小序》之出於漢儒所作，其為謬戾，有不可勝言。（《朱子語類》卷八十，頁2078）

《詩》本易明，只被前面《序》作梗。《序》出於漢儒，反亂詩本意。（《朱子語類》卷八十，頁2074）

某《詩傳》去《小序》，以為此漢儒所作。（《朱子語類》第二冊，卷二十三，頁539）

《詩小序》或是後漢衛宏作，《大序》亦不是子夏作，煞有礙義理誤人處。（《詩傳遺說》卷二，頁10086）

《後漢・衛宏傳》明言「宏作《毛詩序》」，則《序》豈得為與經並出，而分於毛公之手哉？（《朱熹集・書臨漳所刊四經後》，第七冊，卷八十二，頁4247）

《詩小序》全不可信。……毛公全無《序》解，鄭間見之。《序》是衛宏作。（《朱子語類》卷八十，頁2074）

《小序》非出一手，是後人旋旋添續，往往失了前人本意，如此類者多矣。（《朱子語類》卷八十一，頁2114）

《詩序》自是兩三人作，今但信《詩》，不必信《序》。（《朱子語類》卷八十一，頁2101）

《詩序》，《東漢・儒林傳》分明說道是衛宏作。後來經意不明，都

是被他壞了。某又看得亦不是衛宏一手作，多是兩三手合成一《序》，
愈說愈疏。（《朱子語類》卷八十，頁 2074）

不論指稱《詩序》未必是聖人作、不是子夏作；是衛宏作、是出自後人臆度、
是山東老學究作、是出自漢儒作、是兩三手合作，都與漢學傳統所認定的子
夏作《詩序》截然異趣。由對《詩序》作者的否定，進而對《詩序》以美刺
時君國政的詮《詩》方式也予以否定，相關的言論甚多，如：

《詩小序》全不可信，如何定知是美刺那人？詩人亦有意思偶然而
作者。（《朱子語類》卷八十，頁 2074）

大率古人作詩，與今人作詩一般，其間亦自有感物道情，吟詠情性，
幾時盡是譏刺他人，只緣《序》者立例，篇篇要作美刺說，將詩人
意思盡穿鑿壞了！且如今人見人纔做事，便作一詩歌美之，或譏刺
之，是甚麼道理？如此，亦似里巷無知之人，胡亂稱頌譏說，把持
放鵰，何以見先王之澤？何以爲情性之正？（《朱子語類》卷八十，
頁 2076）

《詩序》多是後人妄意推想詩人之美刺，非古人之所作也，古人之
詩雖存，而意不可得，《序》《詩》者妄誕其說，但疑見其人如此，
便以爲是詩之美刺者必若人也。如莊姜之詩，卻以爲刺衛頃公。今
觀《史記》所述，頃公竟無一事可記，但言某公卒，子某公立而已，
都無其事。頃公固亦是衛一不美之君，《序》《詩》者但見其詩有不
美之跡，便指爲刺頃公之詩。此類甚多，皆是妄生美刺，初無其實。
至有不能考者，則但言「刺詩也」、「思賢妃」，然此是汎汎而言。（《朱
子語類》卷八十，頁 2077）

鄭漁仲謂《詩小序》只是後人將史傳去揀，并看謚，卻附會作《小
序》美刺。（《朱子語類》卷八十，頁 2079）

又其爲說必使詩無一篇不爲美刺時君國政而作，固已不切於情性之
自然，而又拘於時世之先後，其或詩傳所載，當此之時，偶無賢君
美謚，則雖有詞之美者，亦例以爲陳古而刺今，是使讀者疑於當時
之人絕無善則稱君，過則稱己之意，而一不得志，則扼腕切齒，嘻
笑冷語，以懟其上者，所在而成群，是其輕躁險薄，尤有害於溫柔
敦厚之教。（《詩序辨說·柏舟》，卷上，頁 10）

《詩序》機械地以美刺時君國政的詮《詩》方式既不可信，朱熹認為只有去《序》言詩，回歸詩文，以詩言詩，直接就詩文來熟讀、涵詠、諷誦，才能正確地理解詩意，朱熹說：

> 《詩》本易明，只被前面《序》作梗。《序》出於漢儒，反亂《詩》本意。且只將四字成句底詩讀，卻自分曉。（《朱子語類》卷八十，頁 2074）

> 讀《詩》，且只將做今人做底詩看。或每日令人誦讀，卻從旁聽之。其話有未通者，略檢注解看，卻時時誦其本文，便見其語脈所在。（《朱子語類》卷八十，頁 2083）

> 今欲觀詩，不若且置《小序》及舊說，只將元詩虛心熟讀，徐徐玩味，候彷彿見箇詩人本意，卻從此推尋將去，方有感發。如人拾得一箇無題目詩，再三熟看，亦須辨得出來，若被舊說一局局定，便看不出。今雖說不用舊說，終被他先入在內，不期依舊從它去。（《朱子語類》卷八十，頁 2085）

> 某向作《詩解》，文字初用《小序》，至解不行處，亦曲為之說。後來覺得不安，第二次解者，雖存《小序》，間為辨破，然終是不見詩人本意。後來方知，只盡去《小序》，便自可通。於是盡滌舊說，詩意方活。（《朱子語類》卷八十，頁 2085）

> 須先去了《小序》。只將本文熟讀玩味，仍不可先看諸家注解，看得久之，自然認得此詩是說箇甚事。謂如拾得箇無題目詩，說此花既白又香，是盛寒開，必是梅花詩也。（《朱子語類》卷八十，頁 2085）

> 讀《詩》之法，只是熟讀涵味，自然和氣從胸中流出，其妙處不可得而言。不待安排措置，務自立說，只恁平讀者，意思自足。須是打疊得這心光蕩蕩地，不立一箇字，只管虛心讀他，少間推來推去，自然推出那箇道理。（《朱子語類》卷八十，頁 2086）

> 當時解《詩》時，且讀本文四五十遍，已得六七分。卻看諸人說與我意如何，大綱都得之，又讀三四十遍，則道理流通自得矣。（《朱子語類》卷八十，頁 2091）

> 讀《詩》惟是諷誦之功，上蔡亦云：「詩須是謳吟諷誦以得之。」熹舊時讀書，也只先去看許多注解，少間卻被惑亂，後來讀至半了，

卻只將詩來諷誦，至四五十過，已漸漸得詩之意，卻去看注解，便
覺減了五分以上工夫。更從而諷誦四五十過，則胸中豁然矣。(《詩
傳遺說》卷一，頁 10072)

須是先將那詩吟詠四五十遍了，方可看注。看了又吟詠三十四遍，
便意思自然融液浹洽，方有見處。(《詩傳遺說》卷一，頁 10076)

如《詩》、《易》之類，則爲先儒穿鑿所壞，使人不見當來立言本意。
此又是一種功夫，直是要人虛心平氣，本文之下打疊交空蕩蕩地，
不要留一字先儒舊說，莫問他是何人所說，所尊所親，所憎所惡，
一切莫問，而惟本文本意是求，則聖賢之指得矣。(《朱熹集》冊四，
卷四十八，〈答呂子約八〉，頁 2317～2318)

由上述所引諸條朱熹論《詩》的言說看來，朱熹其實只在指陳一個論點，即詮
釋《詩經》各篇的詩旨，須回歸到詩文的本身，透過詩文的反覆誦讀，吟詠玩
味，則詩旨自然可得。朱熹作《詩集傳》，依鄭樵撰作之例，將《詩序》置於卷
後，其意也在要讓讀者即詩求義，在虛心反覆閱讀詩文的過程中，去求得詩義
〔註 9〕。讀者倘拘囿《序》說，則必偏離詩旨。由於朱熹執持這種以詩言詩、
回歸詩文的詮《詩》方式，遂使得朱熹在詩旨的詮釋上，與《詩序》、毛《傳》、
鄭《箋》、《毛詩正義》所組構的漢學傳統有著極大的差異，茲就詩旨詮釋的差
異，詳述如下，以見朱熹的《詩經》學和《詩經》漢學傳統的異同。

1. 〈邶風・柏舟〉

汎彼柏舟，亦汎其流。耿耿不寐，如有隱憂。微我無酒，以敖以遊。
(一章)

我心匪鑒，不可以茹。亦有兄弟，不可以據。薄言往愬，逢彼之怒。
(二章)

我心匪石，不可轉也；我心匪席，不可卷也，威儀棣棣，不可選也。
(三章)

憂心悄悄，慍于群小；覯閔既多，受侮不少。靜言思之，寤辟有摽。
(四章)

〔註 9〕 朱熹謂：「舊曾有一老儒鄭漁仲更不信《小序》，只依古本與疊在後面，某今
亦只如此。令人虛心看正文，久之其義自見。蓋所謂《序》者，不解詩人本
意處甚多。」(《朱子語類》卷八十，頁 2068)

日居月諸，胡迭而微？心之憂矣，如匪澣衣。靜言思之，不能奮飛。
（五章）

〈柏舟〉一詩，《詩序》的詮釋是：

言仁而不遇也。衛頃公之時，仁人不遇，小人在側。（《詩疏》卷二
之一，頁74）

鄭玄箋釋《詩序》之意云：

不遇者，君不受己之志也。君近小人，則賢者見侵害。（同上）

《毛詩正義》疏釋《詩序》、鄭玄之意云：

《箋》以仁人不遇，嫌其不得進仕，故言「不遇者，君不受己之志」，
以言「亦汎其流」，明與小人並列也。言「不能奮飛」，是在位不忍
去也。《穀梁傳》曰：「遇者何？志相得。」是不得君志，亦爲不遇
也。二章云「薄言往愬，逢彼之怒」，是君不受己之志也。四章云「覯
閔既多，受侮不少」，是賢者見侵害也。（同上）

據此，《詩序》以爲〈柏舟〉一詩，是描寫仁者以小人在側，致使其不得志於
君之詩。《詩序》所謂的「君」，是指衛頃公。朱熹詮釋「柏舟」，與《詩序》
絕異，他說：

婦人不得於其夫，故以柏舟自比。言以柏爲舟，堅緻牢實，而不以
乘載，無所依薄，但汎然於水中而已。故其隱憂之深如此，非爲無
酒可以遨遊而解之也。《列女傳》以此爲婦人之詩，今考其辭氣卑順
柔弱，且居變風之首，而與下篇相類，豈亦莊姜之詩也歟？（《詩集
傳》卷二，頁15）

朱熹認爲〈柏舟〉是一首怨婦之詞。婦人透過漂浮在水流之中的柏舟，來比
擬自己的不得夫心，致無所依靠的處境。對於《詩序》的詮釋，朱熹在《詩
序辨說》中有強烈的批評：

詩之文意事類，可以思而得，其時世名氏，則不可以強而推。故凡
〈小序〉，唯詩文明白，直指其事，如〈甘棠〉、〈定中〉、〈南山〉、〈株
林〉之屬。若驗證的切，見於書史，如〈載馳〉、〈碩人〉、〈清人〉、
〈黃鳥〉之類，決爲可無疑者。其次，則詞旨大概可知必爲某事，
而不可知其的爲某時某人者，尚多有之。若爲〈小序〉者，姑以其
意，推尋探索，依約而言，則雖有所不知，亦不害其爲不自欺，雖
有未當，人亦當恕其所不及，今乃不然。不知其時者，必強以爲某

王、某公之時；不知其人者，必強以爲某甲、某乙之事。於是傅會
書史、依託名諡，鑿空妄語，以誑後人。其所以然者，特以恥其有
所不知，而唯恐人之不見信而已。且如〈柏舟〉，不知其出於婦人而
以爲男子；不知其不得於夫而以爲不遇於君，此則失矣！然有所不
及而不自欺，則亦未至於大害理也。今乃斷然以爲衛頃公之時，則
其故爲欺罔以誤後人之罪，不可揜矣！蓋其偶見此詩冠於三衛變風
之首，是以求之《春秋》之前，而《史記》所書莊、桓以上，衛之
諸君，事皆無可考者，諡亦無甚惡者。獨頃公有賂王請命之事，其
諡又爲甄心動懼之名，如漢諸侯王，必其嘗以罪謫，然後加以此諡，
以是意其必有棄賢用佞之失，而遂以此詩予之。若將以衒其多知而
必於取信，不知將有明者從旁觀之，則適所以暴其眞不知而啓其深
不信也。凡〈小序〉之失，以此推之，什得八九矣！又其爲説，必
使詩無一篇不爲美刺時君國政而作，固已不切於情性之自然。而又
拘於時世之先後，其或詩傳所載，當此之時，偶無賢君美諡，則雖
有詞之美者，亦例以爲陳古而刺今，是使讀者疑於當時之人絕無善
則稱君，過則稱己之意。而一不得志，則扼腕切齒，嘻笑冷語，以
懟其上者，所在而成群，是其輕躁險薄，尤有害於溫柔敦厚之教，
故予不可以不辨。(《詩序辨説》卷上，頁 10)

朱熹在此段長文中，由對《詩序》詮釋〈柏舟〉一詩的批評，進而更清楚、
整全地說明了他對《詩序》詮釋《詩經》的看法。朱熹認爲，《詩經》中各詩
的意旨，吾人大概可以就詩詞約略得之，至於每一首詩究竟由誰所作，它的
時代爲何，凡指涉到作者及時世的，都不可強作附會、以不知爲知。但通觀
《詩序》對於每一首詩的詮釋，除了由於「詩文明白，直指其事」的〈召南·
甘棠〉、〈鄘風·定之方中〉、〈齊風·南山〉、〈陳風·株林〉，及載籍有明確的
說明、記載，如〈鄘風·載馳〉、〈衛風·碩人〉、〈鄭風·清人〉、〈秦風·黃
鳥〉得以無誤之外，其他各詩的詮釋，凡《詩序》確指其人其事的，大抵都
是穿鑿附會。《詩序》所以能夠強不知其時，而以爲某王、某公之時；不知其
人，而強以爲某甲、某乙之事，它的方法即是「附會書史，依託名諡」。依據
載籍中所載諸王諸公的事跡，加上各王各公的諡號，來定其美刺、時世。以
〈邶風·柏舟〉爲例，朱熹指出此詩是婦人不得其夫之作，《詩序》的詮釋，
除了誤作仁者不遇於君之外，更強不知以爲知，斷然指陳〈柏舟〉作於衛頃

公之時，而《詩序》所以逕指〈柏舟〉作於衛頃公之時，即是由於《史記》中有「頃侯厚賂周夷王，夷王命衛爲侯。」(《史記·衛康叔世家》，《史記會注考證》卷三十七，頁601）的記載；所謂賂王請命之事。而頃公之前的衛之諸君在《史記》中並無記載，加上頃公有「頃」之惡諡，逐據此推測頃公必有棄賢用佞的過失，因此逕自將〈柏舟〉一詩，歸給頃公。除此之外，朱熹指出《詩序》好以美刺時君國政的角度來詮說《詩經》，必使詩無一篇不爲美刺時君國政而作，這種詮說的方式，完全忽視了詩之作乃本於感情的自然吟詠，初不爲了美刺時君國政而發。美刺說詩的體例既定，詩篇的時世在前者爲美，在後者爲刺，即使詩文中傳達出一種頌美之情，作《序》的人也因爲詩篇的時世及載籍中並無相關賢君美諡的記載，逐扭曲、背離詩文而謂爲「陳古而刺今」之作，朱熹以爲這些都詮釋的謬誤。

　　《詩序》說《詩》，好以美刺時君國政的角度來言說，又往往以具體的人物時世來詮解詩篇，視詩爲史，以史證詩。這種詮說的方式，除了忽視詩之作乃由於自然情性的謳吟以外，在詮釋的方法上，以史說詩，以史證詩，視詩爲史，更是對於詩、史在本質上的一種誤認。歷史的敘寫必以事實爲根據，沒有事實，歷史的意義便無法構成。詩歌則不然，詩人假象寓意，幻設無端，可以虛構，可以造境，初不必爲任何具體的歷史事實而發。因此，歷史須以眞實的史事作爲敘事的主軸，而詩之作，則主要在表現作者的主觀情志與心靈活動。詩、史既具有本質上的差異，而作《序》者無視於這種差異，在通經致用的目的下，沿承孟子「以意逆志」及「知人論世」之法，以具體的歷史事實，來進行《詩經》的說解，這當然會造成很大的錯誤。《詩經》中的詩篇年代久遠，人事湮滅，每一首詩究竟本事爲何、作意爲何，其實大都難以確知，而《詩序》的作者則宛然親見，言說鑿鑿，無怪乎朱熹以其爲穿鑿附會，呂思勉說：

　　古之詩，與後世之謠辭相似，其原多出勞人思婦，矢口所陳，或託物而起興，或感事而陳辭。其辭不必無所因，而既成之後，十口相傳，又不能無所改易。故必欲問詩之作者爲何人，其作之爲何事，不徒在後世不可得，即起古人於九原而問之，亦將茫然無以對。何也？其作者本不可知，至於何爲而作，則作者亦不自知也。三家說詩，知本義者極少，即由於此。今所傳〈小序〉，乃無一詩不知其何爲而作；而其所爲作，且無一不由於政治；幾若勞人思婦，無不知政治之得失者。夫古者謂陳詩可觀民風，抑且可知政治之得失者，

以風俗之善惡，與政治之得失相關也；非謂勞人思婦，無一不深知
政治，明乎其得失，且知其與風俗之關係也。所謂〈小雅〉譏己之
得失，其流及上也。〈雅〉且如此，而況於風。若如今之〈詩序〉，
則風雅何別焉？故今之〈詩序〉，不必問其所言者如何，但觀其詩之
皆能得其本義一端，即知其不可信矣。（《讀史札記·詩無作義》，頁
691）

《詩》之要者莫如風，風詩本於謠辭。謠辭作者本不能確指其人，
且往往增減離合，非復一人之作，更何從得作者之意？且即後世之
作詩者，亦有率然而成，不自知其作意云何者矣，而況於謠辭？然
使時代相近，則辭中寄慨之意，固人人可以得之。此初無待推求。
古代陳詩可觀民風由此。若其時代遙遠，則人之心思，社會之事物
全變，其意實無從推想。試問讀〈芣苢〉者，孰能知爲婦人傷夫有
惡疾之作乎？（〈辯梁任公陰陽五行說之來歷〉，《古史辨》第五冊下
編，頁 364）

詩之本事、作意，既已夐渺不可知，則後人在實際的詮《詩》時，應只做寬
泛的說解，而非如《詩序》以具體的歷史人事，強植入虛靈的詩歌中，致造
成穿鑿附會。朱熹從詩以吟詠情性而發，主張以詩言詩，又執持解詩當以寬
泛的說解爲主〔註10〕，遂使得朱熹在詩旨的訓釋、理解上，與《詩序》有了

───────────

〔註10〕 朱熹主張詮《詩》，當以寬泛的說解爲主，以避免無謂的穿鑿附會。除在《詩
序辨說·柏舟》中，曾對《詩序》「不知其時者，必強以爲某王某公之時；不
知其人者，必強以爲某甲某乙之事」的說詩，痛加詆摘之外，他認爲《詩經》
中「詞旨大概可知必爲某事，而不可知其的爲某時某人者，尚多有之」，說《詩》
的人，只要本諸詩文，略加推索，作寬泛的解說即可，所謂「姑以其意，推
尋探索，依約而言」，就能避免陷於穿鑿附會。《詩序》說《詩》不由此途，
動輒以具體的人事時世來說解，遂引起朱熹猛烈的抨擊。事實上，朱熹認爲
作爲上古詩歌代表的詩經，其所指涉的人事時世背景已難以究知，說《詩》
者只要順文立義，作寬泛的解說即可，如果說《詩》要坐實每一首詩的人事
時世，則必免不了要流於杜撰附會，《詩序》說《詩》令人不信，又爲人所詬
病者即以此，相關的言論甚多，如謂：「《詩》，纏說得密，便說他不著。……
他做《小序》，不會寬說，每篇便求一箇實事填塞了。他有尋得著底，猶自可
通；不然，便與詩相礙。」（《朱子語類》卷八十，頁 2072）、「《詩小序》不可
信。而今看《詩》，有《詩》中分明說是某人某事者，則可知。其他不曾說者，
而今但可知其說此等事而已。韓退之詩曰：『《春秋》書王法，不誅其人身。』」
（同上，頁 2072）、「《詩小序》全不可信。如何定知是美刺那人？詩人亦有意
思偶然而作者。」（同上，頁 2074）、「問：『《詩傳》盡撤去《小序》，何也？』

很大的差異。

2. 〈邶風・雄雉〉

雄雉于飛，泄泄其羽。我之懷矣，自詒伊阻。（一章）

雄雉于飛，下上其音。展矣君子，實勞我心。（二章）

瞻彼日月，悠悠我思。道之云遠，曷云能來？（三章）

百爾君子，不知德行。不忮不求，何用不臧！（四章）

〈雄雉〉一詩，《詩序》的詮釋是：

刺衛宣公也，淫亂不恤國事，軍旅數起，大夫久役，男女怨曠，國
人患之而作是詩。（《詩疏》卷二之二，頁86）

鄭玄箋釋《詩序》之意云：

淫亂者，荒放於妻妾，烝於夷姜之等。國人久處軍役之事，故男多
曠，女多怨也。男曠而苦其事，女怨而望其君子。（同上）

《毛詩正義》疏釋《詩序》、鄭玄之意云：

淫，謂色欲過度；亂，謂犯悖人倫，故言「荒放於妻妾」，以解淫也，
「烝於夷姜」，以解亂也。〈大司馬職〉曰：「外內亂，鳥獸行，則滅
之。」注引《王霸記》曰：「悖人倫，外內無以異於禽獸。」然則宣
公由上烝父妾，悖亂人倫，故謂之亂也。〈君子偕老〉、〈桑中〉皆云
「淫亂」者，謂宣公上烝夷姜，下納宣姜，公子頑通於君母，故皆
為亂也。（同上）

據此，《詩序》以為〈雄雉〉一詩是「刺衛宣公」之詩。由於宣公上烝庶母夷
姜，下奪太子伋之婦宣姜，淫亂悖倫，又屢屢有興動軍旅之事，導致大夫久
役，男曠女怨，所以國人作〈雄雉〉一詩來譏刺他。朱熹詮釋〈雄雉〉，不取
《詩序》「刺衛宣公」之說，而謂：

婦人以其君子從役於外，故言雄雉之飛舒緩自得如此，而我之所思

者，乃從役於外，而自遺阻隔也。（《詩集傳》卷二，頁19～20）

視〈雄雉〉為婦人思念久役在外的丈夫之詩。《詩序》的詮釋，明係以史證詩，
將宣公淫亂及軍旅數起的具體歷史事實，強植入虛靈的詩歌之上，宣公固有

曰：『《小序》如〈碩人〉、〈定之方中〉等，見於《左傳》者，自可無疑。若
其他刺詩無所據，多是世儒將他謚號不美者，挨就立名爾。……又如〈將仲
子〉，如何便見得是祭仲？某由此見得《小序》大故是後世陋儒所作。但既是
千百年已往之詩，今只見得大意便了，又何必要指實得其人姓名？於看《詩》
有何益也！』（同上，頁2078）

淫亂及屢動軍旅之事〔註 11〕，但從詩文的抒寫中，實看不出與此事有任何的關涉，朱熹謂：

> 《序》所謂「大夫久役，男女怨曠」者得之，但未有以見其爲宣公
> 之時與淫亂不恤國事之意耳，兼此詩亦婦人作，非國人之所爲也。
>
> （《詩序辨說‧雄雉》，卷上，頁 12）

也指陳了從詩文的敘述中，看不出有宣公淫亂及不恤國事的意思，但「大夫久役，男女怨曠」，則是可以從詩文中讀出此意。朱熹的詮釋所以和《詩序》有所差異，即在於一以史說詩，一以詩說詩，據詩文爲斷，不做過度、超出詩文的衍說。

3. 〈邶風‧谷風〉

> 習習谷風，以陰以雨，黽勉同心，不宜有怒，采葑采菲，無以下體？
> 德音莫違，及爾同死。（一章）
>
> 行道遲遲，中心有違。不遠伊邇，薄送我畿。誰謂荼苦？其甘如薺。
> 宴爾新昏，如兄如弟。（二章）
>
> 涇以渭濁，湜湜其沚。宴爾新昏，不我屑以。毋逝我梁，毋發我笱；
> 我躬不閱，遑恤我後！（三章）
>
> 就其深矣，方之舟之；就其淺矣，泳之游之。何有何亡？黽勉求之，
> 凡民有喪，匍匐救之。（四章）
>
> 不我能慉，反以我爲讎。既阻我德，賈用不售。昔育恐育鞠，及爾顛
> 覆。既生既育，比予于毒。（五章）
>
> 我有旨蓄。亦以御冬，宴爾新昏，以我御窮。有洸有潰，既詒我肄。

〔註 11〕 宣公上烝庶母夷姜，又強奪子媳宣姜以爲婦，所謂淫亂之事，於史有之，《左傳》桓公十六年謂：「初，衛宣公烝於夷姜，生急子，屬諸右公子。爲之娶於齊，而美，公取之。」（《春秋疏》卷七，頁 128）《史記‧衛康叔世家》亦載此事：「十八年，初，宣公愛夫人夷姜，夷姜生子伋，以爲太子，而令右公子傅之。右公子爲太子取齊女，未入室，而宣公見所欲爲太子婦者好，說而自取之，更爲太子取他女。」（《史記會注考證》卷三十七，頁 602）又宣公屢動軍旅之事，於史亦有之，陳奐謂：「《春秋》衛宣公於魯隱四年即位，明年，衛入郕，又與宋入鄭伐戴，又與陳、蔡從王伐鄭，又與齊、鄭伐魯，戰于郎，皆其軍旅事也。」（《詩毛氏傳疏》卷三，頁 93）胡承珙引姜氏《廣義》曰：「考《春秋》隱四年，宣即位。明年，衛入郕，又與宋入鄭伐戴。瓦屋之盟，及鄭平矣，又與陳蔡從王伐鄭。既爲鄭敗，又與齊鄭伐魯。魯桓求好，待於桃丘，弗遇，卒來戰於郎。前後以兵爲戲，故詩人託爲大夫久役，室家思念之辭，因以刺宣公也。」（《毛詩後箋》卷三，頁 168）

不念昔者，伊余來墍。（六章）

〈谷風〉一詩，《詩序》的詮釋是：

> 刺夫婦失道也。衛人化其上，淫於新昏，而棄其舊室，夫婦離絕，
> 國俗傷敗焉。（《詩疏》卷二之二，頁89）

鄭玄箋釋《詩序》「淫於新昏」云：「新昏者，新所與爲昏禮。」（同上）《毛詩正義》疏釋《詩序》之意云：

> 作〈谷風〉詩者，刺夫婦失其相與之道，以至於離絕。言衛人由化
> 效其上，故淫於新昏，而棄其舊室，是夫婦離絕，致令國俗傷敗焉。
> （同上）

據此，《詩序》以爲由於衛人受到在上位的風化的影響，而有淫於新昏、棄其舊室之舉，致使夫婦離絕、國俗傷敗，因此詩人作〈谷風〉一詩，來譏刺這種夫妻失道的現象。《詩序》所謂「衛人化其上」，恐即指衛宣公，由於宣公納伋之夫妻宣姜，而夷姜縊，有淫於新婚，棄其舊室的行爲，風化所及，導致衛民寖以成風，因有夫婦離絕的事〔註12〕。朱熹詮釋〈谷風〉，與《詩序》不同，他說：

> 婦人爲夫所棄，故作此詩，以敘其悲怨之情。（《詩集傳》卷二，頁
> 21）

視〈谷風〉爲棄婦之詩，其中抒露了婦人爲夫所棄的悲怨之情。在《詩序辨說》中，朱熹指出：「亦未有以見化其上之意。」（《詩序辨說·谷風》，卷上，頁12）《詩序》的詮釋，仍是採美刺時君國政的進路，認爲夫婦失道，乃是由於衛人化其上的結果，衛人夫婦失道既然是由於受到在上位的影響所致，則刺夫婦失道，實際上即有刺在上位者之意，但就詩言詩，詩中並無刺夫婦失道，或刺上位者之之意，朱熹以詩解詩，當然會對《詩序》「衛人化其上」提出批評，而在詩旨的詮解上，也自然會回歸到詩的本文之中，視其爲自述悲怨之情的棄婦詩。

4. 〈邶風·靜女〉

靜女其姝，俟我于城隅。愛而不見，搔首踟躕。（一章）
靜女其孌，貽我彤管；彤管有煒，說懌女美。（二章）

〔註12〕陳奐疏釋〈谷風·序〉之意云：「《左傳》稱衛宣公納子伋之妻，是爲宣姜，
　　　而夷姜縊，此淫新昏，棄舊室也。國人化之，遂成爲風俗。」（《詩毛氏傳疏》
　　　卷三，頁99）。

自牧歸荑，洵美且異。匪女之爲美，美人之貽。（三章）

〈靜女〉一詩，《詩序》的詮釋是：

刺時也。衛君無道，夫人無德。（《詩疏》卷二之三，頁 104）

鄭玄箋釋《詩序》之意云：

以君及夫人無道德，故陳靜女遺我以彤管之法德，如是可以易之爲
人君之配。（同上）

《毛詩正義》疏釋《詩序》之意云：

道、德一也，異其文耳。經三章皆是陳靜女之美，欲以易今夫人也，
庶輔贊於君，使之有道也。此直思得靜女以易夫人，非謂陳古也，
故經云「俟我」、「貽我」，皆非陳古之辭也。（同上）

據此，《詩序》以爲由於衛君無道、夫人無德，因此詩人敘寫貞靜有德之女，
希望能夠讓這位貞靜有德之女，來取代無德的夫人，以輔正國君，使其導之
於善。朱熹詮釋〈靜女〉，不取《序》說，認爲《詩序》的詮釋「全然不似詩
意。」（《詩序辨說·靜女》，卷上，頁 12），因謂〈靜女〉是：「此淫奔期會之
詩也。」（《詩集傳》卷二，頁 26）按：〈靜女〉一詩，衡文按義，顯爲一首描
寫男女愛悅、約期相會之詩〔註 13〕，詩人透過男子的口吻抒寫幽期密約的樂
趣，語言淺顯，形象生動，氣氛歡快，情趣盎然。《詩序》的詮釋，透過詩文，
實看不出有任何刺時、衛君無道、夫人無德之意。朱熹以詩解詩，順文立義，
看出了〈靜女〉是一首描寫男女期會之詩，但又採歐陽脩之說，視〈靜女〉
爲淫詩〔註 14〕。

〔註 13〕當代《詩經》研究的學者大都執持此說，如屈萬里謂：「此男女相悅之詩。」
（《詩經詮釋》，頁 76）裴普賢謂：「這是描述男女約期相會的情詩。」（《詩經
評註讀本》上，頁 164），王靜芝謂：「此男女期會之詩」（《詩經通釋》頁 111）
余培林謂：「此男女相悅之詩。」（《詩經正詁》正冊，頁 125）程俊英、蔣見
元謂：「這是一首男女約會的詩。」（《詩經注析》上冊，頁 115）

〔註 14〕歐陽脩嘗撰《詩本義》十四卷，針對《詩序》及毛《傳》、鄭《箋》的詮釋失
當、牴牾之處有所駁正，在〈靜女〉一詩的詮釋中，歐陽脩批評毛、鄭的釋
《詩》失當，云：「靜女之詩所以爲刺也，毛鄭之說皆以爲美，既非陳古以刺
今，又非思得賢女以配君子，直言衛國有正靜之女，其德可以配人君。考《序》
及詩，皆無此義。然則既失其大旨，而一篇之內隨事爲說，訓解不通者，不
足怪也。詩曰：『靜女其姝，俟我於城隅。愛而不見，搔首踟躕。』據文求義，
是言靜女有所待於城隅，不見而徬徨爾，其文顯而易明，灼然易見，而毛鄭
乃謂正靜之女，自防如城隅，則是舍其一章，但取『城』、『隅』二字以自申
其臆說爾。彤管不知爲何物，如毛鄭之說，則是女史所執，以書后妃群妾功

5. 〈鄘風‧桑中〉

　　爰采唐矣，沬之鄉矣。云誰之思？美孟姜矣。期我乎桑中，要我乎上
宮，送我乎淇之上矣。（一章）

　　爰采麥矣，沬之北矣。云誰之思？美孟弋矣。期我乎桑中，要我乎上
宮，送我乎淇之上矣。（二章）

　　爰采葑矣，沬之東矣。云誰之思，美孟庸矣。期我乎桑中，要我乎上
宮，送我乎淇之上矣。（三章）

　　〈桑中〉一詩，《詩序》的詮釋是：

　　〈桑中〉，刺奔也。衛之公室淫亂，男女相奔，至于世族在位，相竊
　　妻妾，期於幽遠，政散民流而不可止。（《詩疏》卷三之一，頁 113）

鄭玄《箋》釋《詩序》之意云：

　　衛之公室淫亂，謂宣惠之世，男女相奔，不待媒氏以禮會之也。世
　　族在位，取姜氏、弋氏、庸氏者也。竊，盜也。幽遠，謂桑中之野。
　　（同上）

《毛詩正義》疏釋《詩序》之意云：

　　作〈桑中〉詩者，刺男女淫亂而相奔也。由衛之公室淫亂之所化，
　　是故又使國中男女相奔，不待禮會而行之，雖至於世族在位為官者，
　　相竊其妻妾，而期於幽遠之處，而與之行淫。時既如此，即政教荒
　　散，世俗流移，淫亂成風而不可止，故刺之也。（同上）

據此，《詩序》以為〈桑中〉是譏刺衛俗淫亂，致男女相奔之詩。由於衛國公
室淫亂，風化所及，連世族在位為官者，也有淫奔的行為，淫風如此，表示
政教敗壞，所以詩人作〈桑中〉一詩來加以譏刺。朱熹詮釋〈桑中〉，不取《序》
說，而謂：

過之筆之赤管也。以謂女史所書是婦人之典法，彤管是書典法之筆，故云遺
以古人之法，何其迂也！……據《序》言：『〈靜女〉，刺時也。衛君無道，夫
人無德。』，謂宣公與二姜淫亂，國人化之，淫風大行，君臣上下、舉國之人
皆可刺而難於指名以遍舉，故曰：刺時者，謂時人皆可刺也。據此，乃是述
衛風俗男女淫奔之詩爾，以此求詩，則本義得矣。」（卷三，頁 9221～9222）
又說：「衛宣公既與二夫人烝淫為鳥獸之行，衛俗化之，禮義壞而淫風大行，
男女務以色相誘悅，務誇自道而不知為惡，雖幽靜難誘之女亦然，舉〈靜女〉
猶如此，則其他可知。……」（同上，頁 9222），歐陽脩視〈靜女〉為淫奔之
詩，為朱熹所採用，此意裴師普賢嘗提及，參《歐陽脩詩本義研究》，頁 28。

衛俗淫亂，世族在位，相竊妻妾。故此人自言將采唐於沬，而與其
所思之人相期會迎送如此也。（《詩集傳》卷三，頁 30）

此詩乃淫奔者所自作，《序》之首句以爲刺奔，誤矣！（《詩序辨說・
桑中》，卷上，頁 13）

視〈桑中〉爲淫詩，並批評《詩序》「刺奔」之說爲誤。朱熹所以視〈桑中〉
爲淫詩，乃本《禮記・樂記》而言說，朱熹在〈桑中〉篇末謂：

《樂記》曰：「鄭衛之音，亂世之音也。比於慢矣。桑間濮上之音，
亡國之音也。其政散，其民流，誣上行私而不可止也。」按：桑間
即此篇，故《小序》亦用《樂記》之語。」（《詩集傳》卷三，頁 30）

朱熹以爲《禮記・樂記》所說的「桑間濮上之音，亡國之音」，即〈鄘風・桑
中〉一詩。爲了更清楚地說明自己對於〈桑中〉是淫詩的看法，朱熹在《詩
序辨說》中曾撰一段長文來加以說明：

此詩乃淫奔者所自作，《序》之首句以爲刺奔，誤矣！其下云云者乃
復得之。《樂記》之說已略見本篇矣。而或者以爲「刺詩之體，固有
鋪陳其事，不加一辭，而閔惜懲創之意，自見於言外者，此類是也，
豈必譙讓質責然後爲刺也哉？」此說不然。夫詩之爲刺，固有不加
一辭而意自見者，〈清人〉、〈猗嗟〉之屬是已。然嘗試玩之，則其賦
之之人，猶在所賦之外，而詞意之間，猶有賓主之分也，豈有將欲
刺人之惡，乃反自爲彼人之言，以陷其身於所刺之中而不自知也哉？
其不然也明矣。又況此等之人安於爲惡，其於此等之詩，計其平日
固已自其口出而無慚矣，又何待吾之鋪陳而後始知其所爲之如此，
亦豈畏我之閔惜而遂幡然遽有懲創之心耶？以是爲刺，不惟無益，
殆恐不免於鼓之舞之，而反以勸其惡也。或者又曰：「詩三百篇皆雅
樂也，祭祀朝聘之所用也。桑間濮上之音，鄭衛之樂也，世俗之所
用也，雅鄭不同部，其來尚矣。且夫子答顏淵之問，於鄭聲亟欲放
而絕之，豈其刪詩，乃錄淫奔者之詞，而使之合奏於雅樂之中乎？」
亦不然也。雅者，二雅是也；鄭者，〈緇衣〉以下二十一篇是也。衛
者，〈邶〉、〈鄘〉、〈衛〉三十九篇是也。〈桑間〉，衛之一篇，〈桑中〉
之詩是也。〈二南〉、〈雅〉、〈頌〉，祭祀朝聘之所用也。鄭、衛、桑
濮，里巷狹邪之所歌也。夫子之於鄭衛，蓋深絕其聲，於樂以爲法，
而嚴立其詞；於詩以爲戒，如聖人固不語亂，而《春秋》所記，無

非亂臣賊子之事，蓋不如是，無以見當時風俗事變之實，而垂鑒戒
於後世，故不得已而存之，所謂道並行而不相悖者也。今不察此，
乃欲爲之諱其鄭衛桑濮之實，而文之以雅樂之名，又欲從而奏之宗
廟之中、朝廷之上，則未知其將以薦之何等之鬼神，用之何等之賓
客，而於聖人爲邦之法，又豈不爲陽守而陰判之耶？其亦誤矣！曰：
然則〈大序〉所謂「止乎禮義」，夫子所謂「思無邪」者，又何謂邪？
曰：〈大序〉指〈柏舟〉、〈綠衣〉、〈泉水〉、〈竹竿〉之屬而言，以爲
多出於此耳，非謂篇篇皆然，而〈桑中〉之類亦止乎禮義也。夫子
之言，正爲其有邪正美惡之雜，故特言此以明其皆可以懲惡勸善，
而使人得其性情之正耳。非以〈桑中〉之類，亦以無邪之思作之也。
曰：荀卿所謂「詩者，中聲之所止」，太史公亦謂三百篇者，夫子皆
絃歌之，以求合於韶武之音，何邪？曰：荀卿之言，固爲正經而發，
若史遷之説，則恐亦未足爲據也。豈有哇淫之曲，而可以強合於韶
武之音也邪？（卷上，頁 14）

朱熹在此段長文中指出幾點：其一，〈桑中〉一詩是淫詩，理由可在《禮記·
樂記》：「鄭衛之音，亂世之音也，比於慢矣！桑間濮上之音，亡國之音也。
其政散，其民流，誣上行私而不可止也。」這一段的記載中找到答案。其二，
《詩經》中確實有不加一辭，而自見有譏刺之意，像〈鄭風·清人〉、〈齊風·
猗嗟〉之類，但倘就詩文加以研析，可以發現刺淫之詩，在敘述上有主客之
分，作者乃站在第三者的角度上來陳述淫亂之事，而寄寓其譏刺之意，而非
如淫詩，作者乃以第一人稱、以我爲主體，來自述己身淫亂之事。若就〈桑
中〉一詩來看，詩文謂：「期我乎桑中，要我乎上宮，送我乎淇之上矣。」，
其中的我，乃是第一人稱，即是作者自述淫亂之詞，如果〈桑中〉一詩是刺
淫之作，朱熹認爲作者不應透過自述的方式，而使自己成爲譏刺的對象。〈桑
中〉的作者本爲淫邪之人，「安於爲惡」，詩中所陳述的詩詞，即是這些人平
常的慣用語，脫口而出，而不會有絲毫愧恥之意，如果視〈桑中〉爲刺淫之
詩，朱熹認爲反而更會助長淫奔之人爲惡。因此，〈桑中〉自當爲淫詩，其三，
孔子嘗欲放絕鄭聲，理由即在於鄭聲是「里巷狹邪之所歌」，情思不正，當予
放絕。但鄭詩雖多狹邪，孔子猶存錄之，原因就在於垂鑒戒於後世，這種情
形，正如孔子雖不語怪力亂神之事，但所作的《春秋》中多載亂臣賊子的事，
原因也在於垂鑒戒於後世，以爲後世法。朱熹這段長文，諸多論點辨難，皆

為其友呂祖謙而發，呂祖謙執持孔子「思無邪」之說，以為《詩經》中並無淫詩，〈桑中〉乃刺淫之詩；又以為《詩三百》篇皆為雅樂，用於祭祀朝聘，而桑間濮上之音、鄭衛之樂，則是俗樂，二者並不相同〔註15〕，朱熹皆一一辨難回應。淫詩與刺淫不但是朱呂齗齗爭論的焦點，更是《詩經》漢宋之學所以歧異之處的另一項論題。

　　〈桑中〉一詩，蓋為描寫男女相悅之詩，也是典型的里巷歌謠、男女相與詠歌的作品〔註16〕，《詩序》的詮釋，蓋據《左傳》、《禮記‧樂記》而言說〔註17〕，仍是採美刺時君國政的進路。朱熹則以詩言詩，從詩文的涵詠中，

〔註15〕《詩序辨說‧桑中》所引「或者」，即指呂祖謙，呂祖謙執持「桑中」為刺淫之詩、《詩經》中並無淫詩、《詩經》皆為雅樂諸觀點，在《呂氏家塾讀詩記》卷五釋〈桑中〉中有詳細的說明，呂祖謙說：「〈桑中〉、〈溱洧〉諸篇，幾於勸矣，夫子取之何也？曰：詩之體不同，有直刺之者，〈新臺〉之類是也；有微諷之者，〈君子偕老〉之類是也；有鋪陳其事，不加一辭而意自見者，此類是也。或曰：後世狹邪之樂府，冒之以此詩之序，豈不可乎？曰：仲尼謂「《詩三百》，一言以蔽之，曰『思無邪』。」詩人以無邪之思作之，學者亦以無邪之思觀之，閔惜懲創之意，隱然自見於言外矣。或曰：《樂記》所謂「桑間、濮上之音」，安知非即此篇乎？曰：詩，雅樂也，祭祀、朝聘之所用也。桑間、濮上之音，鄭衛之樂也，世俗所用也。雅、鄭不同部，其來尚矣。戰國之際，魏文侯與子夏言古樂、新樂，齊宣王與孟子言古樂、今樂，蓋皆別而言之。雖今之世，太常、教坊各有司局，初不相亂；況上而春秋之世，寧有編鄭、衛樂曲於雅音中之理乎？〈桑中〉、〈溱洧〉諸篇作於周道之衰，其聲雖已降於煩促，而猶止於中聲，荀卿獨能知之。其辭雖近於諷一勸百，然猶止於禮義，〈大序〉獨能知之。仲尼錄之於經，所以謹世變之始也。借使仲尼之前，雅、鄭果嘗龐雜，自衛反魯正樂之時，所當正者無大於此矣。唐明皇令胡部與鄭、衛之聲合奏，談俗樂者尚非之，曾謂仲尼反使雅、鄭合奏乎？《論語》答顏子之問，迺孔子治天下之大綱也。於鄭聲亟欲放之，豈有刪詩示萬世，反收鄭聲以備六藝乎？」（《呂氏家塾讀詩記》卷五，頁390）

〔註16〕當代研究《詩經》的學者，大都以〈桑中〉為男女相悅之詩，屈萬里謂：「此男女相悅之詩。」（《詩經詮釋》，頁88）、裴普賢謂：「這是一句問，一句答的對口山歌，三章最後相同的三句，是眾聲齊唱的和聲，正是里巷歌謠男女相與詠歌的樣品。」（《詩經評注讀本》上冊，頁183）王靜芝謂：「此當時流行之戀歌，以男女期會為題材者也。」（《詩經通釋》，頁123）、余培林謂：「此男女相悅之詩也。」（《詩經正詁》上冊，頁140）、程俊英、蔣見元謂：「這是一首男子抒寫和情人幽期密約的詩。」（《詩經注析》上冊，頁131）

〔註17〕姚際恒云：「小序謂『刺奔』，是。大序謂『男女相奔，至于世族在位，相竊妻妾，期于幽遠，政散、民流而不可止』。按《左傳》成二年：『巫臣盡室以行，申叔跪遇之曰：夫子有三軍之懼而又有「桑中」之喜，宜將竊妻以逃者也。』《大序》本之為說。傳所言『桑中』固是此詩，然傳因巫臣之事而引此詩，豈可反據巫臣之事以說此詩，大是可笑。其曰『政散、民流而不可止』，

讀出〈桑中〉一詩的內容表現出「放蕩流連」之情，而文辭之間則體現出「淫者相戲」的意味﹝註18﹞，加上《禮記‧樂記》有「桑間濮上之音，亡國之音。」之文的佐證，遂定〈桑中〉爲淫詩。

6.〈衛風‧考槃〉

考槃在澗，碩人之寬。獨寐寤言，永矢弗諼。（一章）

考槃在阿，碩人之薖。獨寐寤歌，永矢弗過。（二章）

考槃在陸，碩人之軸。獨寐寤宿，永矢弗告。（三章）

〈考槃〉一詩，《詩序》的詮釋是：

刺莊公也。不能繼先公之業，使賢者退而窮處。（《詩疏》卷三之二，頁 128）

《詩序》之意，《毛詩正義》有所闡釋：

作〈考槃〉詩者，刺莊公也。刺其不能繼其先君武公之業，修德任賢，乃使賢者退而終處於澗阿，故刺之。（同上）

據此，《詩序》以爲〈考槃〉一詩的主旨在「刺莊公」。由於莊公不能承繼先君武公修德任賢之業，使得賢者退而終處於澗阿之間，因此詩人作〈考槃〉一詩來譏刺他。朱熹詮釋〈考槃〉，不取《序》說，而謂：

詩人美賢者隱處澗谷之間，而碩大寬廣，無戚戚之意，雖獨寐而寤言，猶自誓不忘此樂也。（卷三，頁 35）

視〈考槃〉爲一首讚美賢者隱處澗谷之間而自得其樂的詩。在《詩序辨說》中，朱熹更進一步說明自己的觀點，並批評《詩序》、鄭玄釋《詩》的錯誤，他說：

此爲美賢者窮處而能安其樂之詩。文意甚明，然詩文未有見棄於君之意，則亦不得爲刺莊公矣！《序》蓋失之而未有害於義也。至於鄭氏遂有「誓不忘君之惡，誓不過君之朝，誓不告君以善」之說，

亦本《樂記》語。按《樂記》云：『鄭、衛之音，亂世之音也，比于慢矣。桑間、濮上之音，亡國之音也，其政散，其民流，誣上、行私而不可止也。』『桑間』，亦即指此詩。『濮上』，用《史記》衛靈公至濮水，聞琴聲，師曠謂紂亡國之音事，故以爲「亡國之音」。其實此詩在宣、惠之世，國未嘗亡也，故曰「其政散」云云。《樂記》之文組合二者爲一處，本屬亂拈，不可爲據。今《大序》又用《樂記》，尤不可據。朱仲晦但知執《序》用《樂記》之說，便謂『桑間』即此詩，並不詳其源委若何，故及之。」（《詩經通論》卷四，頁 104）

﹝註18﹞ 朱熹云：「〈桑中〉之詩放蕩流連，止是淫者相戲之辭，豈有刺人之惡，而反自陷於流蕩之中。」（《朱子語類》卷八十，頁 2075）

則其害義又有甚焉。於是程子易其訓詁,以爲「陳其不能忘君之意,陳其不得過君之朝,陳其不得告君以善」,則其意忠厚而和平矣!然未知鄭氏之失生於《序》文之誤,若但直據詩詞,則與其君初不相涉也。(卷上,頁 15)

朱熹認爲就〈考槃〉一詩的文意看來,其意旨非常清楚,即在讚美賢者窮處而能自得其樂的詩。詩中並沒有爲君所棄之意,因此《詩序》所謂「刺莊公」之說自然是錯誤的。由於過度尊信《詩序》的詮釋之故,因此,鄭玄釋《詩》才會有「誓不忘君之惡」、「誓不過君之朝」、「誓不告君以善」這種大害君臣之義的言說〔註19〕,而程子雖然改易訓詁,因詮釋爲「陳其不能忘君之意」、「陳其不得過君之朝」、「陳其不得告君以善」〔註20〕,在說解上有了忠厚和平之意,但程子並不知鄭玄釋《詩》之誤,乃源於依《序》解《詩》之故,朱熹認爲說《詩》者只要直據詩詞,一以詩文爲斷,那麼,在詮《詩》時,就不會無謂地牽扯到與詩文無關的國君身上了。〈考槃〉一詩,《詩序》、朱熹的詮釋迥異,一以爲刺,一以爲美,其間的差異仍是《詩序》採取「美刺時君國政」的進路,初不顧及詩文的本然之意,而朱熹則從詩文的涵詠誦讀中,讀出了讚美賢者窮處安樂之意,「但直據詩詞」,以詩言詩,仍是朱熹釋《詩》,所以有異於《詩序》的關鍵。

7.〈衛風‧氓〉

氓之蚩蚩,抱布貿絲。匪來貿絲,來即我謀。送子涉淇,至于頓丘。匪我愆期,子無良媒。將子無怒,秋以爲期。(一章)

乘彼垝垣,以望復關。不見復關,泣涕漣漣,既見復關,載笑載言。

〔註19〕 鄭玄釋〈考槃〉首章:「獨寐寤言,永矢弗諼。」云:「寤,覺。永,長。矢,誓。諼,忘也。在澗獨寐,覺而獨言,長自誓以不忘君之惡,志在窮處,故云然。」(《詩疏》卷三之二,頁 128);釋二章「獨寐寤歌,永矢弗過。」云:「弗過者,不復入君之朝也。」(同上);釋三章「獨寐寤宿,永矢弗告。」云:「不復告君以善道。」(同上,頁 129)

〔註20〕 程氏說見《呂氏家塾讀詩記》引:「程氏曰:〈考槃〉,觀其名已可見君子之心處之以安,知天下決然不可復爲,雖然如此,退處至于其心寤寐間不忘君。」(卷六,頁 399)、「程氏曰:賢者之退,窮處澗谷間,雖德體寬裕而心在朝廷,寤寐不能忘懷,深念其不得以善道告君,故陳其由也。」(同上)又見《二程集‧河南程氏經說》之釋〈考槃〉:「賢者之退,窮處澗谷間,雖德體寬裕,而心在朝廷,寤寐不能忘懷,深念其不得以善道告君,故陳其由也。」(卷三,頁 1055)

爾卜爾筮，體無咎言。以爾車來，以我賄遷。（二章）

桑之未落，其葉沃若。于嗟鳩兮，無食桑葚。于嗟女兮，無與士耽。

士之耽兮，猶可說也；女之耽兮，不可說也。（三章）

桑之落矣，其黃而隕。自我徂爾，三歲食貧。淇水湯湯，漸車帷裳。

女也不爽，士貳其行。士也罔極，二三其德。（四章）

三歲為婦，靡室勞矣。夙興夜寐，靡有朝矣。言既遂矣，至于暴矣。

兄弟不知，咥其笑矣。靜言思之，躬自悼矣。（五章）

及爾偕老，老使我怨。淇則有岸，隰則有泮。總角之宴，言笑晏晏，

信誓旦旦。不思其反。反是不思，亦已焉哉！（六章）

〈氓〉一詩，《詩序》的詮釋是：

> 〈氓〉，刺時也。宣公之時，禮義消亡，淫風大行，男女無別，遂相
> 奔誘。華落色衰，復相棄背。或乃困而自悔，喪其妃耦，故序其事
> 以風焉。美反正，刺淫泆也。（《詩疏》卷三之三，頁 134）

視〈氓〉為一首「刺淫泆」之詩。朱熹詮釋〈氓〉，不取《序》說，而謂：「此
淫婦為人所棄，而自敘其事，以道其悔恨之意也。」（《詩集傳》卷三，頁 37）
視〈氓〉為一首淫婦自作，以述其悔恨的淫詩。在《詩序辨說》中並對《詩
序》「刺時」、「刺淫泆」之說提出批評：

> 此非刺時，宣公未有考。「故序其事」以下亦非是。其曰：「美反正」
> 者，尤無理。（《詩序辨說》卷上，頁 15）

朱熹認為《詩序》「刺時」、「刺淫泆」之說，皆非詩意，《詩序》又逕指〈氓〉
詩的寫作背景，乃在宣公之時，朱熹也認為此說沒有根據。《詩序》的詮釋，
仍是採美刺時君國政的進路，朱熹則以詩言詩，順文立義，唯受鄭衛多淫詩
觀念的影響，因定〈氓〉為淫詩。

8. 〈衛風；芄蘭〉

芄蘭之支，童子佩觿。雖則佩觿，能不我知。容兮遂兮，垂帶悸兮。

（一章）

芄蘭之葉，童子佩韘。雖則佩韘，能不我甲。容兮遂兮，垂帶悸兮。

（二章）

〈芄蘭〉一詩，《詩序》的詮釋是：

> 刺惠公也。驕而無禮，大夫刺之。（《詩疏》卷三之三，頁 137）

鄭玄箋釋《詩序》之意云：

> 惠公以幼童即位，自謂有才能而驕慢。於大臣但習威儀，不知爲政
> 以禮。（同上）

據此，《詩序》以爲〈芄蘭〉是譏刺惠公之詩。由於惠公以幼童即位，自認有才能而驕慢，因此大夫作〈芄蘭〉之詩來譏刺他。朱熹詮釋〈芄蘭〉，不取《序》說，而謂：「此詩不知所謂，不敢強解。」（《詩集傳》卷三，頁16）以爲〈芄蘭〉一詩的意旨不明，因此僅略釋名物訓詁，而在詩旨的詮釋上並不敢強作解人。在《詩序辨說》中，朱熹指出：「此詩不可考，當闕。」（卷上，頁39）認爲〈芄蘭〉一詩的意旨難以究詰，當闕而不論，其意與《詩集傳》中所說：「此詩不知所謂，不敢強解。」同。〈芄蘭〉一詩的詩旨頗顯隱晦，《詩序》之說，可能是本《左傳》閔公二年：「初，惠公之即位也少。」杜預注：「蓋年十五六」（《春秋疏》卷十一，頁10）而來〔註21〕。朱熹在詩文的反覆誦讀中，讀不出有《詩序》所謂「刺惠公」云云之意，加上《詩序》之說並無他書可以佐證，爲了避免和《詩序》一樣，以不知爲知，強作解人，馴致附會書史，鑿空妄語，因此，在詩旨的詮釋上，採取了孔子所謂：「君子於其所不知，蓋闕如。」（《論語・子路》）的態度，不強作鑿說〔註22〕。

9.〈衛風・伯兮〉

> 伯兮朅兮，邦之桀兮。伯也執殳，爲王前驅。　（一章）
> 自伯之東，首如飛蓬。豈無膏沐？誰適爲容！　（二章）
> 其雨其雨？杲杲出日。願言思伯，甘心首疾。　（三章）
> 焉得諼草？言樹之背。願言思伯，使我心痗。　（四章）

〈伯兮〉一詩，《詩序》的詮釋是：

> 刺時也。言君子行役，爲王前驅，過時而不反焉。（《詩疏》卷三之
> 三，頁139）

〔註21〕 姚際恒指出：「《小序》謂『刺惠公』。按《左傳》云：『初，惠公之即位也少』，杜註云：『蓋年十五六』。《序》蓋本《傳》而意逆之耳；然未有以見其必然也。」（《詩經通論》卷四，頁123）

〔註22〕 關於朱熹以爲〈芄蘭〉一詩的詩旨當闕，輔廣有所說明：「〈牆有茨・傳〉謂宣公卒，惠公幼，而杜預又謂惠公即位時方十五六，則《小序》以此詩屬之惠公亦可，但他無所見，而詩文又不明言其所以，故先生直斷以爲『不知所謂』，『不敢強斷』，此闕疑之義，若必爲刺衛惠公，則便至有依託鑿空之失也。」（《詩童子問》卷二，頁328）

鄭玄箋釋《詩序》之意云：

> 衛宣公之時，蔡人、衛人、陳人從王伐鄭伯也。爲王前驅久，故家
> 人思之。（同上）

據此，《詩序》以爲〈伯兮〉是譏刺行役過時之作。由於衛宣公時，衛與陳國、
蔡國從王伐鄭，隨行的大夫以擔任周王的前驅，過時而不反，使得家人無限
的思念，因此詩人作〈伯兮〉一詩來譏刺這種情形。朱熹詮釋〈伯兮〉，不取
《序》說，而順之立義，謂：

> 婦人以夫久從征役而作是詩，言其君子之才之美如是，今方執殳而
> 爲王前驅也。（《詩集傳》卷三，頁 40，釋首章）

> 言我髮亂如此，非無膏沐可以爲容，所以不爲者，君子行役，無所
> 主而爲之故也。《傳》曰：「女爲悅己容。」（同上，釋二章）

> 冀其將雨，而果然日出，以比望其君子之歸而不歸也。是以不堪憂
> 思之苦，而寧甘心於首疾也。（同上，釋三章）

> 言焉得忘憂之草樹於北堂，以忘吾憂乎，然終不忍忘也。是以寧不
> 求此草，而但願言思伯，雖至於心痗而不辭爾。心痗則其病益深，
> 非特首疾而已也。（同上，釋四章）

視〈伯兮〉爲丈夫久役而其婦思念之詩。並對《詩序》、鄭玄之說提出批評：

> 舊說以詩有「爲王前驅」之文，遂以此爲《春秋》所書從王伐鄭之
> 事。然詩又言「自伯之東」，則鄭在衛西，不得爲此行矣！《序》言
> 「爲王前驅」，蓋用詩文，然似未識其文意也。（《詩序辨說》卷上，
> 頁 16）

朱熹認爲鄭玄據詩文「爲王前驅」之句，因即以爲是《春秋》桓公五年所載：
「秋，蔡人、衛人、陳人從王伐鄭。」（《春秋疏》卷六，頁 105）之事，朱熹
指出，就地理位置而言，鄭國在衛國的西方，〈伯兮〉一詩，倘如鄭玄所說是
桓公五年從王伐鄭之事，則詩文中所謂「自伯之東」，將與事實不符，由此可
見鄭玄之說不確〔註23〕。《詩序》之說，仍是例以美刺時君國政的進路，鄭玄

〔註23〕 「鄭在衛西」，而詩文又謂「自伯之東」，遂使得鄭玄以《春秋》桓公五年所
　　　　載：「秋、蔡人、衛人、陳人從王伐鄭。」一事來坐實〈伯兮〉一詩的本事，
　　　　顯得枘鑿，《毛詩正義》有見於此，遂曲解爲：「此時從王伐鄭，鄭在衛之西
　　　　南，而言東者，時蔡、衛、陳三國從王伐鄭，則兵至京師乃東行伐鄭也。」（《詩
　　　　疏》卷三之三，頁 140）關於鄭玄以《春秋》桓公五年衛、蔡、陳從王伐鄭之

之說則一如《序》說，以史證詩，朱熹則順文立義，以詩言詩，二者的差異在此。

10.〈衛風・木瓜〉

> 投我以木瓜，報之以瓊琚。匪報也，永以爲好也。（一章）
> 投我以木桃，報之以瓊瑤。匪報也，永以爲好也。（二章）
> 投我以木李，報之以瓊玖。匪報也，永以爲好也。（三章）

〈木瓜〉一詩，《詩序》的詮釋是：

> 〈木瓜〉，美齊桓公也。衛國有狄人之敗，出處于漕，齊桓公救而封之，遺之車貿器服焉。衛人思之，欲厚報之而作是詩也。（《詩疏》卷三之三，頁141）

《詩序》之意，《毛詩正義》有所疏釋：

> 有狄之敗，懿公時也。至戴公，爲宋桓公迎而立之，出處於漕，後即爲齊公子無虧所救。戴公卒，文公立，齊桓公又城楚丘以封之。則戴也、文也，皆爲齊所救而封之也。下總言遺之車馬器服，則二公皆爲齊所遺。《左傳》「齊侯使公子無虧帥車三百乘以戍漕。歸公乘馬、祭服五稱、牛羊豕雞狗皆三百，與門材。歸夫人魚軒、重錦三十兩。」是遺戴公也。《外傳・齊語》曰：「衛人出廬於漕，桓公城楚丘以封之，其畜散而無育，齊桓公與之繫馬三百」，是遺文公也。（《詩疏》卷三之三，頁141）

據此，《詩序》以爲〈木瓜〉是衛人所作，以讚美齊桓公之詩。由於齊桓公嘗救封衛國，並贈以車馬器服，衛人感念齊桓公之德，因作〈木瓜〉一詩，來表露心中欲厚報齊桓公之情。《詩序》的詮釋，蓋自《左傳》閔公二年的記載附會而

事，來坐實〈伯兮〉一詩的本事的不當，崔述有精闢的說明：「〈伯兮〉一篇，鄭氏以爲即《春秋》桓五年蔡人、衛人、陳人從王伐鄭之事。朱子云：『詩言『自伯之東』，鄭在衛西，不得爲此行矣。』（衛未渡河以前，鄭在衛南，『西』字疑誤。）其說是也。乃孔氏《正義》復曲爲之解，言『兵至京師，乃東行伐鄭。』京師在衛之西數百餘里，豈得置西不言而反言東，天下有如是不通之文理乎？況諸侯之師從王伐鄭，必有約會之地，斷無至周而後東行之理。觀《春秋傳》諸侯會晉伐鄭，從未有至晉而後南行者，其說之誣，亦已明矣。蓋自平王之東四十有九年而後入春秋，其時王室尚未甚微，安知其無征伐之事。而外征伐之不書於魯史之策者亦多，豈得見有桓王伐鄭一事，遂紆曲牽合以附會之哉！」（《讀風偶識》卷二，頁33～34）

來，姚際恒、崔述俱有所辨正〔註24〕。朱熹的詮釋，不取《序》說，而謂

> 言人有贈我以微物，我當報之以重寶，而猶未足以爲報也，但欲其
> 長以爲好而不忘耳。疑亦男女相贈答之詞，如〈靜女〉之類。（《詩
> 集傳》卷三，頁 41）

順文立義，以爲〈木瓜〉抒寫人若以微物贈我，則我當以重寶來回報，希望
永結情好之意。但朱熹懷疑〈木瓜〉是男女間相互贈答之詞，就如〈靜女〉
一詩所描寫的「靜女其變，貽我彤管。彤管有煒，說懌女美。」、「自牧歸荑，
洵美且異，匪女之爲美，美人之貽。」一樣。朱熹視〈靜女〉爲淫詩，則〈木
瓜〉一詩，朱熹蓋亦視之爲淫詩〔註25〕。

11.〈王風・君子于役〉

〔註24〕對於《木瓜・序》的質疑，可以姚際恒、崔述爲代表。姚際恒云：「《小序》
謂『美齊桓公』；《大序》謂『齊桓救而封之，遺以車馬、器服焉，衛人思欲
厚報之而作是詩』。按此說不合者有四。衛被狄難，本未嘗滅，而桓公亦不過
爲之城楚丘及贈以車馬、器服而已；乃以爲美桓公之救而封之，一也。以是
爲衛君作與？衛文乘齊五子之亂而伐其喪，實爲背德，則必不作此詩。以爲
衛人作與？衛人，民也，何以力能報齊乎？二也。既曰桓公救而封之，則爲
再造之恩；乃僅以果實喻其所投之甚微，豈可謂之美桓公乎？三也，衛人始
終毫末未報齊，而遽自儗以重寶爲報，徒以空言妄自矜詡，又不應若是喪心，
四也，或知其不通，以爲詩人追思桓公，以諷衛人之背德，益迂。且詩中皆
綢繆和好之音，絕無諷背德意。」（《詩經通論》卷四，頁 129）崔述云：「天
下有詞明意顯，無待於解，而說者患其易知，必欲紆曲牽合，以爲別有意在。
此釋經之通病也，而於說《詩》尤甚。〈有狐〉、〈木瓜〉二詩豈非顯明易解者
乎！……木瓜之施輕，瓊琚之報重，猶以爲不足報而但以爲永好，其爲尋常
贈答之詩無疑。而《序》云『美齊桓也。衛處于漕，齊桓救而封之，遺之車
馬器服，衛人欲厚報之而作是詩。』夫齊桓存衛，其德厚矣，何以通篇無一
語及之，而但言木瓜之投？感人之德者固如是乎？且衛於齊有何報而乃自以
爲瓊琚也？漢周亞夫之子爲父治喪具，買甲楯五百被。廷尉責曰：『君侯欲反
邪？』亞夫曰：『臣所買器，乃葬器也，何謂反！』吏曰：『君侯縱不反地上，
即欲反地下耳。』世之說《詩》者，何以異此！蓋漢時風氣最尚鍛鍊，無論
治經治獄皆然，故曰『漢庭鍛鍊之獄。』獄之鍛鍊，含冤於當日者，已不可
勝數矣，經之鍛鍊，後人何爲而皆信之？」（《讀風偶識》卷二，頁 35）

〔註25〕關於朱熹視〈木瓜〉爲淫詩，輔廣有所說明：「有學者請於先生曰：『某於〈木
瓜〉詩反覆諷詠，但見其有忠厚之意而不見其有褻慢之情，《小序》以爲美齊
桓，恐非居後而揣度者所能及，或者其有所傳也。……先生以爲不然曰：『若
以此詩爲衛人欲報齊桓之詩，則齊桓之惠，何止於木瓜，而衛人實未嘗有一
物報之也。』愚謂以此言之，則《小序》之說，則亦傅會之失，實無所據。
而先生疑以爲男女相贈答之辭，如〈靜女〉之類者，則亦以衛風多淫亂之詩，
而疑其或然耳。」（《詩童子問》卷二，頁 329）

君子于役，不知其期；曷至哉！雞棲於塒；日之夕矣，羊牛下來。君
子于役，如之何勿思！（一章）

君子于役，不日不月；曷其有佸？雞棲于桀；日之夕矣，羊牛下括。
君子于役，苟無飢渴？（二章）

〈君子于役〉一詩，《詩序》的詮釋是：

〈君子于役〉，刺平王也。君子行役無期度，大夫思其危難以風焉。
（《詩疏》卷四之一，頁 148～149）

以〈君子于役〉為刺平王之詩。由於君子行役沒有期度，因此大夫作〈君子
于役〉一詩，來譏刺平王。朱熹不取《序》說，而謂：

大夫久役于外，其室家思而賦之曰：「君子行役，不知其還反之期，
且今亦何所至哉。雞則棲于塒矣，日則夕矣，羊牛則下來矣。是則
畜產出入，尚有旦暮之節，而行役之君子乃無休息之時，使我如何
而不思也哉？」（《詩集傳》卷四，頁 43）

君子行役之久，不可計以日月，而又不知其何時可以來會也。亦庶
幾其免於飢渴而已矣。此憂之深而思之切也。（同上，卷四，頁 43）

視〈君子于役〉為婦人思念久役在外的丈夫之詩。在《詩序辨說》中，朱熹
說：

此國人行役而室家念之之辭，《序》說誤矣！其曰：「刺平王」，亦未
有考。（《詩序辨說》卷上，頁 16）

再一次說明〈君子于役〉是「國人行役而室家念之之辭」，即婦人思念久役在
外的丈夫之詩。對於《詩序》的詮說，他認為是錯誤的，而《詩序》所謂「刺
平王」之說，他也認為並無其它證據可以來佐證。《詩序》的詮釋，仍是美刺
時君國政的進路，並非詩意〔註26〕。朱熹則以詩言詩，順文立義，因而與《詩
序》的詮釋有所差異。

12. 〈王風，葛藟〉

緜緜葛藟，在河之滸。終遠兄弟，謂他人父。謂他人父，亦莫我顧。
（一章）

〔註26〕關於〈君子于役·序〉並非詩意，王先謙嘗謂：「案：據詩文雞棲、日夕、羊
牛下來，乃室家相思之情，無僚友託諷之誼。所稱『君子』，妻謂其夫，《序》
說誤也。」（《詩三家義集疏》卷四，頁 318）顓諦。

縣縣葛藟，在河之涘。終遠兄弟，謂他人母。謂他人母，亦莫我有。
（二章）

縣縣葛藟，在河之漘。終遠兄弟，謂他人昆。謂他人昆，亦莫我聞。
（三章）

〈葛藟〉一詩，《詩序》的詮釋是：

王族刺平王也。周室道衰，棄其九族焉。（《詩疏》卷四之一，頁 152）

《詩序》之意，《毛詩正義》有所闡釋：

棄其九族者，不復以族食族燕之禮敘而親睦之，故王之族人作此詩
以刺王也。（同上）

據此，《詩序》以爲〈葛藟〉是王族譏刺平王之詩。由於平王對於宗族「不復
以族食族燕之禮敘而親睦之」，因此王族之人乃作〈葛藟〉一詩來譏刺他。朱
熹詮釋〈葛藟〉，不取《序》說，而謂：

世衰民散，有去其鄉里家族而流離失所者，作此詩以自歎。（《詩集
傳》卷四，頁 46）

視〈葛藟〉爲人在亂世之中，遠離鄉里家族，失去憑依，所作的哀歌。在《詩
序辨說》中，朱熹並批評《詩序》的詮說毫無根據，且所說又與詩中所傳達
出來的意旨不相類，他說：

《序》說未有據，詩意亦不類，說已見本篇。（《詩序辨說·葛藟》，
卷上，頁 17）

13. 〈王風·采葛〉

彼采葛兮。一日不見，如三月兮。（一章）
彼采蕭兮。一日不見，如三秋兮。（二章）
彼采艾兮，一日不見，如三歲兮。（三章）

〈采葛〉一詩，《詩序》的詮釋是：

懼讒也。（《詩疏》卷四之一，頁 153）

鄭玄箋釋《詩序》之意云：

桓王之時，政事不明，臣無大小使出者，則爲讒人所毀，故懼之。（同
上）

據此，《詩序》以爲〈采葛〉是桓王諸臣憂懼讒言之詩。朱熹詮釋〈采葛〉，
不取《序》說，而謂：

采葛所以爲絺綌，蓋淫奔者託以行也。故因以指其人，而言思念之深，未久而似久也。（《詩集傳》卷四，頁46）

視〈采葛〉爲淫奔之詩。朱熹何以視〈采葛〉爲淫奔之詩？在《詩序辨說》中他有進一步的說明：

此淫奔之詩。其篇與〈大車〉相屬，其事與「采唐」、「采葑」、「采麥」相似；其詞與鄭〈子衿〉正同，《序》說誤矣！（卷上，頁17）

據此，朱熹以爲〈采葛〉爲淫奔之詩，理由有三，其一，〈采葛〉一詩在篇次上與〈大車〉相連屬，其二，〈采葛〉一詩的內容與〈鄘風・桑中〉篇中所寫的「采唐」、「采葑」、「采麥」相似；其三，〈采葛〉中的詞句：「一日不見，如三月兮。」與〈鄭風・子衿〉的詞句正同，〈大車〉、〈桑中〉、〈子衿〉三詩都爲淫奔之詩，則〈采葛〉亦自應爲「淫奔之詩」，〈采葛〉既爲淫詩，則《詩序》的詮釋，顯然是錯誤的〔註27〕。

14. 〈王風・丘中有麻〉

丘中有麻，彼留子嗟。彼留子嗟，將其來施施。（一章）
丘中有麥，彼留子國。彼留子國，將其來食。（二章）
丘中有李，彼留之子。彼留之子，貽我佩玖。（三章）

〈丘中有麻〉一詩，《詩序》的詮釋是：

思賢也。莊王不明，賢人放逐，國人思之而作是詩也。（《詩疏》卷四之一，頁155）

視〈丘中有麻〉爲「思賢」之詩。由於莊王昏昧，闇於知人，使得賢人遭受放逐，國人對於這位賢人思念不已，遂作〈丘中有麻〉一詩來誌之。朱熹詮釋〈丘中有麻〉，與《詩序》絕異，謂：

婦人望其所與私者而不來，故疑丘中有麻之處，復有與之私而留之者，今安得其施施然而來乎？（《詩集傳》卷四，頁47）

此亦淫奔者之詞，其篇上屬〈大車〉，而語意不莊，非望賢之意，《序》

〔註27〕〈桑中〉、〈大車〉、〈子衿〉三詩，朱熹皆目之爲淫詩，朱熹詮釋〈桑中〉謂：「衛俗淫亂，世族在位，相竊妻妾。故此人自言將采唐於沫，而與其所思之人相期會迎送如此也。」（《詩集傳》卷三，頁30）、「此詩乃淫奔者所自作，《序》之首句，以爲刺奔，誤矣。」（《詩序辨說》卷上，頁13）；詮釋〈大車〉謂：「周衰，大夫猶有能以刑政治其私邑者，故淫奔者畏而歌之如此。」（《詩集傳》卷四，頁46）；詮釋〈子衿〉謂：「此亦淫奔之詩。」（同上，頁54）

亦誤矣！（《詩序辨說》卷上，頁 17）

視〈丘中有麻〉為淫奔之詩，而朱熹所以認定〈丘中有麻〉是淫奔之詩，理由有二，其一，〈丘中有麻〉的上篇是〈大車〉，二詩在篇次上相連屬，則主旨亦應有所連屬，其二，〈丘中有麻〉一詩的語意不夠莊重，並非思望賢人之意，而應是婦人思望淫夫之詞，據此，朱熹詮斷〈丘中有麻〉為淫奔之詩。

15. 〈鄭風‧將仲子〉

> 將仲子兮，無踰我里，無折我樹杞。豈敢愛之？畏我父母。仲可懷也；父母之言，亦可畏也。（一章）
>
> 將仲子兮，無踰我牆，無折我樹桑。豈敢愛之？畏我諸兄。仲可懷也；諸兄之言，亦可畏也。（二章）
>
> 將仲子兮，無踰我園，無折我樹檀。豈敢愛之？畏人之多言。仲可懷也；人之多言，亦可畏也。（三章）

〈將仲子〉一詩，《詩序》的詮釋是：

> 〈將仲子〉，刺莊公也，不勝其母，以害其弟，弟叔失道而公弗制，祭仲諫而公弗聽，小不忍，以致大亂焉。（《詩疏》卷四之二，頁 161）

鄭玄箋釋《詩序》之意云：

> 莊公之母，謂武姜，生莊公及弟叔段，段好勇而無禮，公不早為之所，而使驕慢。（同上）

《毛詩正義》疏釋《詩序》之意云：

> 作〈將仲子〉詩者，刺莊公也。公有弟名段，字叔，其母愛之，令莊公處之大都。莊公不能勝止其母，遂處段于大都，至使驕而作亂，終以害其親弟，是公之過也。此叔於未亂之前，失為弟之道，而公不禁制，令之奢僭。有臣祭仲者，諫公，令早為之所，而公不聽用，於事之小，不忍治之，以致大亂焉，故刺之。（同上，頁 161～162）

據此，《詩序》以為〈將仲子〉是譏刺鄭莊公之詩。由於莊公受圍於其母武姜，乃封弟共叔段於京城大都，共叔段日益驕慢，有叛國之心，而莊公都未加禁制，其間並有大臣祭仲勸諫莊公早為之圖，以防患於未然，莊公不聽，致引起日後共叔段驕慢亂國之事，詩人遂作〈將仲子〉一詩，來譏刺莊公。朱熹詮釋〈將仲子〉，不取《序》說，而援引鄭樵之說，視〈將仲子〉為淫奔之詩，朱熹說：

> 莆田鄭氏曰：「此淫奔者之辭。」（《詩集傳》卷四，頁 48）

事見《春秋傳》，然莆田鄭氏謂「此實淫奔之詩，無與於莊公、叔段
之事，《序》蓋失之，而說者又從而巧爲之說以實其事，誤亦甚矣！」
今從其說。（《詩序辨說》卷上，頁17～18）

《詩序》詮說〈將仲子〉一詩的本事，俱見於《左傳》隱公元年所述「鄭伯克
段于鄢」一節之中所說〔註28〕，明係附會書史，以史證詩，並非詩意〔註29〕。

〔註28〕　《左傳》隱公元年：「初，鄭武公娶于申，曰武姜，生莊公及共叔段。莊公寤
生，驚姜氏，故名曰寤生，遂惡之。愛共叔段，欲立之。亟請於武公，公弗
許。及莊公即位，爲之請制。公曰：『制，巖邑也，虢叔死焉。佗邑唯命』。
請京，使居之，謂之京城大叔。祭仲曰：『都，城過百雉，國之害也。先王之
制：大都，不過參國之一；中，五之一；小，九之一。今京不度，非制也，
君將不堪。』公曰：『姜氏欲之，焉辟害？』對曰：『姜氏何厭之有？不如早
爲之所，無使滋蔓！蔓，難圖也。蔓草猶不可除，況君之寵弟乎？』公曰：『多
行不義，必自斃，子姑待之。』既而大叔命西鄙、北鄙貳於己。公子呂曰：『國
不堪貳，君將若之何？欲與大叔，臣請事之，若弗與，則請除之，無生民心。』
公曰：『無庸，將自及。』大叔又收貳以爲己邑，至於廩延。子封曰：『可矣。
厚將得衆。』公曰：『不義，不暱。厚將崩。』大叔完聚，繕甲兵，具卒乘，
將襲鄭，夫人將啓之。公聞其期，曰：『可矣。』命子封帥車二百乘以伐京。
京叛大叔段。段入於鄢。公伐諸鄢。五月辛丑，大叔出奔共。書曰：『鄭伯克
段于鄢。』段不弟，故不言弟，如二君，故曰克，稱鄭伯，譏失教也。」（《春
秋疏》卷二，頁35～37）

〔註29〕　《詩序》詮釋〈將仲子〉明係附會自《左傳》隱公元年「鄭伯克段于鄢」之
事，此意姚際恒、崔述、王靜芝、滕志賢俱有說。姚際恒云：「〈小序〉謂『刺莊
公』。予謂就詩論詩，以意逆志，無論其爲鄭事也，淫詩也，其合者吾從之而
已。今按以此詩言鄭事多不合，以爲淫詩則合，吾安能不從之，而故爲強解
以不合此詩之旨耶！其曰『豈敢愛之』，語氣自承上『折杞』言。今以『無踰
我里，無折我樹杞』爲比，謂無與我家事，無害我兄弟也。以『豈敢愛之，
畏我父母』爲賦，謂我豈敢愛弟而不誅，以父母之故，故不爲也。然則豈有
比、賦相連爲辭之理乎！是『豈敢愛之』明接上文，謂『豈敢愛此杞』，不得
以爲比，昭然矣。且以『仲可懷』爲『祭仲之言可懷』，既必增『之言』二字，
非語氣，而『懷』字亦不穩切。諸家主此說者，嚴氏最爲委曲以求合，其曰：
『公非拒祭仲也，國人知公與祭仲有殺段之謀，乃反其意，設爲公拒祭仲之
辭之諷之。』又曰：『公未嘗有是言也，而詩人代公言之，若謂公縱不愛段，
獨不畏父母乎！蓋譎諫也。』如此爲辭，可謂迂折之甚矣。」（《詩經通論》
卷五，頁145）崔述云：「〈將仲子·序〉云：『刺莊公也。弟叔失道而公弗制；
祭仲諫而公弗聽。』鄭《箋》云『無踰我里』，喻言無干我親戚也。「無折我
樹杞」，喻言無傷害我兄弟也』。余按以『仲子』爲『祭仲』，則此乃莊公諭祭
仲之詞，不得反以爲刺莊公。至以『里』爲親戚，以『杞』爲兄弟，其取喻
亦不倫。且下既明言『父母』，『諸兄』矣，此又何爲託之里與杞乎？共叔，
莊公之母弟也。莊公方假仁義以欺人，將使人謂我不負弟而弟負我，今乃自
謂不敢愛弟，少自顧惜者不肯出語，而謂莊公肯言之乎！此爲勉強牽合，

朱熹詮釋〈將仲子〉，援引鄭樵之說，以為〈將仲子〉一詩無涉於《左傳》所載莊公、共叔段之事，而只是「淫奔之詩」，說《詩》者不察，以尊信《詩序》之故，又巧為之說，以坐實〈將仲子〉確為莊公、共叔段之事，錯誤更大。

16.〈鄭風・叔于田〉

叔于田，巷無居人。豈無居人？不如叔也！洵美且仁。（一章）
叔于狩，巷無飲酒，豈無飲酒？不如叔也！洵美且好。（二章）
叔適野，巷無服馬。豈無服馬？不如叔也！洵美且武。（三章）

〈叔于田〉一詩，《詩序》的詮釋是：

刺莊公也。叔處于京，繕甲治兵，以出于田，國人說而歸之。（《詩疏》卷四之二，頁162）

《毛詩正義》依《詩序》詮釋〈叔于田〉首章：「叔于田，巷無居人。豈無居人？不如叔也，洵美且仁。」云：

此皆悅叔之辭。時人言叔之往田獵也，里巷之內全似無復居人。豈可實無居人乎？有居人矣，但不如叔也信美好而且有仁德。國人注心於叔，悅之若此，而公不知禁，故刺之。（同上，頁163）

據此，《詩序》以〈叔于田〉是譏刺莊公之詩。由於段叔受封於京城，甚獲民心，國人藉〈叔于田〉一詩，來歌詠他既美好而又有仁德的風儀，段叔深受人民愛戴如此，而莊公並不知道要加以禁制、防範，因此，詩人一方面藉著〈叔于田〉來歌詠段叔美好的風姿，同時寄寓著譏刺莊公之意。朱熹詮釋〈叔于田〉，不取《詩序》「刺莊公」之說，而謂：

段不義而得眾，國人愛之，故作此詩。言叔出而田，則所居之巷，若無居人矣！非實無居人也，雖有而不如叔之美且仁，是以若無人耳。或疑此亦民間男女相說之詞也。（《詩集傳》卷四，頁48）

無待問者。朱子駁之，是已。」（《崔東壁遺書・讀風偶識》卷三，頁9）王靜芝云：「此詩因有『仲可懷也』、『畏我父母』之語，《詩序》乃引鄭莊公與弟叔段事，而以仲子為祭仲，以為畏我父母，是莊公不勝其母。乃指為刺莊公詩。然此詩與鄭莊公事多不能相合。」（《詩經通釋》，頁178）滕志賢云：「《詩序》以詩中之『仲』為祭仲，故牽合《左傳・隱公元年》鄭莊公克段史事，謂此詩乃刺莊公『小不忍以致大亂』，附會穿鑿，甚為可噱。今觀詩文，『仲可懷也，父母之言，亦可畏也。』為全詩主眼。故此詩當是寫一位熱戀中女子，面對家庭及社會壓力，內心之徬徨與苦惱。」（《新譯詩經讀本》（上），頁210～211）

國人之心貳於叔，而歌其田狩適野之事，初非以刺莊公，亦非說其出于田而後歸之也。或曰：段以國君貴弟受封大邑，有人民兵甲之眾，不得出居閭巷，下雜民伍，此詩恐亦民間男女相說之詞耳。（《詩序辨說》卷上，頁 18）

懷疑〈叔于田〉是民間男女相說之詞，與《詩序》的詮說絕異〔註30〕。

17.〈鄭風·羔裘〉

羔裘如濡，洵直且侯。彼其之子，舍命不渝。（一章）

羔裘豹飾，孔武有力。彼其之子，邦之司直。（二章）

羔裘晏兮，三英粲兮。彼其之子，邦之彥兮。（三章）

〈羔裘〉一詩，《詩序》的詮釋是：

刺朝也。言古之君子，以風其朝焉。（《詩疏》卷四之三，頁 168）

鄭玄箋釋《詩序》之意云：

〔註30〕朱熹詮釋《詩經》，如就他對於《詩序》的態度而言，是幾經轉折的。即早年詮解《詩經》，依《序》爲說，其後對於《詩序》有所懷疑，間爲辨破，終至揚棄《序》說，朱熹說：「某向作《詩》解，文字初用《小序》，至解不行處，亦曲爲之說。後來覺得不安，第二次解者，雖存《小序》，間爲辨破，然終是不見詩人本意。後來方知，又盡去《小序》，便自可通，於是盡滌舊說，詩意方活。」（《朱子語類》卷八十，頁 2085）朱熹早年依《序》解《詩》之說，可略見於《呂氏家塾讀詩記》中所引之「朱氏曰」，今人何澤恒、潘重規二位先生有所輯錄（分見〈朱子說詩先後異同條辨〉，《國立編譯館館刊》18 卷 1 期，1989 年 6 月，頁 195～223；〈朱子詩序舊說敘錄〉，新亞書院學術年利第九期，1967 年 9 月，頁 1～22）據束景南先生的研究，淳熙四年（1177）朱熹完成《詩集解》（按：《詩集解》應作《詩集傳》）尚依《序》解《詩》，間爲辨破，淳熙四年以後，態度開始轉折，從淳熙五年（1178）至淳熙十三年（1186），朱熹在《詩集傳》舊稿的基礎上，撰作《詩集傳》，前後三次增刪修改，而於淳熙十三年完成擺脫《詩序》釋《詩》體系束梏的《詩集傳》和《詩序辨說》，參朱熹作《詩集解》與《詩集傳考》，收錄於《朱熹佚文輯考》，鹽城、江蘇古籍出版社，1991 年 12 月，頁 660～674。其中《詩序辨說》撰作於《詩集傳》完成之後，乃針對《詩序》詮《詩》悖離詩意之處，逐一辨析指摘，可以這樣說，朱熹的《詩經》詮釋，必須要等到《詩序辨說》的完成，才能說：「標誌著《毛序》及其解《詩》體系眞正被他揚棄了。」（《朱子大傳》頁 752，福州：福建教育出版社，1992 年 10 月）《詩序》的釋《詩》體系既然要等到《詩序辨說》的完成，才得謂其已受到朱熹眞正地揚棄，那麼，凡欲判定朱熹所詮定的詩旨與《詩序》究竟有何異同，自須以《詩序辨說》中所作的詮釋爲主，本文判定朱熹詮釋〈叔于田〉的詩旨，即以《詩序辨說》中的詮說爲主。

言猶道也。鄭自莊公而賢者陵遲，朝無忠正之臣，故刺之。（同上）

《毛詩正義》疏釋《詩序》之意云：

作〈羔裘〉詩者，刺朝也。以莊公之朝無正直之臣，故作此詩，道
古之在朝君子，有德有力，故以風刺其今朝廷之人焉。經之所陳，
皆古君子之事也。此主刺朝廷之臣。朝無賢臣，是君之不明，亦所
以刺君也。（同上）

據此，《詩序》以爲〈羔裘〉是「刺朝」之詩。由於莊公之時，朝廷之中並無
正直賢良的臣子，因此詩人藉著陳述古代在朝有德有力的賢臣，來反刺當今
朝無賢臣的景象。朱熹詮釋〈羔裘〉，不取《序》說，而謂：

言此羔裘潤澤，毛順而美，彼服此者當生死之際，又能以身居其所
受之理而不可奪。蓋美其大夫之詞，然不知其所指矣！（《詩集傳》
卷四，頁 50）

視〈羔裘〉爲讚美大夫之詞。對於《詩序》的詮釋，他提出了批評：

《序》以變風不應有美，故以此爲言古以刺今之詩。今詳詩意，恐
未必然。且當時鄭之大夫如子皮、子產之徒，豈無可以當此詩者，
但今不可考耳。（《詩序辨說》卷上，頁 18）

朱熹指出《詩序》的詮釋，乃是依據「變風不應有美」的觀念而來，由於〈羔
裘〉屬於變風之詩，因此《詩序》便視爲「言古以刺今之詩」，但詳究詩意，《詩
序》之說恐誤。朱熹嘗謂《詩序》的詮釋「拘於時世之先後，其或詩傳所載，
當此之時，偶無賢君美諡，則雖有詞之美者，亦例以爲陳古而刺今」（《詩序辨
說》卷上，頁 10）《詩序》詮釋〈羔裘〉，蓋即如此，以美爲刺，以美詩爲陳古
以刺今之詩，宜乎爲朱熹所不取。

18.　〈鄭風・遵大路〉

遵大路兮，摻執子之袪兮。無我惡兮，不寁故也。（一章）
遵大路兮。摻執子之手兮。無我魗兮，不寁好也。（二章）

〈遵大路〉一詩，《詩序》的詮釋是：

思君子也。莊公失道，君子去之，國人思望焉。（《詩疏》卷四之三，
頁 168）

《毛詩正義》詮釋〈遵大路〉首章云：

國人思望君子，假說得見之狀，言己循彼大路之上兮，若見此君子

之人，我則攬執君子之衣袪兮。君子若忿我留之，我則謂之云：無
得於我之處怨惡我留兮，我乃以莊公不速於先君之道故也。言莊公
之意，不速於先君之道，不愛君子，令子去之，我以此固留子。（同
上）

據此，《詩序》以爲〈遵大路〉是國人思望君子之詩。由於莊公失卻先君重賢
之道，致使君子離去，因此詩人乃擬寫於道中見到君子，將攬執其衣袖，以
示留賢之意。朱熹詮釋〈遵大路〉，與《序》說不同，他說：

淫婦爲人所棄，故於其去也，攬其袪而留之曰：子無惡我而不留，
故舊不可以遽絕也。宋玉賦有「遵大路兮，攬子袪」之句，亦男女
相說之詞也。（《詩集傳》卷四，頁 51）

此亦淫亂之詩，《序》說誤矣！（《詩序辨說》卷上，頁 18）

視〈遵大路〉爲一首淫亂之詩。詩中敘述的即是「淫婦爲人所棄」的場景。在
淫人將要離淫婦而去的時候，淫婦在道上執其袖，苦苦哀求淫人勿棄她而去。
朱熹詮釋〈遵大路〉所以與《詩序》有異，原因蓋有二，其一，是受到「鄭聲
淫」的影響，由於孔子嘗言「鄭聲淫」、「放鄭聲」（《論語·衛靈公》）、「惡鄭聲
之亂雅樂」（《論語·陽貨》），使得朱熹認爲鄭詩多述男女淫亂之事〔註31〕，其
二，宋玉在〈登徒子好色賦〉中曾借秦章華大夫之口，敘及〈遵大路〉中之詩
句：「遵大路兮攬子袪」，章華大夫援引〈遵大路〉的詩句，置於〈登徒子好色

〔註31〕相關言論，屢見於《朱子語類》中，如：「某今看得〈鄭詩〉自〈叔于田〉等
詩之外，如〈狡童〉、〈子衿〉等篇，皆淫亂之詩，而說《詩》者誤以爲刺昭
公、刺學校廢耳。〈衛詩〉尚可，猶是男子戲婦人。〈鄭詩〉則不然，多是婦
人戲男子，所以聖人尤惡鄭聲也。」（《朱子語類》卷八十，頁 2068）、「『鄭聲
淫』，所以〈鄭詩〉多是淫佚之辭，〈狡童〉、〈將仲子〉之類是也。今喚做忽
與祭仲，與詩辭全不相似。」（同上，頁 2072）、「問：『〈讀詩記·序〉中雅、
鄭、邪、正之說未明。』曰：『向來看《詩》中〈鄭詩〉、〈邶〉、〈鄘〉、〈衛〉
詩，便是鄭衛之音，其詩大段邪淫。伯恭直以謂詩皆賢人所作，皆可歌之宗
廟，用之賓客，此甚不然！如國風中亦多有邪淫者。』（同上，頁 2090）、「許
多〈鄭風〉，只是孔子一言斷了曰：『鄭聲淫』」（同上，卷八十一，頁 2108）、
「聖人言『鄭聲淫』者，蓋鄭人之詩，多是言當時風俗男女淫奔，故有此等
語。」（同上，頁 2109）、「聖人云：『鄭聲淫』，蓋周衰，惟鄭國最爲淫俗，故
諸詩多是此事。」（同上）、「鄭、衛詩多是淫奔之詩。鄭詩如〈將仲子〉以下，
皆鄙俚之言，只是一時男女淫奔相誘之語。如〈桑中〉之詩云『衆散民流，
而不可止。』故〈樂記〉云：『桑間濮上之音，亡國之音也。其衆散，其民流，
誣上行私而不可止也。』鄭詩自〈緇衣〉之外，亦皆鄙俚，如『采蕭』、『采
艾』、『青衿』之類是也。故夫子『放鄭聲』」（《朱子語類》卷八十，頁 2078）

賦〉中的文章脈絡中，即為男女之詞，宋玉的時代較接近《詩經》的時代，所
以朱熹以為〈遵大路〉一詩的詩義當以此為正，朱熹所以不取〈遵大路·序〉
所謂「思君子」，並批評《詩序》所說是錯誤的即以此〔註32〕。

19.〈鄭風·女曰雞鳴〉

> 女曰：「雞鳴」。士曰：「昧旦」。「子興視夜」，「明星有爛。將翱將翔，
> 弋鳧與鴈」。（一章）
>
> 「弋言加之，與子宜之。宜言飲酒，與子偕老。琴瑟在御，莫不靜好。」
> （二章）
>
> 「知子之來之，雜佩以贈之。知子之順之，雜佩以問之。知子之好之，
> 雜佩以報之。」（三章）

〈女曰雞鳴〉一詩，《詩序》的詮釋是：

> 刺不說德也。陳古義以刺今不說德而好色也。（《詩疏》卷四之三，
> 頁169）

《詩序》之意，《毛詩正義》有所疏釋：

> 作〈女曰雞鳴〉詩者，刺不說德也。以莊公之時，朝廷之士不悅有
> 德之君子，故作此詩。陳古之賢士好德不好色之義，以刺今之朝廷
> 之人，有不悅賓客有德，而愛好美色者也。經之所陳，皆是古士之
> 義，好德不好色之事。以時人好色不好德，故首章先言古人不好美
> 色，下章乃言愛好有德，但主為不悅有德而作，故《序》指言『刺
> 不悅德也。』（同上）

據此，《詩序》以為〈女曰雞鳴〉是一首刺不悅德之詩。詩人藉著陳述古代賢
士好德不好色的道理，來譏刺當今朝廷中人（指莊公時）只好美色而不愛美
德的現象。朱熹詮釋〈女曰雞鳴〉，不取《序》說，而謂：

> 此詩人述賢夫婦相警戒之詞。言女曰雞鳴，以警其夫，而士曰昧旦，
> 則不止於雞鳴矣。婦人又語其夫曰：若是則子可以起而視夜之如何，
> 意者明星已出而爛然，則當翱翔而往，弋取鳧雁而歸矣。其相與警

〔註32〕關於此點，劉瑾曾有所說明：「愚按：宋玉〈登徒子好色賦〉曰：『鄭衛溱洧
之間，群女出桑，臣觀其麗者，因稱詩曰：遵大路兮攬子袪，贈以芳華辭甚
妙。』注云：『攬衣袖，欲與同歸。折芳誦詩，以贈遊女也。』《集傳》援此
為證者，蓋宋玉去此詩之時未遠，其所引用，當得詩人之本旨。彼為男語女
之詞，猶此詩為女語男之詞也。」（《詩傳通釋》卷四，頁398）

戒之言如此，則不留於宴昵之私可知矣。（《詩集傳》卷四，頁 51）

此亦未有以見其陳古刺今之意。（《詩序辨說》卷上，頁 18）

朱熹以爲〈女曰雞鳴〉是一首「述賢夫婦相警戒之詞」，其中並無《詩序》所謂的陳古以刺今之意。

20.〈鄭風・有女同車〉

有女同車，顏如舜華。將翱將翔，佩玉瓊琚。彼美孟姜，洵美且都。（一章）

有女同行，顏如舜英。將翱將翔，佩玉將將。彼美孟姜，德音不忘。（二章）

〈有女同車〉一詩，《詩序》的詮釋是：

〈有女同車〉，刺忽也。鄭人刺忽之不昏于齊。太子忽嘗有功于齊，齊侯請妻之，齊女賢而不取，卒以無大國之助，至於見逐，故國人刺之。（《詩疏》卷四之三，頁 170）

視〈有女同車〉爲譏刺鄭國太子忽（其後爲昭公）之詩。由於忽嘗帥師救齊、有功於齊，齊侯嘗欲將其女嫁給忽，但忽並未答應，以致最後由於沒有大國的援助而遭到棄逐，因而奔衛，詩人乃作詩來加以諷刺。《詩序》詮說〈有女同車〉一詩的本事，具見其於《左傳》桓公六年、及十一年的記載 [註33]。朱熹詮釋〈有女同車〉與《詩序》異，他懷疑也是「淫奔之詩」。朱熹說：

此疑亦淫奔之詩。言所與同車之女，其美如此，而又嘆之曰：彼美色之孟姜，信美矣而又都也。（《詩集傳》卷四，頁 52）

在《詩序辨說》中，則針對《詩序》「刺忽」之說加以批判，朱熹說：

按春秋傳：「齊侯欲以文姜妻鄭太子忽，忽辭。人問其故，忽曰：『人各有耦，齊大，非吾耦也。詩曰：『自求多福』，在我而已，大國何

〔註33〕《左傳》桓公六年：「公之未昏於齊也，齊侯欲以文姜妻鄭太子忽。太子忽辭，人問其故。太子曰：『人各有耦，齊大，非吾耦也。《詩云》：『自求多福』，在我而已，大國何爲？』君子曰：『善自爲謀』。及其敗戎師也，齊侯又請妻之，固辭，人問其故，太子曰：『無事於齊，吾猶不敢。今以君命奔齊之急，而受室以歸，是以師昏也。民其謂我何？』遂辭諸鄭伯。」（《春秋疏》卷六，頁112）、桓公十一年：「鄭昭公之敗北戎也，齊人將妻之。昭公辭。祭仲曰：『必取之。君多內寵，子無大援，將不立，三公子皆君也。』弗從。夏，鄭莊公卒。……秋九月丁亥，昭公奔衛。己亥，厲公立。」（《春秋疏》卷六，頁122～123）

爲？』其後北戎侵齊，鄭伯使忽帥師救之，敗戎師，齊侯又請妻之。
忽曰：『無事於齊，吾猶不敢，今以君命奔齊之急，而受室以歸，是
以師昏也。民其謂我何？』遂辭諸鄭伯。祭仲謂忽曰：『君多內寵，
子無大援，將不立。』忽又不聽，及即位，遂爲祭仲所逐。」此《序》
文所據以爲說者也。然以今考之，此詩未必爲忽而作，《序》者但見
「孟姜」二字，遂指以爲齊女而附之於忽耳。假如其說，則忽之辭
昏未爲不正而可刺，至其失國，則又特以勢孤援寡，不能自定，亦
未有可刺之罪也。《序》乃以爲國人作詩以刺之，其亦誤矣，後之讀
者又襲其誤，必欲鍛鍊羅織，文致其罪，而不肯赦，徒欲以徇說詩
者之謬，而不知其失是非之正，害義理之公，以亂聖經之本旨，而
壞學者之心術，故予不可以不辨。（《詩序辨說》卷上，頁 18～19）

朱熹指出《左傳》桓公六年的傳文「齊侯欲以文姜妻鄭太子忽……遂辭諸鄭伯」，
及桓公十一年的傳文「祭仲謂忽曰：君多內寵……遂爲祭仲所逐。」是《詩序》
據以爲說之處，他認爲〈有女同車〉一詩不是「刺忽」之作，《詩序》所以謂〈有
女同車〉一詩是刺忽之作，是從詩文「彼美孟姜」中的「孟姜」二字附會而來
的。〈有女同車〉一詩如果眞如《詩序》所說是由於忽辭昏，以致於見逐失國、
國人刺之之作，朱熹以爲不論就忽之辭昏或是失國，都不應遭到譏刺，因爲忽
之辭婚未必不恰當，忽之失國，也只是因爲「勢孤援寡」，也實無可刺；由於《詩
序》之謬說，致使後人沿襲《詩序》之誤，造成了「失是非之正」、「害義理之
公」、「亂聖經之本旨」、「壞學者之心術」等不良的後果，朱熹認爲這是他不得
不針對《詩序》的謬說來加以辨正，指摘的原因〔註34〕。

21. 〈鄭風·山有扶蘇〉

> 山有扶蘇，隰有荷華。不見子都，乃見狂且！（一章）
> 山有橋松，隰有游龍，不見子充，乃見狡童！（二章）

〔註34〕朱熹在《詩序辨說·有女同車》中指出「後之讀者又襲其誤，必欲鍛鍊羅織，
文致其罪，而不肯赦，徒欲以徇說《詩》者之謬」，輔廣嘗舉張南軒、呂祖謙
二人爲例：「《讀詩記》所載南軒先生說，蓋亦疑忽初無大惡，可爲國人所刺
者，但拘於《小序》，求其說而不得，故以爲國人之所以拳拳者，爲其立之正，
故憐其無助，而追咎其失大國之助而怨耳。至東萊先生之說，則不免委曲，
以成就其《序》之誤也。夫爲善有名而無情，遂至於無助而失國，則固亦可
憫，至以爲國人刺之，則亦非人情矣！況是詩但稱道孟姜之美而已，初不及
忽之事，則何以知其然也。」（《詩童子問》卷首，頁 285～286）

〈山有扶蘇〉一詩，《詩序》的詮釋是：

> 刺忽也。所美非美然。(《詩疏》卷四之三，頁 171)

鄭玄《箋》釋《詩序》之意云：

> 言忽所美之人，實非美人。(同上)

又《毛傳》、鄭《箋》詮釋〈山有扶蘇〉首章：「山有扶蘇，隰有荷華。」云：「興也。扶蘇，扶胥，小木也。荷華，扶渠也，其華菡萏。言高下大小各得其宜也。」(同上)、「興者，扶胥之木生於山，喻忽置不正之人於上位也。荷華生於隰，喻忽置有美德者於下位。此言其用臣顛倒，失其所也。」(同上)；詮釋〈山有扶蘇〉首章：「不見子都，乃見狂且。」云：「子都，世之美好者也。狂，狂人也。」(同上)、「人之好美色，不往覯子都，乃反往覯狂醜之人，以興好善不任用賢者，反任用小人，其意同。」(同上)《毛詩正義》疏釋《詩序》之意云：

> 毛以二章皆言用臣不得其宜。鄭以上章言用之失所，下章言養之失
> 所。《箋》、《傳》意雖小異，皆是所美非美人之事。(同上)

又疏釋《傳》、《箋》詮釋首章之意云。

> 毛以為山上有扶蘇之木，隰中有荷華之草，木生於山，草生於隰，
> 高下各得其宜，以喻君子在上，小人在下，亦是其宜。今忽置小人
> 於上位，置君子於下位，是山隰之不如也。忽之所愛，皆小人，
> 我適忽之朝上，觀其君臣，不見有美好之子閑習禮法者，乃唯見狂
> 醜之昭公耳。言臣無賢者，君又狂醜，故以刺之。鄭以高山喻上位，
> 下隰喻下位，言山上有扶蘇之小木，隰中有荷華之茂草，小木之處
> 高山，茂草之生下隰，喻忽置不正之人於上位，置美德之人於下位。
> 言忽用臣顛倒，失其所也。(同上)

據此，《詩序》以為〈山有扶蘇〉是刺忽之作。由於忽用人失當，「置小人於上位，置君子於下位」；「置不正之人於上位，置美德之人於下位」，用臣顛倒，因此詩人作〈山有扶蘇〉一詩來譏刺他。朱熹詮釋〈山有扶蘇〉，不取《序》說，而謂：

> 淫女戲其所私者曰：山則有扶蘇矣，隰則有荷華矣，今乃不見子都，
> 而見此狂人，何哉？(《詩集傳》卷四，頁 52)

> 此下四詩（按：即〈山有扶蘇〉、〈蘀兮〉、〈狡童〉、〈褰裳〉四詩）
> 及〈揚之水〉皆男女戲謔之詞，《序》之者不得其說，而例以為刺忽，

　　　殊無情理。（《詩序辨說》卷上，頁 19）

視〈山有扶蘇〉為「淫詩」、「男女戲謔之詞」，對於《詩序》循例將〈山有扶蘇〉及鄭風中諸多淫詩定為刺忽之作（按：《詩序》將〈鄭風〉中之〈有女同車〉、〈蘀兮〉、〈狡童〉、〈褰裳〉、〈揚之水〉俱定為「刺忽」之作），朱熹以為「殊無情理」。

22. 〈鄭風・蘀兮〉

　　　蘀兮蘀兮，風其吹女。叔兮伯兮，倡予和女。（一章）
　　　蘀兮蘀兮，風其漂女。叔兮伯兮，倡予要女。（二章）

　　〈蘀兮〉一詩，《詩序》的詮釋是：

　　　刺忽也。君弱臣強，不倡而和也。（《詩疏》卷四之三，頁 172）

鄭玄箋釋《詩序》之意云：

　　　不倡而和，君臣各失其禮，不相倡和。（同上）

毛《傳》、鄭《箋》詮釋〈蘀兮〉首章「蘀兮蘀兮，風其吹女。」云：「興也。……人臣待君倡而後和。」（同上）、「興者，風喻號令也。喻君有政教，臣乃行之。言此者，刺今不然。」（同上）；釋〈蘀兮〉首章「叔兮伯兮，倡予和女。」云：「叔、伯言群臣長幼也。君倡臣和也。」（同上）、「叔伯，群臣相謂也。群臣無其君而行，自以強弱相服。女倡矣，我則將和之。言此者，刺其自專也。」（同上）《毛詩正義》疏釋《傳》、《箋》之意云：

　　　詩人謂此蘀兮蘀兮，汝雖將墜於地，必待風其吹女，然後乃落，以
　　　興謂此臣兮臣兮，汝雖職當行政，必待君言倡發，然後乃和。汝鄭
　　　之諸臣，何故不待君倡而後和？又以君意責群臣，汝等叔兮伯兮，
　　　群臣長幼之等，倡者當是我君，和者當是汝臣，汝何不待我君倡而
　　　和乎？（同上）

據此，《詩序》為為〈蘀兮〉是「刺忽」之詩。由於君弱臣強，使得許多政令無法由國君：忽，來率先倡導，然後群臣再來相應和，反而是群臣自恃強力、自作主張，不待君倡而後和，因此，詩人乃作〈蘀兮〉一詩來加以譏刺。朱熹詮釋〈蘀兮〉，不取《序》說，而謂：

　　　此淫女之詞，言蘀兮蘀兮，則風將吹女矣。叔兮伯兮，則盍倡予，
　　　而予將和女矣。（《詩集傳》卷四，頁 52）
　　　見上。（《詩序辨說・蘀兮》，卷上，頁 19）

視〈蘀兮〉爲「淫女之詞」、「男女戲謔之詞」。

23.〈鄭風・狡童〉

> 彼狡童兮，不與我言兮。維子之故，使我不能餐兮。（一章）
> 彼狡童兮，不與我食兮。維子之故，使我不能息兮。（二章）

〈狡童〉一詩，《詩序》的詮釋是：

> 刺忽也。不能與賢人圖事，權臣擅命也。（《詩疏》卷四之三，頁 173）

鄭玄箋釋《詩序》之意云：

> 權臣擅命，祭仲專也。（同上）

《毛詩正義》疏釋《詩序》之意云：

> 擅命，謂專擅國之教命，有所號令，自以己意行之，不復諮白於君。鄭忽之臣有如此者，唯祭仲耳。桓十一年《左傳》稱：「祭仲爲公娶鄧曼，生昭公。故祭仲立之。」是忽之前立，祭仲專政也。其年，宋人誘祭仲而執之，使立突。祭仲逐忽立突，又專突之政，故十五年《傳》稱「祭仲專，鄭伯患之，使其婿雍糾殺之。祭仲殺雍糾，屬公奔蔡。」祭仲又迎昭公而復立。是忽之復立，祭仲又專。此當是忽復立時事也。（同上）

據此，《詩序》以爲〈狡童〉是「刺忽」之作。由於忽不能和賢人共謀國之大政，致使權臣祭仲得以專恣行事，因此詩人乃作〈狡童〉一詩來譏刺他。朱熹詮釋〈狡童〉，不取《序》說，而謂：

> 此亦淫女見絕而戲其人之詞。言悅己者眾，子雖見絕，未至於使我不能餐也。（《詩集傳》卷四，頁 53）

視〈狡童〉爲淫詩，在《詩序辨說》中更針對《詩序》「刺忽」之說，提出嚴正的批判：

> 昭公嘗爲鄭國之君而不幸失國，非有大惡，使其民疾之如寇讎也。況方刺其不能與賢人圖事，權臣擅命，則是公猶在位也，豈可忘其君臣之分而遽以狡童目之邪？且昭公之爲人柔懦疏闊，不可謂狡，即位之時，年已壯大，不可謂童，以是名之，殊不相似，而序於〈山有扶蘇〉所謂狡童者，方指昭公之所美，至於此篇，則遂移以指公之身焉，則其舛又甚而非詩之本旨明矣。大抵序者之於鄭詩，凡不得其說者，則舉而歸之於忽。文義一失，而其害於義理有不可勝言

者：一則使昭公無辜而被謗；二則使詩人脫其淫譴之實罪，而麗於
訕上悖理之虛惡；三則厚誣聖人刪述之意，以爲實賤昭公之守正，
而深與詩人之無禮於其君。凡此皆非小失，而後之說者猶或主之，
其論愈精，其害愈甚，學者不可以不察也。（《詩序辨說》卷上，頁
19～20）

朱熹認爲鄭昭公（即忽）不幸失國的事件，非罪大惡極，也不應使得人民視
其爲寇讎；再說《詩序》所謂刺其「不能與賢人圖事，權臣擅命」云云，顯
見詩作於昭公還在位之時，昭公既然還在位，詩人怎可忘了君臣之間的分際，
冒然地以狡童這樣輕蔑的稱呼來稱君？況且以「狡童」視昭公，亦名實不符。
《詩序》詮釋〈鄭風〉動輒歸罪於忽，朱熹以爲不但悖離詩義，而且犯了三
點嚴重的錯誤，第一，使得昭公無罪受謗，第二，使詩人免去作淫詩之罪，
第三，嚴重曲解了孔子刪述《詩經》的意思，使人認爲孔子以昭公持事端正
爲賤，而深美詩人無禮於其君。《詩序》詮說有此三點重大的缺失，而後代詮
說《詩經》的學者尚有依據其說而加以闡論的，朱熹認爲學者在《詩序》詮
說的基礎下來闡論，闡論愈精微，危害實愈大，這是要特別注意的。《詩序》
詮釋〈鄭風〉，有不少篇章皆以爲是刺忽之作，如〈遵大路〉、〈有女同車〉、〈山
有扶蘇〉、〈蘀兮〉、〈狡童〉等，朱熹都明指《序》說之誤，在《朱子語類》
中也不乏此種言論：

經書都被人說壞了，前後相仍不覺。且如〈狡童〉詩是《序》之妄，
安得當時人民敢指其君爲「狡童」！況忽之所爲，可謂之愚，何狡
之有？當是男女相怨之詩。（卷八十一，頁2108）

問：「〈狡童〉，刺忽也。」古注謂詩人以「狡童」指忽而言。………
曰：「如此解經，盡是《詩序》誤人。鄭忽如何做得狡童！若是狡童，
自會託婚大國，而借其助矣。謂之頑童可也。」（同上）

聖人言「鄭聲淫」者，蓋鄭人之詩，多是言當時風俗男女淫奔，故
有此等語。〈狡童〉，想說當時之人，非刺其君也。（同上，頁2108）

某今看得〈鄭詩〉自〈叔于田〉等詩之外，如〈狡童〉、〈子衿〉等
篇，皆淫亂之詩，而說《詩》者誤以爲刺昭公、刺學校廢耳。（同上，
卷八十，頁2086）

「鄭聲淫」，所以〈鄭詩〉多是淫佚之辭，〈狡童〉、〈將仲子〉之類
是也。今喚做忽與祭仲，與詩辭全不相似。（同上，頁2072）

因論詩，歷言〈小序〉大無義理，皆是後人杜撰，先後增益湊合而成。……其他變風諸詩，未必是刺者，皆以爲刺；未必是言此人，必傅會以爲此人。……〈有女同車〉等，皆以爲刺忽而作。鄭忽不娶齊女，其初亦是好底意思，但見後來失國，便將許多詩盡爲刺忽而作。考之於忽，所謂淫昏暴虐之類，皆無其實。至遂目爲「狡童」，豈詩人愛君之意？況其所以失國，正坐柔懦闇疏，亦何狡之有！（同上，頁 2075）

《小序》尤不可信，皆是後人託之，仍是不識義理，不曉事。如山東學究者，皆是取《左傳》、《史記》中所不取之君，隨其諡之美惡，有得惡諡，及《傳》中載其人之事者，凡一時惡詩，盡以歸之。最是鄭忽可憐，凡〈鄭風〉中惡詩皆以爲刺之。伯恭又欲主張《小序》，鍛鍊得鄭忽罪不勝誅。鄭忽卻不是狡，若是狡時，他卻須結齊國之援，有以鉗制祭仲之徒，決不至於失國也。（同上，頁 2090～2091）

《詩序》的詮釋，採取以史證詩、美刺時君國政的進路，因此將〈鄭風〉中〈遵大路〉、〈有女同車〉、〈山有扶蘇〉、〈蘀兮〉、〈狡童〉等詩，盡歸爲「刺忽」之作，朱熹在順文立義、國風多是「里巷歌謠之作」，內容多寫「男女相與詠歌，各言其情。」（《詩集傳・序》，頁 2）的觀念，以及孔子批判「鄭聲淫」的論調的影響之下，詮釋〈鄭風〉，因與《詩序》之說呈現了極大的差異。

24.〈鄭風・褰裳〉

子惠思我，褰裳涉溱。子不我思，豈無他人？狂童之狂也且！（一章）
子惠思我，褰裳涉洧。子不我思，豈無他士？狂童之狂也且！（二章）

〈褰裳〉一詩，《詩序》的詮釋是：

思見正也。狂童恣行，國人思大國之正己也。（《詩疏》卷四之三，頁 173）

鄭玄箋釋《詩序》之意云：

狂童恣行，謂突與忽爭國，更出更入，而無大國正之。（同上）

《毛詩正義》疏釋《詩序》之意云：

作〈褰裳〉詩者，言思見正也。所以思見正者，見者，自彼加己之辭。以國內有狂悖幼童之人，恣極惡行，身是庶子，而與正適爭國，禍亂不已，無可奈何。是故鄭國之人思得大國之正己，欲大國以兵

征鄭，正其爭者之是非，欲令去突而定忽也。（同上）

據此，《詩序》以爲〈褰裳〉是「思見正」之詩。由於鄭國國內有突（鄭厲公）與忽（鄭昭公）爭國的亂事，紛爭不已，因此鄭國人希望有大國能出面來平息此一紛爭。朱熹詮釋〈褰裳〉，不取《序》說，而謂：

> 淫女語其所私者曰：子惠然而思我，則將褰裳而涉溱以從子。子不
> 我思，則豈無他人之可從，而必於子哉！狂童之狂也且，亦譴之之
> 辭。（《詩集傳》卷四，頁 53）

視〈褰裳〉爲淫詩，其內容則是男女間的戲謔之詞。在《詩序辨說》中，朱熹並指出〈褰裳・序〉的詮釋所以不得詩旨的原因是：

> 此《序》之失，蓋本於子大叔、韓宣子之言，而不察其斷章取義之
> 意耳。（《詩序辨說》卷上，頁 20）

朱熹認爲〈褰裳・序〉的錯誤，原因就在於依據《左傳》昭公十六年的記載：「子大叔賦〈褰裳〉，宣子曰：『起在此，敢勤子至於他人乎？』子太叔拜。宣子曰：『善哉，子之言是。』」（《春秋疏》卷四十七，頁 828～829）而爲說的，但《左傳》中所載諸人賦詩言志，大都是斷章取義，初不必合於詩的本義，作《詩序》的人由於不了解此點，誤以斷章取義而爲詩的本義，因而造成了錯誤的詮說。

25. 〈鄭風・丰〉

> 子之丰兮，俟我乎巷兮；悔予不送兮。（一章）
> 子之昌兮，俟我乎堂兮；悔予不將兮。（二章）
> 衣錦褧衣，裳錦褧裳。叔兮伯兮，駕予與行。（三章）
> 裳錦褧裳，衣錦褧衣。叔兮伯兮，駕予與歸。（四章）

〈丰〉一詩，《詩序》的詮釋是：

> 刺亂也。昏姻之道缺，陽倡而陰不和，男行而女不隨。（《詩疏》卷
> 四之四，頁 177）

鄭玄箋釋《詩序》之意云：

> 昏姻之道，謂嫁取之禮。（同上）

《毛詩正義》詮釋〈丰〉之首章「子之丰兮，俟我乎巷兮。悔予不送兮。」云：

> 鄭國衰亂，婚姻禮廢。有男親迎而女不從，後乃追悔。此陳其辭也。

> 言往日有男子之顏色丰然豐滿，是善人兮，來迎我出門，而待我於
> 巷中兮。予當時別爲他人，不肯共去，今日悔恨，我本不送是子兮。
> 所爲留者，亦不得爲耦，由此故悔也。（同上）

據此，《詩序》以爲〈丰〉是譏刺亂世之詩。由於鄭國衰亂，導致時人不再遵
循婚姻之禮，有男方已至女方家親迎，女方卻以心有所屬，懸繫他人而不肯
相從，一直到日後才轉而悔恨當初未隨親迎的男子而去，詩中所陳述的即是
亂世中男女嫁娶之禮廢壞的情形。朱熹詮釋〈丰〉，與《詩序》仍異，謂：

> 婦人所期之男子已俟乎巷，而婦人以有異志不從，既則悔之，而作
> 是詩也。（《詩集傳》卷四，頁 53）
>
> 此淫奔之詩，《序》說誤矣。（《詩序辨說》卷上，頁 20）

視〈丰〉爲「淫奔之詩」，詩中所陳述的即是淫婦的追悔之詞。

26.〈鄭風・風雨〉

> 風雨淒淒，雞鳴喈喈。既見君子，云胡不夷？（一章）
>
> 風雨瀟瀟，雞鳴膠膠。既見君子，云胡不瘳？（二章）
>
> 風雨如晦，雞鳴不已。既見君子，云胡不喜？（三章）

〈風雨〉一詩，《詩序》的詮釋是：

> 思君子也。亂世則思君子不改其度焉。（《詩疏》卷四之四，頁 179）

毛《傳》、鄭《箋》詮釋〈風雨〉首章：「風雨淒淒，雞鳴喈喈。」云：「興也。
風且雨，淒淒然，雞猶守時而鳴，喈喈然。」（同上）、「興者，喻君子雖居亂
世，不變改其節度。」（同上）《毛詩正義》詮釋〈風雨〉首章云：

> 言風雨且雨，寒涼淒淒然。雞以守時而鳴，音聲喈喈然。此雞雖逢
> 風雨，不變其鳴，喻君子雖居亂世，不改其節。今日時世無復有此
> 人。若既得見此不改其度之君子，云何得不悅？言其必大悅也。（同
> 上）

據此，《詩序》以爲〈風雨〉是「思君子」之詩。詩人透過風雨淒淒，晦冥之
際，雞仍然守時啼叫不已的景象摹寫，來比擬君子雖然處在亂世之中，也不
因此而改變他的節操。由於鄭國衰亂，當代不復有此類君子，因此詩人作〈風
雨〉一詩，來寄託他對處在亂世之中而不變改其節操的君子的懷想。朱熹詮
釋〈風雨〉，不取《序》說，而謂：

> 風雨晦冥，蓋淫奔之時。君子，指所期之男子也。夷，平也。淫奔

之女言當此之時見其所期之人而心悅也。(《詩集傳》卷四,頁54)

《序》意甚美,然考詩之詞輕佻狎暱,非思賢之意也。(《詩序辨說》

卷上,頁20)

視〈風雨〉為淫奔之詩。詩中有關風雨晦冥的描寫,即是男女淫奔之時。在《詩序辨說》中,朱熹指出,《詩序》所詮釋的詩旨之意非常好,但就〈風雨〉一詩的詩詞看來,顯露了「輕佻狎暱」之情,(按:蓋指「既見君子,云胡不夷」、「既見君子,云胡不瘳。」、「既見君子,云胡不喜」等句)並非是思賢之意。朱熹從詩文的涵詠誦讀中,得出與《詩序》詮說不同的意旨,此亦是一例。

27. 〈鄭風・子衿〉

青青子衿,悠悠我心。縱我不往,子寧不嗣音?(一章)

青青子佩,悠悠我思。縱我不往,子寧不來?(二章)

挑兮達兮,在城闕兮。一日不見,如三月兮。(三章)

〈子衿〉一詩,《詩序》的詮釋是:

刺學校廢也。亂世則學校不脩焉。(《詩疏》卷四之四,頁179)

《毛詩正義》疏釋《詩序》之意云:

鄭國衰亂,不脩學校,學者分散,或去或留,故陳其留者恨責去者

之辭,以刺學校之廢也。經三章皆陳留者責去者之辭也。(同上)

據此,《詩序》以為〈子衿〉是譏刺學校荒廢之作。由於鄭國衰亂,學校不脩,使得學者四散,或去或留,因此,詩人藉著敘寫留者對於去者的恨責心情,來譏刺學校的荒廢。朱熹詮釋〈子衿〉,不取《序》說,而謂:

此亦淫奔之詩。(《詩集傳》卷四,頁54)

疑同上篇,蓋其詞意儇薄,施之學校,尤不相似也。(《詩序辨說・

子衿》,卷上,頁20)

視〈子衿〉為「淫奔之詩」。而朱熹之所以和《詩序》的詮釋有所差異,原因仍在朱熹透過詩文的涵詠誦讀,讀出了〈子衿〉一詩的文詞詞意輕薄、不夠莊重,(按:蓋指「縱我不往,子寧不嗣音。」、「縱我不往,子寧不來。」、「挑兮達兮,在城闕兮。一日不見,如三月兮。」諸句),以此輕佻之詞,而謂是學校中師友的相念之詞,顯然非常不類。

28. 〈鄭風・揚之水〉

揚之水,不流束楚,終鮮兄弟,維予與女。無信人之言,人實迋女。

（一章）

揚之水，不流束薪。終鮮兄弟，維予二人。無信人之言，人實不信。

（二章）

〈揚之水〉一詩，《詩序》的詮釋是：

> 閔無臣也。君子閔忽之無忠臣良士，終以死亡，而作是詩也。（《詩
> 疏》卷四之四，頁 180）

《毛詩正義》詮釋《詩序》之意云：

> 經二章，皆閔忽無臣之辭。忠臣、良士，一也。言其事君則爲忠臣，
> 指其德行則爲良士，所從言之異耳。「終以死亡」，謂忽爲其臣高渠
> 彌所弒也。作詩之時，忽實未死，《序》以由無忠臣，竟以此死，
> 故閔之。（同上）

據此，《詩序》以爲〈揚之水〉是悲憫忽沒有忠臣良士，以致後爲大臣高渠彌
所弒，終致喪身亡國之詩。朱熹詮釋〈揚之水〉，不取《序》說，而謂：

> 淫者相謂，言揚之水則不流束楚矣，終鮮兄弟，則維予與女矣。豈
> 可以它人離間之言而疑之哉！彼人之言特誆女耳。（《詩集傳》卷四，
> 頁 55）

> 此男女要結之詞，《序》說誤矣！（《詩序辨說》卷上，頁 20）

視〈揚之水〉爲「淫詩」，詩中抒露了淫奔的男女，唯恐他人離間彼此感情的
心緒。對於《詩序》的詮釋，朱熹以爲是錯誤的。《詩序》詮釋〈揚之水〉，
亦和忽有所關涉，但前人有就詩文「終鮮兄弟，維予與女。」、「終鮮兄弟，
維予二人。」與《左傳》莊公十四年的記載對戡，認爲與事實不符，因謂《序》
說錯誤者〔註35〕。《詩序》詮說〈鄭風〉諸詩，凡採以史證詩，因逕謂詩旨是
「刺忽」或與忽有所關涉者，朱熹都盡反之，朱熹詮釋〈揚之水〉亦是一例。
而《詩序》、朱熹詮釋〈鄭風〉，所定詩旨所以大有乖異，原因也即在朱熹採
取以詩言詩、涵詠詩文的進路，加上受孔子「鄭聲淫」、「放鄭聲」、「惡鄭聲」

〔註35〕《左傳》莊公十四年載原繁謂厲公（子突）曰：「莊公之子，猶有八人。」（《春
秋疏》卷九，頁 156）所謂「猶有八人」，即扣除已死的子忽、子亹、子儀及
厲公本人外，還有八人在世，如此說來，莊公之子共有十二人，與詩文所說
「終鮮兄弟，維予與女。」、「終鮮兄弟，維予二人。」明顯不合。姚際恒《詩
經通論》謂：「《序》謂『閔忽之無忠臣』。曹氏曰：『《左傳》莊十四年，忽與
子儀、子亹皆已死，而原繁謂厲公曰：『莊公之子猶有八人』，不得爲『鮮』，
然則非閔忽詩明矣。』」（卷五，頁 161）所引曹氏之言，即就此立論。

之說的影響，遂使得二者異趣〔註36〕。

29.〈鄭風·出其東門〉

出其東門，有女如雲。雖則如雲，匪我思存。縞衣綦巾。聊樂我員。
（一章）

出其闉闍，有女如荼。雖則如荼，匪我思且。縞衣茹藘，聊可與娛。
（二章）

〈出自東門〉一詩，《詩序》的詮釋是：

閔亂也。公子五爭，兵革不息，男女相棄，民人思保其室家焉。(《詩
疏》卷四之四，頁180)

鄭玄箋釋《詩序》之意云：

公子五爭者，謂突再也。忽、子亹、子儀各一也。(同上)

《毛詩正義》疏釋《詩序》之意云：

作〈出其東門〉詩者，閔亂也。以忽立之後，公子五度爭國，兵革
不得休息，下民窮困，男女相棄，民人迫於兵革，室家相離，思得
保其室家也。……經二章皆陳男思保妻之辭，是思保室家也。(同上)

據此，《詩序》以爲〈出其東門〉是「閔亂」之詩。由於鄭國在公子忽立之後，
曾經五度發生爭奪立位之事〔註37〕，爭戰不斷，使得人民窮困，男女相棄成

〔註36〕輔廣謂：「以聖人『放鄭聲』之訓觀之，則鄭多淫奔之詩，宜也。而《序》者
不足以知此義，故疑聖人錄此等詩之多，遂因〈有女同車〉詩有『齊姜』二
字，遂定以爲刺忽。而於〈山有扶蘇〉以下諸篇，凡有可以附會忽事者，例
以爲刺忽。至〈丰〉與〈東門之墠〉，則明白是婦人之辭，故不得以歸之於忽。
若〈風雨〉則以『君子』二字生說，〈子衿〉則以『青青子衿』一句生說。然
《毛傳》以青衿爲學者所服，亦無所據。至此詩則又以忽之無親臣而附會與
之，其鑿空妄說，蓋不難曉。而先生獨玩詩文以爲說而釐正之，當矣！讀者
尚以習熟《序》說之故，而不肯從，何哉？若能姑置《序》說，直以詩文涵
詠其意思，則是非便自可見矣。」(《詩童子》卷首，頁286) 輔廣在此指出《詩
序》將〈有女同車〉、〈山有扶蘇〉、〈揚之水〉等篇例指爲刺忽；詮釋〈風雨〉、
〈子衿〉則隨文生說，如此鑿空妄說，是由於不了解孔子『放鄭聲』的用意。
讀者只需「姑置《序》說，直以詩文涵詠其意思」，那麼《詩序》所定詩旨的
錯誤就不難發現了。其師朱熹所以能糾正《詩序》詮說之誤，所採用的方法
即是從涵詠玩味詩文而來，輔廣的說明，可爲朱熹順者「鄭聲淫」、「放鄭聲」
及涵詠玩味詩文，以糾正《序》說做一佐證。

〔註37〕「公子五爭」之，分見於《左傳》桓公十一年，十五年、十七年、十八年及
莊公十四年。《毛詩正義》云：「桓十一年《左傳》云：『祭仲爲公娶鄧曼，生
昭公，故祭仲立之。宋雍氏女於鄭莊公，生厲公。故宋人誘祭仲而執之，曰：

風，因此詩人藉著〈出其東門〉一詩，來陳述想要保有其妻的願望，並以誌時局之亂。朱熹詮釋〈出其東門〉，不取《序》說，而謂：

> 人見淫奔之女而作此詩。以爲此女雖美且眾，而非我思之所存，不如己之室家，雖貧且陋，而聊可自樂也。是時淫風大行，而其間乃有如此之人，亦可謂能自好而不爲時俗所移矣。「羞惡之心，人皆有之。」豈不信哉！（《詩集傳》卷四，頁55）

> 五爭事見《春秋傳》，然非此之謂也。此乃惡淫奔者之詞，《序》誤。
> （《詩序辨說》卷上，頁20）

視〈出其東門〉爲厭惡淫奔者之詩。詩中敘寫一男子在東門之外見到了眾多且美麗的淫女，但心並不爲所動，仍然以其貧陋的室家爲念。在《詩序辨說》中，朱熹指出《詩序》所說的「公子五爭」事，見於《左傳》的記載，但《左傳》中所載的公子五爭事，並不是〈出其東門〉一詩的本事。〈出其東門〉一詩，乃是惡淫奔者之詞，《詩序》的詮釋並不正確。

30. 〈鄭風・野有蔓草〉

> 野有蔓草，零露漙兮。有美一人，清揚婉兮。邂逅相遇，適我願兮。
> （一章）

> 野有蔓草，零露瀼瀼。有美一人，婉如清揚。邂逅相遇，與子偕臧。
> （二章）

〈野有蔓草〉一詩，《詩序》的詮釋是：

> 思遇時也。君之澤不下流，民窮於兵革，男女失時，思不期而會焉。
> （《詩疏》卷四之四，頁182）

鄭玄箋釋《詩序》之意云：

『不立突，將死。』祭仲與宋人盟，以厲公歸而立之。秋，九月，昭公奔衛。己亥，厲公立。』是一爭也。十五年《傳》曰：『祭仲專，鄭伯患之，使其婿雍糾殺之。雍姬知之，以告祭仲。祭仲殺雍糾。厲公出奔蔡。六月，乙亥，鄭世子忽復歸於鄭。』是二爭也。十七年《傳》曰：『初，鄭伯將以高渠彌爲卿，昭公惡之，固諫，不聽。昭公立，懼其殺己也，弒昭公而立公子亹。』是三爭也。十八年《傳》曰：『齊侯師首止，子亹會之，高渠彌相。七月，齊人殺子亹，而轘高渠彌。祭仲逆鄭子于陳而立之。』服虔云：『鄭子，昭公弟子儀也。』是四爭也。莊十四年《傳》曰：『鄭厲公自櫟侵鄭，及大陵，獲傅瑕。傅瑕曰：『苟舍我，吾請納君。』與之盟而舍之。六月，傅瑕殺鄭子而納厲公。』是五爭也。忽亦再爲鄭君，前以太子嗣立，不爲爭篡，故唯數後爲五爭也。」（《詩疏》卷四之四，頁180～181）

不期而會，謂不相與期而自俱會。（同上）

《毛詩正義》疏釋《詩序》之意云：

> 作〈野有蔓草〉詩者，言思得逢遇男女會合之時，由君之恩德潤澤
> 不流及於下，又征伐不休，國內之民皆窮困於兵革之事，男女失其
> 時節，不得早相配耦，思得不與期約而相會遇焉。是下民窮困之至，
> 故述其事以刺時也。「男女失時」，謂失年盛之時，非謂婚之時日也。
> （同上）

據此，《詩序》以爲〈野有蔓草〉是「思遇時」之詩。所謂「思遇時」，即是
「思得逢遇男女會合之時」。由於鄭國國君恩德潤澤不及於下民，另一方面，
國內又兵燹不已，使得人民都困阨於戰爭、兵亂之中，致失去了結婚的時機。
人民處在如此窮阨的環境之中，只能聊想不期而會的邂逅，來早日完成婚姻
大事。詩人藉著〈野有蔓草〉一詩，來披露當時人民心中的願望，並藉此反
映對於當時征戰不斷時勢的不滿，其中寓有譏刺時局之意。朱熹詮釋〈野有
蔓草〉，不取《序》說，而謂：

> 男女相遇於野田草露之間，故賦其所在以起興。言野有蔓草，則零
> 露漙矣，有美一人，則清揚婉矣，邂逅相遇，則得以適我願矣。（《詩
> 集傳》卷四，頁 56）、與子偕臧，言各得其所欲也。（同上）
>
> 東萊呂氏曰：「君之澤不下流」，迺講師見零露之語，從而附益之。（《詩
> 序辨說》卷上，頁 20）

視〈野有蔓草〉是敘寫「男女相遇於野田草露之間」，兩相悅樂的淫詩〔註38〕。
對於《詩序》所謂：「君之澤不下流」之說，朱熹援引呂祖謙之說，以爲此語是
漢代說《詩》的講師的附會增益之詞。

31.〈鄭風・溱洧〉

> 溱與洧，方渙渙兮。士與女，方秉蕑兮。女曰：「觀乎」？士曰：「既
> 且」。「且往觀乎？洧之外，洵訏且樂」。維士與女，伊其相謔。贈之以
> 勺藥。（一章）

〔註38〕〈野有蔓草〉一詩，朱熹蓋視之爲淫詩。劉玉汝謂：「此（按：指〈溱洧〉）
　　　與前篇（按：指〈野有蔓草〉），作者或士或女，皆未詳。但此篇首尾述士、
　　　女，中述女要男之詞，未復述相贈之情，曲折詳備，方以爲樂，而不知其非。
　　　鄭國之淫風於是乎極矣，故以二篇終焉。」（《詩纘緒》卷五，頁 628）亦以〈野
　　　有蔓草〉、〈溱洧〉爲淫詩。

溱與洧，瀏其清矣。士與女，殷其盈矣。女曰：「觀乎」？士曰：「既且」。「且往觀乎？洧之外，洵訏且樂」。維士與女，伊其將謔。贈之以勺藥。（二章）

〈溱洧〉一詩，《詩序》的詮釋是：

刺亂也。兵革不息，男女相棄，淫風大行，莫之能救焉。（《詩疏》卷四之四，頁182）

鄭玄箋釋《詩序》之意云：

救猶止也。亂者，士與女合會溱洧之上。（同上）

據此，《詩序》以為〈溱洧〉是「刺亂」之詩。所謂「刺亂」，即是「刺淫」。由於鄭國征戰不斷，導致男女相棄，淫風盛行，到了無法遏止的地位。男女的結合本當遵循正當的禮節，但今鄭國國內淫風盛行，到處都有男女淫佚之事，因此詩人作〈溱洧〉一詩，以述當時淫風，並寄寓譏刺之意。朱熹詮釋〈溱洧〉，不取《序》說，而謂：

鄭國之俗，三月上巳之辰，采蘭水上以祓除不祥。故其女問於士曰：盍往觀乎。士曰：吾既往矣。女復要之曰：且往觀乎？蓋洧水之外，其地信寬大而可樂也。於是士女相與戲謔，且以勺藥相贈而結恩情之厚也。此詩淫奔者自敘之詞。（《詩集傳》卷四，頁56）

鄭俗淫亂，乃其風聲氣息流傳已久，不為兵革不息，男女相棄而後然也。（《詩序辨說・溱洧》，卷上，頁20）

視〈溱洧〉為淫奔者自敘的淫詩。在《詩序辨說》中，朱熹指出鄭國淫風盛行，乃是由於風聲氣息，其來已久，並非由於「兵革不息，男相棄」有以致之。《詩序》的詮釋，以〈溱洧〉為刺淫，朱熹詮釋，則以為淫奔者自敘的淫詩，二者的差異非常清楚。朱熹在《詩集傳・溱洧》卷末，更針對鄭、衛之詩作一總評，他說：

鄭衛之樂，皆為淫聲。然以詩考之，衛詩三十有九，而淫奔之詩才四之一。鄭詩二十有一，而淫奔之詩不翅七之五。衛猶為男悅女之詞，而鄭皆為女惑男之語。衛人猶多刺譏懲創之意，而鄭人幾於蕩然無復羞愧悔悟之萌。是則鄭聲之淫，有甚於衛矣。故夫子論為邦，獨以鄭聲為戒而不及衛，蓋舉重而言，固自有次第也。詩可以觀，豈不信哉！（同上，頁57）

朱熹指出鄭衛二國的音樂皆爲淫聲，倘以〈鄭風〉、〈衛風〉所收諸詩作一探討，則〈衛風〉中的淫詩，達〈衛風〉總數的四分之一；〈鄭風〉中的淫詩，則高達總數的七分之五。〈衛風〉中諸詩尚爲男悅女之詞，而〈鄭風〉則皆爲女惑男之語。〈衛風〉中諸詩，尚多有刺譏懲創之意，而〈鄭風〉中諸詩則毫無羞愧悔悟之心。二相比較，鄭聲淫泆的程度，遠大於衛聲，孔子在《論語》中談到治國的方法，獨以鄭聲爲戒〔註39〕，並不言及衛聲，也是舉出較嚴重的例子來說明。朱熹在以詩言詩、順文解讀，及孔子「鄭聲淫」、「放鄭聲」、「惡鄭聲之亂雅樂也」的論調影響之下，對於〈鄭風〉中諸詩，的多目爲淫詩，使得朱熹在詮釋上，與《詩序》的附會書史、刺淫的進路，有著極大的差異。

32. 〈齊風・東方之日〉

> 東方之日兮，彼姝者子，在我室兮。在我室兮，履我即兮。（一章）
> 東方之月兮，彼姝者子，在我闥兮。在我闥兮，履我發兮。（二章）

〈東方之日〉一詩，《詩序》的詮釋是：

> 刺衰也。君臣失道，男女淫奔，不能以禮化也。（《詩疏》卷五之一，頁191）

《毛詩正義》詮釋《詩序》之意云：

> 作〈東方之日〉詩者，刺衰也。哀公君臣失道，至使男女淫奔，謂男女不待以禮配合，君臣皆失其道，不能以禮化之，是其時政之衰，故刺之也。（同上）

據此，《詩序》以爲〈東方之日〉是譏刺時政之衰之詩。由於哀公之時，君臣失道，導致男女淫奔。哀公君臣都無法以禮來導正、感化人民，所以詩人作〈東方之日〉一詩來譏刺。朱熹詮釋〈東方之日〉，不取《序》說，而謂：

> 興也。履，躡。即，就也。言此女躡我之跡而相就也。（《詩集傳》卷五，頁59）
> 此男女淫奔者所自作，非有刺也。其曰：「君臣失道」者，尤無所謂。（《詩序辨說》卷上，頁21）

視〈東方之日〉爲淫奔者所自作的淫詩，認爲詩中並無譏刺之意。對於《詩

〔註39〕《論語・衛靈公》：「顏淵問爲邦。子曰：『行夏之時，乘殷之輅，服周之冕，樂則韶舞。放鄭聲，遠佞人。鄭聲淫，佞人殆。』」（《論語疏》卷十五，頁138）

序》所說「君臣失道」，朱熹認為毫無道理。

33. 〈齊風‧甫田〉

> 無田甫田，維莠驕驕。無思遠人，勞心忉忉。（一章）
> 無田甫田，維莠桀桀。無思遠人，勞心怛怛。（二章）
> 婉兮孌兮，總角丱兮。未幾見兮，突而弁兮。（三章）

〈甫田〉一詩，《詩序》的詮釋是：

> 大夫刺襄公也。無禮義而求大功，不脩德而求諸侯，志大心勞，所
> 以求者，非其道也。（《詩疏》卷五之二，頁197）

《毛詩正義》疏釋《詩序》之意云：

> 《甫田》詩者，齊之大夫所作以刺襄公也。所以刺之者，以襄公身
> 無禮義，而求己有大功，不能自脩其德，而求諸侯從己。有義而後
> 功立，惟德可以來人。今襄公無禮義、無德，諸侯必不從之。其志
> 望大，徒使心勞，而公之所求者非其道也。大夫以公求非其道，故
> 作詩以刺之。（《詩疏》卷五之二，頁197）

據此，《詩序》以為〈甫田〉乃齊國的大夫所作，以譏刺襄公之詩。由於襄公
身無禮義，不能自脩其德，卻妄想諸侯順從他，齊國的大夫以為襄公志大心
勞，所求非道，因此作〈甫田〉一詩來譏刺他。朱熹詮釋〈甫田〉，不取《序》
說，而謂：

> 言無田甫田也。田甫田而力不給，則草盛矣。無思遠人也。思遠人
> 而人不至，則心勞矣。以戒時人厭小而務大，忽近而圖遠，將徒勞
> 而無功也。（《詩集傳》卷五，頁61）
> 未見其為襄公之詩。（《詩序辨說》卷上，頁21）

認為〈甫田〉一詩的主旨，乃是告誡時人勿厭小務大，忽近圖遠，以免徒勞
無功。對於《詩序》所謂「刺襄公」之說，朱熹認為從詩文中，看不出是針
對襄公而發。

34. 〈魏風‧十畝之閒〉

> 十畝之閒兮，桑者閑閑兮，行，與子還兮。（一章）
> 十畝之外兮，桑者泄泄兮。行，與子逝兮。（二章）

〈十畝之閒〉一詩，《詩序》的詮釋是：

> 刺時也。言其國削小，民無所居焉。（《詩疏》卷五之三，頁209）

《毛詩正義》疏釋《詩序》之意云：

> 經二章皆言十畝一夫之分，不能百畝，是為削小。無所居，謂土田
> 狹隘，不足耕墾以居生，非謂無居宅也。（同上）

據此，《詩序》以為〈十畝之閒〉是一首「刺時」之詩。由於魏國土地狹隘，一夫僅分有十畝之地，耕地不足，導致人民無法透過耕墾來維持生活，因此，詩人作〈十畝之閒〉一詩，來譏刺這樣的時局。朱熹詮釋〈十畝之閒〉，不取《序》說，而謂：

> 政亂國危，賢者不樂仕於其朝，而思與其友歸於農圃，故其詞如此。
> （《詩集傳》卷五，頁65）

> 國削則其民隨之，《序》文殊無理，其說已見本篇矣。（《詩序辨說》
> 卷上，頁22）

視〈十畝之閒〉為政亂國危，賢者不樂仕於其朝，而想要與其友歸返農圃之詩〔註40〕。

35.〈魏風·伐檀〉

> 坎坎伐檀兮，寘之河之干兮；河水清且漣猗。不稼不穡，胡取禾三百
> 廛兮！不狩不獵，胡瞻爾庭有縣貆兮！彼君子兮，不素餐兮！（一章）
> 坎坎伐輻兮，寘之河之側兮；河水清且直猗。不稼不穡，胡取禾三百
> 億兮，不狩不獵，胡瞻爾庭有縣特兮！彼君子兮，不素食兮！（二章）
> 坎坎伐輪兮，寘之河之漘兮；河水清且淪猗。不稼不穡。胡取禾三百
> 囷兮！不狩不獵，胡瞻爾庭有縣鶉兮！彼君子兮，不素飧兮！（三章）

〔註40〕朱熹以〈十畝之閒〉為「政亂國危，賢者不樂仕於其朝，而思與其友歸於農圃」之詩，此意蓋本諸蘇轍的詮釋而來。蘇轍嘗駁〈十畝之閒·序〉云：「《毛詩》之《敘》曰：『其國削小，民無所居』夫國削則民逝矣，未有地亡而民存者也。且雖小國，豈有一夫十畝而尚可以為民者哉？」（《詩集傳》卷五）又詮釋〈十畝之閒〉的詩旨為：「此君子不樂仕於其朝之詩也。曰雖有十畝之田，桑者閒閒其可樂也，行與子歸居之。夫有十畝之田，其所以為樂者亦鮮矣。而可以易仕之樂，則仕之不可樂也甚矣！」（同上）朱熹詮釋〈十畝之閒〉，易《毛傳》：「閒閒然，男女無別，往來之貌。」為「往來者自得之貌。」（《詩集傳》卷五，頁65），並謂〈十畝之閒〉是，「賢者不樂仕於其朝」之詩，即本諸蘇轍之說《詩》而來。清、朱鶴齡撰《詩經通義》曾拈出此點：「『閒閒』、『泄泄』，毛氏訓『往來多人』，以見國之削小，此解未安。朱子謂：『政亂國危，賢者不樂仕於其朝，思相率歸于農圃』，語意豁然，蓋本之潁濱。」（卷四，頁96）

〈伐檀〉一詩，《詩序》的詮釋是：

> 刺貪也。在位貪鄙，無功而受祿，君子不得進仕爾。(《詩疏》卷五
> 之三，頁 210)

以〈伐檀〉為「刺貪」之作。由於魏國有貪鄙、無功而受祿的官員在位，導致君子無法進入仕途，因此，詩人遂作〈伐檀〉一詩來加以譏刺。朱熹詮釋〈伐檀〉，不取《序》說，而謂：

> 詩人言有人於此，用力伐檀，將以為車而行陸也。今乃寘之河干，
> 則河水清漣而無所用，雖欲自食其力而不可得矣。然其志則自以為
> 不耕則不可得禾，不獵則不可以得獸，是以甘心窮餓而不悔也。詩
> 人述其事而歎之，以為是真能不空食者。後世若徐穉之流，非其力
> 不食，其屬志蓋如此。(《詩集傳》卷五，頁 66)

> 此詩專美君子之不素餐，《序》言刺貪，失其指矣。(《詩序辨說》卷
> 上，頁 22)

視〈伐檀〉為一首「專美君子之不素餐」的詩。詩人藉著描述一位君子想要自食其力，卻力有未逮。雖力有未逮，但此一君子卻有「不耕則不可得禾，不獵則不可以得獸」的堅定信念。詩人以為這樣的君子，是一位真正能夠不尸位素餐的人，因此，藉著〈伐檀〉一詩來稱美他。對於《詩序》以〈伐檀〉為「刺貪」之詩，朱熹認為此說不得詩之本義。

36. 〈唐風·蟋蟀〉

> 蟋蟀在堂，歲聿其莫。今我不樂，日月其除。無已大康，職思其居。
> 好樂無荒，良士瞿瞿。(一章)
> 蟋蟀在堂，歲聿其逝。今我不樂，日月其邁。無已大康，職思其外。
> 好樂無荒，良士蹶蹶。(二章)
> 蟋蟀在堂，役車其休。今我不樂，日月其慆。無已大康，職思其憂。
> 好樂無荒，良士休休。(三章)

〈蟋蟀〉一詩，《詩序》的詮釋是：

> 刺晉僖公也。儉不中禮，故作是詩以閔之，欲其及時以禮自娛樂也。
> 此晉也而謂之唐，本其風俗，憂深思遠，儉而用禮，乃有堯之遺風
> 焉。(《詩疏》卷六之一，頁 216)

《毛詩正義》疏釋《詩序》之意云：

作〈蟋蟀〉詩者，刺晉僖公也。由僖公太儉逼下，不中禮度，故作
是〈蟋蟀〉之詩以閔傷之，欲其及歲暮閒暇之時，以禮自娛樂也。
以其太儉，故欲其自樂。樂失於盈，又恐過禮，欲令節之以禮，故
云以禮自娛樂也。（同上）

據此，《詩序》以為〈蟋蟀〉是一首諷刺晉僖公之詩。由於僖公太過節儉，不
合禮度，因此詩人作了〈蟋蟀〉一詩來憐憫他。希望他在歲暮閒暇之時，能
夠依禮來自我娛樂。朱熹詮釋〈蟋蟀〉，不取《序》說，而謂：

唐俗勤儉，故其民間終歲勞苦，不敢少休。及其歲晚務閒之時，乃
敢相與燕飲為樂。而言今蟋蟀在堂，而歲忽已晚矣，當此之時而不
為樂，則日月將舍我而去矣。然其憂深而思遠也。故方燕樂而又遽
相戒曰：今雖不可以不為樂，然不已過於樂乎？盍亦顧念此職之所
居者，使其雖好樂而無荒，若彼良士之長慮卻顧焉，則可以不至於
危亡也。蓋其民俗之厚，而前聖遺風之遠如此。（《詩集傳》卷六，
頁 68）

視〈蟋蟀〉為表現唐俗勤儉，終歲勞苦而不敢少休之詩。在《詩序辨說》中，
朱熹更針對《詩序》之說加以駁正，朱熹說：

河東地瘠民貧，風俗勤儉，乃其風土氣習，有以使之，至今猶然，
則在三代之時可知矣。《序》所謂儉不中禮，固當有之，但所謂刺僖
公者，蓋特以諡得之，而所謂欲其及時以禮自娛樂者，又與詩意正
相反耳。況古今風俗之變，常必由儉以入奢，而其變之漸，又必由
上以及下。今謂君之儉反過於初，而民之俗猶知用禮，則尤恐其無
是理也。獨其憂深思遠，有堯之遺風者為得之。然其所以不謂之晉
而謂之唐者，又初不為此也。（《詩序辨說》卷上，頁 22～23）

朱熹指出《詩序》「刺晉僖公」之說，純粹是依據諡號所作的附會，另外，《詩
序》所謂詩人希望晉僖公能夠及時以禮來自我娛樂，此說恰好和詩意相反。《序
序》的詮釋，顯是說《詩》之意，仍採美刺國君時政的進路。從〈蟋蟀〉一
詩中，實在很難讀出與僖公有任何的關涉，而《詩序》所謂的譏刺之意，亦
難以從詩中看出〔註 41〕。朱熹以詩言詩，順文立義，遂與《詩序》的詮說有

〔註41〕《詩序》詮說〈蟋蟀〉一詩之誤，方玉潤有頗愜情理的指正：「《序》以為刺
晉僖公儉不中禮，今觀詩意無所謂刺，亦無所謂儉不中禮，安見其必為僖公
發哉！《序》好附會而又無理，往往如是，斷不可從。」（《詩經原始》卷六，

了差異。

37. 〈唐風・山有樞〉

> 山有樞，隰有榆。子有衣裳，弗曳弗婁；子有車馬，弗馳弗驅。宛其
> 死矣，他人是愉。（一章）
>
> 山有栲，隰有杻。子有廷內，弗洒弗埽；子有鐘鼓，弗鼓弗考。宛其
> 死矣，他人是保。（二章）
>
> 山有漆，隰有栗。子有酒食，何不日鼓瑟？且以喜樂，且以永日。宛
> 其死矣，他人入室。（三章）

〈山有樞〉一詩，《詩序》的詮釋是：

> 〈山有樞〉，刺晉昭公也。不能脩道，以正其國，有財不能用，有鐘
> 鼓不能以自樂，有朝廷不能洒埽。政荒民散，將以危亡，四鄰謀取
> 其國家而不知，國人作詩以刺之也。（《詩疏》卷六之一，頁 217）

據此，《詩序》以爲〈山有樞〉是「刺晉昭公」之詩。由於晉昭公有財貨而不
知道運用，有鐘鼓而不知道享樂，有宮室而不知道打掃。弄到國政荒廢，人
民散離，國家趨近於危亡。加上鄰國圖謀晉國，想要行吞併之實，他都不知，
因此詩人作〈山有樞〉一詩，來譏刺他。朱熹詮釋〈山有樞〉，不取《序》說，
而謂：

> 此詩蓋以答前篇之意而解其憂。故言山則有樞矣，隰則有榆矣，子
> 有衣裳車馬而不服不乘，則一旦宛然以死，而它人取之，以爲己樂
> 矣。蓋言不可不及時爲樂，然其憂愈深而意愈蹙矣。（《詩集傳》卷
> 六，頁 69）
>
> 此詩蓋以答〈蟋蟀〉之意而寬其憂，非臣子所得施於君父者，《序》
> 說大誤。（《詩序辨說》卷上，頁 23）

視〈山有樞〉爲一首和前篇〈蟋蟀〉唱答應和之詩。〈蟋蟀〉一詩，表現了唐
人終歲勞苦，而仍然不敢稍休的情懷，詩人爲了寬解此種情懷，遂作〈山有
樞〉一詩，抒露了人須及時行樂，以免後悔莫及之意。朱熹視〈蟋蟀〉、〈山
有樞〉二篇爲相互唱答之詩，此意在《朱子語類》中亦有提及：

> 詩人當時多有唱和之詞，如是者有十數篇，《序》中都說從別處去。
> 且如〈蟋蟀〉一篇，本其風俗勤儉，其民終歲勤勞，不得少休，及

頁 556〜557）

歲之暮，方且相與燕樂；而又遽相戒曰：「日月其除，無已太康。」
蓋謂今雖不可以不爲樂，然不已過於樂乎！其憂深思遠固如此。至
〈山有樞〉一詩，特以和答其意而解其憂耳，故說山則有樞矣，隰
則有榆矣。子有衣裳，弗曳弗婁；子有車馬，弗馳弗驅。一旦宛然
以死，則他人藉之以爲樂爾，所以解勸他及時而樂也。（卷八十，頁
2073）

《詩》中數處皆應答之詩，如〈天保〉乃與〈鹿鳴〉爲唱答，〈行葦〉
與〈既醉〉爲唱答，〈蟋蟀〉與〈山有樞〉爲唱答。……但〈唐風〉
自是尚有勤儉之意，作詩者是一箇不敢放懷底人，說「今我不樂，
日月其除」，便又說「無已太康，職思甚居」。到〈山有樞〉是答者，
便謂「子有衣裳，弗曳弗婁，宛其死矣，他人是愉！」、「子有鐘鼓，
弗鼓弗考，宛其死矣，他人是保！」這是答他不能享些快活，徒恁
地苦澀。（同上，頁 2076～2077）

在《詩序辨說》中，朱熹再一次說明〈山有樞〉、〈蟋蟀〉二詩爲相互應答之
詩，《詩序》「刺晉昭公」云云，實在錯誤得離譜。

38. 〈唐風·椒聊〉

椒聊之實，蕃衍盈升。彼其之子，碩大無朋。椒聊且，遠條且。（一章）
椒聊之實，蕃衍盈匊。彼其之子，碩大且篤。椒聊且，遠條且。（二章）

〈椒聊〉一詩，《詩序》的詮釋是：

〈椒聊〉，刺晉昭公也。君子見沃之盛彊，能脩其政，知其蕃衍盛大，
子孫將有晉國焉。（《詩疏》卷六之一，頁 219）

《毛詩正義》疏釋《詩序》之意云：

作〈椒聊〉詩者，刺晉昭公也。君子之人，見沃國之盛彊，桓叔能
脩其政教，知其後世稍復蕃衍盛大，子孫將併有晉國焉。昭公不知，
故刺之。……經二章皆陳桓叔有美德，子孫蕃衍之事。（同上）

據此，《詩序》以爲〈椒聊〉是譏刺晉昭公之詩。由於桓叔治理沃地，政教修
明，君子看到了這個事實，知道桓叔的後代必將蕃衍盛大，他的子孫也必將
兼併晉國，而昭公竟然不知道這樣的情形，所以詩人作了〈椒聊〉一詩來譏
刺晉昭公。朱熹詮釋〈椒聊〉，不取《序》說，而只是順文敷義，依據詩文，
略作串解，他說：

　　椒之蕃盛則采之盈升矣。彼其之子則碩大而無朋矣。椒聊且,遠條
　　且,歎其枝遠而實益蕃也。此不知其所指,《序》亦以爲沃也。(《詩
　　集傳》卷六,頁 70)

　　此詩未見其必爲沃而作也。(《詩序辨說》卷上,頁 23)

朱熹認爲〈椒聊〉一詩的意旨不明,而《詩序》的詮說又以爲〈椒聊〉乃因
桓叔治理沃地盛強而作,他指出從詩中看不出是因桓叔治理沃地之事而發。

39. 〈唐風‧杕杜〉

　　有杕之杜,其葉湑湑。獨行踽踽。豈無他人?不如我同父。嗟行之人,
　　胡不比焉?人無兄弟,胡不佽焉?(一章)

　　有杕之杜,其葉菁菁。獨行睘睘。豈無他人?不如我同姓。嗟行之人,
　　胡不比焉?人無兄弟,胡不佽焉?(二章)

　〈杕杜〉一詩,《詩序》的詮釋是:

　　刺時也。君不能親其宗族,骨肉離散,獨居而無兄弟,將爲沃所并
　　爾。(《詩疏》卷六之二,頁 223)

《毛詩正義》據《杕杜‧序》疏釋〈杕杜〉首章云:

　　言有杕然特生之杜,其葉湑湑然而盛,但柯條稀疏,不相比次。以
　　興晉君疏其宗族,不與相親,猶似杜之枝葉不相比次然也。君既不
　　與兄弟相親,至使骨肉離散。君乃獨行於國內,踽踽然無所親昵者
　　也。豈無他人異姓之臣乎?顧其恩親不如我同父之人耳。君既不親
　　同姓之人,與之爲治,則異性之臣又不肯盡忠輔君,將爲沃國所
　　併…。(同上)

據此,《詩序》以爲〈杕杜〉是「刺時」之詩。由於晉君疏遠宗族,致造成骨
肉離散,獨行踽踽於國內之局,詩人以爲晉君「既不親同姓之人,與之爲治」,
「異姓之臣又不肯盡忠輔君」,如此,日後恐將爲沃國所吞併,因此作〈杕杜〉
一詩,來譏刺晉君。朱熹詮釋〈杕杜〉,不取《序》說,而謂:

　　此無兄弟者自傷其孤特而求助於人之詞。言杕然之杜,其葉猶湑湑
　　然,而人無兄弟,則獨行踽踽,曾杜之不如矣。然豈無他人之可與
　　同行也哉?特以其不如我兄弟,是以不免於踽踽耳。於是嗟嘆行路
　　之人,何不閔我之獨行而見親,憐我之無兄弟而見助乎?(《詩集傳》
　　卷六,頁 71)

　　此乃人無兄弟而自歎之詞。未必如《序》之說也。況曲沃實晉之同

　　姓，其服屬又未遠乎！（《詩序辨說》卷上，頁 23）

視〈杕杜〉爲一首「人無兄弟而自嘆之詞」。對於《詩序》之說，他不以爲然。

他認爲分封於曲沃的桓叔後裔，實際上與晉國也是同姓的宗族，二者之間的

關係，亦甚爲密切，如此，《詩序》所謂晉君「獨居而無兄弟」，與事實並不

相符。

40. 〈唐風・羔裘〉

　　　羔裘豹袪，自我人居居。豈無他人？維子之故。（一章）

　　　羔裘豹褎，自我人究究。豈無他人？維子之好。（二章）

　　〈羔裘〉一詩，《詩序》的詮釋是：

　　　刺時也。晉人刺其在位，不恤其民也。（《詩疏》卷六之二，頁 224）

《毛詩正義》疏釋《詩序》之意云：

　　　刺其在位不恤其民者，謂刺朝廷卿大夫也。以在位之臣，輔君爲政，

　　　當助君憂民，而懷惡於民，不憂其民，不與相親比，故刺之。經二

　　　章，皆刺在位懷惡，不恤下民之辭。（同上）

據此，《詩序》以爲〈羔裘〉是譏刺朝廷中的卿大夫不撫恤、親愛人民的詩。

朱熹詮釋〈羔裘〉，不以《序》說爲然，而謂：

　　　此詩不知所謂，不敢強解。（《詩集傳》卷六，頁 71）

　　　詩中未見此意。（《詩序辨說・羔裘》，卷上，頁 23）

以爲〈羔裘〉一詩的意旨究竟爲何，自己並不確知，因而並不做任何執實的說

解，以避免穿鑿附會。但對於《詩序》的詮釋，他指出從〈羔裘〉詩中，看不

出有《詩序》所說的「刺時也。晉人刺其在位，不恤其民也。」之意。朱熹釋

《詩》，以詩言詩，順文立義，但假如從詩文的反覆誦讀中，仍然看不出此詩的

意旨，朱熹並不諱言自己不知，既然不知，則在實際的詮解中，朱熹會採取闕

疑的態度，並不作任何執實的說解，以避免和《詩序》一樣強作說解，流於穿

鑿附會，這是朱熹釋《詩》與《詩序》詮《詩》的大不同之處〔註42〕。關於此

意，朱熹在《朱子語類》中也嘗言及：

〔註42〕《詩集傳》中，除〈唐風・羔裘〉一詩之外，其他如〈衛風・芄蘭〉、〈小雅・

　　　　鼓鐘〉、〈周頌・般〉諸詩，朱熹也都以詩義未詳，而採取闕疑、不敢強解的

　　　　態度。

東萊《詩記》卻編得子細，只是大本已失了，更說甚麼？向嘗與之論此，如〈清人〉、〈載馳〉一二詩可信。渠卻云：「安得許多文字證據？」某云：「無證而可疑者，只當闕之，不可據《序》作證。」渠又云：「只此《序》便是證。」某因云：「今人不以《詩》說《詩》，卻以《序》解《詩》，是以委曲牽合，必欲如《序》者之意，寧失詩人之本意而不恤也。此是《序》者大害處！」（《朱子語類》卷八十，頁2077）

41. 〈唐風・鴇羽〉

肅肅鴇羽，集于苞栩。王事靡盬，不能蓺稷黍。父母何怙？悠悠蒼天，曷其有所！（一章）

肅肅鴇翼，集于苞棘。王事靡盬，不能蓺黍稷。父母何食？悠悠蒼天，曷其有極！（二章）

肅肅鴇行，集于苞桑。王事靡盬，不能蓺稻梁。父母何嘗？悠悠蒼天，曷其有常。（三章）

〈鴇羽〉一詩，《詩序》的詮釋是：

刺時也。昭公之後，大亂五世，君子下從征役，不得養其父母而作是詩也。（《詩疏》卷六之二，頁224）

鄭玄箋釋《詩序》之意云：

大亂五世者，昭公、孝侯、鄂侯、哀侯、小子侯。（同上，頁224～225）

《毛詩正義》疏釋《詩序》之意云：

言下從征役者，君子之人當居平安之處，不有征役之勞。今乃退與無知之人共從征役，故言下也。（同上，頁225）

據此，《詩序》以為〈鴇羽〉是「刺時」之詩。由於晉自昭公以後，大亂五世，使得君子必須與無知之人共同從事於征役之事，並因此而無法奉養父母，因此詩人乃作〈鴇羽〉一詩來加以譏刺。所謂「五世」，據鄭玄的說解，是指：昭公、孝侯、鄂侯、哀侯、小子侯五世，但李樗、范處義、陳啓源，胡承珙等人均有異解，主張「五世」，應指孝侯、鄂侯、哀侯、小子侯及緡五世，不含昭公之世〔註43〕。朱熹詮釋〈鴇羽〉，不取《詩序》所謂「刺時」、「昭公之

─────────────────

〔註43〕胡承珙云：「《稽古編》曰：『鄭《箋》以昭公、孝侯、鄂侯、哀侯、小子侯為

後，大亂五世」之說，而謂：

> 民從征役，不得養其父母，故作此詩。言鴇之性不樹止，而今乃飛
> 集于苞栩之上，如民之性本不便於勞苦，今乃久從征役，而不得耕
> 田以供子職也。悠悠蒼天，何時使我得其所乎？（《詩集傳》卷六，
> 頁 71）

> 《序》意得之，但其時世則未可知耳。（《詩序辨說》卷上，頁 23）

視〈鴇羽〉爲「民從征役，不得養其父母」之詩。在《詩序辨說》中，朱熹
指出《詩序》的詮釋得詩之旨意，但《詩序》以〈鴇羽〉爲昭公時詩，朱熹
認爲〈鴇羽〉一詩，究竟作於何時、何世，實際上並不可知。《詩序》詮《詩》，
慣以具體的人事時地來坐實《詩》說，往往流於穿鑿附會，朱熹詮《詩》，在
以詩言詩的進路之外，朱熹更主張說《詩》當採寬泛說解的方式，不要執定
確實的人世，以避免鑿空妄說。此種說《詩》當採寬泛說解的態度，《語類》
中曾多處提及：

> 《詩》，纔說得密，便說他不著。……他做《小序》，不會寬說，每
> 篇便求一箇實事填塞了。他有尋得著底，猶自可通；不然，便與《詩》
> 相礙。（《朱子語類》卷八十，頁 2072）

> 《詩小序》不可信。而今看《詩》，有《詩》中分明說是某人某事者，
> 則可知。其他不曾說者，而今但可知其說此等事而已。韓退之詩曰：
> 「《春秋》書王法，不誅其人身。」（同上）

五世，此非也。《序》既云『昭公之後』，不得併數昭公矣。朱子初說不數昭
而數緡，最得之。緡在位二十八年，視前數君獨久，其時豈得無亂？又，滅
緡之後，曲沃武公始繼晉而作〈無衣〉之詩，不容言晉亂者反闕緡而不數也。』
承琪案：以孝侯至緡爲五世，李氏《集解》、范氏《補傳》已云然。況詩中明
言『王事』，《左傳》隱五年：『秋，王命虢公伐曲沃，而立哀侯於翼。』桓八
年：『冬，王命虢仲立哀侯之弟緡於晉。』九年：『虢仲、芮伯、梁伯、荀侯、
賈伯伐曲沃。』皆所謂『王事』也。然則此詩云刺時者，當作於小子侯及緡
爲最後一二君之世。孔《疏》以爲追刺昭公，謬矣！」（《毛詩後箋》卷十，
頁 536）陳啓源之說，見《毛詩稽古編》卷六，云：「〈鴇羽·序〉云：『昭公
之後，大亂五世。』鄭《箋》以昭公、孝侯、鄂侯、哀侯、小子侯爲五世，
此非也。《敘》既云昭公之後，自不應併數昭矣。朱子初說不數昭而數緡，最
得之。緡在位二十八年，視前數君獨久，其時豈得無亂？又滅緡之後，曲沃
武公始繼晉而作〈無衣〉之詩，不容言晉亂者，反闕緡而不數也。」收錄於
《皇清經解》卷六十五，頁 873。李樗之說，見《毛詩李黃集解》卷十三，頁
267，范處義之說，見《詩補傳》卷十，頁 136。

《詩小序》全不可信，如何定知是美刺那人？詩人亦有意思偶然而作者。又，其《序》與《詩》全不相合。《詩》詞理甚順，平易易看，不如《序》所云。（同上，頁 2074）

因論《詩》，歷言《小序》大無義理，皆是後人杜撰，先後增益湊合而成。……其他變風諸詩，未必是刺者，皆以為刺；未必是言此人，必傅會以為此人。（同上，頁 2075）

《詩序》多是後人妄意推想詩人之美刺，非古人之所作也。古人之詩雖存，而意不可得。《序》詩者妄誕其說，但疑見其人如此，便以為是詩之美刺者，必若人也。如莊姜之詩，卻以為刺衛頃公。今觀《史記》所述，頃公竟無一事可紀，但言某公卒，子某公立而已，都無其事。頃公固亦是衛一不美之君。《序》詩者但見其詩有不美之跡，便指為刺頃公之詩。此類甚多，皆是妄生美刺，初無其實。（同上，頁 2077）

問：「《詩傳》盡撤去《小序》，何也？」曰：「《小序》如〈碩人〉、〈定之方中〉等，見於《左傳》者，自可無疑。若其他刺詩無所據，多是世儒將他謚號不美者，挨就立名爾。今只考一篇見是如此，故其他皆不敢信。且如蘇公刺暴公，固是姓暴者多；萬一不見得是暴公，則「惟暴之云」者，只作一箇狂暴底人說，亦可。又如〈將仲子〉，如何便見得是祭仲？某由此見得《小序》大故是後世陋儒所作。但既是千百年已往之詩，今只見得大意便了，又何必要指實得其人姓名，於看詩有何益也！」（同上，頁 2078）

問：「今人自做一詩，其所寓之意，亦只自曉得，前輩詩如何可盡解？」曰：何況三百篇，後人不肯道不會，須要字字解得麼！」（同上，頁 2091）

朱熹此種說《詩》當採寬泛說解的詮《詩》方式、態度，與《詩序》好以具體的人事時世來詮解《詩》篇，顯然異趣。由此，亦使得朱熹在諸多詩篇的詮釋上，與《詩序》的詮說有所不同。

42.〈唐風・有杕之杜〉

有杕之杜，生于道左。彼君子兮。噬肯適我。中心好之，曷飲食之？（一章）

有杕之杜，生于道周。彼君子兮，逝肯來遊。中心好之，曷飲食之？
（二章）

〈有杕之杜〉一詩，《詩序》的詮釋是：

刺晉武也。武公寡特，兼其宗族，而不求賢以自輔焉。（《詩疏》卷
六之二，頁 226）

《毛詩正義》疏釋《詩序》之意云：

言寡特者，言武公專任己身，不與賢人圖事，孤寡特立也。兼其宗
族者，昭侯以下為君於晉國者，是武公之宗族，武公兼有之也。武
公初兼宗國，宜須求賢，而不求賢者，故刺之。（同上，頁 226～227）

據此，《詩序》以為〈有杕之杜〉是譏刺晉武公之詩。由於晉武公在滅緡、兼
併宗族、自立為君之後，專斷自為，不能求助賢人來襄助，因此詩人作〈有
杕之杜〉一詩來譏刺他。朱熹詮釋〈有杕之杜〉，不取《序》說，而謂：

此人好賢而恐不足以致之，故言此杕然之杜生于道左，其蔭不足以
休息，如己之寡弱不足特賴，則彼君子者亦安肯顧而適我哉？然其
中心好之，則不已也。但無自得而飲食之耳。夫以好賢之心如此，
則賢者安有不至，而何寡弱之足患哉！（《詩集傳》卷六，頁 72）

此《序》全非詩意。（《詩序辨說》卷上，頁 24）

視〈有杕之杜〉為某人好賢而恐不足以致之之詩。詩人透過生於道左的孤特
杕樹，來比擬自己的孑然一身，「寡弱不足特賴」，因而渴望君子來眷顧。在
《詩序辨說》中，朱熹批評《詩序》之說，完全不合詩旨。

43. 〈唐風・葛生〉

葛生蒙楚，蘞蔓于野。予美亡此，誰與？獨處！（一章）
葛生蒙棘。蘞蔓于域。予美亡此，誰與？獨息！（二章）
角枕粲兮。錦衾爛兮。予美亡此，誰與？獨旦！（三章）
夏之日，冬之夜。百歲之後，歸于其居。（四章）
冬之夜，夏之日。百歲之後，歸于其室。（五章）

〈葛生〉一詩，《詩序》的詮釋是：

刺晉獻公也。好攻戰，則國人多喪矣。（《詩疏》卷六之二，頁 227）

鄭玄箋釋《詩序》之意云：

喪，棄亡也。夫從征役，棄亡不反，則其妻居家而怨思。（同上）

《毛詩正義》疏釋《詩序》之意云：

> 數攻他國，數與攻戰，其國人或死行陣，或見囚虜，是以國人多喪，
> 其妻獨處於室，故陳妻怨之辭以刺君也。（同上）

據此，《詩序》以爲〈葛生〉一詩，是「刺晉獻公」之詩。由於獻公好攻戰，
導致國人「或死行陣，或見囚虜」，因此詩人作〈葛生〉一詩，透過妻怨之辭
的描寫，來譏刺晉獻公。朱熹詮釋〈葛生〉，不取《序》說，而謂：

> 婦人以其夫久從征役而不歸，故言葛生而蒙於楚，蘞生而蔓于野，
> 各有所依託，而予之所美者獨不在是，則誰與而獨處於此乎？（《詩
> 集傳》卷六，頁 73）

> 獻公固喜攻戰而好讒佞，然未見此二詩（按：指〈葛生〉、〈采苓〉
> 二詩）之果作於其時也。（《詩序辨說》卷上，頁 24）

視〈葛生〉爲描寫「婦人以其夫久從征役而不歸」的低沈心緒之詩，對於《詩
序》「刺晉獻公」之說，他指出晉獻公固然喜攻戰而好讒佞，但〈葛生〉一詩，
不必然即是作於晉獻公之時，言下之意，即〈葛生〉一詩的詩旨，也不必然
是爲了譏刺晉獻公而作。朱熹對於《詩序》詮《詩》所指涉坐實的人事時世，
往往不信，此亦是一例。

44. 〈唐風‧采苓〉

> 采苓采苓，首陽之巔。人之爲言，苟亦無信。舍旃舍旃，苟亦無然。
> 人之爲言，胡得焉！（一章）
> 采苦采苦，首陽之下。人之爲言，苟亦無與。舍旃舍旃，苟亦無然。
> 人之爲言，胡得焉！（二章）
> 采葑采葑，首陽之東。人之爲言，苟亦無從。舍旃舍旃，苟亦無然。
> 人之爲言，胡得焉！（三章）

〈采苓〉一詩，《詩序》的詮釋是：

> 刺晉獻公也。獻公好聽讒焉。（《詩疏》卷六之二，頁 228）

《毛詩正義》疏釋《詩序》之意云：

> 以獻公好聽用讒之言，或見貶退賢者，或進用惡人，故刺之。（同上）

據此，《詩序》以爲〈采苓〉是譏刺晉獻公好聽讒言之詩。由於晉獻公好聽讒
言，貶退賢者，進用惡人，因此詩人作〈采苓〉一詩來譏刺他。獻公好聽讒
言一事，見諸史傳，但從〈采苓〉一詩的詩文中，讀不出這樣的訊息，二者

之間亦無必然的關涉〔註44〕。朱熹詮釋〈采苓〉，最初亦遵從《序》說，《呂氏家塾讀詩記》載朱子釋《詩》之舊說云：「獻公好聽讒，觀驪姬譖殺太子及逐群公子之事，可見也。」（卷十一，頁461）但朱熹後不信《序》說，在《詩集傳》中詮釋此詩，謂：

> 此刺聽讒之詩。言子欲采苓於首陽之巔乎？然人之爲是言以告子者，未可遽以爲信也。姑舍置之，而無遽以爲然，徐察而審聽之，則造言者無所得而讒止矣。（《詩集傳》卷六，頁73）
> 獻公固喜攻戰而好讒佞，然未見此二詩之果作於其時也。（《詩序辨說》卷上，頁24）

僅寬泛地以爲〈采苓〉是「刺聽讒」之詩。對於《詩序》以晉獻公好聽讒言之事，來坐實〈采苓〉一詩的本事，朱熹都採取了不相信的態度。

45.〈秦風・蒹葭〉

> 蒹葭蒼蒼。白露爲霜。所謂伊人，在水一方。溯洄從之，道阻且長；溯游從之，宛在水中央。（一章）
> 蒹葭淒淒，白露未晞。所謂伊人，在水之湄。溯洄從之，道阻且躋；溯游從之，宛在水中坻。（二章）
> 蒹葭采采，白露未已。所謂伊人，在水之涘。溯洄從之，道阻且右；溯游從之，宛在水中沚。（三章）

〈蒹葭〉一詩，《詩序》的詮釋是：

> 刺襄公也。未能用周禮，將無以固其國焉。（《詩疏》卷六之四，頁241）

鄭玄箋釋《詩序》之意云：

> 秦處周之舊土，其人被周之德教日久矣。今襄公新爲諸侯，未習周之禮法，故國人未服焉。（同上）

《毛詩正義》疏釋《詩序》之意云：

> 作〈蒹葭〉詩者，刺襄公也。襄公新得周地，其民被周之德教日久，今襄公未能用周禮以教之。禮者爲國之本，未能用周禮，將無以固其國焉，故刺之也。經三章，皆言治國須禮之事。（同上）

〔註44〕方玉潤云：「《序》謂刺晉獻公好聽讒言，蓋指驪姬事也。然詩旨未露其意，安知其必爲驪姬發哉？」（《詩經原始》卷六，頁580）。

據此,《詩序》以爲〈蒹葭〉是「刺襄公」之詩。襄公新爲諸侯,新得周地,周地上的人民濡染周人的德教、禮法已久,但襄公不能用周人所習用的周代禮法制度來管理他們,這使得襄公在治理國家的穩固基礎上有了問題,因此,詩人作〈蒹葭〉一詩來譏刺他。詩文三章,都是在陳述「治國須禮之事」。朱熹詮釋〈蒹葭〉,不取《序》說,而是順文敷義,謂:

> 言秋水方盛之時,所謂彼人者,乃在水之一方,上下求之而皆不可得。然不知其何所指也。(《詩集傳》卷六,頁76)

> 此詩未詳所謂,然《序》說之鑿,則必不然矣。(《詩序辨說》卷上,頁24)

以爲〈蒹葭〉一詩,描寫秋水方盛之時,詩中主角所眷懷不忘的彼人在水之一方,無論上下求之都不可得的心情。但詩意究竟爲何,朱熹以爲「不知其何所指」。唯朱熹雖不能確知〈蒹葭〉一詩眞正的意旨,但對於《詩序》的詮釋,則以爲必然是穿鑿附會之說,絕非詩之本意。《詩序》、朱熹之釋《詩》所以在詩旨上會有差異,這自然是關涉到詮詩方法的不同所致。《詩序》詮《詩》,好以史說《詩》,所說往往很難從詩文中讀出,朱熹則以詩解詩、以平易解《詩》,遂和《詩序》的詮說有了很大的差異。

46. 〈秦風·晨風〉

> 鴥彼晨風,鬱彼北林。未見君子,憂心欽欽。如何如何!忘我實多。
> (一章)

> 山有苞櫟,隰有六駮。未見君子,憂心靡樂。如何如何!忘我實多。
> (二章)

> 山有苞棣,隰有樹檖。未見君子,憂心如醉。如何如何!忘我實多。
> (三章)

〈晨風〉一詩,《詩序》的詮釋是:

> 刺康公也。忘穆公之業,始棄其賢臣焉。(《詩疏》卷六之四,頁244)

以爲〈晨風〉是諷刺康公之詩。由於康公未如其父穆公有招賢之心,反而摒棄賢臣,因此詩人作〈晨風〉一詩來譏刺他。朱熹詮釋〈晨風〉,與《詩序》絕異,謂:

> 婦人以夫不在,而言鴥彼晨風,則歸于鬱然之北林矣,故我未見君子,而憂心欽欽也。彼君子者,如之何而忘我之多乎?此與扊扅之

歌同意，蓋秦俗也。（《詩集傳》卷六，頁78）

此婦人念其君子之詞，《序》說誤矣！（《詩序辨說》卷上，頁24）

以〈晨風〉爲一首思婦之詩，「與屐屢之歌同意」。所謂「屐屢之歌」，劉瑾謂：

晉獻公滅虞，百里奚亡秦走宛，楚鄙人執之。秦穆公聞其賢，以五
羖羊皮贖之，授以國政，後因作樂，所賃澣婦自言知音，呼之，援
琴而歌曰：「百里奚，五羊皮，臨別時，烹伏雌，炊扊扅，今富貴，
忘我爲？」因問之，乃其妻也。（《詩傳通釋》卷六，頁445）

據此，所謂「屐屢之歌」，亦婦人念其夫之詞。〈晨風〉一詩，《詩序》所以謂
是「刺康公」之詩，據輔廣的推測，可能是因〈權輿〉一詩而爲說的〔註45〕。
而朱熹的詮釋所以與《詩序》不同，仍是透過涵詠誦讀詩文之法，有以致之。

47.〈秦風·無衣〉

豈曰無衣？與子同袍。王于興師，脩我戈矛，與子同仇。（一章）
豈曰無衣？與子同澤。王于興師，脩我矛卓戈，與子偕作。（二章）
豈曰無衣？與子同裳。王于興師，脩我甲兵，與子偕行。（三章）

〈無衣〉一詩，《詩序》的詮釋是：

刺用兵也。秦人刺其君好攻戰，亟用兵而不與民同欲焉。（《詩疏》
卷六之四，頁244）

以〈無衣〉爲秦人譏刺秦君好攻戰之詩。朱熹詮釋〈無衣〉，不取《序》說，
而謂：

秦俗強悍，樂於戰鬥，故其人平居而相謂曰：豈以子之無衣，而與
子同袍乎。蓋以王于興師，則將修我戈矛，而與子同仇也。其懽愛
之心，足以相死如此。（《詩集傳》卷六，頁79）

《序》意與詩情不協，說已見本篇矣。（《詩序辨說·無衣》，卷上，
頁24）

以爲〈無衣〉一詩表現出秦俗強悍、樂於戰鬥的一面。詩中抒寫出秦人非常
願意爲王師所用，並擔負起勷佐王師的任務。在《詩序辨說》中，朱熹指出

〔註45〕輔廣云：「此《序》（按：指〈晨風·序〉）蓋因〈權輿〉之詩而爲之說，然〈權
輿〉與此詩不類，詳玩之可見。故先生以爲婦人念其君子之辭，與扊扅之歌
相類，如此，則辭順而意明。若如《序》說，則『憂心欽欽』下，遽責其忘
我之多，其意無乃太闊疏乎？」（《詩童子問·卷首》，頁289）

《詩序》「刺其君好攻戰，亟用兵而不與民同欲焉。」的詮釋，和詩中所表現出來的情感並不相稱，亦即《詩序》所說的「刺」意，和詩中所表現出來的美意，完全不能相應。衡之詩文，〈無衣〉一詩，表現出一種人民願爲領袖積極戰鬥的情感，並無《詩序》所說的「刺其君好攻戰」之意〔註46〕。而朱熹詮釋〈無衣〉，所以和《詩序》不同，仍是透過詩文的涵詠有以致之。

48.〈陳風・東門之枌〉

> 東門之枌，宛丘之栩。子仲之子，婆娑其下。（一章）
>
> 穀旦于差，南方之原。不績其麻，市也婆娑。（二章）
>
> 穀旦于逝，越以鬷邁。視爾如荍，貽我握椒。（三章）

〈東門之枌〉，《詩序》的詮釋是：

> 疾亂也。幽公淫荒，風化之所行，男女棄其舊業，亟會於道路，歌舞於市井爾。（《詩疏》卷七之一，頁251）

以爲〈東門之枌〉是「疾亂」之詩。由於幽公荒淫。風化所及，導致上行下效，蔚成風氣。陳國的男女都棄置了他們的本業，屢次相會於道路市井之中，

〔註46〕輔廣云：「詩文何有刺意？」（《詩童子問》卷首，頁289）又自朱熹指出〈無衣・序〉說與詩中所表現的情感不一致，後人指斥〈無衣・序〉說之不當者，多取朱熹此說以爲張本，如姚際恒、崔述、方玉潤、吳闓生、王先謙、陳子展、王靜芝、余培林等人。姚際恒謂：「《小序》謂『刺用兵』，無刺意。」（《詩經通論》卷七，頁209）方玉潤云：「《序》謂：『刺用兵，秦人以其君攻戰，亟用兵而不與民同欲』，意是而辭不能達，故朱子以爲《序》意與詩情不協。」（《詩經原始》卷六，頁609～610）吳闓生云：「《序》：『刺用兵也。秦人刺其君好攻戰，亟用兵，而不與民同欲焉。』《詩》固有反其詞以爲言，而本意含而不露者。然此詩實未見刺意。朱子駁之，以爲『秦俗強悍，樂於戰鬥。其歡愛之心，足以相死如此』，勝舊說也。」（《詩義會通》卷一〈國風・秦〉，頁103）崔述云：「吾讀〈秦風〉而知秦之必并天下也。……獨秦俗樂於戰鬥，視若日用尋常之事。……〈無衣〉，平日詩也，而志切於戈矛，意在同仇，行陣也而衽席視之，鋒鏑也，而衽蓆依之，則臨敵可知矣。其風俗之勁悍如是，天下誰復能當其鋒者。……《朱傳》之論〈無衣〉，深得其旨。惟謂〈小戎〉爲『以義興師』尚有未盡。篇中但稱車甲之盛，固未嘗有一言之及於義也。至《序》反以〈無衣〉爲刺用兵，失之遠矣。」（《讀風偶識》卷四，頁5～6）王先謙云：「案：毛謂《詩》之篇第以世爲次，此在穆公後，宜爲刺康公詩。其實世次之說，出毛武斷，而審度此詩詞氣，又非刺詩，斷從齊說。」（《詩三家義集疏》卷九，頁456）陳子展之說，見《詩經直解》卷十一，頁401，王靜芝之說，見《詩經通釋》，頁274，余培林之說，見《詩經正詁》卷九，頁364。

婆娑起舞，相與淫亂，因此，詩人遂作〈東門之枌〉來譏刺這種淫亂之事。
朱熹詮釋〈東門之枌〉，不取《序》說，而謂：

> 此男女聚會歌舞，而賦其事以相樂也。（《詩集傳》卷七，頁 81）
>
> 同上（按：即「陳國小無事實，幽公但以諡惡，故得游蕩無度之詩，
> 未敢信也。」）（《詩序辨說》卷上，頁 25）

順文立義，以爲〈東門之枌〉是「男女聚會歌舞，而賦其事以相樂也。」之詩。
對於《詩序》以幽公之諡號來坐實〈東門之枌〉一詩的本事，朱熹採取了不相
信的態度。《詩序》好以君之諡號來說《詩》，諡號不美者，則刺詩往往歸之，
此點頗受朱熹的指斥〔註47〕，朱熹詮釋〈東門之枌〉，不取《序》說，亦是一例。

49.〈陳風・衡門〉

> 衡門之下，可以棲遲。泌之洋洋，可以樂飢。（一章）

〔註47〕朱熹對於《詩序》動輒以諡號來詮說詩旨，時有指斥，如《詩序辨說・柏舟》
云：「今乃斷然以爲衛頃公之時，則其故爲欺罔，以誤後人之罪，不可揜矣。
蓋其偶見此詩冠於三衛變風之首，是以求之《春秋》之前，而《史記》所書
莊桓以上，衛之諸君，事皆無可考者，諡亦無甚惡者，獨頃公有賂王請命之
事，其諡又爲甄心動懼之名，如漢諸侯王，必其嘗以罪謫，然後加以此諡，
以是意其必有棄賢用佞之失，而遂以此詩予之。」（卷上，頁 10）、《詩序辨說・
雞鳴》：「此《序》得之，但哀公未有所考，豈亦以諡惡而得之歟？」（同上，
頁 20）、《詩序辨說・衡門》：「僖者，小心畏忌之名，故以爲愿無立志，而配
以此詩。不知其爲賢者自樂而無求之意也。」（同上，頁 25）、「問：『《詩傳》
盡撤去《小序》，何也？』曰：『《小序》如〈碩人〉、〈定之方中〉等，見於《左
傳》者自可無疑。若其他刺詩無所據，多是世儒將他諡號不美者，捼就立名
爾。今只考一篇見是如此，故其他皆不敢信。且如蘇公刺暴公，固是姓暴者
多，萬一不見得是暴公，則『惟暴之云』者，只作一箇狂暴底人說，亦可。
又如〈將仲子〉，如何便見得是祭仲？某由此見得《小序》大故是後世陋儒所
作，但既是千百年已往之詩，今只見得大意便了，又何必要指實得其人姓名？
於看詩有何益也！』」（《朱子語類》卷八十，頁 2078）、「鄭漁仲謂『《詩小序》
只是後人將史傳去揀，并看諡，卻附會做《小序》美刺。」（同上，頁 2079）、
「《小序》尤不可信，皆是後人託之，仍是不識義理，不曉事。如山東學究者，
皆是取之《左傳》、《史記》中所不取之君，隨其諡之美惡，有得惡諡，及《傳》
中載其人之事者，凡一時惡詩，盡以歸之。……《諡法》中如『墮覆社稷曰
頃』，便將〈柏舟〉一詩，硬差排爲衛頃公，便云『賢人不遇，小人在側』，
更無分疏處。『愿而無立曰僖』，〈衡門〉之詩，便以誘陳僖『愿而無立志』言
之。」（同上，頁 2091）又朱熹認爲《詩序》做美刺，往往就君之諡號來言說，
諡號惡者，輒往往歸之，這樣的看法，蓋取自鄭樵。朱熹說：「鄭漁仲謂：『《詩
小序》只是後人將史傳去揀，并看諡，卻附會作《小序》美刺。』」（《朱子語
類》卷八十，頁 2079）

　　豈其食魚，必河之魴？豈其取妻，必齊之姜？（二章）

　　豈其食魚，必河之鯉？豈其取妻，必宋之子？（三章）

〈衡門〉一詩，《詩序》的詮釋是：

　　〈衡門〉，誘僖公也。愿而無立志，故作是詩以誘掖其君也。（《詩疏》
　　卷七之一，頁251～252）

鄭玄箋釋《詩序》之意云：

　　誘，進也。掖，扶持也。（同上，頁252）

《毛詩正義》疏釋《詩序》之意云：

　　作〈衡門〉詩者，誘僖公也。以僖公懿愿而無自立之志，故國人作
　　是〈衡門〉之詩，以誘導扶持其君，誘使自強行道，令興國致理也。
　　經三章，皆誘之辭。（同上，頁252）

據此，《詩序》以為〈衡門〉一詩，是國人勸誘僖公向上向善，獨立自強，將
國家大政治理好的詩。朱熹詮釋〈衡門〉，不取《序》說，而謂：

　　此隱居自樂而無求者之詞。言衡門雖淺陋，然亦可以遊息。泌水雖
　　不可飽，然亦可以玩樂而忘飢也。（《詩集傳》卷七，頁82）

　　僖者，小心畏忌之名，故以為愿無立志而配以此詩，不知其為賢者
　　自樂而無求之意也。（《詩序辨說》卷上，頁25）

視〈衡門〉為一首描寫隱居自樂而無所求之詩。在《詩序辨說》中，朱熹指出
《詩序》之說，仍是就「諡號」所作的詮說。由於僖公的諡號有「小心畏忌」
之意，因此作《序》的人，便說他「愿無立志」，並將〈衡門〉一詩分配給僖公，
作《序》者完全不知道這是一首「賢者自樂而無求」之詩。《詩序》的詮釋，顯
係就諡號所作的衍說，從詩文的解讀中實在讀不出《詩序》所謂的「誘僖公」
的訊息，前人指斥《詩序》詮釋〈衡門〉悖離詩義的不少〔註48〕。朱熹則以詩

〔註48〕如王先謙、崔述、方玉潤等。王氏引《魯詩》、《韓詩》說後云：「皆言賢者樂
　　　　道忘飢，無誘進人君之意。即為君者感此詩以求賢，要是旁文，並非正義也。」
　　　　（《詩三家義集疏》卷十，頁467）崔述謂：「〈衡門·序〉以為誘僖公，朱子
　　　　以為隱居自樂而無求者之詞。今按：『衡門』，貧士之居，『樂飢』貧士之事，
　　　　『食魚』、『取妻』亦與人君毫不相涉，朱子之說是也。……蓋賢人之仕原欲
　　　　報國安民，有所建白，若但碌碌素餐，已無樂於富貴，況使之媚權要以干進，
　　　　彼賢人者肯為宮室飲食妻妾之奉而為之乎！恬吟密詠，可以息躁寧神。《朱傳》
　　　　得其旨矣。」（《讀風偶識》卷四，頁8～9）方玉潤云：「此賢者隱居甘貧而無
　　　　求於外之詩，不知《序》何以云誘僖公也。夫僖公君臨萬民者也，縱愿而無
　　　　立志，誘之以政焉，而進於道也可，奈何以無求於世之志勸之，豈非所誘反

解詩，順文解讀，因而和《詩序》的詮說有了相異之處〔註49〕。

50.〈陳風‧東門之池〉

> 東門之池，可以漚麻。彼美淑姬，可與晤歌。（一章）
> 東門之池，可以漚紵。彼美淑姬，可與晤語。（二章）
> 東門之池，可以漚菅。彼美淑姬，可與晤言。（三章）

〈東門之池〉一詩，《詩序》的詮釋是：

> 刺時也。疾其君之淫昏而思賢女以配君子也。（《詩疏》卷七之一，
> 頁252）

《毛詩正義》疏釋《詩序》之意云：

> 此實刺君，而云刺時者，由君所化，使時世皆淫，故言刺時以廣之。…
> 經三章，皆思得賢女之事，疾其君之淫昏，序其思賢女之意耳。（同
> 上）

又釋〈東門之池〉首章云：

> 東門之外有池水，此水可以漚柔麻草，使可緝績以作衣服，以興貞
> 賢之善女，此女可以柔順君子，使可脩政以成德教。既已思得賢女，
> 又述彼之賢女。言彼美善之賢姬，實可與君對偶而歌也。以君淫昏，
> 故得賢女配之，與之對偶而歌，冀其切化，使君爲善。（同上）

據此，《詩序》以爲〈東門之池〉是「刺時」之詩，刺時即刺君。由於陳國的
國君淫昏，風化所及，導致淫亂成風，因此，詩人希望能夠得到一位賢良的
女子來匹配國君，使其有所感悟向善，此〈東門之池〉一詩之所由作。朱熹
詮釋〈東門之池〉，不取《序》說，而視之爲淫詩，謂：

> 此亦男女會遇之詞。蓋因其會遇之地，所見之物，以起興也。（《詩
> 集傳》卷七，頁82）

> 此淫奔之詩，《序》說蓋誤。（《詩序辨說》卷上，頁45）

其所望乎？陳之有〈衡門〉也，亦猶衛之有〈考槃〉、秦之有〈蒹葭〉，是皆
從舉世不爲之中，而己獨爲之，可謂中流砥柱，挽狂瀾於既倒，有關世道人
心之作矣！」（《詩經原始》卷七，頁622～623）

〔註49〕輔廣釋〈衡門〉謂：「此詩以爲隱居自樂而無求者之辭，則辭順理明，甚易而
實是。若以爲誘掖僖公之詩，則繚戾破碎，不成文理，甚難而實非也。夫逐
物徇外，乃人之常情，今玩其辭意，安愉恬淡，非樂內者有所不能也。」（《詩
童子問》卷三，頁343）可作爲朱熹以詩說詩，以平易說詩，順文敷義，而所
以異於《詩序》迂曲詮釋的註腳。

51. 〈陳風‧東門之楊〉

東門之楊，其葉牂牂。昏以為期，明星煌煌。（一章）

東門之楊，其葉肺肺，昏以為期，明星晢晢。（二章）

〈東門之楊〉一詩，《詩序》的詮釋是：

刺時也。昏姻失時，男女多違，親迎，女猶有不至者也。（《詩疏》

卷七之一，頁 253）

《詩序》之意，《毛詩正義》謂：

毛以昏姻失時者，失秋冬之時，鄭以為失仲春之時。言「親迎，女

猶不至」，明不親迎者相違眾矣，故舉不至者，以刺當時之淫亂也。

（同上）

據此，《詩序》以為〈東門之楊〉是譏刺淫亂之詩。由於淫亂成風，使得男女
都不能在最恰當的時節成婚，甚至有男方已行親迎之禮，而女方仍以心有屬
意之男子而不肯相從，因此，詩人藉〈東門之楊〉一詩，來譏刺此種因淫亂
成風，導致男女婚姻失時的現象。《詩序》的詮釋，有可能是自詩中「昏為為
期」一句所作的生說。《儀禮‧士昏禮》記載夫婿親迎新婦，謂：「從車二乘，
執燭前馬。婦車亦如之，有裧，至于門外。」（《儀禮疏》卷四，頁 44）此蓋
《序》說之所本。朱熹詮釋〈東門之楊〉，不取《序》說，而謂：

此亦男女期會而有負約不至者，故因其所見以起興也。（《詩集傳》

卷七，頁 82）

同上。（按：即「此淫奔之詩，《序》說蓋誤。」）（《詩序辨說》卷上，

頁 25）

亦視〈東門之楊〉為淫奔之詩，並指出《詩序》的詮釋是錯誤的。

52. 〈陳風‧防有鵲巢〉

防有鵲巢，邛有旨苕。誰侜予美，心焉忉忉。（一章）

中唐有甓，邛有旨鷊。誰侜予美，心焉惕惕。（二章）

〈防有鵲巢〉一詩，《詩序》的詮釋是：

憂讒賊也。宣公多信讒，君子憂懼焉。（《詩疏》卷七之一，頁 254）

《詩序》之意，《毛詩正義》謂：

憂讒賊者，謂作者憂讒人，謂為讒以賊害於人也。（同上）

鄭玄詮釋〈防有鵲巢〉首章：「防有鵲巢，邛有旨苕」云：「防之有鵲巢，邛

之有美苕,處勢自然,興者,喻宣公信多言之人,故致此讒人。」(《詩疏》卷七之二,頁 254);釋「誰侜予美,心焉忉忉。」云:「誰,誰讒人也。女,眾讒人。誰侜張誑欺我所美之人乎?使我心忉忉然。所美,謂宣公。」(同上)《毛詩正義》為此疏釋云:

> 言防邑之中有鵲鳥之巢,邛丘之上有美苕之草,處勢自然。以興宣
> 公之朝有讒言之人,亦處勢自然。何則?防多樹木,故鵲鳥往巢焉。
> 邛丘地美,故旨苕生焉。以言宣公信讒,故讒人集焉。公既信此讒
> 言,君子懼己得罪,告語眾讒人輩,汝等是誰誑欺我所美之人宣公
> 乎?而使我心忉忉然而憂之。(同上,頁 254~255)

據此,《詩序》以為〈防有鵲巢〉是憂懼讒人、讒言傷害的詩。由於宣公好近讒人、好聽讒言,使得君子非常憂懼,恐以此得罪,遂作〈防有鵲巢〉一詩,來加以抒佈內心的憂懼之情。朱熹詮釋〈防有鵲巢〉,不取《序》說,而謂:

> 此男女之有私而憂或閒之之詞。故曰防則有鵲巢矣,邛則有旨苕矣。
> 今此何人,而侜張予之所美,使我憂之而至於忉忉乎?(《詩集傳》
> 卷七,頁 83)

> 此非刺其君之詩。(《詩序辨說》卷上,頁 26)

視〈防有鵲巢〉為一首描寫一對歡愛的男女,憂慮他人來離間之詩,並非刺君之詩。《詩序》的詮釋,蓋附會自《左傳》、《史記》的記載而來。《左傳》莊公二十二年:

> 春,陳人殺其太子禦寇,陳公子完與顓孫奔齊。(《春秋疏》卷九,
> 頁 162)

《史記‧陳杞世家》:

> 宣公後有嬖姬,生子款,欲立之,乃殺其太子禦寇。禦寇素愛屬公
> 子完,完懼禍及己,乃奔齊。(《史記會注考證》卷三十六,頁 595)

據《左傳》、《史記》之文,宣公欲立款而殺太子,並使公子完與顓孫畏禍奔齊。但《詩序》說《詩》好附會書史,這是朱熹不取《序》說的原因。

53.〈陳風‧月出〉

> 月出皎兮,佼人僚兮。舒窈糾兮,勞心悄兮。(一章)
> 月出皓兮,佼人懰兮。舒憂受兮,勞心慅兮。(二章)
> 月出照兮,佼人燎兮。舒夭紹兮,勞心慘兮。(三章)

〈月出〉一詩，《詩序》的詮釋是：

> 刺好色也。在位不好德而說美色焉。（《詩疏》卷七之一，頁 255）

《毛詩正義》疏釋《詩序》之意云：

> 人於德、色，不得并時好之。心既好色則不復好德，故經之所陳，唯言好色而已。《序》言不好德者，以見作詩之意耳。於經無所當也。
>
> 經三章，皆言在位好色之事。（《詩疏》卷七之一，頁 255）

據此，《詩序》以爲〈月出〉是一首譏刺在位者好色不好德之詩。全詩都在描寫在位好色之事。朱熹詮釋〈月出〉，不取《序》說，而謂：

> 此亦男女相悅而相念之辭。言月出則皎然矣，佼人則僚然矣，安得見之而舒窈糾之情乎？是以爲之勞心而悄然也。（《詩集傳》卷七，頁 83）
>
> 此不得爲刺詩。（《詩序辨說》卷上，頁 26）

視〈月出〉爲一首描寫男女相悅而相念之辭。詩人由皎潔的月色寫起，來抒發心中對所愛之人的思念。在《詩序辨說》中，朱熹指出〈月出〉一詩並非刺詩。而朱熹所以認爲〈月出〉一詩，「不得爲刺詩」，自然是透過詩文的涵詠誦讀而來，在反覆涵詠誦讀之後，發現詩中並無譏刺之意，而只是一首男女相悅相念的情詩而已。此外，朱熹以爲國風中多是里巷歌謠之作，而里巷歌謠最大的特徵，乃是內容多是「男女相與詠歌，各言其情」之詩。在以詩言詩，涵詠詩文的詮《詩》方法，及國風多是里巷歌謠之詩的觀念下，朱熹詮釋〈月出〉，遂與《詩序》採取以史證詩的詮釋進路，及視國風諸詩，乃在呈顯風化、勸誡人君、著重譏刺的觀念，（所謂：「上以風化下，下以風刺上，主文而譎諫，言之者無罪，聞之者足以戒。」《詩疏》卷一之一，頁 16）、「風，風也，教也，風以動之，教以化之。」（同上，頁 12）有了很大的差異。

54. 〈陳風‧澤陂〉

> 彼澤之陂，有蒲與荷。有美一人，傷如之何！寤寐無爲，涕泗滂沱。（一章）
>
> 彼澤之陂，有蒲與蘭。有美一人，碩大且卷。寤寐無爲，中心悁悁。（二章）
>
> 彼澤之陂，有蒲菡萏。有美一人，碩大且儼。寤寐無爲，輾轉伏枕。（三章）

〈澤陂〉一詩，《詩序》的詮釋是：

〈澤陂〉，刺時也。言靈公君臣淫乎其國，男女相說，憂思感傷焉。
（《詩疏》卷七之一，頁 256）

鄭玄箋釋《詩序》之意云：

君臣淫於國，謂與孔寧、儀行父也。感傷，謂涕泗滂沱。（同上）

《毛詩正義》疏釋《詩序》之意云：

作〈澤陂〉詩者，刺時也。由靈公與孔寧、儀行父等君臣立立淫於
其國之內，共通夏姬，國人效之，男女遞相悅愛，爲此淫泆。毛以
爲，男女相悅，爲此無禮，故君子惡之，憂思感傷焉。憂思時世之
淫亂，感傷女人之無禮也。…鄭以爲，由靈公君臣淫於其國，故國
人淫泆，男女相悅。聚會則共相悅愛，別離則憂思感傷，言其相思
之極也。（同上）

據此，《詩序》以爲〈澤陂〉一詩是譏刺時世淫亂之詩。由於靈公君臣與夏姬
淫通於國內，致上行下效，淫亂成風，「聚會則共相悅愛，別離則憂思感傷」，
因此，詩人作〈澤陂〉一詩來譏刺這種現象。《詩序》的詮釋，蓋自前篇〈株
林〉衍申而來。朱熹詮釋〈澤陂〉，不取《序》說，而謂：

此詩大旨與〈月出〉相類。言彼澤之陂，則有蒲與荷矣。有美一人
而不可見，則雖憂傷而如之何哉？寤寐無爲，涕泗滂沱而已矣。（《詩
集傳》卷七，頁 84）

以爲〈澤陂〉一詩的大旨與〈月出〉相類，都是描寫「男女相悅而相念之辭」。
只不過〈月出〉一詩是相悅的男女，因思念對方，到了勞苦憂感之境，而〈澤
陂〉一詩，則是因思念，到了淚眼縱橫、涕泗滂沱之地。

55.〈小雅・鴻鴈〉

鴻鴈于飛，肅肅其羽。之子于征，劬勞于野。爰及矜人，哀此鰥寡。
（一章）

鴻鴈于飛，集于中澤。之子于垣，百堵皆作。雖則劬勞，其究安宅。
（二章）

鴻鴈于飛，哀鳴嗸嗸。維此哲人，謂我劬勞；維彼愚人，謂我宣驕。
（三章）

〈鴻鴈〉一詩，《詩序》的詮釋是：

〈鴻鴈〉，美宣王也。萬民離散，不安其居，而能勞來還定安集之，

至于矜寡，無不得其所焉。(《詩疏》卷十一之一，頁 373)

鄭玄箋釋《詩序》之意云：

宣王承屬王衰亂之敝，而起興復先王之道，以安集眾民爲始也。《書》

曰：「天將有立父母，民之有政有居。」宣王之爲是務。(《詩疏》卷

十一之一，頁 373)

《毛詩正義》疏釋《詩序》之意云：

作〈鴻鴈〉詩者，美宣王也。由屬王衰亂，萬民分離逃散，皆不安

止其居處。今宣王始立，能遣侯伯卿士之使，皆就而勞來，今還歸

本宅安止，安慰而集聚之，使復其居業，爲築宮室。又至於矜寡孤

獨皆蒙賙贍，無不得其所者，由是故美之也。(同上)

據此，《詩序》以爲〈鴻鴈〉讚美是宣王安集流民之詩。由於屬王衰亂，導致

萬民離散，無法安居樂業，宣王繼立，就派遣官員去安頓流民，使他們重獲

安定的生活，因此詩人作〈鴻鴈〉一詩來讚美宣王。朱熹詮釋〈鴻鴈〉，謂：

舊說：周室中衰，萬民離散，而宣王能勞來還定安集之，故流民喜

之而作此詩。追敘其始而言曰：鴻鴈于飛，則肅肅其羽矣。之子于

征，則劬勞于野矣。且其劬勞者，皆鰥寡可哀憐之人也。然今亦未

有以見其爲宣王之詩。後三篇放此。(《詩集傳》卷十，頁 119)

此以下時世，多不可考。(《詩序辨說》卷下，頁 31)

《詩集傳》中所謂的「舊說：周室中衰，萬民離散，而宣王能勞來還安定集

之，故流民喜之而作此詩。」即指《詩序》、鄭《箋》之說。但朱熹對於《詩

序》以〈鴻鴈〉爲「美宣王」之說、定〈鴻鴈〉爲宣王的時代有所懷疑，他

認爲《詩序》之說不一定正確，〈鴻鴈〉以下的三詩：〈庭燎〉、〈沔水〉、〈鶴

鳴〉，《詩序》也都定爲宣王時詩，但都沒有足夠的證據可以證明《序》說所

言爲是。朱熹詮釋〈鴻鴈〉，懷疑《詩序》所定的時世，原因即在於從詩文中

看不出是宣王時詩，此外，其他的經傳也沒有任何證據可以證明《序》說爲

是〔註50〕。

〔註50〕 輔廣釋〈鴻鴈〉，於朱熹釋〈鴻鴈〉致疑《詩序》之說有所說明：「先生以〈鴻

鴈〉而下，諸詩時世多不可考者，蓋於詩文及其他經傳皆無所據，爲可疑耳。

《序》者但以其次於宣王詩後，故例皆以屬之宣王，而不疑是固未必然也。

然考詩之意及下篇孔氏之說，則亦恐或爲宣王之詩。故先生於諸篇或以宣王

爲說，但以其無所據，故不敢質言之，此闕疑之意也。」(《詩童子問·卷首》，

56. 〈小雅‧庭燎〉

> 夜如何其？夜未央。庭燎之光。君子至止，鸞聲將將。（一章）
> 夜如何其？夜未艾。庭燎晰晰。君子至止，鸞聲噦噦。（二章）
> 夜如何其？夜鄉晨。庭燎有煇。君子至止，言觀其旂。（三章）

〈庭燎〉一詩，《詩序》的詮釋是：

> 美宣王也。因以箴之。（《詩疏》卷十一之一，頁 374）

鄭玄箋釋《詩序》之意云：

> 諸侯將朝，宣王以夜未央之時，問夜早晚。美者，美其能自勤以政
> 事。因以箴者，王有雞人之官，凡國事為期，則告之以時，王不正
> 其官而問夜早晚。（同上）

《毛詩正義》疏釋《詩序》之意云：

> 因以箴之者，言王雖可美，猶有所失。此失須治，若病之須箴。三
> 章皆美其勤於政事，譏其不正其言，是美而因箴之事也。（同上）

> 王有雞人之官，凡國事為期，則雞人告有司以其朝之時節，有司當
> 以告王，不須問。今王問之，由王不正其官而問夜早晚，非度之宜，
> 所以箴之也。（同上）

據此，《詩序》以為〈庭燎〉是讚美宣王之詩。但在讚美之中也帶有規正之意。
由於宣王因諸侯將來朝，乃問夜的早晚，這是勤於政事而值得讚美的事，但
諸侯上朝的時間，本應由報時的雞人之官來轉告主管官員，再由主管官員上
呈天子知悉，現在由宣王來親自問時，是權責不明，督責不周，因此詩人在
讚美中也帶有一點規正之意。朱熹詮釋〈庭燎〉，謂：

> 王將起視朝，不安於寢，而問夜之早晚曰：夜如何哉？夜雖未央，
> 而庭燎光矣。朝者至而聞其鸞聲矣。（《詩集傳》卷十，頁 120）

不取《詩序》「美宣王」、「因以箴之」之說，而僅隨文釋義，略加說明詩旨而
已。朱熹所以不取《詩序》「美宣王」之說，原因即是他對《詩序》所指涉的
對象、時世並不信任。朱熹詮釋〈鴻鴈〉時，已經指出《詩序》逕謂〈鴻鴈〉、
〈庭燎〉、〈沔水〉、〈鶴鳴〉俱為與宣王有關涉之詩，但從詩文中實看不出此
三詩是宣王時詩。朱熹又說從〈鴻鴈〉以下諸詩的時世，大都無法考定、確
認其時世，因此，朱熹詮釋〈庭燎〉僅隨文釋義，略加說明意旨而已。

頁 293）

57. 〈小雅・沔水〉

> 沔彼流水，朝宗于海。鴥彼飛隼，載飛載止。嗟我兄弟，邦人諸友。
> 莫肯念亂，誰無父母！（一章）
> 沔彼流水，其流湯湯。鴥彼飛隼，載飛載揚。念彼不蹟，載起載行。
> 心之憂矣，不可弭忘。（二章）
> 鴥彼飛隼，率彼中陵。民之訛言，寧莫之懲。我友敬矣，讒言其興。
> （三章）

〈沔水〉一詩，《詩序》的詮釋是：

> 規宣王也。（《詩疏》卷十一之一，頁375）

《毛詩正義》疏釋《詩序》之意云：

> 作〈沔水〉詩者，規宣王也。圓者周匝之物，以比人行周備。物有
> 不圓匝者，規之使成圓。人行有不周者，規之使周備，是匡諫之名。
> 刺者，責其為惡。言宣王政教多善，小有不備，今欲規之使備，故
> 言規之，不言刺也。經云諸侯不朝天子，妄相侵伐，又讒言將起，
> 王不禁之。欲王治諸侯，察譖妄，皆規王使為善也。（同上）

據此，《詩序》以為〈沔水〉是匡諫宣王之詩。由於宣王在政教上的表現頗善，但稍有不備，所謂不備，即是：「諸侯不朝天子，妄相侵伐，又讒言將起，王不禁之。」，因此詩人透過〈沔水〉一詩，希望「王治諸侯，察譖妄」；在政教的施行上能更為周備，其中寄寓著匡諫規勸之意。朱熹詮釋〈沔水〉，不取《序》說，而謂：

> 此憂亂之詩。言流水猶朝宗於海，飛隼猶或有所止，而我之兄弟諸
> 友乃無肯念亂者，誰獨無父母乎？亂則憂或及之，是豈可以不念哉！
> （《詩集傳》卷十，頁120）

僅隨文釋義，謂〈沔水〉是憂亂之詩。而朱熹所以不取《序》說，原因仍和前述〈鴻鴈〉一詩一樣，朱熹認為從詩文中看不出是宣王之詩，而其他的經傳也沒有證據證明《序》說為是，既然如此，朱熹遂以詩論詩，純就詩文來說明其旨意。

58. 〈小雅・祈父〉

> 祈父！予，王之爪牙。胡轉予于恤？靡所止居。（一章）
> 祈父！予，王之爪士。胡轉予于恤？靡所底止。（二章）

祈父！亶不聰。胡轉予于恤？有母之尸饔。（三章）

〈祈父〉一詩，《詩序》的詮釋是：

刺宣王也。（《詩疏》卷十一之一，頁 377）

鄭玄箋釋《詩序》之意云：

刺其用祈父不得其人也。官非其人則職廢。祈父之職，掌六軍之事，
有九伐之法。（同上）

《毛詩正義》詮釋〈祈父〉首章謂：

時爪牙之士呼司馬之官曰：祈父，我乃王之爪牙之士，所職有常，
不應遷易，汝何爲移我於所憂之地，使我無所止居乎？由宣王不明，
使人不稱，故陳之以刺王。（同上）

據此，《詩序》以爲〈祈父〉是「刺宣王」之詩。由於宣用人不當，致使職掌
軍事的祈父任意調動人員，使擔任周王的禁衛之士有所埋怨，故詩人作〈祈
父〉一詩來譏刺宣王。朱熹詮釋〈祈父〉謂：

軍士怨於久役，故呼祈父而告之曰：予乃王之爪牙，汝何轉我於憂
恤之地，使我無所止居乎？（《詩集傳》卷十一，頁 122）

不取《詩序》「刺宣王」之說，僅隨文釋義，謂〈祈父〉是軍士怨於久役之
辭，而他所以不取《詩序》「刺宣王」說，乃是從詩文中看不出是刺宣王之
詞。毛《傳》、鄭玄都以宣王三十九年戰于千畝，王師敗績于姜氏之戎，導
致軍士怨望而作〈祈父〉，來坐實是刺宣王之說，呂祖謙也引太子晉諫靈王
之詞，以爲宣王雖中興之主，但不務農而役民，因此仍有可刺之處，來證成
《詩序》「刺宣王」之不誣。但朱熹仍以從詩文中看不出是刺宣王而加以否
定，他說：

《序》以爲刺宣王之詩。說者又以爲宣王三十九年，戰于千畝，王
師敗績于姜氏之戎，故軍士怨而作此詩。東萊呂氏曰：「太子晉諫靈
王之詞曰：『自我先王厲、宣、幽、平而貪天禍，至于今未弭。』宣
王，中興之王也，至與幽厲並數之，其詞雖過，觀是詩所刺，則子
晉之言豈無所自歟？」但今考之詩文，未有以見其必爲宣王耳。下
篇放此。（《詩集傳》卷十一，頁 122）

按此段朱熹所謂的「說者」，即指毛《傳》、鄭《箋》之說，而東萊呂氏，即
指呂祖謙，毛《傳》、鄭《箋》之說，本諸《國語・周語上》「虢文公諫宣王
不籍千畝」文；呂祖謙所謂太子晉之諫詞，本《國語・周語下》「太子晉諫靈

王壅穀水」文〔註51〕。

59. 〈小雅・白駒〉

皎皎白駒，食我場苗。縶之維之，以永今朝。所謂伊人，於焉逍遙。
（一章）

皎皎白駒，食我場藿。縶之維之，以永今夕。所謂伊人，於焉嘉客。
（二章）

皎皎白駒，賁然來思。爾公爾侯，逸豫無期。慎爾優游，勉爾遁思。
（三章）

皎皎白駒，在彼空谷。生芻一束，其人如玉。毋金玉爾音，而有遐心。
（四章）

〈白駒〉一詩，《詩序》的詮釋是：

大夫刺宣王也。（《詩疏》卷十一之一，頁 378）

鄭玄箋釋《詩序》之意云：

刺其不能留賢也。（同上）

據此，《詩序》以爲〈白駒〉是大夫作以刺宣王不能留賢之詩。毛《傳》、《毛詩正義》詮釋〈白駒〉，亦皆依《序》而爲說，毛《傳》釋〈白駒〉首章：「皎皎白駒，食我場苗。縶之維之，以永今朝。」云：

宣王之末，不能用賢，賢者有乘白駒而去者。（同上）

《毛詩正義》詮釋〈白駒〉首章云：

宣王之末，不能用賢，有賢人乘皎皎然白駒而去者。我願其乘此白
駒而來，食我場中之苗。……（同上）

朱熹詮釋〈白駒〉，謂：

爲此詩者，以賢者之去而不可留也，故託以其所乘之駒食我場苗而
縶維之，庶幾以永今朝。使其人得以此逍遙而不去，若後人留客而

〔註51〕 〈祈父〉首章：「予王之爪牙，胡轉予于恤，靡所止居。」毛《傳》：「恤，憂也。宣王之末，司馬職廢，羌戎爲敗。」（《詩疏》卷十一之一，頁 377）鄭《箋》：「予，我。轉，移也。此勇力之士責司馬之辭也。我乃王之爪牙，爪牙之士當爲王閑守之衛，女何移我於憂，使我無所止居乎？謂見使從軍，與羌戎戰於千畝而敗之時也。」（同上）毛、鄭之說本《國語・周語上》「虢文公諫宣王不籍千畝」文，參《國語》卷一，頁 15～22。呂祖謙之語，見《呂氏家塾讀詩記》卷二十，頁 56 一，又呂祖謙所引太子晉諫靈王之詞，參《國語》卷三，頁 101～113。

投其轄於井中也。(《詩集傳》卷十一，頁 122)

以〈白駒〉為無法留賢之詩，並不取《詩序》「大夫刺宣王」之說。而朱熹所以不取《詩序》刺宣王之說，理由在釋〈祈父〉詩中已經說過，即「考之詩文，未有以見其必為宣王耳。」(《詩集傳》卷十一，頁 122)朱熹既以《序》說不可信，乃隨文立義，以為留賢而不能之詩。就〈白駒〉一詩的詩文看來，衡文按義，其中並無刺意，而《詩序》所以謂是刺宣王之詩，比較可能的推斷是作《序》者乃就詩的篇次來立說，初不顧及詩中之意。王先謙謂「毛之說《詩》，每以詩先後限斷時代，其說多不可從。宣末失政，尚非衰亂，毛特以詩實於此，斷為一王之詩耳。其為賢人遠引，朋友離思，固無可疑，而必謂刺王不能留，則詩外之意也。」(《詩三家義集疏》卷十六，頁 643)其說頗諦。

60. 〈小雅・黃鳥〉

　　黃鳥黃鳥，無集于穀，無啄我粟。此邦之人，不我肯穀。言旋言歸，復我邦族。(一章)

　　黃鳥黃鳥，無集于桑，無啄我粱。此邦之人，不可與明。言旋言歸，復我諸兄。(二章)

　　黃鳥黃鳥，無集于栩，無啄我黍。此邦之人，不可與處。言旋言歸，復我諸父。(三章)

　　〈黃鳥〉一詩，《詩序》的詮釋是：

　　刺宣王也。(《詩疏》卷十一之一，頁 379)

鄭玄箋釋《詩序》之意云：

　　刺其以陰禮教親而不至，聯兄弟之不固。(同上)

《毛詩正義》疏釋鄭玄、《詩序》之意云：

　　箋解婦人自為夫所出，而以刺王之由。刺其以陰禮教男女之親，而不至篤聯結其兄弟。夫婦之道不能堅固，令使夫婦相棄，是王之失教，故舉以刺之也。(同上)

據此，《詩序》以為〈黃鳥〉是刺宣王之詩。朱熹詮釋〈黃鳥〉，不取《序》說，僅順文立義謂：

　　民適異國，不得其所，故作此詩。託為呼其黃鳥而告之曰：爾無集于穀，而啄我之粟。茍此邦之人不以善道相與，則我亦不久於此而將歸矣。(《詩集傳》卷十一，頁 123)

視〈黃鳥〉爲描寫「民適異國，不得其所」之詩。既不以爲詩中有刺意，亦不以爲詩中有刺宣王失教之意。朱熹所以不取《詩序》刺宣王之說，原因仍是從詩文中看不出與宣王有任何的關涉，他說：

> 東萊呂氏曰：「宣王之末，民有失所者，意它國之可居也。及其至彼，則又不若故鄉焉，故思而欲歸，使民如此，亦異於還定安集之時矣。」今按詩文未見其爲宣王之世。下篇亦然。（《詩集傳》卷十一，頁 123 ～124）

61. 〈小雅·我行其野〉

> 我行其野，蔽芾其樗。昏姻之故，言就爾居。爾不我畜，復我邦家。（一章）
>
> 我行其野，言采其蓫。昏姻之故，言就爾宿。爾不我畜，言歸斯復。（二章）
>
> 我行其野，言采其葍。不思舊姻，求爾新特。成不以富，亦祇以異。（三章）

〈我行其野〉一詩，《詩序》的詮釋是：

> 刺宣王也。（《詩疏》卷十一之二，頁 383）

鄭玄箋釋《詩序》之意云：

> 刺其不正嫁娶之數而有荒政，多淫昏之俗。（《詩疏》卷十一之二，頁 383）

《毛詩正義》疏釋《詩序》之意云：

> 凡嫁娶之禮，天子諸侯一娶不改。其大夫以下，其妻或死或出，容得更娶。非此亦不得更娶。此爲嫁娶之數，謂禮數也。……今宣王之末，妻無犯七出之罪，無故棄之更昏，王不能禁，是不能正其嫁娶之數。〈大司徒〉曰：「以荒政十有二，聚萬民。十曰多昏」《註》曰：「荒，凶年也。鄭司農云：『多昏，不備禮而娶，昏者多也。』」彼謂國家凶荒，民貧不能備禮，乃寬之，使不備禮物，而民多得昏。今宣王之時，非是凶年，亦不備禮多昏。豐年而有此俗，故刺王。（同上）

據此，《詩序》以爲〈我行其野〉是譏刺宣王之詩。而宣王以須受到譏刺，乃是在正常的情況下（妻無犯七出之罪、非凶年），人民任意再婚，寖以成

俗，而作爲一國之君的宣王並未加以導正此一失禮的行爲，所以詩人作〈我行其野〉一詩，來加以譏刺他。朱熹詮釋〈我行其野〉，不取《序》說，而僅隨文釋義，謂：「民適異國，依其婚姻而不見收恤，故作此詩」（《詩集傳》卷十一，頁 124），朱熹所以不取《詩序》「刺宣王」之說，原因已在釋〈黃鳥〉時提及文中看不出與宣王有任何關涉〔註52〕。

62. 〈小雅·斯干〉

秩秩斯干，幽幽南山；如竹苞矣，如松茂矣。兄及弟矣，式相好矣，無相猶矣。（一章）

似續妣祖，築室百堵，西南其戶。爰居爰處，爰笑爰語。（二章）

約之閣閣，椓之橐橐，風雨攸除。鳥鼠攸去，君子攸芋。（三章）

如跂斯翼。如矢斯棘；如鳥斯革，如翬斯飛。君子攸躋。（四章）

殖殖其庭，有覺其楹。噲噲其正，噦噦其冥。君子攸寧。（五章）

下莞上簟，乃安斯寢。乃寢乃興，乃占我夢。吉夢維何？維熊維羆，維虺維蛇。（六章）

大人占之：維熊維羆，男子之祥；維虺維蛇，女子之祥。（七章）

乃生男子，載寢之床，載衣之裳，載弄之璋。其泣喤喤。朱芾斯皇，室家君王。（八章）

乃生女子，載寢之地，載衣之裼，載弄之瓦。無非無儀，唯酒食是議。無父母詒罹。（九章）

〈斯干〉一詩，《詩序》的詮釋是：

宣王考室也。（《詩疏》卷十一之二，頁 383）

鄭玄箋釋《詩序》之意云：

考，成也，德行國富，人民殷眾而皆佼好，骨肉和親，宣王於是築宮廟群寢，既成而釁之，歌〈斯干〉之詩以落之，此之謂成室。宗廟成則又祭祀先祖。（同上）

《毛詩正義》疏釋〈斯干·序〉云：

作〈斯干〉詩者，宣王考室也。考，成也。宣王既德行民富，天下和親，乃築廟寢成，而與群臣安燕而樂之，此之謂成室也。……言

〔註52〕朱熹釋〈黃鳥〉，於篇末云：「今按詩文，未見其爲宣王之詩。下篇亦然。」（《詩集傳》卷十一，頁123～124）朱熹所說的「下篇」，即指〈我行其野〉一詩。

歌〈斯干〉之詩以樂之者，歌謂作此詩也。宣王成室之時，與群臣燕樂，詩人述其事以作歌，謂作此詩。〈斯干〉所歌，皆是當時樂事，故云「歌〈斯干〉之詩以樂之」，非謂當樂之時已有〈斯干〉可歌也。（同上，頁 383～384）

據此，〈斯干〉一詩，《詩序》以為周宣王在宮室落成之後，與群臣燕樂，詩人乃作〈斯干〉來敘述此事。朱熹詮釋〈斯干〉，謂：

此築室既成，而燕飲以落之，因歌其事。而言此室臨水而面山，其下之固如竹之苞，其上之密如松之茂。又言居是屋者，兄弟相好而無相謀，則頌禱之辭，猶所謂聚國族於斯者也。（《詩集傳》卷十一，頁 124）

以為〈斯干〉是宮室落成之後，主人宴飲賓客而後作之詩。《詩序》、朱熹的詮釋乍看略同，但實異。即朱熹不取《詩序》「宣王考室」之說，他認為此詩沒有證據可以證明是「宣王考室」之詩，他說：

舊說：厲王流於彘，宮室圮壞，故宣王即位，更作宮室，既成而落之。今亦未有以見其必為是時之詩也。或曰：《儀禮》下管〈新宮〉，《春秋傳》宋元公賦〈新宮〉，恐即此詩。然亦未有明證。（《詩集傳》卷十一，頁 126）

據《國語·周語》及《史記·周本紀》的記載，厲王曾以暴虐酷政對待人民，後為國人所逐，出奔於彘，其後由周、召二公共同輔政，稱為周召共和。共和十四年，厲王死於彘，二公乃共立太子靜為王，是為宣王〔註 53〕。鄭玄復謂宣王承厲王之亂，宮室毀壞，因別更修造〔註54〕，朱熹所謂的「舊說」，蓋

〔註 53〕 參《國語·周語上》「邵公諫厲王弭謗」，卷一，頁 9～10、《史記·周本記》卷四，《史記會注考證》卷四，頁 77～78。

〔註 54〕 《毛詩正義》引《鄭志》答趙商云：「成王崩之時，在西部，文王遷豐，作靈台、辟雍而已，其餘猶諸侯制度。故喪禮設衣物之處，寢有夾室與東西房也。周公攝政，致太平，制禮作樂，乃立明堂於王城。」及《鄭志》答張逸云：「周公制禮土中，〈洛誥〉：『王入太室祼』是也。〈顧命〉成王崩於鎬京，承先王宮室耳。宣王承亂，未必如周公之制。」並疏釋鄭玄之意云：「鄭意以文王未作明堂，其寢廟如諸侯制度。乃周公制禮，建國土中，以洛邑為正都。其明堂廟寢，天子制度，皆在王城為之。其鎬京則別都耳。先王之宮室尚新，周公不復改作，故成王之崩，有二房之位，由承先王之室故耳。及厲王之亂，宮室毀壞，先王作者，無復可因。宣王別更修造，自然依天子之法，不復作諸侯之制，故知宣王雖在西都，其宗廟路寢皆制如明堂，不復如諸侯也。」（《詩疏》卷十一之二，頁 385）

指《國語》、《史記》及鄭玄說而言。但宣王雖繼厲王而立，也無法證明〈斯干〉一詩即是描述宣王重建宮室之作，這是朱熹所以不取《序》說的原因。有人據《儀禮・燕禮》「升歌〈鹿鳴〉，下管〈新宮〉」（《儀禮疏》卷十五，頁180）、〈大射〉「乃管新宮三終」（《儀禮疏》卷十七，頁200）之文，及《左傳》昭公二十五年所載「宋公享昭子，賦〈新宮〉」（《春秋疏》卷五十一，頁887）之文，懷疑〈新宮〉即〈斯干〉一詩，朱熹也認為沒有確實的證據可以證明此說〔註55〕。

63. 〈小雅・無羊〉

> 誰謂爾無羊？三百維群。誰謂爾無牛？九十其犉。爾羊來思，其角濈濈；爾牛來思，其耳濕濕。（一章）
>
> 或降于阿，或飲于池，或寢或訛。爾牧來思。何蓑何笠，或負其餱。三十維物，爾牲則具。（二章）
>
> 爾牧來思，以薪以蒸，以雌以雄。爾羊來思，矜矜兢兢，不騫不崩。麾之以肱，畢來既升。（三章）
>
> 牧人乃夢，眾維魚矣，旐維旟矣。大人占之：眾維魚矣，實維豐年；旐維旟矣，室家溱溱。（四章）

〈無羊〉一詩，《詩序》的詮釋是：

> 宣王考牧也。（《詩疏》卷十一之二，頁388）

鄭玄箋釋《詩序》之意云：

> 厲王之時，牧人之職廢，宣王始興而復之，至此而成，謂復先王牛羊之數。（同上）

《毛詩正義》疏釋《詩序》、鄭《箋》之意云：

> 作〈無羊〉詩者，言宣王考牧也。謂宣王之時，牧人稱職，牛羊復先王之數，牧事有成，故言考牧也。經四章，言牛羊得所，牧人善牧，又以吉夢獻王，國家將有休慶，皆考牧之事也。（同上）
>
> 此美其新成，則往前嘗廢，故本厲王之時。今宣王始興而復之，選牧官得人，牛羊蕃息，至此而牧羊成功，故謂之考牧。又解成者，

〔註55〕朱熹所謂的「或曰」，據劉瑾《詩傳通釋》，蓋指李寶之，劉瑾謂：「李寶之云：昭公二十五年宋公享叔孫昭子，賦〈新宮〉，與此所笙奏，或謂即〈斯干〉詩。」（《詩傳通釋》卷十一，頁542）

正謂復先王牛羊之數也。……《周禮》有牧人下士六人，府一人，史二人，徒六十人。又有牛人、羊人、犬人、雞人，唯無豕人。（同上）

據此，《詩序》以為由於宣王恢復了自厲王以來中斷的牧人之職，使得牛羊蕃息，牧事成功，恢復了先王所定的牛羊之數，因此，詩人乃作〈無羊〉一詩，來加以歌詠。朱熹詮釋〈無羊〉，不取《詩序》所謂「宣王考牧」之說，而僅隨文釋義，謂〈無羊〉是一首描寫牧事有成，牛羊眾多的詩。朱熹謂：

此詩言牧事有成，而牛羊眾多也。（《詩集傳》卷十一，頁126）

《詩序》自《小雅·六月》以下，至〈無羊〉，計十四首，均定為宣王時詩，或美或規，或誨或刺，均和宣王發生了直接的關係。但朱熹對於《詩序》說詩，往往確指人事時世，早已認為非常不妥，因此自〈鴻鴈〉以下諸詩，凡《詩序》所定為宣王時詩，朱熹均不予採信，僅隨文釋義，說明每一首詩的大旨，而朱熹所以對於《詩序》指涉宣王說不以採信，原因仍是二點，其一，就詩文中看不出與宣王有任何關涉，其二，經傳上也沒有明確的證據可來佐證〔註56〕。

64.〈小雅·節南山〉

節彼南山，維石巖巖。赫赫師尹，民具爾瞻。憂心如惔，不敢戲談。國既卒斬，何用不監！（一章）

節彼南山，有實其猗。赫赫師尹，不平謂何！天方薦瘥，喪亂弘多。民言無嘉，憯莫懲嗟！（二章）

尹氏大師，維周之氐；秉國之均，四方是維；天子是毗，俾民不迷。不弔昊天！不宜空我師。（三章）

弗躬弗親，庶民弗信；弗問弗仕，勿罔君子。式夷式已，無小人殆。

〔註56〕朱熹在《詩序辨說·鴻鴈》中說：「此以下時世多不可考。」（卷下，頁30）在《詩集傳》中屢言「今亦未有以見其為宣王之詩。」（卷十，頁119）、「今考之詩文，未有以見其必為宣王耳。下篇放此」（卷十一，頁122）、「今按詩文，未見其為宣王之世。下篇亦然」（卷十一，頁124）都可說明他並不採信《詩序》將〈鴻鴈〉以下諸詩，定為宣王時世的理由。關於《小雅》自〈鴻鴈〉以下諸詩，朱熹不採信《詩序》所定時世的理由，輔廣亦有所說明：「先生自〈鴻鴈〉以下，皆以經傳及詩文無可據者，故不敢從《序》以為宣王之詩，然於詩之義，則皆說得明白的當，無可疑者，使後之學詩者，隨所讀而得其義，以為法戒，足矣。正不必辨其為何王之詩也。〈節南山〉以下皆然。」（《詩童子問》卷四，頁361）

瑣瑣姻亞。則無膴仕。（四章）

昊天不傭，降此鞠訩；昊天不惠，降此大戾。君子如屆，俾民心闋；

君子如夷，惡怒是違。（五章）

不弔昊天，亂靡有定；式月斯生，俾民不寧。憂心如酲。誰秉國成？

不自爲政，卒勞百姓。（六章）

駕彼四牡，四牡項領。我瞻四方，蹙蹙靡所騁。（七章）

方茂爾惡，相爾矛矣；既夷既懌，如相酬矣。（八章）

昊天不平，我王不寧。不懲其心，覆怨其正。（九章）

家父作誦，以究王訩。式訛爾心，以畜萬邦。（十章）

〈節南山〉一詩，《詩序》的詮釋是：

> 家父刺幽王也。（《詩疏》卷十二之一，頁 393）

鄭玄箋釋《詩序》之意云：

> 家父，字，周大夫也。（同上）

據此，《詩序》以爲〈節南山〉是周大夫家父諷刺幽王之作，定〈節南山〉爲
幽王時詩。朱熹對於《詩序》定〈節南山〉作於幽王之世有所懷疑，他說：

> 《序》以此爲幽王之詩。而《春秋》桓十五年，有家父來聘，於周
> 爲桓王之世，上距幽王之終已七十五年，不知其人之同異。大抵《序》
> 之時世皆不足信，今姑闕焉可也。（《詩集傳》卷十一，頁 129）

《春秋》桓公八年有「天王使家父來聘」（《春秋疏》卷七，頁 118），《春秋》
桓公十五年也有「天王使家父來求車」（同上，頁 129）之文，家父爲周大夫，
魯桓公十五年當周桓王二十三年（前 697），上距幽王之卒已經七十五年，朱
熹因而懷疑《詩序》所定幽王時世之說。《詩序》以〈節南山〉爲幽王時詩，
既有可疑，朱熹在實際的詮釋中，乃順文立義，謂：

> 此詩家父所作，刺王用尹氏以致亂。言節彼南山，則維石巖巖矣。
> 赫赫師尹，則民具爾瞻矣。而其所爲不善，使人憂心如火燔灼，又
> 畏其威而不敢言也。然則國既終斬絕矣，汝何用而不察哉？（《詩集
> 傳》卷十一，頁 127）

以爲〈節南山〉是「家父所作，刺王用尹氏以致亂。」並不與幽王有所干涉，
亦不定其時世〔註57〕。

〔註57〕宋人之中，首先引據《春秋》桓公十五年的經文來質疑〈節南山・序〉說的
　　　　是歐陽脩，他說：「作《詩序》者，見其卒章有『家父作誦』之言，遂以爲此

65. 〈小雅・正月〉

正月繁霜，我心憂傷。民之訛言，亦孔之將。念我獨兮，憂心京京。哀我小心，癙憂以痒。（一章）

父母生我，胡俾我瘉？不自我先，不自我後。好言自口，莠言自口，憂心愈愈，是以有侮。（二章）

憂心惸惸，念我無祿。民之無辜，并其臣僕。哀我人斯，于何從祿？瞻烏爰止，于誰之屋？（三章）

瞻彼中林，侯薪侯蒸。民今方殆，視天夢夢。既克有定，靡人弗勝。有皇上帝，伊誰云憎！（四章）

謂山蓋卑，為岡為陵。民之訛言，寧莫之懲！召彼故老，訊之占夢，具曰：「予聖。」誰知烏之雌雄？（五章）

謂天蓋高，不敢不局；謂地蓋厚，不敢不蹐。維號斯言，有倫有脊。哀今之人，胡為虺蜴！（六章）

瞻彼阪田，有菀其特。天之扤我，如不我克。彼求我則，如不我得；執我仇仇，亦不我力。（七章）

心之憂矣，如或結之。今茲之正，胡然厲矣！燎之方揚，寧或滅之。赫赫宗周，褒姒滅之。（八章）

終其永懷，又窘陰雨。其車既載，乃棄爾輔。載輸爾載，將伯助予。（九章）

無棄爾輔，員于爾輻，屢顧爾僕，不輸爾載。終踰絕險，曾是不意！（十章）

魚在于沼，亦匪克樂；潛雖伏矣，亦孔之炤。憂心慘慘，念國之為虐。（十一章）

彼有旨酒，又有嘉殽；洽比其鄰，昏姻孔云。念我獨兮，憂心慇慇。（十二章）

佌佌彼有屋，蓘蓘方有穀。民今之無祿，天夭是椓。哿矣富人，哀此惸獨！（十三章）

詩家父所作，此其失也。……案：《春秋》桓十五年，天王使家父來求車，距幽王卒之年至桓王卒之年七十五歲矣。然則幽王之時，所謂家父者，不知為何人也。說者遂謂幽王之時有兩家父，又曰：父子皆字家父，此尤為曲說也。」（《詩本義》卷七，頁9247）朱熹之說，蓋本歐說而來。

〈正月〉一詩，《詩序》的詮釋是：

> 大夫刺幽王也。（《詩疏》卷十二之一，頁 39 七）

以〈正月〉爲大夫作以刺幽王之詩。幽王何以要受到譏刺，《毛詩正義》謂：

> 時大夫賢者，覩天災以傷政教，故言正陽之月而有繁多之霜，是由
> 王急酷之異，以致傷害萬物，故我心爲之憂傷也。有霜由於王急，
> 王急由於訛言，則此民之訛言爲害亦甚大矣。害既如此，念我獨憂
> 此政兮。憂在於心，京京然不能去。哀憐我之小心所遇，痛憂此事，
> 以至於身病也。憂之者，以王信訛言，百姓遭害，故所以憂也。（《毛
> 詩正義》卷十二之一，頁 397）

據此，由於王政急酷，百姓遭害，加上目覩天降災害以傷政教，因此大夫作
〈正月〉來譏刺幽王。朱熹詮釋〈正月〉，仍不取《詩序》「刺幽王」之說，
僅隨文釋義謂：

> 此詩亦大夫所作。言霜降失節，不以其時，既使我心憂傷矣，而造
> 爲姦偽之言，以惑群聽者，又方甚大，然眾人莫以爲憂，故我獨憂
> 之，以至於病也。（《詩集傳》卷十一，頁 129）

理由仍是從詩文中看不出是刺幽王之詩，而其他載籍之中，亦無明確的證據
可爲佐證。

66.〈小雅・雨無正〉

> 浩浩昊天，不駿其德。降喪饑饉，斬伐四國，昊天疾威，弗慮弗圖。
> 舍彼有罪，既伏其辜；若此無罪，淪胥以鋪。（一章）
> 周宗既滅，靡所止戾。正大夫離居。莫知我勩。三事大夫，莫肯夙夜；
> 邦君諸侯，莫肯朝夕。庶曰式臧，覆出爲惡。（二章）
> 如何昊天，辟言不信？如彼行邁，則靡所臻。凡百君子，各敬爾身。
> 胡不相畏？不畏于天！（三章）
> 戎成不退，饑成不遂。曾我暬御，憯憯日瘁。凡百君子，莫肯用訊。
> 聽言則答，譖言則退。（四章）
> 哀哉不能言！匪舌是出，維躬是瘁。哿矣能言，巧言如流，俾躬處休。
> （五章）
> 維曰予仕，孔棘且殆。云不可使，得罪于天子；亦云可使，怨及朋友。
> （六章）
> 謂爾遷于王都，曰：「予未有室家」。鼠思泣血，無言不疾。昔爾出居，

誰從作爾室！（七章）

〈雨無正〉一詩，《詩序》的詮釋是：

> 大夫刺幽王也。雨自上下者也，眾多如雨，而非所以爲政也。（《詩
> 疏》卷十二之二，頁409）

《毛詩正義》疏釋《詩序》之意云：

> 經無此「雨無正」之字，作者爲之立名，《敍》又説名篇及所刺之意。
> 雨是自上下者也，雨從上而下於地，猶政令從王而下於民。而王之
> 教令眾多如雨，然事皆苛虐，情不恤民，而非所以爲政教之道，故
> 作此詩以刺。（同上）

據此，《詩序》以爲〈雨無正〉是大夫刺幽王之詩。由於幽王之時，政令繁雜，
但「事皆苛虐，情不恤民，而非所以爲政之道」，因此大夫作〈雨無正〉一詩來
加以譏刺。鄭玄釋〈雨無正〉，以爲是大夫刺厲王之詩，與《詩序》異〔註58〕。
朱熹詮釋〈雨無正〉，不取《取序》、鄭玄之説，而順文立義，謂：

> 此時饑饉之後，群臣離散，其不去者，作詩以責去者。故推本而言，
> 昊天不大其惠，降此饑饉，而殺伐四國之人，如何昊天曾不思慮圖
> 謀而遽爲此乎？彼有罪而饑死，則是既伏其辜矣，舍之可也。此無
> 罪者，亦相與而陷於死亡，則如之何哉？（《詩集傳》卷十一，頁
> 134）、此詩實正大夫離居之後，暬御之臣所作。（同上，頁136）
>
> 此《序》尤無義理。歐陽公、劉氏説已見本篇。（《詩序辨説》卷下，
> 頁31）

以爲〈雨無正〉是「饑饉之後，群臣離散，其不去者，作詩以責去者」、「此
詩實正大夫離居之後，暬御之臣所作。」對於〈雨無正〉一詩的年代，他說：
「或曰：疑此亦東遷後詩也。」（《詩集傳》卷十一，頁134）懷疑〈雨無正〉
一詩爲平王東遷以後之詩，即東周詩，與毛、鄭所定的時世均異。在《詩序
辨説》中，朱熹批評〈雨無正〉之《序》完全沒有道理，〈雨無正〉之《序》
何以沒有道理？朱熹在《詩集傳》中有所說明：

> 歐陽公曰：「古之人於詩多不命題，而篇名往往無義例，其或有名者，
> 則必述詩之意，如〈巷伯〉、〈常武〉之類是也。今〈雨無正〉之名，

〔註58〕鄭玄釋〈雨無正・序〉：「亦當爲刺厲王，王之所下教令甚多，而無正也。」（《詩
疏》卷十二之二，頁409）

據《序》所言，與詩絕異，當闕其所疑。」元城劉氏曰：「嘗讀《韓詩》，有〈雨無極〉篇，《序》云：「〈雨無極〉，正大夫刺幽王也。至其詩之文，則比《毛詩》篇首多「雨無其極，傷我稼穡」八字。」愚按：劉說似有理。然第一、二章本皆十句，今遽增之，則長短不齊，非詩之例。又此詩實正大夫離居之後，蟄御之臣所作。其曰：正大夫刺幽王者，亦非是。且其爲幽王詩，亦未有所考也。（卷十一，頁136）

歐陽脩嘗作《詩本義》，對於《詩序》、毛、鄭牴牾迂曲之處，多所指正，對於〈雨無正〉之《序》文：「雨自上下者也，眾多如雨，而非所以爲政也。」歐陽修嘗批評此說完全悖離詩旨，因而採取闕疑的態度。歐陽脩認爲古人作詩，多不先立題，因此《詩經》中的篇名乃後人便於標記，實在沒有深奧的道理可言，但《詩經》中如果有特別的命名（不從詩文中摘取），必然述及此詩的意旨，像〈巷伯〉、〈常武〉等篇，現在作〈雨無正・序〉的人亦解釋名篇之意，但所說與全詩的意旨大相逕庭，因此他認爲此〈序〉可疑而當闕﹝註59﹞。至於元城劉安世之說，以爲《韓詩》中有〈雨無極〉篇，其《序》云：「正大夫刺幽王也。」朱熹也以詩經章句的一致性而予以否定。對於〈韓詩・雨無極・序〉所謂「正大夫刺幽王」之說，朱熹亦認爲不對，以爲當是「正大夫離居之後，蟄御之臣所作」，對於《韓詩》所定的時世亦不以採納。

67.〈小雅・小旻〉

旻天疾威，敷于下土。謀猶回遹，何日斯沮！謀臧不從，不臧覆用。我視謀猶，亦孔之邛。（一章）

﹝註59﹞歐陽脩批評〈雨無正・序〉：「雨自上下者也。眾多如雨，而非所以爲政也。」云：「古之人於詩多不命題，而篇名往往無義例，其或有命名者，則必述詩之意，如〈巷伯〉、〈常武〉之類是也。今〈雨無正〉之名，據《序》曰：『雨自上下者也。言眾多如雨而非正也。』此述篇中所刺厲王下政令繁多如雨而非正爾。今考詩七章，都無此義，與《序》絕異。其第一章言天降饑饉於四國及無罪之人，淪陷非辜爾。自二章而下皆言王流于彘已後之事……殊無一言及於教令自上而下之意，然則『雨無正』不爲昊天之《序》決可知也。獨不知何爲而列於此，是以闕其所疑焉。」（《詩本義》卷七，頁9251）另有關歐陽脩《詩本義》的研究，可參裴師普賢撰《歐陽脩詩本義研究》（台北：東大圖書公司，1981年7月初版）、黃忠慎撰《宋代之詩經學》第二章《歐陽修之詩經學》（台北：國立政治大學中國文學研究所博士論文，1984年）、趙明媛撰《歐陽修詩本義研究》（中壢：國立中央大學中國文學研究所碩士論文，1990年）。

　　瀟瀟訿訿，亦孔之哀。謀之其臧，則具是違；謀之不臧，則具是依。
我視謀猶，伊于胡底！（二章）

　　我龜既厭，不我告猶。謀夫孔多，是用不集。發言盈庭，誰敢執其咎？
如匪行邁謀，是用不得于道。（三章）

　　哀哉爲猶！匪先民是程，匪大猶是經；維邇言是聽，維邇言是爭。如
彼築室于道謀，是用不潰于成。（四章）

　　國雖靡止，或聖或否；民雖靡膴，或哲或謀，或肅或艾。如彼泉流，
無淪胥以敗。（五章）

　　不敢暴虎，不敢馮河。人知其一，莫知其他。戰戰兢兢，如臨深淵，
如履薄冰。（六章）

　　〈小旻〉一詩，《詩序》的詮釋是：

　　　大夫刺幽王也。（《詩疏》內十二之二，頁412）

鄭玄以爲〈小旻〉一詩，當是刺厲王之詩，他說：

　　　所刺列於〈十月之交〉、〈雨無正〉爲小，故曰〈小旻〉。亦當爲刺厲
　　　王。（同上）

《毛詩正義》疏釋鄭玄之意，謂：

　　　經言「旻天」，天無小義，今謂之〈小旻〉，明有所對也，故言所刺
　　　者，此列於〈十月之交〉、〈雨無正〉，則此篇之事爲小，故曰〈小旻〉
　　　也。〈十月之交〉言日月告凶，權臣亂政；〈雨無正〉言宗周壞滅，
　　　君臣離散，皆是事之大者。此篇唯刺謀事邪僻，不任賢者，是其事
　　　小於上篇。與上別篇，所以得相比者，比四篇文體相類，是一人之
　　　作，故得自相比校，爲之立名也。毛氏雖幽、厲不同，其名篇之意
　　　或亦然之。（同上）

據《毛詩正義》的疏釋，鄭玄以爲〈小旻〉一詩之所以命名〈小旻〉，是透過
與〈十月之交〉、〈雨無正〉二詩的內容相較下而取名的。由於〈十月之交〉
敘寫「日月告凶，權臣亂政」；〈雨無正〉敘寫「宗周壞滅，君臣離散」，二詩
所寫均是有關國政亂亡的大事，相較之下，〈小旻〉一詩所寫僅是譏刺「謀事
邪僻，不任賢者」的小事，因此就命名爲〈小旻〉。朱熹詮釋〈小旻〉，不取
《詩序》與鄭玄所定的幽王、厲王之時世，而僅謂：「大夫以王惑於邪謀，不
能斷以從善，而作此詩。」（《詩集傳》卷十二，頁137）朱熹不明指〈小旻〉
一詩所刺者爲何王，即表示他對於《詩序》、鄭玄所詮指的對象有所懷疑，朱

熹屢謂:「此以下時世多不可考。」(《詩序辨說·鴻鴈》,卷下,頁 30)、「大抵《序》之時世皆不足信,今姑闕焉可也。」(《詩集傳》卷十一,頁 129)已清楚地呈顯此一態度。至於鄭玄解釋〈小旻〉一詩的名篇之意,朱熹也不以採信,而轉取蘇轍之說:

> 蘇氏曰:「〈小旻〉、〈小宛〉、〈小弁〉、〈小明〉四詩皆以小名篇,所以別其爲〈小雅〉也。其在〈小雅〉者謂之小,故其在〈大雅〉者謂之〈召旻〉、〈大明〉,獨〈宛〉、〈弁〉闕焉,意者孔子刪之矣。雖去其大,而其小者猶謂之小,蓋即用其舊也。(《詩集傳》卷十二,頁 138)

〈小旻〉一詩,何以命名〈小旻〉?蘇轍以爲是因爲此詩屬於〈小雅〉的篇什之故。〈大雅〉的篇什之中有〈召旻〉、〈大明〉二篇,〈小雅〉的篇什之中有〈小旻〉、〈小宛〉、〈小弁〉、〈小明〉四篇,此六篇的命名,皆並不直接就詩中的文字加以拈取或檃括而來,其之所以名篇之意,頗令人費解。蘇轍認爲〈召旻〉詩的首章首句爲「旻天疾威」,而名爲〈召旻〉;〈大明〉詩的首章首句爲「明明在下」,而名爲〈大明〉;〈小旻〉詩的首章首句爲「旻天疾威」,而名爲〈小旻〉;〈小宛〉詩的首章首句爲「宛彼鳴鳩」,而名爲〈小宛〉;〈小弁〉詩的首章首句爲「弁彼鸒斯」,而名爲〈小弁〉;〈小明〉詩的首章首句爲「明明上天」,而名爲〈小明〉,他認爲名篇者是以各詩所屬的篇什,分別添加一大、小字,便於誌別。屬之大雅篇什者,即添加一大字,屬之小雅篇什者,即添加一小字。由此而論,〈小雅〉篇什中有〈小旻〉、〈小宛〉、〈小弁〉、〈小明〉四詩,〈大雅〉篇什中也當有〈召旻〉、〈大宛〉、〈大弁〉、〈大明〉四詩,但今存的〈大雅〉篇什中,並無〈大宛〉、〈大弁〉,蘇轍認爲此二詩可能爲孔子所刪去了〔註 60〕。鄭玄解釋〈小旻〉一詩的名篇之意,從詩的內容、義理比較而定,但衡諸《詩經》的名篇多無義例來看,鄭玄的說解顯然有問題,蘇轍的說解,則就〈小旻〉、〈小明〉與〈召旻〉、〈大明〉的首章首句相互參照而來,所說較近情理,故爲朱熹所採用。

68. 〈小雅·小宛〉

　　宛彼鳴鳩,翰飛戾天。我心憂傷,念昔先人。明發不寐,有懷二人。
　　(一章)

〔註 60〕蘇轍之說,見《詩集傳》卷十一,頁 432。

人之齊聖，飲酒溫克。彼昏不知，壹醉日富。各敬爾儀，天命不又。
（二章）

中原有菽，庶民采之。螟蛉有子，蜾蠃負之。教誨爾子，式穀似之。
（三章）

題彼脊令，載飛載鳴。我日斯邁，而月斯征。夙興夜寐，無忝爾所生。
（四章）

交交桑扈，率場啄粟。哀我填寡，宜岸宜獄。握粟出卜，自何能穀？
（五章）

溫溫恭人，如集于木。惴惴小心，如臨于谷。戰戰兢兢，如履薄冰。
（六章）

〈小宛〉一詩，《詩序》的詮釋是：

大夫刺幽王也。（《詩疏》卷十二之三，頁419）

鄭玄以為〈小宛〉，「亦當為刺厲王」之詩。（同上）《毛詩正義》疏釋《詩序》
之意云：

毛以作〈小宛〉詩者，大夫刺幽王也。政教為小，故曰〈小宛〉。宛
是小貌，刺幽王政教狹小宛然。經云「宛彼鳴鳩」，不言名曰〈小宛〉
者，王才智卑小似小鳥然，傳曰「小鳥」是也。（同上）

又疏釋〈小宛〉首章：「宛彼鳴鳩，翰飛戾天。我心憂傷，念昔先人。明發不
寐，有懷二人。」云：

毛以為，言宛然翅小者，是彼鳴鳩之鳥也。而欲使之高飛至天，必
不可得也。興才智小者，幽王身也。而欲使之行化致治，亦不可得
也。王既才智褊小，將顛覆祖業，我心為之憂傷，追念在昔之先人
文王、武王也。以文、武創業垂統，有此天下。今將亡滅，故憂之
也。又言憂念之狀，我從夕至明開發以來，不能寢寐。有所思者。
唯此文武二人。將喪其業，故思念之甚。（同上）

據此，《詩序》以為〈小宛〉是大夫作以刺幽王之詩，由於幽王才智褊小，政
教不興，將喪先王文武之業，因此大夫作〈小宛〉一詩來譏刺他。朱熹詮釋
〈小宛〉，謂：「此大夫遭時之亂，而兄弟相戒以免禍之詩。」（《詩集傳》卷
十二，頁138）在《詩集傳·小宛》篇末並謂：「此詩之詞最為明白，而意極
懇至。說者必欲為刺王之言，故其說穿鑿破碎，無理尤甚。今悉改定，讀者
詳之」。（卷十二，頁139）對於《詩序》「刺幽王」、鄭玄「刺厲王」說都提出

了批駁。朱熹認為〈小宛〉一詩的意旨，透過詩文，已經傳達的很清楚，但《詩序》好以美刺時君國政的進路來詮《詩》，遂使得《詩序》之說與詩文之間產生了極大的扞閡，流於穿鑿破碎，悖理尤甚。朱熹透過以詩言詩的詮《詩》方法，因與《詩序》的詮說有了差異。

69. 〈小雅・巧言〉

> 悠悠昊天，曰父母且。無罪無辜，亂如此憮。昊天已威，予慎無罪；
> 昊天大憮，予慎無辜。（一章）
> 亂之初生，僭始既涵；亂之又生，君子信讒。君子如怒，亂庶遄沮；
> 君子如祉，亂庶遄已。（二章）
> 君子屢盟，亂是用長；君子信盜，亂是用暴。盜言孔甘，亂是用餤。
> 罪其止共，維王之邛。（三章）
> 奕奕寢廟，君子作之。秩秩大猷，聖人莫之。他人有心，予忖度之。
> 躍躍毚兔，遇犬獲之。（四章）
> 荏染柔木，君子樹之。往來行言，心焉數之。蛇蛇碩言，出自口矣。
> 巧言如簧，顏之厚矣。（五章）
> 彼何人斯？居河之麋。無拳無勇，職為亂階。既微且尰，爾勇伊何！
> 為猶將多，爾居徒幾何！（六章）

〈巧言〉一詩，《詩序》的詮釋是：

> 刺幽王也。大夫傷於讒，故作是詩也。（《詩疏》卷十二之三，頁 423）

鄭玄、《毛詩正義》依《序》詮解〈巧言〉首章「悠悠昊天，曰父母且。無罪無辜，亂如此憮。昊天已威，予慎無罪。昊天大憮，予慎無辜。」云：

> 悠悠，思也。憮，傲也。我憂思乎昊天，愬王也。始者言其且為民
> 之父母，今乃刑殺無罪無辜之人，為亂如此，甚傲慢無法度也。（《詩
> 疏》卷十二之三，頁 423）、已、泰皆言甚也。昊天乎，王甚可畏。
> 王甚傲慢，我誠無罪而罪我。（同上）
> 毛以為，大夫傷讒而本之，故言悠悠然我心憂，思乎昊天，訴之也。
> 王之始者言曰：「我當且為民之父母也。」自許欲行善政。今乃刑殺
> 其無罪無辜者之眾人，王政之亂，如此甚大也。昊天乎，王甚可畏！
> 我誠無罪而罪我，是可畏也。昊天乎，王甚虐大！我誠無辜而辜我，
> 是虐大也。鄭唯言「王為亂如此，甚傲慢無法度」及「昊天乎，王

甚傲慢」為異耳。（同上）

據此，《詩序》以為由於幽王聽信讒言，致刑殺無罪無辜的百姓，大夫悼傷於幽王的聽信讒言，致生大亂，因此作〈巧言〉一詩來譏刺幽王。朱熹詮釋〈巧言〉，不取《詩序》、鄭玄的譏刺幽王之說，而謂：

> 大夫傷於讒，無所控告，而訴之於天，曰：悠悠昊天，為人之父母，
> 胡為使無罪之人遭亂如此其大也。昊天之威已甚矣，我審無罪也。
> 昊天之威甚大矣，我審無辜也。此自訴而求免之詞也。（《詩集傳》
> 卷十二，頁 141）

視〈巧言〉一詩是大夫傷於讒言，無所控告，乃自訴於天之詞，與《詩序》「刺幽王」之說不同。

70. 〈小雅・何人斯〉

> 彼何人斯？其心孔艱。胡逝我梁，不入我門！伊誰云從？維暴之云。
> （一章）
>
> 二人從行，誰為此禍？胡逝我梁，不入唁我！始者不如今，云不我可。
> （二章）
>
> 彼何人斯？胡逝我陳？我聞其聲，不見其身。不愧于人，不畏于天？
> （三章）
>
> 彼何人斯？其為飄風。胡不自北？胡不自南？胡逝我梁，祇攪我心！
> （四章）
>
> 爾之安行，亦不遑舍；爾之亟行，遑脂爾車。壹者之來，云何其盱！
> （五章）
>
> 爾還而入，我心易也；還而不入，否難知也。壹者之來，俾我祇也。
> （六章）
>
> 伯氏吹壎，仲氏吹篪。及爾如貫，諒不我知。出此三物，以詛爾斯。
> （七章）
>
> 為鬼為蜮，則不可得。有靦面目，視人罔極。作此好歌，以極反側。
> （八章）

〈何人斯〉一詩，《詩序》的詮釋是：

> 〈何人斯〉，蘇公刺暴公也。暴公為卿士而譖蘇公焉，故蘇公作是詩
> 以絕之。（《詩疏》卷十二之三，頁 425）

《毛詩正義》疏釋《詩序》之意云：

〈何人斯〉者，蘇公所作以刺暴公也。暴公爲王卿士，而於王所讒
譖蘇公，令使獲譴焉，故蘇公作是〈何人斯〉之詩以絕之。言暴公
不復與交也。（同上）

據此，《詩序》以爲〈何人斯〉是蘇公譏刺暴公之詩。由於擔任周王卿士的暴公
在王所讒譖蘇公，使得蘇公遭受王的譴責，因此，蘇公乃作〈何人斯〉一詩來
和暴公絕交。《詩序》所謂的蘇公、暴公，據鄭玄的說法，是指王畿之內的暴國、
蘇國的卿士，鄭玄說：「暴也，蘇也，皆畿內國名。」（《詩疏》卷十二三三，頁
425）而暴國、暴公、蘇國、蘇公其地其人究竟爲何？《毛詩正義》、陳奐、胡
承珙略有說解：《毛詩正義》云：「蘇忿生之後。成十一年《左傳》曰：『昔周克
商，使諸侯撫封，蘇忿生以溫爲司寇。』則蘇國在溫。杜預曰：『今河內溫縣。』
是蘇在東都之畿內也。春秋之世，爲公者多是畿內諸侯。遍檢《書傳》，未聞畿
外有暴國。今暴公爲卿士，明畿內，故曰皆畿內國名。」（同上）陳奐說：「《漢
書・地理志》河內郡，溫故國，巳姓，蘇忿生所封也。今河南懷慶府溫縣是其
地。」（《詩毛氏傳疏》卷十九，頁534）胡承珙說：「《路史》：『暴，辛公采地，
鄭邑也。一云隰。』『隰』上當脫一『暴』字。成十七年《左傳》云：楚侵鄭及
暴隰。是暴一名暴隰，春秋時鄭地也。其地在今懷慶府原武縣，境與溫接壤。」
（《毛詩後箋》卷十九，頁1015）惟朱熹詮釋〈何人斯〉，對於《詩序》所說暴
公譖蘇公，蘇公因作〈何人斯〉以絕交的說法，有所懷疑，他說：

舊說暴公爲卿士，而譖蘇公，故蘇公作詩以絕之。然不欲直斥暴公，
故但指其從行者而言，彼何人者，其心甚險，胡爲往我之梁，而不
入我之門乎？既而問其所從，則暴公也。夫以從暴公而不入我門，
則暴公之譖已也明矣。但舊說於詩無明文可考，未敢信其必然耳。
（《詩集傳》卷十二，頁143）

鄭氏曰：「暴、蘇皆畿內國名。」《世本》云：「暴辛公作塤，蘇成公
作篪。」譙周《古史考》云：「古有塤、篪，尚矣。周幽王時，二公
特善其事耳。」今按《書》有司寇蘇公，《春秋傳》有蘇忿生，戰國
及漢時有人姓暴，則固應有此二人矣。但此詩中只有暴字而無公字
及蘇公字，不知《序》何所據而得此事也？《世本》說尤紕謬，譙
周又從而傅會之，不知適所以章其謬耳。（《詩序辨說》卷下，頁31）

朱熹認爲從詩文之中，實看不出有《詩序》所謂「蘇公刺暴公」、「暴公爲卿

士而譖蘇公焉，故蘇公作是詩以絕之」的本事。據史傳所載，《尚書·立政篇》有司寇蘇公，《左傳》成公十一年有蘇忿生，戰國及漢代均有人姓暴，如韓有將軍暴鳶，秦有將軍暴鳶，漢代有大夫暴勝之，歷史上固然應有蘇公、暴公二人，但從〈何人斯〉一詩看來，詩中「只有暴字而無公字及蘇公字」，朱熹因而認為《詩序》所說可能是憑空鑿說，「不知《序》何所據而得此事也」，因而採此不信任《序》說的態度〔註61〕。

70. 〈小雅·巷伯〉

> 萋兮斐兮，成是貝錦。彼譖人者，亦已大甚。（一章）
>
> 哆兮侈兮，成是南箕。彼譖人者，誰適與謀！（二章）
>
> 緝緝翩翩，謀欲譖人。慎爾言也。謂爾不信。（三章）
>
> 捷捷幡幡，謀欲譖言，豈不爾受？既其女遷。（四章）
>
> 驕人好好，勞人草草。蒼天！蒼天！視彼驕人，矜此勞人。（五章）
>
> 彼譖人者，誰適與謀！取彼譖人，投畀豺虎；豺虎不食，投畀有北；有北不受，投畀有昊。（六章）
>
> 楊園之道，猗于畝丘。寺人孟子，作為此詩。凡百君子，敬而聽之。（七章）

〈巷伯〉一詩，《詩序》的詮釋是：

> 刺幽王也。寺人傷於讒，故作是詩。（《詩疏》卷十二之三，頁428）

鄭玄箋釋《詩序》之意云：

> 巷伯，奄官。寺人，內小臣也。奄官上士四人，掌王后之命，於宮中為近，故謂之巷伯，與寺人之官相近。讒人譖寺人，寺人又傷其將及巷伯，故以名篇。（同上）

〔註61〕 朱熹懷疑〈何人斯·序〉說可能是鑿空立說，此種想法可能得自鄭樵。鄭樵嘗謂：「〈何人斯〉言『維暴之云』者，謂暴虐之人也。且二周畿內皆無暴邑，周何嘗有暴公！」（周孚撰《非詩辨妄》，頁690，叢書集成新編第五十五冊）對於《詩序》、鄭玄據詩中「維暴之云」，而謂暴公之說，提出了異議。朱熹在《朱子語類》中謂：「《小序》如〈碩人〉、〈定之方中〉等，見於《左傳》者，自可無疑。若其他刺詩無所據，多是世儒將他諡號不美者，挨就立名爾。今只考一篇見是如此，故其他皆不敢信。且如蘇公刺暴公，固是姓暴者多，萬一不見得是暴公，則『惟暴之云』者，只作一箇狂暴底人說，亦可。」（卷八十，頁2078）同樣傳達了對於《詩序》以暴公、蘇公之事坐實詩說的不信任。

此外，毛《傳》詮釋〈巷伯〉末章：「寺人孟子，作爲此詩。凡百君子，敬而聽之。」云：「寺人而曰孟子者，罪已定矣，而將踐刑，作此詩也。」（《詩疏》卷十二之三，頁 429）據此，《詩序》以爲〈巷伯〉是「刺幽王」之詩。宮中的小臣寺人因讒言而獲罪，將刑之前，遂作〈巷伯〉一詩。朱熹詮釋〈巷伯〉，謂：

> 時有遭讒而被宮刑爲巷伯者作詩。言因萋斐之形，而文致之以成貝錦，以比讒人者因人之小過而飾成大罪也。彼爲是者，亦已大甚矣。（《詩集傳》卷十二，頁 145）、巷是宮內道名，秦漢所謂永巷是也。伯，長也，王宮內道官之長，即寺人也。故以名篇。班固〈司馬遷贊〉云：「跡其所以自傷悼，〈小雅・巷伯〉之倫」，其意亦謂巷伯本以被譖而遭刑也。（同上，頁 145）

認爲〈巷伯〉是當時因讒言而遭受宮刑的巷伯所作的詩。並援引班固《漢書・司馬遷・贊》中的話，來證實〈巷伯〉是一位遭讒而被宮刑的人。朱熹的詮釋，與《詩序》的差異在於朱熹不取《詩序》刺幽王之說，而朱熹所以不取《詩序》刺幽王之說，原因即在他不相信《詩序》對於詩篇所定的時世〔註62〕。另外，毛《傳》謂：「寺人而曰孟子者，罪已定矣，而將踐刑，作此詩也。」（《詩疏》卷十二之三，頁 429）鄭玄謂：「巷伯，奄官。寺人，內小臣也。奄官上士四人，掌王后之命，於宮中爲近，故謂之巷伯，與寺人之官相近。讒人譖寺人，寺人又傷其將及巷伯，故以名篇。」（同上，頁 428）一以內小臣的孟子（非奄官）在將刑之際作〈巷伯〉，一以內小臣的寺人遭讒，恐將傷及官職屬性相近的巷伯，因作〈巷伯〉一詩，與朱熹所謂的：「時有遭讒而被宮刑爲巷伯者作此詩。」仍有差異。

72.〈小雅・谷風〉

> 習習谷風，維風及雨，將恐將懼，維予與女；將安將樂，女轉棄予。
> （一章）
> 習習谷風，維風及頹。將恐將懼，寘予于懷；將安將樂，棄予如遺。

〔註62〕 參註56，又朱熹在《詩序辨說・鴻鴈》中說：「此以下時世多不可考。」（卷下，頁30）、在《詩集傳・節南山》中說：「大抵《序》之時世皆不足信。」（卷十一，頁129）都足以說明朱熹對於《詩序》說詩，好坐實年代、某王的詮說，執持不信任的態度，姚際恒在《詩經通論・巷伯》中指出，「《集傳》不信《序》，故多不注何王之世。」（卷十一，頁320）也看出了朱熹釋《詩》與《詩序》的差異。

（二章）

習習谷風，維山崔嵬。無草不死，無木不萎。忘我大德，思我小怨。
（三章）

〈谷風〉一詩，《詩序》的詮釋是：

刺幽王也。天下俗薄，朋友道絕焉。（《詩疏》卷十三之一，頁 435）

《毛詩正義》疏釋《詩序》之意云：

作〈谷風〉詩者，刺幽王也。以人雖父生師教，須朋友以成。然則
朋友之交，乃是人行之大者。幽王之時，風俗澆薄，窮達相棄，無
復恩情，使朋友之道絕焉。言天下無復有朋友之道也。此由王政使
然，故以刺之。（《詩疏》卷十三之一，頁 435）

據此，《詩序》以為〈谷風〉是「刺幽王」之詩。由於幽王之時，天下無復有
朋友之道，說明幽王在政教上的失敗，因此詩人作〈谷風〉一詩來譏刺他。
朱熹詮釋〈谷風〉，不取《詩序》「刺幽王」之說，而謂：

此朋友相怨之詩。故言習習谷風，則維風及雨矣。將恐將懼之時，
則維予與女矣。奈何將安將樂而女轉棄予哉？（《詩集傳》卷十二，
頁 146）

以為〈谷風〉是朋友相怨之詩。《詩序》的詮釋，有政教上的意義，但從詩中
並無法看出「刺幽王」之意。朱熹以詩言詩，在詩意的詮解上，自然與《詩
序》有所不同。

73. 〈小雅・蓼莪〉

蓼蓼者莪，匪莪伊蒿。哀哀父母！生我劬勞。（一章）
蓼蓼者莪，匪莪伊蔚。哀哀父母！生我勞瘁。（二章）
缾之罄矣，維罍之恥。鮮民之生，不如死之久矣。無父何怙？無母何
恃？出則銜恤，入則靡至。（三章）
父兮生我，母兮鞠我。拊我畜我，長我育我，顧我復我，出入腹我。
欲報之德，昊天罔極。（四章）
南山烈烈，飄風發發。民莫不穀。我獨何害？（五章）
南山律律，飄風弗弗。民莫不穀，我獨不卒。（六章）

〈蓼莪〉一詩，《詩序》的詮釋是：

刺幽王也。民人勞苦，孝子不得終養爾。（《詩疏》卷十三之一，頁

436）

鄭玄箋釋《詩序》之意云：

> 不得終養者，二親病亡之時，時在役所，不得見也。（同上）

《毛詩正義》疏釋《詩序》之意云：

> 民人勞苦，致令孝子不得於父母終亡之時而侍養之。（同上）

據此，《詩序》以為〈蓼莪〉是「刺幽王」之詩。由於孝子行役在外，遂使得其父母在終亡之時，孝子並不能隨侍在身，擔任起終養之責。朱熹詮釋〈蓼莪〉，不取《詩序》「刺幽王」之說，亦不取鄭玄所謂「時在役所」，以致不能終養父母之說，僅順文立義，謂：

> 人民勞苦，孝子不得終養，而作此詩。言昔謂之莪，而今非莪也，
> 特蒿而已。以比父母生我以為美材，可賴以終其身，而今乃不得其
> 養以死。於是乃言父母生我之劬勞，而重自哀傷也。（《詩集傳》卷
> 十二，頁 146）

以〈蓼莪〉是「人民勞苦，孝子不得終養而作此詩」，並不做超出詩意的衍說。

74.〈小雅・四月〉

> 四月維夏，六月徂暑。先祖匪人，胡寧忍予！（一章）
>
> 秋日淒淒，百卉具腓。亂離瘼矣，爰其適歸。（二章）
>
> 冬日烈烈，飄風發發。民莫不穀，我獨何害！（三章）
>
> 山有嘉卉，侯栗侯梅。廢為殘賊，莫知其尤。（四章）
>
> 相彼泉水，載清載濁。我日構禍，曷云能穀！（五章）
>
> 滔滔江漢，南國之紀。盡瘁以仕，寧莫我有。（六章）
>
> 匪鶉匪鳶，翰飛戾天，匪鱣匪鮪，潛逃于淵。（七章）
>
> 山有蕨薇，隰有杞桋。君子作歌，維以告哀。（八章）

〈四月〉一詩，《詩序》的詮釋是：

> 大夫刺幽王也。在位貪殘，下國構禍，怨亂並興焉。（《詩疏》卷十
> 三之一，頁 441）

《毛詩正義》疏釋《詩序》之意云：

> 〈四月〉詩者，大夫所作以刺幽王也。以幽王之時，在位之臣皆貪
> 暴而殘虐，下國之諸侯又構成其禍亂，結怨於天下，由此致怨恨，
> 禍亂並興起焉。是幽王惡化之所致，故刺之也。經云：「廢為殘賊」，

是在位貪殘也。「我日構禍」，是下國構禍也。「民莫不穀」，是怨辭也。「亂離瘼矣」，是亂事也。言怨亂並興者，王政殘虐，諸侯構禍，是亂也。（同上）

據此，《詩序》以爲〈四月〉是「大夫刺幽王」之詩。由於幽王之時，在位的官員都貪暴而殘虐，下國的諸侯又禍亂並起，上下皆亂，詩人以爲都是幽王惡化之所致，所以作〈四月〉一詩來加以譏刺。《詩序》詮釋〈四月〉之文，頗似雜湊成言，以致前後文義頗有不能貫通之處〔註63〕。據王先謙《詩三家義集疏》，謂魯詩以爲〈四月〉是「大夫行役過時，不得歸祭，怨思而作。」（卷十八，頁735），與《毛詩》異〔註64〕。朱熹詮釋〈四月〉，不取《序》說，而謂：

此亦遭亂自傷之詩。言四月維夏，則六月徂暑矣。我先祖豈非人乎？何忍使我遭此禍也。無所歸咎之詞也。（《詩集傳》卷十二，頁149）

視〈四月〉爲「遭亂自傷之詩」。

75. 〈小雅・北山〉

陟彼北山，言采其杞。偕偕士子，朝夕從事。王事靡盬，憂我父母。（一章）

溥天之下，莫非王土，率土之濱，莫非王臣。大夫不均，我從事獨賢。（二章）

四牡彭彭，王事傍傍。嘉我未老，鮮我方將，旅力方剛，經營四方。（三章）

或燕燕居息，或盡瘁事國，或息偃在床，或不已於行。（四章）

或不知叫號，或慘慘劬勞；或棲遲偃仰，或王事鞅掌。（五章）

或湛樂飲酒，或慘慘畏咎；或出入風議，或靡事不爲。（六章）

〔註63〕 方玉潤謂：「此詩明明逐臣南遷之詞，而諸家所解，或主遭亂，或主行役，或主構禍，或主思祭，皆未嘗即全詩而一誦之也。頭緒既紛，不知所從，故《序》以爲刺幽王在位貪殘，下國構禍，怨亂並興焉。割裂詩體，雜湊成言，前後文義竟不能通。」（《詩經原始》卷十一，頁914）

〔註64〕 王先謙云：「《毛序》：『大夫刺幽王也。在位貪殘，下國構禍，怨亂並興焉。』此篇爲大夫行役過時，不得歸祭，怨思而作。《中論》之說與左氏同。（詳下）故首章即以『先祖』爲言，與下篇〈北山〉勞於從事，不得養父母，首章即言『父母』，詩旨正爲一類。《毛序》泛以爲『在位貪殘，下國構禍』，未得其要。」（《詩三家集疏》卷十八，頁735）

〈北山〉一詩，《詩序》的詮釋是：

> 大夫刺幽王也。役使不均，己勞於從事而不得養其父母焉。（《詩疏》
> 卷十三之一，頁 445）

《毛詩正義》疏釋《詩序》之意云：

> 經六章，皆怨役使不均之辭。若指文則「大夫不均，我從事獨賢。」
> 是役使不均也。「朝夕從事」，是己勞於從事也。「憂我父母」，是由
> 不得養其父母，所以憂之也。（同上）

據此，《詩序》以爲〈北山〉是「大夫刺幽王」之詩。由於朝廷的勞役不均，
使得大夫朝夕從事於行役的工作，致不得奉養父母，因此作〈北山〉一詩來
譏刺幽王。朱熹詮釋〈北山〉，不取《詩序》「大夫刺幽王」之說，而僅寬泛
的詮說，謂：

> 大夫行役而作此詩。自言涉北山而采杞以食者，皆強壯之人而朝夕
> 從事者也。蓋以王事不可以不勤，是以貽我父母之憂耳。（《詩集傳》
> 卷十三，頁 150）

以〈北山〉爲「大夫行役而作此詩。」

76.〈小雅・無將大車〉

> 無將大車，祇自塵兮。無思百憂，祇自疧兮。（一章）
> 無將大車，維塵冥冥。無思百憂，不出于熲。（二章）
> 無將大車，維塵雝兮。無思百憂，祇自重兮。（三章）

〈無將大車〉一詩，《詩序》的詮釋是：

> 大夫悔將小人也。（《詩疏》卷十三之一，頁 445）

鄭玄箋釋《詩序》之意云：

> 周大夫悔將小人，幽王之時，小人眾多，賢者與之從事，反見譖害，
> 自悔與小人並。（《詩疏》卷十三之一，頁 445）

據此，《詩序》以爲〈無將大車〉是周大夫後悔舉進小人之詩。《詩序》的詮
釋，蓋承自荀子之說而來。《荀子・大略》篇云：「以友觀人，焉所疑？取友
善人，不可不慎，是德之基也。詩曰：『無將大車，維塵冥冥！』言無與小人
處也。」（卷十九，頁 807）然荀子說《詩》、引《詩》，上承春秋時代的賦詩
風氣，大抵也是斷章取義，以證成自己的立論，本非詩義。朱熹詮釋〈無將
大車〉謂：「此亦行役勞苦而憂思者之作。」（《詩集傳》卷十二，頁 151），視

〈無將大車〉與〈北山〉爲同一性質之作，與《詩序》的詮釋不同。

77. 〈小雅・小明〉

> 明明上天，照臨下土。我征徂西，至于艽野。二月初吉，載離寒暑，
> 心之憂矣，其毒大苦。念彼共人，涕零如雨。豈不懷歸？畏此罪罟。
> （一章）
>
> 昔我往矣，日月方除。曷云其還？歲聿云莫。念我獨兮，我事孔庶。
> 心之憂矣，憚我不暇。念彼共人，睠睠懷顧。豈不懷歸？畏此譴怒。
> （二章）
>
> 昔我往矣，日月方奧。曷云其還？政事愈蹙。歲聿云莫，采蕭穫菽。
> 心之憂矣，自詒伊戚。念彼共人，興言出宿。豈不懷歸？畏此反覆。
> （三章）
>
> 嗟爾君子，無恒安處。靖共爾位，正直是與。神之聽之，式穀以女。
> （四章）
>
> 嗟爾君子，無恒安息。靖共爾位，好是正直。神之聽之，介爾景福。
> （五章）

〈小明〉一詩，《詩序》的詮釋是：

> 大夫悔仕於亂世也。（《詩疏》卷十三之一，頁445）

《毛詩正義》疏釋《詩序》之意云：

> 〈小明〉詩者，牧伯大夫所作，自悔仕於亂世。謂大夫仕於亂世，
> 使於遠方，令己勞苦，故悔也。…今幽王之亂，役則偏苦，行則過
> 時也。故「我事孔庶」，《箋》云「王政不均，臣事不同」，是偏苦也。
> 「歲聿云暮」，《箋》云：「乃至歲晚，尚不得歸」，是過時也。偏當
> 勞役，歷日久長，故所以悔也。經五章，皆悔仕之辭。（同上）

據此，《詩序》以爲〈小明〉是「大夫悔仕於亂世」之詩。由於周大夫身處幽
王的亂世，「役則偏苦，行則過時」，「偏當勞役，歷日久長」，因此非常後悔
出來做官。《詩序》的詮釋，可能是自詩中「自詒伊戚」一句而生說的，殆非
詩義〔註65〕。朱熹的詮釋，仍是就詩言詩，順文立義，謂：「大夫以二月西征，

〔註65〕姚際恒謂：「小序謂『大夫悔仕于亂世』。按此特以詩中『自詒伊戚』一語摹
擬爲此說，非也。士君子出處之道早宜自審；世既亂，何爲而仕？既仕，何
爲而悔？進退無據，此中下之人，何足爲賢而傳其詩乎？蓋『自詒伊戚』，不
過自責之辭，不必泥也。此詩自宜以行役爲主，勞逸不均，與〈北山〉同意；

至於歲莫，而未得歸，故呼天而訴之。復念其僚友之處者，且自言其畏罪而不敢歸也。」（卷十三，頁151）

78.〈小雅・鼓鐘〉

　　鼓鐘將將，淮水湯湯。憂心且傷。淑人君子，懷允不忘。（一章）
　　鼓鐘喈喈，淮水湝湝。憂心且悲。淑人君子，其德不回。（二章）
　　鼓鐘伐鼛，淮有三洲。憂心且妯。淑人君子，其德不猶。（三章）
　　鼓鐘欽欽。鼓瑟鼓琴。笙磬同音。以雅以南，以籥不僭。（四章）

　　〈鼓鐘〉一詩，《詩序》以為是「刺幽王」之詩（《詩疏》卷十三之二，頁452）。幽王何以要刺？毛《傳》說：「幽王用樂，不與德比，會諸侯於淮上，鼓其淫樂，以示諸侯，賢者為之憂傷。」（《詩疏》卷十三之二，頁452）鄭玄說：「為之憂傷者，嘉樂不野合，犧象不出門，今乃於淮水之上，作先王之樂，失禮尤甚。」（同上）《傳》、《箋》都以為幽王陳樂於淮水之上，非常不當，所陳之樂，既不稱其德，又有違先王之禮，因此詩人作〈鼓鐘〉一詩來譏刺他〔註66〕。朱熹詮釋〈鼓鐘〉，以為「此詩之義未詳。」（《詩集傳》卷十三，頁152）不但不取《序》說，並批評《詩序》的詮說云：「此詩文不明，故《序》不敢質其事，但隨例為刺幽王耳，實皆未可知也。」（《詩序辨說》卷下，頁32）朱熹從〈鼓鐘〉一詩的涵詠中，仍得不出確切的詩意，為避免穿鑿，遂謂詩義不詳。《詩序》的詮釋，則仍是跳脫詩文的詮說，從詩文中實看不出有刺幽王之意。

79.〈小雅・楚茨〉

　　楚楚者茨，言抽其棘。自昔何為？我蓺黍稷。我黍與與，我稷翼翼。
　　我倉既盈，我庾維億。以為酒食，以享以祀，以妥以侑，以介景福。
　　（一章）
　　濟濟蹌蹌，絜爾牛羊，以往烝嘗。或剝或亨，或肆或將。祝祭于祊，
　　祀事孔明。先祖是皇，神保是饗。孝孫有慶。報以介福，萬壽無疆。
　　（二章）

而此篇辭意尤為渾厚矣。」（《詩經通論》卷十一，頁331）
〔註66〕《毛詩正義》云：「毛以刺鼓其淫樂，以示諸侯。鄭以為作先王正樂於淮水之上。毛、鄭雖其意不同，俱是失所，故刺之。經四章，毛、鄭皆上三章是失禮之事，卒章陳正禮責之，此刺幽王明矣。」（《詩疏》卷十三之二，頁452）

執爨踖踖，爲俎孔碩。或燔或炙，君婦莫莫。爲豆孔庶，爲賓爲客。
獻醻交錯，禮儀卒度，笑語卒獲，神保是格。報以介福，萬壽攸酢。
（三章）

我孔熯矣，式禮莫愆。工祝致告，徂賚孝孫。苾芬孝祀，神嗜飲食。
卜爾百福，如幾如式。既齊既稷，既匡既勑。永錫爾極，時萬時億。
（四章）

禮儀既備，鍾鼓既戒。孝孫徂位，工祝致告。神具醉止，皇尸載起。
鼓鍾送尸，神保聿歸。諸宰君婦，廢徹不遲。諸父兄弟，備言燕私。
（五章）

樂具入奏，以綏後祿。爾殽既將，莫怨具慶。既醉既飽，小大稽首。
神嗜飲食，使君壽考。孔惠孔時，維其盡之。子子孫孫，勿替引之。
（六章）

　　〈楚茨〉一詩，《詩序》以爲是「刺幽王也。政煩賦重，田萊多荒，饑饉降喪，民卒流亡，祭祀不饗，故君子思古焉。」（《詩疏》卷十三之二，頁 453）《詩序》之意，據《毛詩正義》的疏解是：

　　作〈楚茨〉詩者，刺幽王也。以幽王政教既煩，賦斂又重，下民供
　　上，廢闕營農，故使田萊多荒，而民皆饑饉。天又降喪病之疫，民
　　盡皆棄業，流散而逃亡。祭祀又不爲神所歆饗，不與之福。故當時
　　君子，思古之明王，而作此詩。意言古之明王，能政簡斂輕，田疇
　　墾闢，年有豐穰，時無災屬，下民則安土樂業，祭祀則鬼神歆饗。
　　以明今不然，故刺之。（《詩疏》卷十三之二，頁 453）

據此，〈楚茨〉一詩所描述的田疇墾闢，年有豐穰，周王用豐收所得的黍稷酒食來祭祀鬼神，而鬼神歡欣享用，並降下大福的盛年景象，乃是古代明王治世的景象，詩人陳此，主要在反襯當今幽王之世政教的廢壞，如：政煩賦重、田萊多荒，饑饉降喪，民卒流亡，祭祀不饗等，詩人作〈楚茨〉一詩，主要的用意，即在譏刺幽王。《詩序》的詮釋，驗諸詩文所透顯出來的景象，實大相乖戾。據詩文，〈楚茨〉一詩乃是吟詠周代貴族祭祀之詩，首章爲全詩總起，言欲獲降福，須享祀豐潔，故從墾闢稼穡寫起，第二、三章敘述初祭的情景，備言祭品的豐潔、從祀者的恭敬。在祭祀的肅穆之中，透露了歡洽的氣氛。四、五章敘述正祭的情景，借工祝之口，贊譽祭品的馨香、祭典的肅敬及神靈的滿意。末章，敘述祭後的情景，借族人之口讚譽祭祀的美盛。《詩序》的詮釋，不顧詩文，而

迴謂刺幽王云云，乃是標準的說《詩》之義，也是《詩序》慣用的陳古以刺今的詮說方式。這種詮說方式曾受到朱熹強烈的批評〔註67〕，朱熹在《詩序辨說·楚茨》中，也依據詩文來指摘《詩序》詮說的錯誤，他說：

> 自此篇至〈車舝〉，凡十篇，似出一手，詞氣和平，稱述詳雅，無風刺之意，《序》以其在變雅中，故皆以爲傷今思古之作。詩固有如此者，然不應十篇相屬而絕無一言以見其爲衰世之意，竊恐正雅之篇有錯脫在此者耳，《序》皆失之。（卷下，頁32）

朱熹認爲從〈楚茨〉以下至〈車舝〉計十篇，即〈楚茨〉、〈信南山〉、〈甫田〉、〈大田〉、〈瞻彼洛矣〉、〈裳裳者華〉、〈桑扈〉、〈鴛鴦〉、〈頍弁〉、〈車舝〉，從詩文中所透顯出來的，是詞氣和平，稱述詳雅，其中沒有一絲毫的諷刺之意，《詩序》的作者，以這十篇是位在變雅之中的篇什，遂詮定這十篇是傷今思古之作，朱熹認爲說《詩》有傷今思古之作，這是可以接受的，但〈楚茨〉以下的十篇，從詩文中看不出有一點是衰世之時，詩人藉陳古代的盛世明王，來諷刺所處的衰亂王政的痕跡，朱熹因而懷疑〈楚茨〉以下十篇，可能本是正雅的篇什誤置於此的結果，對於《詩序》「刺幽王」云云的詮說，他認爲都是錯誤而不合詩意的。因此，朱熹在實際的詮說中，都不取《詩序》之說，而謂：「此詩述公卿有田祿者力於農事，以奉其宗廟之祭。故言蒺藜之地，有抽除其棘者，古人何乃爲此事乎？蓋將使我於此藝黍稷也。故我之黍稷既盛，食庾既實，則爲酒食以饗祀妥侑，而介大福也。」（《詩集傳》卷十三，頁153）據輔廣說，朱熹所詮定〈楚茨〉一詩的詩旨，乃是依據《儀禮·少牢饋食禮》而爲說的〔註68〕。

〔註67〕　參《詩序辨說·柏舟》，卷上，頁10。

〔註68〕　輔廣云：「此詩先儒皆以爲天子祭祀之事者，豈其見詩中慶祝之詞太侈，如『萬壽』之類乎？然〈少牢〉嘏詞固曰『眉壽萬年』者，此正大夫之禮也。呂氏之說德盛政脩，亦以爲天子事耳，然公卿固亦有家事，而國之政事，亦無不與聞也。故《集傳》取而載之。吳伯豐問〈楚茨〉以下四篇，先生即謂豳雅，反覆讀之，其辭氣與〈7月〉、〈載芟〉、〈良耜〉等篇，大抵相類，斷無可疑。然又有以爲述公卿有田祿者力於農事，以奉其宗廟之祭，則恐未然。蓋聞自后稷以農事肇祀，其詩未嘗不惓惓於此，今以爲豳風、豳頌者，皆是也。而孟子亦曰：『禮曰：諸侯耕助以供粢盛，粢盛不潔，不敢以祭，古之人未有不先成民而後致力於神者，恐不必專指公卿言之。先生答曰：此諸篇在〈小雅〉而非天子之詩，故止得以公卿言之，蓋皆畿內諸侯矣。」（《詩童子問》卷五，頁374）

80. 〈小雅・信南山〉

> 信彼南山，維禹甸之。畇畇原隰，曾孫田之。我疆我理，南東其畝。
> （一章）
> 上天同雲，雨雪雰雰。益之以霢霂，既優既渥，既霑既足，生我百穀。
> （二章）疆場翼翼。黍稷彧彧。曾孫之穡，以爲酒食。畀我尸賓，壽
> 考萬年。（三章）
> 中田有廬，疆場有瓜。是剝是菹，獻之皇祖。曾孫壽考，受天之祜。
> （四章）
> 祭以清酒，從以騂牡，享於祖考。執其鸞刀，以啓其毛，取其血膋。
> （五章）
> 是烝是享，苾苾芬芬，祀事孔明。先祖是皇，報以介福，萬壽無疆。
> （六章）

　　〈信南山〉一詩，《詩序》以爲是「刺幽王也。不能脩成王之業，疆理天下，以奉禹功，故君子思古焉。」（《詩疏》卷十三之二，頁 459）《詩序》之意，據《毛詩正義》的疏解是：

> 作〈信南山〉詩者，刺幽王也。刺其不能修成王之事業，疆界分理
> 天下之田畝，使之勤稼，以奉行大禹之功，故其時君子思古成王焉，
> 所以刺之。（同上）

據此，《詩序》以爲由於幽王不能承繼成王疆界天下的事業，因此詩人陳述古代的成王能遵奉大禹的功業，疆界天下的田畝，使人民勤於耕稼之事，來反諷當今幽王的不能。依據《詩序》的詮釋，〈信南山〉是一首陳古以刺今之作。朱熹詮釋〈信南山〉，謂：「此詩大指與〈楚茨〉略同。」（《詩集傳》卷十三，頁 155），亦即視〈信南山〉爲「述公卿有田祿者力於農事，以奉其宗廟之祭。」之詩。並批評《詩序》、毛《傳》、鄭《箋》詮解詩中之「曾孫」爲成王爲淺陋之說，他說：「曾孫，古者事神之稱，《序》專以爲成王，則陋矣！」（《詩序辨說・信南山》卷下，頁 32）

81. 〈小雅・甫田〉

> 倬彼甫田，歲取十千。我取其陳，食我農人。自古有年。今適南畝，
> 或耘或耔，黍稷薿薿。攸介攸止，烝我髦士。（一章）
> 以我齊明，與我犧羊，以社以方。我田既臧，農夫之慶。琴瑟擊鼓，

以御田祖。以祈甘雨，以介我稷黍，以穀我士女。（二章）

曾孫來止，以其婦子，饁彼南畝。田畯至喜，攘其左右，嘗其旨否。

禾易長畝，終善且有。曾孫不怒，農夫克敏。（三章）

曾孫之稼，如茨如梁；曾孫之庾，如坻如京。乃求千斯倉，乃求萬斯

箱，黍稷稻粱。農夫之慶。報以介福，萬壽無疆。（四章）

〈甫田〉一詩，《詩序》以爲是「刺幽王也。君子傷今而思古焉。」（《詩
疏》卷十四之一，頁466）幽王有何可刺？鄭玄以爲「刺其倉廩空虛，政煩賦
重，農人失職。」（同上）《毛詩正義》疏釋《詩序》、鄭玄之意謂：

> 經言成王庾稼，千倉萬箱，是倉廩實，反明幽王之時，倉廩虛也。
>
> 言適彼南畝，耘籽黍稷，是農人得職，反明幽王之時，農人失職也。
>
> 政煩賦重，〈楚茨・序〉文。次四篇文勢大同，此及下篇《箋》皆引
>
> 之，言由政煩賦重，故農人失其常職也。（同上）

據此，《詩序》以爲〈甫田〉一詩是詩人藉著述寫成王時的倉廩足實、農人得
職，來反襯幽王時的倉廩空虛、農人失職及政煩賦重。《詩序》以爲〈甫田〉
一詩是一首陳古以刺今之作。朱熹詮釋〈甫田〉謂：「此詩述公卿有田祿者力
於農事，以奉方（四方之神）、社（土地之神）、田祖（農神）之祭。」（《詩
集傳》卷十三，頁156）並批評《詩序》是就詩中「自古有年」一句加以衍說，
朱熹說：「此《序》專以『自古有年』一句生說，而不察其下文，『今適南畝』
以下，未嘗不有年也。」（《詩序辨說》卷下，頁32）《詩序》拈據「自古有年」
一句，遂謂古代成王之時年豐食足，以此反襯今日幽王時倉廩之空虛，朱熹
認爲詩中從「今適南畝」以下諸句，也都是在呈顯今日年豐足食的一面，並
非只有古昔才有豐年，《詩序》據以爲說，因謂是陳古而刺今之作，朱熹認爲
《詩序》的詮說是錯誤的。

82. 〈小雅・大田〉

大田多稼，既種既戒，既備乃事，以我覃耜，俶載南畝，播厥百穀。

既庭且碩，曾孫是若。（一章）

既方既皁，既堅既好，不稂不莠。去其螟螣，及其蟊賊，無害我田穉。

田祖有神，秉畀炎火。（二章）

有渰萋萋，興雨祁祁。雨我公田，遂及我私。彼有不穫穉，此有不斂

穧；彼有遺秉，此有滯穗，伊寡婦之利。（三章）

曾孫來止，以其婦子，饁彼南畝；田畯至喜。來方禋祀，以其騂黑，
與其黍稷，以享以祀，以介景福。（四章）

〈大田〉一詩，《詩序》以爲是：「刺幽王也。言矜寡不能自存焉。」（《詩疏》卷十四之一，頁472）《詩序》之意，鄭玄、《毛詩正義》俱有所疏釋，鄭玄說：「幽王之時，政煩賦重，而不務農事，蟲災害穀，風雨不時，萬民饑饉，矜寡無所取活，故時臣思古以刺今。」（同上）《毛詩正義》說：

> 四章皆陳古善，反以刺王之辭。……經從首章盡二章上三句，言成
> 王教民治田，百穀茂盛，止役順時，秀實成好，反明幽王之時，政
> 煩賦重，而不務農事也。二章下五句，言時無蟲災，反明幽王之時，
> 蟲災害穀也。三章上四句，言雲雨安舒，反明幽王之時，風雨不時
> 也。三章下五句，言收刈有餘，寡婦獲利，是下民豐盈，矜寡得濟，
> 反明幽王之時，萬民饑饉，矜寡無所取活也。詩皆公卿國史所作，
> 故云時臣思古以刺之。《序》不言思古者，〈楚茨〉至此，文指相類，
> 承上篇而略之也。（同上）

據鄭玄、《毛詩正義》的疏解，〈大田〉一詩，《詩序》以爲是公卿國史所作，藉陳古代的盛世（成王時），來譏刺今世（幽王時）的亂政。詩文「大田多稼，既種既戒，既備乃事。以我覃耜，俶載南畝，播厥百穀，既庭且碩，曾孫是若。」、「既方既皁，既堅既好，不稂不莠。」諸句，乃在敘寫古時成王的教民治田，使得百穀茂盛，止役順時，秀實成好的情形，用意在譏刺今世幽王之時的政煩賦重、不務農時；「去其螟螣，及其蟊賊，無害我田穉。田祖有神，秉畀炎火。」諸句，乃在說明成王時並無蟲災，來反刺幽王時蟲災害穀；「有渰萋萋，興雨祁祁，雨我以田，遂及我私。」諸句，乃在描摹成王時的雲雨安舒，來反刺幽王之時的風雨不時；「彼有不穫穉，此有不斂穧。彼有遺秉，此有滯穗，伊寡婦之利。」諸句，則在說明成王時收刈有餘，使得寡婦獲利，下民豐盈，矜寡得濟，來反襯幽王之時的萬民饑饉，矜寡無所取活。全詩均是陳古以刺今。《詩序》的詮釋，乃是說《詩》之義，跳離詩的本文而恣意詮說，朱熹則以詩言詩，謂〈大田〉是「此詩爲農夫之詞，以頌美其上，若以答前篇之意也。」（《詩集傳》卷十三，頁157）、「前篇上之人以我田既臧爲農夫之慶，而欲報之以介福，此篇農夫以雨我公田，遂及我私，而欲其享祀以介景福。上下之情，所以相賴而相報者如此，非盛德其孰能之。」（同上，頁158）視〈大田〉爲應答前篇〈甫田〉之詩，蓋〈甫田〉一詩是公卿歸美農夫

之詞，「言奉其齊盛犧牲以祭方社，而曰我田之所以善者，非我之所能致也，乃賴農夫之福而致之耳。」（《詩集傳》卷十三，頁 156）、「言凡此黍稷稻粱，皆賴農夫之慶而得之，是宜報以大福，使之萬壽無疆也。其歸美於下而欲厚報之如此。」（同上，頁 157）故詩人也藉著〈大田〉一詩，陳述農人頌美其上之情，以為應答。

83.〈小雅・瞻彼洛矣〉

> 瞻彼洛矣，維水泱泱。君子至止，福祿如茨。韎韐有奭，以作六師。（一章）
>
> 瞻彼洛矣，維水泱泱。君子至止，鞞琫有珌。君子萬年，保其家室。（二章）
>
> 瞻彼洛矣，維水泱泱。君子至止，福祿既同。君子萬年，保其家邦。（三章）

〈瞻彼洛矣〉一詩，《詩序》以為是：「刺幽王也。思古明王能爵命諸侯，賞善罰惡焉。」（《詩疏》卷十四之三，頁 478）《詩序》之意，《毛詩正義》為之闡釋云：

> 作〈瞻彼洛矣〉詩者，刺幽王也。以幽王不能爵命賞罰，故思古之明王能爵命諸侯，賞善罰惡焉，以刺今之不能也。爵命即賞善之事，但爵命之外，猶別有賞賜，故《敘》分之。經三章皆言爵命賞善之事。既能有賞，必當有罰，故連言罰惡耳，於經無所當也。此及〈裳裳者華〉、〈桑扈〉、〈鴛鴦〉亦是思古以刺今，但與上四篇文勢不類，故敘於起發不同耳。上篇每言曾孫，則所思為成王。此等不言曾孫，不知思何時也，故直云古明王，不指斥之。（同上）

據《毛詩正義》的疏解，《詩序》以為〈瞻彼洛矣〉是一首「思古以刺今」之作。詩人藉著陳述古代明王能夠爵命諸侯、賞善罰惡，來反刺當今幽王的不能爵命諸侯、賞善罰惡。朱熹詮釋〈瞻彼洛矣〉，就詩言詩，謂：「此天子會諸侯於東都以講武事，而諸侯美天子之詩。」（《詩集傳》卷十三，頁 158）並批評《詩序》「賞善罰惡」說並非詩的本意，云：「此《序》以命服為賞善，六師為罰惡，然非詩之本意也。」（《詩序辨說・瞻彼洛矣》，卷下，頁 33）

84.〈小雅・裳裳者華〉

> 裳裳者華，其葉湑兮。我覯之子，我心寫兮。我心寫兮，是以有譽處

兮。（一章）

裳裳者華，芸其黃矣。我覯之子，維其有章矣。維其有章矣，是以有
慶矣。（二章）

裳裳者華，或黃或白。我覯之子，乘其四駱。乘其四駱，六轡沃若。
（三章）

左之左之，君子宜之。右之右之，君子有之。維其有之，是以似之。
（四章）

〈裳裳者華〉一詩，《詩序》的詮釋是：「刺幽王也。古之仕者世祿，小
人在位，則讒諂並進，棄賢者之類，絕功臣之世焉。」（《詩疏》卷十四之二，
頁 479）《詩序》之意，鄭玄箋釋云：「古者，古昔明王時也。小人，斥今幽王
也。」（同上），《毛詩正義》爲之疏解說：

作〈裳裳者華〉詩者，刺幽王也。以其古之仕於朝者，皆得世襲其
祿。今用小人，幽王在於天子之位，則有讒佞諂諛之人並進於朝，
既爲佞以蔽之王，又進讒以害賢，而王信受之，棄去賢者之胤類，
絕滅功臣之世嗣，故時臣思古以刺之也。……經四章，皆言思見明
王，以免讒諂並進，令己棄絕之事也。（《詩疏》卷十四之二，頁 479）

據鄭玄、《毛詩正義》的說明，《詩序》以爲〈裳裳者華〉一詩，是一首陳古
以刺今之作。由於古代在朝爲官者，其子弟都可以世襲其祿（指子可以續食
先人之祿而不居其位，若子賢，則可以居久位）〔註 69〕，但由於幽王在位，
使得讒佞諂諛之人盤據於朝，透過這些讒佞諂諛之人的進言蒙蔽，致幽王有
絕滅功臣之世嗣、棄去賢者之胤類的行逕，所以有大臣作〈裳裳者華〉一詩，
抒寫自己希望能夠見到古代明王，以免由於讒諂並進於朝，使得自己不復能
享世襲之祿，詩人藉陳古代明王的能夠使諸臣世襲其祿，來譏刺當今幽王的
不能。朱熹詮釋〈裳裳者華〉，完全不取《詩序》迂曲之說，而順文立義，謂
〈裳裳者華〉是：「此天子美諸侯之辭，蓋以答〈瞻彼洛矣〉也。言裳裳者華，
其葉湑然而美盛矣，我覯之子，則其心傾寫而悅樂之矣。夫能使見者悅樂之
如此，則其有譽處宜矣。此章與〈蓼蕭〉首章文勢全相似。」（《詩集傳》卷
十三，頁 159）

〔註 69〕所謂「世襲其祿」，《毛詩正義》云：「古者，有世祿復有世位。世祿者，直食
其先人之祿而不居其位。不賢尚當然，子若復賢，則居父位矣。」（《詩疏》
卷十四之二，頁 479）

85. 〈小雅・桑扈〉

　　　　交交桑扈，有鶯其羽。君子樂胥，受天之祜。（一章）

　　　　交交桑扈，有鶯其領。君子樂胥，萬邦之屏。（二章）

　　　　之屏之翰，百辟爲憲。不戢不難，受福不那。（三章）

　　　　兕觥其觩，旨酒思柔。彼交匪敖，萬福來求。（四章）

　　〈桑扈〉一詩，《詩序》以爲是：「刺幽王也。君臣上下，動無禮文焉。」
（《詩疏》卷十四之二，頁 481）《詩序》之意，鄭玄、《毛詩正義》俱有所說
明，鄭玄說：「動無禮文，舉事而不用先王禮法威儀也。」（同上）《毛詩正義》
說：

　　　以其時君臣上下，升降舉動皆無先王禮法威儀之文焉，故陳當有禮
　　　文以刺之，即上二章上二句是也。三章言其君爲百辟所法而受福。
　　　卒章言臣能燕飲得禮而不傲慢。皆是君臣禮文之事，故總之。（同上）
據鄭玄、《毛詩正義》的疏解，《詩序》視〈桑扈〉爲陳古以刺今之作。由於
幽王之時，君臣之間往來行事都沒有遵用先王所立下的禮法威儀，因此詩人
藉著陳述君臣之間行事往來咸有禮文之詞，來反刺幽王之時的不然。《詩序》
之說，與詩文扞閡，純是經師說經之義。朱熹以詩言詩，循文按義，謂〈桑
扈〉是「此亦天子燕諸侯之詩。言交交桑扈，則有鶯其羽矣。君子樂胥，則
受天之祜矣。頌禱之詞也。」（《詩集傳》卷十四，頁 160）天子透過「受天之
祜」、「萬邦之屏」、「百辟爲憲」諸詞，來祝福接受宴飲款待的諸侯能承受上
天的大福、能成爲小國的藩衛、能成爲諸侯之中的模範〔註70〕。

86. 〈小雅・鴛鴦〉

　　　　鴛鴦于飛，畢之羅之。君子萬年，福祿宜之。（一章）

　　　　鴛鴦在梁，戢其左翼，君子萬年，宜其遐福。（二章）

　　　　乘馬在廄，摧之秣之。君子萬年，福祿艾之。（三章）

　　　　乘馬在廄，秣之摧之。君子萬年，福祿綏之。（四章）

　　〈鴛鴦〉一詩，《詩序》的詮釋是：「刺幽王也。思古明王交於萬物有道，

〔註70〕朱熹釋〈桑扈〉首章：「君子樂胥，受天之祜。」云：「君子，指諸侯。」、「祜，
　　　福也。」；釋二章：「君子樂胥，萬邦之屏。」云：「屏，蔽也。言其能爲小國
　　　之藩衛，蓋任方伯連帥之職者也。」；釋三章：「之屏之翰，百辟爲憲，不戢
　　　不難。」云：「翰，幹也。所以當牆兩邊障土者也。辟，君。憲，法也。言其
　　　所統之諸侯，皆以之爲法也。」（以上並見《詩集傳》卷十四，頁 160）

自奉養有節焉。」(《詩疏》卷十四之二，頁 481)《詩序》之意，鄭玄、《毛詩正義》俱有所說明，鄭玄說：「交於萬物有道，謂順其性，取之以時，不暴夭也。」(同上)《毛詩正義》說：

> 作〈鴛鴦〉詩者，刺幽王也。以幽王殘害萬物，奉養過度，是以思古明王交接於天下之萬物鳥獸蟲魚皆有道，不暴夭也。其自奉養有節度，不奢侈也。今不能然，故刺之。交於萬物有道，即上二章上二句是也。自奉養有節，即下二章上二句是也。(同上)

據鄭玄、《毛詩正義》的說明，《詩序》以〈鴛鴦〉為陳古以刺今之作。詩人藉著陳述古代明王在取用萬物時，均能順著萬物生長之性，在一定的時機下才會取用，絕不在萬物幼小之時加以殘害，而斷絕其生生不息之機，另一方面，又陳述古代明王能夠在自我的供養上有所節制，並不流於奢汰，來反刺當今幽王的殘害萬物及奉養過度。《詩序》的詮釋，大抵是就詩中「鴛鴦于飛，畢之羅之。」、「乘馬在廄，摧之秣之。」所作的衍說，殆非詩義。朱熹的詮釋，仍是以詩言詩，謂〈鴛鴦〉是：「此諸侯所以答〈桑扈〉也。」(《詩集傳》卷十三，頁 160)朱熹以為〈桑扈〉是天子祝福諸侯之詞，天子既已祝福諸侯，則諸侯亦應有所回報，〈鴛鴦〉一詩，即是諸侯頌禱天子之詞，用以答〈桑扈〉之詩。

87.〈小雅‧頍弁〉

> 有頍者弁，實維伊何？爾酒既旨，爾殽既嘉。豈伊異人？兄弟匪他。蔦與女蘿，施于松柏。未見君子，憂心奕奕；既見君子，庶幾說懌。
> （一章）
>
> 有頍者弁，實維何期？爾酒既旨，爾殽既時。豈伊異人？兄弟具來。蔦與女蘿，施于松上。未見君子，憂心怲怲；既見君子，庶幾有臧。
> （二章）
>
> 有頍者弁，實維在首。爾酒既旨，爾殽既阜。豈伊異人？兄弟甥舅。如彼雨雪，先集維霰。死喪無日，無幾相見。樂酒今夕，君子維宴。
> （三章）

〈頍弁〉一詩，《詩序》以為是「諸公刺幽王也。暴戾無親，不能宴樂同姓，親睦九族，孤危將亡，故作是詩也。」(《詩疏》卷十四之三，頁 482)《詩序》之意，《毛詩正義》有所闡釋：

作〈頍弁〉詩者，時同姓之諸公刺幽王也。以王之政教酷暴而戾虐，
又無所親，不能燕樂其同姓，親睦其九族，孤特傾危，將至喪亡，
故同姓諸公作是〈頍弁〉之詩以刺之。……「暴戾無親」，即「如彼
雨雪，先集維霰。」是也。不能燕樂同姓，親睦九族，三章上六句
是也。孤危將亡。卒章四句是也。其首章、二章上六句，懼王危亡，
庶幾諫正，亦是將亡之事也。（《詩疏》卷十四之二，頁 482～483）

據此，《詩序》以爲由於幽王施政酷暴戾虐，又無所親，不能宴樂同姓的諸侯，
親睦九族，導致孤特將亡之境，所以同姓的諸侯，乃作〈頍弁〉一詩來加以
譏刺他。《詩序》的詮釋，顯然悖離詩意，詩中既明言「爾酒既旨，爾殽既嘉。
豈伊異人，兄弟匪他。」又言「既見君子，庶幾悅懌。」，則顯係宴飲兄弟之
詩，而《詩序》竟謂「不能宴樂同姓」，大乖詩義。朱熹詮釋〈頍弁〉一詩，
循文按義，逕謂「此亦燕兄弟親戚之詩。故言有頍者弁，實維伊何乎！爾酒
既旨，爾殽既嘉，則豈伊異人乎，乃兄弟而匪他也。又言蔦蘿施于木上，以
比兄弟親戚纏緜依附之意。是以未見而憂，既見而喜也。」（《詩集傳》卷十
四，頁 161）

88.〈小雅・車舝〉

間關車之舝兮，思孌季女逝兮。匪飢匪渴，德音來括。雖無好友，式
燕且喜。（一章）

依彼平林，有集維鷮。辰彼碩女，令德來教。式燕且譽，好爾無射。
（二章）

雖無旨酒，式飲庶幾，雖無嘉殽，式食庶幾，雖無德與女，式歌且舞。
（三章）

陟彼高岡，析其柞薪。析其柞薪，其葉湑兮。鮮我覯爾，我心寫兮。
（四章）

高山仰止，景行行止。四牡騑騑，六轡如琴。覯爾新昏，以慰我心。
（五章）

〈車舝〉一詩，《詩序》的詮釋是：「大夫刺幽王也。褒姒嫉妒，無道並
進，讒巧敗國，德澤不加於民，周人思得賢女以配君子，故作是詩也。」（《詩
疏》卷十四之二，頁 484）《詩序》之意，《毛詩正義》有較詳細的疏解：

〈車舝〉詩者，周大夫所作，以刺幽王也。以當時褒姒在王后之位，

情性嫉妒。由物類相感,而小人道長,故使無道之輩並進於朝,讒
佞巧言傾敗國家,令王之德澤不加於民,使致下民離散。周人見其
如此,乃思得賢女以配君子幽王,欲令代去褒姒,教幽王改修德教,
故作是〈車舝〉之詩以刺之。上言大夫,下言周人,見大夫所作,
述眾人之意故也。(同上)

據《毛詩正義》的疏解,由於褒姒以王后之位,招攬無道之徒,相進於朝,
使得朝政敗壞,下民離散,因此大夫希望能夠找到一位賢淑的女子來匹配幽
王,使得幽王在德行教化上有所改善,並由此賢女來取代褒姒的地位。由於
幽王以寵愛褒姒之故,致令德教敗壞,德澤不加於民,因此詩人藉著〈車舝〉
一詩,來表明希望能夠得到一位賢女,使幽王的德教上有所改善,另一方面
也藉此機刺幽王。《詩序》的詮釋,是標準的以史說詩,以史證詩,將歷史上
所載幽王寵愛褒姒之事,用以說解虛靈之詩歌〔註71〕,明係附會衍說,從〈車
舝〉一詩中,完全看不出《詩序》所說的「刺幽王」、「思得賢女以配君子」
云云之意。朱熹詮釋〈車舝〉,以詩言詩,不涉及幽王、褒姒之事,而是順文
立義謂:「此燕樂其新婚之詩。故言間關然設此車舝者,蓋思彼變然之季女,
故乘此車往而迎之也。匪飢也,匪渴也,望其德音來括,而心如飢渴耳。雖
無他人,亦當宴飲以相喜樂也。」(《詩集傳》卷十四,頁 162)

89. 〈小雅・賓之初筵〉

賓之初筵,左右秩秩,籩豆有楚,殽核維旅。酒既和旨。飲酒孔偕。
鐘鼓既設,舉醻逸逸。大侯既抗,弓矢斯張。射夫既同,獻爾發功。
發彼有的,以祈爾爵。(一章)
籥舞笙鼓,樂既和奏。烝衎烈祖,以洽百禮。百禮既至,有壬有林。
錫爾純嘏,子孫其湛。(二章)
其湛曰樂,各奏爾能。賓載手仇,室人入又。酌彼康爵,以奏奏爾時。
(三章)
賓之初筵,溫溫其恭。其未醉止,威儀反反。曰既醉止,威儀幡幡。
舍其坐遷。屢舞僊僊。其未醉止,威儀抑抑;曰既醉止,威儀怭怭。
是曰既醉,不知其秩。(四章)
賓既醉止,載號載呶,亂我籩豆,屢舞僛僛。是曰既醉,不知其郵。

〔註71〕幽王寵愛褒姒,馴致亡國之事,參《史記・周本紀》,《史記會注考證》卷四,
頁 679~800。

側弁之俄，屢舞傞傞。既醉而出，並受其福。醉而不出，是謂伐德。
飲酒孔嘉，維其令儀。（五章）

凡此飲酒，或醉或否。既立之監，或佐之史。彼醉不臧，不醉反恥。
式勿從謂，無俾大怠。匪言勿言，匪由勿語。由醉之言，俾出童羖。
三爵不識，矧敢多又！（六章）

〈賓之初筵〉一詩，《詩序》以爲是：「衛武公刺時也。幽王荒廢，媟近
小人，飲酒無度，天下化之。君臣上下，沈湎淫液，武公既入而作是詩也。」
（《詩疏》卷十四之三，頁 489）《詩序》之意，《毛詩正義》有所疏解：

〈賓之初筵〉詩者，衛武公所作，以刺時也。以幽王政教荒亂而惰
廢，乃媟慢親近小人，與之飲酒，無有節度。令使天下化而效之，
致天下諸侯君臣上下亦效而行之，沈酗於酒，湎齊顏色，淫液不止，
遂成風俗。衛武公既入爲王之卿士，見其如此，而作是詩以刺之也。

（《詩疏》卷十四之三，頁 489）

據此，《詩序》以爲幽王荒廢政事，親近小人，日與其飲酒，毫無節度，上行
下效，馴令天下寖以成風。衛武公在擔任朝廷卿士時，見到這種舉國沈湎於
酒的情形，乃作〈賓之初筵〉一詩，寄寓刺時之意。據《史記·衛康叔世家》
所載：「武公即位，修康叔之政，百姓和集。四十二年，犬戎殺周幽王，武公
將兵往，佐周平戎，甚有功，周平王命武公爲公。」（《史記會注考證》卷三
十七，頁 601）則武公入朝，擔任王朝的卿士乃在平王之世，《詩序》之說，
恐有問題。朱熹詮釋〈賓之初筵〉，捨《毛詩序》「衛武公所作，以刺時也。」
之說，而採《韓詩》說，謂：「衛武公飲酒悔過而作此詩。」（《詩集傳》卷十
四，頁 163）、「毛氏《序》曰：『衛武公刺幽王也。』韓氏《序》曰：『衛武公
飲酒悔過也。』今按：此詩意與〈大雅·抑〉戒相類，必武公自悔之作。當
從韓義。」（同上，頁 165）、「韓詩說見本篇，此《序》誤矣！」（《詩序辨說》
卷下，頁 33）朱熹所以從《韓詩》說，以爲〈賓之初筵〉是武公飲酒悔過之
詩，原因除了《韓詩》有此一說外，朱熹透過詩文的涵詠，以爲〈賓之初筵〉
一詩的詩旨，和〈大雅·抑〉一詩的詩旨相似，〈抑〉既爲武公自警之詩（據
《國語·楚語》的記載，〈大雅·抑〉一詩爲武公自警之作〔註72〕），由此推

〔註72〕 《國語·楚語上》：「左史倚相曰：『……昔衛武公年數九十有五矣，猶箴儆於
　　　　國，曰『自卿以下至於師長士，苟在朝者，無謂我老耄而舍我，必恭恪於朝，
　　　　朝夕以交戒我；聞一二之言，必誦志而納之，以訓導我。』在輿有旅賁之規，

論，〈賓之初筵〉也必然是武公自悔之作。

90.〈小雅‧魚藻〉

> 魚在？在藻，有頒其首。王在在鎬，豈樂飲酒。（一章）
> 魚在？在藻，有莘其尾。王在在鎬，飲酒樂豈。（二章）
> 魚在？在藻，依于其蒲。王在在鎬，有那其居。（三章）

〈魚藻〉一詩，《詩序》以爲是：「刺幽王也。言萬物失其性，王居鎬京，將不能以自樂，故君子思古之武王焉。」（《詩疏》卷十五之一，頁 499）鄭玄箋釋《詩序》之意，云：「萬物失其性者，王政教衰，陰陽不和，群生不得其所也。將不能以自樂，言必是有危亡之禍。」（同上）《毛詩正義》疏釋《詩序》、鄭玄之意云：

> 作〈魚藻〉詩者，刺幽王也。言時王政既衰，致令天下萬物失其生育之性，而不得其所。由此王居鎬京，將有危亡之禍，將不能以自燕樂，故詩人君子睹微知著，思古之武王焉。以武王之時，萬物得所，能以自樂。今萬物失性，禍亂將起，不以爲憂，亦安而自樂，故作此〈魚藻〉之詩，陳武王之樂，反以刺之。幽王之時，思古多矣，皆不陳武王。此獨言之者，此言將喪鎬京。其居鎬京，武王爲始，刺王將喪其業，故特陳武王也。（同上）

據此，《詩序》以爲由於幽王時王政衰敗，馴致萬物都不能安適生長，由於王政的衰敗，幽王也面臨著即將到來的危亡之禍，但幽王渾然不知，仍安居於鎬京，愷樂飲酒，因此，詩人藉著〈魚藻〉來陳述武王之時，萬物得所，天下無事；武王但安居鎬京而與群臣飲酒爲樂而已，以反刺今之不然。《詩序》之意，以〈魚藻〉爲陳古以刺今之作。朱熹詮釋〈魚藻〉，不取《詩序》之說，而就詩言詩，謂：「此天子燕諸侯，而諸侯美天子之詩。言魚何在乎？在乎藻也，則有頒其首矣。王何在乎？在乎鎬京也，則豈樂飲酒矣。」（《詩集傳》卷十四，頁 165）、「此詩意與〈楚茨〉等篇相類。」（《詩序辨說》卷下，頁33）朱熹嘗謂〈楚茨〉以下至〈車舝〉十篇「詞氣和平，稱述詳雅，無風刺

位宁有官師之典，倚几有誦訓之諫，居寢有褻御之箴，臨事有瞽史之導，宴居有師工之誦。史不失書，矇不失誦，以訓御之，於是乎作〈懿〉戒以自儆也。及其沒也，謂之睿聖武公。』（卷十七，頁 551）韋昭注：「〈懿〉，詩〈大雅‧抑〉之篇也。「懿」，讀之曰「抑」，《毛詩序》曰：「〈抑〉，衛武公刺厲王，亦以自儆也。」（同上，頁 552～553）

之意。」並懷疑〈楚茨〉等篇「恐正雅之篇有錯脫在此者耳。」（以上並見《詩序辨說》卷下，頁 32），則朱熹詮釋〈魚藻〉，亦以詩的本文衡斷，認爲詩中「詞氣和平，稱述詳雅」，並沒有諷刺的意味，既如此，《詩序》「刺幽王」云云，自不能採信。

91.〈小雅・采菽〉

采菽采菽，筐之筥之。君子來朝，何錫予之？雖無予之，路車乘馬；又何予之？玄袞及黼。（一章）

觱沸檻泉，言采其芹。君子來朝，言觀其旂。其旂淠淠，鸞聲嘒嘒。載驂載駟，君子所屆。（二章）

赤芾在股，邪幅在下。彼交匪紓，天子所予。樂只君子，天子命之；樂只君子，福祿申之。（三章）

維柞之枝，其葉蓬蓬。樂只君子，殿天子之邦；樂只君子，萬福攸同。平平左右，亦是率從。（四章）

汎汎楊舟，紼纚維之。樂只君子，天子葵之；樂只君子，福祿膍之。優哉游哉，亦是戾矣。（五章）

〈采菽〉一詩，《詩序》的詮釋是：「刺幽王也。侮慢諸侯，諸侯來朝，不能錫命以禮，數徵會之，而無信義。君子見微而思古焉。」（《詩疏》卷十五之一，頁 499）《詩序》之意，鄭玄、《毛詩正義》俱有說解，鄭玄說：

> 幽王徵會諸侯，爲合義兵，征討有罪。既往而無之，是於義事不信也。君子見其如此，知其後必見攻伐，將無救也。（《詩疏》卷十五之一，頁 499）

《毛詩正義》說：

> 作〈采菽〉詩者，刺幽王也。以幽王侮慢，諸侯來朝，不能錫命以禮，數徵召而會聚之，而無誠信之義事，無故召之，而無信義，後若實有義事，將召而不來。詩人見其微，知其著，而思古昔明王焉。故作〈采菽〉一詩，言古之明王能敬待諸侯，錫命以禮，反以刺幽王也。《序》皆反經爲義。侮慢諸侯，首章上二句是也。不能錫命以禮，首章下四句是也。其餘皆是錫命之事，《序》總而略之。君子見微而思古，敍其作詩之意，於經無所當也。（同上）

據鄭玄、《毛詩正義》的說解，《詩序》以爲〈采菽〉一詩，是陳古以刺今之

作。由於幽王有二大罪狀，其一，侮慢諸侯，當諸侯來周室朝見天子時，天子不能錫命以禮數，其二，無故而屢屢徵召諸侯，毫無信義，所謂無故而徵召諸侯，毫無信義，蓋指幽王爲取悅褒姒，遂舉烽火以召諸侯事〔註73〕，幽王有此二項罪狀，詩人見微知著，知道幽王日後若再行舉烽火故事，諸侯將不至，而己身將遭受到攻伐敗亡之禍，遂作〈采菽〉一詩，表露古代明王都能敬待諸侯，錫命以禮，來反刺幽王的不能。《詩序》之意，恰與詩之所呈顯的明王能敬待諸侯、錫命以禮的內容相互乖戾，此即《毛詩正義》所謂的：「反經爲義」、「於經無所當」。《詩序》的詮釋，當然是經師說經之義，也是以史證詩的詮釋進路。朱熹詮釋〈采菽〉謂：「此天子所以答〈魚藻〉也。采菽采菽，則必以筐筥盛之。君子來朝，則必有以錫予之。又言今雖無以予之，然已有路車乘馬，玄袞及黼之賜矣。其言如此者，好之無已，意猶以爲薄也。」（《詩集傳》卷十四，頁165）、「同上。（按：即此詩意與〈楚茨〉等篇相類。）」（《詩序辨說》卷下，頁33），視〈魚藻〉與〈采菽〉爲諸侯、天子互答之詩。〈魚藻〉爲天子燕諸侯，而諸侯美天子之詩，〈采菽〉則爲「天子所以答〈魚藻〉」之詩。

92.〈小雅・角弓〉

騂騂角弓，翩其反矣。兄弟昏姻，無胥遠矣。（一章）

爾之遠矣，民胥然矣。爾之教矣，民胥傚矣。（二章）

此令兄弟，綽綽有裕。不令兄弟，交相爲瘉。（三章）

民之無良，相怨一方。受爵不讓，至于已斯亡。（四章）

老馬反爲駒，不顧其後。如食宜饇，如酌孔取。（五章）

毋教猱升木，如塗塗附。君子有徽猷，小人與屬。（六章）

〔註73〕 《毛詩正義》疏釋鄭玄箋釋《詩序》之意云：「天子之會諸侯，必爲四方有不順服者，將征討之，乃會以爲謀焉。不然，不會之也。今幽王徵會諸侯，若爲合會義兵，以征討有罪者，故諸侯聞其召而皆會。既而無此征討之義事，是於義事不信，故言『無信義』也。以寇徵之，而實無寇。後實有寇，徵將不來。君子見其如此，其後必見攻伐，將無救之。事未然而已知之，是見微也。《易》曰：『幾者，動之微。君子見幾而作。』是君子皆見微也。〈周本紀〉曰：『褒姒不好笑，幽王欲其笑，萬方，故不笑。幽王爲烽燧大鼓，有寇至則舉烽火。諸侯悉至，至而無寇，褒姒乃大笑。幽王欲悅之，數舉烽火。其後不信，益不至。幽王之廢申后，去太子。申侯怒，乃與繒西夷犬戎共攻幽王。幽王舉烽火徵兵，兵莫至。遂殺幽王驪山下，盡取周賂而去。』是義事不信，見伐無救之事」。（《詩疏》卷十五之一，頁499～500）

雨雪瀌瀌，見晛曰消，莫肯下遺，式居婁驕。（七章）

雨雪浮浮，見晛曰流。如蠻如髦，我是用憂。（八章）

〈角弓〉一詩，《詩序》的詮釋是：「父兄刺幽王也。不親九族而好讒佞，骨肉相怨，故作是詩也。」（《詩疏》卷十五之一，頁 503）《毛詩正義》疏釋〈詩序〉之意云：

〈角弓〉詩者，王之宗族父兄所作以刺幽王也。以王不親九族之骨
肉，而好讒佞之人，令骨肉之內，自相憎怨，使人效之，故父兄作
此〈角弓〉之詩以刺之也。（同上）

據此，《詩序》以爲由於幽王不親九族，好讒佞之人，使得宗族骨肉之間相互憎怨，王既如此，下民效之，所以詩人作〈角弓〉一詩來譏刺他。朱熹詮釋〈角弓〉，謂：「此刺王不親九族而好讒佞，使宗族相怨之詩。言騂騂角弓，既翩然而反矣。兄弟昏姻，則豈可以相遠哉？」（《詩集傳》卷十四，頁 166）朱熹釋〈角弓〉與《詩序》的差異，在於《詩序》明確指出詩乃刺幽王之作，而朱熹則不指涉特定的對象。

93. 〈小雅・菀柳〉

有菀者柳，不尚息焉？上帝甚蹈，無自暱焉。俾予靖之，後予極焉。
（一章）

有菀者柳，不尚愒焉？上帝甚蹈，無自瘵焉。俾予靖之，後予邁焉。
（二章）

有鳥高飛，亦傅于天。彼人之心，于何其臻？曷予靖之？居以凶矜。
（三章）

〈菀柳〉一詩，《詩序》謂：「刺幽王也。暴虐無親，而刑罰不中，諸侯皆不欲朝。言王者之不可朝事也。」（《詩疏》卷十五之一，頁 506）據鄭玄、《毛詩正義》的說明，由於幽王暴虐，難以親近，且賞罰失節妄作，因此諸侯們都不欲朝王，〈菀柳〉一詩主要即在譏刺幽王〔註74〕。朱熹詮釋〈菀柳〉，

〔註74〕鄭玄釋〈菀柳〉首章「有菀者柳，不尚息焉。上帝甚蹈，無自暱焉。」云：「今
幽王暴虐，不可以朝事，甚使我心中悼病，是以不從而近之。釋己所以不朝
之意。」（《詩疏》卷十五之一，頁 506）釋「俾予靖之，後予極焉。」云：「假
使我朝王，王留我，使我謀政事。王信讒，不察功考績，後反誅放我。是言
王刑罰不中，不可朝事也。」（同上）《毛詩正義》疏釋〈菀柳〉首章云：「毛
以爲，有菀然者枝葉茂盛之柳，行路之人見之，豈不庶幾就之而息止焉？誠

謂：「王者暴虐，諸侯不朝，而作此詩。言彼有菀然茂盛之柳，行路之人豈不
庶幾欲就止息乎？以比人誰不欲朝事王者，而王甚威神，使人畏之而不敢近
耳。使我朝而事之，以靖王室，後必將極其所欲以求於我。蓋諸侯不朝而己
獨至，則王必責之無已，如齊威王朝周而後反爲所辱也。」（《詩集傳》卷十
四，頁 167）在詩旨的詮釋上，大抵與《詩序》同，但不明指爲幽王。

94.〈小雅・都人士〉

彼都人士，狐裘黃黃。其容不改，出言有章。行歸于周，萬民所望。
（一章）

彼都人士，臺笠緇撮。彼君子女，綢直如髮。我不見兮，我心不說。
（二章）

彼都人士，充耳琇實。彼君子女，謂之尹吉。我不見兮，我心苑結。
（三章）

彼都人士，垂帶而厲。彼君子女，卷髮如蠆。我不見兮，言從之邁。
（四章）

匪伊垂之，帶則有餘。匪伊卷之，髮則有旟。我不見兮，云何盱矣！
（五章）

〈都人士〉一詩，《詩序》謂：「周人刺衣服無常也。古者長民，衣服不
貳，從容有常，以齊其民，則民德歸壹，傷今不復見古人也。」（《詩疏》卷
十五之二，頁 510）《詩序》之意，鄭玄、《毛詩正義》俱有疏解，鄭玄說：

服，謂冠弁衣裳也。古者，明王時也。長民，謂凡在民上倡率者也。
變易無常謂之貳，從容，謂休燕也。休燕猶有常，則朝夕明矣。壹
者，專也，同也。（《詩疏》卷十五之二，頁 510）

《毛詩正義》說：

〈都人士〉詩者，周人所作，刺其時人所著之服無常也。以古者在
上長率其民，所衣之服不變貳，雖從容休燕之處，其容貌亦有常，
不但公朝朝夕而已。身自行此，以齊正其人，則下民皆爲一德。謂
其德如一，與上齊同，亦衣服不貳，從容有常也。傷今不復見古之

欲就之而止息。以興有道德茂美之王，諸侯見之，豈不庶幾往之而朝事？今
諸侯不往朝王，由無美德故也。諸侯既不朝王，又相戒曰：上帝之王甚變動，
而其心不恒，刑罰妄作，汝諸侯無得自往親近之。若自往親近之，必將得罪。」
（同上）

人，故作詩反以刺之。周人者，謂京師畿內之人。此及〈白華〉獨
言周人者，蓋敘者知畿內之人所作，其人或微不足錄，故言周人以
便文，無義例也。不言刺幽王者，此凡在人上服皆無常，故下民亦
不齊一，此刺當時之服無常，非指刺王身，故《序》不言刺王。然
風俗不齊，亦王者之過，即亦刺王也。（《詩疏》卷十五之二，頁 510）

據鄭玄、《毛詩正義》的疏解，《詩序》認爲〈都人士〉一詩，是王畿之內的
周人所作，用以譏刺時人（含周幽王及在上位的官員）所穿之衣服無常，不
足以爲人民的表率，亦不足以齊正人民，詩人敘寫古代有德之人衣服有常，
來反刺當代人的衣服無常。《詩序》詮釋〈都人士〉，實據《禮記・緇衣》：「子
曰：長民者，衣服不貳，從容有常，以齊其民，則民德壹。詩云：『彼都人士，
狐裘黃黃，其容不改，出言有章，行歸于周，萬民所望。』」（《禮記疏》卷五
十五，頁 929）之文而來。〈緇衣〉乃引詩文以爲證，而《詩序》又引〈緇衣〉
之文以解詩，殆非詩義。朱熹詮釋〈都人士〉，謂：「亂離之後，人不復見昔
日都邑之盛，人物儀容之美，而作此詩以歎惜之也。」（《詩集傳》卷十五，
頁 169）、「此《序》蓋用〈緇衣〉之誤。」（《詩序辨說》卷下，頁 34）在詩
旨的詮釋上，既與《詩序》絕異，又指出《詩序》據《禮記・緇衣》之文爲
說的錯誤。

95. 〈小雅・采綠〉

終朝采綠，不盈一匊。予髮曲局，薄言歸沐。（一章）
終朝采藍，不盈一襜。五日爲期，六日不詹。（二章）
之子于狩，言韔其弓；之子于釣，言綸之繩。（三章）
其釣維何？維魴及鱮。維魴及鱮，薄言觀者。（四章）

〈采綠〉一詩，《詩序》以爲是：「刺怨曠也。幽王之時，多怨曠者也。」
（《詩疏》卷十五之二，頁 512）《詩序》之意，鄭玄、《毛詩正義》俱有疏解，
鄭玄說：

怨曠者，君子行役過時之所由也。而刺之者，譏其不但憂思而已，
欲從君子於外，非禮也。（《詩疏》卷十五之二，頁 512）

《毛詩正義》說：

謂婦人見夫行役，過時不來，怨己空曠而無偶也。婦人之怨曠，非
王政，而錄之於《雅》者，以怨曠者爲行役過時，是王政之失，故

－233－

錄之以刺王也。經上二章言其憂思，下二章恨本不從君子，皆是怨
曠之事。欲從外則非禮，故刺之。（《詩疏》卷十五之二，頁 512）

婦人思夫，情義之重，禮所不責，故知識其不但憂思而已，欲從君
子於外，非禮也。禮，婦人送迎不出門，況從夫行役乎！雖憂思之
情可憫，而欲從之語爲非，故作者陳其事，而是非自見也。（同上）

據鄭玄、《毛詩正義》的疏解，《詩序》以爲〈采綠〉是一首譏刺怨曠之詩，
同時也是一首譏刺幽王之詩。丈夫因行役過時而未反，使得婦人憂思，這是
王政之失，故有刺幽王之意，但丈夫行役未返，婦人憂思，雖爲人情之常，
唯詩中的婦女竟然因爲憂思而想和丈夫一起出外行役，詩人認爲這是不合禮
法，因一併譏刺。朱熹詮釋〈采綠〉，不取《詩序》「刺怨曠」、「刺幽王」之
說，而以詩言詩，謂：「婦人思其君子，而言終朝采綠而不盈一匊者，思念之
深，不專於事也。又念其髮之曲局，於是舍之而歸沐，以待其君子之還也。」
（《詩集傳》卷十五，頁 170）並批評《詩序》之說云：「此詩怨曠者所自作，
非人刺之，亦非怨曠者有所刺於上也。」（《詩序辨說》卷下，頁 34）

96. 〈小雅・黍苗〉

芃芃黍苗，陰雨膏之。悠悠南行，召伯勞之。　（一章）
我任我輦，我車我牛。我行既集，蓋云歸哉！（二章）
我徒我御，我師我旅。我行既集，蓋云歸處！（三章）
肅肅謝功，召伯營之；烈烈征師，召伯成之。（四章）
原隰既平，泉流既清。召伯有成，王心則寧。（五章）

〈黍苗〉一詩，《詩序》以爲是「刺幽王也。不能膏潤天下，卿士不能行
召伯之職焉。」（《詩疏》卷十五之二，頁 513）《詩序》之意，鄭玄說：「陳宣
王之德、召伯之功，以刺幽王及其群臣，廢此恩澤事業也。」（同上）《毛詩
正義》說：

作〈黍苗〉詩者，刺幽王也。以幽王不能如陰雨膏澤潤及天下，其
下卿士又不能行召伯之職以勞來士，眾臣之職廢，由君失所任，故
陳召伯之事以刺之也。……此敘君臣互文以相見，言卿士不能行召
伯之職，則王不能膏潤天下，謂不能如宣王也。以經言召伯，不言
宣王，故敘因互文以見義也。此皆反經而敘之，首章上二句，是宣
王之能膏潤也。下二句以盡卒章，皆召伯之職也。（《詩疏》卷十五

之二，頁 513）

言芃芃長大者，是黍苗也。此黍苗所以得長大者，天以陰雨之澤膏
潤之故也。以興宣王之時，悅樂者，是眾人也。此眾人所以得悅樂
者，由王以恩惠之澤養育之故也。以黍苗之仰膏雨，猶眾人之仰恩
惠，是宣王能膏潤天下。今王不能然，故舉以刺之。又其時之人，
在國則蒙君之恩澤，其行又得臣之勞來，故言悠悠眾多而南行者，
是營謝邑之人，召伯則又能勞來勸悅以先之。言知人之勞苦也。今
幽王之時，人苦而臣不知，又刺之。（《詩疏》卷十五之二，頁 514）

據此，《詩序》以〈黍苗〉為陳古以刺今之作。詩人藉著二事來刺幽王。其一，
陳述宣王德澤下民，來反刺幽王的不能。其二，陳述召伯奉宣王之命前往謝
地築城營建，對於從役之人，召伯都能憫其勤勞，身先其苦，來反刺幽王時
的群臣不能行召伯之職。朱熹詮釋〈黍苗〉，不取《序》說，而以詩言詩，謂：
「宣王封申伯於謝，命召穆公往營城邑，故將徒役南行，而行者作此。言芃
芃黍苗，則惟陰雨能膏之，悠悠南行，則惟召伯能勞之也。」（《詩集傳》卷
十五，頁 170）、「此宣王時詩，與〈大雅·崧高〉相表裡。」（同上，頁 171）
《詩序》的詮釋，以史說詩，往往與詩文相乖戾，又以美為刺，離題甚遠。
朱熹的詮釋，則直據詩文，以美為美，以刺為刺，此是二者說詩差異處。

97. 〈小雅·隰桑〉

隰桑有阿，其葉有難。既見君子，其樂如何？（一章）

隰桑有阿，其葉有沃。既見君子，云何不樂？（二章）

隰桑有阿，其葉有幽。既見君子，德音孔膠。（三章）

心乎愛矣，遐不謂矣？中心藏之，何日忘之？（四章）

〈隰桑〉一詩，《詩序》以為是「刺幽王也。小人在位，君子在野，思見
君子，盡心以事之。」（《詩疏》卷十五之二，頁 515）《毛詩正義》謂《詩序》
「君子在野」，即「經上三章上二句」；《詩序》「思見君子，盡心以事之」，即
上三章下二句及卒章。」（以上並見《詩疏》卷十五之二，頁 515）換言之，「隰
桑有阿，其葉有難」、「隰桑有阿，其葉有沃。」、「隰桑有阿，其葉有幽」，都
是在描述「君子在野」之意；「既見君子，其樂如何。」、「既見君子，云何不
樂。」、「既見君子，德音孔膠。」及「心乎愛矣，遐不謂矣。中心藏之，何
日忘之？」都是「思見君子，盡心以事之」之意。朱熹詮釋〈隰桑〉，謂：「此

喜見君子之詩。言隰桑有阿，則其葉有難矣。既見君子，則其樂如何哉。詞意大概與〈菁莪〉相類。然所謂君子，則不知何所指矣。」（《詩集傳》卷十七，頁171）、「此亦非刺詩，疑與上篇皆脫簡在此也。」（《詩序辨說》卷下，頁34）與《詩序》所謂「刺幽王」之說絕異。朱熹認爲〈隰桑〉一詩之旨意，與〈菁菁者莪〉相類，都是喜見君子之詩。他並懷疑〈隰桑〉與〈黍苗〉的篇次可能是脫簡在此。

98. 〈小雅‧緜蠻〉

> 緜蠻黃鳥，止于丘阿。道之云遠，我勞如何！飲之食之，教之誨之，命彼後車，謂之載之。（一章）
>
> 緜蠻黃鳥，止于丘隅。豈敢憚行？畏不能趨。飲之食之，教之誨之，命彼後車，謂之載之。（二章）
>
> 緜蠻黃鳥，止于兵側，豈敢憚行？畏不能極。飲之食之，教之誨之，命彼後車，謂之載之。（三章）

〈緜蠻〉一詩，《詩序》的詮釋是：

> 〈緜蠻〉，微臣刺亂也。大臣不用仁心，遺忘微賤，不肯飲食教載之，故作是詩也。（《詩疏》卷十五之三，頁53）

以爲〈緜蠻〉是「微臣刺亂」之詩。《詩序》之意，鄭玄、《毛詩正義》俱有說解，鄭玄說：

> 微臣，謂士也。古者卿大夫出行，士爲末介。士之祿薄，或困乏于資財，則當賙贍之。幽王之時，國亂禮廢恩薄，大不念小，尊不恤賤，故本其亂而刺之。（《詩疏》卷十五之三，頁521）

《毛詩正義》說：

> 〈緜蠻〉詩者，周之微賤之臣所作，以刺當時之亂也。以時大臣卿大夫等皆不用仁愛之心，而多遺棄忽忘微賤之臣，至於共行，不肯飲食教載之，謂在道困乏，渴則不與之飲，饑則不與之食，不教之以事，不載之以車。大不念小，尊不恤賤，是國政昏亂之所致，故作是〈緜蠻〉之詩以刺之也。（同上）

據此，《詩序》以爲〈緜蠻〉一詩是周朝王室中一個微賤的小臣所作。由於幽王之時的大臣如卿大夫等，都無仁愛之心，對於聘使時隨行的小臣，都不能善加對待，當隨行的小臣在路途之中遇到困乏之際，卿大夫們「渴則不與之

飲，饑則不與之食，不教之以事，不載之以車」，完全失去了體恤關愛之心，詩人認爲這是由於國政昏亂下的結果，因而作此〈緜蠻〉來加以譏刺。朱熹詮釋〈緜蠻〉與《詩序》不同，他說：

> 此微賤勞苦，而思有所託者，爲鳥言以自比也。蓋曰緜蠻之黃鳥，
> 自言止于阿丘而不能前，蓋道遠而勞甚矣。當是時也，有能飲之食
> 之，教之誨之，又命後車以載之者乎？（《詩集傳》卷十五，頁 172）

> 此詩未有刺大臣之意，蓋方道其心之所所欲耳。若如《序》者之言，
> 則褊狹之甚，無復溫柔敦厚之意。（《詩序辨說》卷下，頁 34）

朱熹認爲〈緜蠻〉一詩是微賤勞苦之人，心中想要有所依託之詩。當一個微賤之人處於勞苦之境中，自然想到是否有一個寬厚仁恤的人能夠對他：「飲之食之，教人誨之，又命後車以載之。」（《詩經直解》：「渴就把水給他，餓就把飯給他，有事預先教他，臨事當面誨他。命令那些後車，照顧他、裝載他。」，卷二十二，頁 839），但這只是一個微賤勞苦之人，心中自然浮起的想望耳，其間並未有「刺大臣」之意。朱熹認爲假如《序》說，則詩人未免太過褊狹，喪失溫柔敦厚之意。

99. 〈小雅・瓠葉〉

> 幡幡瓠葉，采之亨之。君子有酒，酌言嘗之。（一章）
> 有兔斯首，炮之燔之。君子有酒，酌言獻之。（二章）
> 有兔斯首，燔之炙之。君子有酒，酌言酢之。（三章）
> 有兔斯首，燔之炮之。君子有酒，酌言醻之。（四章）

〈瓠葉〉一詩，《詩序》的詮釋是：

> 〈瓠葉〉，大夫刺幽王也。上棄禮而不能行，雖有牲牢饔餼，不肯用
> 也。故思古之人，不以微薄廢禮焉。（《詩疏》卷十五之三，頁 522）

以〈瓠葉〉爲「大夫刺幽王」之詩。《毛詩正義》疏釋《詩序》之意云：

> 〈瓠葉〉詩者，周大夫所作，以刺幽王也。以在上位者棄其養賓之
> 禮而不能行，雖有牲牢饔餼之物，而不肯用之以行禮，故作詩者思
> 古之人，不以菹羞微薄而廢其禮焉。言古之人，賤者尚不以微薄廢
> 禮，則當時貴者行之可知。由上行其禮以化下，反駁今上棄其禮而
> 不行也。……經四章，皆上二句言菹羞之薄，下二句言行禮之事，
> 是古之人不以微薄廢禮也。（同上）

據此，《詩序》以〈瓠葉〉爲思古以刺今之作。由於幽王雖有牲牢饔餼等珍饈〔註75〕，足以備養賓之禮，但卻置而不用，詩人（周大夫）因陳古人即使地位低賤之人，也不以物之微薄而廢禮；（地位低賤之人猶如此，則地位高者，必遵禮而行，更毋庸置論），來反刺位居萬民之上的幽王棄禮不行。《詩序》的詮釋恒以美爲刺，顚倒詩意，其間雖有向人君勸誡的詩教意義在，但終非詩意。朱熹詮釋〈瓠葉〉，即謂：

> 此亦燕飲之詩。言幡幡瓠葉，采之亨之，至薄也。然君子有酒，則
> 亦以是酌而嘗之。盡述主人之謙詞，言物雖薄，而必與賓客共之也。
> （《詩集傳》卷十五，頁173）
>
> 《序》說非是。（《詩序辨說》卷下，頁34）

以〈瓠葉〉爲「燕飲之詩」。並批評《詩序》的詮釋非詩之本義，這是以詩言詩，順著詩文脈絡言詩的必然結果。

100. 〈小雅・何草不黃〉

> 何草不黃？何日不行？何人不將？經營四方。 （一章）
> 何草不玄？何人不矜？哀我征夫，獨爲匪民。 （二章）
> 匪兕匪虎，率彼曠野。哀我征夫，朝夕不暇！ （三章）
> 有芃者狐，率彼幽草。有棧之車，行彼周道。 （四章）

〈何草不黃〉，《詩序》的詮釋是：

> 〈何草不黃〉，下國刺幽王也。四夷交侵，中國背叛，用兵不息，視
> 民如禽獸，君子憂之，故作是詩也。（《詩疏》卷十五之三，頁527）

以爲〈何草不黃〉是下國君子所作，以刺幽王之詩。由於幽王時四夷交侵，中國背叛，以致用兵不斷，驅役人民如禽獸，君子看到此種景象，憂傷不已，遂作〈何草不黃〉一詩。朱熹詮釋〈何草不黃〉，順文立義，謂：「周室將亡，征役不息，行者苦之，故作此詩。」（《詩集傳》卷十五，頁174）以爲是周室將亡之前，一位苦於征役之人所作之詩。與《詩序》的差異，是朱熹不取「刺幽王」之說，亦不就周室將衰的原因加以說明。

101. 〈大雅・棫樸〉

> 芃芃棫樸，薪之槱之。齊齊辟王，左右趣之。（一章）

〔註75〕所謂「牲牢饔餼」，鄭玄説：「牛羊豕爲牲，繫養者曰牢，熟曰饔，腥曰餼。」
（《詩疏》卷十五之三，頁522）

　　濟濟辟王，左右奉璋。奉璋峨峨，髦士攸宜。（二章）

　　淠彼涇舟，烝徒楫之。周王于邁，六師及之。（三章）

　　倬彼雲漢，爲章于天。周王壽考，遐不作人？（四章）

　　追琢其章，金玉其相。勉勉我王，綱紀四方。（五章）

　　《詩序》：「〈棫樸〉，文王能官人也。」（《詩疏》卷十六之三，頁 556）

　　《詩集傳》：「此亦詠歌文王之德。言芃芃棫樸，則薪之槱之矣。濟濟辟王，則左右趣之矣。蓋德盛而人心歸附趣向之也。」（卷十六，頁 181）

　　《詩序辨說》：「《序》誤。」（卷下，頁 35）

　　按：〈棫樸〉一詩，《詩序》以爲是「文王能官人也。」之詩（《詩疏》卷十六之三，頁 556）。所謂「官人」，有舉賢授職之意。《左傳》襄公十五年：

　　楚公子午爲令尹，公子罷戎爲右尹，蒍子馮爲大司馬，公子橐師爲右師馬，公子成爲左司馬，屈到爲莫敖，公子追舒爲箴尹，屈蕩爲連尹，養由基爲宮廄尹，以靖國人。君子謂：「楚於是乎能官人。官人，國之急也。能官人，則民無覦心。《詩》云：『嗟我懷人，寘彼周行。』能官人也。王及公、侯、伯、子、男、甸、采、衛大夫，各居其列，所謂周行也。（《春秋疏》卷三十二，頁 565～566）

杜預《注》云：「言自王以下，諸侯大夫各任其職，則是詩人周行之志也。」（同上，頁 566）《詩序》的詮釋可能是就詩中「奉璋峨峨，髦士攸宜。」及「周王壽考，遐不作人。」所作的詮說。朱熹詮釋〈棫樸〉，謂「此亦詠歌文王之德」的詩。他認爲全詩都在描寫由於文王的盛德，使得天下的人歸從趨附不已。朱熹詮釋〈棫樸〉首章云：「此亦以詠歌文王之德。言芃芃棫樸，則薪之槱之矣。濟濟辟王，則左右趣之矣。蓋德盛而人心歸附趣向之也。」（《詩集傳》卷十六，頁 181）；詮釋二章云：「半珪曰璋。祭祀之禮，王祼以圭瓚，諸臣助之。亞祼以璋、瓚，左右奉之。其判在內，亦有趣向之意。」（同上）；詮釋三章云：「言淠彼涇舟，則舟中之人無不楫之。周王于邁，則六師之眾追而及之。蓋眾歸其德，不令而從也。」（同上）；詮釋四章云：「文王九十七乃終，故言壽考。遐，與何同。作人，謂變化鼓舞之也。」（同上）；詮釋卒章云：「追之琢之，則所以美其文者至矣。金之玉之，則所以美其質者至矣。勉勉我王，則所以綱紀乎四方者至矣。」（同上），在〈棫樸〉篇末，朱熹並總

結〈棫樸〉一詩之旨意，云：「此詩前三章言文王之德，爲人所歸。後二章言文王之德，有以振作綱紀天下之人，而人歸之。」（同上，頁 182）由於朱熹以爲〈棫樸〉一詩，皆在說明文王以盛德而使得天下之人歸附景從之意，非僅止於「能官人」一點，故他迺謂《詩序》之說是錯誤的，在《朱子語類》亦有提及〔註76〕。

102. 〈大雅，旱麓〉

　　瞻彼旱麓，榛楛濟濟。豈弟君子，干祿豈弟。　（一章）
　　瑟彼玉瓚，黃流在中。豈弟君子，福祿攸降。　（二章）
　　鳶飛戾天，魚躍于淵。豈弟君子，遐不作人？　（三章）
　　清酒既載，騂牡既備。以享以祀，以介景福。　（四章）
　　瑟彼柞棫，民所燎矣。豈弟君子，神所勞矣。　（五章）
　　莫莫葛藟，施于條枚。豈弟君子，求福不回。　（六章）

　　〈旱麓〉一詩，《詩序》的詮釋是：

　　受祖也。周之先祖，世脩后稷、公劉之業，大王、王季申以百福干祿焉。（《詩疏》卷十六之三，頁 558）

《毛詩正義》疏釋《詩序》之意云：

　　作〈旱麓〉詩者，言文王受其祖之功業也。又言其祖功業所以有可受者，以此周之先祖，能世修后稷、公劉之功業，謂大王以前，先王皆修此二君之業，以至於大王、王季，重以得天之百福，所求之福祿焉。文王得受其基業，增而廣之，以王有天下，故作此詩，歌大王、王季得祿之事也。……經六章皆言大王、王季修行善道，以求神祐，是「申以百福干祿」之事也。（同上）

據此，《詩序》以爲〈旱麓〉一詩是文王所作，詩中敍述了太王、王季修行善道，以求神祐之事。朱熹詮釋〈旱麓〉，仍以爲是「詠歌文王之德」。釋〈旱麓〉首章云：「言旱山之麓，則榛楛濟濟然矣。豈弟君子，則其干祿也豈弟矣。干祿豈弟，言其干祿之有道，猶曰其爭也君子云爾。」（《詩集傳》卷十六，

〔註76〕《詩序辨說・棫樸》：「《序》誤。」（卷下，頁 35）又《朱子語類》載弟子之問：「問：『〈棫樸〉何以見文王之能官人？』曰：『《小序》不可信，類如此。此篇與前後數詩，同爲稱揚之辭。作《序》者爲見棫樸近箇人材底意思，故云『能官人也。』（卷八十一，頁 2127）、「〈棫樸・序〉只下『能官人』三字，便晦了一篇之意。」（同上，頁 2128）

頁 182）；釋二章云：「言瑟然之玉瓚，則必有黃流在其中。豈弟之君子，則必
有福祿下其躬。明寶器不薦於褻味，而黃流不注瓦缶。則知盛德必享於祿壽，
而福澤不降於淫人矣。」（同上）都從文王有盛德，於是求祿樂易，福澤降臨
的角度來詮釋。朱熹並批評《詩序》的詮釋「大誤」，也指出《詩序》所謂「百
福干祿」是「尤不成文理。」（《詩序辨說・旱麓》，卷下，頁 35）

103.〈大雅・行葦〉

> 敦彼行葦，牛羊勿踐履。方苞方體，維葉泥泥。（一章）
> 戚戚兄弟，莫遠且爾。或肆之筵，或授之几。（二章）
> 肆筵設席，授几有緝御。或獻或酢，洗爵奠斝。（三章）
> 醓醢以薦，或燔或炙。嘉殽脾臄，或歌或咢。（四章）
> 敦弓既堅，四鍭既鈞；舍矢既均，序賓以賢。（五章）
> 敦弓既句，既挾四鍭；四鍭如樹，序賓以不侮。（六章）
> 曾孫維主，酒醴維醹，酌以大斗，以祈黃耇。（七章）
> 黃耇台背，以引以翼。壽考維祺，以介景福。（八章）

〈行葦〉一詩，《詩序》的詮釋是：
> 忠厚也。周家忠厚，仁及草木，故能內睦九族，外尊事黃耇，養老
> 乞言，以成其福祿焉。（《詩疏》卷十七之二，頁 600）

《毛詩正義》疏釋《詩序》之意云：
> 作〈行葦〉詩者，言忠誠而篤厚也。言周家積世能爲忠誠篤厚之行，
> 其仁恩及於草木。以草木之微，尚加愛惜，況在於人，愛之必甚。
> 以此仁愛之深，故能內則親睦九族之親，外則尊事其黃髮之耇，以
> 禮恭敬養此老人，就乞善言，所以爲政，以成其周之王室之福祿焉。
> 此是成王之時，則美成王之忠厚矣。不言成王者，欲見先世皆然，
> 非獨成王，故即言周家以廣之。九族是王近親，黃耇則及他姓，故
> 言內外以別之。經八章，「仁及草木」，首章是也；「內睦九族」，二
> 章盡四章也；「尊事黃耇」，五章盡卒章上二句是也；「以成其福祿」，
> 卒章下二句是也。三王養老，必就乞言，故《序》因而及之，於經
> 無所當也。（同上）

據此，《詩序》以爲是在敘寫周朝王室，以忠厚立基之詩。由於周室歷代諸王
都能施行忠誠篤厚的行爲，內則親睦九族之親，外則尊事黃髮之耇，以禮來

敬養老人，仁恩及於草木，並求得爲政的善言，因而成就了周朝王室的福祿。詩中首章：「敦彼行葦，牛羊勿踐履，方苞方體，維葉泥泥。戚戚兄弟，莫遠見爾，或肆之筵，或授之几。」在說明「仁及草木」之義；二章至四章，在說明「內睦九族」之義，五章至末章（八章）上二句在說明「尊事黃耇」之義，八章下二句在說明「成其福祿」之義。朱熹詮釋〈行葦〉，與《詩序》絕異。他以爲是「祭畢而燕父兄耆老之詩。故言敦彼行葦，而牛羊勿踐履，則方苞方體，而葉泥泥矣。戚戚兄弟而莫遠具爾，則或肆之筵，而或授之几矣。此方言其開燕設席之初，而慇懃篤厚之意，藹然已見於言語之外矣。」（《詩集傳》卷十七，頁 192）朱熹在《詩序辨說》中並批評〈行葦・序〉的詮釋，在諸《序》中錯得最嚴重，他說：

> 此詩章句本甚分明，但以說者不知比興之體、音韻之節，遂不復得全詩之本意而碎讀之。逐句自生意義，不暇尋繹血脈，照管前後。但見「句踐行葦」，便謂「仁及草木」；但見「戚戚兄弟」，便謂「親睦九族」；但見「黃耇台背」，便謂「養老」；但見「以祈黃耇」，便謂「乞言」；但見「介爾景福」，便謂「成其福祿」，隨文生義，無復倫理。諸《序》之中，此失尤甚，覽者詳之。（《詩序辨說・行葦》，卷下，頁 36）

朱熹指出《詩序》詮釋〈行葦〉所以不得詩旨，原因有二，其一是不知比興之體，其二是碎讀詩義。完全忽視了整首詩的旨意，而僅從詩中摘拈字句，來生說詩意，如詩中有「勿踐行葦」之句，便說成「仁及草木」；有「戚戚兄弟」之句，便說成「親睦九族」；有「黃耇台背」之句，便說成「養老」；有「以祈黃耇」之句，便說成「乞言」；有「介爾景福」之句，便說成「成其福祿」，這是「碎讀之」、「逐句自生意義」、「隨文生義，無復倫理。」導致《詩序》的詮釋，完全悖離了正確的詩旨〔註77〕。朱熹以爲釋《詩》，一定要將詩

〔註77〕《詩序》詮《詩》碎讀詩義、望文生義，曾多次受到朱熹的指摘，除〈大雅・行葦〉一詩外，其他如釋〈周南・漢廣〉、〈小雅・蓼蕭〉、〈甫田〉、〈大田〉、〈裳裳者華〉、〈桑扈〉、〈頍弁〉、〈緜蠻〉等，朱熹都有指摘，如云：「因論詩，歷言〈小序〉大無義理，皆是後人杜撰，先後增益湊合而成。多就詩中採摭言語，更不能發明詩之大旨。纔見有『漢之廣矣』之句，便以爲德廣所及；才見有『命彼後車』之言，便以爲不能飲食教載。〈行葦〉之〈序〉，但見『牛羊勿踐』，便謂『仁及草木』；但見『戚戚兄弟』，便謂『親睦九族』；見『黃耇台背』，便謂『養老』；見『以祈黃耇』，便謂『乞言』，見『介爾景福』，便謂『成其福祿』，隨文生義，無復理論。」（《朱子語類》卷八十，頁 2075）、「此

中的文句視作一個整體，看看前後章句之間有無對應相承的關係，絕不能將詩中的文句孤立起來，而不管前後的章句，如果不能將詩句置於全詩的脈絡之中來理解，如此釋《詩》必「不復得詩之本意」。就《詩序》不知比興之體而言，朱熹以爲〈行葦〉首章：「敦彼行葦，牛羊勿踐履。方苞方體，惟葉泥泥。戚戚兄弟，莫遠具爾，或肆之筵，或授之几。」所採用的寫作技巧是「興」，即以「敦彼行葦，牛羊勿踐履。方苞方體，惟葉泥泥。」四句，來興起「戚戚兄弟，莫遠具爾，或肆之筵，或授之几。」四句，上四句與下四句之間並無義理上的關係，只是作爲引起下句之詞，《詩序》不知「興」是不取義，是「託物興辭」，反而在興句「牛羊勿踐履」上大作文章，謂「周家忠厚，仁及草木。」云云，朱熹以爲這是《詩序》所以不得詩旨的原因〔註78〕。

詩以篇內有『漢之廣矣』一句得名，而《序》者謬誤，乃以德廣所及爲言，失之遠矣。」（《詩序辨說·漢廣》，卷上，頁 7）、「《序》不知此爲燕諸侯之詩，但見『零露』之云，即以爲『澤及四海』，其失與〈野有蔓草〉同，臆說淺妄，類如此云。」（《詩序辨說·蓼蕭》，卷下，頁 29）、「此《序》專以『自古有年』一句生說，而不察其下文，『今適南畝』以下，未嘗不有年也。」（《詩序辨說·甫田》，卷下，頁 32）、「此《序》專以『寡婦之利』一句生說。」（《詩序辨說·大田》，卷下，頁 32）、「此《序》只用『似之』二字生說。」（《詩序辨說·裳裳者華》，卷下，頁 33）、「此《序》只用『彼交匪敖』一句生說。」（《詩序辨說·桑扈》，卷下，頁 33）、「《序》見詩言『死喪無日』，便謂『孤危將亡』，不知古人勸人燕樂，多爲此言。如『逝者其耄，他人是保』之類。且漢魏以來樂府猶多如此。如『少壯幾時、人生幾何』之類是也。」（《詩序辨說·頍弁》，卷下，頁 33）

〔註78〕 關於《詩序》未知興義，致引起釋詩的錯謬，朱熹曾多次提及：「詩人假物興辭，大率將上句引下句。如『行葦勿踐履』，『戚戚兄弟，莫遠具爾』，行葦是比兄弟，『勿』字乃興『莫』字。此詩自是飲酒會賓之意，《序》者卻牽合作周家忠厚之詩，遂以行葦爲『仁及草木』。如云『酌以大斗，以祈黃耇』，亦是歡合之時祝壽之意，《序》者遂以爲『養老乞言』，豈知『祈』字本只是祝頌其高壽，無乞言意也。」（《朱子語類》卷八十，頁 2076）、「看來《詩序》當時只是箇山東學究等人做，不是箇老師宿儒之言，故所言都無一事是當。如〈行葦〉之《序》雖皆是詩人之言，但卻不得詩人之意。不知而今做義人到這處將如何做，於理決不順。某謂此詩本是四章，章八句，他不知，作八章、章四句讀了。如『敦彼行葦，牛羊勿踐履。方苞方體，惟葉泥泥。戚戚兄弟，莫遠具爾。或肆之筵，或授之几。』此詩本是興詩，即是興起下四句言。以『行葦』興兄弟，『勿踐履』是莫遠意也。」（《朱子語類》卷八十，頁 2077～2078）、「問：『〈棫樸〉何以見文王之能官人？』曰：『《小序》不可信，類如此。此篇與前後數詩，同爲稱揚之辭。作《序》者爲見棫樸近箇人材底意思，故云『能官人』也。〈行葦·序〉尤可笑，第一章只是起興，何與人及草木？『以祈黃耇』是願頌之詞，如今人舉酒稱壽底言語。只是有『祈』字，

104. 〈大雅・既醉〉

　　　既醉以酒，既飽以德。君子萬年，介爾景福。（一章）

　　　既醉以酒，爾殽既將。君子萬年，介爾昭明。（二章）

　　　昭明有融，高朗令終。令終有俶，公尸嘉告。（三章）

　　　其告維何？籩豆靜嘉。朋友攸攝，攝以威儀。（四章）

　　　威儀孔時，君子有孝子。孝子不匱，永錫爾類。（五章）

　　　其類維何？室家之壼。君子萬年，永錫祚胤。（六章）

　　　其胤維何？天被爾祿。君子萬年，景命有僕。（七章）

　　　其僕維何？釐爾女士。釐爾女士，從以孫子。（八章）

〈既醉〉一詩，《詩序》的詮釋是：

　　大平也。醉酒飽德，人有士君子之行焉。（《詩疏》卷十七之二，頁

　　603）

《毛詩正義》疏釋《詩序》之意云：

按：〈既醉〉一詩。《詩序》以爲是「大平」之詩。《詩序》之意，《毛詩正義》

便說是乞言』（同上，卷八十一，頁21二八）朱熹釋「興」，以爲作用大抵僅
在引起下句，其間並無義理上的關係，與毛《傳》、鄭玄以興爲有取義說頗異，
朱熹說：「本要言其事，而虛用兩句鈎起，因而接續去者，興也。」（同上，
卷八十，頁2067）、「興是借彼一物以引起此事，而其事常在下句。」（同上，
頁2069）、「詩之興，全無巴鼻。振錄云：『多是假他物舉起，全不取其義。』
後人詩猶有此體。如『青青陵上柏，磊磊澗中石，人生天地間，忽如遠行客』！
又如『高山有涯，材木有枝，憂來無端，人莫之知。』！『青青河畔草，綿
綿思遠道。』皆是此體。」（同上，頁2070）、「問：『《詩傳》說六義，以『託
物興辭』爲興，與舊說不同。』曰：『覺舊說費力，失本指。如興體不一，或
借眼前事物說將起，或別自將一物說起，大抵只是將三四句引起，如唐時尚
有此等詩體。如『青青河畔草』，『青青水中蒲』，皆是別借此物，興起其辭，
非必有感有見於此物也。有將物之無，興起自家之所有；將物之有，興起自
家之所無，前輩都理會這箇不分明，如何說得詩本指！』（同上，頁2070～
2071）、「興只是興起，謂下句直說不起，故將上句帶起來說，如何去上討義
理？」（同上，頁2085）又關於〈行葦・序〉隨文生義，致失詩旨，《語類》
中亦多次提及：「又如〈行葦〉，自是祭畢而燕父兄耆老之詩。首章言開燕設
席之初，而惓惓篤厚之意，已見於言語之外，二章言侍御獻酬飲食歌樂之盛；
三章言既燕而射以爲懽樂；末章祝頌其既飲此酒，皆得享夫長壽。今《序》
者不知本旨，見有『勿踐履』之說；則便謂『仁及草木』，見『戚戚兄弟』，
便謂『親睦九族』，見『黃耇台背』，便謂『養老』；見『以祈黃耇』，便謂『乞
言』；見『介爾景福』，便謂『成其福祿』，細細碎碎，殊無倫理，其失爲尤甚。」
（同上，頁2073）

有所闡釋：

> 作〈既醉〉詩者，言太平也。謂四方寧靜而無事，此則平之大者，
> 故謂太平也。成王之祭宗廟，群臣助之。至於祭末，莫不醉足於酒，
> 厭飽其德。既荷德澤，莫不自修，人皆有士君子之行焉。能使一朝
> 之臣盡爲君子，以此教民大安樂，故作此詩以歌其事也。（《詩疏》
> 卷十七之三，頁603）

據此，《詩序》以爲〈既醉〉是成王祭祀宗廟之末，使助祭的群臣都醉酒飽德，
群臣醉酒，並有士君子的行爲，一方面顯示太平之時的景象，一方面也顯示
了成王的德澤教化，因此詩人作〈既醉〉一詩來歌詠此事。朱熹詮釋〈既醉〉，
不取《序》說，而謂〈既醉〉是父兄所以答〈行葦〉之詩。〈行葦〉一詩是「祭
畢而燕父兄耆老之詩」，詩中流露對於父兄耆老的殷勤款待之情，因此受到殷
勤款待的父兄也以〈既醉〉來答謝〈行葦〉一詩中所表現的厚意。朱熹並批
評〈既醉・序〉的詮釋所以不得詩旨，原因與〈行葦・序〉一樣，都是隨文
生義，不能統攝涵括全詩的大旨，見「既醉以酒，既飽以德」句，便謂「醉
酒飽德」，又受《孟子》斷章取義的說《詩》方式影響，遂謂「人有士君子之
行焉。」〔註79〕。

105.〈大雅・民勞〉

> 民亦勞止，汔可小康。惠此中國，以綏四方。無縱詭隨，以謹無良。
> 式遏寇虐，憯不畏明。柔遠能邇，以定我王。（一章）
> 民亦勞止，汔可小休。惠此中國，以爲民逑。無縱詭隨，以謹憎慦。
> 式遏寇虐，無俾民憂。無棄爾勞，以爲王休。（二章）
> 民亦勞止，汔可小息。惠此京師，以綏四國。無縱詭隨，以謹罔極。
> 式遏寇虐，無俾作慝。敬愼威儀，以近有德。（三章）
> 民亦勞止，汔可小愒。惠此中國，俾民憂泄。無縱詭隨，以謹醜厲。
> 式遏寇虐，無俾正敗，戎雖小子，而式弘大。（四章）
> 民亦勞止，汔可小安。惠此中國，國無有殘。無縱詭隨，以謹繾綣。

〔註79〕輔廣謂：「太平云者，以爲成王之詩故也。醉酒飽德，則亦隨文生說而失詩之
本義。人有士君子行，則又牽於孟子斷章而爲說也。」（《詩童子問》卷首，
頁296）朱熹批評〈既醉・序〉「人有士君子之行」是受到孟子斷章取義說詩
的誤導，孟子之說，蓋出《孟子・盡心》篇，陳奐云：「《孟子・盡心篇》『人
能充無受爾女之實』此即爾女連文之證，《序》云『人有士君子之行』，即指
此章末之士而言之也。」（《詩毛氏傳疏》卷二十三，頁718）

式遏寇虐，無俾正反。王欲玉女，是用大諫。（五章）

〈民勞〉一詩，《詩序》的詮釋是：

召穆公刺厲王也。（《詩疏》卷十七之四，頁 630）

鄭玄箋釋《詩序》之意云：

厲王，成王七世孫也。時賦斂重數，繇役煩多，人民勞苦，輕爲奸
宄，彊陵弱，眾暴寡，作寇害，故穆公以刺之。（同上）

據此，《詩序》以爲〈民勞〉是召穆公譏刺厲王之詩。由於厲王橫徵暴歛，人
民勞苦，因此召穆公作〈民勞〉一詩來譏刺他。朱熹詮釋〈民勞〉，不取《序》
說，而謂：

《序》說以此爲召穆公刺厲王之詩。以今考之，乃同列相戒之辭耳，
未必專爲刺王而發。然其憂時感事之意，亦可見矣。（《詩集傳》卷
十七，頁 199）

以爲〈民勞〉是「同列相戒之辭」，其間流露出詩人憂時感事之意。朱熹釋《詩》，
從詩文的涵詠而發，而其所以異於《詩序》的詮釋亦在此。

106.〈大雅·抑〉

抑抑威儀，維德之隅。人亦有言：「靡哲不愚。」庶人之愚，亦職維疾；
哲人之愚，亦維斯戾。（一章）

無競維人，四方其訓之；有覺德行，四國順之。訏謨定命，遠猶辰告。
敬愼威儀，維民之則。（二章）

其在于今，興迷亂于政。顛覆厥德，荒湛于酒，女雖湛樂從。弗念厥
紹，罔敷求先王，克共明刑。（三章）

肆皇天弗尙，如彼泉流，無淪胥以亡。夙興夜寐。洒埽庭內，維民之
章。脩爾車馬，弓矢戎兵，用戒戎作，用逷蠻方。（四章）

質爾人民，謹爾侯度，用戒不虞。愼爾出話，敬爾威儀，無不柔嘉。
白圭之玷，尙可磨也；斯言之玷，不可爲也。（五章）

無易由言，無曰苟矣；莫捫朕舌，言不可逝矣。無言不讎，無德不報。
惠于朋友，庶民小子。子孫繩繩，萬民靡不承。（六章）

視爾友君子，輯柔爾顏，不遐有愆。相在爾室，尙不愧于屋漏。無曰：
「不顯，莫予云覯。」神之格思，不可度思，矧可射思？（七章）

辟爾爲德，俾臧俾嘉。淑愼爾止，不愆于儀。不僭不賊，鮮不爲則。

投我以桃，報之以李。彼童而角，實虹小子。（八章）

荏染柔木，言緡之絲。溫溫恭人，維德之基。其維哲人，告之話言，

順德之行；其維愚人，覆謂我僭：民各有心。（九章）

於乎小子！未知臧否。匪手攜之，言示之事；匪面命之，言提其耳。

借曰未知，亦既抱子。民之靡盈，誰夙知而莫成？（十章）

昊天孔昭，我生靡樂。視爾夢夢，我心慘慘。誨爾諄諄，聽我藐藐。

匪用爲教，覆用爲虐。借曰未知，亦聿既耄。（十一章）

於乎小子！告爾舊止。聽用我謀，庶無大悔。天方艱難，曰喪厥國。

取譬不遠，昊天不忒。回遹其德，俾民大棘。（十二章）

〈抑〉一詩，《詩序》的詮釋是：「衛武公刺厲王，亦以自警也。」（《詩疏》卷十八之一，頁 644）《詩序》之意，鄭玄、《毛詩正義》俱有所疏釋，鄭玄說：「自警者，如彼泉流，無淪胥以亡。」（《詩疏》卷十八之一，頁 644）《毛詩正義》說：

> 〈抑〉詩者，衛武公所作，以刺厲王也。雖志在刺王，亦所以自警
> 戒己身。以王之爲惡，將致滅亡，群臣隨之，己亦淪陷，故《箋》
> 指而言之。（《詩疏》卷十八之一，頁 644）

據此，《詩序》以爲武公見厲王爲惡，將導致周室的滅亡，因此作〈抑〉一詩來譏刺他，但〈抑〉詩之作，主要的目的雖在譏刺厲王，但也用來自警。據《國語・楚語上》載左史倚相之言，以爲衛武公年九十五猶箴儆於國，並作〈懿〉戒以自儆，韋昭之注，謂〈懿〉即〈大雅・抑〉之詩〔註80〕，其中僅謂衛武公作〈懿〉詩以自儆，並無言及刺厲王，且據《史記・十二諸侯年表》，衛武公立在宣王十六年，卒於平王十三年，上距厲王流彘之年三十載，距厲王之沒八十餘載，又距幽王之卒年三十餘載，厲王之時，武公未立，如何能作詩以刺厲王〔註81〕？朱熹詮釋〈抑〉，僅取《國語》衛武公作〈懿〉以自儆

〔註80〕 詳《國語・楚語上》，卷十七，頁551。

〔註81〕 《毛詩正義》謂：「案《史記・衛世家》，武公者，僖侯之子，共伯之弟，以宣王三十六年即位（按：據阮校「三」應刪）。則厲王之世，武公時爲諸侯之庶子耳，未爲國君，未有職事，善惡無豫於物，不應作詩刺王，必是後世乃作追刺之耳。」（《詩疏》卷十八之一，頁644）陳奐修正《毛詩正義》之說，云：「《史記・十二諸侯年表》，武公和元年，宣王之十六年，至平王十三年而卒。〈衛世家〉武公四十二年，犬戎殺周幽王，武公將兵往佐周平戎，甚有功，周平王命武公爲公，五十五年卒。據《史記》，平王始命武公爲公，武公於厲

之說，而不取《詩序》所謂刺厲王之說，他說：

> 衛武公作此詩，使人日誦於其側以自警。言抑抑威儀，乃德之隅，則有哲人之德者，固必有哲人之威儀矣。而今之所謂哲者，未嘗有其威儀，則是無哲而不愚矣。夫眾人之愚，蓋有稟賦之偏，宜有是疾，不足為怪。哲人而愚，則反戾常矣。（《詩集傳》卷十八，頁204～205）。

> 《楚語》左史倚相曰：「昔衛武公年數九十五矣，猶箴儆於國，曰：自卿以下，至于師長士，苟在朝者，無謂我老耄而舍我。必恭恪於朝夕，以交戒我。在輿有旅賁之規，位宁有官師之典，倚几有誦訓之諫，居寢有褻御之箴，臨事有瞽史之道，宴居有師工之誦，史不失書，矇不失誦，以訓御之。於是作〈懿〉戒以自儆。及其沒也，謂之睿聖武公。」韋昭曰：懿，讀為抑。即此篇也。董氏曰：侯包言武公行年九十有五，猶使人日誦是詩而不離於其側，然則《序》說為刺厲者誤矣。（《詩集傳》卷十八，頁207）

據此，朱熹詮釋〈抑〉，乃是依據《國語·楚語》及宋人宋彥遠所引侯包之說。侯包嘗撰《韓詩翼要》十卷，知侯包之說係韓詩說〔註82〕。此外，朱子也在《詩序辨說》中論及〈抑·序〉的得失，朱熹說：

> 此詩之《序》有得有失，蓋其本例以為非美非刺，則詩無所為而作。又見此詩之次，適出於宣王之前，故直以為刺厲王之詩。又以《國語》有左史之言，故又以為亦以自警。以詩考之，則其曰「刺厲王」者失之，而曰「自警」者得之也。夫曰「刺厲王」之所以為失者，《史記》衛武公即位於宣王之三十六年，不與厲王同時，一也；詩以小子目其君，而爾汝之無人臣之禮，與其所謂敬威儀、慎出話者自相背戾，二也；厲王無道，貪虐為甚，詩不以此箴其膏肓，而徒以威

王時未為諸侯，幽王時，雖諸侯不聞為周卿士，則入相於周，斷在平王之世。」（《詩毛氏傳疏》卷二十五，頁752）又魏源以為〈抑〉，衛武公作于為平王卿士之時，距幽沒三十餘載，距厲沒八十餘載。爾、女、小子，皆武公自儆之詞，而刺王室在其中矣。備爾車馬，弓矢戎兵，冀復鎬京之舊，而慨平王不能也。〈王風〉、〈小·大雅〉皆終于平王，故曰《詩》亡然後《春秋》作。又云：「《史記》言武公將兵佐周平戎，甚有功，平王命為公。則知作于為平王卿士之時，八十既耄之後，當東遷之始，〈變雅〉之終，不但非刺厲，並非刺幽。」（以上參《詩古微上編之五·變大雅三家詩發微》，頁378～380）

〔註82〕《隋書·經籍志》載：「《韓詩翼要》十卷，漢侯苞傳」，卷三十二，頁915。

儀詞令爲諄切之戒，緩急失宜，三也；詩詞倨慢，雖仁厚之君，有
所不能容者，屬王之暴，何以堪之？四也；或以《史記》之年不合
而以爲追刺者，則詩所謂「聽用我謀，庶無大悔」，非所以望於既往
之人，五也。曰「自警」之所以爲得者，《國語》左史之言，一也；
《詩》曰「謹爾侯度」，二也；又曰「曰喪厥國」，三也；又曰「亦
聿既耄」，四也；詩意所指，與〈淇澳〉所美、〈賓筵〉所悔相表裏，
五也。二說之得失，其佐驗明白如此，必去其失而取其得，然後此
詩之義明。今《序》者乃欲合而一之，則其失者固已失之，而其得
者亦未足爲全得也。然此猶自其詩之外而言之也，若但即其詩之本
文，而各以其一說反覆讀之，則其訓義之顯晦疎密，意味之厚薄淺
深，可以不待考證而判然於胸中矣。此又讀詩之簡要直訣，學者不
可以不知也。（卷下，頁 37）

朱熹在此段辨說的長文指出，由於《詩序》慣以美刺說詩，捨此而外，則以
爲詩無由作，〈抑〉詩由於其篇次置於宣王詩之前（如〈雲漢〉、〈崧高〉、〈烝
民〉、〈韓奕〉等），因此作《序》者便逕以爲刺屬王，但《國語》嘗謂〈抑〉
是武公自儆之作，遂又說「亦以自警」。他認爲《詩序》之說各有得失，據《國
語》而謂〈抑〉詩是武公自警之詩爲是，憑空撰說，謂刺屬王則非。何以說
《詩序》刺屬王之說爲非，朱熹指出有五點可說，其一，據《史記》，衛武公
在宣王三十六年即位，與屬王並非同時，其二，詩文有「於乎小子，未知臧
否」、「於乎小子，告爾舊止。」、「女雖湛樂從，弗念厥紹。」、「視爾友君子，
輯柔爾言，不遐有愆，相在爾室。」、「辟爾爲德，俾臧俾嘉。淑慎爾止，不
愆于儀。」、「我生靡樂，視爾夢夢。我心慘慘，誨爾諄諄。」諸語，皆以「小
子」稱謂其君，而「爾」、「汝」等對君用語，也不是人臣應有之禮，這些用
詞與武公自己所強調的「慎爾出話」、「敬慎威儀」之意相違背，其三，屬王
無道之大端，厥在貪虐，據《國語・周語》及《史記・周本記》所載，屬王
好利，以榮夷公爲卿士，行爲暴虐侈傲，國人有謗屬王者〔註 83〕，後遭流亡
于彘，武公倘眞以〈抑〉詩刺王，詩中應針對此點加以鍼輔勸說，不應不由
此途，反而只教屬王要在儀容舉止、言談話語之中，多加戒慎，這是緩急失
宜，其四，〈抑〉詩全詩充滿了教戒之詞，且語氣倨慢不恭，即使是仁厚的國

〔註 83〕參《史記・周本紀》，《史記會注考證》卷四，頁 77～78、《國語・周語上・邵
　　　　公諫屬王弭謗〉、〈芮良夫論榮夷公專利〉，頁 9～14。

君都恐怕無法接受，更何況是殘暴如厲王者，又怎會接受呢？其五，《毛詩正義》以《史記》所載武公與厲王並世之年不合，因謂是武公追刺厲王之作，朱熹舉詩文：「聽用我謀，庶無大悔。」（據陳子展《詩經直解》的譯文是：「聽信我的主意，希望沒有大的後悔。」（卷二十五，頁 989）之句，說此語並不是對當世以外（即古昔之人）的人所言說的。至於朱熹以為《序》說得其詩旨亦有五點，其一，據《國語・楚語》左史倚相之言，已明確指出〈抑〉詩為武公自警之作，其二〈抑〉詩中謂：「謹爾侯度」（朱注：「侯度，諸侯所守之法度也。」《詩集傳》卷十八，頁 205，《詩經直解》譯文：「謹守你為公侯的法度」，卷二十五，頁 983），其三，〈抑〉詩中又謂：「曰喪厥國」（朱注：「將喪厥國矣」，《詩集傳》，卷十八，頁 207，《詩經直解》譯文：「就要降亡你的國，頁 989」）；其四，〈抑〉詩中謂「亦聿既耄。」（朱注：「八十九十曰耄。左史所謂年九十有五時也。」，頁 207，《詩經直解》譯文：「也就說已經到了老耄，頁 989）都符合衛武公之身份與作詩之齡，其五，〈抑〉詩中所傳達揭露出來的意旨，與〈衛風・淇奧〉之詩旨：「美武公之德也。有文章，又能聽其規諫，以禮自防，故能入相于周，美而作是詩也。」、〈賓之初筵〉之詩旨：「衛武公飲酒悔過而作此詩」大抵相似，互為表裡。綜上，〈抑〉詩為武公自警之作無疑，《詩序》以為武公自警，自無誤〔註84〕。朱熹在辨說〈抑・序〉

〔註84〕 朱熹論〈抑〉詩之得失，在《語類》中亦有相似之論點，朱熹謂：「〈抑〉非刺厲王，只是自警。嘗考衛武公生於宣王末年，安得有刺厲王之詩！據《國語》，只是自警。詩中辭氣，若作自警，甚有理；若作刺厲王，全然不順。伯恭卻謂《國語》非是。」（《朱子語類》卷八十一，頁 2134）、「《抑・小序》：『衛武公刺厲王，亦以自警。』不應一詩既刺人，又自警之理。且厲王無道，一旦被人『言提其耳』，以『小子』呼之，必不索休。且厲王監謗，暴虐無所不至。此詩無限大過，都不問著，卻只點檢威儀之末，此決不然！以《史記》考之，武公即位，在厲王死之後，宣王之時。說者謂是追刺，尤不是！伯恭主張《小序》，又云《史記》不可信，恐是武公必曾事厲王。若以為武公自警之詩，則其意味甚長。《國語》云，武公九十餘歲作此詩。其間『匪我言耄』，可以為據。又如『謹爾侯度』，注家云，所以制侯國之度，只是侯國之度耳。『曰喪厥國』，則是諸侯自謂無疑。蓋武公作此詩，使人日夕諷誦以警己耳，所以有『小子』『告爾』之類，皆是箴戒作文之體自指耳。」（同上，頁 2134～2135）「先生說：「《抑・詩》煞好。」鄭謂：「東萊硬要做刺厲王，緣以『爾』『汝』字礙。」曰：「如幕中之辨，人反以汝為叛；臺中之評，人反以汝為傾等類，亦是自謂。古人此樣多。大抵他說《詩》，其原生於不敢異先儒，將《詩》去就那《序》。被這些子礙，便轉來穿鑿胡說，更不向前來廣大處去。或有兩三說，則俱要存之。如一句或為興，或為比，或為賦，則曰《詩》兼備此體。某謂既取興體，則更不應又取比體；既取比體，則不更應又取賦體。說《狡

－250－

得失之後，又提出他含咀詩文、反覆誦讀，以定詩旨是非之法：「即其詩之本文，而各以其一說反覆讀之，則其訓義之顯晦疎密，意味之厚薄淺深，可以不待考證而判然於胸中矣！此又讀《詩》之簡要直訣，學者不可以不知也。」（《詩序辨說》卷下，頁37～38）朱熹之意，據輔廣的說明，即是就詩文反覆熟玩，看看《詩序》所說「刺厲王」或「武公自警」那一說較符合詩意，那一說較意味深長，並藉此辨識二說得失，讀者只要把握「熟玩詩之所言而以意逆志」，所謂反覆熟讀法，則詩的旨義自然可得〔註85〕。朱熹從詩文的嚼咀中，來斷定《抑‧序》說的是非，在《朱子語類》中也有明晰的說明：

> 《詩序》實不足信。向見鄭漁仲有《詩辨妄》，力詆《詩序》，其間言語太甚，以爲皆是村野妄人所作。始亦疑之，後來子細看一兩篇，因質之《史記》、《國語》，然後知《詩序》之果不足信。因是看〈行葦〉、〈賓之初筵〉、〈抑〉數篇，《序》與詩全不相似。……〈抑〉詩中間煞有好語，亦非刺厲王。如「於乎小子」！豈是以此指其君！兼厲王是暴虐大惡之主，詩人不應不述其事實，只說謹言節語。況厲王無道，謗訕者必不容，武公如何恁地指斥曰「小子」？《國語》以爲武公自警之詩，卻是可信。（《朱子語類》卷八十，頁2076）

朱熹釋《詩》，標舉以詩言詩，回歸詩文，透過詩文的反覆涵詠誦讀，來詮定詩旨，此一詮《詩》進路，與《詩序》例以美刺時君國政的詮釋進路有極大的不同，《詩序》、朱熹詮《詩》的方法既有根本上的差異，遂使得二者在詩旨的詮定上也呈現了極大的差異。

第二節　朱熹釋《詩》對於《詩序》的承用

　　《詩序》釋《詩》好以美刺時君國政的角度來詮說，視詩爲史，以史證詩，

　　童〉，便引石虎事證，且要有字不曳白。南軒不解《詩》，道《詩》不用解，諸先生說好了。南軒卻易曉，說與他便轉。」（同上，頁2135）、「衛武公《抑》詩，自作懿戒也。中間有『嗚呼小子』等語，自呼而告之也。其警戒持循如是，所以詩人美其『如切如磋』。」（同上，頁2135）

〔註85〕輔廣云：「所謂各以一說反覆讀之者，謂以刺厲王與自警二說，各自求之也。訓義之顯晦疎密，則先生上所言二說之得失是也。意味之厚薄淺深，則以爲刺厲王者淺薄，以爲自警者深厚也。此又讀《詩》之簡要直訣者。蓋先生之讀詩，不爲《序》所惑亂，但熟玩詩之所言而以意逆志，則詩之旨義自然可得，學者誠不可不以此爲法也。」（《詩童子問‧卷首》，頁296）

又往往以具體的人物時世來詮解詩篇，因此在詩文與題旨的詮說上，往往留下了很大的罅縫，而多有不合。由於《詩序》的詮說，多悖離詩文，並流於穿鑿附會，因此，朱熹主張解《詩》應去《序》言詩，以詩言詩，直接從詩文的涵詠諷誦中，去求得詩意。讀者讀《詩》，僅需將《詩序》看成是一種解《詩》的觀點，在詩文的直接反覆、誦讀咀嚼中，自可求得正確的詩旨。由於詮《詩》方法的不同，也使得朱熹和《詩序》在有關詩旨的解釋上，有了很大的差異，凡此，已見前述。然而在《詩經》三百一十一篇中，朱熹釋《詩》，在詩旨的詮釋上，也有一百餘篇，和《詩序》相同。這一百餘篇的詮釋，朱熹所以採用《序》說，或和《序》說相同，自然是朱熹認為《詩序》的詮說符合詩旨，或可能符合詩旨。關於朱熹採用、承用《序》說，或和《詩序》詮說相同的這一百餘篇詩的情形，大概可分成以下六類，其一，是所謂「詩文明白，直指其事」（《詩序辨說‧柏舟》，卷上，頁 10）的詩篇，如〈召南‧甘棠〉、〈鄘風‧定之方中〉、〈齊風‧南山〉、〈唐風‧揚之水〉、〈陳風‧株林〉等，其二，是所謂「證驗的切，見於書史」（同上）的詩篇，如〈鄘風‧載馳〉、〈衛風‧碩人〉、〈鄭風‧清人〉、〈秦風‧黃鳥〉、〈豳風‧鴟鴞〉、〈大雅‧桑柔〉等；其三，是在二南詩篇的詮解上，如〈周南‧樛木〉、〈漢廣〉、〈汝墳〉、〈召南‧羔羊〉、〈小星〉、〈野有死麕〉、〈騶虞〉等，其四，是所謂「姑從《序》說」的詩篇，如〈邶風‧綠衣〉、〈燕燕〉、〈日月〉、〈終風〉、〈擊鼓〉、〈式微〉、〈旄丘〉、〈新臺〉、〈二子乘舟〉、〈牆有茨〉、〈君子偕老〉、〈鶉之奔奔〉、〈鄭風‧緇衣〉、〈檜風‧羔裘〉、〈商頌‧那〉、〈殷武〉等，其五，是所謂「以其所從來也遠，其間容或真有傳授證驗而不可廢者」（《詩序辨說‧序》，卷上，頁 3）的詩篇，如〈鄘風‧柏舟〉、〈蝃蝀〉、〈相鼠〉、〈干旄〉、〈衛風‧淇奧〉、〈小雅‧大東〉、〈大雅‧公劉〉、〈泂酌〉、〈卷阿〉等，其六，是朱熹認為《詩序》的詮釋符合詩旨的詩篇，如〈邶風‧泉水〉、〈衛風‧河廣〉、〈王風‧黍離〉、〈揚之水〉、〈齊風‧猗嗟〉、〈秦風‧渭陽〉、〈豳風‧狼跋〉、〈小雅‧鹿鳴〉、〈常棣〉、〈伐木〉、〈湛露〉、〈彤弓〉、〈采芑〉、〈車攻〉、〈白華〉、〈大雅‧文王〉、〈思齊〉、〈雲漢〉、〈周頌‧清廟〉、〈我將〉、〈思文〉等〔註86〕，茲就朱熹釋《詩》，採用、承用《序》說，或和《詩序》

〔註86〕關於朱熹釋《詩》，或採用，或承用，或姑從《序》說；或大旨同於《詩序》的詩篇，依《詩集傳》、《詩序辨說》的參觀合較，定其篇目如下：〈周南‧葛覃〉、〈樛木〉、〈螽斯〉、〈漢廣〉、〈汝墳〉、〈召南‧鵲巢〉、〈采蘩〉、〈采蘋〉、〈甘棠〉、〈行露〉、〈羔羊〉、〈小星〉、〈江有汜〉、〈野有死麕〉、〈何彼襛矣〉、〈騶虞〉、〈邶風‧綠衣〉、〈燕燕〉、〈日月〉、〈終風〉、〈擊鼓〉、〈式微〉、〈旄

詮說相同的六種情形，略述如下，以見朱熹的《詩經》詮釋，和漢學傳統的異同。

一、「詩文明白，直指其事」

《詩序》詮《詩》，好以不知爲知，強作解人，致流於「附會書史，依託名謚，鑿空妄語」，關於此點，曾受到朱熹強烈的抨擊〔註87〕。但有部份詩篇，《詩序》的詮說符合詩文而無誤，並不在朱熹所抨擊的鑿空妄語之列，此類的詩篇即是朱熹所說的「詩文明白，直指其事」，與「證驗的切，見於書史」、「決爲可無疑者」的詩篇，前者如〈召南〉的〈甘棠〉，〈鄘風〉的〈定之方中〉，〈齊風〉的〈南山〉，〈陳風〉的〈株林〉；後者如〈鄘風〉的〈載馳〉，〈衛風〉的〈碩人〉，〈鄭風〉的〈清人〉，〈秦風〉的〈黃鳥〉。朱熹說：

> 詩之文意事類，可以思而得，其時世名氏，則不可以強而推。故凡〈小序〉，唯詩文明白，直指其事，如〈甘棠〉、〈定中〉、〈南山〉、〈株林〉之屬，若證驗的切，見於書史，如〈載馳〉、〈碩人〉、〈清人〉、〈黃鳥〉之類，決爲可無疑者。（《詩序辨說·柏舟》，卷上，頁10）

由於詩文之中，已經清楚明白地點出詩中所指涉的人事、意旨，如〈甘棠〉、〈定之方中〉、〈南山〉、〈株林〉，或關於詩篇的意旨與本事，在書傳之中也已有明確的記載，如〈載馳〉、〈碩人〉、〈清人〉、〈黃鳥〉，這二類詩篇，詩旨明白確鑿，都使得《詩序》的詮釋，不致流於穿鑿妄說，《詩序》詮釋此二類的詩篇，既不流於穿鑿妄說，因此，在有關這二類詩篇的詮釋上，朱熹的詮釋

丘〉、〈簡兮〉、〈泉水〉、〈北門〉、〈新臺〉、〈二子乘舟〉、〈鄘風·柏舟〉、〈牆有茨〉、〈君子偕老〉、〈鶉之奔奔〉、〈蝃蝀〉、〈相鼠〉、〈干旄〉、〈載馳〉、〈淇奧〉、〈碩人〉、〈竹竿〉、〈河廣〉、〈王風·黍離〉、〈揚之水〉、〈中谷有蓷〉、〈鄭風·緇衣〉、〈清人〉、〈齊風·著〉、〈南山〉、〈敝笱〉、〈猗嗟〉、〈魏風·葛屨〉、〈陟岵〉、〈唐風·揚之水〉、〈秦風·小戎〉、〈黃鳥〉、〈渭陽〉、〈陳風·株林〉、〈檜風·羔裘〉、〈素冠〉、〈曹風·候人〉、〈豳風·鴟鴞〉、〈狼跋〉、〈小雅·鹿鳴〉、〈四牡〉、〈皇皇者華〉、〈常棣〉、〈伐木〉、〈天保〉、〈采薇〉、〈杕杜〉、〈湛露〉、〈彤弓〉、〈六月〉、〈采芑〉、〈車攻〉、〈何人斯〉、〈大東〉、〈白華〉、〈大雅·文王〉、〈緜〉、〈思齊〉、〈下武〉、〈文王有聲〉、〈生民〉、〈公劉〉、〈泂酌〉、〈卷阿〉、〈桑柔〉、〈雲漢〉、〈周頌·清廟〉、〈我將〉、〈時邁〉、〈思文〉、〈振鷺〉、〈有瞽〉、〈潛〉、〈有客〉、〈武〉、〈閔予小子〉、〈訪落〉、〈敬之〉、〈小毖〉、〈桓〉、〈賚〉、〈商頌·那〉、〈殷武〉，以上計國風61篇，小雅16篇，大雅11篇，周頌15篇，商頌2篇，共計105篇。

〔註87〕 參《詩序辨說·邶風·柏舟》全文，卷上，頁10。

即大體與《詩序》相同，茲述之如下：

1. 〈召南・甘棠〉

> 蔽芾甘棠，勿翦勿伐，召伯所茇。（一章）
> 蔽芾甘棠，勿翦勿敗，召伯所憩。（二章）
> 蔽芾甘棠，勿翦勿拜，召伯所說。（三章）

〈甘棠〉一詩，《詩序》的詮釋是：

> 美召伯也。召伯之教，明於南國。（《詩疏》卷一之四，頁 54）

鄭玄箋釋《詩序》之意云：

> 召伯，姬姓，名奭，食采於召，作上公，爲二伯，後封于燕。此美
> 其爲伯之功，故言『伯』云。（同上）

又釋〈甘棠〉首章：「蔽芾甘棠，勿翦勿伐，召伯所茇。」云：

> 召伯聽男女之訟，不重煩勞百姓，止舍小棠之下而聽斷焉，國人被
> 其德，說其化，思其人，敬其樹。（同上）

《毛詩正義》疏釋《詩序》之意云：

> 謂武王之時，召公爲西伯，行政於南土，決訟於小棠之下，其教著
> 明於南國，愛結於民心，故作是詩以美之。經三章皆言國人愛召伯
> 而敬其樹，是爲美之也。（同上）

據此，《詩序》以爲〈甘棠〉是讚美召公姬奭之詩。由於召公統理南國，德教顯著，甚獲民心愛戴，因此國人乃就召公嘗爲民聽斷決訟於甘棠樹下一事，作詩加以歌詠，以表露心中愛召公而敬其樹之意。朱熹詮釋〈甘棠〉，亦謂：

> 召伯循行南國，以布文王之政，或舍甘棠之下。其後人思其德，故
> 愛其樹而不忍傷也。（《詩集傳》卷一，頁 10）

大旨同於《詩序》所言，而推本於文王的德化〔註 88〕。所以如此，即是朱熹認爲〈甘棠〉一詩「詩文明白，直指其事」，在「蔽芾甘棠，勿翦勿伐，召伯

〔註88〕 朱熹釋〈甘棠〉，謂「召伯循行南國，以布文王之政……」，其中的「召伯」，亦指召公姬奭。朱熹在《詩集傳》卷一〈周南〉的解題中說：「周，國名。南，南方諸侯之國也。周國本在禹貢雍州境內岐山之陽，后稷十三世孫古公亶甫始居其地。傳子王季歷，至孫文王昌，辟國寖廣。於是徙都于豐，而分岐周故地以爲周公旦、召公奭之采邑，且使周公爲政於國中，而召公宣布於諸侯。於是德化大成於內，而南方諸侯之國，江沱汝漢之間，莫不從化，蓋三分天下有其二焉。」（頁 1）由此可知。

所芨。」（一章）、「蔽芾甘棠，勿翦勿敗，召伯所憩。」（二章）、「蔽芾甘棠，勿翦勿拜，召伯所說。」（三章）的詩文之中，已經清楚地點出此詩所指涉的人事與意旨，使得《詩序》可以據以爲說，不致流於錯謬的詮說，《詩序》的詮說既無錯謬，所以朱熹的詮釋亦與之相同。

2. 〈鄘風・定之方中〉

> 定之方中，作于楚宮。揆之以日，作于楚室。樹之榛栗。椅桐梓漆，爰伐琴瑟。（一章）
>
> 升彼虛矣，以望楚矣。望楚與堂，景山與京。降觀于桑。卜云其吉，終然允臧。（二章）
>
> 靈雨既零，命彼倌人。星言夙駕，說于桑田。匪直也人，秉心塞淵，騋牝三千。（三章）

〈定之方中〉一詩，《詩序》的詮釋是：

> 美衛文公也。衛爲狄所滅，東徙渡河，野處漕邑，齊桓公攘夷狄而封之。文公徙居楚丘，始建城市而營宮室，得其時制，百姓說之，國家殷富焉。（《詩疏》卷三之一，頁114）

鄭玄箋釋《詩序》之意云：

> 《春秋》閔公二年，冬，狄人入衛。衛懿公及狄人戰于熒澤而敗。宋桓公迎衛之遺民渡河，立戴公以廬於漕。戴公立一年而卒。魯僖公二年，齊桓公城楚丘而封衛，於是文公立而建國焉。（同上）

《毛詩正義》疏釋《詩序》之意云：

> 作〈定之方中〉詩者，美衛文公也。衛國爲狄人所滅，君爲狄人所殺，城爲狄人所入。其有遺餘之民，東徙渡河，暴露野次，處於漕邑。齊桓公攘去夷狄而更封之，立文公焉。文公乃徙居楚丘之邑，始建城，使民得安處。始建市，使民得交易。而營造宮室，既得其時節，又得其制度，百姓喜而悅之。民既富饒，官亦充足，致使國家殷實而富盛焉，故百姓所以美之。（同上，頁114～115）

據此，《詩序》以爲〈定之方中〉是讚美衛文公的詩。由於衛懿公嘗爲狄人所敗，衛之遺民，東徙渡河，處於漕邑，受宋桓公之助，立戴公，戴公卒，立其弟文公。文公後受齊桓公之助，徙居楚丘，重新營建城市宮室，使民得以安處交易，並達到國富民殷之境，因此百姓作〈定之方中〉一詩，來加以歌

詠〔註89〕。朱熹詮釋〈定之方中〉，謂：

> 衛爲狄所滅，文公徙居楚丘，營立宮室，國人悅之而作是詩以美之。
> （《詩集傳》卷三，頁 31）

又謂：

> 按：《春秋傳》，衛懿公九年冬，狄入衛。懿公及狄人戰于熒澤而敗，
> 死焉。宋桓公迎衛之遺民渡河而南，立宣姜子申以廬於漕，是爲戴公。
> 是年辛，立其弟燬，是爲文公。於是齊桓公合諸侯以城楚丘而遷衛焉。
> 文公大布之衣，大帛之冠，務材訓農，通商惠工，敬教勸學，授方任
> 能。元年革車三十乘，季年乃三百乘。（同上，頁 31～32）

大旨同於《詩序》的詮說。而朱熹詮釋〈定之方中〉所以和《詩序》相同，
自然是因爲《詩序》的詮說無誤，而《序》說所以無誤，也是因爲「詩文明
白，直指其事」、「經文明白，故《序》得以不誤」（《詩序辨說・干旄》，卷上，
頁 15）之故。由於從〈定之方中〉一篇的詩文之中，已經清楚地點出衛文公
徙居楚丘，營建城市宮室，致國家殷富，百姓悅之的意旨，使得《詩序》可
以據以爲說，不致流於穿鑿妄說，《詩序》的詮釋既非穿鑿妄說，因此朱熹的
詮釋即與之相同。

3. 〈齊風・南山〉

> 南山崔崔，雄狐綏綏。魯道有蕩，齊子由歸。既曰歸止，曷又懷止！
> （一章）
> 葛屨五兩，冠緌雙止。魯道有蕩，齊子庸止。既曰庸止，曷又從止！
> （二章）
> 蓺麻如之何？衡從其畝；取妻如之何？必告父母。既曰告止，曷又鞠
> 止！（三章）
> 析薪如之何？匪斧不克；取妻如之何？匪媒不得。既曰得止，曷又極
> 止！（四章）

〈南山〉一詩，《詩序》的詮釋是：

> 刺襄公也。鳥獸之行，淫乎其妹，大夫遇是惡，作詩而去之。（《詩

〔註89〕關於〈定之方中〉一詩的本事，《左傳》閔公二年有較詳細的記載，《詩序》、
鄭玄之說，皆本於閔公二年而爲說，參《春秋疏》卷十一，頁 191～192、194。
又《史記・衛康叔世家》亦有敘及，參《史記會注考證》卷三十七，頁 600
～603。

－256－

疏》卷五之二，頁 195）

鄭玄箋釋《詩序》之意云：

> 襄公之妹，魯桓公夫人文姜也。襄公素與淫通。及嫁，公謫之。公
> 與夫人如齊，夫人愬之襄公，襄公使公子彭生乘公，而搤殺之。夫
> 人久留於齊，莊公即位後乃來。猶復會齊侯于禚、于祝丘，又如齊
> 師。齊大夫見襄公行惡如是，作詩以刺之，又非魯桓公不能禁制夫
> 人而去之。（同上）

《毛詩正義》疏釋《詩序》之意云：

> 作〈南山〉詩者，刺襄公也。以襄公爲鳥獸之行，鳥獸淫不避親，
> 襄公行如之，乃淫於已之親妹，人行之惡，莫甚於此。齊國大夫逢
> 遇君有如是之惡，故作詩以刺君。其人恥事於無道之主，既作此詩，
> 遂棄而去之。此妹既嫁於魯，襄公猶尚淫之，亦猶魯桓不禁，使之
> 至齊，故作者既刺襄公，又非魯桓。經上二章刺襄公淫乎其妹，下
> 二章責魯桓縱恣文姜。《序》以主刺襄公，故不言魯桓。大夫遇是惡，
> 作詩而去之，言作詩之意，以見君惡之甚，於經無所當也。（同上）

據此，《詩序》以爲〈南山〉是譏刺齊襄公之詩。由於襄公素與親妹文姜淫通，
即使在文姜嫁給魯桓公之後，依然如此，身爲一國之君，卻做出如此鳥獸之
行，因此齊國的大夫遂作〈南山〉一詩，來加以譏刺。但〈南山〉一詩，雖
主刺襄公，亦兼有非責魯桓公之意，這是因爲襄公之所以得與文姜淫通，也
是因爲魯桓公的未能加以禁制防閑，使文姜至齊，有以致之〔註 90〕。朱喜詮
釋〈南山〉，謂：

> 言南山有狐，以比襄公居高位而行邪行。且文姜既從此道歸乎魯矣，
> 襄公何爲而復思之乎？（《詩集傳》卷五，頁 60）

又謂：

> 《春秋》桓公十八年：「公與夫人姜氏如齊」、「公薨於齊」《傳》曰：
> 「公將有行，遂與姜氏如齊。申繻曰：『女有家，男有室，無相瀆也，
> 謂之有禮，易此必敗。』公會齊侯于濼，遂及文姜如齊，齊侯通焉。

〔註90〕關於襄公淫通親妹文姜一事，《春秋》桓公十八年，莊公二年、四年、五年、
　　　七年經文，及《左傳》桓公十八年、《公羊傳》莊公元年、《史記·齊太公世
　　　家》，皆有敘及，參《春秋疏》卷七，頁 130、卷八，頁 138、139、140、142；
　　　《公羊疏》卷六，頁 72；《史記會注考證》卷三十二，頁 552。

公謫之，以告。夏四月，享公，使公子彭生乘公，公薨于車。」此
詩前二章刺齊襄，後二章刺魯桓也。（同上）

大旨與《詩序》的詮說同。而朱熹詮釋〈南山〉所以和《詩序》相同，也是
因爲《序》說無誤，而《序》說無誤，也是因爲「詩文明白，直指其事」之
故。從「南山崔崔，雄狐綏綏。魯道有蕩，齊子由歸。既曰歸止，曷又懷止？」、
「葛屨五兩，冠緌雙止。魯道有蕩，齊子庸止。既曰庸止，曷又從止？」的
詩文之中，已經清楚地點出襄公淫乎其妹文姜的意旨，使得《詩序》可以據
以爲說，不致鑿空妄語，《詩序》的詮說既非鑿空妄語，因此朱熹的詮釋亦與
之相同。

4.〈陳風‧株林〉

　　胡爲乎株林？從夏南。匪適株林，從夏南。（一章）
　　駕我乘馬，說于株野。乘我乘駒，朝食于株。（二章）

　　〈株林〉一詩，《詩序》的詮釋是：
　　刺靈公也。淫乎夏姬，馳驅而往，朝夕不休息焉。（《詩疏》卷七之
　　一，頁255）

鄭玄箋釋《詩序》之意云：
　　夏姬，陳大夫妻，夏徵舒之母，鄭女也。徵舒，字子南，夫，字御
　　叔。（同上）

《毛詩正義》疏釋《詩序》之意云：
　　作〈株林〉詩者，刺靈公也。以靈公淫於夏氏之母，姬姓之女，疾
　　驅其車馬，馳走而往，或早朝而至，或向夕而至，不見其休息之時，
　　故刺之也。經二章，皆言靈公往淫夏姬朝夕不息之事。「說于株野」，
　　是夕至也。「朝食于株」，是朝至也。（同上）

據此，《詩序》以爲〈株林〉是譏刺陳靈公之詩。由於陳靈公和大夫夏御叔之
妻夏姬有所淫通，至於疾驅車馬，朝夕不休息，因此詩人作〈株林〉一詩，
來加以譏刺。朱熹詮釋〈株林〉謂：
　　靈公淫乎夏徵舒之母，朝夕而往夏氏之邑，故其民相語曰：君胡爲
　　乎株林乎？曰：從夏南耳。然則非適株林也。特以從夏南故耳。蓋
　　淫乎夏姬，不可言也，故以其從子言之，詩人之忠厚如此。（《詩集
　　傳》卷七，頁84）

《春秋傳》：夏姬，鄭穆公之女也，嫁於陳大夫夏御叔。靈公與其大
夫孔寧、儀行父通焉。洩冶諫，不聽而殺之。後卒爲其子徵舒所弑。
而徵舒復爲楚莊王所誅。（同上）

〈陳風〉獨此篇爲有據。（《詩序辨說・株林》，卷上，頁 26）

大指同於《詩序》的詮說。而朱熹所以承用《序》說，也是因爲「詩文明白，
直指其事」，《序》說不誤之故。除此之外，《詩序》詮說〈株林〉一詩的本
事，具見於《左傳》宣公九年、十年、十一年，及《史記・陳杞世家》的記
載〔註91〕，朱熹認爲《詩序》之說切合詩文，又有史實的根據，因而加以採
納。

二、「證驗的切，見於書史」

1.〈鄘風・載馳〉

載馳載驅，歸唁衛侯。驅馬悠悠，言至于漕。大夫跋涉，我心則憂。
（一章）

既不我嘉，不能旋反。視爾不臧，我思不遠。既不我嘉，不能旋濟。
視爾不臧，我思不閟。（二章）

陟彼阿丘，言采其蝱。女子善懷，亦各有行。許人尤之，眾穉且狂。
（三章）

我行其野，芃芃其麥。控于大邦，誰因誰極？大夫君子，無我有尤。
百爾所思，不如我所之。（四章）

〈載馳〉一詩，《詩序》的詮釋是：

許穆夫人作也。閔其宗國顛覆，自傷不能救也。衛懿公爲狄人所滅，
國人分散，露於漕邑，許穆夫人閔衛之亡，傷許之小，力不能救，

〔註91〕《左傳》宣公九年：「陳靈公與孔寧、儀行父通於夏姬，皆衷其衵服，以戲于
朝。洩冶諫曰：『公卿宣淫，民無效焉，且聞不令。君其納之！』公曰：『吾
能改矣！』公告二子。二子請殺之，公弗禁，遂殺洩冶。孔子曰：《詩》云
『民之多辟，無自立辟。』其洩冶之謂乎！」（《春秋疏》卷二十二，頁 380）、
宣公十年：「陳靈公與孔寧、儀行父飲酒於夏氏。公謂行父曰：『徵舒似女。』
對曰：『亦似君。』徵舒病之。公出，自其廐射而殺之。二子奔楚。」（同上，
頁 382）、宣公十一年：「冬，楚子爲陳夏氏亂故，伐陳。謂陳人『無動！將討
於少西氏。』遂入陳，殺夏徵舒，轘諸栗門，因縣陳。」（同上，頁 383～384）
《史記・陳杞世家》的記載，參《史記會注考證》卷三十六，頁 595～596。

思歸唁其兄，又義不得，故賦是詩也。(《詩疏》卷三之二，頁 124
～125)

鄭玄箋釋《詩序》之意云：

滅者，懿公死也。君死於位曰滅。露於漕邑者，謂戴公也。懿公死，
國人分散，宋桓公迎衛之遺民渡河，處之於漕邑，而立戴公焉。戴
公與許穆夫人俱公子頑烝於宣姜所生也。男子先生曰兄。(同上，頁
125)

《毛詩正義》疏釋《詩序》之意云：

此〈載馳〉詩者，許穆夫人所作也。閔念其宗族之國見滅，自傷不
能救之。言由衛懿公爲狄人所滅，國人分散，故立戴公，暴露而舍
於漕邑。宗國敗滅，君民播遷，是以許穆夫人閔念衛國之亡，傷己
許國之小，而力弱不能救，故且欲歸國而唁其兄。但在禮，諸侯夫
人父母終，唯得使大夫問於兄弟，有義不得歸，是以許人尤之，故
賦是〈載馳〉之詩而見己志也。(同上)

據此，《詩序》以爲〈載馳〉是許穆夫人所作。由於衛懿公爲狄人所敗，致身
死國亡，宗國傾覆，嫁於許國的許穆夫人，想要回到衛國弔唁其兄，但受囿
禮制，未能返歸，又自傷許國國小力弱，無法對衛國有所救援，因此作〈載
馳〉一詩，來自陳己志。《詩序》詮說〈載馳〉一詩的本事，具見於《左傳》
閔公二年的記載〔註92〕。朱熹詮釋〈載馳〉，亦謂許穆夫人閔衛亡，不得歸而
作，云：

宣姜之女爲許穆公夫人，閔衛之亡，馳驅而歸，將以唁衛侯於漕邑。
未至，而許之大夫有奔走跋涉而來者。夫人知其必將以不可歸之義
來告，故心以爲憂也。既而終不果歸，乃作此詩以自言其意爾。(《詩
集傳》卷三，頁33)

〔註92〕 《左傳》閔公二年：「冬十二月，狄人伐衛。衛懿公好鶴，鶴有乘軒者。將戰，
國人受甲者皆曰：『使鶴！鶴實有祿位，余焉能戰？』公與石祁子玦，與甯莊
子矢，使守，曰：『以此贊國，擇利而爲之。』與夫人繡衣，曰：『聽於二子！』
渠孔御戎，子伯爲右；黃夷前驅，孔嬰齊殿。及狄人戰于熒澤，衛師敗績，
遂滅衛。……初，惠公之即位也少，齊人使昭伯烝於宣姜，不可，強之。生
齊子、戴公、文公、宋桓夫人、許穆夫人。文公爲衛之多患也，及敗，宋桓
公逆諸河，宵濟。衛之遺民男女七百有三十人，益之以共、滕之民爲五千人，
立戴公以廬于曹。許穆夫人賦〈載馳〉。齊侯使公子無虧帥車三百乘、甲士三
千人以戍曹。」(《春秋疏》卷十一，頁190～191)

大旨與《詩序》的詮說同。其間的差異，是《詩序》以爲許穆夫人受圍於禮制，故自始至終，並未歸衛；朱熹則以爲許穆夫人曾歸衛，唯尚在途中，便有許國的大夫跋涉而來勸阻，致使其終不得歸衛。朱熹詮釋〈載馳〉和《序》說雖有微異，但大旨相同，原因即在《詩序》詮說〈載馳〉一詩的本事和意旨，確見於《左傳》閔公2年的記載，書傳之中既確有「許穆夫人賦〈載馳〉」的記載，如此即是「證驗的切，見於書史」，「決爲可無疑者」，因此，朱熹的詮釋即與《序》說同。

2. 〈衛風・碩人〉

　　碩人其頎，衣錦褧衣。齊侯之子，衛侯之妻，東宮之妹，邢侯之姨，
　　譚公維私。（一章）
　　手如柔荑，膚如凝脂，領如蝤蠐，齒如瓠犀，螓首蛾眉。巧笑倩兮，
　　美目盼兮。（二章）
　　碩人敖敖。說于農郊。四牡有驕，朱幩鑣鑣，翟茀以朝。大夫夙退，
　　無使君勞。（三章）
　　河水洋洋，北流活活。施罛濊濊，鱣鮪發發，葭菼揭揭。庶姜孽孽，
　　庶士有朅。（四章）

〈碩人〉一詩，《詩序》的詮釋是：

　　閔莊姜也。莊公惑於嬖妾，使驕上僭。莊姜賢而不答，終以無子，
　　國人閔而憂之。（《詩疏》卷三之二，頁129）

《毛詩正義》疏釋《詩序》之意云：

　　嬖妾謂州吁之母。惑者，謂心所嬖愛，使情迷惑，故夫人雖賢，不
　　被答偶。經四章皆陳莊姜宜答，而君不親幸，是爲國人閔而憂之。（同
　　上）

據此，《詩序》以爲〈碩人〉是衛人閔憂莊姜之作。由於莊公寵愛嬖妾，致使身居正位夫人的莊姜，不得君之親幸，因此，衛人爲莊姜作〈碩人〉一詩，以寄其閔憂莊姜際遇不幸之意。《詩序》詮釋〈碩人〉，蓋本《左傳》隱公三年的記載而爲說：

　　衛莊公娶于齊東宮得臣之妹曰莊姜，美而無子，衛人所爲賦〈碩人〉
　　也。又娶于陳曰厲媯，生孝伯，早死。其娣戴媯生桓公，莊姜以爲
　　己子。公子州吁，嬖人之子也。有寵而好兵，公弗禁，莊姜惡之。……

（《春秋疏》卷三，頁 53）

朱熹詮釋〈碩人〉亦謂：

> 莊姜事見〈邶風·綠衣〉等篇。《春秋傳》曰：「莊姜美而無子，衛
> 人為之賦〈碩人〉。」即謂此詩。而其首章極稱其族類之貴，以見其
> 為正嫡小君，所宜親厚，而重歎莊公之昏惑也。（《詩集傳》卷三，
> 頁 36）

> 此《序》據《春秋傳》得之。（《詩序辨說》卷上，頁 15）

大旨與《詩序》的詮說同。而朱熹、《詩序》詮說〈碩人〉一詩的意旨相同，
原因即在《詩序》詮說〈碩人〉一詩的本事，確見於《左傳》隱公三年的記
載，是「證驗的切，見於書史」，「決為可無疑者」。

3. 〈鄭風·清人〉

> 清人在彭，駟介旁旁。二矛重英，河上乎翱翔。（一章）
> 清人在消，駟介麃麃。二矛重喬，河上乎逍遙。（二章）
> 清人在軸，駟介陶陶。左旋右抽，中軍作好。（三章）

〈清人〉一詩，《詩序》的詮釋是：

> 刺文公也。高克好利而不顧其君，文公惡而欲遠之，不能，使高克
> 將兵而禦狄于竟，陳其師旅，翱翔河上。久而不召，眾散而歸，高
> 克奔陳。公子素惡高克進之不以禮，文公退之不以道，危國亡師之
> 本，故作是詩也。（《詩疏》卷四之二，頁 164）

鄭玄箋釋《詩序》之意云：

> 好利不顧其君，注心於利也。禦狄於竟，時狄侵衛。（同上）

《毛詩正義》疏釋《詩序》之意云：

> 作〈清人〉詩者，刺文公也。文公之時，臣有高克者，志好財利，
> 見利則為，而不顧其君。文公惡其如是，而欲遠離之，而君弱臣強，
> 又不能以理廢退。適值有狄侵衛，鄭與衛鄰國，恐其來侵，文公乃
> 使高克將兵禦狄于竟。狄人雖去，高克未還，乃陳其師旅，翱翔於
> 河上。日月經久，而文公不召，軍眾自散而歸，高克懼而奔陳。文
> 公有臣鄭之公子名素者，惡此高克進之事君不以禮也，又惡此文公
> 退之逐臣不以道，高克若擁兵作亂，則是危國，若將眾出奔，則是
> 亡師。公子素謂文公為此，乃是危國亡師之本，故作是〈清人〉之

詩以刺之。（同上）

據此，《詩序》以爲〈清人〉是譏刺鄭文公之詩。由於鄭文公厭惡權臣高克，乃利用狄人侵衛之際，遣高克率兵，禦狄人於邊境之地，等到狄人已去，文公仍遲遲不召回高克的軍隊，致使軍眾自散而歸，高克也因懼罪而逃往陳國，文公之臣公子素，認爲文公廢退高克的作法，足以危國亡師，因此作〈清人〉一詩，來加以譏刺。《詩序》詮釋〈清人〉一詩的本事，具見於《左傳》閔公二年的記載，《左傳》閔公二年：

> 鄭人惡高克，使帥師次于河上，久而弗召，師潰而歸，高克奔陳。
>
> 鄭人爲之賦〈清人〉。（《春秋疏》卷十一，頁 192）

朱熹詮釋〈清人〉，亦本《左傳》閔公二年的記載而爲說，謂：

> 鄭文公惡高克，使將清邑之兵，禦狄于河上，久而不召，師散而歸，鄭人爲之賦此詩。言其師出之久，無事而不得歸，但相與遊戲如此，其勢必至於潰敗而後已爾。（《詩集傳》卷四，頁 50）
>
> 事見《春秋》。（同上）

大旨同於《詩序》，唯《詩序》以爲公子素作〈清人〉一詩，朱熹則僅謂鄭人作而已。朱熹詮釋〈清人〉，與《序》說大旨相同，原因也在《詩序》的詮釋，確見於《左傳》的記載，明確而無誤，亦即是「證驗的切，見於書史」，「決爲可無疑者」。

4.〈秦風・黃鳥〉

> 交交黃鳥，止于棘。誰從穆公，子車奄息。維此奄息，百夫之特。臨其穴，惴惴其慄。彼蒼者天，殲我良人。如可贖兮，人百其身。（一章）
>
> 交交黃鳥，止于桑。誰從穆公，子車仲行。維此仲行，百夫之防。臨其穴，惴惴其慄。彼蒼者天，殲我良人。如可贖兮，人百其身。（二章）
>
> 交交黃鳥，止于楚。誰從穆公，子車鍼虎。維此鍼虎，百夫之禦。臨其穴，惴惴其慄。彼蒼者天，殲我良人。如可贖兮，人百其身。（三章）

〈黃鳥〉一詩，《詩序》的詮釋是：

> 哀三良也。國人刺穆公以人從死，而作是詩也。（《詩疏》卷六之四，頁 243）

鄭玄箋釋《詩序》之意云：

> 三良，三善臣也。謂奄息、仲行、鍼虎也。從死，自殺以從死。（同

上）

《毛詩正義》疏釋《詩序》之意云：

> 文六年《左傳》云：「秦伯任好卒，以子車氏之三子奄息、仲行、鍼
> 虎爲殉，皆秦之良也。國人哀之，爲之賦〈黃鳥〉。」服虔云：「子
> 車，秦大夫氏也。殺人以葬，璇環其左右曰殉。」又〈秦本紀〉云：
> 「穆公卒，葬於雍，從死者百七十人。」然則死者多矣。主傷善人，
> 故言「哀三良也」。殺人以殉葬，當是後君爲之，此不刺康公，而刺
> 穆公者，是穆公命從己死，此臣自殺從之，非後主之過，故《箋》
> 辨之云：「從死，自殺以從死。」（同上）

據此，《詩序》以爲〈黃鳥〉是哀三良之詩。由於秦穆公死，大夫子車氏的三
子：奄息、仲行、鍼虎亦自殺，以殉穆公之葬，國人哀此三賢良，因作〈黃
鳥〉一詩，並借此譏刺穆公以人殉葬的不當。《詩序》詮說〈黃鳥〉的本事，
具見於《左傳》文公六年與《史記・秦本紀》的記載，《左傳》文公六年：

> 秦伯任好卒，以子車氏之三子奄息、仲行、鍼虎爲殉，皆秦之良也。
> 國人哀之，爲之賦〈黃鳥〉。君子曰：「秦穆之不爲盟主也，宜哉！
> 死而棄民，先王違也，猶詒之法，而況奪之善人乎？……」（《春秋
> 疏》卷十九上，頁 313～314）

《史記・秦本紀》：

> 三十九年，繆公卒。葬雍。從死者百七十七人，秦之良臣子輿氏三
> 人，名曰奄息、仲行、鍼虎，亦在從死之中。秦人哀之，爲作歌〈黃
> 鳥〉之詩。（《史記會注考證》卷五，頁 98）

朱熹詮釋〈黃鳥〉，亦謂秦人哀三良之詩，云：

> 秦穆公卒，以子車氏之三子爲殉，皆秦之良也。國人哀之，爲之賦
> 〈黃鳥〉。事見《春秋傳》，即此詩也。言交交黃鳥，則止于棘矣。
> 誰從穆公，則子車奄息也。蓋以所見起興也。臨穴而惴慄，蓋生納
> 之壙中也。三子皆國之良，而一旦殺之，若可貿以它人，則人皆願
> 百其身以易之矣。（《詩集傳》卷六，頁 77）
>
> 此《序》最爲有據。（《詩序辨說》卷上，頁 24）

與《詩序》的詮說相同。而朱熹詮釋〈黃鳥〉，所以和《詩序》同，原因也就
在《詩序》的詮說信而有徵，確見於《左傳》、《史記》的記載，是所謂「證
驗的切，見於書史」，「決爲可無疑者」。

三、二南詩篇的詮釋

　　朱熹釋《詩》，除了由於「詩文明白，直指其事」，及「證驗的切，見於書史」，「決爲可無疑者」，因而對於《序》說無評；在詩旨的詮釋上，亦大旨同於《詩序》以外，在二南詩篇的詮釋上，亦有多篇頗同於《詩序》之說。這是因爲朱熹對於收錄在二南詩篇的時世、性質與內容，與《詩序》、《詩經》詮釋的漢學傳統的認知、看法相類之故。

　　關於二南，《詩經》的漢學傳統，視之爲文王時詩，詩中體現了文王的風化與德教，是風化天下的初始與根本，是所謂「正始之道，王化之基」（《詩疏》卷一之一，頁 19）；二南並爲《詩》之正風、正經，體現著政教的淳美，而分繫周、召二公〔註93〕，這些觀點，均爲朱熹所接納、認同，朱熹說：

〔註93〕《詩大序》：「〈關雎〉，后妃之德也。風之始也，所以風天下而正夫婦也，故用之鄉人焉，用之邦國焉。」（《詩疏》卷一之一，頁12）《毛詩正義》疏釋《詩大序》之意云：「二南之風，實文王之化，而美后妃之德者，以夫婦之性，人倫之重，故夫婦正則父子親，父子親則君臣敬，是以詩者歌其性情。陰陽爲重，所以詩之爲體，多序男女之事。不言美后妃者，此詩之作，直是感其德澤，歌其性行，欲以發揚聖化，示語未知，非是褒賞后妃能此行也。」（同上）、「言后妃之有美德，文王風化之始也。言文王行化，始於其妻，故用此爲風教之始，所以風化天下之民，而使之皆正夫婦焉。周公制禮作樂，用之鄉人焉，令鄉大夫以之教其民也；又用之邦國焉，令天下諸侯以之教其臣也。欲使天子至於庶民，悉知此詩皆正夫婦也。」（同上）又《詩大序》云：「然則〈關雎〉、〈麟趾〉之化，王者之風，故繫之周公。南，言化自北而南也。〈鵲巢〉、〈騶虞〉之德，諸侯之風也，先王之所以教，故繫之召公。〈周南〉、〈召南〉，正始之道，王化之基。」（同上，頁 19）《毛詩正義》疏釋《詩大序》之意云：「然則〈關雎〉、〈麟趾〉之化，是王者之風，文王之所以教民也。王者必聖，周公聖人，故繫之周公。不直名爲『周』，而連言『南』者，言此文王之化，自北土而行於南方故也。〈鵲巢〉、〈騶虞〉之德，是諸侯之風，先王大王、王季所以教化民也。諸侯必賢，召公賢人，故繫之召公。不復言『南』，意與〈周南〉同也。……諸侯之風，言先王之所以教；王者之風，不言文王之所以教者，二南皆文王之化，不嫌非文王也。但文王所行，兼行先王之道，感文王之化爲〈周南〉，感先王之化爲〈召南〉，不言先王之教，無以知其然，故特著之也。此實文王之詩，而繫之二公者，《志》張逸問：『王者之風，王者當在雅，在風何？』答曰：『文王以諸侯而有王者之化，述其本宜爲風。』逸以文王稱王，則詩當在雅，故問之。鄭以此詩所述，述文王爲諸侯時事，以有王者之化，故稱王者之風，於時實是諸侯，詩人不爲作雅。文王三分有二之化，故稱『王者之風』，是其風者，王業基本。」（同上，頁 19）、「〈周南〉、〈召南〉二十五篇之詩，皆是正其初始之大道，王業風化之基本也。高以下爲基，遠以近爲始。文王正其家而後及其國，是正其始也。化南土以成王業，是王化之基也。」（同上）是《詩大序》以二南皆爲文王時詩，體現了文王的

周，國名。南，南方諸侯之國也。周國本在禹貢雍州境內岐山之陽，后稷十三世孫古公亶甫始居其地。傳子王季歷，至孫文王昌，辟國寖廣。於是徙都于豐，而分岐周故地以爲周公旦、召公奭之采邑，且使周公爲政於國中，而召公宣布於諸侯。於是德化大成於內，而南方諸侯之國，江沱汝漢之間，莫不從化。蓋三分天下而有其二焉。至子武王發，又遷于鎬，遂克商而有天下。武王崩，子成王誦立。周公相之，制作禮樂，乃采文王之世風化所及民俗之詩，被之筦弦，以爲房中之樂，而又推之於鄉黨邦國，所以著明先王風俗之盛，而使天下後世之修身、齊家、治國、平天下者，皆得以取法焉。蓋其得之國中者，雜以南國之詩，而謂之〈周南〉，其得之南國者，則直謂之〈召南〉。言自方伯之國被於南方，而不敢以繫于天子也。……〈小序〉曰：「〈關雎〉、〈麟趾〉之化，王者之風，故繫之周公。南，言化自北而南也。〈鵲巢〉、〈騶虞〉之德，諸侯之風也，先王之所以

風化與德教，是風化天下的初始、根本，而分繫之周、召二公。關於此意，鄭玄亦有所說明：「周、召者，《禹貢》雍州岐山之陽地名。……文王受命，作邑於豐，乃分岐邦周召之地，爲周公旦、召公奭之采地，施先公之教於己所職之國。武王伐紂，定天下，巡狩述職，陳誦諸國之詩，以觀民風俗。六州者得二公之德教尤純，故獨錄之，屬之太師，分而國之。其得聖人之化者，謂之〈周南〉，得賢人之化者，謂之〈召南〉，言二公之教，自岐而行於南國也。乃棄其餘，謂此爲風之正經。文王刑于寡妻，至于兄弟，以御家邦。是故二國之詩以后妃夫人之德爲首，終以〈麟趾〉、〈騶虞〉，言后妃夫人有斯德，興助其君子，皆可以成功，至于獲嘉瑞。」（〈周南·召南·譜〉，《詩疏》卷前，頁7～8）至於視二南爲詩之正經、正風，體現著政教的淳美，鄭玄據〈詩大序〉：「至于王道衰，禮義廢，政教失，國異政，家殊俗，而變風、變雅作矣。」（《詩疏》卷一之一，頁16）而加以推闡云：「周自后稷，播種百穀，黎民阻飢，茲時乃粒，自傳於此名也。陶唐之末，中葉公劉，亦世脩其業，以明民共財，至於太王、王季，克堪顧天。文武之德，光熙前緒，以集大命於厥身，遂爲天下父母，使民有政有居。其時詩，風有〈周南〉、〈召南〉，雅有〈鹿鳴〉、〈文王〉之屬。及成王、周公致太平，制禮作樂，而有頌聲興焉，盛之至也。本之由此風雅而來，故皆錄之，謂之詩之正經。後王稍更陵遲，懿王始受譖，亨齊哀公，夷身失禮之後，邶不尊賢。自是而下，屬也，幽也，政教尤衰，周室大壞。〈十月之交〉、〈民勞〉、〈板〉、〈蕩〉，勃爾俱作，眾國紛然，刺怨相尋。五霸之末，上無天子，下無方伯，善者誰賞？惡者誰罰？紀綱絕矣。故孔子錄懿王、夷王時詩，訖於陳靈公淫亂之事，謂之變風、變雅。」（〈詩譜序〉，《詩疏》卷前，頁5～6）是鄭玄以二南、文王、武王、成王盛世之詩，謂之詩之正經、正風；以懿王以後之詩，凡夷王、屬王、宣王、幽王、平王，以迄陳靈公諸衰世之詩，謂之變風、變雅。

教，故繫之召公。」斯言得之矣。(《詩集傳》卷一，頁1)

又說：

> 文王之化始於〈關雎〉，而至於〈麟趾〉，則其化之入人者深矣。形
> 於〈鵲巢〉，而及於〈騶虞〉，則其澤之及物者廣矣。蓋意誠心正之
> 功，不息而久，則其熏丞透徹，融液周徧，自有不能已者，非智力
> 之私所能及也。故《序》以〈騶虞〉爲〈鵲巢〉之應，而見王道之
> 成，其必有所傳矣！(同上，頁14)

> 舊說二南爲正風，所以用之閨門鄉黨邦國而化天下也。(同上，頁1)

> 〈周南〉、〈召南〉二國，凡二十五篇，先儒以爲正風，今姑從之。(同
> 上，頁14)

> 惟〈周南〉、〈召南〉親被文王之化以成德，而人皆有以得其性情之
> 正，故其發於言者，樂而不過於淫，哀而不及於傷，是以二篇獨爲
> 風詩之正經。(《詩集傳·序》，《朱熹集》卷七十六，頁3966)。

在二南爲文王時詩，體現了文王風化與德教之美，及二南是風化天下的初始、
根本的相同觀點下，朱熹詮釋二南諸詩，遂有多篇與《詩序》的詮說頗同，
如〈周南·樛木〉、〈漢廣〉、〈汝墳〉、〈召南·羔羊〉、〈小星〉、〈野有死麕〉、
〈騶虞〉等，今述之如下：

1.〈周南·樛木〉

> 南有樛木，葛藟纍之。樂只君子，福履綏之。(一章)
> 南有樛木，葛藟荒之。樂只君子，福履將之。(二章)
> 南有樛木，葛藟縈之。樂只君子，福履成之。(三章)

〈樛木〉一詩，《詩序》的詮釋是：

> 后妃逮下也。言能逮下而無嫉妒之心焉。(《詩疏》卷一之二，頁35)

鄭玄箋釋《詩序》之意云：

> 后妃能和諧眾妾，不嫉妒其容貌，恒以善言逮下而安之。(同上)

《毛詩正義》疏釋《詩序》之意云：

> 作〈樛木〉詩者，言后妃能以恩義接及其下眾妾，使俱以進御王也。
> 后妃能以恩意逮下者，而無疾妒之心焉。(同上)

據此，《詩序》以爲〈樛木〉一詩的主旨是：后妃能以恩義接及、和諧眾妾，
以共事君王，而無嫉妒眾妾容貌之心。朱熹詮釋〈樛木〉亦謂：

后妃能逮下而無嫉妒之心，故眾妾樂其德而稱願之曰：「南有樛木，則葛藟縈之矣。樂只君子，則福履綏之矣。」（《詩集傳》卷一，頁4）

與《詩序》的詮說同。

2. 〈周南・漢廣〉

南有喬木，不可休息。漢有游女，不可求思。漢之廣矣，不可泳思；江之永矣，不可方思。（一章）

翹翹錯薪，言刈其楚。之子于歸，言秣其馬。漢之廣矣，不可泳思；江之永矣，不可方思。（二章）

翹翹錯薪，言刈其蔞。之子于歸，言秣其駒。漢之廣矣，不可泳思；江之永矣，不可方思。（三章）

〈漢廣〉一詩，《詩序》的詮釋是：

德廣所及也。文王之道，被於南國，美化行乎江、漢之域。無思犯禮，求而不可得也。（《詩疏》卷一之三，頁41）

鄭玄箋釋《詩序》之意云：

紂時淫風偏于天下，維江漢之域，先受文王之教化。（同上）

《毛詩正義》疏釋《詩序》之意云：

作〈漢廣〉詩者，言德廣所及也。言文王之道，初致〈桃夭〉、〈芣苢〉之化，今被于南國，美化行于江漢之域，故男無思犯禮，女求而不可得，此由德廣所及然也。（同上）

據此，《詩序》以為〈德廣〉一詩是敘寫文王教化的廣被南國，使得男子雖見女子出遊，也因感女子之貞潔，而不敢做出犯禮之事。朱熹詮釋〈漢廣〉，亦本《詩序》之意，而謂：

文王之化，自近而遠，先及於江漢之間，而有以變其淫亂之俗。故其出游之女，人望見之，而知其端莊靜一，非復前日之可求矣。因以喬木起興，江漢為比，而反復詠歎之。（《詩集傳》卷一，頁6）

3. 〈周南・汝墳〉

遵彼汝墳，伐其條枚。未見君子，惄如調飢。（一章）

遵彼汝墳，伐其條肄。未見君子，不我遐棄。（二章）

魴魚赬尾，王室如燬。雖則如燬，父母孔邇。（三章）

〈汝墳〉一詩，《詩序》的詮釋是：

> 道化行也。文王之化，行乎汝墳之國，婦人能閔其君子，猶勉之以
> 正也。（《詩疏》卷一之三，頁43）

鄭玄箋釋《詩序》之意云：

> 言此婦人被文王之化，厚事其君子。（同上）

《毛詩正義》疏釋《詩序》之意云：

> 作〈汝墳〉詩者，言道化行也。文王之化行於汝墳之國，婦人能閔
> 念其君子，猶復勸勉之以正義，不可逃亡，爲文王道德之化行也。……
> 臣奉君命，不敢憚勞，雖則勤苦，無所逃避，是臣之正道，故曰勉
> 之以正也。（同上）

據此，《詩序》以爲〈汝墳〉是體現文王教化廣被之詩。由於文王的教化，行
於汝墳之國，因此婦人能以正道勸勉其夫，雖然承奉君命，甚爲勞苦，但仍
應無所逃避，不可逃亡。朱熹詮釋〈汝墳〉，亦本此而論，云：

> 汝旁之國，亦先被文王之化者，故婦人喜其君子行役而歸，因記其
> 未歸之時，思望之情如此，而追賦之也。（《詩集傳》卷一，頁7）

> 是時文王三分天下有其二，而率商之叛國以事紂，故汝墳之人，猶
> 以文王之命供紂之役。其家人見其勤苦而勞之曰：汝之勞既如此，
> 而王室之政方酷烈而未已。雖其酷烈而未已，然文王之德如父母然，
> 望之甚近，亦可以忘其勞矣。此〈序〉所謂「婦人能閔其君子，猶
> 勉之以正」者。蓋曰：雖其別離之久，思念之深，而其所以相告語
> 者，獨有尊君親上之意，而無情愛狎昵之私，則其德澤之深、風化
> 之美，皆可見矣。一說：父母甚近，不可以憚於王事而貽其憂，亦
> 通。（同上）

4.〈召南·羔羊〉

> 羔羊之皮，素絲五紽。退食自公，委蛇委蛇。（一章）
> 羔羊之革，素絲五緎。委蛇委蛇，自公退食。（二章）
> 羔羊之縫，素絲五總。委蛇委蛇，退食自公。（三章）

〈羔羊〉一詩，《詩序》的詮釋是：

> 〈鵲巢〉之功致也。召南之國，化文王之政，在位皆節儉正直，德
> 如羔羊也。（《詩疏》卷一之四，頁57）

《毛詩正義》疏釋《詩序》之意云：

> 作〈羔羊〉詩者，言〈鵲巢〉之功所致也。召南之國，化文王之政，
> 故在位之卿大夫皆居身節儉，爲行正直，德如羔羊。然大夫有德，
> 由君之功，是〈鵲巢〉之功所致也。（同上）

據此，《詩序》以爲〈羔羊〉一詩敍寫召南之國的卿大夫，都居身節儉，行爲
正直，而所以如此，即是由於「化文王之政」的結果。朱熹詮釋〈羔羊〉，亦
謂：

> 南國化文王之政，在位皆節儉正直，故詩人美其衣服有常，而從容
> 自得如此也。（《詩集傳》卷一，頁 11）

> 此《序》得之，但「德如羔羊」一句爲衍說耳。（《詩序辨說·羔羊》，
> 卷上，頁 11）

與《詩序》的詮說同，唯指出《詩序》「德如羔羊」一句爲衍說。

5.〈召南·小星〉

> 嘒彼小星，三五在東。肅肅宵征，夙夜在公，寔命不同！ （一章）
> 嘒彼小星，維參與昂。肅肅宵征，抱衾與裯，寔命不猶。 （二章）

〈小星〉一詩，《詩序》的詮釋是：

> 惠及下也。夫人無妒忌之行，惠及賤妾，進御於君，知其命有貴賤，
> 能盡其心矣。（《詩疏》卷一之五，頁 63）

《毛詩正義》疏釋《詩序》之意云：

> 作〈小星〉詩者，言夫人以恩惠及其下賤妾也。由夫人無妒忌之行，
> 能以恩惠及賤妾，令得進御於君，故賤妾亦自知其禮命與夫人貴賤
> 不同，能盡其心以事夫人焉。言夫人惠及賤妾，使進御於君，經二
> 章上二句是也。眾妾自知卑賤，故抱衾而往御，不當夕，下三句是
> 也。既荷恩惠，故能盡心述夫人惠下之美，於經無所當也。（同上）

據此，《詩序》以爲〈小星〉是夫人惠及賤妾之詩。由於夫人不妒忌，能以恩
惠及賤妾，使賤妾得進御於君，因此賤妾亦盡心以事夫人。朱熹詮釋〈小星〉，
亦本《詩序》之意，謂：

> 南國夫人承后妃之化，能不妒忌以惠其下，故其眾妾美之如此。蓋
> 眾妾進御於君，不敢當夕，見星而往，見星而還，故因所見以起興，
> 其於義無所取，特取在東在公兩字之相應耳。遂言其所以如此者，

由其所賦之分不同於貴者，是以深以得御於君爲夫人之惠，而不敢致怨於來往之勤也。（《詩集傳》卷一，頁 12）

6.〈召南・野有死麕〉

野有死麕，白茅包之。有女懷春，吉士誘之。（一章）

林有樸樕，野有死鹿，白茅純束。有女如玉。（二章）

舒而脫脫兮，無感我帨兮，無使尨也吠。（三章）

〈野有死麕〉一詩，《詩序》的詮釋是：

惡無禮也。天下大亂，彊暴相陵，遂成淫風。被文王之化，雖當亂世，猶惡無禮也。（《詩疏》卷一之五，頁 65）

鄭玄箋釋《詩序》之意云：

無禮者，爲不由媒妁，鴈帛不至，劫脅以成昏，謂紂之世。（同上）

《毛詩正義》疏釋《詩序》之意云：

作〈野有死麕〉詩者，言「惡無禮」，謂當紂之世，天下大亂，強暴相陵，遂成淫風之俗。被文王之化，雖當亂世，其貞女猶惡其無禮。經三章皆惡無禮之辭也。（同上）

據此，《詩序》以爲〈野有死麕〉是「惡無禮」之詩。由於紂時天下大亂，強暴相陵，寖以成淫風之俗，但雖當亂世，由於南國之女子被潤文王的教化，故對於「不由媒妁，鴈帛不至，劫脅以成昏。」的無禮情事，仍深感憎惡；詩中陳述的，即是被潤文王之化的貞女憎惡非禮之辭。朱熹詮釋〈野有死麕〉，謂：

南國被文王之化，女子有貞潔自守，不爲強暴所污者。故詩人因所見以興其事而美之。（《詩集傳》卷一，頁 13）

此章（按：指第三章：「舒而脫脫兮，無感我帨兮，無使尨也吠。」）乃述女子拒之之辭。言姑徐徐而來，毋動我之帨，毋驚我之犬，以甚言其不能相及也。其凜然不可犯之意，蓋可見矣。（同上）

也從南國女子被文王之化而惡無禮情事來詮說，大旨與《詩序》同，唯朱熹認爲《詩序》所說的「惡無禮」，是惡「淫亂之非禮」，而非如鄭玄所說的，是惡「不由媒妁，鴈帛不至，劫脅以成昏」的非禮〔註94〕。

7.〈召南・騶虞〉

〔註94〕《詩序辨說・野有死麕》：「此《序》得之，但所謂無禮者，言淫亂之非禮耳。不謂無聘幣之禮也。」（卷上，頁 12）

　　彼茁者葭，壹發五豝。于嗟乎騶虞！（一章）

　　彼茁者蓬，壹發五豵。于嗟乎騶虞！（二章）

〈騶虞〉一詩，《詩序》的詮釋是：

　　〈鵲巢〉之應也。〈鵲巢〉之化行，人倫既正，朝廷既治，天下純被文王之化，則庶類蕃殖，蒐田以時。仁如騶虞，則王道成也。（《詩疏》卷一之五，頁68）

《毛詩正義》疏釋《詩序》之意云：

　　以〈騶虞〉處末者，見〈鵲巢〉之應也。言〈鵲巢〉之化行，則人倫夫婦既已得正，朝廷既治，天下純被文王之化，則庶類皆蕃息而殖長，故國君蒐田以時，其仁恩之心，不忍盡殺，如騶虞然，則王道成矣。（同上）

又〈騶虞〉首章：「彼茁者葭，壹發五豝。于嗟乎，騶虞！」《毛傳》釋「騶虞」云：「義獸也。白虎黑文，不食生物，有至信之德則應之。」（同上）《毛詩正義》疏釋此章之意云：

　　言彼茁茁然出而始生者，葭草也。國君於此草生之時出田獵，壹發矢而射五豝。獸五豝唯壹發者，不忍盡殺。仁心如是，故于嗟乎嘆之，嘆國君仁心如騶虞。騶虞，義獸，不食生物，有仁心，國君亦有仁心，故比之。（同上）

據此，《詩序》以為〈騶虞〉一詩體現了文王道德、教化的廣被，並有以見王道之成。由於文王德教的廣被於天下，因此人倫既正，朝廷既治，庶類繁殖，召南諸國的諸侯，也能田獵以時，並且富有仁恩之心，如不食生物的義獸：騶虞一樣，不會盡殺獵物，詩人以為諸侯國君仁心如騶虞，澤被於物，足以見文王教化的深廣，與王道之成。朱熹詮釋〈騶虞〉，亦本《詩序》而為說，云：

　　南國諸侯承文王之化，修身、齊家以治其國，而其仁民之餘恩，又有以及於庶類。故其春田之際，草木之茂，禽獸之多，至於如此。而詩人述其事以美之，且歎之曰：此其仁心自然，不由勉強。是即真所謂騶虞矣！（《詩集傳》卷一，頁14）

　　文王之化，始於〈關雎〉，而至於〈麟趾〉，則其化之入人者，深矣。形於〈鵲巢〉，而及於〈騶虞〉，則其澤之及物者廣矣。蓋意誠、心正之功，不息而久，則其熏炙透徹，融液周徧，自有不能已者，非

智力之私所能及也。故《序》以〈騶虞〉爲〈鵲巢〉之應，而見王
道之成，其必有所傳矣！（同上）

四、姑從《序》說

　　朱熹釋《詩》，有部分詩篇承用《序》說，這類詩篇，即是朱熹所謂的「姑
從《序》說」。《朱子語類》中謂：「《詩傳》中或云『姑從』，或云『且從其說』
之類，皆未有所考，不免且用其說。」（卷八十，頁 2093）由於對《詩序》所
詮定的詩旨，或是或非，朱熹認爲並沒有充份、足夠的證據，可以來據以判
定、證明，在謹慎的態度及避免另立一穿鑿之說的情況下，朱熹採取了「姑
從《序》說」的方式〔註95〕。這類的詩篇不少，如〈邶風‧綠衣〉、〈燕燕〉、
〈日月〉、〈終風〉、〈擊鼓〉、〈式微〉、〈旄丘〉、〈新臺〉、〈二子乘舟〉、〈鄘風‧
牆有茨〉、〈君子偕老〉、〈鶉之奔奔〉、〈鄭風‧緇衣〉等〔註96〕，今舉數例，

〔註95〕朱熹釋《詩》，頗忌穿鑿妄說，《詩序》釋《詩》所以受到朱熹強烈而嚴厲的
　　　　批評，穿鑿妄說、以不知爲知，蓋爲主因，此意可參《詩序辨說‧邶風‧柏
　　　　舟》一文。《詩集傳》中除因沒有充份的證據，可以判定《序》說爲非，因而
　　　　採取「姑從《序》說」，顯示朱熹謹慎及避免另立一穿鑿之說的態度之外，朱
　　　　熹釋《詩》，多所闕疑，也顯示了同樣的態度。如釋〈衛風‧芄蘭〉云：「此
　　　　詩不知所謂，不敢強解。」（《詩集傳》卷三，頁 39），釋〈唐風‧羔裘〉云：
　　　　「此詩不知所謂，不敢強解。」（同上，卷六，頁 71），釋〈小雅‧鼓鐘〉云：
　　　　「此詩之義未詳。」、「此詩之義有不可知者，今姑釋其訓詁名物，而略以王
　　　　氏、蘇氏之說解之，未敢信其必然也。」（同上，卷十三，頁 152），釋〈周頌‧
　　　　般〉云：「〈般〉義未詳。」（同上，卷十九，頁 236）。
〔註96〕朱熹釋〈邶風‧綠衣〉云：「莊姜事見《春秋傳》。此詩無所考，姑從《序》
　　　　說。下三篇（按：指〈燕燕〉、〈日月〉、〈終風〉）同。」（《詩集傳》卷二，頁
　　　　16）、「此詩下至〈終風〉四篇，《序》皆以爲莊姜之詩，今姑從之。然唯〈燕
　　　　燕〉一篇詩文略可據耳。」（《詩序辨說‧綠衣》，卷上，頁 11）釋〈邶風‧擊
　　　　鼓〉云：「舊說以此爲《春秋》隱公四年，州吁自立之時，宋、衛、陳、蔡伐
　　　　鄭之事，恐或然也。」（《詩集傳》卷二，頁 18）、「《春秋》隱公四年，宋、衛、
　　　　陳、蔡伐鄭，正州吁自立之時也，《序》蓋據詩文『平陳與宋』而引此爲說，
　　　　恐或然也。」（《詩序辨說‧擊鼓》，卷上，頁 11）釋〈式微〉云：「舊說以爲
　　　　黎侯失國，而寓於衛，其臣勸之曰：衰微甚矣，何不歸哉！我若非以君之故，
　　　　則亦胡爲而辱於此哉。」（《詩集傳》卷二，頁 22）、「此無所考，姑從《序》
　　　　說。」（同上）釋〈旄丘〉云：「舊說黎之臣子自言久寓於衛，時物變矣，故
　　　　登旄丘之上，見其葛長大而節疎闊，因託以起興曰：旄丘之葛，何其節之闊
　　　　也，衛之諸臣，何其多日而不見救也。此詩本責衛君，而但斥其臣，可見其
　　　　優柔而不迫矣。」（《詩集傳》卷二，頁 23）、「說同上篇（按：指〈式微〉）。」
　　　　（同上）釋〈新臺〉云：「舊說以爲衛宣公爲其子伋娶於齊，而聞其美，乃作

述之如下：

1. 〈邶風·綠衣〉

> 綠兮衣兮，綠衣黃裏。心之憂矣，曷維其已？（一章）
>
> 綠兮衣兮，綠衣黃裳。心之憂矣，曷維其亡？（二章）
>
> 綠兮絲兮，女所治兮。我思古人，俾無訧兮。（三章）
>
> 綠兮綌兮，淒其以風。我思古人，實獲我心。（四章）

〈綠衣〉一詩，《詩序》的詮釋是：

> 衛莊姜傷己也。妾上僭，夫人失位而作是詩也。（《詩疏》卷二之一，頁 75）

鄭玄箋釋《詩序》之意云：

> 綠當爲褖，故作褖，轉作綠，字之誤也。莊姜，莊公夫人，齊女，姓姜氏。妾上僭者，謂公子州吁母，母嬖而州吁驕。（同上）

《毛詩正義》疏釋《詩序》之意云：

> 作〈綠衣〉詩者，言衛莊姜傷己也。由賤妾爲君所嬖而上僭，夫人失位而幽微，傷己不被寵遇，是故而作是詩也。（同上）

據此，《詩序》以爲〈綠衣〉是衛莊公夫人莊姜自傷之詩。由於莊公寵愛嬖妾，致使莊姜失寵，嫡妾易位，上下失序，因此莊姜作〈綠衣〉一詩，自傷不被寵遇的心情。《詩序》詮釋〈綠衣〉，蓋本《左傳》隱公三年所載的莊姜事蹟而爲說〔註97〕，朱熹詮釋〈綠衣〉，謂：

新臺於河上而要之。國人惡之，而作此詩以刺之。言齊女本求與伋爲燕婉之好，而反得宣公醜惡之人也。」（《詩集傳》卷二，頁 26～27）「凡宣姜事，首末見《春秋傳》。然於詩則皆未有考也。諸篇放此。」（同上，頁 27）釋〈鄘風·牆有茨〉云：「舊說以爲宣公卒，惠公幼，其庶兄頑烝於宣姜，故詩人作此詩以刺之。言其閫中之事皆醜惡而不可言。理或然也。」（《詩集傳》卷三，頁 28）釋〈鄘風·君子偕老〉云：「公子頑事見《春秋傳》，但此詩所以作，亦未可考，〈鶉之奔奔〉放此。」（《詩序辨說·君子偕老》，卷上，頁 13）釋〈鄭風·緇衣〉云：「舊說鄭桓公、武公相繼爲周司徒，善於其職，周人愛之，故作是詩。言子之服緇衣也甚宜，敝則我將爲子更爲之。且將適子之館，既還而又授子以粲，言好之無已也。」（《詩集傳》卷四，頁 47）、「此未有據，今姑從之。」（《詩序辨說·緇衣》，卷上，頁 18）

〔註97〕 《左傳》隱公 3 年：「衛莊公娶于齊東宮得臣之妹曰莊姜，美而無子，衛人所爲賦〈碩人〉也。又娶于陳曰厲媯，生孝伯，早死。其娣戴媯生桓公，莊姜以爲己子。公子州吁，嬖人之子也。有寵而好兵，公弗禁，莊姜惡之。……」（《春秋疏》卷三，頁 53）

　　莊公惑於嬖妾，夫人莊姜賢而失位，故作此詩。言綠衣黃裏，以比賤妾尊顯而正嫡幽微，使我憂之不能自已也。（《詩集傳》卷二，頁16）

　　莊姜事見《春秋傳》，此詩無所考，姑從《序》說。下三篇（按：指〈燕燕〉、〈日月〉、〈終風〉）同。（同上）

　　此詩（按：指〈綠衣〉）下至〈終風〉四篇，《序》皆以爲莊姜之詩，今姑從之。然唯〈燕燕〉一篇，詩文略可據耳。（《詩序辨說・綠衣》，卷上，頁11）

〈邶風・綠衣〉、〈燕燕〉、〈日月〉、〈終風〉四篇，《詩序》皆歸諸莊姜之詩，謂〈燕燕〉是「衛莊姜送歸妾也。」（《詩疏》卷二之一，頁77），謂〈日月〉是「衛莊姜傷己也。遭州吁之難，傷己不見答於先君，以至困窮之詩也。」（同上，頁78），謂〈終風〉是「衛莊姜傷己也。遭州吁之暴，見侮慢而不能正也。」（同上，頁79），朱熹詮釋〈綠衣〉、〈燕燕〉、〈日月〉、〈終風〉四詩，亦就莊姜之事來詮說，釋〈燕燕〉云：「莊姜無子，以陳女戴嬀之子完爲己子。莊公卒，完即位，嬖人之子州吁弒之，故戴嬀大歸于陳，而莊姜送之，作此詩也。」（《詩集傳》卷二，頁16），釋〈日月〉云：「莊姜不見答於莊公，故呼日月而訴之。言日月之照臨下土久矣，今乃有如是之人，而不以古道相處，是其心志回惑，亦何能有定哉，而何爲其獨不我顧也。見棄如此，而猶有望之之意焉。此詩之所以爲厚也。」（同上，頁17），釋〈終風〉云：「莊公之爲人狂蕩暴疾，莊姜蓋不忍斥言之，故但以終風且暴爲比。言雖其狂暴如此，然亦有顧我而笑之時。但皆出於戲慢之意，而無愛敬之誠，則又使我不敢言而心獨傷之耳。蓋莊公暴慢無常，而莊姜正靜自守，所以忤其意而不見答也。」（同上，頁18）所以如此，即是朱熹對於《序》說的眞僞，並無足夠的證據，可以來加以判定，在謹愼及避免另立穿鑿之說的態度下，朱熹採取了「姑從《序》說」、「姑從之」的方式。但朱熹釋《詩》，雖說「姑從《序》說」、「姑從之」，也並不意味朱熹完全採納、同意《序》說，在「姑從《序》說」的詩篇中，朱熹對於《詩序》的詮釋，也迭有批評和指摘〔註98〕。

───────────────

〔註98〕如批評〈日月・序〉「衛莊姜傷己也。遭州吁之難，傷己不見答於先君，以至困窮之詩也。」云：「此詩《序》以爲莊姜之作，今未有以見其不然。但謂遭州吁之難而作，則未然耳。蓋詩言『寧不我顧』，猶有望之之意，又云『德音無良』，亦非所宜施於前人者，明是莊公在時所作，其篇次亦當在〈燕燕〉之

2. 〈邶風・式微〉

> 式微，式微！胡不歸？微君之故，胡爲乎中露！（一章）
>
> 式微，式微！胡不歸？微君之躬，胡爲乎泥中！（二章）

〈式微〉一詩，《詩序》的詮釋是：

> 黎侯寓于衛，其臣勸以歸也。（《詩疏》卷二之二，頁92）

鄭玄箋釋《詩序》之意云：

> 寓，寄也。黎侯爲狄人所逐，棄其國而寄於衛。衛處之以二邑，因
> 安之，可以歸而不歸，故其臣勸之。（同上）

《毛詩正義》疏釋《詩序》之意云：

> 此經二章，皆臣勸以歸之辭。此及〈旄丘〉皆陳黎臣之辭，而在〈邶
> 風〉者，蓋邶人述其意而作，亦所以刺衛君也。（同上）

據此，《詩序》以爲〈式微〉是黎侯爲狄人所逐，暫寄於衛，可以歸而不歸，黎侯的臣子勸其早日歸國之詩。朱熹詮釋〈式微〉，謂：

> 舊說以爲黎侯失國，而寓於衛，其臣勸之曰：衰微甚矣，何不歸哉！
> 我若非以君之故，則亦胡爲而辱於此哉。（《詩集傳》卷二，頁22）
>
> 此無所考，姑從《序》說。（同上）
>
> 詩中無黎侯字，未詳是否，下篇（按：指〈旄丘〉）同。（《詩序辨說・
> 式微》，卷上，頁19）

也採取了「姑從《序》說」的方式。而朱熹詮釋〈式微〉，所以「姑從《序》說」，也是因爲《序》說的眞僞，無從考證判定，在謹愼的態度及避免另立穿鑿之說的情況下，所採行的方式。

3. 〈鄭風・緇衣〉

> 緇衣之宜兮，敝，予又改爲兮。適子之館兮，還，予授子之粲兮。（一

前也。」（《詩序辨說・日月》，卷上，頁11）；批評〈終風・序〉「衛莊姜傷己也。遭州吁之暴，見侮慢而不能正也。」云：「詳味此詩，有夫婦之情，無母子之意，若果莊姜之詩，則亦當在莊公之世，而列於〈燕燕〉之前，《序》說誤矣！」（同上）；批評〈旄丘・序〉「責衛伯也。狄人迫逐黎侯，黎侯寓于衛，衛不能修方伯連率之職，黎之臣子以責於衛也。」云：「《序》見詩有『伯兮』二字，而以爲責衛伯之詞，誤矣！」（《詩序辨說・旄丘》，卷上，頁12）朱熹此種既說「姑從《序》說」，而又間有批評《詩序》之說者，其意即是輔廣所說的：「但從《序》說以爲莊姜詩耳，其他則固不盡從也。」（《詩童子問・綠衣》，卷首，頁19）。

章）

緇衣之好兮，敝，予又改造兮。適子之館兮，還，予授子之粲兮。（二
章）

緇衣之蓆兮，敝，予又改作兮。適子之館兮，還，予授子之粲兮。（三
章）

〈緇衣〉一詩，《詩序》的詮釋是：

> 美武公也。父子並爲周司徒，善於其職，國人宜之。故美其德，以
> 明有國善善之功焉。（《詩疏》卷四之二，頁 160）

鄭玄箋釋《詩序》之意云：

> 父，謂武公父桓公也。司徒之職，掌十二教。善善者，治之有功也。
> 鄭國之人，皆謂桓公、武公居司徒之官，正得其宜。（同上）

《毛詩正義》疏釋《詩序》之意云：

> 作〈緇衣〉詩者，美武公也。武公之與桓公，父子皆爲周司徒之卿，
> 而善於其卿之職，鄭國之人咸宜之，謂武公爲卿，正得其宜。諸侯
> 有德，乃能入仕王朝。武公既爲鄭國之君，又復入作司徒，已是其
> 善，又能善其職，此乃有國者善中之善，故作此詩，美其武公之德，
> 以明有邦國者善善之功焉。經三章，皆是國人宜之，美其德之辭也。
> 　（同上）

據此，《詩序》以爲〈緇衣〉是讚美鄭武公之詩。由於武公與其父桓公都擔任
周朝的司徒，且表現稱職，因此國人遂作〈緇衣〉一詩，來歌詠武公之德。
朱熹詮釋〈緇衣〉，謂：

> 舊說鄭桓公、武公相繼爲周司徒，善於其職，周人愛之，故作是詩。
> 言子之服緇衣也甚宜，敝，則我將爲子更爲之。且將適子之館，既
> 還而又授子以粲，言好之無已也。（《詩集傳》卷四，頁 47）
> 此未有據，今始從之。（《詩序辨說・緇衣》，卷上，頁 17）

也採取了姑從《序》說的方式。

五、《詩序》或眞有傳授證驗而不可廢者

　　朱熹釋《詩》，有部份詩篇採用《序》說，這是因爲朱熹認爲《序》說可
能是有所根據傳授，並非穿鑿妄說之故，這種情形即是朱熹在《詩序辨說》

中所說的：「然猶以其所從來也遠，其間容或眞有傳授證驗而不可廢者，故既頗采以附《傳》中」（卷上，頁 3）這類採用《序》說的詩篇，如〈鄘風‧柏舟〉、〈蝃蝀〉、〈相鼠〉、〈干旄〉、〈衛風‧淇奧〉、〈小雅‧大東〉、〈大雅‧公劉〉、〈泂酌〉、〈卷阿〉等都是。今舉例說明如下：

1. 〈鄘風‧柏舟〉

凡彼柏舟，在彼中河。髧彼兩髦，實維我儀。之死矢靡它。母也天只！不諒人只！（一章）

汎彼柏舟，在彼河側。髧彼兩髦，實爲我特。之死矢靡慝。母也天只！不諒人只！（二章）

〈柏舟〉一詩，《詩序》的詮釋是：

共姜自誓也。衛世子共伯蚤死，其妻守義，父母欲奪而嫁之，誓而弗許，故作是詩以絕之。（《詩疏》卷三之一，頁 109）

《毛詩正義》疏釋《詩序》之意云：

作〈柏舟〉詩者，言其共姜自誓也。所以自誓者，衛世子共伯蚤死，其妻共姜守義不嫁，其父母欲奪其意而嫁之，故與父母誓而不許更嫁，故作是〈柏舟〉之詩，以絕己父母奪己之意。（同上）

據此，《詩序》以爲〈柏舟〉是共姜自誓之詩。由於衛國世子共伯早死，其妻共姜守義不嫁，但共姜的父母欲逼迫她改嫁，共姜乃發誓不許更嫁，並作〈柏舟〉一詩，以斷絕父母逼她再嫁之心。朱熹詮釋〈柏舟〉，謂：

舊說以爲衛世子共伯蚤死，其妻共姜守義，父母欲奪而嫁之，故共姜作此以自誓。言柏舟則在彼中河，兩髦則實我之匹，雖至於死，誓無他心。母之於我，覆育之恩，如天罔極，而何其不諒我之心乎。不及父者，疑時獨母在，或非父意耳。（《詩集傳》卷三，頁 28）

此事無所見於他書，《序》者或有所傳，今姑從之。（《詩序辨說‧柏舟》，卷上，頁 20）

徵引了《詩序》之說，來說明〈柏舟〉一詩的意旨。而朱熹詮釋〈柏舟〉，所以採用《序》說，原因即是認爲《詩序》之說，可能是有所根據、傳授，並非穿鑿妄說之故〔註99〕。

〔註99〕關於〈柏舟〉一詩，朱熹以爲《序》說，「或有所傳」，因而承用，此意輔廣嘗有所說明：「此篇與宣姜諸篇，雖於詩，皆未有考，而宣公與二子之事，首

2. 〈小雅·大東〉

有饛簋飧，有捄棘匕。周道如砥，其直如矢。君子所履，小人所視。
睠言顧之，潸焉出涕。（一章）

小東大東，杼柚其空。糾糾葛屨，可以履霜。佻佻公子，行彼周行。
既往既來，使我心疚。（二章）

有洌氿泉，無浸穫薪。契契寤歎，哀我憚人，薪是穫薪，尚可載也；
哀我憚人，亦可息也。（三章）

東人之子，職勞不來；西人之子，粲粲衣服；舟人之子，熊羆是裘；
私人之子，百僚是試。（四章）

或以其酒，不以其漿。鞙鞙佩璲，不以其長。維天有漢，監亦有光。
跂彼織女，終日七襄。（五章）

雖則七襄，不成報章。睆彼牽牛，不以服箱。東有啓明，西有長庚。
有捄天畢，載施之行。（六章）

維南有箕，不可以簸揚；維北有斗，不可以挹酒漿。維南有箕，載翕
其舌；維北有斗，西柄之揭。（七章）

〈大東〉一詩，《詩序》的詮釋是：

> 刺亂也。東國困於役而傷於財，譚大夫作是詩以告病焉。（《詩疏》
> 卷十三之一，頁 437）

鄭玄箋釋《詩序》之意云：

> 譚國在東，故其大夫尤苦征役之事也。魯莊公十年，齊師滅譚。（同
> 上）

《毛詩正義》疏釋《詩序》之意云：

> 作〈大東〉詩者，刺亂也。時東方之國，偏於賦役，而損傷於民財，
> 此譚之大夫作是〈大東〉之詩告於王，言己國之病困焉。困民財役
> 以至於病，是爲亂也。言亂者，政役失理之謂，總七章之言皆是也。
> （同上）

據此，《詩序》以爲〈大東〉是「刺亂」之詩。由於東方諸侯國困於勞役，傷
於徵斂，因此，譚國的大夫特作〈大東〉一詩，以告己國的病困於周王。朱

末猶見於《春秋傳》，至共伯之事，則於傳記皆無所見。但味詩之言，與《序》
之說實相叶，故先生取之，尚疑《序》者或有所傳也。」（《詩童子問》卷首，
頁 282）

熹詮釋〈大東〉，謂：

> 《序》以爲東國困於役而傷於財，譚大夫作此以告病。言有簋飧，則有捄棘匕。周道如砥，則其直如矢。是以君子履之，而小人視焉。今乃顧之而出涕者，則以東方之賦役，莫不由是而輸於周也。（《詩集傳》卷十二，頁 147）

> 譚大夫未有考，不知何據。恐或有傳耳。（《詩序辨說·大東》，卷下，頁 32）

仍徵引《序》說來說明〈大東〉一詩的意旨。而朱熹詮釋〈大東〉，所以採用《序》說，原因也是認爲《詩序》詮說〈大東〉一詩的本事，可能是有所根據傳授，並非妄說之故。

3. 〈大雅·公劉〉

> 篤公劉，匪居匪康，廼埸廼疆，廼積廼倉。廼裏餱糧，于橐于囊，思輯用光。弓矢斯張，干戈戚揚，爰方啓行。（一章）
> 篤公劉，于胥斯原。既庶既繁。既順廼宣，而無永歎。陟則在巘，復降在原。何以舟之？維玉及瑤，鞞琫容刀。（二章）
> 篤公劉，逝彼百泉，瞻彼溥原。廼陟南岡，乃覯于京。京師之野，于時處處，于時廬旅。于時言言，于時語語。（三章）
> 篤公劉，于京斯依。蹌蹌濟濟，俾筵俾几。既登乃依，乃造其曹，執豕于牢。酌之用匏。食之飲之，君之宗之。（四章）
> 篤公劉，既溥既長。既景廼岡，相其陰陽，觀其流泉。其軍三單。度其隰原，徹田爲糧。度其夕陽，豳居允荒。（五章）
> 篤公劉，于豳斯館。涉渭爲亂，取厲取鍛。止基廼理，爰眾爰有。夾其皇澗，遡其過澗。止旅乃密，芮鞫之即。（六章）

〈公劉〉一詩，《詩序》的詮釋是：

> 召康公戒成王也。成王將涖政，戒以民事，美公劉之厚於民，而獻是詩也。（《詩疏》卷十七之三，頁 616）

鄭玄箋釋《詩序》之意云：

> 公劉者，后稷之曾孫也。夏之始衰，見迫逐，遷於豳，而有居民之道。成王始幼少，周公居攝政，反歸之，成王將涖政，召公與周公相成王爲左右。召公懼成王尚幼稚，不留意於治民之事，故作詩美

公劉，以深戒之也。（同上）

《毛詩正義》疏釋《詩序》之意云：

〈公劉〉詩者，召康公所作，以戒成王。武王既崩，成王幼弱，周
公攝政，七年而反歸之。今成王將欲涖臨其政，召公以王年尚幼，
恐其不能留意於民，故戒之以治民之事。美往昔公劉之愛厚於民，
欲王亦如公劉，而獻是〈公劉〉之詩，以戒成王。（同上）

據此，《詩序》以爲〈公劉〉是召康公教戒成王之詩。由於在周公攝政七年後，
還政於成王，召康公以成王年紀尚幼，恐不能留意於治民的事，因此藉陳往
昔公劉厚愛人民的事蹟，來教戒成王。朱熹詮釋〈公劉〉，亦從《詩序》而爲
說，謂：

舊說召康公以成王將涖政，當戒以民事，故詠公劉之事以告之曰：
厚哉！公劉之於民也。其在西戎，不敢寧居，治其田疇，實其倉廩。
既富且強，於是裹其餱糧，思以輯和其民人，而光顯其國家，然後
以其弓矢斧鉞之備，爰始啓行，而遷都於豳焉。蓋亦不出其封內也。
（《詩集傳》卷十七，頁 196）

召康公名奭，成王即位，年幼，周公攝政，七年而歸政焉。於是成
王始將涖政，而召公爲太保，周公爲太師以相之，然此詩未有以見
其爲康公之作，意其傳授，或有自來耳。（《詩序辨說·公劉》，卷下，
頁 36））

朱熹在《詩集傳》中詮釋〈公劉〉，依從《序》說；在《詩序辨說》中，雖指
出從〈公劉〉詩中，看不出是召康公所作，但也未確指《序》說爲誤，原因
就在於朱熹認爲《詩序》的詮說，可能是本諸傳授而來，並非妄說而毫無根
據。《詩序》詮釋〈公劉〉、〈泂酌〉、〈卷阿〉，皆謂是召康公所作以教戒成王
之詩，釋〈泂酌〉云：「召康公戒成王也。言皇天親有德，饗有道也。」（《詩
疏》卷十七之三，頁 622），釋〈卷阿〉云：「召康公戒成王也。言求賢用吉士
也。」（同上，頁 626）朱熹詮釋此三詩，亦採納《詩序》而爲說，釋〈泂酌〉
云：「舊說以爲召康公戒成王。言遠酌彼行潦，挹之於彼而注之於此，尚可以
食饎饎，況豈弟之君子，豈不爲民之父母乎？《傳》曰：『豈以強教之，弟以
悅安之，民皆有父之尊，有母之親。』又曰：『民之所好好之，民之所惡惡之，
此之謂民之父母。』」（《詩集傳》卷十七，頁 198）釋〈卷阿〉云：「此詩舊說
亦召康公作。疑公從成王游歌於卷阿之上，因王之歌，而作此以爲戒。」（同

上）原因無他，就在於朱熹認爲《詩序》的詮說可能是有所根據，本諸傳授而來，並非不實、鑿空的妄說〔註100〕。

六、《詩序》的詮釋切合詩旨

《詩序》釋《詩》，好強作解人，致附會書史，依託名諡，鑿空妄說，此類的詩篇，已頗受朱熹的指斥。但有部份詩篇，朱熹釋《詩》，採納《序》說，這是因爲朱熹認爲《詩序》的詮釋切合詩旨之故。這類的詩篇，如〈邶風·泉水〉、〈衛風、河廣〉、〈王風·黍離〉、〈揚之水〉、〈齊風·猗嗟〉、〈秦風·渭陽〉、〈豳風·狼跋〉、〈小雅·鹿鳴〉、〈常棣〉、〈伐木〉、〈湛露〉、〈彤弓〉、〈采芑〉、〈車攻〉、〈白華〉、〈大雅·文王〉、〈思齊〉、〈雲漢〉、〈周頌·清廟〉、〈我將〉、〈思文〉等都是，今舉例說明如下：

1. 〈邶風·泉水〉

毖彼泉水，亦流于淇。有懷于衛，靡日不思。孌彼諸姬，聊與之謀。
（一章）

出宿于泲，飲餞于禰。女子有行。遠父母兄弟。問我諸姑，遂及伯姊。
（二章）

出宿于干，飲餞于言。載脂載舝，還車言邁。遄臻于衛，不瑕有害。
（三章）

我思肥泉，茲之永歎。思須與漕，我心悠悠。駕言出遊，以寫我憂。
（四章）

〈泉水〉一詩，《詩序》的詮釋是：

衛女思歸也。嫁於諸侯，父母終，思歸寧而不得，故作是詩以自見也。（《詩疏》卷二之三，頁 101）

鄭玄箋釋《詩序》之意云：

「以自見」者，見己志也。國君夫人，父母在則歸寧，沒則使大夫寧於兄弟。衛女之思歸，雖非禮，思之至也。（同上）

《毛詩正義》疏釋《詩序》之意云：

〔註100〕朱熹以《詩序》詮釋〈公劉〉、〈泂酌〉、〈卷阿〉三詩，是「意其傳授，或有自來耳」，因而採納《序》說，此意輔廣亦有所說明：「下三篇（按：指〈公劉〉、〈泂酌〉、〈卷阿〉）《序》皆明言召康公戒成王，故先生以爲必有所傳授而從其說。」（《詩童子問》卷首，頁 296）

此時宣公之世，宣父莊，兄桓。此言父母已終，未知何君之女也。

言嫁於諸侯，必爲夫人，亦不知所適何國。蓋時簡札不記，故《序》

不斥言也。四章皆思歸寧之事。（同上）

據此，《詩序》以爲〈泉水〉是衛女思歸之詩。由於嫁於諸侯的衛女，以父母亡故，亟思歸衛省視，但受限於禮制規定，並不能親返衛國，遂作〈泉水〉一詩來自抒思歸衛的心意。朱熹詮釋〈泉水〉，採納《序》說，謂：

衛女嫁於諸侯，父母終，思歸寧而不得，故作此詩。言毖然之泉水

亦流于淇矣，我之有懷于衛，則亦無日而不思矣。是以即諸姬而與

之謀爲歸衛之計，如下兩章之云也。（《詩集傳》卷二，頁 24）

朱熹所以採納《序》說，這是因爲朱熹認爲《詩序》的詮說切合詩意，並非妄說之故。

2.〈王風・黍離〉

彼黍離離，彼稷之苗。行邁靡靡，中心搖搖。知我者，謂我心憂；不

知我者，謂我何求。悠悠蒼天，此何人哉！（一章）

彼黍離離，彼稷之穗。行邁靡靡，中心如醉。知我者，謂我心憂；不

知我者，謂我何求。悠悠蒼天，此何人哉！（二章）

彼黍離離，彼稷之實，行邁靡靡，中心如噎。知我者。謂我心憂；不

知我者，謂我何求。悠悠蒼天，此何人哉！（三章）

〈黍離〉一詩，《詩序》的詮釋是：

閔宗周也。周大夫行役，至于宗周，過故宗廟宮室，盡爲禾黍，閔

周室之顛覆，彷徨不忍去，而作是詩也。（《詩疏》卷四之一，頁 147）

鄭玄箋釋《詩序》之意云：

宗周，鎬京也，謂之西周。周王城也，謂之東周。幽王之亂而宗周

滅，平王東遷，政教微弱，下列於諸侯，其詩不能復雅，而同於國

風焉。（同上）

《毛詩正義》疏釋《詩序》之意云：

作〈黍離〉詩者，言閔宗周也。周之大夫行從征役，至於宗周鎬京，

過歷故時宗廟宮室，其地民皆墾耕，盡爲禾黍。以先王宮室忽爲平

田，於是大夫閔傷周室之顛墜覆敗，彷徨省視，不忍速去，而作〈黍

離〉之詩以閔之也。（同上）

據此,《詩序》以為〈黍離〉是大夫作以閔宗周覆滅之詩。由於幽王寵愛褒姒,廢申后及太子宜臼,馴致遭受犬戎之禍而亡國,晉文侯、鄭武公迎太子宜臼於申而立之,是為平王。平王徙居東都王城,是為東周。西周既亡,宗周覆滅,大夫行役至於宗周,見到昔日的宗廟宮室,盡為禾黍之田,心中感慨,彷徨不忍離去,因作〈黍離〉一詩,以寄寓其悲憫宗周覆滅之意。朱熹詮釋〈黍離〉,採納《序》說,謂:

> 周既東遷,大夫行役于宗周,過故宗廟宮室,盡為禾黍,閔周室之
> 顛覆,徬徨不忍去,故賦其所見黍之離離,與稷之苗,以興行之靡
> 靡,心之搖搖。既歎時人莫識己意,又傷所以致此者,果何人哉!
> 追怨之深也。(《詩集傳》卷四,頁 42)

朱熹所以採納《序》說,這也是因為朱熹認為《詩序》的詮說切合詩文,符合詩旨之故。

3. 〈小雅·湛露〉

> 湛湛露斯,匪陽不晞。厭厭夜飲,不醉無歸。(一章)
> 湛湛露斯,在彼豐草。厭厭夜飲,在宗載考。(二章)
> 湛湛露斯,在彼杞棘。顯允君子,莫不令德。(三章)
> 其桐其椅,其實離離。豈弟君子,莫不令儀。(四章)

〈湛露〉一詩,《詩序》的詮釋是:

> 天子燕諸侯也。(《詩疏》卷十之一,頁 350)

鄭玄箋釋《詩序》之意云:

> 燕,謂與之燕飲酒也。諸侯朝覲會同,天子與之燕,所以示慈惠。(同
> 上)

《毛詩正義》疏釋《詩序》之意云:

> 作〈湛露〉詩者,天子燕諸侯也。諸侯來朝,天子與之燕飲,美其
> 事而歌之。經雖分別同姓、庶姓、二王之後,皆是天子燕諸侯之事
> 也。(同上)

據此,《詩序》以為〈湛露〉是諸侯來朝,天子燕飲諸侯之詩。《詩序》的詮釋,可能是本諸《左傳》而來。《左傳》文公四年載:

> 衛甯武子來聘,公與之宴,為賦〈湛露〉及〈彤弓〉,不辭,又不答
> 賦,使行人私焉。對曰:臣以為肄業及之也。昔諸侯朝正於王,王

宴樂之，於是乎賦〈湛露〉，則天子當陽，諸侯用命也。(《春秋疏》

卷十八，頁 306～307)

甯武子所說：「昔諸侯朝正於王，王宴樂之，於是乎賦〈湛露〉，則天子當陽，
諸侯用命。」云云，可能即是《序》說之所本。朱熹詮釋〈湛露〉，謂：

此亦天子燕諸侯之詩。言湛湛露斯，非日則不晞。猶厭厭夜飲，不
醉則不歸。蓋於其夜飲之終而歌之也。(《詩集傳》卷九，頁 112)

《春秋傳》：甯武子曰：諸侯朝正於王，王宴樂之，於是賦〈湛露〉。

(同上)

亦從《詩序》、《左傳》的記載而爲說。而朱熹所以採用《序》說，自然也是
認爲《序》說切合詩意而無誤，因而採用。

4.〈小雅・彤弓〉

彤弓弨兮，受言藏之。我有嘉賓，中心貺之。鐘鼓既設，一朝饗之。
(一章)

彤弓弨兮，受言載之。我有嘉賓，中心喜之。鐘鼓既設，一朝右之。
(二章)

彤弓弨兮，受言櫜之。我有嘉賓，中心好之。鐘鼓既設，一朝醻之。
(三章)

〈彤弓〉一詩，《詩序》的詮釋是：

天子賜有功諸侯也。(《詩疏》卷十之一，頁 351)

鄭玄箋釋《詩序》之意云：

諸侯敵王所愾而獻其功，王饗禮之，於是賜〈彤弓〉一，彤矢百，
旅弓矢千。凡諸侯，賜弓矢然後專征伐。(同上)

《毛詩正義》疏釋《詩序》之意云：

作〈彤弓〉詩者，天子賜有功諸侯。諸侯有征伐之功，王以弓矢賜
之也。(同上)

據此，《詩序》以爲〈彤弓〉是天子賞賜有功諸侯之詩。據《左傳》文公四年
的記載，衛甯武子聘魯，文公與之宴，爲賦〈彤弓〉，甯武子說：

諸侯敵王所愾，王於是乎賜之彤弓一、彤矢百、旅弓矢千，以覺報
宴。今陪臣來繼舊好，君辱貺之，其敢干大禮以自取戾？(《春秋疏》
卷十八，頁 306～307)

甯武子之言，恐即爲《詩序》之所本。事實上，周王以弓矢賞賜諸侯之事，也頗見於書傳的記載。如《尚書・文侯之命》記載周室東遷以後，平王以晉文侯迎立有功，賜「彤弓一，彤矢百。盧弓一，盧矢百。」（《書疏》卷二十，頁 310）至襄王時，晉文公以城濮之役，伐楚有功，也受弓矢之賜。《左傳》僖公二十八年載：「晉侯獻楚俘于王，王賜之大輅之服，戎輅之服。彤弓一，彤矢百，旅弓矢千。秬鬯一卣，虎賁三百人。」（《春秋疏》卷十六，頁 274）又襄公八年載：「季武子賦〈彤弓〉，宣子曰：城濮之役，我先君文公獻功于衡雍，受彤弓于襄王，以爲子孫藏。……」（同上，卷三十，頁 522）、昭公十五年載：「彤弓虎賁，文公受之。」（同上，卷四十七，頁 824）由以上的記載，晉文公受賜周王以彤弓之事，屢被提及，可以想見周王以弓矢等物賞賜有功諸侯，可能是自周初以來國家酬庸的一種大典。朱熹詮釋〈彤弓〉，亦謂：

> 此天子燕有功諸侯，而錫以弓矢之樂歌也。（《詩集傳》卷十，頁 113）
> 《春秋傳》：「甯武子曰：『諸侯敵王所愾，而獻其功，於是乎賜之彤弓一，彤矢百，旅弓矢千，以覺報宴。』」注曰：「愾，恨怒也。覺，明也。謂諸侯有四夷之功，王賜之弓矢，又爲歌〈彤弓〉以明報功宴樂。」鄭氏曰：「凡諸侯賜弓矢，然後專征伐。」（同上）

與《詩序》的詮釋同。而朱熹所以採用《序》說，這也是認爲《詩序》的詮說合於詩旨之故。

5. 〈小雅・采芑〉

> 薄言采芑，于彼新田，于此菑畝。方叔涖止，其車三千，師干之試。
> 方叔率止，乘其四騏，四騏翼翼。路車有奭，簟茀魚服，鉤膺鞗革。
> （一章）
>
> 薄言采芑，于彼新田，于此中鄉。方叔涖止，其車三千，旂旐央央。
> 方叔率止，約軧錯衡，八鸞瑲瑲。服其命服，朱芾斯皇，有瑲葱珩。
> （二章）
>
> 鴥彼飛隼，其飛戾天，亦集爰止。方叔涖止，其車三千，師干之試。
> 方叔率止，鉦人伐鼓，陳師鞠旅。顯允方叔，伐鼓淵淵，振旅闐闐。
> （三章）
>
> 蠢爾蠻荊，大邦爲讎！方叔元老，克壯其猶。方叔率止，執訊獲醜。
> 戎車嘽嘽，嘽嘽焞焞，如霆如雷。顯允方叔，征伐玁狁，蠻荊來威。
> （四章）

〈采芑〉一詩，《詩序》的詮釋是：

> 宣王南征也。（《詩疏》卷十之二，頁 360）

《毛詩正義》疏釋《詩序》之意云：

> 謂宣王命方叔南征蠻荊之國。（同上）

據此，《詩序》以爲〈采芑〉是宣王命方叔南征蠻荊之詩。朱熹詮釋〈采芑〉，亦謂：

> 宣王之時，蠻荊背叛，王命方叔南征。軍行采芑而食，故賦其事以起興。曰：薄言采芑，則于彼新田，于此菑畝矣。方叔涖止，則其車三千，師干之試矣。又遂言其車馬之美，以見軍容之盛也。（《詩集傳》卷十，頁 116）

與《詩序》同。而朱熹所以採納《序》說，這也是他認爲《序》說切合詩意之故。

6.〈小雅‧車攻〉

> 我車既攻，我馬既同。四牡龐龐，駕言徂東。（一章）
> 田車既好，四牡孔阜。東有甫草，駕言行狩。（二章）
> 之子于苗，選徒囂囂；建旐設旄，搏獸于敖。（三章）
> 駕彼四牡，四牡奕奕。赤芾金舄，會同有繹。（四章）
> 決拾既佽，弓矢既調，射夫既同，助我舉柴。（五章）
> 四黃既駕，兩驂不猗。不失其馳，舍矢如破。（六章）
> 蕭蕭馬鳴，悠悠旆旌。徒御不驚，大庖不盈。（七章）
> 之子于征，有聞無聲。允矣君子，展也大成。（八章）

〈車攻〉一詩，《詩序》的詮釋是：

> 宣王復古也。宣王能內脩政事，外攘夷狄，復文武之境土。脩車馬，備器械，復會諸侯於東都，因田獵而選車徒焉。（《詩疏》卷十之三，頁 366）

《毛詩正義》疏釋《詩序》之意云：

> 以詩次有義，故《序》者每乘上篇而詳之。言內脩政事，外攘夷狄者，由內事修治，故能外平強寇，即上二篇南征、北伐是也。不言蠻，言夷者，總名也。既攘去夷狄，即是復境土，是爲復古也。……言復文、武之境土，以文、武，周之先王，舉以言之。此當復成、

康之時也。何則？文王未得天下，其境與武王不同，而配武言之，明爲先王言也。成初武末，土境略同，故舉文、武而言大界，〈王制〉之法，據禮爲正耳。（同上）

據此，《詩序》以爲〈車攻〉是宣王復古之詩。所謂「宣王復古」，即是指宣王命尹吉甫北伐玁狁，命方叔南征荊蠻，收復故土，又大會諸侯於東都，以行田獵之事。宣王此舉，能復行成王、康王時的故事，所以詩人作〈車攻〉一詩，來讚美宣王。《詩序》之說，驗諸《墨子・明鬼》篇：「周宣王合諸侯而田於圃田，車數百乘。」及《竹書紀年》所載成王二十五年曾大會諸侯於東都，亦有憑據〔註101〕。朱熹詮釋〈車攻〉，也本《詩序》而爲說：

> 周公相成王，營洛邑，爲東都以朝諸侯。周室既衰，久廢其禮。至于宣王，內脩政事，外攘夷狄，復文武之竟土。脩車馬，備器械，復會諸侯於東都，因田獵而選車徒焉，故詩人作此以美之。（《詩集傳》卷十，頁117）

朱熹詮釋〈車攻〉，採納《序》說，這也是因爲他認爲《序》說切合詩旨而無誤之故。

7. 〈大雅・雲漢〉

> 倬彼雲漢，昭回于天。王曰：「於乎！何辜今之人！天降喪亂，饑饉薦臻。靡神不舉，靡愛斯牲。圭璧既卒，寧莫我聽！（一章）
> 旱既大甚，蘊隆蟲蟲。不殄禋祀，自郊徂宮。上下奠瘞，靡神不宗。后稷不克，上帝不臨，耗斁下土，寧丁我躬！（二章）
> 旱既大甚，則不可推。兢兢業業，如霆如雷。周餘黎民，靡有孑遺。昊天上帝，則不我遺。胡不相畏？先祖于摧。（三章）
> 旱既大甚，則不可沮。赫赫炎炎，云我無所。大命近止，靡瞻靡顧。羣公先正，則不我助。父母先祖，胡寧忍予！（四章）
> 旱既大甚，滌滌山川，旱魃爲虐，如惔如焚。我心憚暑，憂心如熏。

〔註101〕 胡承珙謂：「《正義》曰：『言復文武之境土，以文武周之先王，舉以言之，此當復成康之時也。成初武末土境略同，故知復古，復成康之時，以文武先王舉而言之耳。』承珙案：此《疏》是也。《序》又云：『復會諸侯於東都。』此與『復古』『復』字同。成康之時，本有會諸侯於東都之事。《逸周書・王會解》首云成周之會，孔晁注云：『王城既成，大會諸侯及四夷也。』《竹書》：「成王二十五年，大會諸侯于東都，四夷來賓。」皆其明證。宣王中興，重舉是禮，故曰『復會』」（《毛詩後箋》卷十七，頁870）

羣公先正，則不我聞。昊天上帝，寧俾我遯！（五章）

昊既大甚，黽勉畏去。胡寧瘨我以旱？憯不知其故。祈年孔夙，方社
不莫。昊天上帝，則不我虞。敬恭明神，宜無悔怒。（六章）

旱既大甚，散無友紀。鞫哉庶正，疚哉冢宰。趣馬師氏，膳夫左右；
靡人不周，無不能止。瞻卬昊天，云如何里？（七章）

瞻卬昊天，有嘒其星。大夫君子，昭假無贏。大命近止，無棄爾成。
何求爲我？以戾庶正。瞻卬昊天，曷惠其寧」？（八章）

〈雲漢〉一詩，《詩序》的詮釋是：

> 仍叔美宣王也。宣王承厲王之烈，內有撥亂之志，遇裁而懼，側身
> 修行，欲銷去之。天下喜於王化復行，百姓見憂，故作是詩也。（《詩
> 疏》卷十八之二，頁 658～659）

鄭玄箋釋《詩序》之意云：

> 仍叔，周大夫也，《春秋》魯桓公五年：「夏，天王使仍叔之子來聘。」
> （同上，頁 659）

《毛詩正義》疏釋《詩序》之意云：

> 〈雲漢〉詩者，周大夫仍叔所作，以美宣王也。以宣王承其父厲王
> 衰亂之餘政，內有治亂之志，遇此旱災，而益憂懼，側己身以修德
> 行，欲以善政而銷去之。天下之民見其如此，喜於王者之化復得施
> 行。百姓見王所憂矜，故仍叔述民之情，作是〈雲漢〉之詩以美之
> 也。（同上）

據此，《詩序》以爲〈雲漢〉是仍叔讚美宣王之詩。由於宣王承厲王衰亂的餘
政而立，有治亂之心，但逢遇旱災，乃更加憂懼，欲以修德善政來解除此一
災害。百姓見到宣王爲民憂懼如此，深喜王化得以復行，因此，周大夫仍叔
乃述民之情，作〈雲漢〉一詩來讚美宣王。朱熹詮釋〈雲漢〉，採《詩序》之
說，謂：

> 舊說以爲宣王承厲王之烈，內有撥亂之志，遇裁而懼，側身脩行，
> 欲銷去之。天下喜於王化復行，百姓見憂，故仍叔作此詩以美之。
> 言雲漢者，夜晴則天河明，故述王仰訴於天之詞如此。（《詩集傳》
> 卷十八，頁 210）
>
> 此《序》有理。（《詩序辨說》卷下，頁 38）

「此《序》有理」，也說明了朱熹詮釋〈雲漢〉所以採用《序》說，是認爲《序》

說切合詩旨之故。

8. 〈周頌・清廟〉

於穆清廟，肅雝顯相。濟濟多士，秉文之德，對越在天，駿奔走在廟。不顯不承，無射於人斯。

〈清廟〉一詩，《詩序》的詮釋是：

祀文王也。周公既成洛邑，朝諸侯，率以祀文王焉。（《詩疏》卷十九之一，頁706）

鄭玄箋釋《詩序》之意云：

清廟者，祭有清明之德者之宮也，謂祭文王也。天德清明，文王象焉，故祭之而歌此詩也。廟之言貌也，死者精神不可得而見，但以生時之居，立宮室象貌爲之耳。成洛邑，居攝五年時。（同上）

《毛詩正義》疏釋《詩序》之意云：

〈清廟〉詩者，祀文王之樂歌也。《序》又申說祀之時節，周公攝王之政，營邑於洛，既已成此洛邑，於是大朝諸侯。既受其朝，又率之而至於清廟，以祝此文王焉。以其祀之得禮，詩人歌詠其事，而作此〈清廟〉之詩，後乃用之於樂，以爲常歌也。（同上）

據此，《詩序》以爲〈清廟〉是祭祀文王的樂歌。周公攝政，營建洛邑，既成，乃率領諸侯至清廟來祭祀文王，詩人歌詠其事，遂作〈清廟〉一詩，後又成爲祭祀的樂歌。朱熹詮釋〈清廟〉，採用《序》說，謂：

此周公既成洛邑而朝諸侯，因率之以祀文王之樂歌。言於穆哉此清靜之廟，其助祭之公侯，皆敬且和，而其執事之人又無不執行文王之德，既對越其在天之神，而又駿奔走其在廟之主。如此，則是文王之德豈不顯乎？豈不承乎？信乎其無有厭斁於人也。（《詩集傳》卷十九，頁223）

朱熹所以採用《序》說，這也是因爲他認爲《序》說符合詩旨之故。

9. 〈周頌・思文〉

思文后稷，克配彼天。立我烝民。莫匪爾極。貽我來牟，帝命率育，無此疆爾界，陳常于時夏。

〈思文〉一詩，《詩序》的詮釋是：

后稷配天也。（《詩疏》卷十九之二，頁721）

《毛詩正義》疏釋《詩序》之意云：

> 〈思文〉詩者，后稷配天之樂歌也。周公既已制禮，推后稷以配所
> 感之帝，祭於南郊。既已祀之，因述后稷之德可以配天之意，而為
> 此歌焉。經皆陳后稷有德可以配天之事。《國語》云：「周文公之為
> 頌，曰：思文后稷，克配彼天。」是此篇周公所自歌，與〈時邁〉
> 同也。（同上）

據此，《詩序》以為〈思文〉是后稷配天的樂歌。周公制禮之後，祭祀后稷於
南郊，並作〈思文〉一詩，以述后稷之德可以配天之意。朱熹詮釋〈思文〉，
採《詩序》之說，亦謂：

> 言后稷之德，真可配天，蓋使我烝民得以粒食者，莫非其德之至也。
> 且其貽我民之來牟之種，乃上帝之命，以此徧養下民者。是以無有
> 遠近彼此之殊，而得以陳其君臣父子之常道於中國也。（《詩集傳》
> 卷十九，頁 227）

朱熹所以採用《序》說，這自然也是朱熹認為《詩序》的詮說，切合詩文之
故。

　　通觀《詩經》三百篇的詮釋，《詩序》以史說《詩》，視《詩》為史，並採
取以美刺時君國政的進路來詮解詩篇；詩的本文並未獲得應有的尊重，這和朱
熹以詩言詩、涵泳詩文、反覆誦讀、尊重詩文，以求得正確詩意的詮釋進路，
有著根本上的差別。《詩序》釋《詩》，和朱熹釋《詩》，既有方法上、認知上的
根本差異，遂使得二者在詩旨的詮釋上，有了莫大的歧異。然而朱熹一方面既
在將近三分之二的詩篇中，和《詩序》的詮說不同；對於《詩序》的詮說也多
所駁擊和指摘，但又在一百餘首的詩篇詮釋上，與《詩序》的詮說相同，或採
用、姑從《詩序》之說，這當然顯示了朱熹釋《詩》態度的謹重。由於朱熹認
為《詩序》出自漢儒，僅是一種解《詩》的觀點，讀者詮《詩》，正確的態度應
是以詩言詩，尊重詩文，從詩文的含咀諷誦中，去求得詩意，而不應把《詩序》
上綱為解《詩》的唯一觀點；為了尊奉、迎合《詩序》的解《詩》，弄到「委曲
遷就，穿鑿而附合之，寧使經之本文繚戾破碎，不成文理」（《詩序辨說・序》，
卷上，頁 3），也在所不惜，這是朱熹所深以為病的〔註102〕。為了指陳《詩序》

〔註102〕朱熹對於世人過度尊信《詩序》，致委曲遷就、穿鑿附和的詮《詩》方法，深
　　　　不以為然，此意除見諸《詩序辨說・序》文之外，《朱子語類》中謂：「因論
　　　　《詩》，歷言《小序》大無義理，皆是後人杜撰，先後增益湊合而成，更不能

出自漢儒，僅是一種解《詩》觀點；其中悖離詩文、不合詩旨、穿鑿妄說之處甚多，也爲了破除世人對於《詩序》盲目的尊信，因此，朱熹一方面高揭以詩言詩的詮釋進路，因而在大量詩篇的詮釋上，和《詩序》的詮說呈顯了巨大的差異；一方面又依鄭樵撰作之例，將《詩序》置於卷後，並作《詩序辨說》一書，針對《詩序》詮《詩》的錯謬妄說之處，加以辨析、指陳。朱熹所以這樣做，無非是要讀者認識到《詩序》出自漢儒，僅是一種解《詩》觀點，也僅可供作參考之用，解《詩》時仍須以詩的本文爲主，充份尊重由詩的本文所傳達出來的意旨。當《詩序》的詮釋，由於「詩文明白，直指其事」而無誤，或屬「證驗的切，見於書史」而「決爲可無疑者」，甚至可能是「眞有傳授證驗而不可廢者」，吾人當然可以據以爲說，但當《詩序》的詮釋悖離詩文、不愜詩旨時，自然不可盲目地委曲遷就，據以爲說。這種釋《詩》的態度，正可說明何以朱熹釋《詩》，在將近三分之二的詩篇上，和《詩序》的詮釋不同，而又在一百餘篇的詩旨詮釋上，採用、姑從《序》說，或和《詩序》的詮釋相同之因。

朱熹釋《詩》，雖由於態度的謹重，對於《詩序》之說，「猶以其所從來也遠，其間容或眞有傳授證驗而不可廢者」，而「頗采以附《傳》中」〔註103〕，但在總體的傾向上，卻認爲《詩序》詮《詩》，悖離詩文，多所謬戾，實不足

發明詩之大旨。……〈甫田〉諸篇，凡詩中無諷譏之意者，皆以爲傷今思古而作。其他謬誤，不可勝說。後世但見《詩序》巍然冠於篇首，不敢復議其非，至有解說不通，多爲飾詞以曲護之者，其誤後學多矣！」（卷八十，頁2075）、「東萊《詩記》卻編得子細，只是大本已失了，更說甚麼？向嘗與之論此，如〈清人〉、〈載馳〉一二詩可信。渠卻云：『安得許多文字證據？』某云：『無證而可疑者，只當闕之，不可據《序》作證。』渠又云：『只此《序》便是證。』某因云：『今人不以詩說詩，卻以《序》解《詩》，是以委曲牽合，必欲如《序》者之意，寧失詩人之本意不恤也，此是《序》者大害處！』」（同上，頁2077）也傳達出同樣的意思。

〔註103〕關於朱熹釋《詩》，一方面指斥《詩序》的不可盡信，一方面又以《詩序》「容或眞有傳授證驗而不可廢者」，而加以採納，這其實顯示了朱熹釋《詩》態度的謹重不苟，此意輔廣有諦當的說明：「先生之學，始於致知格物，而至於意誠心正，其於解釋經義，工夫至矣。必盡取諸儒之說，一一細研，窮一言之善，無有或遺，一字之差，無有能遁。其誦聖人之言，都一似自己言語一般，蓋其學已到至處，能破千古疑，使聖人之經復明於後世，然細考其說，則其端緒，又皆本於先儒之所嘗疑而未究者，則亦未嘗自爲臆說也。學者顧第弗深考耳。觀其終，既已明知《小序》之出於漢儒，而又以其間容或眞有傳授證驗而不可廢者，故既頗采以附傳中，而復併爲一編，以還其舊，因以論其得失云之說，則其意之謹重不苟，亦可見矣，豈可與先儒之穿鑿遷就者，同日語哉！」（《詩童子問‧卷首》，頁298）

信；在絕大多數詩篇的詮釋上，也和《詩序》的詮說頗有不同。朱熹上承整個疑《序》、辨《序》的傳統，導出以詩言詩的詮釋進路，此一詮釋方法，既和《詩序》以史證詩的詮釋進路有根本的不同，也使得二者在詩旨的詮釋上展現了巨大的差異。詩旨詮釋的差異，確爲朱熹《詩經》學和漢學傳統異同的大端。